Oskar Maria Graf:
Die Erben des Untergangs
Roman einer Zukunft

Mit einem Nachwort von
Erhard Eppler (Plapperer)

Deutscher
Taschenbuch
Verlag

dtv

Von Oskar Maria Graf
sind im Deutschen Taschenbuch Verlag erschienen:
Die Chronik von Flechting (1425)
Die gezählten Jahre (1545)
Wir sind Gefangene (1612)
Das Leben meiner Mutter (10044)
Gelächter von außen (10206)
Kalendergeschichten (11434)
Der harte Handel (11480)
Anton Sittinger (11855)
An manchen Tagen (11898)
Jedermanns Geschichten (11899)
Reise in die Sowjetunion (SL 71012)

Ungekürzte Ausgabe
Juni 1994
Deutscher Taschenbuch Verlag GmbH & Co. KG,
München
 · ISBN 3-7991-6261-5
Umschlagtypographie: Celestino Piatti
Umschlagbild: Regine Tarara
Gesamtherstellung: C.H. Beck'sche Buchdruckerei,
Nördlingen
Printed in Germany · ISBN 3-423-11880-6

Das Buch

»Dieser Roman ist in New York, in den bittersten Jahren des letzten Weltkrieges, entstanden. Es war, als die furchtbaren Luftangriffe der Alliierten Deutschland ausbrannten und als schließlich die ersten Atombomben auf Japan fielen. Was steht uns noch bevor? Was wird aus der Welt und der Menschheit nach dieser unfaßbaren Katastrophe werden?« Der Pazifist Oskar Maria Graf hat eine Vision: Nach einer atomaren Katastrophe überlebt nur noch ein Zehntel der Menschheit. Er erzählt, wie die Menschen »sich auf der verwüsteten Welt irgendwie einrichten. Ganz von unten auf, ganz nach völlig veränderten Voraussetzungen müssen sie diesen heroischen Neuaufbau beginnen und durchführen, denn das, was vorher war, hat keine Geltung mehr. Aus dieser Anarchie entwickelt sich eine völlig veränderte Menschenordnung und Gesetzlichkeit.« Nach einem apokalyptischen Vorspiel entwirft Graf eine Sozialutopie, die man als die politisch-soziale Summe seiner Lebenserfahrungen ansehen darf und in der er sich zu einem religiösen Sozialismus tolstoianischer Prägung bekennt. Deshalb kann dieses Buch auch als politisches Testament des Dichters gelten. Graf plädiert für einen kosmopolitischen Regionalismus: »Je kleiner die Gebiete, umso besser. Sie blasen dem Nationalsozialismus das Lebenslicht aus, vor allem aber vermindern sie Unrecht und Unmenschlichkeit. Provinziell muß die Welt werden, dann wird sie menschlicher!«

Der Autor

Oskar Maria Graf, geboren am 22. Juli 1894 in Berg am Starnberger See, gehörte zu den Kämpfern für die Revolution von 1918. Als engagierter Antifaschist ging er 1933 ins Exil. Über Wien und Prag gelangte er 1938 nach New York, wo er am 29. Juni 1967 starb. Werke u. a.: ›Die Chronik von Flechting‹ (1925), ›Bolwieser‹ (1931), ›Der harte Handel‹ (1935), ›Anton Sittinger‹ (1937), ›Das Leben meiner Mutter‹ (1940), ›Die Flucht ins Mittelmäßige‹ (1959), Romane.

Inhalt

Editorische Anmerkung:

Diese Neuausgabe folgt der 1959 im Nest Verlag GmbH., Frankfurt a. M., erschienenen, vom Autor noch selbst überarbeiteten und umbetitelten Zweitfassung des Romans. Die Erstfassung war bereits 1949 unter dem Titel ›Die Eroberung der Welt‹ (erste unverbindliche Titelüberschrift des vom Dezember 1946 bis Juli 1947 in der Urfassung entstandenen Manuskriptes: ›Die Entdeckung der Welt‹) im Verlag Kurt Desch, München, erschienen.
Über die Entstehungsgeschichte und die Absicht des Buches schrieb Oskar Maria Graf für die Ausgabe letzter Hand, die hier in das Gesamtwerk wieder neu aufgenommen wurde, im Januar 1959 die ›Kleine, notwendige Vorbemerkung‹, auf die wir den Leser zuerst verweisen wollen (s. S. 13).
Erhard Eppler, führendes Mitglied der Friedensbewegung und außerdem Literaturwissenschaftler, beschreibt in seinem Nachwort die Wirkung von Grafs ›Roman einer Zukunft‹, der vor rund vierzig Jahren geschrieben wurde, auf den Leser von heute in einer inzwischen veränderten Welt.

München 1985 — Hans Dollinger

DEN NACHKOMMENDEN!

Weligama, Sri Lanka 26. 1. 95

Lieber Herr Graf,

Ich habe ihr Buch bis auf die letzten 60 Seiten gelesen und muß mit Bedauern feststellen, daß sich im Bezug auf Spannung, Ideenreichtum, Witz und endlose Fiktion, weitg interessanten Politik-beschreibungen nichts ändert.

Es tut mir leid, aber ich sehe mich nicht im Stande das Buch fertig zu lesen.

Ich persönlich finde dieses Buch platt, langweilig und zu simpel

Tim Schmid

Albert Einstein an Oskar Maria Graf

Herrn Oskar Maria Graf
34 Hillside Ave.
New York 34, N.Y.

Lieber Herr Graf!

Ich habe das Manuskript Ihres neuen Romans mit großem Interesse gelesen. Das Buch zeigt den tiefen Ernst der gegenwärtigen Menschheits-Situation mit einer Überzeugungskraft, wie sie nur ein wahrer Dichter besitzt, und ich glaube, daß es wohl einen dauernden Einfluß ausüben kann. Eine amerikanische Herausgabe dieses Buches würde ein wesentlicher Beitrag zur Überwindung der gefährlichen Gleichgültigkeit des Publikums in bezug auf die großen internationalen Probleme unserer Zeit sein. Das Buch ist auch konstruktiv, da es eine mögliche Lösung zeigt.

Mit freundlichen persönlichen Empfehlungen

Ihr ergebener

A. Einstein.

Albert Einstein

(Übersetzung des Originalbriefes aus dem Englischen)

KLEINE, NOTWENDIGE VORBEMERKUNG

Dieser Roman ist in New York, in den bittersten Jahren des letzten Weltkrieges, entstanden. Es war, als die furchtbaren Luftangriffe der Alliierten Deutschland ausbrannten und als schließlich die ersten Atombomben auf Japan fielen. Ganz abgesehen davon, wem die Schuld an dieser entsetzlichen Entwicklung zuzuschreiben war, in dieser Zeit standen die Menschen aller Nationen vor der beklemmenden Frage: »Was steht uns noch bevor? Was wird aus der Welt und der Menschheit nach dieser unfaßbaren Katastrophe werden?« In Anbetracht der inzwischen erreichten fast totalen Perfektion der nuklearen Vernichtungswaffen ist diese Fragestellung für uns alle zu einem beständigen, unheilbaren Angstzustand geworden, der unsere bisherigen politischen Ideale und Ideologien, unsere ethischen und moralischen Vorstellungen von Menschenwürde und einem Sinn des Lebens aufzehrte und nur noch den blinden Selbsterhaltungstrieb übrigließ, den verzweifelten Willen, zu überleben und das Weiterexistieren zu sichern.
Damals, als das Schreckensgespenst der Vernichtung zum ersten Male sichtbar wurde, war es für jeden Einsichtigen klar, daß es – wenn uns auch die Strategen und Politiker hartnäckig vom Gegenteil überzeugen wollten – nach dem Kriegsende kein eigentliches Unterliegen und Siegen mehr geben konnte. In dieser bisher gefährlichsten und folgenschwersten Krise unserer Menschheit war die Zusammenfassung aller noch halbwegs intakten Energien unerläßlich, um die drohende Auflösung des ganzen Weltgefüges zu verhindern und die Anarchie der erschöpften, demoralisierten Menschenmassen in den verwüsteten Ländern zu bannen. Durch die gigantischen Errungenschaften der Technik ist das, wenn auch rein äußerlich und in der Hauptsache administrativ-technopolitisch, nach gewaltigen Anstrengungen auch gelungen. Inmitten der neuaufgebauten Welt aber leben die Völker und lebt der einzelne Mensch wie in einem Provisorium des unentschiedenen Friedens und eines gleichsam schleichenden Krieges, der sich wie ein unaus-

rottbares, tödliches Virus mit der scheinbar völlig normal funktionierenden Weltpolitik vermengt hat und immer wieder höchst gefährliche Krankheitskrisen erzeugt. Daß diese Krisen den Körper der mitgenommenen Menschheit immer mehr schwächen und dessen Abwehrkräfte von Fall zu Fall widerstandsloser machen, steht außer Frage. Der Mensch, zerrieben von all dem Grauenhaften, das er durchlebt hat, und geistig und seelisch überholt von der fast schon selbständig agierenden Technik, ist nicht mehr fähig, das flutende Heute zu kontrollieren und die hereinbrechende Zukunft planvoll zu bestimmen. Er ist hilflos in seinem Gestern stehengeblieben und droht in einen derart unheilvollen Fatalismus zu versinken, daß er sich schließlich allem, was mit ihm geschieht, ohnmächtig überläßt. Wer hier weiterdenkt, wird aller Wahrscheinlichkeit nach zu ähnlichen Einsichten und Schlußfolgerungen kommen, wie sie in diesem Roman enthalten sind. Er wird zugeben müssen, daß es sich dabei nicht nur um einen Antikriegsroman oder um eine phantastisch konstruierte, nebulose Utopie handelt, sondern um die erzählerische Ausformung einer durchaus möglichen Entwicklung nach einem totalen Vernichtungskrieg. Das Buch ist keine romantisch fabulierte Zukunftsschilderung wie etwa Franz Werfels ›Stern der Ungeborenen‹, und es zeichnet nicht wie der Engländer Nevil Shute in seinem Buch ›Das letzte Ufer‹ mit eisig-ironischem Pessimismus den Untergang der Menschheit nach einem Atomkrieg, sondern bewahrt ein gewisses Quantum von realistischem Optimismus, indem es voraussetzt, daß es auch nach einer solchen Katastrophe noch »Erben« gibt. Die Handlung ist unmittelbar mit der Realität verknüpft, zieht alle politischen, soziologischen, technischen und psychologischen Wandlungen und Veränderungen, die der letzte Weltkrieg hervorgerufen hat, in Betracht und steigert sie bis ins kaum mehr Fortsetzbare. Nur dieses Äußerste an Weiter- und Zuendedenken war imstande, eine künftige Welt, wie sie dieser Roman darzustellen versucht, faßbar, lebendig und glaubhaft zu machen. Das Buch ist nach seinem seinerzeitigen Erscheinen von einem großen Teil der Leserschaft und der Kritiker mißverstanden worden. Vielleicht erwarteten die meisten eine effektvoll-geistreiche Utopie und waren enttäuscht, daß ihnen lediglich ein realistischer Problemroman geboten wurde, der sich mit dem, was morgen und übermorgen mit uns und der Welt werden kann, auseinandersetzt. Zum Teil mag das Mißverstehen auch daran gelegen haben, daß man die darin enthaltenen Voraussagen für übertrieben und unmöglich hielt. Einige davon, wie zum Beispiel die fortwährende Beunruhigung der Welt durch Teilkriege, die dank der segensreichen Tätigkeit der »Vereinten Nationen« glücklicherweise stets lokalisiert und schließlich beigelegt werden konnten, haben sich als zutreffend erwiesen. Die damalige Währungsstabilisierung in der deutschen Bundesrepublik, die der Einführung einer Weltwährung im Roman ziemlich ähnelt, aber auch die erst kürzlich erfolgte Umstellung des amerikanischen Schulunterrichts durch weitgehende Televisions- und Filmbildübertragung, welche darin bereits als eine Selbstverständlichkeit behandelt wird, liefern solche Beweise. Es gehört wahrhaftig nicht allzuviel Phantasie oder Prophetengabe dazu, Dinge, die sozusagen im Zuge der Zeit liegen, vorauszusagen. Nicht darum geht es in diesem Buch. Sein Grundakzent liegt auf dem Ethisch-Politischen. Leitend war das ernsthafte Bemühen, »einen wesentlichen Beitrag zur Überwindung der gefährlichen Gleichgültigkeit des Publikums in bezug auf die großen internationalen Probleme unserer Zeit« zu leisten, wie es in dem kurzen Briefvorwort des verstorbenen, unvergeßbaren Albert Einstein heißt.

New York City, Mitte Januar 1959 *Oskar Maria Graf*

Nach den wirren, entscheidungslosen Jahren, die dem letzten großen Weltkrieg gefolgt waren, gingen auf einmal wieder Massentod und Vernichtung um. Ein neuer Krieg raste um den Erdball. Wie und warum er gekommen war, wußte im Grunde genommen niemand. Die mißtrauisch gewordenen Völker ergingen sich in dunklen Mutmaßungen, und die Regierungen verbreiteten plausibel klingende Lügen. Das erstaunlichste war nur, daß die Menschenmassen kaum erschraken und in bestimmten Ländern sogar so etwas wie eine jähe, flüchtige Erleichterung nach einem dumpfen Alpdruck empfanden. Aller Wahrscheinlichkeit nach war ihnen das, was sie in den letzten trüben Jahren als den schüchternen Anfang irgendeines Friedens erlebt hatten, noch gar nicht als das Ende, sondern nur als eine Unterbrechung des Krieges erschienen. Das vorher Durchlebte geisterte noch düster und traumhaft in ihrem benommenen Gefühl. Im wilden Getümmel der Geschehnisse jedoch wurde sehr bald überhaupt nichts mehr bestimmbar, denn dieser neue Losbruch war kein Menschenkrieg mehr. Die Elemente schienen auf die Erde niedergebrochen zu sein, und wie im Handumdrehen setzten sie die Armeen außer Aktion. Es war, als flüchteten die Menschen vor ihren eigenen Werken und verkröchen sich vor deren Furiengewalt. Schon nach kurzer Zeit wußte niemand mehr, wer gegen wen kämpfte, und wenngleich noch immer von irgendwoher Stimmen durch den verpesteten Äther drangen und den Radiohörern das Vorhandensein einzelner Regierungen oder eines Rates der »Vereinten Nationen« vortäuschten – rasch wurde all dies unwirklich. Jede Ordnung zerstäubte gleichsam. Die Erinnerungen an das Vorher versanken. Ursache und Zeit schienen verweht und zerblasen, und nur die Wirkung war überall dieselbe: Auf belebte Seehäfen und blühende Millionenstädte an den Küsten der Weltmeere fielen fast lautlos übergrelle Riesenblitze vom Himmel herab. Die erschreckten Menschenmassen wurden unruhig und jagten nach allen Seiten. Ein seltsam verhaltenes, unterirdisches Grollen

lief unter ihren Füßen, und schon brachen die Häuser krachend auseinander und begruben alles. Die Erde barst, und Tausende fielen in ihre breiten, tiefen Rinnen. Die von Panik ergriffenen Massen erreichten das Meerufer und stürzten sich, alles überrennend, in die kochendheißen Fluten. Im Brodeln der erhitzten Wellen schwammen unzählige verendete, weißbäuchige Fische aller Größen. Flatternde Möwen erstarrten in der sengenden Luft und fielen wie verrußte Trauben mit den emporgeschleuderten, zischend platzenden Menschenleichen auf die stürmische Wasserfläche herab. Gespenstisch trieb das schaurige Gemeng ins Ungewisse. Das unterirdische Grollen brach plötzlich in ein peitschendes Krachen, und wie ein Fanal des kommenden Weltuntergangs warf eine riesige Feuerwolke Stadt und Land und Meer weitum ins hohe Nichts des Himmels und regnete als sengender Staub wieder hernieder. Erst nach langer Zeit verglommen die fressenden Flammen. Staub und verkohltes Geriesel, soweit das Auge reichte. Häuser und Gärten, Wälder und Wiesen, Menschen und Tiere waren weggeätzt. Ein giftiger Dunst stand über der Stille. Eine nackte Wüste lag leblos da.
Und im Innern vieler Länder war es nicht anders. Wie eine unaufhaltsame Flut flohen die Menschenscharen überall ins Nirgendwo. Sie flohen ohne Hoffnung, in fassungsloser Verzweiflung. Sie flohen, soweit das überhaupt noch möglich war, nicht nur aus dem Umkreis der zu Staub gewordenen Städte und Industriereviere; sie flohen auch, weil außer den weißen Blitzen der Atombomben und der Raketenstreuer, die das schleichende Gift tückischer Bakterien über die Landschaften säten, plötzlich beißende Kältewellen daherwehten, die in wenigen Minuten alles bis zur tödlichen Starrheit gefrieren ließen. Sie flohen aus Flecken und Dörfern, aus scheinbar noch geschützten Winkeln und aus jeder Art von Seßhaftigkeit, und sie flohen, obgleich sie dunkel witterten, daß überall das gleiche Verderben auf sie lauerte.
Und alles riß so ein trauriger Heerbann mit und an sich: Autos und stehengelassene Lastwagen, die noch eine Weile liefen und dann mit Pferden bespannt wurden, zufällig aufgelesene leichte Feldkanonen, vollbepackte Fuhrwerke aller

Art, Fahrräder, Kinderwagen und Handkarren. Wie ein Heuschreckenschwarm fiel er manchmal über eine noch fahrende Eisenbahn. Ein blutiges, erbarmungsloses Gefecht entwickelte sich. Endlich preßten sich die Menschenknäuel in die Waggons, warfen Tote und Verwundete über die Böschung, kletterten auf die Wagendächer und hängten sich an die Trittbretter. Der überladene Zug keuchte noch eine Strecke weiter, bis zur nächsten Zerstörung des Schienenstrangs. Die Räder knirschten sägend in die aufgewühlte Erde. Die scheppernd aufeinanderstoßenden Waggons stockten, hoben sich aus dem Geleise und kippten um. Die Daruntergeratenen schrien und klagten gräßlich, aber die von den Dächern waren aufs freie Feld gesprungen, die andern krochen aus den eingeschlagenen Fenstern und Türen, und niemand kümmerte sich um die Zugrundegehenden. Weiter, weiter wälzte sich der immer wieder zusammenrinnende Haufe. Nur der Gewitzte, der robust Gesunde und Starke überstand und blieb obenauf, doch alles floß mit der strömenden Flut. Frauen in Pelzmänteln und barfüßige, ausgemergelte Mütter, zerlumpte Halbwüchsige mit gefährlichen Gesichtern, halbnackte Elendsgestalten und bestiefelte Männer in zusammengewürfelten Uniformen. Menschen gab es in diesen verwilderten Rudeln, behangen mit allen technischen Hilfsmitteln, die ihnen für ein solches Dasein wichtig schienen: mit Repetiergewehren und Pistolen letzter Präzision, mit Patronengurten und Handgranaten, mit Feldstechern und Fotoapparaten, mit umgehängten schmalen Radios und Gasmasken in den Gürteln. Menschen, mit abgefrorenen Fingern und Nasen oder mit Brandwunden übersät, zogen mit, Menschen mit vergifteten Lungen, die pfeifend keuchten; andere wieder hatten Gesichter und Hände wie mit Grünspan überzogen. Hautfetzen hingen ihnen herunter. Sie rochen faulig, ihre Glieder schrumpften zusehends. »Freundchen, weg mit Schaden!« sagte der Hintermann und schoß ihnen ins Genick. Sie gaben keinen Laut von sich. Nicht ein Tropfen Blut rann aus der Wunde. Sie brachen in sich zusammen, als wären ihre Glieder längst verwest, und schmolzen im Nu hin wie ein unkenntliches, matschiges Häuflein. Die Tausende trampelten darüberhin...

Wohin zogen sie eigentlich? Ein Ziel gab es nicht mehr. Alles blieb dem Zufall und dem augenblicklichen Glück überlassen. Unversehens gerieten die Wandernden in radioaktive Strichweiten und starben wie die Fliegen. Sie tranken Wasser aus vorüberfließenden Bächen, bekamen quälendes Erbrechen, wanden sich veitstanzgleich und gingen ein wie schauerlich verrenkte Tiere. Von irgendwoher zogen ihnen Schwaden von süßlichem Leichengestank entgegen. Eilends schwenkten sie in eine andere Richtung ab. Auf Sichtweite tauchte eine halbzerstörte Stadt auf. Seltsam flimmerten ihre Ruinen. Kein aufsteigender Rauch, kein fernes Geräusch – nichts lebte. Einige hoben den Feldstecher vor die Augen und sahen zerbröckelte, eisüberzogene Häuser mit merkwürdig verzogenen, geborstenen Wänden. Die Fensterscheiben waren gesprungen. Auf dem Damm waren die Geleise hochgebogen und frostweiß.

»Verwintert!« brummte irgendein Ausschauender und warnte. Doch in stumpfer Hoffnung auf endliches Unterkommen trabte der ganze Zug rascher vorwärts. Nach und nach wurde der Boden steinhart.

»Verflucht, ist das eine Kälte!« knurrten einige. Auf der dick bereiften, glitschigen Straße standen Autos mit reglosen Menschen darin. Ein Bauernfuhrwerk war da. Der Bauer hockte steif auf dem Bock, die Zügel in den klammen Händen, und seine Barthaare sahen aus wie dünne, stahlblau glänzende, verkrümmte Nadeln. Das Pferd an der Deichsel hatte den Vorderfuß zum Schritt gekrümmt, aber es rührte sich nicht.

»Was ist das?« fragten die Vordersten staunend und hielten an. Unbeweglich standen Menschen da, noch in der Geste der Unterhaltung, Kinder, mitten im Lauf erstarrt, alles täuschend lebendig, aber stumm und festgebannt wie die Szenerie eines Panoptikums, auf welche die ewige Sonne unberührt herniederstrahlte. Nur da und dort war eine Figur umgefallen und zerbrochen. Wie Scherben lagen die vereisten Körperteile auf dem Pflaster.

»Zurück! Zurück!« schrien die Vordersten entsetzt, denn der Frost hatte sich schon in sie verbissen. Von blinder Furcht gepackt, jagte der ganze Haufe von dannen. Wer

nicht mitkam, blieb liegen und war verloren. Erst nach langem Laufen war wieder warmer Tag, und aufatmend wischte sich jeder den rinnenden Schweiß aus dem Gesicht. So zogen sie durch Wüste und Wildnis, durch Tod und Verderben, diese Heere der neuen Völkerwanderung, wie langsam krabbelnde, dichte, dunkle Herden, unterbrochen vom regellosen Troß der Fahrzeuge. Gestank und Dunst, Staubwolken und Rabenschwärme, Leichen und wieder Leichen kennzeichneten ihren Weg. Und wohin sie auch stießen, überall glich eine Gegend der anderen an Traurigkeit. Manchmal surrten Flugzeuge über ihnen. Der riesige Schwarm floß auseinander, alles warf sich zu Boden, doch sie schossen nicht auf sie herab. Behutsam wälzten sich die Liegenden herum und starrten nach oben. Die silbernen Vögel zogen dünne Rauchfäden am Himmelsgewölbe, und im Blau konnten sie entziffern: »Südlich ziehen! Norden Gefahr!«
»Hm, die Armee!« raunten die Nomaden einander zu. »Wahrscheinlich hocken sie dort und wollen uns los haben!« Dennoch folgten sie dem Rat, denn die da und dort noch intakt gebliebenen kleineren und größeren Heeresteile, die man – ganz gleichgültig, wem sie sich zuzählten – kurzerhand als »Armee« bezeichnete, schienen die einzigen jämmerlichen Überbleibsel einer gewesenen Ordnung zu sein. Sie hatten sich meist in unwegsame Gebirge zurückgezogen, verfügten teilweise noch über ansehnliche Vorräte und notwendiges Rüstzeug und hielten eiserne Disziplin. Wenn auch abgeschnitten und längst aus jeder kriegsmäßigen Aktion gedrängt, kamen sie sich noch als Beauftragte irgendeiner Staatsmacht vor, bis sie merkten, daß von alldem nichts mehr existierte, bis jede Funkverbindung abriß oder sich gänzlich verwirrte und keine ausgesandten Flieger mehr etwas Derartiges entdecken konnten. Sich selber überlassen, machten sich diese Kontingente schließlich selbständig.
»Unsere Welt ist endgültig zur Wüste geworden«, schreibt ein einsichtiger Chronist jener Zeiten. »Zu einer Wüste, die zwar durch die Technik und Forschung völlig erschlossen ist, aber dennoch auf lange, lange Zeit eine Wüste bleiben

wird. In dieser Wüste gibt es noch einige wenige Oasen, das heißt halbwegs verschonte Gegenden und Städte, deren verhältnismäßige Ordnung nur deshalb erhalten wird, weil dorthin verlagerte Armeeteile sie schützen. So wichtig diese brauchbaren Stützpunkte sind, so tröstlich das Vorhandensein solcher Oasen ist, sie bilden dennoch eine nicht zu unterschätzende Gefahr. Obgleich die Truppen strenge Maßnahmen ergriffen haben, um den unaufhaltsamen Zustrom der heimatlos gewordenen, entwurzelten Massen in diese Landstriche zu unterbinden – der traurige Strom ist nicht aufzuhalten. Es kommt unablässig zu kriegerischen Überfällen, ja zu regelrechten Schlachten der nomadisierenden Haufen mit den Truppen. Die Reibungen wollen kein Ende nehmen. Eine gewaltsam erzwungene Übervölkerung – wie sie manchenorts zu beobachten ist – bedeutet den sicheren Ruin der betreffenden Städte und Gegenden, und da bei verschiedenen Armeeteilen eine zunehmende Desorganisation und Erschöpfung einzutreten beginnt, scheint auch hier der Untergang vorbestimmt.«

Zunächst also wehrten sich die Armeen erbarmungslos gegen jedes Eindringen fremder Haufen in ihre Gebiete. Ohne viel Federlesens mähten ihre Maschinengewehre die herannahenden Menschenmauern der Nomaden nieder, und wenn über die Leichenberge immer neue Legionen flossen, traten die Tanks in Tätigkeit und walzten alles zu Brei. Zum Schluß rollten die monströsen, fahrbaren Krematorien über die Walstatt, und ein erstickender Gestank durchzog tagelang die Luft.

»Nur nicht sich mit der Armee einlassen!« sagten die Nomaden und wanderten und wanderten. Hunderttausende, Millionen wanderten seit den ersten Kriegstagen so. Sie wanderten im riesenweiten Asien, im einstigen Sowjetrußland und in großen Teilen Nord- und Südamerikas, am schaurigsten aber durchzogen diese Elendsheere das ausgebrannte Europa, um das ja in der Hauptsache der neue Krieg ausgebrochen war. Soldaten aller einstigen Heere, Menschen aller gewesenen Völker, amerikanische, englische, russische und französische Deserteure oder ehemalige Besatzungsbeamte, Neger aus New York und den Südstaaten, Finnen, Polen,

Tschechen, Juden aus allen Windrichtungen, Italiener und Deutsche, Schweden, Norweger, Dänen, Holländer, Belgier, Spanier und Balkanesen – alles hatte sich zu einer unergründlich wilden Masse vermengt. Jeder fühlte sich als einzelner ausgelöscht, hatte alles urtümlich Menschliche verloren und war dem dahintreibenden Strom auf Gedeih und Verderb verhaftet. Aus unzähligen kleineren und größeren Gruppen setzte sich eine derartige Herde zusammen, die sich mitunter giftig befehdeten. Die Sprachen hatten sich in ein kaum verständliches Gemisch von ursprünglichen Bezeichnungen und neu dazugekommenen verwandelt, die Lebensart eines jeden hatte die Färbung der Fremde angenommen, Handgriffe und frühere Gewohnheiten waren von der dauernden Not des Augenblicks umgeformt, und der nackte Selbsterhaltungstrieb hatte Freundschaft, Liebe und Familie ins Zufällige geschoben. Es gab nichts mehr von ehedem. Nur eines hatte noch Bedeutung: Etliche hoben den Kopf, schnupperten in die Luft und glaubten zu wissen, daß es von dieser oder jener Himmelsrichtung her »nach Fressalien rieche«. Und dann rochen es alle, und über den ganzen Haufen kam auf einmal eine gierige Spannung. Kein Wort fiel mehr. Dämmer breitete sich aus, und stockfinster wurde es, doch irgendwo in der brauenden Schwärze glomm gelbes Licht. Sie verschnellerten ihren Marsch immer mehr, immer mehr, und strömten darauf zu. Vorposten schwärmten aus – ach ja, und dann war es nur ein Krematorium der Armee, das finster wie ein ungeschlachtes Tier im Dunkel erkennbar wurde, oder ein verlassenes Feuer, das langsam verglomm.

»Nichts!... Wieder nichts!« brummten die Erschöpften. Viele sanken um und überließen sich stumm dem Absterben. Ein Weib krächzte schrill auf, rannte in wilden Sprüngen auf das noch schwach glimmende Feuer zu und warf ihr Kind hinein: »Da! Da, fressen wir's! Da!« Die hungerweiten Augen ringsum glotzten ohne Erregung. Das Kind plärrte entsetzt, tappte hilflos und linkisch aus der aufstäubenden Asche und lief laut weinend zwischen die Füße einer dichten Gruppe. Das schreiende, wahnsinnig gewordene Weib schlug um sich.

»Verrückte Kuh!« stieß einer hervor und hieb die Schreiende nieder. Sie fiel in gestreckter Länge hin, raufte sich die Haare und fletschte die Zähne. Ihr ausgezehrtes Gesicht verzerrte sich, und kreischend lachte sie: »Ja! ... Ja, schlag nur! Schlagt mich tot! Schlagt alle! Schlagt!« Da trat ihr einer ins Gesicht. Die Knochen krachten. Nur die Umstehenden schauten gleichgültig hin. Im Dunkel stand der Haufen, und alle schauten leer ins Leere.
»Droben am Meer soll's noch massenhaft Fische geben ... Man kann hinkommen«, sagte einer, aber niemand gab acht. Die Wüsten gaben nichts mehr her, und der Hunger wurde immer furchtbarer. Längst hatten die Nomaden ihr weniges Vieh aufgefressen, sie fraßen Pferde und Hunde, fraßen Mäuse und Ratten, zupften sich gegenseitig die Läuse vom Kopf und zerkauten sie, fraßen Würmer und Wurzeln oder Baumrinde und überfielen andere Haufen. Endlich schlachteten sie auch Menschen und verzehrten sie. Der Mensch versank ins Bodenlose und wurde Wolf unter Wölfen.
Zuweilen aber glich so eine trostlose Schar einem riesigen Pilgerzug, der nach gräßlicher Heimsuchung einem fernen, unbekannten Gnadenort zuströmte, denn es konnte vorkommen, daß die Gruppen in wirrem Durcheinander die Lieder ihrer ehemaligen Heimat anstimmten. Diejenigen, die am lebhaftesten klangen, überwogen dann und wann, und zuletzt stieg ein seltsames Lautgemenge in die kranke Luft. Von Lenin und Stalin, von Wolga und Don und den unendlichen Steppen sangen die Russen, zwischenhinein floß der Sang von »Lili Marleen« oder das »sound off! one, two / once more! three, four ...« der Amerikaner. Ein keckes sizilianisches Fischerlied übertönte die vollen Bässe eines Negerspirituals und ging dann in altenglischen Weisen unter. Träume von Paris und der sonnigen Provence, von der friedlichen Weite Hollands, von Belgiens reichen Städten, von den freundlichen Dörfern Böhmens, den Fjorden des Nordens, von den lieblichen Seen und Wäldern der Alpen, vom Rhein und vom Schwarzwald wehten aus dem Lautmeer, aber je länger die Irrfahrt dauerte, um so mehr schrumpften auch diese Eigentümlichkeiten zusammen,

denn wo kein Stein mehr auf dem anderen liegt, kein Baum mehr schattet, kein Acker mehr trägt und jede Nähe und Ferne wüstenleer entgegengähnt – was soll da der Mensch? Sinnlos treibt es ihn weiter. Es gab überhaupt keine Heimat mehr. Noch nicht eimal eine Zuflucht. Das war das Ende.

Die Stimmen verebbten. Die Nacht sank herab. Stumpf legten sich die Tausende auf die Erde, und es war, als verschlucke sie das barmherzige Dunkel...

»STIRB UND WERDE...«

Nachdem die strömenden Millionen nur immer und immer wieder in die Vernichtung oder ins eisige Nichts gestoßen waren, lösten sie sich von selber wieder auf. Hunderte und Tausende kleinerer und größerer Scharen wanderten ab und suchten ihr eigenes Heil. Abgesplitterte, räuberbandenähnliche, aber meist schwerbewaffnete Soldatengruppen schlossen sich ihnen an und übernahmen das Kommando. Auf einer tristen Ebene am Südrand einer unpassierbaren, kriegsverwüsteten, sich meilenweit gegen Osten erstrekkenden Gegend machte eine erschöpfte Schar halt. Schätzungsweise mochten es ihrer acht- bis zehntausend sein. Unter zänkischem Geschrei, unflätigem Fluchen und wirrem Durcheinanderkommandieren, mit Gerumpel und Geraufe zerrann der Zug und lagerte schließlich gruppenweise auf den weiten, flachen, schon mit leichtem Dämmer umflorten Flächen. Diese Flächen waren größtenteils plattgetrampelt, was darauf schließen ließ, daß schon andere Scharen hier gerastet hatten und daß keine Seuchengefahr bestand. Da und dort wucherte noch büschelweise ausgebleichtes Gras und kärgliches Gesträuch. Das meiste war Steingeriesel, aus dem manchmal etliche niedere Mauerruinen emporragten. Es war warm und trocken und konnte Spätsommer sein. Der Qualm der vereinzelt aufflammenden Lagerfeuer stieg kerzengerade in die windlose, staubige Luft. Hoch wölbte sich der wolkenlose Himmel, und sein dünnes, glasiges Blau ging schon über in ein ungewisses Grau. Über die Ermatteten und Toten stiegen die Kräftigeren und suchten den Umkreis ab. Gierig hatte jeder den Blick auf die Erde gerichtet, plötzlich bückte sich einer, stieß einen kurzen Laut hervor, fing mit beiden Händen hastig zu scharren an, und alle begannen zu scharren, verdrängten einander und schlugen sich zum Schluß um eine erlegte Maus. Manche Suchende brachen in tiefe Löcher und entdeckten zerfallene Kellergewölbe mit spärlichem, verschimmeltem Hausrat. Es stank pestilenzialisch. Halbverweste Leichen lagen da, mit vielem schleimigem Gewürm überzogen. Schmatzende Ratten hingen daran und stoben erschrocken in dunkle Winkel. Sofort jagten die Hungernden nach ihnen. In der Ebene hatten sich viele an die Grasbüschel gelegt, kratzten nach dem dünnen Wurzelwerk, nach Gewürm und Käfern. Ihre knochigen Kiefer malmten und malmten, und sie stellten fest, daß das welk gewordene Gras noch einigen Saft habe und nicht giftbitter schmecke. Den Lärm, der von den Feuerplätzen kam, übertönten hin und wieder blechern klingende Radiostimmen.

»Hörst du?... Was ist das? Wieder Armee! Immer Armee!« sagte der kleine rothaarige Jankel Rositsch zu seinem Nebenmann Jean, dem Franzosen: »Hauptmann, hört!« Schon längere Zeit kamen nur noch Radiomeldungen aus großen Armeegebieten, und die Flugzeuge, die über den Nomadenschwärmen auftauchten, waren viel seltener geworden. Zuweilen schrieben sie ihre Warnungen ins Himmelsblau, meist aber verschwanden sie, als hätte das, was auf der Erde vorging, für sie keine Bedeutung. Und der Krieg? Was war eigentlich mit ihm? Hatte er sich in andere Regionen verzogen, hatte er eine lautlos schleichende Art angenommen, oder war er an seiner eigenen, sinnlosen Furchtbarkeit erstickt? Beklemmend still war es in der Luft geworden, und stumm glommen die ängstlich gemiedenen, vielzerklüfteten Mondlandschaften, die einst Städte gewesen waren.

»Was du bloß immer mit deiner Armee willst? Alles Scheiße!« knurrte Jean. »Die Hunde sorgen doch nur für sich!«

»Ach!« ächzte ein Grasfresser, der rechts von ihnen lag. Sein langer, dürrer Körper plumpste haltlos flach hin: »Ach! Krepieren!...« Sein Kauen setzte aus. Er stöhnte kurz, rülpste, als wolle er sich erbrechen. Der eingefallene Bauch bog sich nach oben, seine spindeldürren Beine begannen zu zittern, streckten sich und wurden starr.

Er röchelte noch einmal. Sein zahnloser Mund war aufgebrochen. Das zerkaute Grasgekröse und dunkler Saft quollen heraus.

»Weg ist er!« sagte der links liegende, langhaarige, zottelbärtige Mensch, riß blitzschnell seinen Armeerevolver aus dem Gurt, richtete ihn drohend auf Jankel und Jean und griff

nach dem schmutzigbraunen Militärmantel des Toten: »Auf den hab' ich schon lang gewartet...«
»Warum schießen, Bela? – Hab ihn!« rief Jankel ungerührt. »Hab ihn!« Jean riß ein neues Büschel Gras aus. Hastig machte sich Bela daran, dem Toten den Mantel auszuziehen.
Er grinste. »Schau, schau! Das Hemd von einer Madam hat er an!« Jankel und Jean beachteten ihn nicht. Aus den schon angedunkelten Weiten drang Geschrei, und eiliges Getrampel kam näher.
»Wasser! Wasser!... Hurra, Wasser!« schrien viele Stimmen: »Ein Bach! Wasser!« Wie neu belebt sprangen Jankel und Jean auf und rannten in die Richtung. Viele liefen daher.
»Wasser! Gutes Wasser!... Da, gradaus ist ein Bach!« wurde im Stimmengewirr verständlich. Mit Behältern und Gefäßen aller Art liefen die zusammenströmenden Gruppen in die aufsteigende Nacht.
»Gegend gut!« sagte Jankel zu Jean: »Bach da! Vielleicht Fische drinnen! Boden trocken... Werden sagen, bleiben wir!« Er keuchte schwer im hastigen Dahingehen und wiederholte: »Werden wir sagen zu Hauptmann, zu was weiter? Bleiben wir!«
Der Mond kam bleich am sternenleeren Himmel herauf. Jean schaute abwesend in die fahl scheinende Ebene und brummte irgend etwas Unverständliches vor sich hin. Mehr, immer mehr Gruppen überholten sie. Die ganze Schar verlagerte sich nach und nach an den Bach. Als Jankel und Jean dort ankamen, herrschte schon lautes Leben und gefährliches Gedränge. Während die einen unentwegt Wasser schöpften und wegschleppten, stiegen andere in den Bach, leuchteten mit Fackeln und Taschenlaternen die dunkel flimmernde Flut ab, griffen von Zeit zu Zeit in die Tiefe, rückten Steine weg und zogen einen Krebs oder einen dikken Frosch ins Licht. Lustiges Gebrüll gellte auf, und zuletzt füllte sich der Bach von Ufer zu Ufer.
»So läuft er«, stellten etliche fest, die den Wasserlauf untersuchten: »Da müssen wir weiter.« Tastend wateten sie vorwärts: »Und wie breit er ist!... Obacht! Da wird's tief!« Das Wasser stand ihnen schon bis zur Brust, wurde immer tiefer

und kälter. Schlotternd und triefend stiegen sie ans Ufer und gingen weiter. Ihre Stimmen verloren sich in der ungewissen, fahlen Ferne. Auf einmal erschollen aufgeweckte Rufe. Schrille Pfiffe folgten. Es stellte sich heraus, daß der Bach in einen breiten, verlassenen Fluß mündete, der da und dort über die Ufer getreten war und weite, seeähnliche Ausbuchtungen zeigte. Weiter weg zeichneten sich im bleichen Mondlicht die scharfen Konturen des hochgetürmten Gerölls der unpassierbaren Gegend ab.

Die bewegte Nacht verging. Am Morgen zog die Schar an die weitläufige Mündungsstelle und blieb. Sie suchte sich wohnlich einzurichten. Schlimmer, als es bis jetzt gewesen war, konnte es nicht mehr werden, und das Wandern hatte den Sinn des Fliehens verloren.

Wie die paar Tausend an der Bachmündung, erreichten auch andere Scharen so eine ausgestorbene Ödnis, durchschnüffelten sie, wollten eigentlich nur kurze Rast halten und nisteten sich ungeachtet der Gefahren und aller Hoffnungslosigkeit in dieser Wildnis ein. Jeder begann, alte Ziegelsteine zusammenzusuchen, herumliegenden Krimskrams zu sammeln und sich ein Nest zu bauen. Der Schwarm hatte einen Stock gefunden. Schüchtern fing das Leben an – oder auch das endgültige Verhängnis. Aber eine unsagbare Müdigkeit, ein stumpfer Überdruß gegen alles Kriegerische und ein tiefer, verzweifelter Trieb nach Seßhaftigkeit waren über die Nomadenmassen gekommen. Platz war da, unendlich viel Platz! Die verstummte Erde war leer geworden wie ein unentdeckter Kontinent, leer und weit und ohne Grenzen. Weggewischt war jede Spur einstiger Staatlichkeit, und nichts deutete mehr darauf hin, daß sich irgendwo einmal Länder geschieden hatten. Und erschrekkend wenige Menschen gab es nur noch! Nachträgliche Schätzungen sprechen übereinstimmend von kaum mehr als 250 bis 300 Millionen Überlebenden auf der Erdoberfläche, deren jämmerliche Herden durch einen blinden Zufall auf die kahlen Flächen geschwemmt wurden. Ebenso zufällig war ihre Rettung. Sie entsprang einem Umstand, den selbst ein Genie an Weitsicht nicht hätte erahnen können.

Ein fernes Surren, das sich mit dem Näherkommen zu ei-

nem metallischen Geknatter steigerte, erfüllte die frisch besonnte Luft über dem Lager, und selbst der Erschöpfteste hob noch einmal den Kopf. Silbrig wie schwebende Riesenkreuze glänzten Armeeflugzeuge, gingen tiefer und, gleich Tausenden von winzigen Flaumfedern aus zerplatzten Bettdecken, regneten Proklamationen auf die zusammengelaufenen, mißtrauisch emporstarrenden Nomaden herab.
»Papierfetzen! Papier!« schimpften die: »So ein Humbug!« Ihre enttäuschten Gesichter wurden grimmig. Doch kaum hatten einige die niedergeflatterten Zettel entziffert, da änderte sich alles. Jeder johlte mit letzter Kraft, alle winkten wie rasend, schwenkten Hüte und Fetzen und sprangen wie besessen herum. Die Flugzeuge gaben Blinksignale, glitten wie verdunkelnde Wolkenschatten über die gespannte Menge, erreichten endlich seitab auf einem freien Platz den Boden und liefen hopsend über das aufstäubende Geriesel. Endlich blieben sie leicht schaukelnd stehen, und schon waren die Nomaden um sie.
»Platz frei machen! Nur die Hauptleute!« schmetterten Stimmen aus mächtigen Lautsprechern, und das wiederholte sich so lange, bis die Menge zurückwich. Aus den tauüberrieselten, stahlgrauen Flugzeugbäuchen sprangen Offiziere und Soldaten, schwer bewaffnet zwar, aber offenbar nur auf Sicherung bedacht. Sie nahmen abwehrbereite Stellung und verlangten abermals nach den Hauptleuten. »Wenn wir flink sind, gehören die Maschinen uns!« stieß Bela dem neben ihm stehenden Jankel zu und schien zu überlegen.
»Ah, du bist wohl –«, rief der hastig, riß jäh die Augen weit auf und schrie jubelnd: »Rußki! Rußki!« Mit einer kleinen Schar Neugieriger lief er den vorausgegangenen Hauptleuten nach und sprudelte in einem fort aus sich heraus: »Rußki!... Rote Armee! Towarischtschi!« Er bekam eine fast kindlichbeleidigte Miene, als die Soldaten, die sich mit schußbereiten automatischen Gewehren vor die Flugzeuge gestellt hatten, nicht auf seine Zurufe reagierten. Scharf, fast böse schmetterte es abermals aus dem Lautsprecher: »Alles zurück, marsch! Nur die Hauptleute!« Nach einigem Zögern folgten die Herangelaufenen endlich. Die Nomaden-Hauptleute stiegen mit den Offizieren in ein Flugzeug. Lange und

unruhig starrten die am Lagerrand stehenden Gruppen auf die Soldatenkette und murrten durcheinander.
»Weißt du, was die Bande will?« knurrte Bela Jean an. »Vielleicht flitzen sie mit unseren Leuten weg, und wir sitzen allein im Dreck! – Ach, ihr Schlappschwänze, ihr Feiglinge! Ein richtiger Stoß, und wir sind obenauf!«
»Und?... Und dann?... Was haben wir davon?« meinte Jean und maß ihn schräg.
»Idiot!« stieß Bela heraus: »So ein Maschinchen bringt uns doch überallhin... Schleimscheißer seid ihr, sonst nichts!«
»Wart ab, wer der Dümmere ist!« sagte Jean verächtlich.
»Dir zieh' ich noch mal die Haut ab!« murrte ihn Bela giftig an und drängte sich in eine andere Gruppe. Jankel zitterte vor Aufregung, hastete alles mögliche aus sich heraus und wiederholte mit kindlicher Einfältigkeit: »Rußki!... Rote Armee! Es wird werden gut, sehr gut!« Ingrid, sein rundköpfiges, stämmiges, einarmiges Weib, gab ihm einen Stoß und stampfte ungeduldig auf den Boden: »So hör doch endlich auf mit deinem blöden Geschnatter, du Affe!« Einige lachten. Zu den andern gewandt, sagte Ingrid ruhiger: »Was können sie schon groß wollen, wenn sie so lang verhandeln!« Jankel wandte wie eingeschüchtert den Kopf nach ihr und sagte schon wieder: »Aber vielleicht werden sie geben uns – vielleicht –.« »Halt die Fresse, Mensch!« fuhr ihn Bela grob an, denn jetzt stiegen die Hauptleute aus dem Flugzeug. Die Soldatenkette öffnete sich, der langgestiefelte untersetzte Greiner und der riesenlange Norweger Knudsen schritten auf die Wartenden zu.
»Ruhig! Bleibt stehen!« schrie Knudsen: »Der Krieg ist aus! Wir können bleiben, wo wir jetzt sind.« Er ließ Greiner weiterreden. Der straffte sich und schrie mit messerscharfer Kommandostimme: »Wer aber weg will, kann gehen! Die Armee verlangt, daß wir uns ihren Anordnungen unterstellen! Dafür wird sie uns anfangs bei der Versorgung und beim Aufbau helfen. Unser Lager liegt auf ihrem Gebiet. Eine Abteilung von Fachleuten bleibt da. Ein Arzt, Sanitäter, ein Ingenieur und ein Agronom mit seinen Gehilfen sind dabei. Wir sind verantwortlich, daß sie ungehindert arbeiten können. Material und Lebensmittel werden bald herange-

schafft! Wir sind gerettet, versteht ihr?« Ein bellender Jubel zerriß die Luft. Wütend wehrte Greiner ab und schrie weiter: »Aber das geht alles nicht von heut auf morgen! Geduld, und jetzt keine Dummheiten! Stellt euch in Reihen! Mahlzeiten gibt's! Ruhig! Zum Teufel! Jeder kommt dran.«
Die Soldaten bildeten eine Gasse. Mit gierigen Gesichtern und weit aufgerissenen Augen schoben sich die drängenden Reihen durch sie. Wie ein Rudel trampelnder Tiere stießen sie einander weiter. Dampfende Feldküchen standen da, und es roch nach langer, langer Zeit wieder nach würziger Suppe. Ein wildes Gedränge entstand um die Köche, die schöpflöffelweise Suppe austeilten und Brot verabreichten. Doch die Soldaten stießen jeden Vordringenden derb in die Reihe. Und es war auffällig, aufreizend fast, welch winzige Portionen Haferschleimsuppe es gab, welch kleine Brotstükke. Kein Bitten und Betteln half. Murrend schlangen die Hungrigen das Wenige in sich hinein. Enttäuscht, böse und gefährlich lugten sie auf die Feldküchen und auf die Soldaten, die Ballen, Fässer, Säcke und Kisten ausluden und in großer Hast ihre Zelte aufschlugen. »Die Hunde!... Sie haben doch!« knurrte Bela. Die um ihn Hockenden nickten verbissen. Aber was war denn das? Den? Jean, dem Jankel riß es auf einmal den Kopf nach vorn, stöhnend rülpsten sie, ihr dünner Leib zog sich ein, wieder sackte der Kopf wie geschleudert nach vorn, und auf einmal erbrachen sie sich. Der erschöpfte, ausgehungerte Magen hielt auch dieses leichte, wenige Essen nicht mehr. Die Weiber schrien grausig auf, die Kinder plärrten weinend, da alles hemmungslos aus ihnen herausrann. Aus den verzerrten Gesichtern schienen die Augen zu quellen. Viele Erbrechende drückten entsetzt ihre Hände an den Mund, schluckten und würgten das Hochgekommene wieder hinunter in den brennenden Schlund. Wieder andere kratzten und schabten das faulig stinkende, gespiene Essen verzweifelt vom Boden weg und verschlangen es abermals. Nur wenige zerkauten langsam ihr Stück Brot und spöttelten: »Tjaja, so geht's, so geht's, wenn man so viehisch hineinfrißt!« Erst dann machten sie sich gemächlich, fast behutsam an die Suppe. Der Arzt mit etlichen Sanitätern tappte durch die Reihen. Glitschig war der besudelte Boden.

»Gebt uns doch noch!... Bloß ein bißchen!« flehten und jammerten die Hungrigen. Noch einmal wurden kleine Brotstücke verteilt, und endlich lagen die Nomaden in weitem Umkreis da, ruhig und ergeben fast. Die Sonne schien. Sie erwärmte wohlig, und wenn man sich gar nicht bewegte, hörte auch der rebellische Magen zu rumoren auf.
»Sagen – langsam essen – sind gut«, sagte Jankel. Er lag matt da und malmte wie ein wiederkäuendes Schaf.
»Ja, die haben Erfahrung beim Abfüttern«, meinte der neben ihm liegende Jean.
»Das Ärgste liegt doch hinter uns«, brummte Knudsen, sein Brot zerkauend, und Greiner stand da, verfolgte jede Bewegung der Soldaten und sagte etwas entspannter: »Der Anfang ist gemacht... Wir haben Glück gehabt.«
Ganz in der Nähe keiften und balgten sich Weiber und Männer. Wahrscheinlich rauften sie Brot aus. Greiner schritt hinzu und riß einen giftig um sich schlagenden, knochenmageren Alten hoch, schleuderte ihn beiseite und schrie in die Raufenden: »Auseinander, ihr Biester! Ruhe, Hundsvolk, verdammtes!«
Ein Soldat mit einer gelben Trompete schmetterte Signale. Die Nomaden hoben den Kopf und liefen hinzu. Ein Offizier begann vom Flugzeug aus eine Rede. Metallisch klang sie. Staunend vernahmen die Nomaden, daß die Flächen, auf denen sie sich niedergelassen hatten, von jetzt ab ihr Eigentum seien, daß sie eine Gemeinde gründen und ihrer Siedlung einen Namen geben sollten.
»Die veränderten Verhältnisse lassen nichts anderes mehr zu!« sagte der Redner einfach: »Unsere Armee übernimmt euren Schutz. Sie hat die Kontrolle über den Rayon. Alles andere werden eure Hauptleute berichten.« Aufgeweckt brüllte die Menge wirre Zustimmungsrufe. Die Flugzeuge surrten, liefen an, hoben sich vom Boden weg und verschwanden langsam am Horizont. Unschlüssig standen die Nomaden herum und musterten fremd und verwundert die Soldaten, die ihr Lager ordneten.
»Aber wer hat gesiegt?« fragte Jankel Greiner.
»Ha, gesiegt...?« antwortete der wegwerfend und deutete auf einen Soldaten, der eben in ein Zelt ging: »Frag den –

vielleicht weiß er's!« Jankel beugte sich ins Zelt und fragte wiederum: »Towarischtschi! Ich Rußki! Aus Odessa!... Ist Rote Armee Sieger?«
»Du lebst doch noch!... Das ist alles, Freundchen!« antwortete eine leicht hämische Stimme, und im Zeltinnern lachten einige karg. Mit leichter Unfreundlichkeit wandte sich der Soldat an ihn und sagte: »Geh deiner Wege!« »Hm-hm«, machte Jankel und schüttelte den Kopf: »Nicht versteh!« Benommen sah er kurz vor sich hin und trottete mit dem Zug dem Fluß zu. Wie aus unruhigem Nachdenken heraus sagte er während des Dahingehens plötzlich: »Nicht versteh!... Nein, gar nicht! Zu was Krieg, wenn kein Sieg? Nicht versteh!« Niemand schien ihm zuzuhören, niemand gab Antwort. Fort und fort schüttelte er seinen hageren, langen, birnenförmigen Kopf.–
Im Lager berichtete Greiner von neuem von den Ratschlägen und Versprechungen der Offiziere und warnte davor, die Soldaten und Fachleute zu belästigen. Er sprach jetzt weit weniger kommandomäßig. Wiederum mahnte er zur Geduld, die Lebensmittel, Material und etliche Maschinen kämen vielleicht schon in den nächsten Tagen, vielleicht auch erst in einer Woche, aber sonst sei zunächst alles ungewiß. Immerhin, da die Soldaten, die in der dunklen Ebene draußen lagerten, russische waren, mochte Jankel schon recht haben – wahrscheinlich hatte die Rote Armee gesiegt. Doch wen interessierte das schon? Jeder hatte noch den Geschmack der dicken Schleimsuppe auf der Zunge. Die Hauptsache war die versprochene Hilfe. Immer dichter wurde der Kreis um Knudsen und Greiner, der jetzt geendet hatte.
»Also bleiben und abwarten?« meinte Knudsen in seiner langsamen Art, kratzte sich im Genick und wurde nachdenklich: »Eine Gemeinde gründen?... Bleiben, hm...« Sein Gesicht bekam einen Ausdruck, als habe ihn ein unfaßbarer, fast traumhafter Gedanke befallen. »Du meinst – vorläufig?« fragte Jean und sah ihn unverwandt an. Einen Hauch lang schien etwas Verschüttetes in ihnen aufzubrechen, sehr schmerzhaft und ganz vergeblich. Nur ihre Augen sprachen davon, aber auch nur einen Hauch lang.

»Ich find' heut noch hin, wo ich hergekommen bin!« rief Bela, und »Ich Odessa!... Mit Rußki!« hörte man Jankels helle Stimme. Jean und Knudsen sahen wie ärgerlich auf sie. Die meisten lachten plump darüber hinweg, als belustige sie nur Jankels quicker Ton. Nur Jean und Knudsen lächelten kaum merkbar, ohnmächtig und mitleidig zugleich.
»Vorläufig sind wir da und haben allerhand Aussichten!« schrie Greiner mit lebhafter Ungeduld und machte einige abwehrende, entschiedene Armbewegungen, um sich bei dem allgemeinen Gerede Gehör zu verschaffen. Dann kam er auf die Gemeindegründung zu sprechen, aber keiner konnte sich etwas Rechtes darunter vorstellen. Hauptleute hatte man, das war genug! Was denn sonst noch?
Nach langem Hinundherraten wurde aber doch der Name »Flußtal« für die Siedlung gutgeheißen.
Endlich brach man auf und ging auseinander. Groß und dunkel war der Himmel. Die Sterne funkelten um so heller. Schwatzende Gruppen entfernten sich. Ab und zu hörte man Gekeife, Schimpfen und Schreien. Einigen Weibern wurden ihre Haferflocken und die Kondensmilch gestohlen. Gefährliche Schlägereien gab es dabei. Weiterer Zwischenfälle gewärtig, hatten Greiner und Knudsen ihre »Leibgarde«, etliche fünfzig schwerbewaffnete, kräftige Männer, zusammengezogen, die unausgesetzt im weitläufigen Lager patrouillierten. Eine Gruppe dieser Wachleute brachte andern Tags Brot und einige Fässer Heringe von den Soldaten, doch alles war viel zuwenig, und jetzt, nachdem man endlich wieder erlebt hatte, wie das war, etwas in den Magen zu bekommen – jetzt quälte der Hunger noch mehr. Die Leibgarde indessen war unerbittlich. Rücksichtslos hieb sie auf die Zudringlichen ein, und jeder Nomade wußte, wie locker die Kugeln in ihren Revolvern und Gewehren saßen.
Feindselig und lauernd umschwärmten Gruppen das Soldatenlager, das rundum mit Maschinengewehren gespickt war. Gemächlicher Rauch stieg aus den Zelten. Posten gingen auf und ab und kümmerten sich nicht um die Zurufe. Hin und wieder sah man ein schmutzigbraun gestrichenes, hopsendes Auto mit etlichen Uniformierten in den Ebenen umherfahren. Es hielt an. Der Agronom und seine Gehilfen

untersuchten den Boden, der Ingenieur machte Bohrversuche und Messungen mit den seinen.
»Die kochen und fressen!« stichelte Bela, auf die Zelte spähend: »Was wollen die Hunde eigentlich von uns?... Sicher verfressen sie das, was für uns ist, auch!«
»Und uns hängt der Magen heraus! Diese Gauner!« schimpfte ein frierend-schlotternder, kahlköpfiger Mensch mit verschorftem Gesicht: »Weiß der Teufel, was da gespielt wird! Unsere Häuptlinge gehn sicher nicht leer dabei aus!« Er zog die einzige Decke, die von seiner spitzen Schulter herab über den nackten Körper hing, an den knochigen Hüften zusammen und stapfte auf ein nahes Feuer zu.
Überall hörten Greiner und Knudsen dieses gefährliche Murren. Eine unerträgliche Spannung herrschte.
»Wer jetzt nicht aushält, muß weg!« bellte Greiner eine Gruppe an, und seine stahlgrauen, fast brauenlosen Augen funkelten drohend.
»Was willst du, Bela?« schrie er noch giftiger: »Hau ab und mach dich nicht mausig, sonst sitzt dir eine im Bauch!« Bela sagte nichts und trottete weiter. Greiner und Knudsen gingen auf die Soldatenzelte zu, verschwanden und kamen nach einer Weile mit einem bebrillten Mann und vier Soldaten wieder. Die Eskorte blieb vor jedem Lagerplatz stehen. Der bebrillte Mann stülpte sich lange Gummihandschuhe über die Hände, kniete hin und untersuchte die Kranken flüchtig. Er verabreichte Medikamente und machte sich Notizen. Später sah man die Gruppe auf Greiners jämmerliches Zelt zugehen, das auf einem ausgehobenen Kellergeviert stand. Die drei Männer verschwanden darin. Die Soldaten gingen, lässig ihre automatischen Gewehre unterm Arm, vor dem Feuerplatz auf und ab.
»Towarischtschi! Wann kommt Essen?« fragte Jankel hastig und setzte sein bestes Gesicht auf. Keiner der Soldaten antwortete. Sie sahen ihn nicht einmal an. »Wird Rote Armee kommen bald?... Wird sie bringen Essen?« wiederholte Jankel unverdrossen. Da sagte ein dickköpfiger Soldat mürrisch: »Scher dich!« Jankel glotzte ihn groß an, drehte sich um und murmelte im Weitergehen: »Unfreundlich!... Nein, Rote Armee nie unfreundlich! Schlecht, sehrrr schlecht!«

Im halbdunklen Kellergelaß roch es nach modernder Feuchtigkeit, und nichts verriet die geringste Wohnlichkeit; Munitionskisten standen herum, Maschinengewehre und aufgeschichtete Gewehre. Auf dem Boden lagen Felle und Dekken, und nur einiges Hausgerät war da.
»Laßt uns allein, wir haben zu reden!« sagte Greiner zu Weib und Tochter, die unter hochgetürmten Decken in einer Ecke lagen. Sie wandten sich herum und gingen ins Freie. Die drei Männer hockten sich um eine eisenbeschlagene Kiste, die als Tisch diente.
»Möglich, daß sie heute noch kommen, vielleicht auch erst morgen oder übermorgen. Ich weiß nicht... Unsere Funkverbindung klappt einfach nicht, weiß der Teufel!« fing der Arzt zu reden an: »Jedenfalls, ob sie Wellblechbaracken mitbringen, steht dahin... Mein Serum reicht auch nicht hin und her. Das kommt alles erst nach und nach.« Dann nahm er seinen Notizblock und zählte dreiundsechzig Sieche, denen er weder Einspritzungen noch Medikamente gegeben hatte, und forderte, daß mit ihnen so rasch wie möglich aufgeräumt werde. »Das geht«, sagte Knudsen, denn wie die meisten Scharen hatten auch sie Säuberungsgruppen, die den Unrettbaren Gnadenschüsse gaben und sie vergruben.
»Die Gräben ziemlich tief machen! Kalk haben wir dabei«, sagte der Militärarzt aufstehend: »Bald werden wir ja auch ein Armeekrematorium herkriegen... Der Kalk kann gleich geholt werden!«
»Gut«, schloß Greiner.
Am andern Tag zählte der Doktor dreiundzwanzig Sieche. Bela benutzte die Unruhe, die durch die Erschießungen hervorgerufen wurde, und hetzte: »Die rotten uns nach und nach alle aus, Mensch!... Weg mit ihnen! Weg!« Am dritten Tag, als Greiner eben von einer Besprechung mit dem Agronomen Jakulewski zurückkam, schoß Bela auf ihn, und viele hielten sich bereit. Doch die Kugel verfehlte ihr Ziel und streifte nur Jankel am linken Arm. Blitzschnell warf Greiner eine Handgranate auf Bela, und splitternd flogen die Leichenfetzen weit herum. Das wirkte für den Augenblick einschüchternd. In der darauffolgenden Nacht aber fingen die Maschinengewehre bei den Soldatenzelten heftig zu tacken

an. Die sirrenden Kugeln pfiffen über die Köpfe der erwachenden Nomaden. Platzende Handgranaten donnerten, und ein wildes Gebrüll erfüllte die stockdunkle, windige Nacht. Geistesgegenwärtig beugte sich Greiner aus seinem Kellerloch und schrie durch den mächtigen Lauttrichter: »Liegenbleiben! Sollen die Schafsköpfe kaputtgehen! Geht uns nichts an!... Liegenbleiben!« Eine Rotte hungriger Nomaden hatte insgeheim verabredet, auf das Soldatenlager einen Überfall zu machen. In der Frühe lagen an die hundert Tote da, und viele Verwundete stöhnten. In aller Schnelligkeit hatten die Soldaten Brustwehren errichtet und Drahtverhaue gezogen. Kampfbereit lagen sie im Anschlag. Ihr Lager sah ziemlich demoliert aus. Als Greiner und Knudsen mit geschwungenen weißen Fetzen darauf zu wollten, feuerten die Soldaten warnend in die Luft. »Jetzt sieht man's!... Wegräumen wollen sie uns!« umbrüllten die erbitterten Nomaden ihre Hauptleute und waren kaum mehr zu zähmen. Da und dort schrie sogar schon wieder einer etwas von Weiterziehen.

»Geht! Jeder kann weg! Wir halten keinen!« bellte Greiner inmitten seiner Leibgarde. Unter vielen Reibungen verlief der Tag. In der anderen Frühe ratterten zwei Flugzeuge daher und gingen vor dem Soldatenlager nieder, aber es sah eher danach aus, als brächten sie ihren bedrohten Kameraden kriegerische Hilfe. Ergrimmt verharrten die Nomaden einige Stunden am Rand ihres Lagers.

»Jetzt hauen sie uns zusammen! Zu Brei schießen sie uns! Da lieber gleich auf sie los!« drängten sie Greiner und Knudsen. »Lauter Schwindel das mit ihren Versprechungen!« Seit dem Überfall hatten die Soldaten nichts Eßbares mehr geliefert. Der reifüberzogene, wirre Drahtverhau um ihr Lager glitzerte in der Sonne. Drohend reckten die geduckten Maschinengewehre ihre Läufe.

»Was die bloß wollen?« raunte Greiner Knudsen leise zu. »Ich versteh' das nicht.« Unablässig wanderten dabei seine wachsamen Augen umher, suchten den Himmel ab und landeten wieder auf der Menschenwand, die hinter ihm stand. »Still!... Was ist das?« sagte Knudsen, und alle reckten jäh den Hals. Lauschend spähten sie in die nur dünn ver-

nebelten Weiten. Ungeschlacht holpernde Lastwagenkolonnen tauchten fern am Horizont auf und rollten näher. Weiße Fahnen flatterten über den Staubwolken. Dicke rote Kreuze waren hin und wieder auf diesen Fahnen.
»Das sieht nicht nach Krieg aus,« sagte Greiner entspannter und hob seinen Feldstecher an die Augen. »Die scheinen wirklich was zu bringen.«
Nein, es sah weder nach Krieg noch nach Vergeltung aus. Die von keinem zusammenfassenden Generalstab mehr dirigierten, von keiner Regierung mehr versorgten Armeen, und ganz besonders die größten unter ihnen, hatten ganz andere Sorgen. Der Überfall, den ein kleiner Teil der Nomaden auf das Soldatenlager gemacht hatte, war etwas zu Gewohntes. Er war abgeschlagen und der Rache nicht wert. Vier Soldaten waren tot, zwei schwer und neun leicht verwundet. Anderwärts fiel das oft viel ärger aus. Heißhungrige Nomaden stürmten trotz aller Verluste immer wieder gegen so einen Armeestützpunkt und gewannen zum Schluß das Übergewicht.
Es ging um weit mehr als um die paar Toten. Von den umgekommenen Nomaden gar nicht zu reden. Der einzelne Mensch galt weniger als ein Nichts.
Näher, immer näher kamen die polternden Wagenkolonnen und hielten in einer langen Reihe vor dem Soldatenlager.
»Wegbleiben! Wegbleiben!... Nur die Hauptleute!« schmetterte es wiederum aus einem Lautsprecher, und die schon in Bewegung geratenen Nomaden hielten zögernd vor der wurfweit entfernten Soldatenkette an. Greiner und Knudsen durchschritten die Kette. Kurz darauf landeten acht schwere Flugzeuge. Durch die Lücken der aufgereihten Soldaten sahen die verwunderten Nomaden, wie Mehl- und Getreidesäcke, Kisten aller Art, Fisch- und Fettfässer, Kartoffeln und Fleischkonserven abgeladen wurden. Sogar Kühe und Pferde tummelten sich in einem provisorischen Drahtgeviert. Bauholz und Zement, Ziegelsteine, Wellblech, Werkzeuge und Traktoren bedeckten den Platz. Schließlich standen wieder die dampfenden Feldküchen da. Truppweise wurden die Nomaden herangelassen und hastig Rationen an sie verteilt. Das Mißtrauen und der gegen-

seitige Groll wichen. Mit der Zeit gerieten die gesättigten Nomaden in eine fast festliche, glückliche Stimmung und trieben in lustigen Rudeln über das vollgestapelte Gelände. Schüchtern und neugierig betasteten sie die unwahrscheinlich gewordenen Schätze, und die dabeistehenden Soldaten wehrten es ihnen nicht.

»Das ist alles für euch, ihr Knochen!« scherzte einer. Breit lächelte er. Ungläubig sahen sie auf ihn und brachen, so, als hätten sie das längst verlernt, in ein stoßweises, einfältiges Gelächter aus.

»Und das auch?... Vieh?« fragte Jankel mit großen Augen, als ein Trupp der Leibgarde die Kühe und Pferde ins Lager abtrieb.

»Ja, sag' ich! Alles!« nickte der belustigte Soldat. »Hoffentlich freßt ihr's nicht gleich auf!« Wieder erscholl das animalische, wiehernde Lachen ringsum. Unbegreiflich! Phantastisch! War's denn nicht schier ein Märchen? War's ein Traum? Feldmäßig ausgerüstete Soldaten mit gefährlichen Gewehren, gefürchtete Bombenflugzeuge, eine Armee, nur für den Krieg bestimmt – alles jäh, wie aus dem Ungefähren hierhergeschüttet –, und verschenkte lauter rettende, beseligende Dinge des Friedens!

Ein Taumel ergriff die zerfahrene Menge. Männer und Weiber umschlangen die sich heftig sträubenden Soldaten, und es war schwer zu unterscheiden, ob sie lachten oder weinten. Ihre schwirrende Begeisterung, ihr Überschwang war kaum abzuwehren. Jankel schoß umher wie von Sinnen. Seine Augen verschlangen die rettende Fülle. Er hörte hin, wie der Agronom Jakulewski vor einem offenen Sack Winterweizen Greiner und Knudsen erklärte, daß der Boden, wenn man ihn gleich beackere, sicher noch »aufnehme«.

»Huj! Werden wir haben alles!... Alles! Hujj!« sprudelte es über Jankels speichelnasse, bartverhangene Lippen. Es klang, als sehe er, gleich einem verlorenen Wüstenwanderer, dem das jähe Aufscheinen einer Fata Morgana neue, wilde Kraft verleiht, schon saftige Wiesen und wogende Felder. Er gestikulierte mit beiden Armen wie ein Verrückter. Er verrenkte seinen ganzen dürren Körper und stieß in einem fort »Huj! Hu-h, alles, alles!« hervor.

»Ja, ja, du närrischer Kerl, du! Ja, Jankel, alles für uns!« lachte Greiner zum erstenmal freier.
»Wunder! Ganz großes Wunder!« stammelte Jankel und lief schon wieder weiter. Wieselgeschwind bewegten sich seine dünnen Beine.
»Der Narr hat's in sich!« sagte Greiner zu Knudsen.
»Habt ihr viel solche?« fragte der hagere Agronom Jakulewski und sah dem Davonlaufenden nach.
»Nein«, erwiderte Greiner lustig. »Den Jankel gibt's nur einmal.«
»Schade«, meinte Jakulewski, aber gleich wurde er wieder sachlich. Er ließ die Körner durch seine trockenen Finger rinnen und meinte: »Wie gesagt, wir ziehn alle am gleichen Strick. Je schneller ihr in die Produktion kommt, um so besser für euch und für uns. Der Boden ist unversehrt –.«
Gellendes Johlen deckte seine weiteren Worte zu. Die außer Rand und Band geratenen Nomaden tanzten und schrien. Behutsam hielten die Soldaten sie in Schach. Jankel ging unter in der Menge. Sein Gesicht war rot und siedend heiß. Sein Atem flog, und sein Herz trommelte, daß es ihm fast weh tat. Er sah alles und sah doch nichts mehr genau. Er konnte keinen zusammenhängenden Satz mehr herausbringen und plapperte nur noch wie betrunken: »– haben alles! Alles!« Plötzlich nahm er alle seine Kraft zusammen und schrie hell auf: »Urra! Urra!... Rote Armee gut, urra!«
»Hurra! Hurra!« peitschte es tausendstimmig in die bewegte Luft.–

So fing »Flußtal« an. Aus Verlorenheit und einem Grauen ohnegleichen kamen andere wandernde Scharen und begannen überall so. Niemand hinderte sie. Im Gegenteil, die großen Armeen gingen sogar schon daran, Nomadenzüge einzufangen und sie gewaltsam anzusiedeln.
Sie brauchten sie, sie schützten sie. Die »Oasen« waren keine dauerhafte Zuflucht und erschöpften sich im zunehmenden Chaos.
Langsam, gleich Waben, fügten sich die Millionen der Parias aller Länder in die unendlichen Flächen der Kontinente. Wie hatte vor langer, langer Zeit einmal ein vielverlachter Mann

gesagt? »Hunger und Hände und Erde sind da! Alle drei sind von Natur aus da!«
Etwas Entscheidendes geschah: Zum Boden, der seit jeher allen Anfang birgt, hatten die Geretteten zurückgefunden! Und Heimat war auf einmal die ganze Welt! –

Abgesehen von diesen schüchternen, primitiven und oft vergeblichen Anfängen aber herrschte völlige Anarchie. Wenn auch die ungeheure, blindlings dahinrasende Vernichtung nach und nach zum Stillstand gekommen war, der Krieg wütete gewissermaßen in zerkleinerter, tausendfältiger Form weiter und zerfloß ins Unübersehbare. Die Gewalt schien verewigt, Friede und Ordnung unwiederbringlich. Alles lief unkontrolliert in- und gegeneinander. In den Gebieten der großen Armeen diktierten die militärischen Gesichtspunkte. Es gab Ämter, die Betriebe arbeiteten, der Verkehr war sehr beschränkt und überlastet, der Mangel wurde fühlbarer und stieg zur Not, eine schleichende Unsicherheit ging um, und dunkel ahnte jeder Mensch, daß all diese vermeintliche Festigkeit keine Dauer haben konnte. Denn immer noch irrten Menschenmillionen irgendwo umher. Durch die Radios meldeten sich bald da, bald dort neu ausgerufene Regierungen, doch schon am andern Tag waren sie weggefegt und von einer Bande vertrieben und zerrieben. Zum immer unaufhaltsamer um sich greifenden Bandenunwesen kamen die zahlreichen kleineren Heeresteile, die sich in keine Botmäßigkeit bringen lassen wollten und, allmählich in Bedrängnis kommend, über länderweite Gebiete ein unbeschreibliches Schreckensregiment aufrichteten. Mit Hilfe einer ergebenen Mördergruppe, die man »Sicherheitspolizisten« oder »Sipis« nannte, hielten gewalttätige Offiziere ihre demoralisierten Soldatenmassen zusammen und plünderten jede neu entstehende Siedlung aus, wenn sie nicht genügend geschützt war. Tod und Verderben geisterten um die friedwilligen, seßhaft gewordenen Scharen. Erst einmal halbwegs zu sich gekommen und gesättigt, zeigten sich viele Nomaden als das, was sie durch die Katastrophe geworden waren: als Wesen, die sich in keine Gemeinschaft mehr fügen und keine geregelte Arbeit mehr tun wollten. Zu tief waren die meisten der Verwilderung verfallen. Frei wollten sie sein.

Der große Krieg war vorbei, der kleine war ihr Element. Sie

wanderten ab, gingen zugrunde oder fanden in einem anderen Räuberhaufen Unterschlupf.
Die Methoden, dieses monströse Gewirr von Unglück und Zerfall zu entwirren, mußten erst gefunden und immer wieder verändert werden.–

Im Wachraum eines kleinen Armeelagers, der ins Gestein eines etwa tausend Meter hohen Berges eingebaut war und nur an der camouflierten Vorderfront Fenster und Tür hatte, lagen drei Soldaten auf ihren Pritschen und langweilten sich.
»Idiot, warum drehst du ab?« fuhr der eine auf. »Laß doch weiterhören!«
»Ah, was die daherquatschen!... Komm, spielen wir lieber weiter!... Ist doch zum Totlangweilen!« sagte der andere, ein gedunsener, pustelgesichtiger Mensch mit unguten, grünen Augen. Er saß halb aufgerichtet auf der Pritsche, hatte das Spiel Karten in den Händen und mischte sie in einem fort mechanisch.
»Ja, komm!... Alles Scheiße! Spielen wir!« rief der dritte, der eben seine kurze Pfeife ausgekratzt hatte, und stand auf.
»Ich will wissen, was die ausbrüten!« beharrte der erste und ging ans Radio: »Spielt allein, wenn ihr wollt!«
»Quatsch!« rief der Pustelgesichtige ärgerlich: »Mach keine Dummheiten! Was geht denn uns das Geseire dieser Gesundbeter an! Ohne uns –« Mitten in seine Worte schallte die Radiostimme: »– sind viele unserer Kommissare mit den größeren Armeegruppen übereingekommen, sich dem ›Hohen Rat‹ zu unterstellen und als dessen Exekutivtruppen der Weltunsicherheit ein Ende zu machen. Ausdrücklich und feierlich ist beschlossen, daß keine der Vernichtungswaffen mehr zur Anwendung kommen und, wo immer es möglich ist, auf dem Wege gegenseitiger friedlicher Vereinbarung zu einer vorläufigen Ordnung zu kommen. An alle durch den Krieg verlagerten militärischen Einheiten, gleichgültig, welcher Nation, ergeht die Aufforderung, sich ungesäumt mit der ihnen am nächsten liegenden Armee in Verbindung zu setzen. Desgleichen –«
»Mensch, hör bloß auf damit!« schimpfte der Pustelgesich-

tige und höhnte: »Ha, wie die sich so was vorstellen...« Aber laut und gemessen klang das Radio weiter: »– nochmal versichert, daß der Seßhaftmachung heimatloser Scharen ausreichender Armeeschutz und jede Förderung zuteil wird –«

Plötzlich schwieg es. Der Pustelgesichtige hatte über die Schulter des Zuhörenden gegriffen und das Radio abgedreht.

»So! Schluß jetzt!... Wir sind doch nicht deine Affen!« sagte er giftig. Einen Augenblick sahen sich die beiden schweigend und feindselig an, dann ging der erste Soldat wortlos zur Tür hinaus.

Auf der Plattform standen zwei Flakgeschütze mit dünnen, langen, emporgereckten Läufen. Im dicken Glas der kesselförmigen Lampe des Scheinwerfers spiegelte sich die milde Herbstsonne. Ein Fahnenmast ragte auf. Schlaff hing die Fahne herab. Der Novembertag war nebellos. Die Sicht war klar. Der Soldat ging bis zur gemauerten Brüstung und schaute ins Land hinein. Drunten in den kahlen Ebenen rannen zwei dicke, silbrige Flüsse und etliche dünne gewundene Bäche. Die schütteren Waldstriche in der Ferne waren zersplittert. Kein einziger Baum zeigte eine Krone. Nirgends ein aufsteigender Rauch, nicht einmal Vögel flogen. Kein Zelt, kein Haus, kein Dorf, kein Mensch und Tier, nur ganz selten einige Streifen verblichenes Grün in der Ferne. Alles andere Sand und Geröll, dazwischen riesenhafte Erdlöcher, in denen unbewegliche Weiher glänzten. –

»Hm«, machte der Soldat und schüttelte den Kopf. Er war noch sehr jung, vielleicht sechs- oder achtundzwanzig. Man hatte ihn, als noch gar kein Krieg war, mit vielen seinesgleichen über den Ozean gebracht. »Zur Besatzung«, hatte es geheißen. Sie hatten in einer mittleren Stadt gelegen, die im vorhergegangenen Krieg nur wenig Schaden erlitten hatte und schon wieder aufgebaut war. Das Leben war angenehm gewesen. Er war meist einem Außenkommando zugeteilt. Das Land war lieblich und still, die Bevölkerung sehr zuvorkommend – wirklich angenehm.

»Angenehm...«, kam es unwillkürlich über die Lippen des Soldaten. Das Wort klang ganz fremdartig, wie nie gespro-

chen, und sichtlich löste es irgendeinen unbestimmten Reiz aus, der nach und nach seinen ganzen Körper durchprikkelte.
Überdruß und eine vage Sehnsucht übermannten ihn.
»Ja, ja, ja, angenehm...«, wiederholte er, und es war, als fiele ihm im Gemenge der aufbrodelnden Erinnerungen eine ganz lächerliche Kleinigkeit ein, die auf einmal überdeutlich und greifbar wurde.
Da riß der Pustelgesichtige die Tür auf und polterte jovial: »Na, Joe, du Kaffer, so komm doch endlich! Die Karten liegen schon, los!... Was hast du denn? Was glotzt du denn wie ein Mondkalb?« Witternd schnüffelten seine grünen Augen.
»Laß mich in Ruh'!« zischte Joe unvermittelt feindlich: »Ich will nicht! Ich mag überhaupt nicht mehr! Ich habe den ganzen Mist satt!« Er stapfte wütend hin und her: »Weg will ich! Heim will ich!... Warum halten sie uns hier fest wie in einem Zuchthaus? Ich mach' das nicht mehr mit!« Der Pustelgesichtige war vollends aus der Tür getreten, und sein Kamerad tauchte hinter ihm auf.
»Ihr habt doch gehört, daß der Krieg aus ist!« rief Joe und blickte dem breitbeinig Dastehenden ins selbstgefällig lächelnde Gesicht. Ingrimmig und verzweifelt schaute er in die vier Augen, die ihn unbegreiflich empfindungslos anglotzten.
»Haha!« lachte der Pustelgesichtige hämisch und maß ihn von oben bis unten: »Du glaubst also das blöde Radiogewäsch?« Er steckte seine Hände in die zerwetzte, kurze Jacke und sagte sonderbar gedehnt: »Du willst also nicht mehr?«
»Wir wissen doch längst, daß der Krieg aus ist!« brummte Joe unsicher und fragte beinah hilflos: »Wollt ihr denn ewig Soldaten bleiben? Wollt ihr nicht heim?« Die vier kalten Augen ließen ihn nicht los.
»Wir?... Heim?... Mensch, was hast du für Einbildungen? Uns geht's doch sehr gut, du Schafskopf!« antwortete der Pustelgesichtige und maß ihn überlegen: »Na, so komm jetzt! Spielen wir weiter!«
»Ich mag nicht! Ich pfeif' auf alles!... Satt hab' ich's, satt!« stieß Joe wild heraus und lief wieder hin und her. »Du willst

nicht?« fragte der Pustelgesichtige schärfer, und als er keine Antwort bekam, sagte er: »Na, gut«, drehte sich um und ging mit seinem Kameraden in den Wachraum zurück. Fest zog er die Tür zu.
»Der Kerl hat den Koller bekommen!« raunte er kurz und hockte sich an den Tisch. Er überlegte, begann mit den Fingern auf die Platte zu trommeln und sagte gedämpfter: »Hmhm, heim will er... Die Sipis werden ihm das schnell austreiben... Oder was meinst du, Owen? Vielleicht machen wir den Job.« Er grinste leicht.
»Nicht übel... Man krepiert sowieso vor Langweile«, meinte Owen und stopfte sich gleichgültig seine Pfeife.
Der Pustelgesichtige schaute durchs Fenster, als schätze er sein Opfer ab: »Jaja, Häschen, schau dir nur noch mal die schöne Welt an!... Du weißt noch nichts von deinem Glück!« Leise pfiff er ein Lied vor sich hin. Draußen war Joe an die Brüstung gegangen. Man sah nur seinen Rücken mit den eckigen Schultern. Er schaute geradeaus in den leeren Himmel. Ein paarmal schluckte er trocken. Heim wollte er? Heim? Seitdem Krieg war, hatte er nie wieder etwas von Philadelphia gehört. Sicher war die Stadt ausgelöscht. Wahrscheinlich sah das ganze pennsylvanische Hügelland genauso aus wie die zerbröckelten Flächen unter ihm.
»Du willst nicht?... Na, gut!« Wie dunkel-drohend das geklungen hatte. Ein Grauen beschlich Joe. Unwillkürlich griff seine Hand nach dem Revolverschaft am Gurt. Kälter, immer kälter stieg's aus seiner Herzgrube zum Hals. Totenblässe breitete sich auf seinem Gesicht aus. Gewaltsam gab er sich einen Ruck, drehte sich um und ging in den Wachraum zurück.

»Spielen wir!... Meinetwegen!« sagte er und hockte sich hin. Unbemerkt warfen sich die zwei anderen einen vielsagenden Blick zu.
»Na, siehst du, Mensch! Siehst du!« rief der Pustelgesichtige aufgefrischt und klopfte Joe lachend auf den Rücken: »Nur keine Schlappheit vorgeschützt, Freundchen!«
»Laß das! Los – Los!« wehrte Joe ab und nahm die Karten auf. Seine Miene war verschlossen. Seine Hand zitterte

nicht. Gespannt verfolgte er jede Geste, jeden Blick seiner Partner.
Nach einer Weile klingelte das Telefon schrill.
»Verflucht, im schönsten Spiel! Die verrückten Hunde!« knurrte der Pustelgesichtige und griff nach dem Hörer: »Hallo! Wache eins! Wer spricht!« Er zog seinen Bleistift und schrieb. Seine Miene versteifte sich enttäuscht: »Ja, verstanden, all right!... Drei Bomber, Type N 63. Einlassen, all right!« Weiter redete er, während sein Bleistift über das Papier lief: »In zirka dreißig Minuten, all right!... Hallo!... Ja!... Aus nördlicher Richtung, all right! Bei Sicht sofortige Meldung, all right!« Ärgerlich warf er den Hörer in die Gabel: »Mhm, das auch noch!... Ich danke!«
»Es wird also verhandelt?« fragte Joe eigentümlich belebt und legte seine Karten hin. Sprungbereit saß er da.
»Verhandelt?... Was weiß ich!« warf der Pustelgesichtige hin und maß ihn schräg: »Warum wirfst du denn das Spiel hin?« Mit einem Ruck stand Joe auf und lehnte sich an die Wand: »Zu was noch spielen?... Die kommen doch gleich!«
»Ja – und –?«
Scharf maß Joe die zwei andern und sagte fast spöttisch: »Scheint also doch kein Gewäsch zu sein, das im Radio?«
»Möglich«, tat Owen gleichgültig. Um den Berg draußen ratterten zwei Jagdflugzeuge und surrten nordwärts.
»Mensch, was wird da bloß gespielt... Im Norden sitzen doch die Russen«, meinte jetzt der Pustelgesichtige in ganz anderem Ton. Auch er zeigte keine Spiellust mehr, stand auf und ging hin und her: »Die Gauner wollen uns sicher nur einseifen...«
»Aber Bill!« versuchte ihn der feststimmige Owen zu beruhigen: »Einseifen?... Unser Alter ist doch ein Fuchs! Wart ab!« Er reckte sich gähnend: »Ist doch alles Scheiße, reine, feuchte Scheiße!«
Joe lehnte noch immer da, wie zufällig die Hand auf dem kalten Revolvergriff. Der Pustelgesichtige beachtete ihn nicht weiter. »Gut, warten wir ab«, sagte er und ging ins Freie. – Begleitet von den zwei Jägern, kamen die Bomber zur angegebenen Zeit an und landeten auf der Ebene, unweit der ersten Bergabhänge. Mit dem lauten, billigen Pomp, den die

kleinen Armeelager bei ähnlichen Gelegenheiten entfalteten, wurden sie empfangen. Steif ausgerichtet standen die feldmarschmäßig ausgerüsteten Soldatenreihen da, Fahnen wehten, und mehrere Musikkapellen schmetterten. Vor einer Kolonne schwerer Autos, umringt von seinen Hauptleuten, wartete der feiste, ordenüberladene Kommandant und ging den aussteigenden fremden Offizieren gemessen entgegen. Kurzer Händedruck, einige förmliche Worte und Zurückgehen auf die Autos. Befehle erschallten, die Trommeln wirbelten dumpf, die Blechmusik fiel ein, und hinter den langsam fahrenden Autos rauschte der Marschschritt der Regimenter.

Das Bankett – meist wurden dabei gefährliche Gäste vergiftet – lehnten die fremden Offiziere ab. Auch für sonstige Freundlichkeiten zeigten sie kein Interesse. Nüchtern und bestimmt begannen sie sofort die Verhandlungen. »Meine Herren«, beteuerte der dicke Kommandant, »so geht das nicht!... Bei uns herrscht die traditionelle Demokratie unseres Landes.«

»Gut, befragen Sie Ihre Truppen!« fiel ihm der Hauptsprecher der fremden Delegation ins Wort: »Wir haben wenig Zeit...« Ohne andere Einwände abzuwarten, erhob er sich mit seinen Offizieren.

Als die Herren auf der Balustrade des Stabsgebäudes auftauchten, nahmen die Soldaten auf dem Platz stramme Haltung an und sahen gespannt nach ihnen. Leise klirrten die in der Sonne flimmernden Orden des Kommandanten, als er ans Megaphon trat. Wie schimpfend, mit fetter Stimme, begann er zu reden. Die Laute prallten an den umliegenden Bergwänden ab, hallten blechern nach, und vieles blieb unverständlich. Auch er sagte etwas von einem »Hohen Rat«, vom Kriegsende und von der Vereinigung aller militärischen Einheiten zu einer »Weltarmee«.

»Mensch, aus ist's!« raunte da und dort ein Soldat seinem Nebenmann zu: »Wir sitzen in der Tinte.«

»– – Verantwortung allein nicht übernehmen – – Euer freies Einverständnis –«, gellte über die Köpfe, doch der Widerhall ließ die weiteren Worte zerflattern. Sie brachen ab. Es wurde still.

»Hand heben, wer für Kapitulation ist! Los!« schrien die Flügelmänner, aber eine Flut von Flüchen übergoß sie. Zwei Hauptleute sprangen von der Balustrade, rannten mit gezückten Revolvern auf die vorderen Reihen zu und brüllten abgehackt: »Hand hoch! Hört ihr nicht?! Hände hoch, ihr Biester!«

»Was? – Weg mit den roten Schweinen! Killt sie!« kam es von allen Seiten aus den unruhig werdenden Soldatenreihen. Der Kommandant auf der Balustrade reckte einige Male seine dicken Arme, schrie auch etwas, drang aber nicht mehr durch den ansteigenden Lärm und wandte sich an die fremden Offiziere: »Sie sehen, meine Herren, ohne meine Soldaten kann ich nichts beschließen... Man muß uns Zeit lassen.« Auf dem Platz hatten sich schon einige Reihen gefährlich ausgebuchtet und drängten nach vorn. »Los! Drauf! Weg mit dem frechen Gesindel!« war deutlich zu verstehen. Schweigsam und gespannt standen die fremden Offiziere da. Der Kommandant wurde durch die kalte Ruhe irritiert und redete davon, daß ihn keine Verantwortung treffe. Der Lärm auf dem Platz wurde jetzt allgemein. Die Soldatenreihen wogten ineinander.

»Meine Herren, es geht um Ihr Leben!« keuchte der kurzhalsige Kommandant und wollte ins Stabsgebäude zurück. Ein fremder Offizier vertrat ihm den Weg.

»Nieder, ihr Gauner! Nieder!« schlug es an die Bergwände. Die Meute schien jeden Augenblick loszubrechen. Fäuste hoben sich, Gewehre wurden geschwungen. Aus einem verschwommenen Surren in der Luft wurde rasch ein ohrenbetäubendes Knattern. Wie riesige Raubvögel, die den besten Stoß auf ihre Beute überlegen, kreisten mit einem Male Schwärme schwerer Bomber über dem Tumult zwischen den kesselnden Bergen. Das Geschrei brach ab. Der Tumult erstarrte. Bestürzt sahen die Soldaten in die Höhe.

»Ihre Regie hat nicht geklappt«, sagte der Führer der fremden Offiziere geringschätzig zum verblüfften Kommandanten.

»Hände hoch! Hand hoch, zum Teufel! Sie schießen uns doch in Klumpen!... Hände hoch, ihr Biester!« plärrten die Hauptleute wieder. Die stumm gewordenen Mannschaften

folgten mechanisch. Ihre ineinandergeratenen Reihen ordneten sich. Stumpf gehorchten sie den Kommandos und zogen abermals in die Ebene hinaus. Keine Trommel wirbelte, keine Musik spielte mehr. Ein großer Teil der Bomber war niedergegangen. Starke fremde Militärabteilungen entwaffneten die Soldaten, sonderten die Hauptleute ab und übernahmen nach einer gründlichen Durchsuchung das Lager.
»Jetzt ade, alte Herrlichkeit!« lächelte Owen, als sie abtransportiert wurden: »Weiß der Teufel, was die mit uns vorhaben!« Er, Bill und Joe standen mit einigen Hundert eng aneinandergepreßt in einem brummenden, mächtigen Flugzeugrumpf. Da sie brauchbare Berufe hatten, waren sie mitgenommen worden.
»Du hast Glück gehabt, Freundchen«, kicherte Bill Joe zu. Sein Atem stank jauchig. Rachsucht und Mordlust witterten über sein Pustelgesicht.
»Warum?« stellte sich Joe arglos. Bill grinste ihn breit an. Raubtierhaft fletschten seine Pferdezähne. »Darum!« kicherte er wiederum, schlang blitzschnell seinen sehnigen Arm um Joes Genick und zog das Gesicht des sich Sträubenden in das seine. »Bist uns durchgerutscht, du Biest, aber –«, gurgelte er giftig heraus. Weit riß er den Mund auf, daß die Kiefer knackten. Dann biß er Joe das Ohr ab. Joe schrie auf und stieß wie rasend um sich. Vor ihm stand das triumphierende Gesicht Bills. Dickes Blut rann über den borstigen Bart. Mit wilder Lust biß er in die weichknochigen Ohrfetzen. Noch als er umsank, grinste er. –
Im Krankenrevier, nach der Ankunft im großen Armeelager, fragte der Arzt Joe nach seinem ursprünglichen Beruf. Maschinist aus Philadelphia, war die Antwort.
»Oh, ein Landsmann!« sagte der Arzt, und von ihm erfuhr Joe, daß die Stadt und fast ganz Pennsylvanien verwüstet seien.
»Ja, ja –«, stotterte Joe benommen und bekam verstörte Augen: »Ich kann also nicht mehr zurück?«
»Zurück?« meinte der Arzt halb mitleidig und halb traurig: »Keiner von uns kann zurück! Jeder muß bleiben, wo er ist, und schauen, wie er durchkommt.«
Wieso er denn als Amerikaner zu den Russen komme, ob sie

ihn gefangen hätten, wollte Joe vom Doktor wissen. Der schüttelte verneinend seinen dünnhaarigen Kopf und lächelte.
»Das ist alles gewesen, Mann! Das kommt nie mehr!« sagte er ein wenig belebter: »Lauter Dummheiten das – Russen, Amerikaner und so weiter! – – Du bist jung! Du kannst noch viel sehen und erleben...« Joe verstand von alledem kaum etwas. Er begriff nur dunkel, daß er allein wie Tausende und aber Tausende in der zerschlagenen Welt stand. Das abgebissene Ohr brachte ihm Glück. Man war aufmerksam auf ihn geworden, und der Arzt empfahl ihn weiter. Mit einem Detachement vieler Fachgruppen kam er später nach Flußtal. Man nannte solche Gruppen »Qualifikanten«, weil sie aus Ingenieuren, Architekten, Technikern und qualifizierten Arbeitern aller Völker bestanden. Bei Kriegsbeginn hatten die Regierungen in Übereinkunft mit den Gewerkschaftsführern solche Detachements geschaffen. Es waren gleichsam technische Leihtruppen, die man überall hinwarf, wo die Zerstörungen einen gefährlichen Mangel erzeugt hatten. Schon damals hatte jeder Staat gezwungenermaßen die gesamte Wirtschaft übernommen. Es gab keinen privaten Kapitalismus mehr. Damit wurde aber auch – ohne daß es die gut verdienenden Arbeiter zunächst ahnten – die Macht ihrer Gewerkschaften fiktiv. Sie verwandelten sich in Staatsämter, deren Funktion nur noch darin bestand, sich nach der Gesetzmäßigkeit des bedrohten Ganzen zu richten. Einmal eingegliedert in den Riesenapparat des Krieges, wurden die Arbeitermassen zu Soldaten an den »internationalen Heimatfronten«. Nicht ihre frühere Führung, sondern der Staat bestimmte über sie. In der Hoffnung, daß dies nur eine vorübergehende Notwendigkeit sei, glaubten sie den dahin gehenden Erklärungen ihrer Gewerkschaftsleitungen, doch der ungeheure Zusammenbruch machte alles zunichte. Es gab kein Zurück ins Vergangene mehr.
Nach unsäglichen Mühen und bitteren Fehlschlägen hatte sich aus den überlebenden Delegierten der einstigen »Vereinten Nationen« ein »Hoher Rat« gebildet. Daß er sich bilden konnte, war nur deswegen geglückt, weil mit der völligen Verwüstung ihrer Länder auch alle wichtigen Regierun-

gen untergegangen waren und weil die leitenden Offiziere der verschiedenen Armeen bald zur Einsicht kamen, daß sie sich mit ihren Heeren auf den engen Gebieten verschont gebliebener Erde nicht halten konnten, wenn Handel und Wandel der Welt nicht in Gang gebracht wurden. Nach langen Verhandlungen zwischen den kühnen, geschickten Kommissaren des »Hohen Rates« und den Offizieren wurden die noch erhaltenen technischen Arsenale und der da und dort noch halbwegs funktionierende Produktionsapparat für die kommende Weltregierung gesichert. Die Idee der »Qualifikanten«-Bataillone nahm der Rat wieder auf, und die Armeen unterstützten ihn darin. Sie stellten solche Gruppen zusammen, die auf Anordnung des Rates in alle Weltgegenden dirigiert wurden, um neue Siedlerstädte aufzubauen, die zerstörten Eisenbahnstrecken zu reparieren und neue zu legen, Staudämme und Elektrizitätswerke zu errichten und stehengebliebene, verlassene Fabriken wieder in Gang zu bringen. Mit Hilfe eines komplizierten elektrischen Verfahrens »enteisten« sie die davon betroffenen Städte und Landstriche. Die Städte zerfielen zwar in sich, aber sie bargen viel verwendbares Bau- und anderes Material.

Zu all diesen Arbeiten waren die seßhaft gewordenen Nomadenmassen nicht zu gebrauchen. Aber Menschen wie Joe gab es noch Tausende und Zehntausende, und da sie nicht mehr wußten, wohin, ließen sie sich gern in die »Qualifikanten«-Bataillone einreihen. Dabei genossen sie auch große Vorteile.

Und die leere Welt war vielleicht doch noch irgendwo schön und bot vielleicht noch mancherlei.

Tief und unaufhaltsam dämmerte es in allen Menschen auf, daß Krieg und Sieg nichts mehr entscheiden konnten. Die Wüste mußte erobert werden, und nur friedlich konnte sie bezwungen werden! –

»Gut, na gut!« sagte der ungeschlachte Riese Gunnar Mikkelson ironisch und zuckte die bergigen Schultern. »Gut, wir haben den Frieden nominell proklamiert. Wir haben die Atombomben und alle Vernichtungswaffen abgeschafft oder unter unsere Kontrolle gebracht – ich hoffe wenigstens! Aber ob das allzuviel ändert, weiß ich noch nicht.« Seine wässerigen, etwas zerlaufenen, unverblüffbaren hellblauen Augen hinter den altmodisch gefaßten Brillengläsern sahen verächtlich im Kreise herum. Die dichten, wirr überhängenden, schmutzblonden Brauen erzitterten, als er die breite Nase einige Male hochzog und hörbar ein- und ausatmete. Ebenso erzitterten die schon ausgebleichten Haarspitzen seines zerzausten Schnurr- und Vollbartes, den die wulstigen, gesundroten Lippen trennten. »Da sitzen wir nun als ›Hoher Rat‹ und proklamieren in die Welt hinein!« fuhr er noch respektloser fort: »Aber diese Welt kennt uns kaum und geht ihren eigenen Gang. Wir hängen völlig in der Luft. Sozusagen auf täglichen Abruf! Wenn es morgen unseren Armeen einfällt, uns wegzujagen, wenn sie sagen: ›Schert euch zum Teufel, wer hat euch überhaupt gewählt?‹ – weg sind wir!... Und sie hätten sogar recht! Hat uns wer gewählt?... Hmhm, gespenstisch, gespenstisch!« Nein, es hatte sie niemand gewählt oder gerufen. Sie hatten sich gleichsam selber ernannt. Sie waren nichts als ein kläglicher Rest der einst so stolzen Institution »Vereinte Nationen«, die in New York untergegangen war. Eigentlich waren nur der amerikanische Militärsachverständige, General Roger Shepert, und der russische Oberst Sergej Mellnikow, die sich damals nicht in New York befunden hatten, richtige Mitglieder der »Vereinten Nationen« gewesen. Bei allen anderen handelte es sich um mehr oder weniger wichtige Unterbeamte und Berater, die zufällig weit weg auf Urlaub oder auf Dienstreisen gewesen und dadurch der Katastrophe entgangen waren. Wie durch ein Wunder waren Shepert und Mellnikow in der undurchdringlichen Wirrnis wieder in Verbindung gekommen, hatten sich getroffen und mit großer Zä-

higkeit die anderen aufgespürt. Mit unendlicher Geduld und behutsamem Geschick waren nach und nach Friedens- und Vereinigungsverhandlungen mit den zersprengten Armeen aufgenommen worden. Eine wichtige Armeeleitung sicherte den Standort, und man konnte sich durch Radiosendungen der zerronnenen Welt als »Hoher Rat« verkünden, ohne irgendein Echo zu finden. Alles blieb vorderhand ungewiß und provisorisch. Die vielvermischten Einwohner der nur wenig zerstörten, muffigen, vollgestopften amerikanischen Mittelstadt – kleine Geschäftsleute, verwahrloste Rentner, gleichgültige Neger und neuhinzugekommenes, abenteuerndes Gesindel – hatten anfangs die obskuren Fremden, die sich da täglich ohne jede Förmlichkeit und wie zu einer bedeutungslosen Versammlung in einem umfänglichen, massiven, ehemaligen Klubhaus versammelten und mit den Militärs konferierten, nicht weiter beachtet. Nach und nach aber, nachdem fühlbar wurde, was dieser seltsame Verein eigentlich trieb, machte sich eine bissige Ablehnung breit, und nur die Wachabteilungen der Armee schützten die Ratsmitglieder und verschafften ihren Anordnungen Respekt.
»Die haben uns grad noch gefehlt, diese Herren Regierer«, murrten die Leute und fügten sich nur höchst widerwillig.

Und die »Regierer« selbst? Jeder von ihnen hatte das Grauen des Krieges in irgendeiner Weise miterlebt. Jeder hatte dabei Augenblicke gehabt, in welchen der Mensch anfängt, an jedem Sinn des Daseins zu zweifeln. Außer seinem Leben hatte er so ziemlich alles verloren. Die meisten waren, wie man das nannte, »verzigeunert« und gaben nicht mehr allzuviel auf sich. Sie stammten aus allen früheren Ländern und Gesellschaftsschichten, doch in der langen, furchtbaren Ungewißheit schien all ihr Vergangenes – die Merkmale ihrer Herkunft und ihr national Besonderes – gleichsam erblindet. Gewiß war ihnen die Sprache ihrer einstigen Heimat noch geläufig, aber sie sprachen nur noch das im Rat gebräuchliche, längst gewohnte Englisch. Sie lebten wie die tausend Menschen in dieser fremden, feindseligen Stadt, ja meistens noch schlechter. Manche hatten nach langer Mühe und großer List eine enge Wohnung ergattert, andere hausten zu zweit oder dritt in einem demolierten, armseligen Häuschen in einem Außenbezirk, viele waren gerade noch in einem Zimmer jener heruntergekommenen Hotels untergekommen, welche die Wachtruppen für sich beschlagnahmt hatten, und einige hatten sich fürs erste einfach im Klubhaus häuslich eingerichtet, wie der eremitische, wortkarge Engländer Cecil Dickson, der mit seiner jüngeren irischen Frau in einem Dienerzimmer im Dachgeschoß logierte. Immerhin waren sie Menschen geblieben, Menschen zwischen gestern und morgen.

»Offensichtlich«, sagt ein sehr kritischer, zeitgenössischer Bericht aus jenen Anfangszeiten des Rates, »ist kein politisches Genie unter ihnen. Politische Genies neigen erfahrungsgemäß zur persönlichen Diktatur, und daraus entwikkelt sich zwangsläufig eine politische Tyrannei. Zum größten Teil sind es Menschen mit einem nüchternen, praktischen Hausverstand. Einige zeigen eine ausgesprochene Begabung, komplizierte Dinge zu vereinfachen, was sich oft als nicht sehr vorteilhaft erweist. Es gibt gewiß auch weitsichtige, sehr klare Köpfe unter ihnen, die unter anderen Umständen die Führung an sich reißen würden. Bei einigen derselben hat man zuweilen den unangenehmen Eindruck, als sei das rein Menschliche in ihnen zerstört oder versteint. Sie denken schematisch und verfallen zeitweise in eine gefährliche Routine, die an manche Staatsmänner der Vergangenheit erinnert. Glücklicherweise aber ändern sich die Aufgaben jedes einzelnen fast täglich, so daß keine allzu große Eigenwilligkeit und kein störender Ehrgeiz mehr aufkommen können.«

Täglich, stündlich zerrieben die lächerlichsten Kleinigkeiten, tausend Hindernisse und schreckliche Überraschungen im großen die Nerven der Ratsmitglieder. –

Mit verquollenem, blau angelaufenem Gesicht und zerkratzten Händen kam Mikkelson eines Morgens zur Sitzung. Etliche umherstreifende Räuber hatten ihn beim Aussteigen aus dem Auto niedergehauen und waren im Wagen davongefahren.

»Sie haben ja recht gehabt«, meinte er, wie sich selbst verhöhnend: »Der Wagen hat zwar nicht mehr viel getaugt, aber für unsere neue Weltwährung gibt ihnen vorläufig kein Mensch was. Mit dem Wagen können sie immerhin noch allerhand anfangen.« Er nahm die verbogene Brille ab, deren Glas zerschlagen war, rieb sich die rinnenden Augen und redete weiter: »Sie waren sogar noch human! Andere hätten mich gleich totgeschlagen – aber was mach' ich mit einem Auge?... Wo krieg' ich ein neues Glas her?«

»Ist das Auge verletzt?« fragte Ellen Oesterberg besorgt. Sie war die Jüngste im Rat, Skandinavierin wie er und ehemaliges Mitglied des Internationalen Arbeitsamtes. Sie hing an ihm wie an einem unfehlbaren Vater.

Als Mikkelson verneinte, tröstete ihn der sehnige Shepert: »Nehmen Sie's einfach! Der Optiker unseres Wachregiments hat sicher eins.« Als gewesener General erreichte er bei diesen Truppen alles.

So eng, so arm, so hilflos und provinziell fing der »Hohe Rat« an. Das begann mit der Gereiztheit des Unausgeschlafenseins am Morgen. Es war nicht genügend Papier da; es mangelte an Strom und Licht; die Sekretärinnen waren überlastet und begannen zu keifen. Es gab Reibereien zwischen den Ratsmitgliedern, die sich wegen der zu knappen Räumlichkeiten störten und behinderten. Die Heizer hatten sich betrunken. In den Büros und Sitzungszimmern war es eiskalt. Und von überallher meldeten die Funksprüche Hiobsbotschaften. In Südamerika wüteten Pest, Cholera und Fleckfieber. Die medizinischen und sanitären Hilfsaktionen waren zu schwach, richteten nichts mehr aus, und Nachschub war unmöglich. Die dortigen Truppen weigerten sich, die verseuchten Haufen einzufangen, meuterten, brachten ihre Offiziere um und machten sich irgendwo in den Gebirgen selbständig. Die provisorischen Kommissare des Rates wurden totgeschlagen. Man mußte alles verschieben, laufen lassen.

In Indien waren plötzlich wieder fanatisierte Religionssekten auferstanden und rotteten einander gegenseitig aus. In der einstigen Sowjetunion versuchten frühere Parteikader, kleinere und größere Diktaturen aufzurichten. – Frieden

wollte der Rat! Festigung und Ordnung wollte er, und Krieg mußte er führen, immer noch Krieg!
Jeden Tag stand man mit all seinem Denken und Planen vor der ganzen, runden, brodelnden Welt. Wie eine immerwährende, krankhafte, peitschende Erregung fraß sich die zukkende, drohende Menschheit ins Innere. Die Arbeit türmte sich im Rat. Die Arbeit riß hin und schob jeden, der nicht mitkam, beiseite. Gleich einem Grubengaul, unentrinnbar war jeder – wie der vierschrötige, immer ernste polnische Gewerkschaftsführer Stanislaus Ussitzki sagte – »in sein Geschirr geschlagen«. Es gab Ratsmitglieder, die waren politische Kommissare, wirtschaftliche Beauftragte, Verwaltungsbeamte und Gesetzgeber zu gleicher Zeit. Die Bürokratie zerflatterte, die Ressorts wurden unhaltbar... Aus dem, was aus der Vergangenheit noch brauchbar erschien, versuchten die meisten ihre Gedanken und Entschlüsse zu formen, aber schon im nächsten Augenblick verschwand alles. Es ging unter in der brennenden Sekunde. Wichtig war nur noch – standzuhalten! – –
Mikkelson reckte sich. Seine Brust dehnte sich. Er rang nach Luft. Ganz in sich hineingeduckt saß Ellen da und schielte bekümmert zu ihm hinüber. Leise Angst befiel sie. Die Anspannung steigerte sich oft ins Unerträgliche. Sie machte fast körperlos und wurde zu einer Art blinder Besessenheit, gegen die sich der rechnende Verstand verzweifelt wehrte.
»Zum Ersticken!« murrte der stutzerhafte, gelbgesichtige, dunkelhaarige frühere französische Kolonialminister René Mauvin mißlaunisch: »Wir versacken im Schlamm!« Er war der einzige, der noch halbwegs etwas auf sich gab. Beleidigt sah seine Miene aus, so, als mute man ihm etwas Ekelhaftes zu.
»Es summiert sich... Quantität hat auch ihre Vorteile«, höhnte Mellnikow, ohne aufzublicken. Er durchlas den Bericht der Kommissare aus Indien, die sich über das brutale kriegerische Vorgehen der Truppen beschwerten und Abhilfe verlangten. »Nicht Krieg ändert die Verhältnisse. Die Gutwilligen müssen geschützt werden«, hieß es. Woher sollte man soviel Bewachungstruppen nehmen? »Laufen lassen! Einfach laufen lassen«, meinte Mauvin zynisch.

Unwillkürlich fuhr sich die eckige, etwa fünfzigjährige Schweizerin Gertrud Rechlin durch ihr leicht angegrautes Haar. Ihr Kopf brummte. Die Augen brannten. Ihre Nerven fieberten und schmerzten jetzt schon. Wie von selbst biß sie die Zähne aufeinander und schluckte, als würge sie etwas in der Kehle hinunter. Verloren starrte sie in die staubige Büroluft.
»Ich kann nicht mehr!« hauchte sie leise und erschöpft. Sie preßte ihre Stirn mit beiden Händen zusammen, drückte die heißen Augenlider fest zu. Der silbergraue Quäker John Barry, dessen blasses Falkengesicht verbraucht aussah, blickte sie an.
»Nehmen Sie einen Schluck Wasser!« sagte er. »Lassen Sie sich einen Augenblick gehen.« Neben ihm saß der wollköpfige, kohlschwarze nubische Philosoph Ibn Lassi mit seinen tiefglänzenden Augen. Er lächelte kindlich, daß seine schneeweißen Zähne sichtbar wurden, und sagte ebenso: »Rauchen Sie eine Zigarette... Bitte!« Aber auch seine Hand zitterte. Gierig schluckte Gertrud. Mechanisch zündete sie sich eine Zigarette an und sog den betäubenden Rauch in sich hinein. Endlich fing sie sich wieder. »Ja! Ja so...!« haspelte sie verlegen heraus und beugte sich wieder über ihre Papiere.
War es Tag? War es Nacht? Man wußte es nicht. Die Stunden schienen angefüllt mit irgendeinem schauderhaften, immer gleichmäßigen, eintönig tickenden Geräusch, das Kopf und Hirn und den ganzen Körper durchzog. Erst wenn Dicksons Frau auftauchte, wußte man die Zeit wieder. Sie und ihren Mann, ja, die konnte nichts umwerfen. »Äh! Ähäch!« machte Mauvin, wenn er hinschaute. Wahrscheinlich geschah es aus Ingrimm, weil er diese robust gesunden Menschen beneidete. Der schmalbrüstige, blasse Tscheche Jan Nowak ärgerte sich genauso, aber er schwieg. Es entbehrte nicht einer gewissen Rührung und es sah in diesem wirren Getriebe doppelt provinziell aus, wenn die sorgende Irin pünktlich zu jeder Essenszeit zu ihrem Mann kam und ihm – ganz gleichgültig, wie wichtig die Sitzung war, und dessenungeachtet, wie dringend und turbulent es dabei zuging – leicht von hinten auf die Schulter tupfte, indem sie ge-

schwind flüsterte: »Cecil, hast du Zeit? Cecil, hörst du?... Kannst du kommen, oder soll ich dir was bringen?« Ohne ungeduldiges Wimperzucken hob Cecil dann sein längliches, knochiges Gesicht und antwortete ebenso: »Es wird heute nicht gehen, meine Liebe. Vielleicht kannst du mir was bringen.« Sie nickte und verschwand. Manchmal stand Cecil auch auf, entschuldigte sich und ging mit ihr. Anfangs fanden die meisten das unmöglich, doch Dickson ließ sich nicht beirren. Nach und nach gewöhnte man sich daran, und jeder begegnete der bescheidenen Frau mit einer versteckt mitleidigen, herablassenden Freundlichkeit, ungefähr so, als sei sie ein vielgeplagtes Dienstmädchen oder ein kaum mehr wegdenkbares Faktotum, dem man alles Unangenehme aufhalsen konnte. Frau Dickson wurde davon nicht getroffen. Sie quittierte alles mit einem winzigen Lächeln, und ganz gern tat sie auch dem einen oder anderen eine kleine Gefälligkeit. –

Und so ging es Monate, Wochen, viele Tage! So war es gestern und so heute, da die Ratsmitglieder wieder um den umfänglichen, ovalen Tisch im großen Klubsaal saßen. »Bis jetzt haben wir nur Glück gehabt! Weiter nichts! Aber was für ein zweifelhaftes Glück ist das! Basis haben wir überhaupt noch keine«, sagte Mikkelson. Er drückte seine großen, wettergebräunten, leicht behaarten Hände mit den gespreizten Fingern flach auf die Tischplatte und richtete sich schwer auf. Unbekümmert um die Peinlichkeit, die seine Worte hervorgerufen hatten, rückte er den Stuhl weg, verschränkte seine Arme auf dem breiten, ein wenig nach vorn gebeugten Rücken und ging auf und ab. Über dem Oval des Tisches schwammen Schwaden von Zigaretten-, Zigarren- und Pfeifenrauch. Ab und zu raschelte Papier, und eine Feder kratzte leise. Wenn ein Trinkender sein Fruchtwasser schüttelte, klirrten die darin liegenden Eisstücke kaum vernehmbar, und durch die Wände drang mitunter das dünne Klappern der Schreibmaschinen. Die dunstfeuchte Sommerluft wehte durch die großen, halb herabgelassenen, zum Teil zersprungenen Fenster, und das Geräusch der Stadt erfüllte sie wie ein stumpfes Brummen. »Einiges spricht doch für uns«, brach John Barry das Schweigen und strich dabei behutsam über die dünnen, silbrigen, in der Mitte gescheitelten Haare seines schmalen Kopfes: »Bis jetzt hat sich die Zusammenarbeit mit den Hauptarmeen bewährt. Unsere Kommissare erreichen doch allerhand, und wir haben immerhin die meisten Mittel, um den Hunger zu stillen und die Seuchen zu bannen. Wir haben die Technik, in alle Weltwinkel zu dringen –«

»Jaja, wir sind vorläufig eine recht brauchbare Hilfsorganisation, weiter nichts«, fiel ihm der stehenbleibende Mikkelson spöttisch ins Wort. »Was tun wir? Oder vielmehr, was läßt man uns tun?... Wir machen unentwegt Bestandsaufnahme. Wir sammeln und stapeln, was noch da ist, und wir verteilen wieder... Autorität haben wir keine. Man respektiert uns nur, solange wir was bieten können. Über dieses fragwürdige Stadium sind wir noch nicht hinausgekommen... Wie gesagt, wir sind eine Hilfsorganisation! Wenn unsere Vorräte erschöpft sind, ist's aus mit uns.«

Neben John Barry saß, rund und gedrungen, Mellnikow in seiner prall sitzenden, vernachlässigten russischen Felduniform. Kaum vierzig Jahre war er alt. Sein gesundes, bäuerlich-energisches Gesicht straffte sich. Die kleinen, geschlitzten Mongolenaugen hinter den kräftigen Backenknochen funkelten kurz auf.

»Hilfsorganisation?« rief er lebhaft. »So steht die Frage nicht! Die Frage ist auch nicht die, ob wir gewählt sind oder nicht! Wir haben uns bis jetzt gehalten und ziemlich durchgesetzt! Wir sind da, und es gibt nichts neben uns.« Einige nickten belebter.

»Das große Plus für uns ist und bleibt die Dezentralisation!« fuhr er entschiedener fort. »Wir haben es ja erlebt – sie hat jeden anderen Regierungsversuch weggeschwemmt! – Die Frage muß so gestellt werden: Wie können wir die Dezentralisation zugunsten der zukünftigen Ordnung ausnützen? Das ist der einzige gangbare Weg für uns!« Mikkelson setzte sich wieder. Einen Huscher lang verfing sich dabei sein Blick in den sprechenden Augen des Russen, als wollte er sagen: »Gut hast du's gemacht, mein Lieber! Deine Schule läßt sich nicht verleugnen... Du bist auch noch jünger und robuster.«

Und laut und skeptisch sagte er: »Richtig! Das größte Hindernis sind nur wir Menschen!... Aus dem Heutigen wollen wir heraus, ins Gestrige führt kein Weg zurück, und von morgen hat noch keiner eine brauchbare Vorstellung.«

»Ich schlage vor, daß wir bei der Debatte bleiben!« rief der gewichtig dasitzende Nowak unter allgemeiner Zustimmung. Mikkelson drückte seine Brille fester auf den Nasenhügel und begann ruhiger: »Ich stimme mit Mellnikow vollkommen überein... Ich weiß, viele unter uns denken darüber ganz anders. Sie machen sich immer noch Illusionen. Sie glauben, die Menschen hätten sich jetzt endlich gründlich geändert oder« – er überflog Gertrud Rechlins flaches, muttergutes Gesicht – »wie man so schön sagt, die Katastrophe hat sie geläutert. Leider stimmt das nach meinem Dafürhalten ganz und gar nicht. Man erkennt sie jetzt nur leichter. Die einen sind offene Tiere, die anderen versteckte!... Für uns ist das gar nicht so wertlos. Wir sehen deutlicher... Was für Ärgerlichkeiten machen uns bloß noch manche Armeen! Das Zivile und Amtsmäßige hassen sie geradezu. Und wie stur, wie einsichtslos verhalten sich noch immer die Leute in den verschonten Gegenden! Das netteste Beispiel dafür ist ja unsere Stadt... Und so ist's überall. Alles Zureden hilft nichts, und wenn wir schärfer vorgehen, gleich kommt eine Delegation der dort sitzenden Armee und droht abzuspringen. Wir müssen ewig Kompromisse machen, müssen mildern oder zurücknehmen!... Am liebsten hätten es diese verschonten Leute, wenn wir auf die umhertreibenden Haufen einfach Atombomben werfen würden, damit sie endlich weg wären... Es ist bloß gut, daß die Nomadenhaufen weit, weit in der Mehrzahl sind, daß sie über drei Viertel der Menschheit ausmachen. Im Grund genommen sind sie das einzige, was den Rat rechtfertigt.« Er fühlte einige vorwurfsvolle Blicke auf sich gerichtet und rief betonter: »Ja, ich weiß doch, ja! Schauderhaft sind diese Haufen, ganz unmöglich sind sie! Sie sind der ewige Krieg!... Das trifft aber nur halbwegs zu. Das ist Nerventäuschung!« Seine Stimme wurde fester: »*Jetzt* natürlich, heute noch sieht das alles so hoffnungslos aus, und es bleibt uns auch vorderhand nichts anderes übrig, als diesen Haufen den Krieg, so, wie er mit un-

seren Armeekommandos vereinbart worden ist, entgegenzusetzen... Wir sind wie eine Firma, die Elefantenjäger ausgeschickt hat. Die eingefangenen Elefanten bleiben noch lang wild und gefährlich. Es kostet Zeit, Geduld und Opfer, bis sie ihre Gefährlichkeit verlieren. Wenn sie aber erst einmal merken, daß man sie nicht töten will, werden sie schließlich zutraulich und verrichten ihre nützliche Arbeit... Die Nomaden müssen doch erst den Zustand des Friedens begreifen lernen. Sie müssen ihn spüren! Erst dann gewinnen wir sie und kommen weiter!... Mag man uns in den verschonten Gegenden noch soviel anfeinden deswegen, mag man uns auch von seiten verschiedener Armeen an vielem hindern – wir müssen in die Nomadenhaufen alles investieren, wirklich alles. Sie, und *nur* sie sind die wirkliche Zukunft!«
Alle wußten, daß er nicht aus dem Ungefähren schöpfte. Er stützte sich auf die Beobachtungen der besten Experten, die eben aus den verschiedenen Kontinenten zurückgekehrt waren. Ohne es zu wollen, gab er damit eine entscheidende Marschrichtung. –
Da die Vereinigung der Armeen – teils brutal erzwungen, teils freiwillig – endlich fühlbare Fortschritte machte, nahm die Ratsmacht zu. Beträchtliche Energien wurden frei. Der Rat handelte.
Alle verfügbaren Schiffe und Luftfrachtzüge mit Lebensmitteln, Saatgetreide, Baustoffen und technischen Abteilungen durchkreuzten unablässig die Meere und die Lüfte. Die Kommissare des Rates waren beständig unterwegs. Die Hilfsorganisationen verdoppelten und verdreifachten sich. Qualifikanten-Formationen errichteten im Eiltempo in allen Weltgegenden Notquartiere und legten Eisenbahnlinien. Flugstreifen der Truppen suchten die Weiten ab. Endlose Seuchenlazarette und Auffangstationen schossen aus dem Boden.
Doch die Schiffe und Flugzeuge waren unzureichend! Sie wußten auch kaum noch, wo sie landen, wo sie anlegen sollten. Die Orientierung auf hoher See und in der Luft war schwierig geworden. Verhack und Verhau waren unzählige altberühmte Städte. Hinausgestreut in die kahlen Ebenen

war ihre einstige Pracht. Und auf den Meeren? Ganze Inseln waren verschwunden. Wo lag New York? Wo San Francisco? Wo Buenos Aires? – Ins Meer versunken! Wo lag London? Mit dem ganzen Südviertel der britischen Insel hinabgerissen auf den Meeresgrund! Über das, was Leningrad geheißen hatte, rauschten die Wellen. Vom ehemaligen Lissabon bis Helsingfors, von Kapstadt bis Wladiwostok hatte zahlreiche Welthäfen das gleiche Schicksal erreicht. Weit von der Küste aus ins Land hineingreifende Ausbuchtungen waren nur noch da. Für Flieger sah der ausgebrannte, auf einmal so dünn bevölkerte Erdball wie ein zersprungener, abgebröckelter fremder Planet aus. Atombomben hatten riesenweite, ganz neue Binnenseen in den toten Ländern gebildet. Auf den schweigenden, endlosen Steppen rannen noch immer, gleich gigantischen dunklen Geschwüren, träge dahinziehende, verwilderte Menschenschwärme. Zerteilte Urwälder mit zerklüfteten Bombenschluchten gähnten. Endlich tauchten verschonte Gebiete oder umfänglichere Armee-Rayons mit Mittel- und kleineren Städten, mit Flecken, Dörfern, Straßen und spärlichen Eisenbahnlinien auf. Kein Platz war da! Jeder Ackerstrich war bepflanzt, überall standen Kasernen, Hallen und Fabriken. Aber keine Weltkarte verzeichnete diese »Oasen« mehr.
Inmitten einer beinahe imaginär gewordenen Welt kamen sich die Ratsmitglieder manchmal vor wie eine abgeschnittene, von Stürmen umtoste Rettungsmannschaft auf einer Insel. Angestrengt versuchten sie, den im Meer schwimmenden Schiffbrüchigen Zeichen zu geben und Hilfe zu bringen, aber der Schiffbrüchigen waren so viele, die Auflösung schien unaufhaltsam!
»Wir tasten eben herum... Meistens greifen wir ins Leere«, pflegte Dickson zu sagen. Er zerzwirbelte dabei etliche seiner aschblonden, graumelierten Schläfenhaare zwischen Daumen und Zeigefinger. Nervenlos sah er vor sich hin. Die meisten nannten ihn »strohig«.
»Glauben Sie nicht, daß Ihre Geistesblitze hier wenig angebracht sind?« rief ihm Ellen Oesterberg zu. Sie war stets bei der Sache und duldete keine Ablenkung. Ihre Beflissenheit hatte mitunter etwas leicht Komisches. Einige nannten sie

»die fleißige Schülerin«. Ihre schön geschwungenen, dichten Augenbrauen zogen sich zusammen, ein feiner dünner Strich erschien über ihrer Nasenwurzel. »Glauben schon, Miß Ellen«, gab ihr Dickson mit trockener Korrektheit zurück, »aber vermutlich halte ich Geist für etwas ganz anderes als Sie.« Er blieb frostig wie immer. Schwer zu erraten, ob er ironisch war oder ob er nur schamhaft eine hilflose Trivialität verbarg. Ellens junges Gesicht wurde flugrot. Ihre rehbraunen Augen verdunkelten sich. Nervös strich sie ihr lokkeres, rötlich schimmerndes Haar aus der glatten Stirn und flüsterte Mellnikow zu: »Ein humorloser Zaunpfahl!« Der verzog amüsiert seinen Mund. Der bronzefarbige, schön gebaute Inder Ganvavitta, der es gehört hatte, blieb ohne Ausdruck, und auch Barry, dem Mauvin etwas zuwisperte, rührte sich nicht. Auf alle anderen wirkte Ellens naive, kecke Kampflust stets belebend. Sogar Ibn Lassi lächelte freundlich und sah Ellen wie zärtlich streichelnd an. Wang Chung, der frühere chinesische Sozialrevolutionär, nannte Ellen »motorisch«. Mellnikow und Ussitzki fanden sie mitunter »sehr brauchbar«, und der nüchterne Nowak setzte besserwisserisch einschränkend dazu: »Ja, aber nur von Fall zu Fall.« Shepert war von Ellens »Smartheit« zuweilen begeistert, und Gertrud Rechlin begönnerte sie mit einer verborgen herablassenden Mütterlichkeit, Mikkelson liebte sie mit einer Art egoistischer Zärtlichkeit des alternden Mannes, den der Anhauch solcher Jugend anregt, erfrischt und erfreut.

Dickson dagegen, dem galt jeder Mensch gleich. Vielleicht war es auch Gleichgültigkeit. Seine trockene, verschlossen abweisende Höflichkeit ließ darauf schließen, daß er mit niemandem mehr als notwendig zu tun haben wollte. Er war ein unermüdlicher Arbeiter ohne Mitleid mit sich und anderen. In der Debatte widersprach er nur äußerst selten, und wenn, dann scharf, fast bösartig. Meist aber, wenn ihm etwas nicht gefiel, rückte er nur seinen unentbehrlichen, oft gespitzten Bleistift oder seinen kleinen Notizblock zurecht. Ellen, Mauvin und manchmal auch Nowak haßten ihn. Die meisten begegneten ihm mit einem gewaffneten Respekt, und nur wenige schätzten ihn insgeheim. Ob Dickson ei-

gene Ideen und Phantasie hatte, war nicht zu ergründen. Ganz bestimmt aber hatte er »eine Begabung, komplizierte Dinge zu vereinfachen«. Mellnikow und Shepert und später noch Ussitzki war es in der Hauptsache gelungen, daß bei der letzten großen Armeetagung dem Rat eine Art Generalstab, das sogenannte »Armeeamt«, angegliedert wurde. Von Mikkelson und dessen Freund, dem großen Gelehrten William Homann, stammte die Idee der »Großen Plan-Kommission«, welche die Rohstoffgebiete und die noch verbliebenen Produktionszentren registrierte und erweiterte, die weltweite Lebensmittelgewinnung und -verteilung, die Materialversorgung leitete und mit den Qualifikanten-Brigaden den kommenden Neuaufbau regelte – aber organisiert und in ein brauchbares System gebracht hatten dieses Riesenwerk Dickson, der weitsichtige Inder Ganvavitta und Ussitzki.
»Pläne sind billig. Funktionierende Organisationen vermeiden überflüssige Diskussionen«, äußerte Dickson öfter. Er war ein tief rechnerisches Naturell. Man hätte fast sagen können, ein Pedant aus Passion, doch er und eine Leidenschaft? Unvorstellbar!
Was für ein starrsinniger Systematiker Dickson war, zeigte sich von Anfang an. Er war für Ordnung, für Verfassung und genaue Einteilung. Ganz deutlich trat das zutage, als der Rat sich mit der Einführung einer Weltwährung beschäftigte. Hier schien dieser strohige Mensch endlich ganz in seinem Element.

In der Erinnerung an die Geldordnung der längst entschwundenen Vorkriegsperioden redeten die meisten stets von einer möglichen Deckung dieser Währung, und alle gerieten nach und nach in ein undurchdringliches Dickicht von Plänen. Dicksons graue Augen musterten jeden Redner entwaffnend. Endlich fragte er wie nebenher: »Betreiben wir eigentlich noch einen Außenhandel?«
»Nein... das nicht«, antworteten einige gleichzeitig und sahen verdutzt auf ihn. Die Experten der »Großen Plan-Kommission« wurden aufmerksamer. So, als überrechne er sich etwas, redete Dickson weiter: »Bis jetzt fungiert in den weni-

gen verschonten Gegenden noch allerhand Notgeld mit irgendeiner fiktiven Golddeckung. Wir haben dieses Gewirr bisher dulden müssen, weil die aufsässigen Leute und verschiedentlich auch die Armeen sowieso schon genug Schwierigkeiten bei der Übernahme der Produktionszweige gemacht haben. Es ist richtig, daß dabei der kleine Privatbesitz ziemlich zusammengeschmolzen ist.«
»Und er siecht auch immer mehr dahin«, warf Nowak selbstbewußt hin. »Eine neue Weltwährung aber ist dazu da, auch diese Kleinigkeiten zu liquidieren«, fiel ihm Mellnikow ins Wort.
»Ja, aber wie?« fragte Dickson und stellte unbedenklich fest: »Deckung?... Wir brauchen keine Deckung!« Die sofort einsetzenden Einwendungen prallten ab an ihm.
»Unser Überblick, wieviel Menschen die Katastrophe überlebt haben, ist noch sehr mangelhaft. Er verändert sich fast täglich«, begann er dürr und grob: »Wir kennen die Stärke unserer Armeen und haben eine sichere Kontrolle über die zunehmenden Qualifikanten-Brigaden. Wir wissen die Kopfzahl in den verschonten Gebieten und in den Siedlungen. Die Siedlungen nehmen zu, und die Kopfzahl steigt. Das alles ist unser einziges Kapital. Die Deckung für unsere Währung ist die Welt, die uns zugefallen ist, und – die Arbeit.«
Freilich hatten schon manche ähnliche Gedankengänge gehabt, doch Dickson ging bis an ihr Ende. Er schlug vor, zunächst unbedenklich mehrere Milliarden Münzen und Scheine herzustellen und als Währungseinheit die Arbeitsstunde festzulegen. Er nahm die Bezeichnung »man power« dafür. Es erweckte den Eindruck, als habe er dieses Spiel schon lange, lange ersonnen und sei in seine Regeln ganz verstrickt, so daß es ihm unbegreiflich erscheinen mußte, wieso die anderen nicht gleich verstanden. Er kürzte dieses »man power« ab und sagte für sich: »Empi« – »Empis, das geht sehr gut ins Ohr... Dieses Geld zwingt zur Arbeit und kontrolliert sie. Es ist produktiv und statistisch zugleich.«
»Statistisch? Wir wissen doch noch gar keine Grenze!... Wo soll denn das hinführen?« rief Gertrud Rechlin, die früher einmal Finanzwissenschaft studiert hatte.

»Dickson!« sagte Mikkelson, der einen tiefen Respekt vor dem Engländer hatte, beinahe begütigend: »Die Sache hört sich so einfach an, aber Arbeit und Arbeit ist doch nicht gleich! Wo liegt denn da der Wertmesser?... Das gibt doch eine schreckliche Verwirrung! Ich glaube, solch ein Experiment können wir uns in unserer jetzigen Lage noch keineswegs leisten.« Dickson hörte nur halb hin und dozierte wie ein verrannter Schullehrer weiter: »Wir verteilen auf jeden Kopf der bisher gezählten Bevölkerung einen Vorschuß von zweihundert Empis und halten es mit den Nomadenhaufen, die sich weiterhin seßhaft machen, genauso. Bei einem Todesfall fällt die Summe der Gemeindekasse zu. Mehr wird nicht verteilt...«
»Verteilen auch noch... Was bekommen denn wir dafür?« platzte Mauvin herabmindernd heraus.
»Alles«, antwortete Dickson unberührt: »Jede andere Währung verschwindet und damit auch jeder frühere Besitz und Wert. Nur die geleistete Arbeit bestimmt und reguliert die Preise... Die paar Leute in den verschonten Gegenden, die jetzt noch Geld haben, was ist das schon? Mit einem Male sind ihre Reserven weg, sie können die zweihundert Empis verbrauchen, dann ist's aus für immer...«
»Soll denn das geltende Geld nicht einwechselbar sein? Soll denn niemand dafür Empis bekommen?« fragte Ellen Oesterberg verwirrt.
»Nein«, antwortete Dickson. Er ließ sich ruhig anstarren. »Warum überhaupt lauter solche Bedenken? Warum soviel Rücksicht auf die paar verschonten Gegenden?« rief er brutal. »Mikkelson hat ganz recht. Auf die Siedlermassen und *nur* auf sie kommt es an! Die gehen mit uns! Jetzt wahrscheinlich können sie mit unserem genau bemessenen Geldkredit noch gar nichts anfangen, aber die Zukunft wird uns recht geben.«
Indessen, Mikkelsons Einwand vom verschiedenen Wert der Arbeit war nicht zu leugnen. Da war das lebenswichtigste Instrument des Rates, das immer mehr anwachsende Heer der Qualifikanten. Sie mußten angespornt und unbedingt ratsergeben erhalten werden. Und alle Arbeiter mußten mit der Zeit in diese Organisation hineingebracht wer-

den. Wenn es sein mußte, auch mit Druckmitteln, mit Zwang. Die Qualifikanten leisteten bis jetzt vielleicht die wertvollste und wichtigste Arbeit.
Ellen redete von brutaler Ungerechtigkeit und daß das »soziale Gewissen verlange, jedem einen gleichmäßigen Verdienst zu sichern.« Nowak warnte vor Komplikationen, wenn man die Qualifikanten bevorzuge.
»Sie, Miß Ellen, sind für kurzfristige Gerechtigkeit«, sagte Dickson ein wenig boshaft. »Ich und wahrscheinlich auch einige andere Mitglieder sind für eine langfristige. Das ist der ganze Unterschied.«
»Ich versteh' das nicht!« warf Ellen hin und wurde zorniger: »Was hier ausgekocht wird, ist Diktatur auf kaltem Wege.« Mauvin witzelte, »kochen und kalte«, das gehe nicht zusammen. Das ärgerte sie erst recht, obgleich der Franzose ganz ihrer Meinung war. Gegen ihren, Mauvins und Nowaks Widerspruch entschied die Ratsmehrheit sich für eine Entlohnung von zwei Empis pro Qualifikanten-Arbeitsstunde, während die noch nicht organisierten Arbeiter um ein halbes Empi weniger bekommen sollten.
»Dieser Strohkopf verdirbt uns noch die besten Elemente mit seinem idiotischen Professoren-Experiment!« schimpfte Mauvin nach der Sitzung auf Dickson: »Ich sehe die größten Kalamitäten für uns voraus.«
Es kam auch so. Ganz heftig war die Reaktion in der Ratsstadt selber. Kurz nach der Verkündung des Erlasses, der überall plakatiert und durch die Lautsprecher in allen Stadtvierteln verkündet wurde, erschien der Sheriff mit einer Delegation im Klubhaus und erklärte sich außerstande, die öffentlichen Arbeiten wie Müllabfuhr, Straßenreinigung, Verkehr und Strom- und Wasserversorgung aufrechterhalten zu können. Er warnte vor Unruhen. Nur unter schweren Bewachungen und nur teilweise konnten die rasch eingesetzten Qualifikanten-Abteilungen die Stadtbetriebe wieder in Gang bringen. Auf den Straßen rissen empörte Leute die amtlichen Plakate ab und demolierten die Lautsprecher. Vor und in den Schalterhallen der Banken drängten sich aufgeregte Menschen, um ihr Geld umzuwechseln, und als dies nicht geschah, schlugen sie alles kurz und klein. Vor den

Zeitungsgebäuden trieben schwarze Massen unruhig hin und her und verwünschten die »Regierer«. Überall, wo die polizeilichen Überfallwagen und verstärkte Wachabteilungen auftauchten, empfing sie ein unflätiges Schimpfen und Fluchen. Steine flogen, auch einige Schüsse krachten. Verhaftungen gab es. Frauen kreischten, warfen Blumen- und Nachttöpfe aus den Fenstern. Das Ratsviertel mußte streng abgesperrt werden. Kein Ratsmitglied konnte sich ohne starken Polizeischutz mehr sehen lassen. Ellen, die immer nur in Büros und höchstenfalls einmal auf gesitteten Versammlungen gewesen war, bekam Angst vor den Massen. Furchtsam und zitternd erzählte sie im Klubhaus, daß eine Gruppe sie umringt und angeflegelt hätte. Mit Gummiknüppeln mußten die Leute auseinandergetrieben werden. Wasserwerfer und Tränengasbomben traten schließlich in Aktion. Alle Fenster in Mikkelsons Häuschen wurden eines Nachts eingeworfen. Auf Ibn Lassi warf ein Unbekannter aus einer dichten Gruppe ein Messer. Zum Glück traf es nicht. Erst nach der Verhängung der verschärften Alarmbereitschaft wurde es nach einigen Tagen ruhiger, doch die Erbitterung schien sich nur verkrochen zu haben. Und so oder oft noch gefährlicher ging es in vielen verschonten Gegenden zu. Die Siedler aber nahmen das neue Geld wie neugierige Kinder auf, fast wie nette Spielmarken und belustigende Bilder. Trotz der Aufklärung erschien ihnen die Währung unverwendbar. Doch man nahm sie hin wie alles, das nicht weiter schadete.

Insgeheim fluchten die meisten Ratsmitglieder auf Dickson. Der ging nicht aus seinem Fuchsbau im Dachgeschoß des Klubhauses. Er war zufrieden und schwieg sich aus. Doch nach den eben bezwungenen Revolten kamen neue Schrekkensbotschaften. In den nach dem Krieg übriggebliebenen oder wieder in Gang gebrachten Industriegebieten Alaskas und Kanadas, am oberen Ural und in einigen Teilen Mitteleuropas fingen auf einmal die unorganisierten Arbeiter zu streiken an. Mellnikow, Ussitzki und Nowak flogen als Schlichtungsbeauftragte des Rates in die gefährdeten Gebiete. Zu ihrem Erstaunen entdeckten sie auch, daß die Lebensmitteltransporte dorthin schon längere Zeit nicht mehr

richtig funktioniert hatten, kamen aber der Sache nicht auf den Grund. Die aufgebrachten Arbeiter hatten schon viele Qualifikanten, die ihre Betriebe übernehmen sollten, erschlagen und waren bereits dazu übergegangen, die Fabriken einfach in Brand zu stecken. Mellnikow, Ussitzki und Nowak hatten einen schweren Stand. Sie gaben sich alle erdenkliche Mühe, machten bindende Zusagen in bezug auf Lieferung erhöhter Lebensmittelrationen. Doch das befriedigte die Streikenden keineswegs. Unter dem Ruf »Weg mit der Streikbrechergarde!« verbaten sie sich jede Hinzuziehung der Qualifikanten und forderten den gleichen Lohn wie diese. Nach heftigem Hin und Her boten die drei Ratsbeauftragten unter der Bedingung der sofortigen Arbeitsaufnahme zwei Empis pro Stunde, doch sie verlangten auch zugleich, daß die Arbeiter im Verein mit den Qualifikanten die demolierten und zerstörten Fabriken wiederaufbauen sollten. Ganz entschieden verwahrten sie sich gegen die ungerechtfertigte Diffamierung der Qualifikanten, schlugen die Einsetzung eines Schiedsgerichtes vor und warben für den Eintritt in diese Weltorganisation. Nach dem ersten Erfolg jedoch zeigten sich die Streikenden nur noch störrischer. Sie lehnten rundweg ab und verstiegen sich sogar so weit, eine Auflösung der Qualifikantenarmee zu verlangen.
»Das ist unmöglich!« schrie Ussitzki. Als er darauf hinwies, daß er früher selber Arbeiter gewesen sei und sein Leben lang für die Besserstellung seiner Genossen gekämpft habe, lachten die Versammelten ihn nieder. Mellnikow erklärte, der Rat lasse sich von niemandem ein Ultimatum stellen, und konnte daraufhin nicht mehr zu Ende reden. Nowak wurde bissig und meinte, Drohungen verfingen nicht. Da schrie man ihn ebenfalls nieder, und er mußte sogar fluchtartig den Saal verlassen. Die Arbeiter streikten weiter und drohten mit offenem Aufstand. Unverrichteterdinge flogen die drei Delegierten des Rates wieder heim.
»Wir müssen über den Berg! Es steht mehr auf dem Spiel als diese Arbeiter!« rief Shepert gereizt bei der Ratssitzung. »Plebs!« wisperte Mauvin Gertrud Rechlin zu, die ihn groß ansah. Die Generale Canchulla und Withe vom Armeeamt stimmten Shepert zu, als er davon sprach, »man müsse ein-

mal ein Exempel statuieren«. Stankow verhielt sich ungewiß. Etwas mußte geschehen. Gewaltsame Unterdrückung schien unvermeidlich.
Dickson sah auf Shepert und dann auf Canchulla und sagte kaltblütig: »Unsere Verlustkonten sind in letzter Zeit zu groß geworden. Der Rat beschäftigt sich mit Befriedung. Die kriegerische Art, wie Sie, meine Herren, solche Störungen ausgleichen wollen, ist zu unrentabel.« Das klärte zwar nichts und zeigte keinen Ausweg, aber es ermutigte die bedrückten Ratsmitglieder.
»Leichenhaufen kurbeln die Arbeit nicht an!« rief Ussitzki. »Verbitterte Arbeiter helfen uns nichts. Jede Produktionsstockung wirft uns zurück!«
Beherrscht meinte Mellnikow: »Zweifellos ist die Lebensmittelversorgung sabotiert worden. Dem muß nachgegangen werden. Es riecht überhaupt schlecht in den Streikgebieten. Offenbar gibt's da eine geheime Leitung, die ganz andere Absichten verfolgt. Trotzdem – es muß ein Modus gefunden werden, die Arbeiter in die Qualifikantenorganisationen zu bringen. Ich sehe keinen anderen Weg...«
»Aber sie wollen doch gar nicht!« rief General Withe. Darauf war nicht zu antworten. Nowak erinnerte sich, wie er bei der Einführung der Weltwährung vor Komplikationen gewarnt hatte. Er zeigte den selbstgefälligen Ausdruck eines Menschen, der sich freut, daß er recht behalten hat. Immer noch schwiegen alle.
»Bleibt also nur«, sagte Mikkelson endlich, »bleibt nur eine letzte Warnung an die Arbeiter.« Dickson nickte. Unzweideutig und fest blieb der Rat dieses Mal. Die Generale spürten einen einheitlichen Willen, während sie durchaus nicht einer Meinung waren. Stankow fand die vom Rat beschlossene strenge militärische Abriegelung der Streikviertel und die Alarmbereitschaft der Truppen zunächst als genügend. Die Arbeiter hatten keine Waffen. Sie warteten einen Tag, warteten eine Woche – kein Schlichtungsbeauftragter kam mehr. Die Truppen verhielten sich entschlossen, aber diszipliniert. Die unbarmherzige Absperrung steigerte den Hunger rapide. Die von den Arbeitern gewählten Zentralräte konnten die um sich greifende Not nicht lindern. Die Arbei-

ter gaben nach. – »Gesetzmäßigkeit brauchen wir! Gesetzmäßigkeit!« rief nach diesem schwer errungenen Sieg Mikkelson im Rat und verwies auf die kommende »Weltverfassung«, über die man nun schon zwei Jahre lang beriet: »Wir sind doch keine Löwenbändiger!« Es gab kaum einen, der nicht mit ihm übereinstimmte, doch Mauvin, der sich gern als besorgter Beschützer Ellens aufspielte, hatte nicht gar so unrecht. Er machte sich über all diese Bemühungen lustig und höhnte: »Da plappern wir stundenlang, und rundherum brennt die Welt noch immer... Dieser Mikkelson mit seinem Anhang, und der Strohkopf, der Dickson!« Ellen verteidigte Mikkelson eifernd, doch bei Dickson gab sie dem Franzosen recht. Dennoch – die Zukunft aller Menschen mußte eine gültige Form bekommen, die Dauer hatte. Nur das dauernd Bindende bannte schließlich den Untergang und jede Wirrnis. –

Einmal, als man lang nach Mitternacht aus einer solchen Verfassungsberatung wegging, auf welcher die Registrierung der erfaßbaren Wähler und die zukünftige Aufteilung der Welt diskutiert wurde, stieß Mauvin zufällig auf Ussitzki, der als letzter aus dem Saal kam. Der Franzose wollte sich ihm anschließen.

»Hmhm. Sonderbare Käuze seid ihr!« fing er halb spaßhaft zu nörgeln an. »Jeder von euch hat zuviel Moralinsäure im Magen. Mit eurem blinden Beschließen, eurem ewigen Festlegen und Einteilen! Das riecht verdammt nach schlechtem Gewissen... Ich versteh' überhaupt nicht!... Als ob wir keine anderen Sorgen hätten, als uns den Kopf über eine nicht vorhandene Bevölkerung zu zerbrechen! Das hängt mir schon zum Halse heraus!«

Ussitzki ging auf dem Gang weiter. Da der andere schwieg, redete Mauvin erst recht.

»T-ha!« rief er kopfschüttelnd: »Endlich stabilisieren wir uns. Es geht vorwärts und aufwärts mit uns, gesichert sind wir und gewinnen von Tag zu Tag an Autorität, und unsere Macht ist unbestritten... Wenn's sein muß, können wir uns jederzeit Respekt verschaffen... Die Hauptsache ist doch, daß wir den Leuten immer mehr bieten können. Mehr wollen sie gar nicht! – Dieser Quatsch von wegen keine Diktatur aufkommen lassen, Wähler registrieren, Gouvernements festlegen! Damit vertrödeln wir jetzt schon Monate und Jahre!... Überhaupt, was denn, was denn? Diktieren wir nicht jeden Tag? Wir müssen doch diktieren! Wir sehn's doch, anders geht's gar nicht!«

Allem Anschein nach wollte er mit Gewalt eine erneute Diskussion, doch Ussitzki war übermüdet, und Witz und Humor fehlten ihm auch.

»Die Welt bleibt nicht stehen. Sie wird auch einmal anders«, sagte er nur und ging weiter auf dem breiten Gang. »Muffiger Besserwisser!« knurrte Mauvin in sich hinein, als der plumpe Mensch die breiten Treppen hinunterstapfte. Ärgerlich, diese fixen Ideen von vorgestern, diese ledernen Bürokraten!

Mauvin ging langsam weiter. Ganz übellaunig überdachte er die heutige Sitzung. Bestimmten denn nicht die Notwendigkeiten der Stunde oder dieses einen Tages die Handlungen des Rates? Hatten denn überhaupt die hilflosen Menschenmassen, die allmählich ihre Blicke und Hoffnungen auf den Rat richteten, einen Willen?

»Das bestreiten wir ja gar nicht!« sagten die Mikkelson-Leute, und der schöne Ganvavitta mit seinem frauenschlanken Hals und dem bronzenen Denkmalsgesicht erklärte mit seiner singenden Stimme: »Aber diese Massen sind eine unkontrollierbare, ungeheure Kraft. Sie gleichen einem aus dem Ufer getretenen Strom, dessen Wassermassen mit elementarer Gewalt alles zu verschlingen drohen. Diese Fluten müssen in ihr festes Bett zurückgedämmt werden.«

»Äh!« stieß Mauvin hervor. »Ekelhaft, dieses singende Geschwätz!«

Monatelang reisten schon außerordentliche Kommissare in den Siedlungsgegenden herum und registrierten alle zukünftigen Wähler. Wer nicht wählt, hieß es, wird kein Weltbürger.

»Was sie sich für so eine Bürgerschaft schon kaufen können!« höhnte Mauvin im stillen. Er stand auf dem Platz vor dem großen Klubhaus. Wachtposten tauchten konturlos im nebeldurchzogenen Gebräu der schwach erleuchteten Dunkelheit auf. Gelb und langweilig schwammen die Laternen darin. Es war schon herbstkalt. Er stülpte seinen Mantelkragen hoch und schüttelte wieder brummig den Kopf: »Friedensrichter, Gouverneure wählen! So eine Idiotie! Lauter sinnlose Arbeitsvergeudung!« Wütend spuckte er aus. Es gab einen leisen Knall auf dem feuchten, glitschigen Asphalt. Immerzu den Kopf schüttelnd, ging er sinnend weiter. Wahrscheinlich dachte er zurück an jene ferne Zeit, als er etliche Male Gouverneur eines französischen Kolonialgebietes gewesen war. Die Pariser Regierung hatte von Zeit zu Zeit fein säuberlich ausgearbeitete Reformbeschlüsse an ihn geschickt. Gut, er hatte sie bestätigt – aber nie beachtet! Wilde waren Wilde und blieben Wilde, basta! Paris war weit. Unbekümmert um das, was die Herren dort ausgetüftelt hatten, verfuhr er nach eigenem Gutdünken.

»Und ist doch glänzend gegangen! Wunderbar sogar!« brummelte er. Eines Tages bekam er sogar Belobigungen und einen Orden vom Präsidenten der Republik!

»Na also!« bestätigte er sich: »Also, was denn sonst?« Hatten denn diese Trottel im Rat immer noch nichts gelernt? Diktieren war das einzig richtige. Diktieren konnte der Rat wie kein Regime vor ihm.

Er hielt an und sah in eine breite, schwimmende Helle, die sich über den vereinzelten Häusern am unsichtbaren Himmel abzeichnete. Stichflammen blitzten ab und zu auf, elektrische Felsbohrer ratterten, Baggermaschinen rasselten, und ineinandergreifendes Eisengestänge ragte phantastisch in die Helligkeit. Auf dem großen, freien Platz wurde das neue Ratsgebäude gebaut.

»Na, das ist schon eher etwas!« murmelte er hämisch und winkte einem Taxi...

BEI DIESER GELEGENHEIT

Es war toll! Es war wirklich – um mit Mauvin zu reden – »die fatale Ausgeburt eines politischen Dilettanten-Klubs«. Trotz der heftigen Meinungsverschiedenheiten in seinen eigenen Reihen dekretierte der Rat noch im selben Monat die gouvernementale Einteilung der Erdoberfläche. Viele ursprüngliche Rücksichten waren dabei fallengelassen worden, und nur eine unglaublich dezimierte, noch schreckgelähmte Menschheit, die mit knapper Not dem Untergang entronnen war, konnte das über sich ergehen lassen. Aus den zirka sechzig einstigen Vorkriegsstaaten mit ihren zahlreichen Provinzen und Bundesländern waren fünfzehnhundert Ratsgebiete geworden, die, unabhängig von ihrer jeweiligen Bevölkerungsdichte und Lage, so ziemlich den gleichen Umfang hatten. Und was auf die da und dort noch halbwegs erhaltenen Nationalitätengruppen besonders aufreizend wirken mußte oder, wie Mauvins Anhänger es nannten, »völlig abstrakt« aussah, war der Wegfall namentlicher Bezeichnungen, an den sich zunächst auch die Ratsmitglieder nicht gewöhnen konnten. Als orientierenden Notbehelf wählte man schließlich die Himmelsrichtungen. Es hieß jetzt einfach »Fernöstliches Gouvernement 878« für ein asiatisches Gebiet oder »Zentralgouvernement 210« für ein europäisches und »Westgouvernement 12« für irgendein amerikanisches. Anfangs blieb das alles nur im Amtsgebrauch. Die Massen hielten sich bei ihren Ortsbestimmungen an die Eigentümlichkeiten der Landschaft. Die papierenen Grenzfestlegungen des Rates griffen nicht in ihr Leben.
Was aber die Meinungsverschiedenheiten innerhalb des Rates anbelangte, so bezogen sich diese erstaunlicherweise gar nicht auf das Prinzipielle, sondern lediglich auf das Methodische. Dabei wurde etwas offenbar, was in Anbetracht der Umstände nicht weniger erstaunen mußte. Der Krieg, die Katastrophe und die aufreibende Arbeit hatten im Innern dieser Menschen das Gewesene scheinbar für immer verschüttet. Vieles war ganz verlöscht, aber nicht alles. Unter der Kruste der Verschüttung fing es jetzt auf einmal zu kni-

stern an. Die Kruste bekam Risse. Dünne Flammen züngelten empor, wurden stärker und legten Erinnerungen und frühere Gedanken frei. Die einstigen sozialen und politischen Ideen gewitterten auf. Freilich, sie hatten ihre aktuelle Schärfe verloren, doch ihr Grundelement war gleichgeblieben.

Um ein vielgebrauchtes Vorkriegswort anzuwenden, es ging bei den Ratssitzungen ganz »unparlamentarisch« zu. Man diskutierte zwanglos, hielt sich wohl an das Thema, aber man redete geradezu, und einige verfielen dabei oft in eine formlose Grobheit.

»Das ist doch heller Wahnsinn!« argumentierte Ellen Oesterberg heftig. »Man kann doch nicht so mir nichts, dir nichts auf der Karte Gouvernements festlegen ohne jeden Inhalt!... Das ist einfach kindisch! Das ist ekelhaft!... Die Bevölkerung wird überhaupt nicht gefragt!« Vor Erregung bekam sie rote Flecken auf ihren zartrunden Wangen.

»Und da reden wir in einem fort von Demokratie!« höhnte sie. »Von neuer Demokratie!... Das ist nicht neu und ist nicht alt! Das ist einfach eine Frechheit! Das ist unmöglich!« Sie sah flammend über den Tisch. In ihr Blickfeld trat der gesenkte Kopf Barrys mit den gescheitelten Haaren in der Mitte und der darauf tastenden Hand. Ärgerlich schaute sie weg und landete in den gleichmütigen, grauen Augen Dicksons. Ehe sie etwas sagen konnte, meinte dieser: »Wenn man die Zukunft nach der Gegenwart beurteilt, wird man nie eine Zukunft haben.«

»Das ist Hitlerismus, weiter nichts!« schrie Nowak gereizt.

»Es kann auch Stalinsche Taktik heißen«, ergänzte Mauvin selbstzufrieden. »Das ist eben die ganz ordinäre Minderheiten-Diktatur von früher her, die wir von Anfang an betreiben... Ich habe nichts dagegen. Das Widerwärtige ist nur, daß wir zu feig sind, es einzugestehen!« Er fixierte dabei den ihm gegenübersitzenden Mellnikow, der ihn unangefochten und keck anschaute.

Hitler? – Stalin? – Manche hatten das, was sich mit diesen Namen verband, noch miterlebt. Merkwürdig, wie historisch das in der kurzen Zeit schon geworden war! –

»Aber! Aber...!« rief Mikkelson ungeduldig. »Mit all diesen

überlebten Reminiszenzen kommen wir doch keinen Schritt weiter!... Was ist denn das alles für ein Unsinn – Hitlerismus, Stalinsche Taktik, Diktatur oder neue Demokratie! Außer uns und vielleicht etlichen Hundert Leuten weiß doch kein Mensch mehr was von all dem Zeug! Wir müssen einfach einteilen, um endlich eine Übersicht zu bekommen!« Er wandte sich an Ellen Oesterberg und fuhr ruhiger fort: »Außerdem, wo ist da die Logik?... Wieso zuerst den Inhalt? Wir müssen doch zuallererst ein Gefäß dafür haben!... Bei der Erfassung der zukünftigen Wähler haben uns die Armeen auf ihren Gebieten schon sehr weitgehend geholfen. Ohne unser Zutun haben die Siedlergemeinden ihre Vertrauensleute bestimmt. Der Sheriff hat sich ganz von selbst überall eingebürgert, und die Friedensrichter, die Gouverneure, die unsere Verfassung vorsieht, werden von unseren Kommissaren auch langsam ausgesucht... Wir müssen doch erst ausfindig machen, wer überhaupt gewählt werden kann. Das geht doch nicht nach irgendeinem Schema. Brauchbare Menschen sind zu kostbar geworden!« Er nahm Mauvin aufs Korn und sagte kälter: »Sie, Mauvin, werfen uns Feigheit vor? Keiner von uns bezweifelt, daß wir bis jetzt plump diktieren. Aber ich glaube doch, daß das niemand als einen Dauerzustand ansieht... Wer sagt denn, daß wir das wünschen?... Wir müssen einfach einen Grundplan schaffen, fertig! Damit ordnen wir nur! Nur von da aus können wir, meiner Meinung nach, weitergehen.«

Endlich überwog seine Gruppe. Das Dekret wurde überall bekanntgemacht, und es zeigte sich, daß es nirgends auf einen nennenswerten Widerstand stieß. Es fand nicht einmal einen Widerhall. Die Massen auf der Welt hatten andere Sorgen.

Drei Monate waren seither vergangen. Es war im scheidenden Sommer, und in vielen Teilen der Welt war man schon im heftigsten Neubau.

Auch in der Gegend um »Flußtal« hatte sich allerhand geändert und manches geklärt. An den beiden Ufern des Flusses, vom fernen Gebirge bis zum Rand des unpassierbaren Gebietes, auf dem vielleicht einmal eine große Stadt oder ein

ausgedehntes Industriegelände gewesen sein mochte, waren zahlreiche kleinere und größere Nomadenhaufen seßhaft geworden. Obgleich die in einer weit entfernten »Oase« stationierte Ratsarmee nur mit Flugzeugen und Lastwagen, die große Umwege machen mußten, in diesen Landstrich gelangen konnte, waren die Neusiedler stets mit dem Allernötigsten versorgt worden. Schließlich, nach den ersten Ernten, ging es etwas aufwärts mit ihnen. Aus den Erdlöchern und jämmerlichen Zelten solcher Lager wurden nach und nach Gemeinschaftsbaracken und auch schon hausähnliche Gebilde.
Flußtal war die älteste Siedlung und am meisten vorgeschritten. Es hatte sogar schon ein aus Ziegelsteinen erbautes Schulhaus mit einem Lehrer, der von der Armee hierher verpflanzt worden war, um den störrischen Kindern Unterricht zu erteilen. Von richtigen Kindern konnte man allerdings kaum mehr reden, denn die hatte, genau wie die älteren Leute, die große Wanderung verschlungen und vernichtet. Es gab nur robuste, sehr widerspenstige Halbwüchsige von zwölf bis ungefähr sechzehn Jahren, und auch deren waren nicht allzu viele. Nach ihnen fingen gleich die Dreißig- und Vierzigjährigen an. Fünfziger waren seltener. Neugeborene kamen in der ersten Not kaum durch. Nach aller Bedrängnis und allem anfänglichen Sterben waren die Flußtaler auf ungefähr siebentausend zusammengeschmolzen, und seit der ruhigeren Zeit gab es nur an die sechzig kleine Kinder.

Weit verstreut lag Flußtal in den Flächen, und was da herumstand, das war aus allem möglichen Material, aus rostigem Wellblech, aus spärlichen Holz- und Eisenteilen, aus gegossenen Zementplatten, Ziegel- und Natursteinen mit dunklem Mörtel zusammengebaut. Unregelmäßig verteilt saßen die wenigen Fensterlöcher in den Wänden, hatten weder Rahmen noch Glasscheiben, waren mitunter mit entbehrlichen Fetzen verhängt, und im Winter verstopfte man sie mit Stroh oder Heu. Meist am Fluß beginnend und schließlich draußen in den Flächen und Äckern verrinnend, schlängelten sich dünne Fußpfade und primitive Fahrwege, auf denen man bei Regenwetter bis zu den Knöcheln ver-

sank, durch dieses seltsame Gemenge der hochgiebeligen oder flachen Behausungen.
Schrecklich waren die Winter mit ihrer beißenden Kälte und den hohen Schneemassen. Es gab weitherum nichts Waldähnliches, und die Armee konnte vorläufig nur ganz wenig Kohle und Brennöl liefern. Die Frierenden schliefen nachts in den Stallungen und in den Räumen des Schulhauses, das, um die Schüler besuchseifriger zu machen, öfter geheizt wurde. Sie verkrochen sich in den spärlich überdachten Heu- und Strohschobern, und einer mißgönnte dem anderen das endlich erhaschte geschützte Fleckchen. Jeder wurde unerträglich und böse. Es kam nicht selten vor, daß Nachbarn einander die Holzteile aus den Behausungen hackten. Eine wilde Schlägerei entstand, immer mehr mischten sich ein, es kam zu einem regelrechten Krawall, und zuletzt brannte die kümmerliche Hütte lichterloh. Da half kein Dreinschlagen der früheren Leibgarde, die, vermischt mit einer Gruppe regulärer Soldaten, inzwischen zur Siedlungspolizei geworden war. Die frostschlotternden Menschen drängten sich um das Feuer und ließen alles über sich ergehen. Warm wollten sie werden oder lieber sterben. Bei der Schneeschmelze fand man oft starrgefrorene Leichen.
Immer noch gab es auch Überfälle und vereinzelte Räubereien im Winter. Umherstreifende Banden pirschten sich lautlos heran, und wenn sie sicher waren, daß die Siedler sich in ihre Wärmeplätze verkrochen hatten, drangen sie in die verlassenen Hütten und raubten alles, was in ihre Hände kam. Vielfach handelte es sich bei diesen Räubern um verwilderte Halbwüchsige, die sich wie gefährliche Wolfsrudel umhertrieben und nur selten erfaßt werden konnten. Überrascht von der Siedlungspolizei, verteidigten sie sich verwegen, wurden niedergemacht oder entkamen. Ihre Leichen warf man kurzerhand in den Fluß. Eine Zeitlang trieben sie dahin, dann gingen sie gurgelnd unter.
Trotz alledem – Flußtal bekam mit der Zeit ein geordnetes, wenn auch recht sonderbares Gesicht. Die Äcker trugen. Das Vieh vermehrte sich. Wie in Nomadenzeiten wurde der Ertrag nach Kopfzahl verteilt und das von der Armee gefor-

derte Drittel abgeliefert. Die noch verbleibenden Überschüsse sicherten der Sheriff Greiner und seine Leute und handelten damit Kleidungsstücke und sonstige nützliche Dinge aus dem Armeebestand ein, denn mit Geld war noch nichts anzufangen.

Wie die umliegenden Siedlungen bekam auch Flußtal manchen Zuzug. Leute waren das, die aus irgendeinem Haufen kamen und vermutlich lange umhergeirrt sein mußten. Sie bettelten und verdingten sich. Allzu freundlich wurden sie nicht aufgenommen. Kamen kleinere Gruppen, so teilte sie die Siedlungspolizei auf und brachte sie einzeln in den verschiedenen Gemeinden unter. Vorsicht war geboten. Oft waren die Fremden nur vorgeschobene Spione einer Bande. Eines Tages verschwanden sie spurlos, und es fehlte ein Pferd oder sonst allerhand. Andere wieder fügten sich mit der Zeit in die Gemeinschaft. Es tauchten aber auch Menschen auf wie dieser Lehrer Trummstedt. Wie der kamen sie von der Armee. Meist waren sie zu dritt, mitunter aber auch zu zehnt. Das machte allerhand Unruhe und einiges Aufsehen. Sie hatten auch manchmal recht seltsame Aufträge. Das brachte Abwechslung. Sie hielten Vorträge im Schulhaus oder im Freien und redeten von einem »Hohen Rat«, von einer neuen Gesetzmäßigkeit und von den kommenden Wahlen. Sie fragten auch hin und her, was von diesem oder jenem hier oder in der Nachbarsiedlung zu halten sei, und da gab es oft recht derbe, komische Auskünfte. Noch belustigender war, wenn einige dieser Fremden alle Erwachsenen der Reihe nach fotografierten, während sich andere an den Tisch setzten, Karten ausfüllten, die Fotos daraufhefteten und sie verteilten. Sie erklärten dabei allerhand, aber das interessierte nur wenig. Neugierig lachend, betrachteten die Siedler ihre Bilder und bemerkten dazu: »Ah! Ha! Ich schau aus wie ein Geißbock!« oder ähnliches.

Unebene Menschen waren diese Fremden gerade nicht, aber sie hielten doch unnötigerweise von der Arbeit ab. Da war der mittelgroße, gedrungene, leichtbeleibte Tom Watkins, den der Agronom Jakulewski einmal gebracht hatte, schon ein ganz anderer. Der ritt auf seinem springlebendigen Pferd von Siedlung zu Siedlung und blieb oft eine ganze

Woche. Er verlangte nicht mehr als die Siedler selbst und war ein sehr umgänglicher Mensch. Vor allem wußte er sich dadurch beliebt zu machen, daß er ausgezeichnet in der Behandlung der Traktoren Bescheid wußte. Das machte ihm Jankel zum Freund. Tom verstand sich aufs Vieh, kannte jede Feldarbeit und half oft mit. Er gab nützliche Ratschläge und hatte ein geübtes Auge für das, was noch fehlte. So brachte er dem »Sheriff« Greiner einmal zehn Bündel zarter junger Fichten- und Obstbäumchen, die mit Begeisterung angepflanzt wurden. Schließlich, als man ihn gewohnt war, unterhielt sich Tom einmal ernsthaft mit Greiner, Knudsen, Jean und dem dickköpfigen, runden Sutzki, der damals, als die Armee eine provisorische Gemeindewahl verlangt hatte, als vierter Mann gewählt worden war. Schnellhin hatten damals einige den Jankel vorgeschlagen, aber alle lachten darüber, und Jankel selber wehrte sich förmlich mit Händen und Füßen dagegen und nannte auch den ebenso brauchbaren wie gefährlichen Sutzki. Diese Wahl befriedigte alle, denn sie hatte ihre guten Gründe. Wie Jankel in den Wanderzeiten durch seine witzige Schlauheit und seinen einfallsreichen Spürsinn, so hatten Sutzkis Umsicht und Kaltblütigkeit den Haufen oft aus drohender Gefahr gebracht. Zuerst war Sutzki Anführer der Leibgarde und blieb es auch noch, als Soldaten dazukamen. Den von ihm zusammengestellten Fangkommandos war es zu verdanken, daß sich die räuberischen Banden nach und nach verflüchtigten. Einmal, als sie acht verwilderte Halbwüchsige einfingen und niedermachten, sprang einer der jungen Wilden, der sich totgestellt hatte, wieder auf und warf sich wie ein Tiger mit gezücktem Messer auf Sutzkis Rücken. Das versetzte diesen in eine derartige Raserei, daß er dem Jungen die Kehle durchbiß und ihn buchstäblich in Stücke riß. Wie ein Besessener wühlte er in seinem zerfleischten Opfer, und nur mit größter Mühe konnten ihn seine Leute davon abbringen. Sie zerrten ihn weg wie ein zuckendes, wundes, um sich schlagendes Tier. Nach diesem Vorfall legte Sutzki sein Anführeramt nieder. Er arbeitete auf den Feldern. Eines Tages ritt er als erster ins Geröll der unpassierbaren Gegend und kam mit kleinen Holzklumpen, Kohlenstücken und Kleiderfetzen zurück.

»Das brennt alles«, sagte er zu Greiner mit seiner eigentümlich leisen, ein wenig heiseren Stimme, die immer etwas Schleichendes hatte. Von da an fuhren die Flußtaler oft und oft ins Geröll und brachten eine Menge Heizmaterial heim. Der Winter war nun nicht mehr so bitter.
Sutzki hatte ein zusammengedrängtes, fett glänzendes, fast gutmütiges Gesicht. Nur seine leicht herausgedrückten, kugelrunden blauschwarzen Augen schielten fortwährend unruhig umher, wie sprungbereit und argwöhnisch, als wittere er Feinde auf allen Seiten. Er war sehr wortkarg, übertraf alle an Fleiß, arbeitete mit stumpfer Unverdrossenheit und war ungemein genügsam. Beständig hing eine kurze, zernagte Pfeife aus seinem schlaffen Mundwinkel, und wenn er sie in den anderen hinüberschob, wurden seine angeschwärzten, schadhaften Zähne sichtbar. Er rauchte meistens getrockneten Pferdemist, und das stank sehr. Er spuckte viel und war Meister darin. Seine von einem dunklen, krausen Schnurrbart verdeckten Lippen schienen sich dabei nicht zu öffnen. Er spuckte fischgeschwind, ein wenig zischend, voll oder dünn, auf ein Ziel oder ins Nirgendwo, knapp vor sich hin oder in weitem Bogen. Seine Miene blieb unverändert. Nur manchmal schob er die schäbige Baskenmütze auf seinem Kraushaar vom Genick in die Stirn oder umgekehrt.

Ein peitschendes Gewitter ging eben nieder und trieb jeden unter irgendein Dach. Tom saß mit den vier Männern im ersten Geräteschuppen. Behutsam fing er zu erklären an, daß man nichts auf der Welt umsonst bekomme. Ob sich die Flußtaler, meinte er, eigentlich schon einmal den Kopf darüber zerbrochen hätten, wer ihnen Baumaterial, ihr Vieh, das Saatgetreide und die Traktoren geliefert hätte? Na ja, erwiderten Greiner und Jean fast gleichzeitig, wer denn sonst als die Armee! »Jaja, das stimmt schon«, nickte Tom bedächtig, »jaja!... Vielmehr, es *hat* gestimmt. Jetzt stimmt das nicht mehr.« Bestürzt sahen ihn Greiner, Jean und Knudsen an. Sutzki spuckte ungerührt. Es zischte leise.
»Jetzt nicht mehr?« fragte Greiner mit gerunzelter Stirn: »Soll das heißen, wir haben nichts mehr zu erwarten?«

»Zu erwarten?... Doch, doch!« sagte Tom und fuhr fort: »Aber Soldaten sind eben Soldaten!... Soldaten machen keine Traktoren, sie züchten kein Vieh und bebauen kein Feld. Sie sind eben Soldaten.« Ganz kurz hielt er inne, kniff die Lippen aufeinander und sagte unvermittelt: »Und in zwei oder zweieinhalb Monaten haben wir Winter...« Außer Sutzki bekamen alle Gesichter, als stiege ihnen jetzt schon der Frost in die Glieder. Sutzki schob seine Pfeife in den anderen Mundwinkel und spuckte wiederum.

»Was drückst du eigentlich so herum?« sagte Greiner zu Tom. Ärgerlich und mißtrauisch setzte er dazu: »Willst du uns zum Narren halten oder was sonst?«

»Zum Narren?... Im Gegenteil!« bestritt der und meinte: »Ich komm' mir wie ein Narr vor, denn ich soll euch da was beibringen, das zwar ganz einfach ist, aber« – er lächelte verschmitzt – »aber, na, sagen wir, nicht ganz angenehm für euch.«

»Mach's kurz!... 'raus mit der Sprache!« drängte ihn Knudsen ganz gegen seine sonstige langsame Art.

»Es sieht zwar so aus, aber die Armee hat schon lang nichts mehr mit eurer Versorgung zu tun«, wurde Tom deutlicher. »Ihr wißt ja, sie untersteht dem ›Hohen Rat‹ und hat ganz andere Aufgaben.« Dann fing er von der »Großen Plan-Kommission« an, die überall ihre Unterabteilungen und Nebenämter habe. Sie, meinte er, sorge dafür, daß Traktoren und Maschinen, Zementplatten und Eisenträger fabriziert und ordentlich verteilt würden. Auch das Vieh auf der ganzen Welt zähle sie und das Saatgetreide, kurzum, alles, was die Menschen brauchten, komme von ihr. Das fanden die vier nicht weiter unangenehm.

»Was das Kind für einen Namen hat, ist doch ganz gleichgültig«, sagte Jean erleichtert zwischenhinein.

»Ja, ja, aber die Plan-Kommission kann doch nichts aus der Luft herauszaubern!« erklärte Tom, »sie muß doch beliefert werden! Deswegen ja auch euer vereinbartes Erntedrittel...« Die dicken, platschenden Regentropfen trommelten in dumpfer Regelmäßigkeit auf das Dach. Er machte sich's auf dem Amboß, auf dem er hockte, ein bißchen bequemer und ließ die vier nicht aus den Augen.

»Der Boden, soweit ihr ihn bebauen könnt, gehört euch, das wißt ihr!« sagte er lauter, um das Trommeln zu übertönen. »Das wird später noch gesetzmäßig geregelt... Ihr kriegt auch noch mehr! So wie jetzt wollt ihr doch nicht immer weiterleben!... Alles kommt noch: bessere Häuser, richtige Straßen, Licht und Heizung im Winter... Der Boden war das erste. Den habt ihr geschenkt bekommen, aber, alles andere ist nur auf Kredit geliefert, versteht ihr?... Alles, was euch bis jetzt geliefert worden ist und was ihr noch kriegt, muß nach und nach abbezahlt werden, versteht ihr?« Er wartete ab. Er sah nur, wie Sutzkis argwöhnische Augen unablässig über sein Gesicht liefen, und sah ihn spucken.
»Abbezahlt?... Ja, mit was denn?« nahm Greiner als erster das Wort. »Wir haben doch nichts!... Wie soll denn das zugehen?« Wieder verwies er auf das Erntedrittel, das sie sowieso alljährlich nur schwer aufbrächten. Da schmunzelte Tom ein wenig keck und sagte zweifelnd: »Na also – schwer!... Das ist etwas übertrieben!... Mir braucht ihr nichts vorzumachen. Ich hab' jetzt lang genug zugeschaut!... Ihr habt's euch ein bißchen arg leicht gemacht! Das Drittel, das ihr abliefert, ist längst schon bloß mehr ein Fünftel!... Das ist ja verständlich, aber nicht ganz fair, oder?«
»Ach, so!... Deswegen!« entschlüpfte es Greiner. »Deswegen –« Die Augen der vier wurden jetzt feindselig. Sutzki spuckte viel öfter.
»Ja, ja, deswegen hab' ich mich hier herumgetrieben«, ergänzte Tom ungeniert. »Jetzt habt ihr natürlich keine schlechte Wut auf mich, was?« Die Kälte der vier irritierte ihn nicht. Langsam richtete er sich auf, als lasse er seinen Partnern Zeit. Ohne hinzusehen, fühlte er, daß sie vielsagende Blicke wechselten. Er machte einige Schritte und blieb fest vor Greiner stehen. »Ihr müßt euer Drittel erfüllen«, sagte er mit verhaltener Bestimmtheit. »Das ist das erste. Es wird euch nicht weh tun. Da kommt bald eine Kommission her, die das regelt. Sicher läßt sie mit sich reden. Sie verlangt nichts Unmögliches. Und – abbezahlen? Noch in diesem Monat kommen zwei Brigaden Qualifikanten. Die bauen euch Häuser und alles... Ihr müßt aber Arbeitsgruppen stel-

len! Je mehr, um so besser... um so schneller geht's!... Jede Arbeitskraft ist bares Geld für euch. Damit zahlt ihr ab! Das ist alles, was ich sagen wollte.« Der Regen hatte nachgelassen. Ohne sich um die Antwort der vier zu kümmern, ging Tom auf das Schuppentor zu, drückte es spaltweit auf, sah zum Himmel und sagte: »Ich kann reiten... Es macht sich auf!« Er schob den einen Torflügel ganz auf. Frisch gewaschene Helligkeit floß in den Schuppen. Es roch würzig nach Erde. Auch die vier standen jetzt. Sie sagten nichts und schauten einander nur an. Sie blieben auf dem gleichen Fleck stehen und schienen zögernd zu überlegen. »Du willst schon weiter?« wandte sich Greiner wie arglos an Tom, der jetzt ins Freie trat und auf die Stallung zuging. Rasch und straff ging er. Der breiige Dreck spritzte bei jedem seiner Schritte.
»Ja, ja, ich hab's eilig!« hörten die vier noch, dann verschwand er im Stall.
»Hm, das ist ein ganz abgefeimter Bursche!« sagte Jean. Greiner kratzte sich die Stirn, überlegte und überlegte und meinte: »Tja, der versteht's!« Er sah kurz vor sich hin und setzte dazu: »Hm, unser Drittel reicht nicht?... Qualifikanten kommen?... Eine Kommission?«... Jedes Wort sagte er langsam, als warte er auf eine Antwort. Der Regen hatte ganz aufgehört. Strahlend schlüpfte die Sonne aus einer ziehenden weißen Wolke. Drüben zog Tom sein Pferd aus der Stallung, schwang sich in den Sattel und ritt rasch in das aufbrechende Sonnenlicht hinein. Abwesend und schweigend sahen ihm die vier nach. »Trau, schau, wem«, raunte Sutzki mit einem Male lauernd. Es waren die ersten Worte, die er sagte. Er spuckte und zog fester an seiner Pfeife. Greiner schaute ihn an, als ahne er etwas Dunkles, und schüttelte resolut den Kopf. »So geht das nicht, Iwan!... Auf keinen Fall, verstehst du? Mach keine Dummheiten!« Er sah an ihm herab, und sein Blick blieb an den kotüberlaufenen, von der Nässe aufgequollenen, aus Stroh geflochtenen Stiefeln hängen. Seine Augen wanderten geschwind weiter, zu den Füßen Knudsens, die mit einigen jämmerlichen Fetzen umwunden waren und unförmig aussahen. Die verschorften, lehmklumpigen Füße Jeans waren nackt bis halb zum Knie herauf, und auch er selber – der »Sheriff« – steckte mit sei-

nen Beinen und Füßen in einem durchlöcherten, röhrenförmigen, da und dort mit dünnem Draht zusammengehaltenen, schwerfeuchten Etwas, das man beim besten Willen nicht mehr Stiefel nennen konnte. Er hob seine Augen und schaute alle drei gleichzeitig an, indem er sagte: »Stiefel, hat er gesagt, müssen wir kriegen.« Jeder von ihnen wußte, daß weit über vier Fünftel der Flußtaler Sommer und Winter barfuß liefen.
»Sein Wort hat er bis jetzt immer gehalten, der Tom«, meinte Greiner wiederum. Keiner antwortete. Sie wollten eben auseinandergehen, als Jankel durch den klebrigen Matsch stelzend auf sie zukam. Unwillkürlich schaute Greiner wieder auf dessen breitgetretene Füße, die wie auseinandergespreizte Schwimmflossen eines Frosches aussahen, aber sich nichtsdestoweniger sehr eilig auf und nieder bewegten. Ein glückliches Lächeln flirrte über Jankels ganzes Gesicht. Er spießte den dünnen Zeigefinger in die Luft, pfiff kurz durch die Zähne und lächelte noch freudiger: »Huj!« Und wenn Jankel so anfing, kam so schnell keiner mehr zu Wort.
»Huj!« wiederholte er und redete lustig-geschwind weiter: »Hab' ich gerichtet dem Traktorchen, Sheriff! Ganz allein gerichtet!... Läuft wieder wie frisch geölt!... Schwerrer Robott war das, schwerrer Robott, ganz schwerrer Robott! Hab' ich zerlegt ganzes Werkel und zusammengesetzt wieder das Maschin', Sheriffchen!... Hab' ich getreten dem Pedal – es surrt, es raucht, es stinkt, aber geht nicht! Geht nicht!!... Nu? Hab' ich gemacht das sehrrr oft, sehrrr oft!... Geht nicht!... Steig ich von oben und streichle mein Traktorchen wie meine Ingrid streichelt immer scheckige Kuh, wo heißt Sascha!... Sag' ich zu ihm, mein lieber, mein guter Robottnik, was ist? Aber so geh doch! Geh doch, mein Robottnikchen, nu mach schon, geh!... Geht nicht... Ich habe gekißt dem Traktorchen wie kiiißt deine Nanuschka, Sheriff!... Geht nicht, will nicht! Sag' ich zu ihm, ich muß dich schlagen, armer Robottnik! Bricht mir Herz, aber ich schlag'!... Und hab' genommen Hammer, heb' auf Blechklappe von Traktorchen und schlag' – huj! – mit Hammer hinein!... Hab' ich gekriegt groiße Angst!... Sheriff wird schimpfen und alle schimpfen, sag' ich. Steig' ich wieder auf Kasten...

Was sagt Sheriff jetzt? Traktorchen surrt, raucht, stinkt – aber auf einmal läuft! Saust wie verriekt, wie geschmiert. Oh, Jankel ist gewesen sehr ängsterlich, sehrr!...« Er gestikulierte unausgesetzt mit seinen ölverschmierten Händen und sprudelte: »Mein Robottnikchen läuft! Rennt!... Morgen pflügt er! Huj!... Hab' ich gelernt von Tom, alles von Tom!«
»Tom?« entschlüpfte es Jean und Greiner, und Knudsens Blicke wurden hart.
»Tom, ja!... Oh, Tom, sehr kluger Kopf! Sehrr kluges Köpfchen!« wollte Jankel wieder anfangen, aber ärgerlich wies ihn Greiner zurecht: »Mensch, dein Tom, das ist der rechte! Der hat uns grad noch gefehlt!« Plötzlich wurde er dunkelrot und schrie ingrimmig: »Ein ganz ordinärer Spion ist er, dein Tom!« Jankel erstarrte. Groß und entgeistert sah er auf den zornroten Sheriff. Ohne ein Wort stapften die vier weiter. Reglos blieb Jankel stehen. Wirr glotzte er auf die vier. Er sah nicht, daß Greiner ein paarmal den Kopf schüttelte und, sich entspannend, brummte: »Nein, das war eine Dummheit!... Nein, nein! Zum Teufel auch, man verliert manchmal den Kopf!« Sie verschwanden in Greiners winkliger Hütte.
»Tom?... Spion?... Tom?« murmelte Jankel, wie festgebannt auf den Fleck. Wie von einem jähen Schreck gepackt, lief er wieder in den zweiten Geräteschuppen zu seinem Traktor.

ZWEI LIEDER

Auf den sanft abfallenden, mit dünnem, stoppeligem Gras bewachsenen Weideflächen, die sich am Südende der Siedlung ausbreiteten, lagerten die Flußtaler. Fast unübersehbar war die bewegte Menge. Derb und festlich laut ging es zu. Der beizende Geruch brennender Kartoffelstauden und grüner Maisstengel, manchmal vermischt mit dem Duft gebratener Fische, durchzog die laue Herbstluft. Dick qualmende Rauchschwaden hüllten zuweilen die um ein Feuer hockenden Gruppen ein. Stoßweises Fluchen, Kreischen, Schreien und Gelächter übertönten kurz den regellosen Lärm rundum. Die zwischen der hin und her wogenden, aufgeheiterten Menschenmenge dahinreitenden Polizisten sahen wie hingestreut und verloren aus. Tollende Kinder jagten hinter ihnen drein, schrien lustige Frechheiten, überpurzelten sich, heulten wütend, und herbeilaufende Mütter schimpften. Zu denen, die um die Feuer hockten und geröstete Maiskolben, gebratene Kartoffeln, fetttriefende Aale und andere knusprige Fische verzehrten, gesellten sich zufällig Herzugekommene, unterhielten sich, erzählten spaßhafte Geschichten oder schäkerten mit dem Weibsvolk und gingen wieder woanders hin. Da und dort bildete sich ein Kreis, in dessen Mitte Tanzende wild stampften. Seltsam heftige gutturale Laute stiegen auf, Beifall erscholl, und zum Schluß verknäuelten sich die hingerissenen Zuschauer, aber ihr tolles Geschiebe, das ungeschlachte Tanzen der eng aneinandergepreßten Körper, das Juchzen und Getrampel ähnelte viel eher einem balgenden Geraufe als einem Tanz. Männer drückten in diesem Gewühl widerstrebende Weiber nieder, nackte Schenkel zuckten, Schnauben und Gekreisch zerging in tobendem Geplärr.

»Und wer hat gesagt Spion?« rief Jankel und lugte verschmitzt auf Greiner, der auf der anderen Seite der Feuerrunde saß und die abgeknabberten Fischgräten in die Glut warf: »Wer –«

»Halt bloß du die Schnauze!« fiel ihm der halb scherzhaft und halb ärgerlich ins Wort: »Du mit deinem Tom! Das ist ein ganz abgefeimter Luchs!« Unwillkürlich strich er mit der flachen Hand über die schwarzen Schäfte seiner neuen Stiefel und fügte im gleichen Ton hinzu: »Er und der Jakulewski haben uns den neuen Vertrag mit dem Erntedrittel richtig abgepreßt! Fast Blut haben wir dabei geschwitzt!... Nicht einen Zentner Kartoffeln haben sie sich abhandeln lassen, die Gauner!« Der neben ihm sitzende Knudsen nickte.

»Eine Hand wäscht die andere! Was kann man machen«, meinte Jean leichthin. In großem Bogen spuckte Sutzki ins Feuer. Sehr oft waren heute schon kleinere und größere Züge von Barfüßlern auf ihren Platz gekommen, hatten in tollem Gerenne die Runde der Hockenden umlaufen und immer wieder geschrien: »Schuh' her! Schuh' her oder es lebt keiner mehr! Schuh' her! Schuh' her!« Lachend waren sie wieder abgezogen, nachdem der Sheriff ihnen irgendwelche Versicherungen gegeben hatte. »Aber die versprochene dritte Lieferung läßt auf sich warten«, sagte Greiner. »Alle Kinder laufen noch barfuß... Gut ein Viertel der Unsrigen hat noch kein Schuhwerk.« »Aber kommt! Kommt! Tom, er lügt nicht! Tom, er hat gegeben mehr!« rief Jankel unbeirrt lustig und rieb ebenfalls an seinen Stiefelschäften. Geschwind und zärtlich tat er das, und glücklich glänzten seine hurtigen Augen. Die Flußtaler konnten mit dem Bisherigen zufrieden sein. Alle waren hoffnungsselig, und daß sie deswegen feierten, verrieten die zahlreichen hohen Stangen mit einem darübergestülpten Stiefel, die überall aus dem Gewühl emporragten. Ungefähr zwei Wochen, nachdem Tom die Siedlung verlassen hatte, an einem sonnenfrischen Septembervormittag, war fern und hoch über dem Geröll der unpassierbaren Gegend ein langer Luftfrachtzug im Blau aufgetaucht. Er sah aus wie ein phantastisch gegliederter, knatternd daherschwebender Riesendrache mit vielen, starr nach unten gestreckten Beinen und schuppenartig ausgestreckten Flügeln, absonderlich und fast furchterregend. Er kam näher und näher und warf einen breiten Schattenstreifen über die belebten Felder und Äcker. Selbsttätig lösten sich von seinem Schwanzende drei mächtige Flugzeuge und glitten sanft hernieder, während der Drache sicher und ruhig flußabwärts weiterflog. Die Flugzeuge brachten große

Mengen Schuhe und Stiefel, aber auch viele Kleider- und Wäscheballen.
Beim ersten Transport waren Tom und Jakulewski dabeigewesen und hatten nach langem Feilschen den erwähnten Vertrag zustande gebracht. Beim zweitenmal waren Leute mitgekommen, die in der ganzen Siedlung Masten mit aufmontierten Lautsprechern errichteten und die Flußtaler über die bevorstehenden Wahlen aufklärten, was die Siedler nicht sonderlich interessierte. Immerhin hatten sie von einer dritten, von Tom und Jakulewski zugesagten Schuh- und Kleiderlieferung etwas erzählt.

»Es ist doch eigentümlich – jetzt auf einmal hört und sieht man nichts mehr von den zweien«, sagte Greiner und nahm Jankel scharf aufs Korn. Irgendwo schmetterte eine Trompete. Polizisten galoppierten vorüber, und lustig schwatzende Gruppen liefen ihnen nach. Greiner und seine Runde erhoben sich und gingen ebenfalls in die Richtung des Trompetensignals. Auf einem freien Platz, den dichte Gafferscharen umsäumten, führten die Polizisten kühne Reiterkunststücke vor. Mit gespreizten Beinen standen sie auf den blanken Rücken der dahinjagenden Pferde, plötzlich ließen sie sich hinabgleiten bis zum Bauch oder hingen wie hingeklebt am Hinterteil der Tiere, schossen in die Luft und jauchzten, und ein frenetischer Beifall ermunterte sie zu immer tolleren Waghalsigkeiten. Der erste, dünneblige Dämmer hob sich schon aus Bach und Fläche, als sie ihre schweißdampfenden Pferde wegführten. Die Hauptattraktion war vorüber. Die Stangen mit den Stiefeln wurden aus der Erde gezogen. Der Dämmer vermischte sich mit dem ersten dünnen Dunkel. Überall formierten sich dichte Scharen und zogen scherzend und lachend der Siedlung zu. Nach und nach sahen die Flächen wie eine höckerige, traurige Walstatt aus. Es stank nach Versengtem, nach kalter Asche und Urin, nach Pferdemist und menschlichen Exkrementen. Nur vereinzelt lagerten noch Gruppen um die gelb züngelnden Feuer. Von weitab kam verschwommener Gesang und griff von Runde zu Runde. Nach und nach kamen die Singenden zueinander und mengten sich zu einem Haufen, und melancholisch schleppend erst, dann aber sich in eine lebhafte Keckheit steigernd, klang das alte Nomadenlied über die Breiten:

»Die letzte Maus ist aufgefressen,
wir schnür'n den Riemen eng.
Es wär' so wunder-wunderschön gewesen,
jetzt ist es aus – peng-peng!

Ihr meine liebsten Kameraden,
könnt ihr es wohl erraten?
Schaut, wie der geht,
der ist so fett – peng-peng!

Ach, meine liebsten Kameraden,
jetzt winkt ein feiner Braten!
Das Biest ist weg,
geht nicht vom Fleck – peng-peng!«

Aus den rauhen, manchmal grölenden Männerbässen stiegen die kräftigen, hellen Stimmen der Weiber wie ein Jubel des unüberwindlichen Lebens. Sie sangen und wurden heiterer dabei. Sie wiederholten die letzte Strophe und hatten längst vergessen, daß dies einmal ihre grauenhafte Wirklichkeit gewesen war. Und Kinder standen da, sangen mit ihren dünnen Stimmchen die Worte und glaubten, es sei etwas sehr Munteres und Schönes. Männer fuhren mit ihrer Hand über einen festen Weiberhintern oder drückten mit lüsterner Ungeniertheit die nackte, warme Brust eines aufgeblühten Mädchens. Die Nacht stand groß und klar um sie. Endlich machten sie sich auf den Heimweg. Da und dort kicherte es in der Dunkelheit, und manchmal stießen sie auf ein übereinanderliegendes Paar. »Ja so, ha!« lachten sie und tappten weiter...

In den darauffolgenden Tagen fanden die Wahlen statt, die vom »Hohen Rat« unmittelbar nach der Abgrenzung der Gouvernements für alle erfaßbaren Gebiete angeordnet worden waren. Sie fielen höchst sonderbar aus und zeigten alle Zeichen der Übereiltheit.
Einigkeit macht stark, hieß es einst. Einig war der Rat nicht

allzuoft. Darnach beurteilt, hätte er schon nach ganz kurzer Zeit kläglich versagen müssen. Erstaunlicherweise aber war das Gegenteil der Fall. Nachdem die krassesten Schrecken anfingen, sich allmählich zu verflüchtigen, hatte er rasch einige fühlbare Erfolge. Diese Erfolge waren aber keineswegs mit seiner oft überhitzten Energie und Aktivität zu erklären, ihr Grund lag auch nicht in der Gleichgültigkeit der abgestumpften Menschenmassen, sondern hauptsächlich in der ungehinderten Tätigkeit der »Großen Plan-Kommission«. Sie trat jetzt immer mehr in den Vordergrund und schien den Rat völlig zu verdrängen. Auf eine erschreckend überdeutliche Weise nämlich bewahrheitete sich der uralte Satz: »Des einen Tod ist des andern Brot.« Im Vergleich zur unvorstellbaren Verminderung der Menschen waren die Schätze der wenn auch noch so verwüsteten Erde immer noch gewaltig, und wer rasch zugriff, sie hob, sie ausnützte und planvoll verteilte, gewann alles. Dies gab dem Wirken der Plankommission die überragende Bedeutung.

»Der gebändigte Urmensch«, bemerkt ein geistreicher Historiker über jene Periode, »bekam durch sie das sichere Gefühl der Versorgtheit und vergaß auf lange Zeit seine Freiheit.«

Mit unverdrossener Geduld, ganz simpel, aber mit großer Findigkeit hatten die umherreisenden Ratskommissare und die sie begleitenden Kandidaten die Siedler aufgeklärt. In Flußtal hielt der humorlose Lehrer nach jedem Feierabend von seiner Schule aus einen informierenden Radiovortrag über den Sinn und die Bedeutung der Wahlen. Blechern klang seine Stimme aus den aufgestellten Lautsprechern. Zuwider war dieses fortwährende, fast drohend-zurechtweisende Wiederholen: »Auftragsgemäß mache ich darauf aufmerksam, daß jede Person, die nicht wählt, ihr Anrecht auf Weltbürgerschaft verliert.«

Gewählt wurden die Friedensrichter, und allerdings waren die Kandidaten dafür – jeweils drei an Zahl – von den Kommissaren ausgesucht und vorgeschlagen worden. »Wegen dieser höchst anfechtbaren Aussiebung administrativ verwendbarer Menschen in den Siedlungsgebieten«, sagte Mikkelson in einer späteren Rede einmal, »ist der Rat schwer angefeindet worden, aber im schauerlichen Trödlerladen der damaligen Welt lagen lauter zerbrochene Dinge, die wir erst ausbessern und wieder gebrauchsfähig machen mußten.«

»Gebrauchsfähig.« Er hatte diesen Ausdruck gern. Es gab nichts Beziehungsloses. Alles im Leben der Menschen mußte ineinandergreifen, eins ging aus dem anderen natürlich hervor, und nichts konnte im Rahmen der zukünftigen Ordnung für sich bestehen – weder der Mensch noch die Begriffe.

Der Friedensrichter war ein sehr wichtiger Mann. Er mußte im Umkreis von mindestens vier oder fünf Gemeinden seinen Wohnsitz haben, durfte sein Amt nur als Nebenberuf ausüben und bekam lediglich Aufwandsentschädigungen. In den Gemeinden gab es statt des früheren Bürgermeisters den aus dem Amerikanischen übernommenen »Sheriff« und seine Beigeordneten, denen Urteilsrecht zustand, aber auch Urteilsvollstreckung auferlegt war. Lautete das Urteil auf Tod, so mußten die Richter den Delinquenten selber erschießen.

»Bei der heutigen allgemeinen Verrohung mag das als ein gefährliches Wagnis erscheinen«, sagte ein Kommentar über diese Verordnung, »allein die Menschen fangen langsam an, das Totschießen zu verabscheuen. Aug in Auge mit dem Verurteilten, noch dazu, wenn er meistens ein naher Bekannter, ein Freund oder Verwandter ist, zu stehen und auf ihn die tödliche Kugel abzuschießen ist weit schwerer und wirkt viel nachhaltiger als ein Urteil zu fällen, zu unterschreiben und die beschämende Exekution unbeteiligten, bezahlten Henkern zu überlassen.« In allen Fällen – außer in ganz unerheblichen, wie Verwarnung – mußte der Friedensrichter zu Rate gezogen werden. In Landfriedens- und Aufruhrprozessen trat er als Ankläger der Gemeinden bei den Appellationsgerichten auf und war Delegierter zum gouvernementalen Landtag. Die Friedensrichter wählten aus ihrer Mitte den Gouverneur und dessen Stellvertreter. Der Gouverneur hinwiederum war Mitglied des kommenden Weltparlaments.

Der diesmalige milde Herbst ließ es überall zu, daß sich nach Einbruch der Dunkelheit die Siedler im Freien versammeln konnten. Auf zwei aneinandergestellten, bretterüberdeckten Lastautos, an einem langen Tisch hinter Mikrophonen und überstrahlt von knisternden Azetylenlampen, saß der Sheriff mit seinen Vertrauensleuten neben dem Kommissar, einigen Schreibern und dem fremden Kandidaten. Der Kommissar stellte den Kandidaten vor und sagte einiges über ihn. Dann fing er mit seinen Erklärungen an.

»Das«, sagte er, »ist zum Beispiel euer Sheriff und das seine Beigeordneten. Warum sind sie das? Weil sie euer Vertrauen haben! Ihr habt sie anerkannt, weil sie tüchtige Männer sind! Sie sind erfahren, und was sie vorschlagen, hat Hand und Fuß.« Er ließ jedes Wort im Lautsprecher ganz aushallen und fuhr fort: »Und vor allem, keiner von diesen Männern hat einen Vorteil! Ganz im Gegenteil! Er lebt wie ihr alle. Er muß arbeiten wie jeder, aber er hat neben seinen eigenen Sorgen auch noch die Sorge für euch übernommen! Jeder muß zugeben, daß so eine Verantwortung meistens ein recht undankbares Geschäft ist, aber gemacht muß es werden, sonst funktioniert nichts, sonst kommt keine Ordnung. Genauso wie mit eurem Sheriff und seinen Beigeordneten verhält sich's mit dem Friedensrichter und dem Gouverneur! Sie müssen eure Aufträge bei den Gerichten und beim Hohen Rat durchführen. Sie sind nicht mehr als ihr, sie sind weniger – sie sind eure Angestellten.« Das klang einleuchtend. Der Sheriff räkelte sich langsam in die Höhe, und die durcheinandermurmelnden Siedler auf der Fläche schauten gespannt auf ihn. Er wandte sich an den Kommissar und fragte: »Kann uns der Friedensrichter eine Straßenwalze besorgen?« Die Menge lebte auf und zollte freudigen Beifall. Er machte eine kurze abwehrende Armbewegung. Es wurde ruhiger, und er fragte erneut: »In Märzstadt haben sie Zuchtsäue bekommen!« Rundum im Dunkel wurde es noch unruhiger. Bravorufe flogen von allen Seiten herbei. Ungeduldig stampfte der Sheriff auf die nachgebenden Bretter, warf einen wütenden Blick in das tobende Meer da unten, wehrte verärgert ab und fragte jetzt den Kandidaten direkt: »Wie ist das? Kannst du uns Zuchtsäue beschaffen?« Breites

Lachen erscholl unten und pflanzte sich fort, Schreie und Klatschen mengten sich ineinander.
»Holz und Kohlen brauchen wir für den Winter!« schrie es, als es langsam ruhiger wurde.
»He, du! He!« plärrte ein aufspringender Siedler in den überleuchteten vorderen Reihen dem Kandidaten zu. »Kriegen wir Heizung, wenn wir dich wählen? Ja oder nein!«
In Flußtal ereignete sich dabei, daß der finstere, massige Douraine, den sie nachher zum Friedensrichter wählten, aufstand und mit grämlicher Ruhe in das Mikrophon schrie: »Ich hoffe es! Ich bin doch einer von euch, und bei uns ist's genauso!... Aber seid doch endlich ruhig, so kommen wir doch nicht weiter!« Das gefiel seltsamerweise. Viele kannten ihn und wußten seine Geschichte. Vor einigen Jahren war Douraine noch einer der wildesten Anführer jenes zähen Nomadenhaufens, den man drüben in »Märzstadt« ansässig gemacht hatte. Nach schweren Kampfverlusten, nach Gefangennahme seiner tapfersten Leute und nach seiner eigenen schweren Verwundung war Douraine widerspenstig geblieben.
»Gut, also hängt mich auf! Knallt mich nieder!« hatte er dem Ratsoffizier mit schmerzverzerrtem Gesicht entgegengeschrien. »Macht keine Umstände, los!« Dann, als sein zweiter Hauptmann, der Lette Sruoga, nach einer Aussprache mit ihm und den anderen Offizieren verhandeln wollte, hatte der verwundete Douraine mit letzter Kraft seinen Armeerevolver gehoben und, ehe man's verhindern konnte, den Sruoga von hinten niedergeschossen. Und dann war etwas geschehen, das der bärbeißige Belgier bis heute noch nicht fassen konnte. Die Offiziere erschossen ihn nicht. Sie schienen nicht einmal empört über seine Tat, ja mehr noch: Als sich Sruogas tollkühne Geliebte mit dem Messer auf ihn stürzen wollte, überwältigten sie die Rasende und brachten sie weg.
»Schafsköpfe!« knurrte der mißtrauische Douraine den sommersprossigen irischen Kapitän Macleen an. »Warum habt ihr Vera nicht stechen lassen?... Ein Stich von dem Teufel, und aus wär's gewesen!... Schufte, was habt ihr mit mir im Sinn?« Ohne darauf einzugehen, erklärte Macleen in unbe-

holfenem Französisch, daß er – Douraine – als Soldat korrekt gehandelt habe, und schloß mit frostiger Gelassenheit: »Auch wir erschießen Leute, die sich nicht strikt an den Befehl halten.«
»Und was habt ihr mit Vera getrieben?« fragte Douraine eigentümlich beunruhigt. Der Wundschmerz setzte ihm so zu, daß er sich die Lippen blutig biß. Schweiß brach aus allen seinen Poren. Das Fieber machte ihn bewußtlos. Er wurde in ein entferntes Lazarett gebracht und sofort operiert. Ziemlich rasch ging es wieder aufwärts mit ihm. Macleen besuchte ihn öfter.
»Schufte! Infame Hunde!« schimpfte Douraine unverändert. »Warum habt ihr mir nicht den Garaus gemacht und pflegt mich erst gesund?«
»So dumm, wie du meinst, sind wir gar nicht«, lächelte der Kapitän. »Burschen wie dich können wir gut brauchen.« Trotz aller gegenteiligen Behauptungen blieb der argwöhnische Douraine dabei, daß man ihn nach seiner Wiederherstellung an die Wand stellen oder hängen würde. »Warum auch nicht!« höhnte er. »Mit euch mach' ich nie mit!« Aber Macleen schien das nicht ernst zu nehmen und sagte: »Deine Leute warten alle auf dich.«
»Alle?« stutzte Douraine ein wenig. »Und Vera?... Habt ihr sie noch?«
»Die?... Die wollte nicht mehr bleiben... Die ist weit weg und wird was Tüchtiges«, erzählte Macleen.
»Ha!« stieß Douraine heraus. »Ha, die!... Weit weg! *Den* Teufel kriegt ihr nicht unter, ihr Kindsköpfe! Die findet mich!... Das wird ein Duell, das sich sehen lassen kann.«
»Und die Waffen? Wer wählt die Waffen?... Sie?« fragte Macleen, kaltblütig lächelnd.
»Meinetwegen«, grinste Douraine. Er hatte diesen unverblüffbaren Iren nicht ungern. Mit der Zeit freuten ihn seine Besuche. Als der Kapitän den gesundeten Anführer nach Märzstadt brachte, gab es einen jubelnden Empfang. Von Vera wußte niemand mehr etwas. Macleen gab nur so viel zu, daß sie über einen der großen Ozeane gebracht worden sei! Das beschäftigte Douraine eine Zeitlang, doch mit der ihm eigenen brutalen Energie warf er sich in die neue Arbeit,

und langsam interessierte ihn alles, was im kleinen und großen wurde, immer mehr. Nach und nach vergaß er Vera und verlor auch Macleen aus den Augen. Märzstadt und sein »Sheriff« hatten bald überall den besten Ruf.
Als Douraine jetzt so neben dem Kommissar saß, der auf alle konkreten Forderungen der Leute nur immer erwiderte, das sei doch Angelegenheit der Plan-Kommission und gehöre nicht hierher, wurde er ungeduldig. »Mach's kurz«, murrte er den Mann an und zupfte ihn am Rock. Der gab ihm endlich das Wort. Während er sich langsam aufrichtete, wisperte Greiner Douraine geschwind zu: »Nicht mehr viel reden! Dich kennt ja jeder, und wählen tun wir dich sowieso!«
Douraine sah, wie die Menge da unten sich immer ungenierter unterhielt, und bemerkte, wie sich schon Gruppen da und dort erhoben und im Dunkel verschwanden. Irgendein langer Mensch schrie frech auf: »Zu was denn den ganzen Zauber! Gute Nacht jetzt!« Das trieb Douraine den Zorn ins Gesicht. Grimmig wie eine angriffsbereite Bulldogge stand er da und schimpfte bellend: »Was ihr nicht versteht, muß noch lang nicht schlecht sein!« Den Ton verstand die Menge. Alle wurden jäh aufmerksam. Einer der Ihrigen machte ihnen plump begreiflich, man sollte schauen, daß man das Wählen bald hinter sich bringe, und ob es von Nutzen sei, das würde sich nachher schon zeigen.
»Richtig! Sehr richtig!« plärrte es aufgemuntert.
»Weh tut's doch keinem, wenn er die Kugel einwirft!« rief Douraine, als mache er sich selbst über die Wahl lustig, und noch frecher setzte er dazu: »Die blauen Kugeln sind jedenfalls für mich! So, das ist alles, und jetzt gute Nacht allseits!«
Mit heiterem Gelächter zollten Tausende Beifall, lustig gingen sie auseinander, und überall scherzten sie: »Ha, der war gut! Der kennt den ganzen Unsinn!... Der kriegt meine Kugel!«
Genauso primitiv wie seinerzeit bei Einführung der Weltwährung verfuhr der Rat auch bei dieser Wahl, und das hatte einen triftigen praktischen Grund. Den Jargon, der sich unter den vielvermischten Siedlern herausgebildet hatte, konnte man wohl sprechen. Schreiben, drucken und lesen aber konnte man ihn nicht. Nur der Sheriff und ein Teil

der Siedler beherrschten das amtliche Englisch halbwegs. Unter diesen Umständen verfiel der Rat auf ein geradezu verblüffendes Mittel. Drei Kugeln, eine rote, eine blaue und eine gelbe, bekam der Wähler. Die mit seinem Foto versehene Registrierkarte wurde geprüft und geknipst. Nun ging er in die Wahlzelle und warf eine von den drei Kugeln in den Schlitz des Blechkastens. Der Kandidat, der die meisten Kugeln auf sich vereinigte, war dann gewählt. Die Leute in den »Oasen«, die dort stationierten Truppen und Beamten murrten. Sie empfanden eine derart grotesk vereinfachte Wahlmethode als beleidigende Zumutung. Auch die Qualifikanten und Siedler machten sich darüber lustig. Indessen ihre Beteiligung an der Wahl überwog bei weitem.
Es läßt sich denken, daß die Wahl dennoch wie ein völlig mißratenes Experiment endete. In vielen Gegenden mußte der Rat sogar dazu übergehen, den bisherigen Kommissar vorläufig als »Gouverneursverweser« einzusetzen.
»Wir tasten und tasten eben herum«, sagte der strohige Dickson wieder und zerzwirbelte einige Schläfenhaare. Er war ganz zufrieden, als er die Wahlresultate las.
»Ach, ich könnte dieses Gespenst erwürgen!« raunte Ellen Mauvin zu. »Es ist mir rätselhaft, wie's eine Frau bei dem aushält!« Mauvin lächelte und flüsterte ihr zu: »Er ist ein guter Ehemann!... Nur gute Ehemänner verstehn was von Politik.«
Immerhin waren inzwischen das neue Ratsgebäude und ein mächtiges Weltparlament fertig geworden. Neben der Altstadt fing eine neue, mit luftigen Avenuen und breiten Autostraßen, zu wachsen an. Fast vierhunderttausend Qualifikanten mit allen technischen Hilfsmitteln bauten Tag und Nacht an der neuen Weltzentrale, die den Namen »Peacetown« erhielt. Ein ziemlich unbeachtetes Mitglied der großen Plankommission, Oswald Schlemmer, ein ehemaliger Deutscher, hatte den Plan entworfen und die Arbeit in der Hauptsache organisiert. Mit Ussitzki wurde er in die Leitung der Qualifikanten-Verbände berufen, die, nach einer beträchtlichen Herabsetzung der Armeestärke, bedeutend vermehrt wurden.
Mit Jakulewski und Tom, die endlich die letzte Lieferung

Schuhe und Kleider brachten, kam kurz nach der Wahl auch nach Flußtal eine ganze Anzahl von Geometern, Agronomen, Wasserwerk-Ingenieuren, Elektrikern und Architekten. Sie verhandelten mit allen Vertrauensleuten der umliegenden Flecken, die sich zur Gemeinde Flußtal zählten, und führten Planungen durch. Ganz besonders heftig ging es bei der Absteckung der Anbauflächen zu, obgleich es noch viel unbebautes Land gab.

»So seid doch vernünftig, Menschenskinder!« belehrte der unverwüstliche Tom die verstockten, auf einmal so landgierigen Gruppen: »Was habt ihr denn von all dem nackten Boden? Machen euch doch schon eure jetzigen Äcker zu schaffen genug! Habt ihr euch denn noch nie überlegt, daß ihr von jedem Grundstück, das euch zugesprochen wird, wieder mehr abliefern müßt?... Das könnt ihr doch gar nicht leisten!« Das wirkte endlich. Nach der Einigung eröffnete Jakulewski den Versammelten in aller Form, daß nun die Plankommission beschlossen habe, für die Leute in und um Flußtal eine sogenannte »Agrostadt« zu bauen.

»Keine Angst, sie verdrängen euch nicht von eurem jetzigen Platz!« sagte er. »Sie bringen sich sogar fast alles selber mit. Ihr habt lediglich bestimmte Mengen Lebensmittel zu liefern und, wenn die technische Leitung es verlangt, Hilfsabteilungen zu stellen.« Die Delegation brach auf. Auch die Vertrauensleute der umliegenden Flecken verabschiedeten sich. Es war schon dunkel geworden. In den weit verstreuten Häusern und Hütten blinkten gelbe Lichter auf. Ein würziger Erdgeruch zog von den Feldern her. Jankel und Jean hatten den gleichen Weg.

»Wie hast du das vorhin gemeint, Jankel, das mit ›Spez‹ und unserem Lehrer?« fragte Jean halblaut und schaute geschwind rundherum.

»Soll Lehrer mich mögen, wenn ich nicht mag ihn?« wich Jankel aus: »Hab' ich geschrien neulich zu Frau Lehrer in Garten, dein Bub ist zu fett! Wann Wanderung, sag ich, frißt man ihn auf!... Hat sie gesagt zu mir Flegel und ist mit Buben gelaufen in Haus.«

»Ssst, nicht so laut!« stieß ihn Jean an und raunte, ob er nicht auch schon bemerkt habe, daß zum Lehrer öfter fremde

Männer kämen, die manchmal über Nacht blieben und dann wieder unauffällig verschwänden.
»Spez«, sagte Jankel nur.
»Was hast du denn immer mit deinem Spez?« wurde Jean ungeduldig. »Was soll denn das bedeuten?« Da blieb Jankel stehen und faßte ihn vorn an der neuen wollenen Jacke.

»Spez, das ist Ingenieur oder so... Köpfchen, verstehst du?« fing er hastig, aber mit gedämpfter Stimme zu erklären an. »Haben wir gesagt, wie ich kleiner Junge war in Odessa zu diese Leute ›Spez‹... waren meist daitsch, diese Leut. Spez, wie ich sage zu Lehrrrer, wo immer singt mit seinem Bullen so komische Lieder... Spez haben aufgestellt Maschinen und Turbinen, haben gebaut groiße Fabriken und waren immer so – so –«, er schnappte gleichsam um einen richtigen Ausdruck in die Luft, »so tiiichtig!... Ja, ja, so tiiichtig!... Aber waren doch nicht gut, die Spez! Gar nicht!... Haben verachtet Russki... Waren falsch, sehrrr falsch... Meine Babuschka, sie sagt zu mir, Jankel, nein – nein, nicht gut, die Spez, zum Hängen!«
»Hm«, machte Jean, musterte Jankel einen Augenblick lang scharf und ging mit ihm weiter. Der Lehrer Trummstedt und seine Frau mußten in der vergangenen Zeit bessere, gebildete Leute gewesen sein, und offenbar waren sie irgendwie ganz gut durch Krieg und Katastrophe gekommen. Ihrem gedehnten Dialekt nach stammten sie wahrscheinlich aus dem früheren Ostpreußen. Da sich die beiden Leute ziemlich absonderten, wußte niemand etwas Genaueres über sie. Die Kinder mochten den humorlosen Lehrer nicht, weil er stets so steif und respektheischend tat. Den Leuten gegenüber verhielt er sich verschlossen, aber vielleicht hing das damit zusammen, weil seine weit jüngere, temperamentvolle Frau großen, starken Männern gern Augen machte.
Eine Weile gingen Jankel und Jean schweigend dahin. Ihre Häuschen lagen weit weg, fast am Fluß. Ihr Weg führte sie an dem freistehenden, zu klein geratenen, gartenumsäumten Schulhaus vorüber.
»Hörst du?« sagte Jankel auf einmal wieder so gedämpft. »Wieder so ein komisches Lied singt er...« Sie blieben in der Dunkelheit stehen. Lehrer und Lehrerin saßen vor dem

Haus, um einen roh gezimmerten runden Tisch, auf dem eine Lampe spärlich leuchtete. Der Lehrer, ein sehniger Vierziger, hatte seinen fünfjährigen Buben rittlings auf dem Knie und hielt die kleinen Hände fest. Mit starken Stößen schaukelte er den lachenden Buben auf und nieder und sang dabei marschmäßig:

»Wer will unter die Soldaten,
der muß haben ein Gewehr – – –«

»Soldat?... Was ist das, Vater?« fragte der Junge mit seinem dünnen Stimmchen.
»Der Soldat ist ein Mann, der unser Land beschützt!« sagte der Lehrer dozierend. »Deswegen hat er ein Gewehr –«
»Was tut der Soldat mit dem Gewehr, Vater?« fragte der Junge weiter.
»Mit dem schießt er«, antwortete der Lehrer.
»Wie geht denn das, wenn der Soldat schießt?« wollte der Junge wissen.
»Das Gewehr hat einen Lauf... Da tut der Soldat eine Patrone hinein, in der ist Pulver und eine Kugel... Er drückt los... Es tut bum, und wen es trifft, der ist tot«, erklärte ihm der Vater. »Es tut bum?... Wer ist denn dann tot, Vater?« quengelte der Junge.
»Der Feind«, sagte der Lehrer.
»Was ist denn das, ein Feind, Vater?« hörte der Junge nicht auf zu fragen. »Der Feind...?« mußte der Lehrer sich kurz besinnen und sagte: »Das ist ein Mensch...«
»Ach, was du alles fragst!... Das verstehst du doch noch nicht, Hänschen!« mischte sich in diesem Augenblick die Lehrerin ein und nahm den Buben auf den Arm: »Komm jetzt, du bist müd. Wir gehn jetzt zu Bett.«
Der Junge aber fing leicht zu weinen an und fragte mit eigensinniger Beharrlichkeit weiter: »Ein Mensch?... Bist du auch ein Feind, Vater? Warum macht der Soldat bumbum auf –«
»Dummchen«, streichelte ihn der lächelnde Lehrer, »bumbum macht der Soldat bloß auf den Feind –«
»Aber du siehst doch, daß er müde ist!« wehrte seine Frau ab und ging mit dem quengelnden Kind ins Haus. Reglos lauschend, standen Jankel und Jean im Dunkel und schauten

auf den hageren Lehrer, der jetzt die Lampe auslöschte und ebenfalls ins Haus ging. Die Tür klappte zu und wurde verriegelt.
»Hm!... Soldat?... Feind?... Gewehr?« murmelte Jankel endlich, und wie von einer trüben Erinnerung angeweht, setzte er hinzu: »Haben wir gehabt Gewehr, haben wir gehungert... Haben wir Traktor, haben wir zu essen...«
»Komm«, sagte Jean ebenso, und da brummte Jankel wiederum: »Ich sage – Spez...«
Sie kamen am Schulgarten vorüber und schwiegen. Bald verwischte ihre Gestalten das Dunkel. Ein Hund bellte langgedehnt in der Nachbarschaft auf. Erst jetzt meinte Jankel wieder: »Sheriff sagt, Qualifikanten sind nicht Towarischtschi?... Schade, sehrrr schade!« Ein ganz klein wenig weh klang das. Die Worte blieben in der Schwärze hängen.
»Du meinst, das sind Spez?... Spez kommen, meinst du?« fragte Jean unerwartet. Jankel blieb stehen und schaute ihn sonderbar an. Der Mond, der sich jetzt aus einer Wolkenbank schob, überleuchtete sein ausgemergeltes Gesicht. Er lächelte und schnupperte in die Luft wie ein witternder Hund. Immer wieder drückte er mit Daumen und Zeigefinger seine spitze Nase zusammen und schnupperte.
»Weißt du noch, Jean, weißt du noch?« fragte er lebhafter. »Kurz bevor wir gekommen sind daher... Weißt du noch, bevor hätt' uns gefangen bald der gefährliche Haufen... Jankel riecht, Jankel riecht, hab ich immer gesagt zu Sheriff, wo gewesen ist da noch unser Hauptmann... Und er stoßt mich und pufft mich und sagt Dummkopf... Haben hernach gesessen in schwerrem Schlamassel und verloren soviel Kamrad... Sind durchgekommen endlich... Will mich er totschlagen, unser Hauptmann, weil ich sag: Nu?... Nu, was hat Jankel gerochen?«
»Riech weiter, Jankel!« nickte Jean leicht lächelnd und ging auf sein niederes Häuschen zu. Jankel schritt breiter aus. Es war still rundherum. Wohlig sog er die kühle Luft in sich hinein und schaute auf den schlafenden bleichen Fluß. »Huj!« machte er und fing an, das Lied von Wolodja zu pfeifen, der Annissja ins Gebüsch drückt und dabei von ihrem Mann ertappt wird...

STOCKUNGEN

Was war das eigentlich für eine aufdringliche Person, diese »Madame Vera Schilliza«, die seinerzeit von den maßgebenden Generalen als Beamtin in die »Entwaffnungs-Kommission« aufgenommen worden war? Wieso machte sie sich so wichtig und behelligte den Rat gerade jetzt wieder mit einer dringlichen Eingabe? Gerade jetzt, da der Rat vollauf damit beschäftigt war, die erste feierliche Sitzung des Weltparlaments einzuberufen und mit den Verfassungsdebatten zu beginnen?

»Aus den beigefügten, eingehenden Berichten der Großen Plan-Kommission, des Armeeamtes und unserer Abteilung ist ersichtlich«, hieß es in dieser Eingabe, »1. daß die Entwaffnung aller bereits erfaßten Haufen, der ungesetzlichen Militärverbände und der Gemeinden so genau wie nur möglich durchgeführt ist, und 2. daß die Zusammenfassung der Fabriken, die Zuteilung der nötigen Rohstoffe und die Überwachung der Waffenproduktion in ein wirksames System gebracht worden sind. Etwas anderes aber ist es mit den Teilen, Materialien, Rohstoffen und fertigen ehemaligen Vernichtungswaffen, die vielleicht noch da und dort vorhanden sind, ohne daß die friedwillige Bevölkerung etwas davon weiß. Für die restlose Beseitigung dieser Gefahren ist der Hohe Rat verantwortlich, und es liegt auf der Hand, daß dabei kein Aufschub berechtigt ist.« Eine nochmalige geheime Überprüfung wurde gefordert. Unterschrieben war das Schriftstück: »In Vertretung – Madame Vera Schilliza.« Fast herausfordernd stand es da, jedes Wort mit energischen Zügen voll ausgeschrieben. Befürwortet war die Eingabe sowohl von den drei leitenden Generalen Wassiljew Stankow, José Canchulla und Donald Withe als auch von den drei höchsten Männern der Plan-Kommission, dem großen Getreide-Selektionisten Leonid Wassiljew Paschuljew, dem Physiker William Homann und dem Geologen Angelo Bratti.

Ärgerlich reichte Mikkelson das Dokument herum. Wie er waren auch die meisten Ratsmitglieder verstimmt.

»Es ist nichts dagegen einzuwenden«, sagte Mellnikow, während die Blätter von Hand zu Hand gingen. »Die Sache ist nur zu berechtigt –«

»Verflucht, aber warum müssen sie denn gerade jetzt damit daherkommen!« fiel ihm Mikkelson ins Wort und zog seine überhängenden Brauen zusammen. Ellen Oesterberg betrachtete Vera Schillizas Unterschrift interessierter und meinte herabmindernd: »Eine Kriminalbeamtin, die vor Ehrgeiz platzt!... Die Dame geht langsam auf die Nerven.« Scharf und feindselig hörte sich das an. Einige sahen auf sie.

»Aber sie hat viel geleistet«, rief ihr Ussitzki zu. Ibn Lassi lächelte ein wenig und zeigte dabei seine mandelgroßen, schneeweißen Zähne.

»Eben darum!« war Ellens abrupte Antwort. Mauvin hatte sich an Dicksons Ohr geneigt und flüsterte: »Schöne Frauen hassen einander immer. Daran hat sich nichts geändert. Die menschliche Natur bleibt sich ewig gleich.« Er lächelte süffisant, während Dickson träg nickte, und wisperte weiter: »Diese Madame Vera Schilliza wird mir immer interessanter... Kapriziös und ordinär zu gleicher Zeit! Etwas für Männer, die sich darauf verstehen!... Schade, daß man sie so selten sieht. Immer fliegt sie in der Welt umher.«

»Ihre Missionen sind interessanter«, sagte Dickson frostig.

»Das auch! Natürlich, das auch!« gab Mauvin geschwind zu und hob, da er Dicksons ruppige Gleichgültigkeit bemerkte, sein Gesicht. Er bekam eine Miene, als stelle er sich Vera Schillizas hohe, schlanke, strotzend gesunde und tigerbehende Figur vor. Man merkte, daß er das starke Bedürfnis hatte, sein Gespräch fortzusetzen. Er wandte sich an Shepert, der links von ihm saß. Jetzt aber schlug Mellnikow die Bildung einer dreiköpfigen Delegation vor, die bevollmächtigt werden sollte, mit Armeeamt, Plan- und Entwaffnungskommission alles Weitere einzuleiten. Alle waren damit einverstanden. Mauvin, der sich geradezu aufdrängte, Ussitzki und Dickson wurden als Delegaten bestimmt.

»Madame hat also wieder ihren Willen durchgesetzt!« sagte die erzürnte Ellen halblaut zu Gertrud Rechlin, der sie sich in der letzten Zeit eng angeschlossen hatte. Die Ältere lächelte begütigend und meinte: »Du bist entschieden zu subjektiv.«

Eine ohnmächtige Schwermut lag in diesem Lächeln Gertruds. Vor einigen Wochen erst war ihr Mann mit seinen Begleitern irgendwo in den finnischen Wäldern ermordet worden. Mit wehmütiger Fassung hatte sie die Nachricht aufgenommen. Seither war in ihren Blicken manchmal etwas Abwesendes, als schaue sie über alles hinweg in eine leere Welt.
»Wieso subjektiv?« ereiferte sich Ellen, und gleichsam um ihr das Gegenteil zu beweisen, fuhr sie fort: »Denk doch einmal genauer nach! Es ist doch ein bißchen zu merkwürdig... Daß die Generale so eine Forderung stellen, ist noch einigermaßen verständlich, aber sogar sie sind in puncto Polizeiwesen ganz verschiedener Meinung... Stankow ist noch unter Stalin groß geworden. Er ist durchaus gegen so etwas wie eine Geheimpolizei nach damaligem sowjetischem Muster. Mit Recht sagt er, Angst und Furcht gewinnen uns die Massen nicht. Auch Withe will so was nicht. Zum mindesten ist er für eine starke Einschränkung der Befugnisse. Nur unser verrückter Lincoln, der eingebildete Canchulla, sagt in einem fort: Ein noch nicht perfektes Staatswesen darf nicht so offen sein, es muß eine schlagfertige Geheimpolizei haben. Aber die Herren von der Plan-Kommission? Denen ist doch sicher so was zuwider!... Da stimmt etwas nicht! Das gefällt mir nicht!«
»Du bist immer gleich persönlich argwöhnisch«, sagte Gertrud und sah sie von der Seite an, indem sie behutsam dazusetzte: »Vielleicht – na, ein andermal!« Ellen wurde einen Huscher lang rot und bezwang sich. Man war auch schon wieder mitten in der Debatte über das eigentliche Thema. Sie versuchte angestrengt auf Mikkelson zu schauen, doch ihre Gedanken schienen noch im Vorherigen zu verharren. Was sie gesagt hatte, war nicht abzustreiten.

José Canchulla, der Brasilianer, war ein Liebhaber der List und Überraschung. Dadurch war es ihm gelungen, die meisten räuberischen kleinen Heeresverbände gefangenzunehmen und aufzulösen. Seiner Figur und seinem Gesicht nach hatte er eine starke Ähnlichkeit mit Abraham Lincoln und fühlte sich geschmeichelt, wenn man ihm das sagte. Mit

einer etwas komisch anmutenden Absichtlichkeit versuchte er alsdann, durch sein Gehaben diese Ähnlichkeit zu unterstreichen.
»Lincoln aber war ein sehr ziviler Menschenfreund... Soviel mir bekannt ist, hat er für das Polizeiwesen nie viel übrig gehabt«, scherzte Stankow mitunter, worauf Canchulla überzeugungsfest erwiderte: »Deswegen ist er auch gemeuchelt worden.« Überhaupt – Canchulla war mit Leib und Seele Soldat. »Alles muß unter ein Dach, und was nicht will, hat keine Existenzberechtigung mehr«, pflegte er zu sagen, und daran glaubte er fanatisch. Er war der jüngste der drei Generale, kaum fünfundvierzig Jahre alt, und seine naive Eitelkeit steigerte seine Energie. Von den Leitern der Plan-Kommission war nur der überlange, ausgedörrte, beständig hüstelnde Angelo Bratti politisch interessiert. Er war sehr wortkarg und offenbar immer gedankenversunken. Wenn er wirklich mit jemandem sprach, richtete er seine ganz dunklen, tiefliegenden, übermüdeten Augen auf den Partner und schien sich jedes Wort förmlich abzuringen. Dabei war das, was er sagte, höchst einfach, fast banal. Der Friede müsse, meinte er, so gesichert werden, daß niemand mehr auf den Gedanken des Krieges komme. Ihm und dem kleinen, glatzköpfigen, spitzbärtigen Paschuljew war es erst kürzlich gelungen, durch eine einfache Methode den Erdboden in kriegsverwüsteten Gebieten zu entgiften. Beide waren wahrhaft besessene Arbeiter. »Wir erfinden die Neuheiten«, meinte Paschuljew, »und der Rat hat die unangenehme Aufgabe, sie den Leuten aufzuschwätzen.« Der faßdicke, schrullige Homann dagegen trank des öftern zuviel und polterte dann tagelang herum: »Ach was! Ach was, immer wieder diese Verquickungen mit den Ratsgeschäften!... Der Rat ist sehr gut! Er versteht zwar blutwenig von unserer Arbeit, aber er redet uns nicht unnütz drein! Wir leben in bester Ehe miteinander! Wir sind das Weib, und der Rat ist der Mann... Er ist nicht knauserig, wirklich nicht! So einen Mann wünsch' ich jedem Frauenzimmer!... Aber diese Polizeiaktionen! Überhaupt der ganze politische Mischmasch! Sollen die Herren doch machen, was sie für gut halten!« Ganz unvermittelt lachte er dann sein abgehacktes, dröhnendes La-

chen, so daß man nie wußte, ob er es ernst oder spaßhaft gemeint habe. Schließlich verfiel er in ein minutenlanges asthmatisches Husten, und man fürchtete, er müsse dabei platzen. Wenn sie auch eine gewichtige Stimme im Rat hatten, im Grunde genommen leiteten diese großen Wissenschaftler die Plan-Kommission gewissermaßen nur ehrenhalber. Eine Menge von Technikern, Finanzfachleuten, Systematikern und Statistikern besorgte das rein Organisatorische der Planung.

Homann war anfangs sehr aufgebracht darüber, daß er am nächsten Morgen früh um neun Uhr zu einer Sitzung mußte, auf der die Eingabe besprochen werden sollte. »Sind denn diese verknöcherten Bürokraten wahnsinnig?« tobte er. »Was bilden sie sich eigentlich ein? Zu nachtschlafender Zeit einen rechtschaffenen Menschen aus dem Bett zu jagen!« Er arbeitete meist bis lange nach Mitternacht und schlief dann den ganzen Vormittag. Dann aber beruhigte er sich ebenso schnell und suchte Paschuljew auf. Er mochte diesen kurzsichtigen Glatzkopf gern, weil er jedem Menschen mit einer gewissen heiteren, wohltemperierten Höflichkeit entgegenkam und selbst derbe Späße ruhig hinnahm. Paschuljew verbrachte, obgleich die leitenden Männer große, ganz moderne Büros in dem funkelnagelneuen, dreißigstöckigen Gebäude der Plan-Kommission hatten, die meiste Zeit in einem kleinen, einfensterigen Abstellzimmer. Wahrscheinlich, weil er da am wenigsten gestört wurde, vielleicht auch, weil der kahle Raum für einen Besucher sehr wenig Einladendes hatte. Paschuljew war schon lange Witwer, und das paßte zu ihm. Seine Schuhe waren stets ordentlich und sauber gebürstet. Ebenso ordentlich, fast pedantisch sah es auf den zwei schmalen Tischen aus. Viele runde und viereckige Blumentöpfe mit allen möglichen Gras- und Getreidepflänzchen, teils mit Hauben aus durchsichtigem Wachspapier, teils mit Glasstürzen überdeckt, standen darauf. Sorgfältig gehäufte Körner, Erdsorten und Steine lagen daneben. Kleine Gießkannen, aufgeschlagene Bücher, Vergrößerungsgläser und komplizierte Mikroskope – alles hatte seinen genauen Platz. Ob wegen seiner Kurzsichtigkeit oder aus Angst, der Besucher könnte ihm etwas

durcheinanderbringen, bleibe dahingestellt – jedenfalls Paschuljew sprang stets schnell von seinem Drehstuhl herab, kam dem Eintretenden geschwindschrittig entgegen, sagte ebenso geschwind und leise: »Strasdwujte!«, verbesserte sich, grüßte rasch englisch und rückte dem Besucher ganz nahe auf den Leib. Das belustigte Homann, und er griff dem kleinen Männchen stets fast zärtlich in den grauen Spitzbart, indem er den Gruß erwiderte.
»Wissen Sie, wissen Sie –«, schnaubte Homann diesmal Paschuljew an und schmunzelte listig: »Wissen Sie, was diese Schilliza ist?... Eine Peitsche ist sie, eine Peitsche!« Er lachte und japste nach Luft. Nicht ganz begreifend, sah Paschuljew an dem mächtigen Fleischberg empor und antwortete, verbindlich lächelnd: »Peitsche?... Das sagt was Richtiges! Jaja, sie hat viel Energie, jaja.« Er dachte kurz nach und meinte in anderem Ton: »Wir sind uns ja einig, da wird die Sitzung nicht lange dauern.«
»Lang dauern? Was heißt lang dauern?« tat Homann spaßhaft verwundert, und seine in das dicke Fett gebetteten Augen fingen zu glänzen an. »Wenn sie nachts abgehalten würde, könnte sie meinetwegen bis zum Morgen dauern! Sie ist doch gut anzuschauen, diese Madame, verstehen Sie?... Ein – ein –« Er wollte lachen und brach in ein schüttelndes Husten aus. Tiefrot lief sein schlagflüssiges Gesicht an.
»– – – ei-ein Prrr-Prachtweib!« hustete er stammelnd heraus und konnte nicht mehr weiter. Er sah sich nach einem Stuhl um, aber es gab nur den einen Drehstuhl Paschuljews.
»Aaa-ach!« ächzte er, sich fangend, und begann gutmütig zu poltern: »Sie sind ja ein Einsiedler, ein Sträfling, Wassilij!... Diese Kammer da! Die reinste Zuchthauszelle!... Man kriegt ja kaum Luft bei Ihnen!« Und wie gewöhnlich fragte er, ob er wenigstens etwas Trinkbares da habe, was Paschuljew wie immer gleicherweise verneinte. Spaßhaft schimpfend, schnaubend und hustend, watschelte Homann endlich zur Tür hinaus. Paschuljew ging an die Tische, besah aufmerksam jedes Häufchen, jedes Pflänzchen, jeden Gegenstand, rückte da und dort ein bißchen zurecht und stieg wieder auf seinen Drehstuhl. »Uchod!« sagte er dabei ganz leise, bei-

nahe zaghaft seufzend. Von einer Mehrdeutigkeit auf eine einzige Bedeutung gebracht, konnte das heißen: »Ich weiß ja, daß ich schwach und feige noch immer tausend Masken und Lügen gebrauche, weil ich die Menschen mehr fürchte als das Streben nach dem Sinn des Lebens in Christi.« –

Zur Sitzung in der anderen Frühe verspätete sich nur Homann etwas. Er kam schwer schnaubend zur Tür herein, blieb stehen, sah verblüfft auf die bereits Versammelten und vergaß im ersten Augenblick zu grüßen und sich zu entschuldigen.

»Alles schon da?« keuchte er nur, und sein schnüffelnder Blick blieb in den Augen Paschuljews stehen. Der nickte. Ganz enttäuscht setzte sich der Angekommene. Madame Vera Schilliza war nicht da. Sie sei, erfuhr er, heute gegen vier Uhr früh mit etlichen Gehilfen in die Zentralgouvernements geflogen, und im übrigen sei ihre Anwesenheit nicht nötig, meinte der sehr selbstbewußte Vorsitzende der Entwaffnungskommission, Waclaw Climasch, sie habe ihn lediglich während seiner Inspektionsreise in die fernöstlichen Gouvernements vertreten, habe Material beschafft und die Eingabe auftragsgemäß verfaßt. – »Zu diesem Material aber«, ergänzte er, »sind heute früh gegen drei Uhr Tatsachen gemeldet worden, die ein rasches Handeln notwendig machten.« Er fuhr mit seiner langen, mageren Hand über die kurzgeschnittenen braunen Haare seines rundgewölbten Kopfes und erwähnte, daß die Absendung der Geheimagenten im Einverständnis aller Herren geschehen sei, die man in der Eile habe erreichen können. Nur bei Paschuljew und Homann sei dies nicht möglich gewesen, aber er nehme an, daß sie nichts gegen die Maßnahme hätten. Die beiden nickten uninteressiert. Mauvin schaute von Zeit zu Zeit immer wieder zur Tür, als erwarte er Vera Schilliza doch noch. Noch nie sah man, daß er an seinen Fingernägeln knabberte. Diesmal aber tat er es. Homanns gelangweiltes Gesicht wurde nach und nach ganz grämlich und verschlossen. Er schien überhaupt nicht zuzuhören.

»Wie Sie aus der Anlage eins der Eingabe feststellen konnten«, rekapitulierte Climasch, »haben unsere Agenten erst

drei Wochen, nachdem die Ermordung beziehungsweise das spurlose Verschwinden des Herrn Kommissars Rechlin und seiner Gehilfen gemeldet worden war, die Fahndung aufnehmen können. Unglücklicherweise hat es der Herr Kommissar ja stets unterlassen, immer rechtzeitig den Wechsel seines Wirkungskreises zu melden.«
Paschuljew starrte in einem fort abwesend auf die ausgebreitete neue Weltkarte, die auf dem Tisch lag, und hörte die klanglose Stimme Climaschs wie von weitem.
»Es waren damals, wie Sie wissen, noch recht ungeordnete Zustände«, sagte der Mann. »Bekannt war nur, daß Herr Kommissar Rechlin –«
Paschuljew störte dieses blechern klingende »Herr«, aber über seine Gedanken hinweg floß das Gespräch weiter: »– mit seiner Gruppe in die nördlichen Siedlungen des Gouvernements 538 geflogen war, die sich zwischen der seinerzeitigen finnisch-sowjetischen Grenze und dem Weißen Meer befinden.«
»Hier!« sagte Climasch und bezeichnete die Gegend auf der Karte. Lang und seltsam weiß war dieser Zeigefinger. Plastisch traten die Knöchel seiner Gelenke hervor, und der flache Nagel vorn war geradlinig beschnitten. Nur die Generale und Ussitzki sahen auf die Karte, alle anderen hingen mehr oder weniger an diesem offenbar sehr tastfeinen Finger.
»In dieser Gegend sind vor einer Woche die beiden Mitglieder des Qualifikanten-Regiments 1328 Frederick Nogens und Iwan Schmujloff aus bisher noch nicht ermittelten Gründen ermordet worden«, erzählte Climasch. »Das Regiment baut durch den dortigen Friedensrichterbezirk Sörengarden eine Eisenbahnlinie. Die örtlichen Polizeistationen mühten sich bis jetzt ergebnislos um eine Aufklärung, inzwischen aber sind dort Dinge geschehen, die sehr zu denken geben und eine gründliche Untersuchung erfordern. Herr Gouverneur Wladimir Kowaloff und sein Polizeichef, Herr Stanley Baker, haben diese Untersuchung selber verlangt.« Routiniert verlas er nun den Mordbericht. Er nahm einen Schluck Wasser, legte das Papier hin, hob sein blasses, kellerfarbenes Gesicht und sagte lebhafter: »Das Eigentümli-

che ist, daß die Gemeinschaften, die sich zuerst in den Siedlungen Sturmdorf, Schneewinkel und Sörengarden niedergelassen hatten, etwa einen Monat vor der Mordtat aus der Gegend weggezogen sind.«
»Weggezogen?... Warum denn?« fragte Ussitzki aufmerksamer.
»Das sagen sie nicht«, antwortete Climasch. »Sie sind einfach mit ihrem Vieh und Hausrat losgezogen und schließlich nach vielen Tagesmärschen beim Herrn Gouverneur Kowaloff angekommen... Warum sie weg sind, ist nicht aus ihnen herauszubringen... Jetzt verlangen sie anderes Siedlungsland... Die zwei Ermordeten waren Leute von ihnen. Sie waren die zwei einzigen, die zurückgeblieben sind und sich freiwillig bei den Qualifikanten meldeten, alle andern sind ausnahmslos weg.«
Mord? Wegzug von Siedlern? So eine weltbewegende Sache war das doch nicht, um sofort eine Menge Geheimagenten auszusenden! Zum erstenmal sagte der verstimmte Mauvin bagatellisierend: »So was ist doch schon öfter vorgekommen«, und maß Climasch herabmindernd. Da erinnerte General Stankow daran, daß etwa hundert Meilen nördlich von dieser Gegend sich einst die unterirdischen Laboratorien der damaligen Sowjetarmee befunden hätten, in denen man das durch langsame und schnelle Neutronen spaltbare Plutonium für die Atombomben ausprobiert habe.
»Das Gebiet ist seither abgesperrt. Wie Sie wissen, konnte noch einiges Material bei der damaligen Armeevereinigung gesichert werden, soweit die Zerstörung es zugelassen hat... Die Suchaktion geht weiter«, schloß er.
»Danke!... Ich bin im Bilde«, sagte Mauvin und lehnte sich wieder in seinem Polsterstuhl zurück.
»Dieses Wegziehen muß aber doch einen Grund gehabt haben!« kam Canchulla jetzt wieder auf das alte Thema, und ohne Rücksicht auf eine Antwort fragte Ussitzki: »Was sind denn jetzt für Leute dort?«
»Jetzt?... Sehr tüchtige Menschen! Sehr energische Leute!« erwiderte Climasch. »Sie haben gar nicht erst abgewartet, bis ihnen die versprochene Agrostadt gebaut wird. Im Gegensatz zu ihren Vorgängern haben sie die muffigen, ver-

wahrlosten Siedlungen sehr rasch zu fast wohlhabenden Dörfern ausgebaut. Weiß Gott, wo sie das Material dafür aufgebracht haben. Sie haben große Sägemühlen, eine Papierfabrik und einen Betrieb, in dem ausgezeichnete Holzfaserplatten für den Hausbau hergestellt werden. Sie halten auf strenge Disziplin, und alles klappt glänzend. Ihr Verhältnis zu den Qualifikanten und den Truppen ist das beste. Es sind gewandte, gebildete, sehr geschäftstüchtige Leute.«
»Sind irgendwelche greifbaren Anzeichen dafür vorhanden, daß die vorherigen Siedler verdrängt worden sind?« wollte Canchulla wissen.
»Verdrängt? Das eben ist nicht herauszubringen«, erklärte Climasch. »Die Truppenoffiziere, die Qualifikanten und die örtliche Polizei sind der Meinung, daß da irgendein Übereinkommen getroffen worden sei. Es steht übrigens fest, daß die jetzigen Siedler früher in der Gegend beheimatet gewesen sein müssen. Offenbar haben sie sich zusammengefunden und wollten –«
»Einen Moment!« fiel Canchulla wieder ein. »Hat man ein Schriftstück oder glaubhafte Zeugen von der Übereinkunft?«
»Ein Schriftstück? Nein«, gab Climasch Auskunft. »Und Zeugen sind bis jetzt nur die Leute, die seither in den drei Siedlungen sitzen. Die, die weggezogen sind, äußern sich nicht darüber. Sie reden überhaupt fast nichts... Bei allen Verhören hat man sie immer und immer wieder gefragt, ob sie weggedrängt worden sind... ›Nein‹, sagen sie, weiter nichts. Ob die jetzigen Siedler gegen sie feindselig gewesen seien... ›Nein‹, sagen sie ganz stumpfsinnig, ›sie sind gute Leute, nur – wir sind anders‹... Das ist aber auch alles.«
Homanns Augen schlossen sich manchmal. Schläfrig war er und ganz verbittert. Oft und oft räkelte er sich im beengenden Stuhl und schnaubte, als wolle er seine Erzürntheit zeigen.
»Und was meinen sie über den Mord?« fragte General Withe.
»Gar nichts«, antwortete Climasch. »Sie schlagen ein Kreuz und lispeln etwas vor sich tun.« Er beugte sich über seine Akten und sagte: »Es ist am besten, ich lese Ihnen einige

Auszüge aus dem Bericht des Herrn Gouverneur Kowaloff vor.« Daraus ging folgendes hervor:
Der Gouverneur war schließlich nach vielen vergeblichen Verhören in die nördlichen Siedlungsgebiete geflogen. Er fand auch, daß die neuen Siedler keineswegs einen unverträglichen Charakter hatten. Ihm gegenüber zeigten sie eine freundliche und beflissene Achtung. Sie arbeiteten heftig und viel exakter als ihre Vorgänger und waren eben daran, eine ausgedehnte Holzindustrie aufzubauen, und der Gouverneur gewann den Eindruck, daß sie dieses Fach von jung auf betrieben haben mußten. Im allgemeinen suchten die Sheriffs und ihre Beigeordneten den Wegzug ihrer Vorgänger damit zu erklären, daß diese Leute wohl mehr nach Getreideland verlangten.
»Und dann – es sind Stille«, äußerte der weitgeachtete Sturmdorfer Sheriff Traugott Ostermann. Auf Kowaloffs Frage antwortete er, das seien allem Anschein nach Menschen, die jeder Streitigkeit aus dem Wege gingen, niemals widersprächen und Duldung und Freundschaft pflegten.
»Also eine Art Sekte? Vielleicht Quäker?« forschte der Gouverneur und war überrascht von der klugen Antwort. »Quäker?... Nein, Quäker sind das nicht... Die Quäker glauben an das Gute«, erklärte Ostermann.
»Und die Stillen?... Die nicht?« fragte Kowaloff interessierter.
»Nein, die nicht«, sagte Ostermann angeregt. »Soviel ich herausgebracht habe, halten die Stillen nichts für gut und nichts für schlecht. Sie sagen, man muß das Leben ertragen.« Dann rühmte er, wie leicht und ausgezeichnet sie mit diesen Leuten zu einer Regelung gekommen seien. Eigentlich, meinte er, hätten sie sich mit den ›Stillen‹ vermischen wollen, weggedrängt sei niemand worden, und als Beweis führte er an, daß sie den Friedensrichter Hillgrist dazu bewegen konnten, zu bleiben.
»Hillgrist?... Ist er auch ein ›Stiller‹?« fragte Kowaloff. »Ich kenne ihn. Er ist ein tüchtiger Mann.«
»Nein, Friedensrichter Hillgrist ist einer der wenigen Menschen, die hier in diesen eisigen Wäldern den ganzen Krieg über geblieben sind«, erzählte Ostermann. »Er ist kein Stil-

ler... Er wollte nur seine Heimat nicht verlassen.« Kowaloff zeigte keinerlei Überraschung, daß der Friedensrichter ihm von dem ganzen Vorgang bis jetzt nichts berichtet hatte.
»Leider – seit zwei Tagen liegt er an schwerer Bronchitis im Armeehospital«, erzählte Ostermann. »Unser Polizeikapitän war so freundlich, ihn im Flugzeug dort hinzubringen. Die Verhandlungen haben ihn überanstrengt. Jeden Tag ist er in der Kälte umhergefahren. Gleich nachdem alles klar war, mußte er sich hinlegen. Es war schlimm mit ihm.«
Kowaloff flog zum Armeehospital, aber der kranke Hillgrist hatte hohes Fieber und konnte auf die Vorhaltungen nur mühsam keuchend antworten: »Ja, ja, ich weiß!... Verspätet! Bericht abgeschickt!« Bei seiner Rückkehr fand Kowaloff tatsächlich einen Bericht des Friedensrichters. Er war allerdings erst vor einer Woche eingelaufen, und der Sekretär hatte ihn versehentlich liegenlassen. In einem Nachsatz entschuldigte sich Hillgrist, er habe im Trubel der Geschäfte und infolge seiner plötzlichen Erkrankung vergessen, das Schriftstück eher abzusenden.
»Das sieht alles etwas verworren aus, meine Herren«, sagte Climasch und hob sein Gesicht. »Wenn auch der Mord an Nogens und Schmujloff noch ganz undurchsichtig ist, er hängt mit alldem zusammen. Die Gegend da oben ist nicht harmlos genug... Schmujloff und Nogens haben sich stets gesträubt, im Qualifikantenlager zu schlafen. Sie hausten in ihrer ärmlichen Hütte in Sturmdorf und waren die einzigen Qualifikanten, die mit den neuen Siedlern beständig zusammenkamen... Aber das ist nur der erste Fall.« Er ging jetzt auf die Ergebnisse seiner Erkundigungen in den fernöstlichen Gouvernements ein. Er zeigte auf das ehemalige Japan, das nun das Gouvernement 1422 war.
»In diesem Teil des Gouvernements ist der Aufbau glänzend fortgeschritten«, berichtete er. »An den verschiedenen Stellen sind die Leute darangegangen, versenkte Kriegsschiffe zu heben, um das Material davon zu verwenden. Merkwürdigerweise aber sind dabei stets die Geschütze, sonstige Waffen und Instrumente verschwunden... Man kann Kinder mit alten Militärgewehren sehen, und wenn man sie ihnen wegnehmen will, wehrt sich die Bevölkerung... Das sei

doch alles nettes Spielzeug, sagt man, und der Gouverneur Kimuza findet stets die harmlosesten Entschuldigungen, wenn man ihm nachweist, daß in etlichen Gemeinden bei Festlichkeiten sogar mit solchen Kanonen geschossen wird... Das hat jetzt aufgehört. Alle auffindbaren Waffen und Geschütze sind rücksichtslos beschlagnahmt worden, aber unsere Agenten melden fortlaufend von geheimen Waffenlagern.« Er nannte einige Fälle und begann die Eingabe von Vera Schilliza zu rechtfertigen. Mit der Einschränkung, daß die darin gestellte Forderung befristet sei, erteilten die Versammelten die Genehmigung. Gähnend erhob sich Homann. Rasch ging Mauvin fort. Auch die Generale und Bratti standen schon im Gang, Climasch packte seine Akten zusammen. »Verzeihung«, fragte der noch zögernd dastehende Paschuljew mit seiner weichen Stimme über den Tisch, »was ist aus den ›Stillen‹ geworden?«
»Ja«, lächelte Climasch, »das ist eine komische Sache. Nachdem der Gouverneur Kowaloff eine Zeitlang nach einem geeigneten Getreidegebiet für sie herumgesucht hatte, wanderten sie auf einmal in kleineren und größeren Gruppen aus ihrem Notlager ab... Sie waren ja nicht bewacht und konnten tun und lassen, was sie wollten... Die Sache fiel erst auf, als das Lager schon fast ganz leer war. Alles Vieh und der meiste Hausrat waren noch da. Der Gouverneur stellte die letzte Gruppe zur Rede. Es waren kaum mehr zweihundert... Er erkundigte sich, wo die anderen hingezogen wären. ›Unter die Menschen‹, sagten sie. Unter diesen Umständen, erklärte ihnen der Gouverneur, könnte er sie nur noch gruppenweise in schon bestehenden Siedlungen unterbringen. Antwort gaben sie keine, aber es schien ihnen ganz recht zu sein... ›Warum habt ihr euch denn auf einmal getrennt? Warum zieht ihr so planlos umher und laßt alles liegen und stehen?‹ hielt ihnen der Gouverneur vor.
›Uchod!‹ sagten sie, weiter nichts. Weiß der Teufel, was das heißt.« Er hatte seine Mappe gepackt und verschloß sie. Paschuljews Gesicht war jäh rot geworden. Er spürte sein Herz heftig schlagen und blieb einen Augenblick lang wie angewurzelt stehen. Unter seinem Bart zitterten die dünnen Lippen.

»Uchod«, brachte er kaum hörbar heraus. Seine alten Augen bekamen einen glücklichen Glanz. Ohne ihn weiter zu beachten, erzählte Climasch während des Hinausgehens: »Stille trifft man seither in vielen Siedlungen der Zentralgouvernements. Man hat sie anscheinend ganz gern.« Paschuljew mühte sich, eine gleichgültige Miene aufzusetzen, und folgte ihm...

GEIST UND GESTALT

Der gewaltigste Aufbruch überbrauste die Welt. Ungeheure Energien hatte die Planung entfacht. Eine Riesenarmee von fast siebzig Millionen Qualifikanten mit eigenen Rechten und Sitzen im Weltparlament war organisiert, und ihre Leistungen waren gigantisch. Große Teile der Kontinente bekamen immer deutlicher das Gesicht der Zukunft. Nur das Tempo war noch nicht überall dasselbe. Das Material rollte heran, die Brigaden tauchten auf und begannen mit dem Bau der neuartigen Agrostädte. Hochfrequenzstraßen, auf denen motorlose Autobusse mit nie geahnter Schnelligkeit liefen, verbanden sie miteinander. Straßen und Eisenbahnlinien erschlossen die abgelegensten Winkel. Serienweise aus schwimmendem Glas hergestellte Schiffe der neuesten Bauart durchquerten die Ozeane. Phantastisch überleuchteten sie in dunkler Nacht die einsamen Wasserflächen. Mit Atomenergie betriebene Flugzeuge für Personen- und Frachtverkehr, die imstande waren, in knapp sieben Stunden den Erdball zu umkreisen, durchzogen die Lüfte. Mit Hilfe magnetischer Wellen, die im Augenblick der Absturzgefahr durch einen einfachen Knopfdruck zur Auslösung gebracht wurden, trug sie eine derart geladene Wolke sicher zu Boden. –

Ganz gegen seine Gewohnheit wurde Mikkelson pathetisch, als er bei der ersten Parlamentssitzung im brechend vollen riesigen Saal seine große Rede hielt. Ergriffenheit und Stolz übermannten ihn urplötzlich. All seine ironische Selbstabwehr versagte. Sekundenlang spürte er, wie er nicht mehr ganz Herr über sich war und, gleichsam getragen von einer unsagbaren Hochstimmung, in die bunten, spannungsüberladenen Zuhörermassen rief: »Etwas Unfaßliches ist geschehen: Menschen, die alles verloren hatten, jämmerliche Totengerippe nur mehr – diese Menschen fingen wieder von vorn an! Ja, was fingen sie denn an? Den Krieg gegen das Element des Untergangs! Das Leben besiegte den Tod! Der gemeinsame Urtrieb zum Sein überwand alle

Schrecknisse der Vernichtung! Und das Wunder dieses unwahrscheinlichen Willens erzwang dem neuen Werden den Weg...« Ein tausendstimmiger frenetischer Beifall unterbrach ihn. Dieses wilde Gemisch aus Geschrei, Pfeifen, Körpern, Augen und klatschenden Händen fiel über ihn her und drohte ihn zu erdrücken. Er zitterte und rang nach Atem, straffte sich und zupfte an seiner Westenecke, indem er ängstlich ins Wirkliche zurückdachte: »Nein, nein, den Kopf nicht verlieren! Nüchtern bleiben! Ich hab' mich gehenlassen!... Warum haben sie mich für diese Rede bestimmt und nicht den alten Barry? Der wär' viel besser gewesen! Ihn ficht nichts mehr an... Mit Recht wird er sagen, das ist eine Predigt gewesen... Warum hat nicht Mellnikow oder Ussitzki gesprochen? Das sind doch Politiker, kommen aus Massenparteien! Ich war doch mein Lebtag ganz privater Verwaltungsbeamter!... Nein, nein, was da so schreit und jubelt, das ist gar nicht die Welt. Die sieht ganz anders aus. Die ist ja noch ziemlich durcheinander... gar nicht so!« Und fliegend fiel ihm ein, was er kurz vor der Sitzung im Gedränge gehört hatte.
»Der Mensch ist frei, und sein Feld ist die Welt!« lautete der erste Satz der Weltverfassung. Im Vorübergehen hatte jemand gehöhnt: »Na, wir wollen erst einmal sehen, was uns da für eine Freiheit vorgesetzt wird!« Nichtssagend und phrasenhaft kam ihm jetzt der erste Satz vor, und endlich hatte er wieder seine männliche Kühle. –
Ziemlich wirr lief Altes und Neues in der Welt nebeneinanderher oder durcheinander. Das Leben der Menschenmassen hatte sich noch keineswegs überall verfestigt, aber eines war nicht mehr zu leugnen: Es gab keine Hoffnungslosigkeit mehr. Seitdem die Massen die ordnenden, helfenden Kräfte tagtäglich spürten, seitdem sie merkten, wie sich die Unsicherheit mehr und mehr verflüchtigte und die Erde durch den Aufbau immer einladender wurde, kam wieder Leben in sie, ja mehr noch – viele erfaßte mit einem Male wieder eine eigentümliche Unruhe. Außer den »Stillen«, die damals aus den Nordrevieren des Gouvernements 535 weggezogen waren und sich zerstreut hatten, wanderten jetzt nicht wenige abenteuerlustige junge Menschen durch die neuer-

wachte Welt, denn Arbeit gab es überall. Nicht unbeliebt war, sich vorübergehend bei einem Helferzug anwerben zu lassen, den die Gemeinde beim Aufbau ihrer Agrostadt stellen mußte. Schlimmstenfalls blieb auch noch Eintritt in eine Qualifikanten-Brigade, und auch da konnte man durchbrennen. Freilich, bei einem erneuten Versuch, in einer Brigade unterzukommen, riskierte der junge Mann, daß man ihn in ein weltabgelegenes Aufbaugebiet abschob. Riß er von dort wieder aus, dann wurde er nie wieder in eine Brigade aufgenommen und verlor sein Weltbürgerrecht auf fünf und manchmal zehn Jahre. Das bedeutete, daß er sich während dieser Zeit nicht ansässig machen konnte und wohl oder übel Wanderarbeiter bleiben mußte.

Neben diesen Burschen gab es merkwürdig rührende und traurige Wanderer, die so gar nicht mehr in die jetzige Welt paßten und trotz der vielen Lebensmöglichkeiten meistens jämmerlich scheiterten oder irgendwo in der Verlassenheit untergingen. Es waren meist Leute in den Vierzigern, ein ernster Mann und eine zähe, verschlossene Frau, manchmal auch ein Mann allein, nie aber eine Familie mit Kindern. In allen Erdteilen traf man sie. Die große Wanderung hatte sie einst in die flüchtenden Massen gerissen. In der Ruhe der Seßhaftigkeit war ihnen die leere Fremde wieder bewußt geworden, eine verzehrende Sehnsucht nach ihrer einstigen Sprache, nach dem Ruch ihrer einstigen Heimat trieb sie auf die Wanderschaft. Jede vernünftige Überlegung verschlang ihr Heimweh nach den alten Leuten, den Gesichtern der Erinnerung, und sie gingen und gingen wie Traumwandler, fuhren mit Eisenbahnen und Omnibussen eine Strecke, arbeiteten auch wieder eine Zeitlang auf einem Fleck, machten sich erneut auf, litten Hunger und froren, nächtigten im Freien und nahmen alle Strapazen auf sich. Jedes Ungemach erduldeten sie, nur um in jene Landstriche zu kommen, die sie als Illusion ihrer Heimat in sich trugen. Chinesen, Japaner, Inder, Mongolen und Russen zogen von Westen nach Osten; unstillbares Verlangen nach grünen Wiesen und Schnee trieb Leute vom Mittelmeer nordwärts; im tiefsten Asien brachen Europäer auf, um irgendeinmal zu ihresgleichen zu stoßen, und auf den Kontinenten über den Ozeanen war es nicht anders: Südländer wanderten wieder ihrer Sonne entgegen, und Nordamerikaner verließen die heißen Zonen. Nur wenige dieser Einzelwanderer oder »Heimatsucher«, wie man sie nannte, kamen an, und wenn, dann fanden sie alles, alles verändert und ebenso fremd wie jene Siedlung, die sie vor langen Monaten oder Wochen verlassen hatten. Doch dieses vereinzelte Wandern fiel nicht ins Gewicht. Im Raum des ehemaligen Europas und Sowjetrußlands aber verließen jetzt öfter seßhaft gewordene Nomadengemeinden ihre Siedlungen, und das störte Planung und Aufbau mitunter empfindlich. Die Wegziehenden hatten auch ganz bestimmte Gründe. Sie wollten sich keineswegs zerstreuen. Mit allen Listen gingen sie ans Werk. »Jetzt ist's noch Zeit! Man muß vorsorgen, ehe es zu spät ist«, sagten sie sich und schickten in aller Heimlichkeit Kundschafter weit herum, die günstigere, fruchtbarere Gegenden ausfindig machten. Nach deren Rückkehr verschwanden zuerst kleinere Gruppen aus der Siedlung, die unauffällig reisten. Schließlich brach der Rest mit allem Hab und Gut auf, und kein Zureden des Friedensrichters, keine Versprechungen und Drohungen wirkten. Seltsam vorsintflutlich nahm sich die langsam dahinziehende Karawane neben den belebten Autobuslinien und Schienensträngen aus. Bald hielten die Polizeiabteilungen sie auf, doch das schreckte die neuen Wanderer durchaus nicht. Sie blieben unnachgiebig, denn sie wußten, daß die Polizei nicht gewaltsam einschreiten durfte, solange sie keinen Anlaß gaben. Der Gouverneur wurde telegrafisch herbeigerufen. Es gab ein heftiges Hin und Her.

»Euer Abzug ist gesetzlich nicht zulässig! Vieh und Maschinen sind noch nicht euer Eigentum!« rief der aufgebrachte Gouverneur. Doch die Sheriffs und Beigeordneten solcher Züge wußten genau Bescheid und fragten uneingeschüchtert: »Wo ist das gesetzlich festgelegt?... Wir verlangen direkte Anfrage beim Hohen Rat!« So provinziell hatten die Leiter in »Peacetown« die Welt und die neue Ordnung gemacht, daß dieses Verlangen nicht abgeschlagen werden konnte. Der Gouverneur telegrafierte an den Rat. Statt einer Antwort flogen von dort je ein Beauftragter des Rats und der

Plan-Kommission herbei. Wiederum begann ein hartnäckiges Verhandeln. Nicht immer, aber des öfteren bauten bereits Qualifikanten-Brigaden an der Agrostadt, die für die wegziehende Gemeinde bestimmt war. Was sollte nun daraus werden? Nur Qualifikanten dort anzusiedeln war gegen die Planung. Es schwächte diese Armee des reibungslosen Aufbaus, und zudem wäre – was vermieden werden sollte – nach der notwendigen Umformung eine reine Industriestadt entstanden. Die Flächen rundherum blieben ungenutzt.

»Das ist doch ein unmöglicher Zustand! Das geht doch nicht!« versuchte der Ratsbeauftragte den störrischen Siedlern begreiflich zu machen. »Das ist gegen Recht und Verfassung.«

»Wir sind nicht gegen Recht und Verfassung«, rief der unerschrockene Sheriff. »Aber vorläufig ist die Verfassung immer noch Entwurf. Sie wird debattiert und muß erst angenommen werden.«

»Und übrigens, sie hat keinen einzigen Paragraphen, der einer Gemeinde verbietet, wegzuziehen und sich besseres Land zu suchen«, meinte ein Beigeordneter ebenso und schlug eins von den Millionen Exemplaren des Verfassungsentwurfes auf. Tatsächlich, einen derartigen Paragraphen hatten die gescheiten Herren in Peacetown vergessen! Wahrscheinlich hatten sie gedacht, jeder Haufen würde froh sein, wenn er erst einmal ruhig und halbwegs versorgt festsitze.

»Und sonst eine ähnliche Vorschrift kennen wir auch nicht!... Oder ist euch vielleicht eine bekannt?« fragte der gewitzte Sheriff und schien sich über das betroffene Dreinschauen der Amtsleute zu freuen. Die neuen Wanderer, das sagte der erste Blick, waren aufgeklärte, disziplinierte Leute. Sie machten den besten Eindruck.

»Aber«, fing jetzt der zweite Peacetowner Beamte an, »ihr habt einen Vertrag mit dem Nebenamt der Plan-Kommission! Da steht klipp und klar, daß das Vieh und die Maschinen zunächst Leihgaben sind. Wie wollt ihr eure Verpflichtungen erfüllen, wenn ihr einfach abzieht? Zahlen könnt ihr doch auch nicht!«

Nein, zahlen konnten sie nicht, die Kasse der Gemeinde war sehr schwach.
Der Planungsbeamte glaubte schon Oberwasser gewonnen zu haben und fragte schärfer: »Na also! Wie habt ihr euch denn den Produktionsausfall gedacht?«
»Das kommt ganz darauf an, wie schnell wir wieder festsitzen«, erklärte der Sheriff. Sonderbar – die Polizisten und der Gouverneur kochten vor Wut und begriffen nichts mehr –, warum machten die zwei Beauftragten denn nicht einfach kurzen Prozeß? Warum wurden die Leute nicht gewaltsam zurückgebracht oder wenigstens Vieh und Gerätschaften beschlagnahmt?
»Wo wollt ihr denn hin? Habt ihr denn schon Land?« fragte der Ratsbeauftragte, und plötzlich verschlug es ihm und den anderen Amtsleuten buchstäblich die Sprache.
»Jawohl – da!« sagte der Sheriff und zeigte das Schreiben eines Gouverneurs aus der Mittelmeergegend. »Wir kennen bereits alles. Dort holen wir dreimal soviel aus dem Boden. Und da – sind wir herzlich willkommen!«
Zornig stand der schweigende Gouverneur da und dachte: »Was ist das für eine hinterlistige Frechheit!... Und diese Konfusion beim Rat!... Ich werde überhaupt vollkommen übergangen! Blödsinnige Freiheit!« Verständnislos, ein wenig spöttisch und mit verborgenem Mißtrauen musterten die beiden Beauftragten den Sheriff und seine Leute. An die tausend und mehr Meilen wollten diese Starrköpfe auf so eine altertümliche Weise zurücklegen? Da verging ja fast ein Jahr, bis sie ankamen! Das war doch grotesk! Das war doch unglaubwürdig im höchsten Grad!
Geradezu sagte der Ratsbeauftragte: »Ich habe den Verdacht, daß ihr überhaupt nur demonstrieren wollt! Aber was habt ihr für einen Grund?«
»Demonstrieren?« wehrte sich der Sheriff unschuldig. Ob man ihnen denn so eine gewagte und kostspielige Dummheit zumute.
»Was für einen Grund?« wiederholte er noch biederer. »Wir haben's doch gesagt. Wir kriegen besseres Land.«
Alles Gerede machte nichts klarer. Wiederum Telegrammwechsel mit dem Rat und schließlich die verblüffende Ant-

wort von dort: »Kompromiß auf Einziehung der Hälfte des Viehs und der Maschinen vorschlagen. Wenn Gemeinde darauf eingeht, sie raschestens an den Bestimmungsort befördern!« Die Beamten schüttelten den Kopf.
»Nur gut, daß man eure Agrostadt noch nicht angefangen hat«, versuchte der Planungsbeamte die Blamage zu verdekken, die er und seine Begleiter empfanden. Zwar protestierten der Sheriff und seine Beigeordneten gegen den Vorschlag, doch dieser Protest war nicht mehr allzu heftig. Die Einigung wurde endlich erzielt.
Später im Zug blinzelte der Sheriff den Seinen zu und meinte: »Na, ist ja ganz gut gegangen. Der Ratsmensch hat doch richtig gerochen! Na, den Transport haben wir 'rausgeschunden. Wir kommen schnell ans Ziel, ja, ja, aber in der ersten Zeit heißt's allerhand hereinholen.«
Schlechter kamen jene wegziehenden Gemeinden weg, deren Agrostadt bereits in Angriff genommen war. Alles Feilschen und Zürnen half nichts, der Ratsbeschluß blieb unverrückbar: Ein Viertel der Menschen und die Hälfte des Viehs und der Geräte mußten zurückbleiben.
Merkwürdig aber, die Gemeinde fügte sich stets, und nicht minder merkwürdig, daß die Gouverneure am Mittelmeer die Einwanderer begeistert aufnahmen und ihnen bereitwillig Land zuteilten. Sie hatten es allerdings auch nicht zu bereuen. Das ganze Halbrund vom ehemaligen Griechenland bis Spanien hatte ungemein unter dem Krieg gelitten und war menschenarm. Die Neuen zeigten einen trotzigen, systematischen Arbeitswillen. Sehr rasch gewannen sie bei den Ansässigen einen bestimmenden Einfluß, und mit den Qualifikanten verstanden sie sich ebenso ausgezeichnet. Ihre strenge Gemeinschaftsdisziplin wirkte musterhaft. Sie hatten eine eigene Art, sich von mißliebigen, unsicheren Elementen freizuhalten, und machten damit überall Schule. Selbst nach langer eingehender Prüfung verweigerten sie Neuankommenden die Aufnahme in ihre Gemeinde. Beschwerden der Ausgestoßenen beim Gouverneur nützten nichts. Es ging so weit, daß ein Außerordentlicher Kommissar des Rates erschien.
»Was ist wichtiger, der Schaden oder der Nutzen?« fragte

der Sheriff den Kommissar und den Gouverneur vor der versammelten Gemeinde. Die beiden verstanden nicht gleich. »Mag der Mann wiederkommen! Er wird geächtet bleiben und doch wieder abziehen«, erklärte der Sheriff unter allgemeinem Beifall. Die Ernteerträgnisse der neuen Gemeinde waren imponierend, ebenso ihre Leistungen auf allen anderen Gebieten. In ihren Werklagern befanden sich die Verwahrlosten, die noch kurz vorher eine Landplage gewesen waren, und wurden zu brauchbaren Menschen herangezogen. Die Gemeinden waren die ersten, die unter den schwierigen Verhältnissen nach und nach ein ausgedehntes Zeitungswesen entwickelten. Ihre Flugblätter und ihre Traktatliteratur fanden immer mehr Beachtung, denn diese Literatur war neben den zersplitterten Resten des alten, antiquiert gewordenen Schrifttums die einzige, die wieder auf den Plan trat und überall Nachahmung fand. Zum Teil war sie auch in früheren Nationalsprachen abgefaßt. Meist hießen ihre Zeitungen »Futurum« oder »Pro futura«, und daraus entstand die Benennung »Futuristen« für die schnell anwachsende, weit verzweigte Anhängerschaft. Obgleich die Futuristen gegen manche Ratsmaßnahmen hartnäckig opponierten, wurde doch sehr bald klar, daß sie die neue Ordnung sehr ernst nahmen. Da der allzu kompromißbereite Hohe Rat unverständlicherweise stets darauf beharrte, daß den abziehenden Gemeinden und den Futuristen nicht viel Schwierigkeiten gemacht würden, entstand ein heilloses Durcheinander. Die verärgerten Gouverneure und ihre Landtage schickten geharnischte Beschwerden nach Peacetown. Die Nebenämter der Plankommission und die leitenden Männer der dort stationierten Qualifikanten-Brigaden schlossen sich dem Protest an. Mitten in der heißesten Verfassungsdebatte geriet der Rat in eine arge Bedrängnis, denn nun kam es zwischen ihm und der Organisationsleitung der Großen Plankommission zu einem Konflikt. Die Ratsmitglieder waren überreizt. Die anstrengenden Parlamentssitzungen verlangten von jedem die ganze Nervenkraft. Nach diesen Sitzungen aber, wenn man schon völlig ausgepumpt war, begannen die nächtelangen Auseinandersetzungen mit den unnachgiebigen Organisationsleitern. Da war der

feingliederige Ivens mit seinem bösen Vogelgesicht, der jedesmal klipp und klar verlangte, daß die Entscheidung, ob eine Gemeinde wegziehen dürfe oder nicht, der Plankommission zustehen müsse. Und seine beiden Partner, der knöcherne Kanadier Duff Shenley und der schmallippige, immer verächtlich dreinschauende Pedro Ramiro, stimmten ihm zu. »Wollen Sie etwa den Rat zum Büttel machen?« rief Mellnikow scharf: »Sollen wir vielleicht Truppen und Polizei einsetzen gegen die Wegziehenden?«
»Wie Sie das machen, ist Ihre Sache!« gab ihm Shenley soldatisch grob zurück, und Ivens bekräftigte ebenso: »Sie haben dafür zu sorgen, daß unsere Arbeit nicht gestört wird.« Dieser verletzende Ton empörte. Mit entzündeten Augen, gereizt, saßen die Ratsmitglieder da. Ellen Oesterbergs Gesicht flammte, aber Gertrud Rechlin sah sie gleichsam warnend und besänftigend an. Eine feindselige Pause entstand.
»Meine Herren«, sagte Mikkelson gewaltsam beherrscht, »der Rat ist bis jetzt ohne Gewaltmaßnahmen ausgekommen. Das ist eine schöne Leistung... Sie wissen, daß nach der Debatte die Verfassung durch Volksentscheid angenommen oder abgelehnt werden kann. Neue Wahlen kommen.« Er fuhr sich müde durch das wirre Haar. »Meine Freunde und ich stehn sowieso auf Abruf da, und – offen gestanden – ich glaube, jeder von uns ist froh, wenn er sein verantwortungsvolles Amt dem Nachfolger übergeben kann mit dem guten Gefühl, daß das Schlimmste stets vermieden worden ist...«
»Das heißt, wenn ich recht verstehe«, wandte sich Ivens herausfordernd an ihn, »der Konflikt soll bis dahin vertagt werden?« Mikkelson nickte. Wang Chungs Augen wurden ganz klein. »Falsch – nein!« flüsterte Mellnikow Ussitzki unbemerkt zu. Ussitzki und Schlemmer nahmen als Leiter der Qualifikanten-Brigaden an den Sitzungen teil.
»Und in der Zwischenzeit?« fragte jetzt Ramiro kalt. »Seitdem dieses neue Wandern grassiert, haben wir immerhin acht angefangene Agrostädte und siebzehn Bausistierungen.« Wieder stockte es. Ibn Lassi schüttelte aus einem unerfindlichen Grund fortwährend seinen wollhaarigen Kopf, und Ganvavitta nickte dazu. Beleidigt saß der snobistische

Mauvin da, John Barry schlug sich sehr oft mit der feinen, flachen Hand auf den Scheitel, und nur der träge Dickson schien überhaupt nicht berührt von allem. In diese giftige Spannung fiel plötzlich ein freches, fast lausbübisch heiteres Wort. »Ausgezeichnet!« rief der breitgesichtige, bullenhaft ungeschlachte Oswald Schlemmer, dieser sonderbare Mensch, der oft vierzig und fünfzig Stunden ununterbrochen arbeitete, auf einmal weglief und erst nach zwei oder drei Tagen wieder auftauchte.

»Ausgezeichnet!« lachte dieser Kerl, der überhaupt keine Regel kannte und nichts ernst nahm. Alle starrten jäh verwundert auf ihn. Höchst pikiert schienen die drei Organisationsleiter.

»Ausgezeichnet«, meinte Schlemmer unbedenklich, »wir haben da im fernöstlichen Gouvernement 1422 drei Brigaden... Weiß der Teufel, sie klagen immer wieder über Sabotagen, aber rauszufinden ist nichts. Die guten Jungs möchten endlich Häuser haben... Großartig! Die verteilen wir einfach auf die acht Agrostädte!« Das durchbrach jede Berechnung. Widerspruch erhob sich, aber die Debatte verlor etwas an Feindseligkeit und nahm eine andere Richtung. Schließlich drückte der Morgendämmer an die Fenster. Keine Einigung war erzielt. Der Streit war nur bis zur nächsten Sitzung vertagt. Und er verschärfte sich bedenklich, denn zwei folgenschwere Anträge wurden zur Verfassungsdebatte gestellt, und gegen alle Üblichkeit hatten den zweiten die drei Organisationsleiter der Plankommission unterzeichnet. Damit wurde der Konflikt innerhalb der Weltregierung offenkundig.

Unter der Führung Kowaloffs stellten vierzehn Gouverneure und ein großer Teil der Qualifikanten-Delegierten diesen ersten Antrag: »Parlament und Hoher Rat mögen beschließen und als Präambel in die Verfassung aufnehmen, daß jede Gemeinde in der Gegend, in welcher sie sich derzeit befindet oder in der sie sich im Ablauf eines Jahres niederzulassen beabsichtigt, auf die Dauer von 25 Jahren seßhaft bleiben muß. Ihren Willen, wegzuziehen, hat sie fünf Jahre vor Ablauf dieser Pflichtfrist mit entsprechender Begründung dem Gouverneur zu unterbreiten, der sie an den

Hohen Rat weiterleitet. Die Entscheidung des Rates ist bindend.«
Der zweite Antrag, den die Organisationsleiter unterschrieben hatten, stammte von Kimuza und vier anderen fernöstlichen Gouverneuren, deren Gebiete im früheren Korea und in der einstigen Mandschurei lagen. Er unterschied sich vom ersten durch folgende Formulierung:
»Ihren Willen, wegzuziehen, hat sie fünf Jahre vor Ablauf dieser Pflichtfrist mit entsprechender Begründung der Organisationsleitung der Großen Plankommission zu unterbreiten, die über Annahme oder Ablehnung des Ansuchens entscheidet.«
Nur wenige Ratsmitglieder waren frühere Berufspolitiker. Massen und Massenbehandlung kannten eigentlich nur Mellnikow, Ussitzki, der trockene Jan Nowak und Wang Chung als früherer Sozialrevolutionär. Aber diese Massen waren immer eine Partei, eine Gewerkschaft oder eine straffe Revolutionstruppe gewesen. Einzig und allein Mauvin und Dickson waren keine Neulinge auf parlamentarischem Gebiet. Bis jetzt war man bei den Ratssitzungen stets unter sich gewesen. Man saß Menschen gegenüber, die man kannte und denen man mehr oder weniger gewachsen war. Wenn ihn manchmal seine Freunde in seinem altmodischen Junggesellenheim besuchten, tappte der von Grund auf skeptische Mikkelson zuweilen schwerfällig in seinem unordentlichen Arbeitszimmer auf und ab und meinte: »Nein, nein, machen wir uns bloß nichts vor! Wir begreifen alle noch nicht – uns ist sozusagen die Konkursmasse Welt zugefallen! Für das ganze Gerümpel war einfach kein andrer Reflektant mehr da!... Jaja, macht nur eure verkniffenen spöttischen Gesichter, ihr ledernen Parteimenschen!« Er sah auf Mellnikow und Ussitzki, die am Feuerplatz saßen und sich Blicke zuwarfen, als wollten sie sagen: »O weh, er kommt wieder ins Meditieren!« Er streifte Nowaks kellerfarbenes, schmales Gesicht, überflog den lebhaft gespannten Wang Chung und landete auf dem silbergrauen Scheitel des stummen Barry. Betroffen blickte Ellen Oesterberg auf ihn, und mit verborgener Sorge maß ihn Gertrud Rechlin. »Keiner von uns hat auch nur eine blasse Ahnung gehabt, was

uns da der reine Zufall zugeschoben hat... Nicht einer!« wurde er lebhafter und schlug die Asche seiner Zigarre auf den schadhaften, ausgebleichten Teppich. »Jeder hat sich ungeheuer wichtig gemacht, hat getüftelt und gebastelt! Jeder hat seinen abgestandenen Ideen von vorgestern freien Lauf gelassen und hat weiß der Teufel was für verrückte Illusionen zum besten gegeben!« Er war am hohen Fenster angelangt und sah sinnend in den farblosen Wintertag hinaus. Er reckte sich und schüttelte abwesend seinen Kopf: »Ich wundere mich immer wieder!... Es ist uns was geschenkt worden, etwas – Herrgott, wenn man so nachdenkt, da wird einem fast schwindlig!« Als er sich umdrehte, war sein Gesicht verändert. Fast erschrocken sah es eine Sekunde lang aus. Stumm ging er an das kleine Tischchen und trank sein volles Whiskyglas in einem Zuge aus.

»Getüftelt und gebastelt?« sagte Nowak. »Fehler sind vorgekommen, ganz gewiß, aber das Organisatorische hat sich durchgesetzt und auch bewährt.«

»Natürlich, natürlich!« fiel ihn Mikkelson beißend spöttisch an. »Mit dem zerronnenen Morast hat sich ja alles und nichts anfangen lassen! Jetzt natürlich, weil's zufällig gutgegangen ist, jetzt bildet sich jeder von uns ein, er hat den Morast zum Stehen gebracht! Ach, was sind wir doch für langweilige, phantasielose Fische!« Er warf seine ausgegangene Zigarre in das knisternde Feuer und ruderte ein paarmal mit seinen dicken Armen in der rauchigen Luft: »Wißt ihr, wer wirklich klar sieht? . . . Dickson! Der sagt einfach ganz robust und nüchtern, wir sind seither die größten Grundbesitzer, die es je gegeben hat. Die ganze Welt gehört uns, und wir vergeben unseren Besitz auf Gegenleistung! Hat er vielleicht nicht recht!? Buchstäblich, uns gehört die ganze runde Welt, uns paar Leuten...« Er fuhr sich ins Haar: »War das schon jemals da? ... Einfach unvorstellbar!« Er schien ganz kurz in eine ungewisse Ferne zu starren. Alle schauten auf ihn.

»Ja, ja, ja, großartig! Großartig gesagt!« schnaubte der Fleischberg Homann, der solche Wendungen liebte, in die Stille. »Großartig, Gunnar!... Gutsbesitzer, Domänenverwaltung, hahaha! Wunderbar einfach, aber was ist's da mit der Demokratie, hä-hähä-hä!« Er holte asthmatisch Luft. Er blähte sich. Er schien zu platzen. Ängstlich sahen Ellen und Gertrud auf ihn. Er spannte seine große, behaarte, dicke Hand vor den bartverhangenen Mund und fiel ins Husten. Dick schwollen seine dunkelroten Schläfenadern an. Sein mächtiges Gesicht verlor den Halt, der gespannte riesige Bauch, seine ganze Figur wurde beutelnd hin und her gerissen. Er hielt sich krampfhaft an den beiden Stuhllehnen und wirkte noch erschreckender. »Wa-was – – De-demo-demokratie!« kam zappelnd aus seinem gigantischen Husten, das den ganzen Raum erfüllte. Und da war man plötzlich wieder in den drängenden Sorgen und im peinigenden Druck bei den unnachgiebigen Organisationsleitern und mitten in der ratlosen Unsicherheit, die durch die zwei Anträge heraufbeschworen worden war. »Kowaloff steht unbedingt zu uns«, sagte Mellnikow. Er kannte ihn von Jugend auf.

»Sein Antrag ist loyal... Er ist sogar erfreulich«, ergänzte Ussitzki. »Leider haben wir noch keinen Überblick, wie die Kräfte verteilt sind«, meinte Nowak.

»Tja, hm«, machte Mikkelson mit leichter Bitterkeit, »wir müssen ganz ordinäre Politik machen, ob wir wollen oder nicht...«

»War das, was wir bis jetzt gemacht haben, denn nicht Politik?« mischte sich Ellen Oesterberg ein, aber ehe Mikkelson antworten konnte, sagte Homann boshaft: »Nein, das war Gutsbesitzerei, hähä... Entschuldigen Sie!« Es wirkte so peinlich, daß einige abweisend auf ihn schauten.

»Im Grunde genommen finde ich den zweiten Antrag auch gar nicht so unvernünftig. Unfair haben sich nur die Organisationsleiter verhalten«, äußerte sich zum Erstaunen fast aller Mikkelson, und Barry nickte.

»Was?... Damit liquidiert sich doch der Rat selber!« fuhr Mellnikow auf, und Ussitzki, Wang Chung und Nowak sahen fragend auf den skandinavischen Riesen.

»Das geht doch nicht«, setzte Ellen dazu.

»Warum eigentlich nicht?« blieb Mikkelson vollkommen ruhig. »Ich habe keinen Ehrgeiz, weiter Ratsmitglied zu sein. Vielleicht machen die reinen Techniker überhaupt jede Politik überflüssig, auch die Demokratie, auf die wir so versessen sind.« Frostiges Schweigen.

»Diese Techniker wollen durchaus nichts rein Technisches«, sagte Ussitzki wieder. Und nun fing ein allgemeines Bestürmen an, bei dem Mikkelson kaum zu Worte kam. Dennoch sah es nicht aus, als überzeuge man ihn davon, daß der Rat, und nur er, das Recht habe, die Menschheit zu leiten. Viele waren tief enttäuscht, Ellen sah ganz hoffnungslos aus. Homann hatte sich schwer aufgerichtet und erwischte den Blick seines Freundes.
»Gunnar«, sagte er jetzt auf einmal sonderbar ernst, »du weißt, ich bin an allem Politischen ganz uninteressiert, aber diese Burschen da in der Organisationsleitung, das sind verhinderte Soldaten!... Überhaupt – sie haben mich und meine Kollegen Bratti und Paschuljew einfach nicht gefragt. Wir sind sozusagen nur dekorative Figuren für sie... Ich bilde mir gar nichts ein, nein, nein, aber – aber das ist einfach skandalös!« Das letzte Wort hatte er fast geschrien. Seine Wut zersprang in einem neuen Husten. Zum Schluß aber sagte er mit großer Bestimmtheit: »Meine Kollegen und ich werden eine öffentliche Erklärung gegen diese Burschen abgeben... Paschuljew ist überhaupt gegen beide Anträge. Er sagt, wenn der Mensch nicht mehr frei hingehen kann, wohin er will, das geht nicht, das ist – –« Alle stimmten ihm lebhaft zu.
Die dröhnende Welt, diese ganze unberechenbare Menschheit, von der die Ratsmitglieder bis jetzt geglaubt hatten, sie liege weit weg und füge sich widerspruchslos, sie war auf einmal nach Peacetown gekommen, war – einmal gerufen – ihren selbstsicheren Lenkern auf den Leib gerückt. Unkontrollierbar, gespannt, lauernd und fremd saß Tag für Tag die dichte Masse der Gouverneure und Qualifikanten-Delegierten im gewaltigen, amphitheatralisch aufsteigenden Sitzungssaal. Auf den brechend vollen Galerien wimmelte es von Menschen. Immer war ein undeutliches Summen, ein stumpfes Geräusch da, und die Ventilatoren konnten den drückenden Menschendunst nicht verscheuchen. Manchmal versuchte ein Ratsmitglied Augen, Gesichter, Figuren genauer zu beobachten, aber es gelang nicht – es wurden Hunderte und Tausende von Augen, Gesichtern und Figuren. Und doch war in dieser verwirrenden Vielfalt jeder ein-

zelne ein Mensch für sich. Die Masse war nur äußerlich zusammengeballt. Es wirkten unergründlich verschiedenartige Kräfte in ihr. Nowak hatte recht: Man konnte sie nicht überblicken, man wußte noch nichts von ihnen.
»Aber Madame, wie sehn Sie aus? Was ist denn? – So angegriffen!« redete Mauvin Ellen Oesterberg einmal kurz vor dem Eintritt in den Sitzungssaal an. »Ich weiß, ich weiß, es geht uns ja allen so!... Ich habe immer gesagt, es ist viel zu früh! Korrekt war's auch nicht, nach einer derart primitiven Wahl das Parlament zusammenzurufen!... Einfach scheußlich! Da haben wir uns selber die ganze Rotte auf den Hals gehetzt. War denn das nötig?« Ganvavitta stand dabei und maß ihn schweigend von oben bis unten. Er haßte diesen Menschen, der ihm und Ibn Lassi zwar stets mit weltmännischer Höflichkeit, aber mit einer fühlbar verächtlichen Reserve begegnete.
»Kommen Sie«, sagte Ganvavitta zu Ellen. Mauvin sah sie mit einem huschenden Blick an und hauchte im Vorübergehen nur noch ein geschwindes »Ach so!«. Schon war er weg. Auch sie gingen in den Saal und nahmen ihre Plätze ein.
»Das Fundament der Weltföderation bilden die verwaltungs- und gerichtsautonomen Agrogemeinden, in welchen Bauern, Arbeiter und Intellektuelle gleicherweise Besitzer und Nutznießer von Grund und Boden und aller Produktionsmittel sind«, verlas der hochgewachsene John Barry den zur Debatte stehenden Paragraphen der Verfassung. In der Spannung klang seine volle, etwas pastoral klingende Stimme wie glättend. Die ersten Redner wurden aufgerufen.
Man war schon ganz nahe bei den Anträgen.
»Autonom!« raunten mißgünstige Galeriebesucher. »Und das Erntedrittel? Die Abgaben für Amortisation?... Soll's einmal eine Gemeinde versuchen, sich da zu weigern!«
»Und von der Unterbindung der Freizügigkeit kein Wort?« sagte ein anderer. »Das muß doch jetzt kommen! Da platzt die Bombe!« Laut und ungeniert nörgelten sie. Fast drohend wandten sie sich um und suchten mit verächtlichen Blicken jene Gruppen, die ärgerlich »Pst! Pst, Ruhe!« riefen. Alles Frühere war wieder da: die unverblüffbaren Zweifler, die

wichtigtuerischen Diskutanten und Besserwisser, die giftigen Zyniker und üblichen Witzemacher, sensationsgierige Zuschauer, Menschen, die fanatisch für irgendeinen Redner Partei nahmen, und Frauen, die sich von seiner Stimme oder Erscheinung berücken ließen. Die abgebrühten Journalisten redeten von »fabelhafter Regie« an ihren Tischen. Diese »Regie« bot auch wirklich allerhand. Schlemmer hatte sie erfunden, und Mellnikow und Ussitzki hatten sie durchgesetzt.
Auf der Breitseite der Vorderwand des hohen Sitzungssaales, im Rücken der Ratsmitglieder, befand sich eine Weltkarte mit den hellen Adern der Gouvernementsgrenzen, und wie funkelnde Sterne blitzten darauf die vielen Punkte der bereits erbauten Agrostädte, der neuen Welthäfen und Industriegebiete des Rates. Betroffen und sprachlos hoben die Zuhörer manchmal ihre Gesichter und schauten empor zur indirekt beleuchteten Kuppel. Nachdem endlich nach hartnäckiger Debatte über einen Paragraphen die Einigung erreicht worden war, erhoben sich alle Ratsmitglieder, und schließlich stand alles im Saal. Die letzten Worte der feierlichen Frage eines Ratsmitgliedes: »Seid ihr, Mann, Frau und Mutter der geeinten Welt, damit einverstanden?«, waren verklungen, und von der Höhe herab dröhnten die jubelnden, manchmal von heiterem Lachen begleiteten und offenbar gar nicht zurechtgedachten Antworten aus den verschiedenen Gouvernements oder entfernten Qualifikantenlagern: »Ja! Wir Agroleute von Henko, Gouvernement 1244, grüßen den Rat! Grüßt unseren Gouverneur Mayfield! Aber schafft bald mehr Schienenmaterial herbei.«
Ganz konkrete Wünsche waren zu vernehmen. Ihre Natürlichkeit bezwang. Das lebendigste Leben redete und erfüllte mit einem Male das Parlament. Ein rasender Beifall peitschte von den Galerien herab, und es gab nur noch freudige, glückliche Gesichter. Jeder Gegensatz der Streitenden schien zerblasen. Ein paar Minuten lang waren alle einig.
»Na, sie haben von den früheren Diktaturen ganz anständig gelernt«, sagten die Journalisten zueinander. Mit unverschämten Kennerblicken musterten sie die zwei Frauen unter den Ratsmitgliedern. Etwas eckig stand die dunkelgekleidete Gertrud Rechlin da. Die seidig fallenden Falten des

hochgeschlossenen burgunderroten Kleides ließen Ellen schlanker und größer erscheinen. Starr blickte sie geradeaus, als fürchte sie dieses respektlos-abschätzende Anschauen. Sehr blaß war ihr Gesicht.

DIE MENSCHEN ZWISCHEN GESTERN UND MORGEN

Der Grund, weswegen sich die drei höchsten Männer der Plankommission gegen die Organisationsleiter stellten, lag nicht in einer zufälligen Marotte Homanns. Keiner dieser Wissenschaftler war ein versessener Gewaltmensch. Bratti vielleicht, den interessierten manchmal die Geschehnisse außerhalb seines Wirkungskreises, aber auch nichts weiter. Marotten hatte der Fleischberg Homann gewiß genug, aber sie vermochten ihn nicht zu irritieren, und sie waren stets privater Natur. Er nahm sie auch nie ernst. In hellsichtigen Momenten, in jenen schnell verwehenden Augenblicken, da dem wahren Trinker oft blitzhafte Erkenntnisse aufdämmern, sagte er hie und da: »Marotten braucht der Mensch! Sie sind die angenehmsten Beigaben der Natur, um die schauerliche Langeweile des Lebens zu ertragen.« Nachdenklich, fast melancholisch sah er vor sich hin und ergänzte: »Paschuljew zum Beispiel, Wassilij, der ist glücklicher als ich! Wahrscheinlich glücklicher als wir alle! Er lebt von der Marotte, alle Menschen müßten partout glücklich sein... Er begreift nicht, daß Glück auch nur eine Marotte ist.«

In dieser Zeit war es, als stünden nicht mehr die Menschen, sondern die Pläne gegeneinander. Aber ohne Mensch kein Plan.

Kurz nachdem der genau ausgearbeitete, festumrissene Riesenplan zum Neuaufbau der Welt fertig geworden war, unmittelbar nach den ersten Erfolgen, hatten Paschuljew, Homann und Bratti ihre Ergebnisse in der Kultivierung der Wüsten vorgelegt und in einer umfassenden Denkschrift gefordert, daß der Hohe Rat die Organisationsleitung beauftrage, auch für diese Arbeit einen Plan festzulegen und sie darin aufzunehmen. Daran jedoch war nicht zu denken. Der Rat konnte sich den Gegenargumenten der Organisationsleiter nicht verschließen, daß eine fast gleichzeitige Inangriffnahme und Durchführung der beiden Pläne unmöglich sei. Das Finanzwesen war noch nicht reguliert, die Materialbeschaffung hatte vielfach die Kräfte überspannt, und die Qualifikanten-Brigaden, die erst langsam in ihre Arbeit wachsen mußten, konnten nicht zersplittert werden. Mit vollem Recht wiesen die Wissenschaftler darauf hin, daß die fanatisierten Haufen der Farbigen in Afrika, Asien und Australien, die damals noch wilde, unbarmherzige Schlachten gegen die Weißen in ihren Gegenden führten, viel rascher befriedet werden könnten, wenn man ihre Wüsten fruchtbar mache und sie dorthin verpflanze. Und nicht nur das: Vom einstigen Tunis bis zum Nildelta hatten die Atombomben länderweite Einbuchtungen gerissen, in welche die Wassermassen des Mittelmeeres geströmt waren. Seit der Entgiftung des Bodens wucherte an jenen neuen Küstenstrichen ein derart überreiches Wachstum, daß nicht einzusehen war, wieso man nicht zuerst die Sahara und die Libysche Wüste zu einer schier unerschöpflichen Nahrungsmittelkammer ausbauen sollte.

Gewiß wurden in Afrika, Asien und Australien Agrostädte gebaut und Ländereien kultiviert, aber die Organisationsleitung gewann die Oberhand, die Eroberung der Wüsten wurde vertagt. Das verstimmte die drei großen Gelehrten. Sie fanden den ersten Plan einseitig, doch sie kämpften nicht für die Durchführung des ihrigen. Homann sprach nur noch von »sturen Soldaten ohne Horizont«, Bratti vertrat die Ansicht, der fortschreitende Friede verhelfe ihnen zum Sieg, und – merkwürdig – der stille Paschuljew sagte jedesmal, wenn die Rede auf den aufgeschobenen Kultivierungsplan der Wüsten kam: »Der Mensch ist nicht frei... Wieso sagt man, sein Feld ist die Welt? Das ist nicht wahr! Wenn es wahr wäre, wer könnte ihn daran hindern, sein Glück überall zu suchen?... Nein, nein, das führt zu nichts Gutem!«

Deswegen unterschrieb er, der am liebsten die Menschen fliehen und seinem inneren Weg folgen wollte, die Erklärung Homanns und Brattis. Dieser Protest, der in der Presse nicht sonderlich beachtet wurde, wirkte im Parlament unerwartet klärend. Er griff mitten in die Verfassungsdebatten. Er sonderte die Fronten. Auf einmal wurden im Parlament die Kräfte sichtbar, welche die Ratsmitglieder bis jetzt vergeblich gesucht hatten. Als Kowaloff den von ihm angereg-

ten ersten Antrag begründete, wurde es schnell lebhaft. Die ersten Zwischenrufe kamen aus der Umgebung Kimuzas. Unbeirrbar redete der mittelgroße, o-beinige Kowaloff sie nieder. Er war ein schlagfertiger Redner, er hatte Witz, Unerschrockenheit und eine beißende Schärfe. Der Lärm stieg. Er wartete ruhig ab und begann von neuem. Staunend und zum Teil bewundernd sahen die Ratsmitglieder auf den kampflustigen Mann, der jetzt unter Hinweis auf den Protest Homanns, Brattis und Paschuljews scharf in die Richtung seiner Opponenten rief: »Ohne umfassenden politischen Willen, der uns allen die Richtung gibt, bleibt alles Organisieren ein Stückwerk! Zweifellos hat die drei höchsten Männer in der Plankommission bei ihrem Protest die Einsicht geleitet, daß der Rat – und nur er! – das Zentrum dieses Willens ist!« Der Lärm steigerte sich zum Sturm.
»Das beste Zeichen!... Das Schlimmste liegt hinter uns!« sagte Mellnikow wie neu belebt zur erschrockenen Ellen, die nicht verstand. Der ganze Saal tobte. Ruhig stand Kowaloff da. Prüfend übersah er die Sitzreihen. Im Tumult entdeckte er einen schlanken Mann mit dichten dunklen Haaren, der die Arme erhoben hatte und seine beiden Hände ineinanderlegte. So winkte er Kowaloff aufmunternd zu.
»Wer ist der Mann?« fragte Mauvin Dickson.
»Mir unbekannt«, antwortete dieser, aber auch er interessierte sich.
»Der?... Wenn ich nicht irre, ist's Bresci vom Gouvernement 411«, sagte Nowak, der seit der Parlamentseröffnung die Sitzungsliste studierte.
»Bresci?... Das ist doch – das kann doch nicht sein!« sagte Mikkelson verdutzt. »Das ist doch der, der die meisten Futuristen bei sich aufgenommen hat! Diese Leute können doch nicht für Kowaloff sein!«
»Unmöglich! Voraussichtlich stimmen die Futuristen gegen beide Anträge!« meinte Ussitzki. Die Glocke schrillte unentwegt, überschrillte allen Lärm, der nur langsam verlief. Kowaloff beendete seine Rede mit einigen Sätzen. Die Anträge zur Geschäftsordnung, die verlangten, daß über Kowaloffs Antrag sofort abgestimmt werden sollte, wurden abgelehnt. Man wollte keine Zeit verlieren. Große Nervosität herrschte.

Kimuza, ein derb gewachsener Japaner mit einer etwas schrillen Stimme, ergriff das Wort. Erst nachdem er und einer seiner Anhänger gesprochen hatten, sollte abgestimmt werden. Es tat nach dem Lärm wohl, daß sie nur wenig unterbrochen wurden. Sie sprachen auch keineswegs aggressiv wie Kowaloff, parierten die seltenen Zwischenrufe geschickt und sachlich und gaben dem Rat immer wieder die Zusicherung ihrer absoluten Loyalität. Nur, meinten sie, sei es doch nicht mehr als recht und billig, daß man im Falle einer Planstörung durch den plötzlichen Wegzug einer Gemeinde der betreffenden Organisationsleitung das Recht der Entscheidung zugestehe. Das schmälere doch in keiner Weise die politische Autorität des Rates.
»Doch!« schrie der jäh aufspringende Bresci hitzig.
»Warum?... Wieso?« fragte Kimuza unerregt.
»Weil man Demokratie nicht mit Objekten, sondern mit Menschen macht!« antwortete Bresci geschwind, und schon schrillte die Glocke wieder. Am Ratstisch nickte Ganvavitta.
»Richtig – der Mensch – «, raunte Ibn Lassi Gertrud Rechlin zu und lächelte. »Das gibt noch allerhand Überraschungen«, wisperte Nowak Ussitzki zu, der jede Geste, jedes Wort Kimuzas gespannt verfolgte. »Die Leute werden müde – das ist gut«, sagte Dickson trocken zu Mauvin.
Und dann kam das Erstaunliche, das sowohl die Ratsmitglieder wie Kowaloff, ja das ganze Parlament sekundenlang sprachlos machte. Für den Antrag Kowaloffs stimmten sämtliche Delegierten der Qualifikanten und vierzehnhundert Gouverneure, darunter gerade jene, derentwegen die ganze Sache eigentlich ins Rollen gekommen war – die Futuristen. Nur hundert Stimmen fielen auf Kimuzas Antrag. Wie um dessen Niederlage noch empfindlicher zu machen, brach das ganze Haus in einen erneuten tosenden Beifall aus, als Bresci – in seiner Freude alles vergessend – mit affenartiger Behendigkeit über die Stühle sprang, sich an Kowaloff herandrängte und dem baffen Mann lachend beide Hände drückte, indem er hastig sagte: »Wir opponieren zwar, aber wir sabotieren nicht!«
Warum verhielten sich die Futuristen so? Seit kurzem schienen die Gemeindeabwanderungen wie abgeblasen. Das

konnte nicht von ungefähr geschehen sein. Da war ein straffer Wille, der Direktiven erteilte. »Ich verstehe«, sagte Kowaloff.

Ellen und Gertrud Rechlin fuhren mit einem Ratsauto gemeinsam nach Hause. Ungeheure Massen Neugieriger hatten sich in den letzten nebeldichten Februartagen in Peacetown zusammengefunden. Tag und Nacht erfüllten sie die vom stickigen Gebräu verhangenen Straßen und Avenuen. Oft stockte jeder Verkehr. Nur mit der lebensgefährlich überfüllten Untergrundbahn kam man weiter. Das Auto blieb in dem schrecklichen Gedränge viele Male stecken. Fremde, grobe Gesichter glotzten durch die Fenster. Männer blinzelten frech und machten zweideutige Bemerkungen. Frauen maßen die beiden und sagten herabmindernde Unverschämtheiten. Das Auto drohte zusammengedrückt zu werden.

»Wie ausgeliefert ist man«, sagte Ellen beklommen. Sie hatte das Bedürfnis, weit weg und allein zu sein.

»Das gewöhnt sich«, beruhigte Gertrud und fragte: »Bist du mit deiner Rede fertig?«

»Ja – Ja, ziemlich«, stammelte Ellen. Einige Stöße ließen das ganze Auto erzittern. Zum erstenmal empfand sie Furcht vor der Masse.

»Schade, mein Sohn kommt erst gegen Ende der Woche. Der hätte dir noch einige Anregungen geben können«, meinte Gertrud, als jetzt das Auto endlich wieder anfuhr. Ihr Sohn war Leiter eines Verwahrlostenlagers in den alaskischen Wäldern. Ihre achtzehnjährige Tochter arbeitet in einem Büro der Qualifikantenleitung und stand im Begriff, den Sohn Duff Shenleys zu heiraten.

Über das in der Verfassung verankerte Mutterrecht sollte Ellen reden. Zerstreut hörte sie Gertrud zu und dachte in einem fort: »Was redet sie denn? Ganz aus dem Konzept bringt sie mich... Sind wir denn noch nicht da?« Das Auto hielt endlich vor dem belebten Appartement-Hotel.

»Willst du mit mir essen?« fragte Gertrud.

»Nein... Entschuldige, ich kann nicht mehr«, sagte Ellen, stieg rasch aus und verschwand in der Hotelhalle. Bedrückt kam sie in ihrem Heim an. Rasch legte sie Hut und Mantel ab und setzte sich an den mit dicken Büchern und Statistiken bedeckten Schreibtisch. Niedergeschlagen sah sie vor sich hin. Erst nach einer Weile fing sie zu arbeiten an. Sie schrieb hastig, strich wieder durch, schrieb wieder, dachte bedrängt nach, strich erneut, las das Geschriebene, verbesserte da und dort, hielt inne, grübelte, nahm das Manuskript und stand seufzend auf. Sie machte einige Schritte. Ihre Gestalt tauchte im hohen Spiegel auf. Abwesend sah sie hin. Fast unbekannt kam ihr die eigene Gestalt vor. Es war, als tobe noch der ganze Lärm der heutigen Sitzung in ihr. Die überstandenen Spannungen lösten sich und wurden zu einer faden Mattigkeit. Sie gab sich einen Ruck, blickte auf das Manuskript und fing, laut lesend, mechanisch zu reden an. Sie sagte etwas von den verwahrlosten Kindern in den Heimen und Werklagern, von der neuen Gemeinschaft dieser Jugend, und wurde dabei flüchtig ruhiger. Mikkelson und dieser Kowaloff, das waren beispielhafte Redner für sie. Die rissen hin, fast ohne daß sie es wollten. »Die Eltern dieser Kinder hat die Katastrophe verschlungen!« sagte sie etwas ermutigter und fuhr fort: »Jedes dieser Kinder hatte einst eine Mutter, vergessen wir das nie! Bei der Geburt stand der Tod am Bett der Gebärenden, dennoch aber erhob sich das verdoppelte Leben über ihn!« Das erinnerte an Mikkelsons Rede. Der Schwung des Pathos prickelte durch sie. Ihre eigenen Worte hallten ihr entgegen, als sie sagte: »Indem wir der Mutter die Angst vor der Not, die Furcht vor der Zukunft ihrer Kinder nehmen, befreien wir die unterdrückte, so lange geschändete Natur wieder und erwecken in jeder Frau die gesunde Kraft!« Sie erschrak ein wenig über diesen fast fremden Hall. Sie wurde betroffen. Im aufkeimenden Nachdenken fiel ihr ein, wie Gertrud über ihre Tochter gesagt hatte: »Rein närrisch ist das Ding... Eigentlich schön, diese Jugend mit ihren Illusionen! Vielleicht haben wir unrecht, wenn wir das komisch finden, na ja...« Ellen war unfähig, sich diese vergötterte Tochter als eine jener Mütter vorzustellen, von denen sie eben geredet hatte. Irgend etwas in ihrem Hirn mußte in Wirrnis geraten sein. Plötzlich, völlig ohne jeden Zusammenhang, kam ihr das fleischige Husten-

gesicht Homanns in den Sinn, und sie hörte förmlich dieses zynische »Domänenverwaltung, ja – ha!«. Eine schauderhafte Ernüchterung überkam sie, aber schon im nächsten Augenblick stieg die Angst in ihr auf: »Aber ich muß doch fertig werden! Morgen muß ich reden! Morgen!« Mit aller Überwindung las sie die schon oft wiederholten Sätze laut und hastig, und auf einmal merkte sie, daß all das ganz mechanisch über ihre Lippen kam, daß ihre Gedanken ganz woanders waren.
»Nein! Unmöglich!« sagte sie tonlos, und schlaff fielen ihre Arme herab: »Ich kann nicht!« Jetzt erst schien sie ihre Gestalt wirklich im Spiegel zu sehen. Jede Straffheit hatte sie verloren. Verzagt und verstört sah ihr Gesicht aus. Die Heimfahrt heute im Auto! »Madamchen, kann ich heut nacht nicht mit Ihnen regieren?« hatte ein zudringliches Männergesicht am Fenster gesagt. Sie sah noch das Grinsen, hörte das ordinäre Lachen der Umstehenden. Sie dachte an die zweideutigen Männerblicke im Parlament.
»Mein Gott, ich muß doch!« stöhnte sie wiederum und las wieder einige Stellen stumm aus dem Manuskript.
»Das sind ja – nein, nein, das geht nicht!... Lauter Phrasen!« würgte sie in sich hinein, ehe das erste Wort laut werden konnte. Mit Schaudern dachte sie an die stündlich erscheinenden Extrablätter der Zeitungen. An ihre fetten Balkenüberschriften, die mit unüberbietbarer Berechnung mißverständlich und sinnwidrig gehalten waren, nur um die übelste Sensationslust zu reizen. »Duodezfürst endet!« hatte vor einigen Tagen eine solche Überschrift geheißen, und jeder vermutete einen Selbstmord. In Wirklichkeit hatte Ussitzki in seiner Rede gesagt, daß kein Gouverneur etwa die Rolle eines »Duodezfürsten von Anno dazumal« spielen könne. Und von ihrer Rede? Nicht auszudenken, was sie da erfinden würden!
Das Telefon schrillte. Sie erkannte Nowaks nüchterne Stimme.
»Eben haben die drei Organisationsleiter ihren Rücktritt eingereicht«, sagte er.
»Ja – ja! Ist Sitzung? Soll ich kommen?« stammelte sie verstört.

»Nein, nicht nötig!... Besprechung ist morgen vor der Parlamentssitzung«, informierte sie Nowak. Sie legte den Hörer hin. Was sie erfahren hatte, verwischte sich schnell wieder, aber jetzt war sie aus aller Sammlung herausgerissen. Sie fuhr sich mit der Hand über die heiße Stirn, drückte diese schmerzende Stirn zusammen, schloß die Augen und spürte ein Brennen in den Lidern. Es verlangte sie nach Frische und Luft. Sie öffnete das Fenster und sah in die nächtliche Tiefe. Die feuchtkalte Luft tat wohl. Sie holte Atem. Gespenstisch schwamm drunten im trüben, nebelverschleierten Licht die tausend- und abertausendköpfige Menschenflut dahin, dunkel, drohend und ohne Ziel. Die glosenden Lichter hingen wie verwirrende, langsam zerrinnende größere und kleinere Farbtropfen in der brauenden Luft. Tief herabhängende Fahnen bewegten sich hin und wieder leicht. Dann wurde in ihrem seidigen Weiß die durchsichtig blaue, scharf konturierte Erdkugel sichtbar. Im sich verändernden Faltenwurf bekam dieses Symbol immer andere Formen. Wenn von Zeit zu Zeit die dichten Garben der Scheinwerfersäulen, gleichsam die Stadt überkuppelnd, zum Himmel strebten, stand alles jäh und bis ins Unkenntliche verzerrt im grellen Licht, um schließlich wieder in der farbenflutenden Abgedämpftheit zu verströmen. Ellen sah, noch halb geblendet, in die Ferne, auf den weiten Platz, in den alle Avenuen strahlenförmig mündeten. Da stand das gewaltige Parlamentsgebäude, in welchem sie morgen reden sollte. Es wurde groß, immer größer, furchtbar für sie. In einem grell beleuchteten Viereck auf der Stirnseite der Vorderfront stand der Wortlaut des Verfassungsparagraphen über das Mutterrecht. Das Viereck war nebelverwischt, aber Ellen schien jeden Buchstaben zu fühlen. Wehrlos stand sie da, während in der Tiefe die Lautsprecher die auf Schallplatten übertragenen heutigen Parlamentsreden über das Kopfmeer dröhnten. Dumpf rauschte das unablässige Schrittgemenge von unten herauf, das Tuten der Autos, das Geräusch der unzähligen Gespräche, manchmal unterbrochen von jähem Beifallsgebrüll. Alles hörte sich an wie das Rauschen ruheloser Meereswellen. Ellen schloß das Fenster. Ihr Hirn schien ausgeronnen. Ihr Herz schlug heftig.

»Ich kann nicht! Es geht nicht!« murmelte sie. Ein hemmungsloses Verlangen zu fliehen befiel sie. Bis vor kurzem hatte sie im Rat als so sicher gegolten, jetzt war all ihr Selbstbewußtsein verflogen. »Allein, ganz für sich wirken!« floß durch ihr Gedankengewirr. »Ja – ja!« Und weiß Gott, wie das zuging, da fiel ihr Vera Schilliza ein, die immer allein, auf sich gestellt, wirken durfte. Neid, Haß und Wut keimten auf. Wieder gab sie sich einen resoluten Ruck und rief Gertrud Rechlin an. Die beiden arbeiteten die ganze Nacht an einem neuen Text, und Ellens Rede wurde die farbloseste und schwächste während der ganzen Sitzungsperiode. Lange Zeit war Ellen bedrückt und redete immer nur das Allernotwendigste. Wie viele der Ratsmitglieder hoffte sie, daß ihre Amtszeit bald zu Ende sein würde. Doch es kam anders.

In diesem aufbrechenden Frühjahr wälzten sich eines Tages über die Ebenen des Flußtaler Gebietes die ersten Qualifikanten-Kolonnen. Auf ratternden Lastwagen, mit einem endlosen Zug von Gerätschaften aller Art fuhren sie am äußersten Rand der Siedlung vorüber und bewegten sich zur Verwunderung der Flußtaler auf die unpassierbare Gegend zu. Während der laufenden Woche gingen über zwanzig Luftfrachtzüge dort nieder.
Vor dem Sheriff-Haus hielten einmal vier Autos, und eine dichte Schar Neugieriger sammelte sich. Fremde Männer stiegen aus den schmutzstarrenden Wagen. Es waren die technischen Leiter, die mit Greiner und seinen Beigeordneten verhandelten.
»Ich habe den Auftrag, zu sagen, daß es Ratsbeschluß und Befehl der Plankommission ist, alle entbehrlichen Männer zur Verfügung zu stellen«, sagte der Unterhändler. Er war ein verschlagener, habichtgesichtiger Mensch mit fanggierigen Augen. Er und seine Begleiter schauten auf Greiner.
»Jetzt gleich?... Das geht nicht«, sagte der nach kurzem Besinnen. »Die Plankommission hat uns doch versprochen, daß die Qualifikanten erst im Herbst kommen. Sie muß doch wissen, daß wir jetzt im Frühjahr die meiste Arbeit haben, wenn wir die vorgeschriebene Leistung erfüllen sollen.«
Eine kurze Pause setzte ein.

»Das Gouvernement muß euch doch längst verständigt haben, daß wir kommen! Zeit genug habt ihr doch gehabt«, meinte der Unterhändler. Die Gesichter seiner Begleiter wurden um einige Grade unfreundlicher.
»Das schon«, erwiderte Greiner ungeschreckt und deutete auf ein vor ihm liegendes Schriftstück, »aber da steht doch ausdrücklich ›unter voller Berücksichtigung, daß die Planleistung der Gemeinde nicht darunter leide!‹... Unser Friedensrichter hat das doch dem Gouverneur auseinandergesetzt! Dann hat's geheißen, ihr kommt erst im Herbst. Auch das war noch unbestimmt.« Der Unterhändler und seine Begleiter waren ein wenig verdutzt darüber, wie gut der schlampig gekleidete, gar nicht intelligent aussehende Mann es verstand, amtliche Verlautbarungen zugunsten seiner Gemeinde auszulegen. Ziemlich respektlos musterten die drei Beigeordneten die fremden Männer.
»Hm, das ist eben wieder dieses Durcheinanderregieren von Rat und Plankommission... Die neue Organisationsleitung ist nicht besser«, flüsterte der Unterhändler seinen Begleitern geschwind zu. Knudsen verstand das wohl, aber er verriet sich nicht.
»Die Sache datiert noch von der alten Leitung her«, meinte einer der Techniker, ein gutgepolsterter Mann mit rundem Gesicht.
»Ja, richtig!... Ich kann mich irren«, gab der Unterhändler zu, nahm eine Zigarette aus seinem Etui, zündete sie an und schien jetzt erst richtig in Schwung zu kommen. »Die Gemeinde lehnt also jede Mithilfe ab?« wandte er sich erneut an Greiner. Der spuckende Sutzki warf einen kurzen Blick auf den letzteren, als wollte er sagen: »Vorsicht! Vorsicht! Eine Falle!«
»Ablehnen?... Davon ist keine Rede!« meinte Greiner, ohne seine Ruhe zu verlieren. »Aber, wie gesagt, die Zeit ist zu ungünstig für uns. Unser Wintergetreide ist noch nicht ausgedroschen, weil uns der viele Schnee so zugesetzt hat... Jeder muß erst sein Haus wieder reparieren... Die Aussaat muß bestellt werden, dann kommt die Heuernte, der Getreideschnitt, und so geht das durch den ganzen Sommer bis in den Herbst hinein. Jedes Jahr bauen wir mehr an... wir ha-

ben zuwenig Maschinen und Traktoren, und da muß eben jeder mit Hand anlegen.«
Es störte ihn nicht, daß die Fremden so uninteressiert dreinschauten. Vielleicht verstanden sie gar nicht. Einer von ihnen reichte jetzt dem Verhandelnden ein Blatt, das er aus einem aufgeschlagenen Aktenbündel genommen hatte. Der Unterhändler überflog es und tat leger.
»Wir wollen einmal sehen«, sagte er und fing dann an, vom Blatt abzulesen: »In Flußtal seid ihr alles in allem siebentausendzweihundertundacht Einwohner, in Bugeck sind's dreitausendundvierundachtzig, die Märzstädter sind zehntausendundeinundsechzig, und in Bachwinkel sind ihrer sechstausendundneunzehn... Stimmt das?«
»Ja, das mag stimmen«, gab Greiner nickend zu.
»Von diesen sechsundzwanzigtausend und etlichen hundert Leuten sind doch ungefähr zehntausend – gering gerechnet – arbeitsfähig!« errechnete der Unterhändler und meinte: »Da muß doch bei einigem guten Willen ein Drittel der Männer abkommen können!... Es wird doch schließlich eine Stadt für euch!«
»Das wissen wir! Wir sträuben uns gar nicht!« antwortete Greiner. »Aber der Haken ist eben, wir sind zu weit hinten! Wer garantiert uns denn dafür, daß wir unser volles Erntedrittel rechtzeitig abliefern können?... Damit nimmt's das Nebenamt sehr genau!«
Wieder stockte es! Jeden einzelnen hörte man atmen. Sutzkis Pfeife rasselte und stank.
»Kann die Gemeinde zusätzlich Kartoffeln, Mehl und sonstige Lebensmittel liefern?« fragte der Verhandelnde jetzt unerwartet und blinzelte unbemerkt, als Greiner ihn anschaute.
»Das ja!« sagte der. »Das wär' vorläufig ein Ausgleich... Wenn wir die gröbste Arbeit hinter uns haben, soll's nicht fehlen an uns.« Er und seine Beigeordneten ließen den fremden Männern ruhig Zeit, sich untereinander zu verständigen.
»Well«, sagte ein schwergebauter Mann von ihnen und stand auf.
»Ich komme in den nächsten Tagen«, wandte sich der Unter-

händler an Greiner und blinzelte wiederum so verstohlen. Die Fremden erhoben sich.

»Good bye!« verabschiedeten sie sich. Als sie draußen wegfuhren, sagte Greiner zu seinen Leuten: »Das ist mir ein bißchen zu glatt gegangen. So harmlos sehen die Burschen nicht aus. Sicher versuchen sie's jetzt mit anderen Mitteln.«

»Und sie sind die Stärkeren«, meinte Jean.

Trotz der vielen Arbeit ritt Greiner in die vier Stunden weit entfernte Siedlung »Märzstadt« zum Friedensrichter Maurice Douraine. Douraine wußte bereits alles. Auch er sollte Hilfskräfte stellen. »Aber die sind sich überhaupt noch nicht ganz im klaren«, sagte er, »jetzt soll die Stadt in eurer Gegend aufgebaut werden, und wenn sich genug Helfer melden, wollen sie auch gleich mit einer anderen anfangen, mehr bei uns da, hinter den Seen. Man weiß auch noch gar nicht, wie die Leute von unserem Friedensrichterbezirk verteilt werden sollen.« Im übrigen hatte er aus denselben Gründen wie Greiner abgelehnt, Helferzüge zu schicken, und dann – er war ein Mann, der stets in eine cholerische Wut geriet, wenn er etwas von »Befehl« hörte. Sein bärtiges Bulldoggengesicht mit der breiten Narbe, die vom Schläfenende bis zum Unterkinn hinablief, wurde zornrot, und wütend schimpfte er auf die »hirnlosen Bürokraten, die von Bauernarbeit nichts verstehen«. Er versprach, sofort zum Gouverneur Muetli zu fahren. Zunächst blieb alles ruhig. Nach ungefähr einer Woche brachte Jankels kleine, dicke Ingrid ein Schreiben aus Märzstadt. Ungeachtet ihres fehlenden linken Armes nämlich war Ingrid eine gute Reiterin. Jankel hatte sie seinerzeit bei den letzten Kämpfen gerettet, kuriert und mitgeschleift, denn Weiber waren rar. »Und«, war Jankels Ansicht gewesen, »wir werden sein alt, da nitschewo, wie Mensch aussieht.« Seit der Gemeindegründung besorgte Ingrid die Postritte. Im Gegensatz zu ihrer Rundlichkeit war sie fast ebenso behende wie Jankel, aber viel bedachter als dieser. Jankel sagte »mein Täubchen« oder »mein Äpfelchen« zu ihr, wenn ihre kugeligen Augen aufblitzten, und heiter erzählte er den Leuten: »Gurrt wenig, mein Täubchen! Hören gar nicht... Plötzlich – bum – ist mir Äpfelchen auf Kopf gefallen!«

Zu Greiner sagte Ingrid, als sie das Schreiben übergab: »Maurice meint, wir sollen abwarten. Der Gouverneur versteht uns.« Sie setzte sich hin, wischte ihre schweißfeuchten glatten Haarsträhnen aus der sonngebräunten Stirn und verschnaufte.
»Hm«, machte Greiner, als er das Schreiben gelesen hatte, »das klingt gar nicht mehr nach Befehl.« Sehr eindringlich wurde den Gemeinden darin auseinandergesetzt, daß die neue Stadt doch für sie gebaut und daß nach ihrer Fertigstellung nur ein geringer Teil der Qualifikanten dort verbleiben werde, es sei also doch nicht mehr als recht und billig, nach Bewältigung der gröbsten Feldarbeit Helfertruppen zu stellen. Überhaupt, es war auffällig – auch die technische Leitung der Qualifikanten hatte seither nichts mehr unternommen. Ihre starke Polizeiabteilung hätte sehr rasch alle Forderungen durchsetzen können. Diese Ungewißheit hatte die Sheriffs und Beigeordneten unbehaglich gestimmt. Ihr alter Nomadeninstinkt witterte nichts Gutes hinter dieser Stille.
»Vor dem Schulhaus steht ein Qualifikanten-Auto«, erzählte Ingrid jetzt.
»Vor dem Schulhaus?« staunte Greiner.
»Ja, als ich vorbeigeritten bin, ist ein Mann hineingegangen«, berichtete Ingrid und stand auf. »Mir scheint, es war der Unterhändler...«
»Der?... So!...« stutzte der Sheriff erneut. »Was sucht denn der im Schulhaus? Der Lehrer ist doch mitten im Unterricht.«
»Jaja, das hab' ich mich auch gefragt«, gab Ingrid zurück und meinte, zum Lehrer kämen ja öfter fremde Leute. Dann ging sie. Sie war noch nicht lange weggeritten, da fauchte ein Auto daher, und der Unterhändler kam zu Greiner.
Freundlich grüßte er, tat sehr leutselig und meinte, er habe sich beim besten Willen nicht mehr erinnern können, wo er in der vergangenen Woche verhandelt hätte, und sei irrtümlich ins Schulhaus geraten. Netterweise habe ihm der Lehrer Auskunft gegeben. Ungezwungen setzte er sich, und als jetzt Greiners siebzehnjährige, fest gewachsene Tochter Gretel durch die dumpfige Stube ging, stand er flugs wieder auf, schlug seine Hacken zusammen und rief keck schmei-

chelnd: »Oh, was sehen meine Augen?... Lucker mein Name, Fräulein, Fred Lucker, bekannt über Land und Meer!« Lächelnd streckte er dem leicht verwirrten Mädchen die Hand hin. Die sah unschlüssig in sein freches Gesicht und fand das Wort nicht gleich.
»Grüß Gott, Fräulein! Wir sind ja Landsleute!« versuchte ihr Lucker aus der Verlegenheit zu helfen. »Hoffentlich seh' ich Sie öfter.« Wer in Flußtal »Sie« sagte, war fremd.
»Du kommst doch zum Vater!« sagte Gretel einfältig und ging geschwind auf die hinter der Stube gelegene enge Küche zu. Rasch verschwand sie.
»Du, sagt sie, du?!« rief Lucker und lachte einnehmend. »Wie lange hab' ich das schon nicht mehr gehört! Herrgott, Sheriff, bei euch ist man gleich daheim! Großartig!« Leger nahm er wieder Platz. Greiner hatte ihn die ganze Zeit nicht aus den Augen gelassen. Er sei der Einkäufer für das Qualifikantenlager, erklärte Lucker beiläufig, fragte nach Kartoffeln und sonstigen Lebensmitteln.
»Ssso-so«, machte Greiner und maß ihn bedächtig. Er überlegte kurz und fragte unvermittelt: »Du, sag mal, warum hast du denn damals, wie du mit den Technikern dagewesen bist, so sonderbar geblinzelt? Ich hab's zwar nicht verstanden – war das ein Zeichen?«
»Freilich«, schmunzelte Lucker und maß ihn plötzlich forschender: »Ich bin doch einer von euch, Mensch! Ich wollt' dir doch zu verstehen geben, der Klügere gibt nicht nach in dem Fall, verstehst du?« Greiner verstand durchaus nicht. Mit fragender Miene sagte er nebenher: »Da hab' ich also in meiner Dummheit womöglich das Richtige gemacht, was?«
»Natürlich!« sagte Lucker lebhafter und vertraute ihm an, daß der Hohe Rat und die Plankommission durch schlechte Erfahrungen zu dem Entschluß gekommen seien, von den Siedlern nichts durch gewaltsamen Druck zu erzwingen. Entsprechende Weisungen seien an alle Leiter der Qualifikanten-Formationen ergangen.
»Es hat nämlich verschiedentlich arge Reibereien gegeben, sogar Mord und Totschlag mitunter«, erläuterte er mit leicht hämischem Unterton. »Jetzt sind die hohen weisen Herren darauf gekommen, daß mit dem Menschenmaterial gespart

werden muß. Man will euch im guten umstimmen... Bald wird ja unsere Bildungssektion Redner und Filme schicken, um euch euer zukünftiges Paradies schmackhaft zu machen...« Um seine Überraschung geschickt zu verbergen, holte Greiner einen unappetitlichen Strunk Kautabak aus seiner Rocktasche, schnitt eine Scheibe davon ab und steckte ihn umständlich in den hintersten Winkel seiner Backenzähne. Arglos dreinblickend, überlegte er dabei: Warum erzählt mir der Kerl eigentlich soviel? Einfältig ist er doch nicht, durchtrieben sieht er aus! Was will er eigentlich?
»Aber – ich hab' natürlich nichts gesagt davon, verstehst du!« meinte Lucker ironisch und setzte noch anbiedernder dazu: »Wir verstehen uns doch, oder?«
»Hoffentlich«, erwiderte Greiner. Diese unentzifferbare Zurückhaltung reizte Lucker offenbar. Er suchte Greiners Augen, aber es war nichts daraus zu lesen. Er überlegte kurz, beugte sich über den Tisch und bekam geradezu dringliche Blicke.
»Mensch! Landsmann, wir sind doch auf diesem Boden daheim oder wenigstens einmal daheim gewesen!« sagte er mit genau berechneter Nuancierung. »Wir müssen doch wieder zusammenfinden und zueinanderhalten! Dieser Mischmasch jetzt, da wird doch nie was Rechtes draus!«
»Komisch«, ging es Greiner wiederum durch den Kopf, »komisch, wie mitteilsam er ist! Ich hab' ihn doch gar nicht gefragt nach all dem!... Hmhm, Landsmann sagt er in einem fort und Mischmasch heißt er uns Flußtaler? Er ist mir doch fremder als jeder in der Gemeinde!« Und er wappnete sich unauffällig mit noch größerer Vorsicht. Lucker dagegen schien jetzt erst richtig im Zug zu sein und erzählte, daß er einst deutscher Offizier gewesen sei. »Wir waren damals in einem kombinierten deutsch-englischen Regiment... Für unsere Sache haben wir ja nicht mehr so kämpfen können«, flocht er ein. Nach dem Zusammenbruch und der Zersplitterung sei seine kleine Gruppe in einen Nomadenhaufen geraten, der sich aufs Meer zu bewegt habe. Durch Zufall seien sie nach der Gefangennahme übers Meer gebracht worden. »Als Fachmann bin ich zu den Qualifikanten gegangen«, redete er weiter und weiter, als beabsichtige er überhaupt

nichts Geschäftliches. »Na, schön, ich hab' einen guten Posten, bin Einkäufer und Verpflegungsbeamter, und Glück hab' ich auch wieder gehabt. Ich bin wieder in die Heimat gekommen, aber ich will wieder unter unseresgleichen.« Diese Weitschweifigkeit wurde Greiner langsam lästig.

»Na, vielleicht hast du auch da Glück... Jetzt ist's eben anders«, warf der Sheriff hin, und das schien Lucker endlich daran zu erinnern, daß er eigentlich in Geschäften gekommen war.

»Also, was habt ihr? Was könnt ihr liefern?« fragte er sachlich.

»Einen Moment! So was kann ich nicht allein machen«, meinte Greiner, stand auf, rief in die Küche, Gretel solle Jean, Knudsen und Sutzki holen, und kam wieder an den Tisch zurück.

»Bei euch geht's ordentlich zu, das mag ich«, sagte Lucker. »Das hat mir euer Lehrer schon gesagt...«

»Sssoso«, gab Greiner kurz an. Lucker zündete sich eine Zigarette an und wollte ihm eine geben, aber der Sheriff lehnte ab, da er nicht rauche. Zwischen den zweien wurde es ein bißchen kälter. Gretel kam nicht mehr durch die Stube. Bald waren die drei Beigeordneten da. Gewiegt führte Lucker die Verhandlungen und zeigte viel Verständnis und Entgegenkommen. Die Flußtaler waren zufrieden mit ihm. Sie und alle Gemeinden ringsum lieferten. Bald war Lucker überall bekannt.

Die Redner mit den Aufklärungsfilmen ließen zunächst auf sich warten. Vielleicht warteten sie nur auf den richtigen Zeitpunkt. Jeden Tag in der frischen Frühe aber sahen die Flußtaler in der Ferne die Zeltspitzen und langen Holzbaracken des weit ausgedehnten Qualifikantenlagers. Zwanzigtausend Mann zählten die zwei Brigaden. Munter stiegen die Rauchsäulen in die Höhe, und die undeutlich bewegten Menschenmengen wurden erkennbar. Unzählige Fahrzeuge, riesige Krane und Baggermaschinen, ungeschlachte Tanks und lange Schienenstränge mit Loren darauf gerieten in Bewegung. Grelle Funken blitzten ab und zu im Sonnenlicht, und dumpfe Detonationen folgten. Etwas Erstaunliches geschah: Wolkengleich und hochauf stäubte das Geriesel der Geröllberge, fiel herab und verrann, sich verflachend, wie erloschene Lava. Eines Tages waren die Geröllberge nicht mehr da. Man sah darüber hinweg in eine lieblich gewellte, verschwimmende Ferne. Und über die flach gewordenen Plätze wälzten sich die Maschinenungeheuer. Die mächtigen Greifbagger hoben und senkten ihre starren eisernen Arme, die Tanks und Walzen glätteten, von den hohen Gestellen sausten die zentnerschweren Eisenhämmer und trieben dicke Säulen in den aufgewühlten Boden, an den beweglichen Kranen schwebten mitunter Eisenkonstruktionen und Zementplatten. Tag und Nacht ging das so. Rasch, unaufhaltsam wuchsen die ersten Häuser und Gebäude aus der Erde. Die Siedler packte die Neugier. Die Jugend vergaß alle Arbeitsmüdigkeit nach Feierabend. Jedesmal beim Hereinbruch der Dunkelheit wanderten, fuhren oder ritten immer mehr und mehr Gruppen zu den ewig bewegten, flammenden Bauplätzen. Die anfängliche Scheu verflog, denn die Qualifikanten schienen lustige, zugängliche Leute zu sein. Bereitwillig zeigten sie den Besuchern alles, was sie sehen wollten. Die durch den Schichtwechsel Freigewordenen führten die Neugierigen durch ihre Lager, die Kantinen, an die Sport- und Badeplätze und in die provisorisch errichteten Gesellschaftshallen, wo Filme zu sehen waren, die unter anderem das Leben und Treiben in den schon fertigen Agrostädten vorführten. Alles, was Menschengeist ersonnen – die letzten Möglichkeiten der Technik und die gewaltigen Ergebnisse der Forschung –, alles, was Menschenwille und Menschenkraft vermochten, stieg greifbar vor den verwunderten Siedlern auf.

»Ah! Ah!« riefen die entzückten Mädchen ein ums andere Mal. Fächer- oder sonnenförmig lagen die neuen Städte im fruchtbaren Flachland, andere wieder stuften sich terrassenartig an den Hügel- und Bergabhängen empor.

»Da läßt sich's leben!« sagten die Männer, und: »Herrgott, da schaut!« ereiferten sich die jungen Burschen. Moderne, schornsteinlose Fabriken, Lehrwerkstätten und Laboratorien, landwirtschaftliche Mustersektionen und Verkaufszentralen, Klubhäuser und Schulen, die notwendigen

Amtsgebäude und Krankenhäuser, Bahnhöfe, Flugplätze, Alleen und Parks, Bäder und Sportplätze umschloß so eine Wunderstadt. Unterirdische Kraftstationen wärmten im Winter die Flächen ihrer Straßen und Plätze und kühlten sie im Sommer. Licht bei Nacht und Sonne bei Tag erfüllte jeden Winkel. Zwanzig-, dreißigtausend Einwohner gab es meistens, und fünfzigtausend war die Höchstgrenze, denn dadurch wurde die Gemeinschaftlichkeit erhalten und gefestigt. Die Leute kannten sich fast alle. Man war überall Nachbar und wußte sich geborgen als Freund unter Freunden. Und Platz für derartige Städte war genug auf der Welt!

Immer größer wurden die Augen der jungen Menschen, immer heißer ihre Wangen, immer empfänglicher ihre Herzen. Höhnisch-mitleidiges Lachen erscholl zuweilen, wenn auf der Leinwand Szenen und Häuserviertel aus den noch erhaltenen oder wiederhergestellten Großstädten auftauchten. Fast museal muteten sie im Vergleich zu den Agrostädten an, die die Landschaften völlig veränderten. Im verdunkelten Kino zwischen den Qualifikanten saßen die Mädchen und kicherten arglos, wenn der fremde Mensch zudringlich wurde. Helden waren diese sehnigen, kecken Männer in den Augen der berückten Mädchen! Je dreister sie wurden, um so schöner war es. Verliebtheiten spannen sich an. Lustige Heimfahrten gab es. Die Qualifikanten, die mitfuhren, wurden von den Mädchen umzirpt und umschwärmt, als gäbe es keine Flußtaler Burschen mehr. Und die wurden immer verstimmter. Den Besuchen folgten Gegenbesuche. Die Fremdheit verlor sich. Es war mitten im Sommer, während der Hochernte.

»Die verstehn's!« sagte Greiner einmal beim Heimgang von einer Tanzveranstaltung im Freien. »Fein haben sie uns eingewickelt... Unsere Jungen sind nicht mehr zu halten. Rein närrisch sind sie.« Er kratzte sich an der Schläfe und schaute besorgt hinüber auf den erhellten, lärmerfüllten Platz.

»Die Bachwinkler und Bugecker haben schon die ersten Züge geschickt. Siebenhundert sind's schon... Der Douraine kann die Märzstädter auch kaum mehr abhalten«, meinte Jean.

»Immer mehr gehn«, sagte Knudsen. »Für uns wird's Zeit.«

Vorgestern waren sie bei der technischen Oberleitung gewesen und hatten versprochen, gleich nach dem Einbringen des Getreides an die zweitausend Helfer zu schicken. »Vielleicht sogar mehr!« hatte der sonst so ruhige Greiner merkwürdigerweise gesagt, denn kürzlich war Douraine mit einer neuerlichen Botschaft des Gouverneurs bei ihm gewesen, die ihm großes Kopfzerbrechen machte. Zwanzigtausend Einwohner waren für die neue Stadt festgelegt worden. Der Planung entsprechend, sollten neuntausend und etliche Hundert Qualifikanten darin verbleiben. Nach der Vollendung des Aufbaues der ganzen Welt mußte ihre Riesenarmee in den neuen Städten verteilt, mit den Siedlern vermischt und seßhaft gemacht werden. Von den sechsundzwanzigtausendundzweiundsechzig Leuten im Friedensrichterbezirk konnten also nur knapp elftausend Siedler darauf rechnen, in die Agrostadt aufgenommen zu werden. Die andern mußten zunächst warten, bis diejenige ungefähr zwanzig Meilen ostwärts an den großen Seen fertig wurde. Die Seen waren im Krieg von Einschlägen der Atombomben gebildet worden. Märzstadt und Bachwinkel lagen den Seen am nächsten, und die jetzige Stadt war wohl hauptsächlich für die Flußtaler und Bugecker gedacht. Aus sehr durchsichtigen Gründen aber hatte man amtlicherseits bis jetzt das alles im ungewissen gelassen. Alle Siedler aber waren ungeduldig. Keiner wollte mehr zurückstehen.
»Der Teufel soll den Tom und den Jakulewski holen!« schimpfte der Greiner. »Noch sieht's gar nicht danach aus, als ob wir unser Erntedrittel mit Leichtigkeit wegbringen. Die Lieferung an die Qualifikanten hat uns allerhand gekostet. Ob sich das einholen läßt, weiß ich noch nicht.«
»Aber wer die meisten Helfer stellt, wird sicher am ehesten berücksichtigt. Wir müssen uns dranhalten«, sagte Jean.
»Wir müssen!« brummte auch Sutzki, und Knudsen nickte. Verdrießlich gingen sie auseinander.
Tief nachts, während der Heimfahrt auf den rüttelnden Lastwagen, rief der lustige Joe, dem das linke Ohr fehlte: »Wetten, daß die Flußtaler noch alle übertrumpfen!... Meine Hand leg' ich dafür ins Feuer, daß sie am Montag kommen.«

Er nahm einen großen Schluck aus der Schnapsflasche. »Zeit wird's!« sagte Donald Key, der in Joes Gruppe arbeitete. »Die kommen! Jetzt geht ihnen der Arsch mit Grundeis!« lachte der dicke Elektriker Karl. »Sie merken langsam, daß sie sonst ins Hintertreffen kommen.«
Joe rieb an seinen kläglichen Ohrresten. Mit leicht glasigen Augen sah er ins Dunkel vor sich hin und lächelte: »Diese Sheriff-Tochter – zum Verrücktwerden mit dem Mädel!«
»Du meinst die stramme Blonde, von der der Lucker immer erzählt?... Die mit den netten Augen?« fragte Donald.
»Lucker?« Joe spürte einen Stich inwendig. »Unser Einkäufer?... Der mit der Habichtsnase?«
»Ja, der!« gab Donald an. »Der ist doch schon die ganze Zeit hinter ihr her. Er kommt doch oft hin.« Im Dunkel sahen sie einander nicht. Da Joe stockte, warf Karl gleichgültig hin: »Ach, der Bock! Der ist doch hinter jedem Weiberrock her. Ob der Glück hat, fragt sich erst.« Rüttelnd und schüttelnd ging es durch die laue Sommernacht. »Lucker – der Schuft! Lucker, Lucker!« zischte bei jedem Räderstoß durch Joe: »Lucker, der Hund! – Lucker! Der – und die Gretel? Der...?« Er biß ein ums andere Mal die Zähne aufeinander. Schweiß brach aus allen seinen Poren. Schwirrendes Zittern überlief ihn. Es fror ihn, dann wurde ihm wieder siedeheiß. Sein Hirn verwirrte sich, sein Herz setzte aus und trommelte heftig, die Kopfhaut prickelte, jedes Haar spürte er.
»Lucker...!« Ein würgender Klumpen saß auf seiner Kehle. Der Mund war trocken, die Zunge klebte, er versuchte zu schlucken. Wie Messerklingen drangen die gegrölten Liedfetzen seiner Kameraden in seine kochenden Gedanken. Aufschreien wollte er und konnte nicht. Und die Räder rüttelten, die Räder liefen weiter. Als der Lastwagen um eine Kurve bog und sein Tempo verlangsamte, sprang Joe ins Feld, und weg war er. Nicht zu erschreien war er. »Mensch, bei dem hat's gezündet!« sagte Karl. »-- – jaja, die Liehiebe, jaja, die Liehiebe!« sangen die anderen.

Im Dunkel ging Joe querfeldein auf die fernen gelben Lichter der Siedlung zu. Die lärmerfüllten Lastwagen entfernten sich mehr und mehr. Still wurde es. Schweigend wölbte sich der mondlose Himmel mit den wenigen Sternen. Nachtgrillen zirpten, und da und dort schwammen Schwärme von Glühwürmchen in der schwarzen Luft. Die feuchten Grasstoppeln unter Joes Füßen zischten bei jedem Schritt ganz leise. Mitunter stieß er auf einen niederen Haufen Heu. Würzig roch das Heu. Der Ruch des Bodens mischte sich darein. Dünnes Hundegebell kam von weit her. »Ich frag' sie nur – kennst du den Lucker?« ging Joe durch den Kopf. Er spürte jene eigentümliche Mattigkeit in allen seinen Gliedern, die man nach starker Spannung und überwältigender Traurigkeit empfindet. Immer wieder mußte er sich zusammenraffen, um diesem Gefühl nicht zu unterliegen. Wieder überkam ihn die schwirrende Wut, und erschrocken fast, ging er schneller. Er kam auf einen trockenen, harten Weg, sah suchend in die Flußtaler Richtung und erspähte ganz von weitem ein vereinzeltes, spätes Auto, das mit grellen, unruhigen Lichtaugen auf ihn zukam. Unmut und eine undefinierbare, beinahe kindliche Betroffenheit stiegen in ihm auf. Er wollte schon wieder in die dunklen Wiesen abbiegen, um nicht gesehen, nicht angesprochen zu werden. Er überlegte kurz und ging, resolut ausschreitend, auf das Auto zu. Das Auto schloß plötzlich seine Lichtaugen und blieb auf der Wegseite stehen. Er stutzte und ging schneller. Wie verlassen stand das Auto da. Näher kommend, vernahm er eine summende Unterhaltung. Jäh blitzten die Lichter wieder auf und übergossen ihn. Es tutete. Einen Atemzug lang zögerte er, zog seine Taschenlaterne und war schon am herabgelassenen Fenster.

»He, was ist los?« rief der an der Steuerung sitzende Lucker in den Lichtkreis, faßte sich rasch, räkelte sich in die Höhe und sagte gemütlich: »Ah, Kamerad?... Joe, nicht, Joe?« Er lächelte. Neben ihm saß eine weibliche Gestalt, die, schamhaft ihr Gesicht verdeckend, sich auf die Seite gebogen hatte.

»Wo aus und wohin denn so spät?« fragte Lucker wieder.

»Du bist's?... Lucker!« brachte Joe endlich keuchend heraus und schob seinen Kopf und Oberkörper durch das offene Wagenfenster.

»Na, hör mal! Du bist aber neugierig!« rief Lucker und ver-

suchte, ihn zurückzudrängen. »Laß das, bitte!... Du siehst doch –« Er deutete auf seine genierte Begleiterin.
»Ist das die Gretel« schnaubte Joe heiß.
»Die Gretel?... Was für eine Gretel?« fragte Lucker gereizt. »Ich kenne keine Gretel! Was willst du denn?« In diesem Augenblick drehte sich die weibliche Gestalt herum und sagte angstvoll hastig: »Lassen Sie uns doch!« Joe sah bestürzt in ein unbekanntes, blasses Frauengesicht mit großen, abweisenden Augen und zog seinen Kopf zurück.
»Sie ist's nicht?« brach es wie von selbst von seinen Lippen.
»Idiot!« hörte er nur noch, und rasch fuhr das Auto an, sauste weiter und zog einen Lichtstreifen durch die Nacht, der immer dünner wurde.
»Sie war's nicht!« murmelte Joe fort und fort. »Nicht!... Eine Frau war's... Die Gretel nicht...« Benommen glotzte er in die dunkle Leere und wußte vor Verwirrung nichts mit sich anzufangen. Zornig wurde er auf seine Kameraden, die ihn argwöhnisch gemacht hatten, wütend war er auf den überheblichen Lucker. Blamiert kam er sich vor. Die verlassene Stille ringsum bedrückte ihn. Eine fade Beschämung erfüllte ihn nach und nach. Verstimmt, verärgert und ganz und gar ernüchtert machte er sich auf den Heimweg zum Baulager.
»Ein feiger Blödian bin ich!« dachte er zuweilen. »Ein ganz lächerlicher Tropf!« Die ganze Zeit stand die Gretel vor ihm, wie sie sich beim Tanz an ihn drückte, wie jede Regung ihres jungen Körpers sich dem seinigen mitteilte, wie eigentümlich keck, fragend und furchtsam zugleich sie ihn anlachte! Er roch ihr blondes Haar. Es roch nach Heu. Er fühlte die kernige Fülle ihrer erblühten Brust. Er sah sie jetzt ruhig schlafen, mit halbgeöffnetem Mund und haltlos seligem Gesicht daliegen – ach, und er begriff nicht, warum er eigentlich heimging, heim, immer weiter weg von ihr!
Als er in der Gemeinschaftsbaracke auf sein Bettgestell kletterte, erwachte der darunter liegende Karl und fragte schlaftrunken: »Na, warst du bei ihr? War's schön?«
»Das mit dem Lucker ist lauter Unsinn!« knurrte Joe statt einer Antwort, und bald füllte sich der Raum wieder mit dem gleichmäßig sägenden Schnarchen der Schlafenden...
Am darauffolgenden Montag marschierte ein Zug von sie-

benhundert Flußtalern ins Baugeviert und wurde mit heller Begeisterung empfangen. Um nicht zu schnell alle jungen Leute bei der Erntearbeit zu verlieren, hatten Greiner und seine Beigeordneten nach erregten Auseinandersetzungen es durchgesetzt, daß sich auch entsprechend viele ältere Männer einreihten. Nach einer Woche jedoch zählte der Flußtaler Zug schon über fünfzehnhundert und schwoll und schwoll immer mehr an. Und die dazukamen, waren lauter Junge. Vom fernen Märzstadt waren nur wenige da, Bachwinkel und Bugeck dagegen waren stark vertreten. Doch die Flußtaler übertrumpften wirklich alle. Tag für Tag drang das, was durch sie wurde und wuchs, in ihr Bewußtsein. Das heiße Tempo riß sie mit, die sichere Überlegenheit der Qualifikanten spornte die eifersüchtigen Flußtaler Burschen an, die erstaunlichen Leistungen der mechanischen Vorrichtungen und Maschinen machten sie fast trunken. Ein wilder Eifer, eine alles vergessende Arbeitsbesessenheit beflügelte sie mehr als alle anderen.
»Keine schädigende Kraftüberspannung durch unnötige Temposteigerung! Gleichmäßige Leistung und kein Raubbau an der Gesundheit der Beschäftigten durch Überstunden, auch wenn diese freiwillig geleistet werden sollten«, hatte die Plankommission als obersten Grundsatz des neuen Arbeitsrechts erklärt. Die Betriebsräte, die in der Qualifikantenarmee ungefähr dieselbe Rolle spielten wie die Friedensrichter bei den Siedlern, hielten sich auch daran. Doch gegen das fanatische Ungestüm der neuen Flußtaler Helfer kamen sie kaum mehr auf. Die überboten und verdrängten die anderen Siedler, wo immer es ging. Und sie waren jetzt die meisten. Es gab beständig Verdruß, es gab Verstimmungen und Reibereien aller Art. Die technische Oberleitung mußte eingreifen. Nach wilden Tumulten wurden die Märzstädter und Bachwinkler an die Seen dirigiert, und die ersten fünftausend Qualifikanten zogen mit ihnen ab zu den neuen Bauplätzen. Viele Straßenzüge standen schon. Mehr, immer mehr Häuser schossen gleichsam aus dem Boden.
»Wir warten nicht mehr! Genug jetzt!« bestürmten die Flußtaler den Greiner und dessen Beigeordnete. Es gab kein Halten mehr. Jeder wollte auf den Bau. Am liebsten wären die

Mädchen und Frauen auch mit. Es regnete schon tagelang, es schüttete in Strömen. Die Ernte war bedroht. Das zuletzt gemähte Getreide ersoff. Die Rüben- und Kartoffeläcker standen unter Wasser. Aber Tag für Tag zogen die Flußtaler Schwärme stadtwärts. Die tausend Bugecker gingen unter in ihrer Masse. Sie werkelten verbissen. Die Qualifikanten ärgerten sich. Eine ungute Spannung breitete sich aus. Die Polizeiabteilungen mußten nach Arbeitsschluß die Flußtaler von den Gerüsten treiben.
»Zum Teufel mit euch! Bloß die paar Kleinigkeiten noch!« schimpften die Hitzigsten und wollten nicht weichen. Sie fluchten die Polizisten in Grund und Boden. Sie verwünschten Arbeitsrecht und Bauordnung. Sutzki sprang einmal von einem ziemlich hohen Gerüst und brach sich das Bein. Jankel holte sich ein fliegendes Fieber. Viele Überarbeitete und Kranke lagen bereits in dem fertigen Hospital am anderen Flußufer. Die technische Oberleitung berief Versammlungen ein. Ärzte hielten dabei Belehrungsvorträge. Alle Redner, die die Ungeduldigen zur Einsicht bringen wollten, wurden niedergeschrien.
»Weg mit dir! Humbug!« plärrten die aufgebrachten Siedler. »Arbeitswille kann nicht verboten werden!« Wütend verlangten sie die Genehmigung von freiwilligen Überstunden. Eine giftige Gereiztheit gärte. Beim Friedensrichter Douraine versammelten sich die Sheriffs und ihre Leute. Leute von der technischen Oberleitung waren da. Der Regen hatte endlich aufgehört. Die überschwemmten Flächen dunsteten aus und trockneten. Im Flußtal-Bugecker Gebiet arbeiteten nur noch spärliche Gruppen auf den Feldern.
»Und man bringt keinen zurück vom Bau! Alle sind verrückt geworden!« sagte Greiner. Man rätselte hin und her. Einige überlegten schon, die notwendigen Leute mit Hilfe der Qualifikanten-Polizei gewaltsam auf die Felder zu bringen.
Douraine fuhr zum Gouverneur Muetli. Der kam mit Tom Watkins und Jakulewski in die halbfertige Stadt. Ein beträchtlicher Teil des abzuliefernden Erntedrittels wurde gestundet. Das befriedigte zwar die Sheriffs, aber es brachte nicht mehr Leute auf die Felder. Überreizt schrien diese Leute auf der Versammlung einander an. Vorschlag auf Vor-

schlag wurde gemacht. Jeder wurde niedergestimmt. Wirigin, ein bärtiger Mann aus Flußtal, stand auf und machte ein Zeichen mit der Hand. Alle kannten ihn wegen seiner Friedfertigkeit. Er hatte einen großen Anhang. Er und die Seinen redeten sehr wenig.
»Meine Brüder und ich gehn, wo uns der Sheriff hinschickt!« sagte Wirigin in die plötzlich hereingebrochene Stille. Alle drehten die Köpfe und schauten auf den breitschultrigen Mann.
»Wieviel seid ihr?« fragten Tom und Jakulewski zu gleicher Zeit. Wirigin drehte sich ohne Antwort um und rief: »Steht auf, Brüder!« Fast fünfhundert »Stille« standen auf. Es stockte. Es wurde für etliche Augenblicke noch stiller.
»Nehmt euch ein Beispiel dran!« rief Tom, und da endlich erklärten sich noch ungefähr dreihundert ältere Leute bereit, mit ihnen auf die Felder zu gehen.
»Hier, meine Hand, Piotr!« sagte Greiner, als die Versammlung sich leerte. »Wir danken dir schön.«
»Ach... Warum?« gab Wirigin fast verlegen an. »Es ist gut.«
In die Flußtaler Erntearbeit kam wieder Ordnung und Schwung.
Und währenddessen wuchs die Stadt. Der Flugplatz war schon fertig und der unterirdische Omnibusbahnhof. Vorn am Flußufer, die Stadtspitze beherrschend, mit einem breiten, hohen Durchlaß zur aufklappbaren Brücke, ragte das imponierende Gemeindehaus empor, in welchem sich die Amtsbüros, die Radiostation, die Polizei und Feuerwehr befanden. Die Anlegeplätze für die Flußschiffe, die schönen Freibäder, die ruhigen Krankenhäuser und Kliniken am anderen Ufer waren vollendet, die funkelnagelneuen Fabriken und Laboratorien reihten sich aneinander, viele Wohnviertel und die landwirtschaftliche Sektion waren schon fertig, aber je mehr heranwuchs, desto draufgängerischer rackerten die Siedler. Sie hatten sich nicht beruhigt. Im Gegenteil, sie wurden schon wieder rebellisch. Fertig wollten sie sein! In die Stadt wollten sie! Nichts ging ihnen schnell genug. Gestützt auf jene Qualifikanten, die als Techniker und Fabrikarbeiter hierblieben, forderten sie erneut die Genehmigung freiwilliger Überstunden. Es half auch das Poltern und

Zureden der Sheriffs nichts mehr. Immer wilder schrien die Versammelten, sie keiften, fluchten, drohten und verlangten zum Schluß erbittert die Absetzung der hartnäckigen technischen Oberleitung. Das Auftauchen der Polizisten schüchterte sie nicht ein. Nach langer Beratung wurden zwei Überstunden genehmigt.

Mit neun anderen Patienten aus Flußtal und Bugeck lag Jankel in einem hellen, hohen Krankensaal. Seine Lunge stach. Pfeifend röchelte er und gab blutvermischten Schleim von sich. Er zitterte und fieberte fortwährend vor Schwäche, aber er konnte nicht ruhig bleiben. Sein Bett stand nahe am Fenster. Mit aller Mühe richtete er seinen ausgemergelten, schweißfeuchten Oberkörper immer wieder auf, sah mit weit aufgerissenen, brennenden Augen durchs klare Fenster und keuchte: »Unsere Stadt! Schöner als Odessa!... Haben alles!« Er sah die langen, fertigen Straßenzüge, die sich in die Ebenen spreizten, sah die dunkel aufragenden Krane, deren unablässig auf und nieder gehende Riesenarme Zementplatte auf Zementplatte aufeinanderstellten. Die Gerüste schlossen sich, die Maschinen ratterten, Dampfwolken stiegen von den Motoren auf, dröhnendes Hämmern, Kettengerassel summte in der Luft, und die wimmelnden Menschen rackerten und schufteten. Alles vermengte sich vor Jankels Blicken und wurde zur Einheit: die Menschen und Maschinen, die Häuser und die bewegte Luft und die Dampfwolken.

»Da! Da – – Groiße –«, stieß er erstickend heraus und sank, sich heftig schüttelnd, wieder ins Kissen zurück. Eine unwirkliche Seligkeit glänzte auf seinem Gesicht. Erneutes Fieber ergriff ihn. Im Delirium schrie er immerzu wirre, jubelnde Laute, und es schien, als lache und weine er gleichzeitig. Neben ihm lag ein »Stiller« aus Bugeck. Er sah ihn an und brümmelte:

»Großes macht nicht besser...«

VARIATIONEN ÜBER EIN THEMA

Die schwarzen, glänzend gewichsten Schaftstiefel knarrten bei jedem Schritt. Der Schnee darauf war zergangen und stellenweise aufgetrocknet. Nur auf den Stiefelspitzen blinkten noch einige Wassertropfen. Sie zitterten, als die Schritte jetzt stockten und zerrannen. Peter Lawrow, Ingenieur und Handelsagent des Friedensrichterbezirks Sturmdorf, Schneewinkel und Sörengarden, sah auf die zerrinnenden Tropfen und dachte kurz nach.
»Und du bist überzeugt, daß sie unsere verhafteten Lockvögel ernst nehmen?« fragte er, hob sein glatt rasiertes, wettergebräuntes Gesicht und musterte den am Tisch sitzenden Sheriff Traugott Ostermann zweifelnd.
»Ich bin nicht nur überzeugt davon, ich weiß es«, antwortete der und richtete sich langsam auf. Groß, hager und sehnig stand er da. Seine Blicke waren sehr selbstbewußt. Um die Endwinkel seiner schönen, geraden Nase spielte ein spöttischer Zug: »Du glaubst wohl nicht dran, was?«
»Glauben? Was heißt da glauben? Hast du Beweise?« Lawrow nahm seinen Gang wieder auf und betrachtete seine Stiefelspitzen. Ostermann ließ ihn nicht aus den Augen. Er hüstelte und fuhr mit der Hand über seinen graumelierten, spitz zulaufenden Vollbart.
»Nach Hillgrists Meinung werden sicher alle schwer verknallt, wenn nicht gar totgeschossen«, sagte er. »Hillgrist hat beim Gouverneur Kowaloff protestiert, weil er über die Ergebnisse der Untersuchung nicht laufend informiert wird. Er verlangt öffentliche Behandlung... Kowaloffs Stellvertreter Seygan hat sich zuerst um die Antwort herumgedrückt und behauptet, in der Angelegenheit sei die Entwaffnungskommission zuständig... . Kowaloff hat jetzt aus Peacetown an Hillgrist telegraphiert und die Auffassung bestätigt.«
»Hm«, machte Lawrow und blieb nachdenklich stehen, »Entwaffnungskommission nennt sich das also? Netter Name!... Die Burschen in Peacetown wissen Bescheid, wie man so was aufzieht... Eka heißt sich das Ding, früher hieß es GPU oder Gestapo... Ganz tüchtig! Fragt sich nur, wie

weit ist der Apparat schon ausgebaut... Bei unseren Sektenkämpfen im Indischen hat man noch wenig gemerkt davon, auch bei den Arbeiterstreiks war noch nichts zu spüren. Entweder sind sie noch ganz am Anfang oder schon völlig routiniert...«

»Jedenfalls beweist das aber, daß man unsere Lockvögel ernst nimmt«, meinte Ostermann. »Kimuza hat nach alter Methode den Köder ausgezeichnet zusammengestellt. Genau wie in Indien und bei den großen Streiks. Keiner von den Verhafteten ist aus unserer engeren oder weiteren Umgegend. Alles hochqualifizierte Fremdware... Die Gegenüberstellungen mit unseren Leuten sind glänzend verlaufen. Wir sind vollkommen aus dem Spiel.« Er ärgerte sich, weil Lawrow ihn die ganze Zeit so schonungslos unverwandt ansah, und schloß bestimmter: »Außerdem hat Hillgrist die Todesstrafe für die elf verlangt. Wenn Kowaloff heimkommt, tritt sofort der Landtag zusammen.«

»So?... Hm«, meinte Lawrow hämisch »ganz öffentlich will er die Todesstrafe verlangen?... Es soll Leute geben, die gar nicht gern sterben... Vielleicht setzt man die elf gegen uns ein.« »Möglich«, erwiderte Ostermann, »aber da lebt keiner lang.«

»Ha!« stieß Lawrow fast beleidigend skeptisch heraus.

»Still! Sie kommen!« raunte Ostermann geschwind. Im Hausgang strampelten Besucher den Schnee von den Stiefeln und redeten durcheinander. Der Sheriff öffnete die Stubentür und grüßte. Lachend und schwatzend kamen an die zwölf oder vierzehn ältere Männer herein. Friedensrichter Hillgrist war der letzte. Ein Ruch von frischer Winterluft füllte die behaglich geheizte umfängliche Stube. Als man endlich um den großen Tisch saß und heißen Grog schlürfte, sagte Ostermann nach einigen einleitenden Worten: »Machen wir uns gar nichts vor, Kameraden, die erste Runde haben wir verloren.« Etliche nickten stumm.

»Tjaja, wir machen immer noch den Fehler, den Feind für dumm zu halten«, meinte Hillgrist. »Nee, nee, er hat eine Menge kluger Köpfe.« Seine kleinen stahlgrauen Augen glänzten schlau im bärtigen Gesicht. Eine verschmitzte Biederkeit lag auf seinen Zügen.

»Dieser Kowaloff! Der Schuft! Diese krummbeinige Wasserleiche!« zischte ein blonder Mensch mit vulgär gutmütigem Gesicht durch die Zähne. »Kurz vor der Abstimmung ist er an uns vorbeigeflitzt... Es war kein Rankommen an ihn.«
»Sei mal ganz beruhigt, Paulchen, der kommt uns noch vor die Flinte«, tröstete ein pustelgesichtiger Dickkopf mit kleinen, stechenden Augen. Zufrieden überschaute Lawrow die verwegenen Gesichter rund herum.
»Abknallen wird mit der Zeit auch zu riskant für uns, Kameraden«, sagte Ostermann. »Die polizeilichen Schnüffeleien nach so einer Aktion kosten uns fast jedesmal ein Waffenlager. So ein Subjekt ist das nicht wert.« Es klang sehr bestimmt. Alle schwiegen respektvoll. Nur Hillgrist wiegte dünn lächelnd seinen langen Kopf.
»Abknallen?« sagte er gemächlich. »Das taugt auch nichts mehr. Es verpufft. Damit ist dieser sogenannten Demokratie nicht mehr beizukommen... Kowaloff? Der hat sich zufälligerweise bemerkbar gemacht, aber diese abgefeimten Gauner vom Rat, die bleiben hübsch im Hintergrund. Sie sind wie eine Firma, die Teekessel oder Schuhwichse fabriziert. Die Leitung, die Direktoren kennt niemand, nur den Teekessel oder die Schuhwichse und vielleicht noch den mickrigen Reisevertreter, der die Ware unter die Leute bringt. Der ist sozusagen der Blitzableiter, wenn Klagen aus dem Publikum kommen.« Er streifte den Blonden, den Pustelgesichtigen, Ostermann und Lawrow mit einem geschwinden, spöttischen Blick. »Wir zufälligerweise kennen die einzelnen Herren Räte. Die Massen wissen nicht einmal ihre Namen. Man weiß nur, da ist irgendwo eine Leitung – der Rat, fertig. Alles andere bleibt anonym. Das ist das Gefährlichste, das Raffinierteste an dem ganzen Schwindel. Damit haben sich diese Gauner mehr gesichert als mit ihrem lächerlichen Polizeischutz. Damit wird auch das ganze saubere System unangreifbar. Die Leitung bleibt, wenn wir auch noch so viel wegknallen.« Lawrows Miene wurde düster. Hillgrist sah ihm respektlos kaltblütig in die Augen und fuhr im selben Ton fort: »Ja, ich weiß, das gehört eigentlich gar nicht hierher, aber man muß unseren guten Jungs doch mal sagen, daß die einzelne Wegknallerei keinen Effekt mehr hat. Das

hat sich überlebt. Früher, da gab's so was wie eine offene Verantwortung und eine entsprechende Figur dazu – den Zaren, einen Kaiser oder König, einen Präsidenten, den Führer oder den Stalin. Wenn man so einen wegknallte, da konnte manchmal das ganze System zusammenkrachen, aber jetzt?... Auch die Verantwortung haben diese Hunde anonym gemacht! Wo ist da der Kugelfang, der Effekt, für den sich's lohnt, was aufs Spiel zu setzen?«
Jetzt hustete Lawrow und furchte nervös die Stirne. Die um den Tisch schielten leicht ängstlich nach ihm.
»Das ist Philosophisterei!« sagte Ostermann, doch Hillgrist ließ sich nicht schrecken.
»Wenn sie aufklärt, warum nicht?« erwiderte er dreist und redete die Gegenstimmung nieder. »Auch recht brauchbare Hilfstruppen haben diese Kerle vom Rat sich schon geangelt. Kowaloff hat die Situation richtig eingeschätzt. Sicher will er schnell Karriere machen, der kleine Mistkäfer. Er hat sich dieses Gesindel, die Futuristen, gesichert, und der Rat hat gleich zugegriffen. Schau einer an, wie diese Herrschaften es verstehen, die allerältesten parlamentarischen Praktiken für sich auszunützen.«
»Das wird man ihnen bald gründlich austreiben!« warf Lawrow endlich hin.
»Ich hoffe es«, fiel Hillgrist ein. »Ich bin ganz dafür!« Er nahm Ostermann aufs Korn und fuhr fort: »Die erste Runde ist für uns verloren, sagst du, Traugott? Hoffentlich bleibt's bei der ersten... Die Haufen sind überall so ziemlich seßhaft geworden. Auf der ganzen Welt wird gebaut. Stadt für Stadt wird fertig. Den Leuten geht's wieder gut. Der Wohlstand steigt. Das ist der Zweck der Übung!... Satte Hammelherden sind leicht zu lenken. Dieses Pack, dieser Mischmasch der heutigen Massen will nette Städte, gutes Leben!... Volksentscheid? Neue Wahlen? Aber wo!... Die Leitung wird's schon machen. Das ist für das Pack am bequemsten! Zu was sich noch mit so einem zwecklosen Quatsch wie Politik aufhalten!« Er schwieg nicht. »Hmhm«, lächelte er wieder »infam, wie Kowaloff und Bresci das gedreht haben!... ›Unter den obwaltenden Umständen laufe das auf eine empfindliche Störung des gesamten Weltaufbaus hinaus‹... Das

versteht auch der Dümmste! Das geht ihm ein. Wir haben es ja erlebt! Sogar aus den Gouvernements unserer Freunde haben die Gemeinden Petition auf Petition geschickt! Sogar unser guter Kimuza hat erfahren müssen, daß fast sein halbes Gouvernement gegen einen Volksentscheid und die Neuwahlen ist.«

Jetzt griff Ostermann ein, indem er ein kurzes Aufatmen Hillgrists ausnützte.

»Ganz guter Lagebericht, nur ein bißchen pessimistisch«, redete er eilig drauflos. »Unser Kamerad Hillgrist war immer Realist. Keiner von uns hat sich je getäuscht, daß der Kampf schwer sein wird. Über die Illusionen sind wir hinaus!«

Schweigend zündete Hillgrist die ausgegangene Pfeife an. Lawrow hatte wieder seine unentzifferbare Miene.

Wider Erwarten war in Peacetown etwas geschehen, das vor allem die Ratsmitglieder tief erstaunte und jenen unter ihnen, die aufrichtig amtsmüde waren, jede Hoffnung nahm. Gestützt auf eine überwältigende Zahl entsprechender Petitionen aus allen Weltwinkeln, hatten Kowaloff und Bresci nach Beendigung der Verfassungsdebatten einen neuen Antrag gestellt, keinen Volksentscheid zu veranstalten, wohl aber eine abermalige Volkszählung einzuleiten, um auch die inzwischen seßhaft gewordenen Massen festzustellen und sodann eine Neuwahl anzusetzen, die sicher nicht mehr so improvisiert aussähe und weit geregelter durchgeführt werden könne. Ein großer Teil des Rates war nicht damit einverstanden, doch der Wille des Parlaments stand obenauf. Die Ratsmitglieder rechneten damit, daß ein solcher Antrag nie und nimmer angenommen würde, aber sie täuschten sich gründlich.

Vielleicht hatte der »Realist« Hillgrist recht. Um seine vorherigen Auslassungen zu unterstreichen, stichelte er noch einmal boshaft: »Und ihr wißt ja, in der herrlichen Verfassung steht: ›Die Vollzugsgewalt liegt nicht in den Händen eines Präsidenten, sondern beim Rat in seiner Gesamtheit. Seine Mitglieder sind auf sechs Jahre gewählt.‹«

Das Parlament hatte sich *für* den Antrag Kowaloffs und Brescis entschieden.

»Verflucht, verflucht!« knurrte der Blonde. »Und damals

beim Wegzug der ›Stillen‹ haben wir den Kowaloff mitten unter uns gehabt!«
»Uns wird kein Kowaloff, kein Bresci und kein Rat das Konzept verderben, Jungs!« sagte Lawrow, und das zündete.
»Ja!« rief der Blonde wie eingelernt und sonderbar ergriffen. »Unsere Idee ist stärker! Das nationale Bewußtsein kann man uns nicht wegdisputieren. Sollen sie machen, was sie wollen, wir fackeln nicht... Jeder von uns will wieder mit seinesgleichen zusammen, will sein altes Vaterland und wir zu einer echten Nation gehören!«
»Bravo! Das ist ein Männerwort!« lobten einige, und einer sagte: »Mit dem jetzigen Mischmasch werden wir fertig, garantiert! Und selbstverständlich übernimmt dann die beste Nation, die tüchtigste, die Führung! Immer bereit, immer entschlossen, Kameraden!... Übrigens wachsen die Heimatsucher immer mehr. Das ist ein gutes Zeichen!«
Hillgrist verstand den fordernden Ton der Worte. Beifällig nickte er und schloß: »Jaja, Jungs, ihr seid schon richtig. Ich hab' immer auf euch gesetzt.«
»Immerhin«, nahm Ostermann das Wort wieder, »dieser Schmachtfetzen von Verfassung gibt uns noch allerhand Möglichkeiten. Über unser Ziel sind wir uns ja vollständig im klaren, aber natürlich muß jedes Gelände erst abgetastet werden und verlangt die entsprechende Taktik. Kimuza hat recht: Jetzt heißt es für jeden von uns, nur immer hinein in die Gemeinden und Ämter! Immer hübsch legal, wenn's auch schwerfällt!... Da liegen unsere nächsten Chancen... Im übrigen: Allzeit bereit und entschlossen!«
Er kündigte an, daß bald neue Weisungen gegeben würden. Einige der jungen Menschen sahen scheu, fast ehrfürchtig auf den schweigsamen Lawrow.
»Bald«, sagte der. Dann trank man und wurde zwangloser. Lawrow gab sich jetzt herablassend leger.
»Was ist eigentlich mit diesem Frauenzimmer, das damals dabei war, als die Qualifikanten auf das große Waffenlager gestoßen sind?« fragte er gesprächiger. »Ist die wirklich so blöd, oder tut sie nur so?«
»Die?... Da, bitte«, antwortete Ostermann und gab ihm eine Fotografie, über die sich alle neugierig beugten. »Die ist

wirklich so blöd.« Er nahm einen großen Schluck Grog und lachte kurz auf: »Unsere feine Entwaffnungskommission! Die Dussels! Ausgerechnet so ein Gänschen haben die Herren mitgenommen!... Ich hab' ihr natürlich sofort mein bestes Zimmer gegeben, und da hat sie die ganze Nacht pflichtschuldigst die Geheimprotokolle getippt!... Zum Schießen!... In vier Tagen hat mir das Küken schon alles erzählt gehabt, und einmal in der Frühe läßt sie doch wirklich so ein Papierchen liegen!« Alle glucksten jetzt vor Heiterkeit.

»Nein, nein, nicht was du meinst, Peter!« fuhr der Sheriff fort, als er Lawrows zweifelndes Gesicht sah. »Falle war das bestimmt keine! Darauf versteh' ich mich ein bißchen, das weißt du!... Wie dieses dämliche Kalb dahergesaust kam, ganz verstört, ganz zertöppert, das war echt. Geweint und gejammert hat sie, und beschworen hat sie mich, einfach zum Kugeln!... Ihre Existenz kann sie verlieren, sagte sie, und womöglich wird sie auch noch verdächtigt! So weit läßt sich Blödheit nicht spielen, das merkt ein Blinder mit dem Krückstock!« Fast zärtlich strich er über die fotografierte Protokollseite und las lustig: »Sheriff Ostermann korrekt, Friedensrichter Hillgrist undurchsichtig. Verdacht in dieser Richtung scheint nicht stichhaltig... Allmächtige Einfalt!« Sein bartumrandeter Mund zog sich breit auseinander: »Hörst du, Hillgrist?... Undurchsichtig bist du!« Alle lachten darüber hinweg. Wie beifallsheischend warf Ostermann einen heimlichen Blick auf Lawrow, und da das Bild immer noch von Hand zu Hand ging, erzählte er angeregter: »Sie ist übrigens ein ganz hübsches Ding!... Schade, daß sie so kurz da war. Sicher wär' sie einem von euch ins Netz gegangen. Na, vielleicht ein andermal! Prost, Jungs!« Die Fotografie zeigte das Brustbild einer schlanken Dreißigerin mit sehr geraden Schultern. Im ovalen Gesicht, das von vollen, dunklen, glatt anliegenden Haaren umrahmt war, saßen zwei schöne, etwas schläfrige Augen. Nur wenig traten die Backenknochen hervor. Der Mund war breit, und die vollen, sinnlich geschwungenen Lippen standen oben, was dem ganzen Gesicht einen leicht einfältigen Ausdruck gab. Die gerade Nase lief nach unten etwas auseinander. Schön im

alltäglichen Sinn war dieses Gesicht nicht, aber es hatte einen seltsam verhaltenen, animalischen Reiz, der offenbar durch die schläfrigen Augen verwischt werden sollte.
»Küken, sagst du?« meinte Lawrow und gab Ostermann die Fotografie. »Es wird gut sein, wir behalten das Biest genau im Aug'.« Er wollte noch etwas sagen, verschluckte es aber. Ostermann wurde einen Huscher lang verdutzt, faßte sich und erklärte in anderem Ton: »Na, daß auf uns kein Verdacht fällt, zeigt sich an allem! Die Eisenbahnlinie läuft scharf an der jetzigen Absperrgrenze vorbei. Nie hätt' ich geglaubt, daß man diese Grenze so weit zurückschiebt und das Gebiet so verengt! Unsere neue Agrostadt grenzt doch direkt dran. Ein Beweis, daß man uns vertraut – und mit den Wachtruppen verstehn wir uns ausgezeichnet. Das weiß jeder.« Die meisten nickten.
Später, als alle gegangen waren, blieb es eine Weile still zwischen Lawrow und Ostermann. Lawrow gähnte.
»Deine Frauen schlafen schon?« fragte er und stand auf. Wieder gähnte er.
»Ja«, sagte Ostermann und zog sich die Stiefel von den Füßen. Lawrow tat dasselbe und fragte nebenher: »Wie alt ist Hillgrist jetzt?«
»Nicht mehr weit von den Siebzig«, erwiderte Ostermann.
»Hm, wird auch schon arg senil, der Alte«, meinte Lawrow und wandte sein Gesicht dem Sheriff zu. »Wird Zeit, daß er abtritt.« Er stand in seinen dicken Wollsocken da und schlüpfte in die härenen Hausschuhe. »So ein Begräbnis eines alten Kämpfers macht sich jetzt tadellos. Es frischt unsre Jungs wieder auf...«

*

Damals zogen die letzten Qualifikanten-Bataillone aus dem neuen Flußtal ab. Bis auf nebensächliche Kleinigkeiten war die Arbeit bewältigt. Der erste Schnee wehte schon daher. Wie dicke, langsam dahinkriechende dunkle Riesenwürmer krochen die Karawanen der Siedler aus allen Richtungen der neuen Stadt zu. Einige Lastwagen waren vollbepackt mit unnützem Möbelgerümpel und allerhand Krimskrams, von dem sich viele nicht trennen wollten. Auf den andern Wagen standen die Siedler schweigend, dicht gedrändt und ein wenig frierend und schauten mit leichter Rührung zurück auf ihre ärmlichen Hütten und Häuser, die sich immer mehr im Schneegeflock verwischten. Da und dort stieg noch dünner, steiler Rauch aus einem Kamin. Zugunsten der Ungeduldigen waren die meisten »Stillen« zurückgeblieben, obgleich man keine Ausnahme gelten und sie zur Übersiedlung drängen wollte. Bereitwillig hatte man ihnen das nötige Vieh, Gerätschaften und Vorräte zurückgelassen. Sehr verstimmt waren die Lehrersleute Trummstedt, denn auf allgemeinen Beschluß hatten auch sie zurückbleiben müssen. Das glich sich erst nach heftigem Sträuben der beiden Leute aus. Diesen Ausgleich verdankte man vor allem Fred Lukker, der augenfällig einen großen Einfluß auf die Trummstedts hatte. Er war Handelsagent der neuen Stadt und in den erweiterten Gemeinderat gewählt worden. Sein Vorschlag, dem Lehrer entweder sehr bald im neuen Flußtal oder im größeren Märzstadt eine entsprechende Schulstelle zu sichern, fand allseitig Anklang. Den »Stillen« lag nichts an einem Lehrer. Wirigin war der Meinung: »Das Kind gehört immer nur dem, der ihm das einleuchtendste Beispiel gibt.« Da aber der Unterricht obligatorisch war, schickten sie ihre Kinder gewissenhaft zur Schule. Es waren ihrer kaum zwanzig. Der Lehrer hatte wenig zu tun. Außer seiner pflichtmäßigen Mithilfe bei der Ernte und der Abgabeberechnung hatte er viel freie Zeit und sonderte sich immer mehr ab. Nur Lucker besuchte ihn öfter.

»Schöne Gerechtigkeit das! Saubere Weltordnung, uns in diesem Sumpf verkommen zu lassen!« schimpfte er dann, und seine Frau klagte nicht minder.

»Geduld, Mann! Nur keine Weichlichkeit!« versuchte ihn Lucker aufzumuntern und sah ihm fest in die Augen. »Vergiß nicht, daß du sehr wichtig bist auf diesem vorgeschobenen Posten!« Darauf schwieg der Lehrer und sah ihn merkwürdig unterwürfig an. Lucker streichelte den netten blonden Jungen, der auch schon zur Schule ging, warf einen kekken Blick auf die wohlproportionierte Frau und schmeichelte: »Du blühst ja richtig auf, Cilly! Dir scheint der vorläu-

fige Landaufenthalt großartig anzuschlagen!« Sie quittierte das mit einem verschämten Lächeln und goß den Kaffee ein. Zum Schluß machte sich Lucker über die Siedler und über ihr neues Stadtleben lustig.
Sind die Dinge und Geschehnisse stärker als die Menschen? Nach Krieg, Entwurzelung und unglaublicher Vermischung, nach Wanderung und primitiver Ansiedlung kamen diese bäuerlichen Gemeinschaften nunmehr in ein gesellschaftlich und technisch völlig neuartiges Gehäuse. Der Wandel war zu jäh. Nur der Umstand, daß sich Siedler und Qualifikanten während der Bauzeit bereits nähergekommen waren, erleichterte manches. Anfangs gab es große Verwirrung. Von so viel Sauberkeit und Ungewohntem hatten die Siedler eine scheue Angst. Sie fühlten sich beim Einzug in ihre funkelnagelneuen Häuser äußerst unbehaglich und fremd. Behutsam wippten sie auf den Zehenspitzen über die glatten Böden und verhängten zuallererst die Fenster. Die blendende Helligkeit machte alles so überdeutlich, beinahe nackt, und vor allem genierten sie sich vor dem Nachbarn. Der konnte sie vielleicht beobachten und über ihr sonderbares Benehmen lachen. Man schien mit einem Male wieder getrennt und ganz für sich. Verwirrt standen die Frauen da und wußten nicht gleich, was sie anfangen sollten. Da, wo sie bis jetzt gehaust hatten, füllte die ganze Zeit stickiger Rauch ihre Stuben und vernebelte das schwachgelbe Licht. Ein mühsam ausgehobener Ziehbrunnen versorgte oft ein Dutzend Familien. Jetzt war Sonne in jedem Raum, und nach Einbruch der Dunkelheit erhellte indirektes Tageslicht den letzten Winkel. Es gab keine Öfen und offenen Feuerplätze mehr. Die städtische Fernheizung lieferte Wärme, und man konnte sie durch eine winzige Drehung regulieren. Aus den vernickelten Hähnen in Bad und Küche floß warmes und kaltes Wasser, soviel man wollte und brauchte. Mit klopfenden Herzen rätselten die Frauen herum. Instruktoren kamen in die Häuser und belehrten sie. Sie bestaunten die Wundermänner. Einer davon war der einohrige Joe. Er drückte in der Küche an einem glattweißen Gehäuse die dunklen Knipser herunter. Langsam wurden die Kochroste rot, dann leuchteten sie grellweiß und knisterten vor Hitze.

»Also jetzt Wasser her!« scherzte Joe, als drohe Gefahr. Mit erschreckter Hast hielt man ihm gefüllte Töpfe hin. Gespannt starrten alle. Bald bildeten sich im Wasser winzige Bläschen, es fing leicht zu brodeln an, brodelte heftiger und – wirklich, es kochte!

»Begriffen?« fragte Joe. Wie überfallen bejahten die Befragten nickend, doch alles blieb dennoch unfaßbar für sie.

Beim Sheriff Greiner hielt sich Joe viel länger auf. Er redete viel, und er redete sehr lustig. Aufgeregt und neugierig spöttisch und zweifelnd sah ihn die Gretel an. Immer wieder suchte er ihren Blick. Ungeduldig fragte sie: »Jetzt zeig schon! Wie ist das?« Ihr Mund stand leicht offen, am Haaransatz der Stirne kräuselten sich etliche winzige blonde Lokken. Gesund und rot waren die Wangen. Er redete und redete. Im Vorplatz drängte er sie auf ein braunes Gehäuse zu, das auf dem Boden stand. Blitzschnell beugte er sich nieder, umspannte die Fessel ihres rechten Fußes und drückte ihn in das Gehäuse. Sie schrie kurz auf, aber ehe sie sich besinnen konnte, rüttelte es an ihrem Fuß. Rasch fuhren die mechanischen Bürsten über ihren derben Schuh. Erschrocken und wütend riß sie ihren Fuß zurück. Joe lachte und hielt sie am Ärmel fest. »Was denn?... Hast du denn Angst? Da, schau doch!« rief er und deutete auf ihren halb gewichsten Schuh, auf den sie betroffen hinabsah.

»Wart mal!« sagte er wiederum. Sie sah nicht, daß sein Gesicht heißrot angelaufen war, merkte nicht, daß seine Hand, die ihren Ärmel hielt, zitterte. Sie sah nur, wie er seinen Stiefel in die Öffnung des Gehäuses steckte und ihn nach einigem Surren blank glänzend wieder herauszog.

»Kapierst du jetzt?« fragte er und steckte so selbstverständlich den anderen Stiefel in die Öffnung. »Du bist doch nicht dumm? Und feig auch nicht!« Sie vergaß ihre Bewunderung und schämte sich ein wenig.

»Was es doch alles gibt!« sagte ihre Mutter.

Trotz allem sinnfällig deutlichen Erklären wurde für die Frauen nur dieses *eine* klar: Mit eigenen Augen sahen sie, sie konnten es fühlen und mit Händen greifen – alles, was früher die eigene, zähe Mühe bewerkstelligen mußte, besorgte nunmehr eine unsichtbare Zauberkraft. Diese Kraft kochte und buk, wusch, trocknete und bügelte die Wäsche und die Kleider, putzte die Stiefel, rasierte, massierte, entstaubte, kühlte und wärmte, führte die verbrauchte Luft ab und ließ frische einströmen. Sie molk Kühe, füllte die Flaschen, regelte den Straßenverkehr und tat die meiste Arbeit auf den Feldern und in den Fabriken. Und es gab Menschen wie Joe und seinesgleichen, denen war das ganze geheimnisvolle Wesen dieser Kraft vertraut!

Jankel, der seine Krankheit überstanden hatte, war wieder springlebendig. Er blieb nicht gern daheim. Seine einarmige Ingrid, über die auf einmal der Hausfraueneifer gekommen war, verlangte alle möglichen Beihilfen von ihm und regierte zu sehr herum. Haus und Behaglichkeit, Bett und Essen hielt Jankel seit jeher für ziemlich überflüssig. Er verbrachte die meiste Zeit in den hochgewölbten sauberen Ställen und neuen Gerätehallen. Dutzende neuer Traktoren und mächtige »Combinen«, die das Gras und Getreide mähten, trockneten, das Heu und Stroh preßten und auf- und abluden, die ausgedroschenen Körner in die Säcke füllten – ein ganzes Arsenal dieser komplizierten Maschinen gab es da! Kartoffeln und Rüben ackerte so ein Monstrum aus dem Boden, reinigte sie, schnitt das Kraut ab, zerkleinerte die Rüben für die Zuckerfabrik.

Jankel kam nicht mehr mit. Ganz verstimmt und kribblig machte ihn der Winter. Als erster Traktorist einer Gruppe wäre er am liebsten gleich auf die Felder gefahren, so aber mußten er und seine Leute täglich unter Anleitung eines Instruktors lernen und üben. Wie besessen lernte und übte er. Er vergrub sich in die Konstruktionszeichnungen. Er drang mit Leib und Seele in das Räderwerk der Maschinen. Jedes Rad, jeder Hebel wurde ihm zum lebendigen Ding. Er hing an ihm, er liebte es zärtlich, es berückte ihn, weil es Teil eines überwältigenden Ganzen war. Es war eine ganz körperliche, tief absonderliche Liebe, und die Berückung war so:

»Das ist«, sagte Jankel zum Instruktor, sagte er zu Ingrid, sagte er zu jedem, der ihm gerade in die Quere kam, und ärgerte sich, daß er die Worte nicht so schnell, so strömend herausbrachte wie die Dreschmaschine die Körner. »Das ist«, rief er, sich übersprudelnd, »das ist – ich bin Jankel, und es wird geben lauter Jankel!... Ich stampf auf Pedal, drücke auf Knopf, Maschin lauft!... Es wird sein, eins, zwei, drei, fertig der Acker – es wird wachsen und sein hundertmal soviel wie gewesen!«

Der Instruktor lächelte.

»Du verstehst?... Wachsen wird!... Es wird geben kein armes Mensch mehr!« wiederholte Jankel. Im Gewirr seiner jagenden Gedanken tauchte der »Stille« aus Bugeck auf, der im Krankenhaus sein Bettnachbar gewesen war. Dem hatte er auch immer genauso die unvorstellbaren Möglichkeiten der nächsten Zukunft ausgemalt: »Werden wir sein ganz reich! So wie gewesen noch kein Mensch vor uns, verstehst du? Jeder wird sein ganz glücklich, verstehst du?« Der wortkarge Mensch verstand offenbar gar nichts. Mit verbrauchten Augen sah er den verzückten Jankel an und schüttelte seinen alten Kopf: »Zu viel, Bruder!... Das Glück ist anders.«

Jankel erschrak fast darüber, daß ihm gerade das jetzt einfiel. »Zu viel! Zu viel?« Ja was denn? Jede Vorstellung verschwamm plötzlich. Dem Jankel wurde schwindlig. Es war gut, daß seine Neugier so unbezähmbar war. Wie trunken stürzte er sich in den quirlenden Strudel des Neuen.

»Es ist«, stammelte er manchmal, »meine Augen essen, aber mein Hirn, es wird wuschig!« Er wollte alles auf einmal fassen und in sich hineinschlingen. Er japste nach Luft und lachte zerfahren.

Sehr rasch kannten ihn alle Qualifikanten. Er kam in die landwirtschaftliche Versuchsstation und drängte sich jedem auf, der hier untersuchte und experimentierte. Weit zurückliegende, vage Erlebnisse stiegen auf: Als kleiner Schuljunge in Odessa war er mit seinen gleichaltrigen Kameraden öfter in den staatlichen Gewächshäusern solcher Institute gewesen. Ein magerer Mann mit freundlichen Augen und strudligem Haar, den man »Towarischtsch Professera« nannte, zeigte ihnen Halme auf einem Beet. Dicke Ähren hingen daran, und der Towarischtsch Professera fragte: »Was ist das?«

»Weizen!« kam Jankel allen zuvor. »Wird geben weißes Mehl, wo man macht gute Pyrogen.«

»Gut, gut!... Weizen!« lächelte Towarischtsch Professera. »Und was ist das da?« Alle schauten auf ein dichtes Büschel mit emporstrebenden Halmen und noch dickeren Ähren, aber keiner wußte eine Antwort.
»Weiß nicht«, sagte Jankel nach einigem Nachdenken, »vielleicht auch Weizen.« Das freute den Towarischtsch Professera so, daß er den findigen Jungen oft zu sich ins Gewächshaus holte. Eine Kreuzung sei das, erklärte er ihm, ein jahrelanger Versuch, die ursprünglichen Samenkörner mit anderen Arten zu befruchten, und wenn dieser »Büschelweizen« erst einmal völlig erprobt und anbaufähig sei, dann gebe er auf jedem Acker fünf- und siebenmal soviel Körner, und die Sowjetunion hätte Mehl für die ganze Welt, für alle Menschen.
»Für alle Menschen!« Als wär's gestern gewesen, erinnerte sich Jankel wieder an den Klang dieser Worte. Und dann war auf einmal Krieg gekommen und so viele leere, schauerliche Jahre!

Nun, da der Jankel – fast wie ein freundlich wedelnder, bittender Hund – hinter jedem Getreide-Selektionisten herlief und in den Gewächshäusern wieder jenen Geruch von dämpfiger Feuchtigkeit, von Erde und herbem Pflanzenduft einatmete, jetzt war ihm, als hätte sich damals in Odessa eine dünne, blasenähnliche Hülle um jenen ersten, unvergeßlichen Duft gebildet, als sei jetzt, in diesem Augenblick, diese Blase wieder geplatzt. »Oh!... Büschelweizen!« rief er. »Büschelweizen...?« Wirr und zugleich verklärt sah er auf den kleinen, rundköpfigen Selektionisten Deruga, und der staunte ihn kurz an. Doch Jankel redete, redete, was er nur reden konnte, bis ihn der Mann ernsthaft interessiert unterbrach: »Aber das ist jetzt gar nicht mehr das Problem!... Hier – das ist die Zukunft!«
Diese Zukunft präsentierte sich in Gestalt mehrerer glasüberdeckter Beete mit Büschel- und gewöhnlichem Halmweizen, die unter verschiedenen Temperaturen gehalten waren.
»Die besten Ergebnisse haben bis jetzt die Papisten damit erzielt«, erzählte Deruga dem wißbegierigen Jankel und

meinte, das sei der sogenannte »ewige Weizen«, der überhaupt nur noch einmal gesät zu werden brauche und nach jedem Schnitt von selber wieder aufwachse. Fünf bis sieben Jahre ginge das so auf den gleichen Flächen, und die Ernteerträgnisse seien zehnmal so groß wie die gewöhnlichen.
»Ewig?« fragte Jankel ein wenig ungläubig und wollte wissen: »Papisten: Was ist denn das?«
»Die Papisten? Das sind die übriggebliebenen Katholiken, die sich irgendwo in den südamerikanischen Gouvernements wieder zusammengefunden haben... Der alte Papst ist ein ausgezeichneter Selektionist, vielleicht überhaupt der beste, den wir haben«, antwortete Deruga, doch an Jankels Miene merkte er, daß sich dieser unter »Papst« und »Katholiken« nichts vorstellen konnte und vermutlich dachte, es handele sich dabei um irgendeinen wilden Volksstamm.
»Nein – nein«, schüttelte der Selektionist lächelnd den Kopf, erwähnte etwas vom Untergang des Papsttums und schloß: »Das sind Menschen wie wir. Sie glauben an irgendeinen Gott und an ein Fortleben nach dem Tod. Der Papst ist für sie der Stellvertreter ihres Gottes auf der Welt – – Früher hat's einmal viele Katholiken gegeben.«
»Menschen wie wir?« meinte Jankel verständnislos. »Aber Unsinn!... Mensch stirbt, und es ist aus!... Was ist das, Gott?... Es gibt Mensch, es gibt Vieh und viele Pflanzen und Maschin... Gott? Papst?... Du willst machen Spaß mit mir!«
»Nein – nein, so ähnlich ist's schon«, versicherte Deruga. »Naja, die Leute glauben eben an so was.«
»Aber es ist dumm, sehr dumm!« konnte sich Jankel nicht beruhigen. »Wie kann glauben ein Mensch, was er nicht weiß und sieht?... Dein ewiger Weizen, du kannst sehen ihn! Du hast probiert lange und weißt, es wird geben viel mehr! Aber Papst? Gott?... Ich nicht versteh! Lauter Unsinn! Nutzt gar nicht... Unsinn! Dumm, ganz dumm, wenn man glaubt das!« Nur das Sichtbare war groß und wichtig. Es nützte.
Ganz und gar gerieten die Kinder aus dem Gleichgewicht. Auch sie hatten »essende Augen« wie Jankel. Ihre neuen Schulen und Spielplätze, die Turnhallen und Bäder, die Ärzte und neuen Lehrer, die sauberen Straßen, die vollen-

dete Technisierung des Lebens – beim Augenaufschlag in der Frühe sprang sie das an, machte sie wirr, scheu und gespannt, und erst wenn sie einschliefen, löste sich der Bann. Lange gab es keinen geregelten Unterricht. Kein Siedlerkind war fähig, etwas aufzunehmen. Starrend und glotzend saßen sie in den Bänken, lugten in den hohen Räumen herum, musterten die Landkarten und bunten Lehrbilder an den Wänden oder blätterten in einem fort in ihren neuen, reich illustrierten Fibeln. Bei jedem Wort, das der fremde Lehrer oder die Lehrerin an sie richtete, schraken sie leicht zusammen, wie ertappt. Die sicheren Qualifikantenkinder kamen ihnen unfaßbar frech und überheblich vor, denn sie fanden an all dem Neuen gar nichts. Sie redeten oft ungeniert und machten kecke Späße, wenn die Siedlerkinder erschauernd den Vorführungen des Schulkinos folgten, und rissen sie durch ihr nüchternes Gehabe aus jeder staunenden Versunkenheit. Die Glocke schrillte plötzlich. Wie aus einem Traum gerissen, fuhren die Siedlerkinder auf und gingen schließlich wieder heim in die ungewohnten Häuser. Ach, und dort war es so ungemütlich! Aus Angst, die Kinder könnten durch ihre unruhige Neugier und ihr Herumspringen etwas verderben, trieben die Mütter sie anfangs meist auf die schneelosen, gewärmten Straßen. Die aber sahen so leer, so unnatürlich geordnet aus. Wie schön, wie frei war es in solchen Winterszeiten draußen in den Siedlungen gewesen! Die Schneeballschlachten, die Schlittenfahrten und das Herumtummeln auf dem Eis! Traurig schauten die Kinder empor zu den Dächern. Da allein lag dicker, weißer Schnee, der manchmal herunterrutschte und einen Haufen bildete. Freudig stürzten sie sich drauf, aber bald wurde die Herrlichkeit wässerig und verdampfte. Die ausgreifenden Straßen gaben weite Ausblicke. In den fernen Ebenen draußen schlummerte der dicke, unschuldige, geliebte Winter, aber sie wagten noch nicht, zu ihm zu kommen. Und – alle vertrauten Menschen waren jetzt auf einmal so ernst, so verwichtigt! Niemand schien mehr Zeit für die Kinder zu haben.
»Dieses System stimmt!... Ganz recht, daß sie sich nicht mit der Volksabstimmung und den Neuwahlen aufhalten«,

sagte Jean zu Greiner, als ihm die alten Freunde zur Wiederwahl als Sheriff gratulierten. Knudsen und Sutzki standen da und nickten. In einem großen Büro, hinter einem mächtigen Schreibtisch saß Greiner. Sekretärinnen und Berater aus Qualifikantenkreisen standen ihm zur Verfügung, ein Amtsauto mit eigenem Chauffeur hatte er, und jederzeit konnte er ein schnelles, städtisches Flugzeug benutzen. Gesund und wohlgenährt sah er aus. Er war frisch rasiert, trug zwar immer noch die langen, derben Stiefel und die abgewetzte Lederjacke, doch die Hose war gebürstet, das Hemd sauber, und die Stiefel glänzten.

»Ja, hm... Ich glaub's auch, ja«, sagte er ein bißchen verlegen und kratzte sich im Genick. Er sagte es, nur um etwas zu sagen, und schaute die drei der Reihe nach an. »Jetzt kann man richtig anfangen«, meinte Jean wiederum. Sutzkis Gesicht war lange nicht mehr so finster. Es war fast drollig, wie bedrängt er aussah, weil er nicht wagte, in dem schönen Raum zu spucken. Heftig zog er an seiner Pfeife, die nicht mehr stank wie ehedem.

»Einfach ist's nicht. Da gibt's noch viel zu regeln«, sagte nun auch Knudsen langsam in seinem tiefen Baß. Alle vier dachten an das gleiche. Dicksons Sentenz von dem »Gutsbesitzer, der seinen Besitz nur auf Gegenleistung vergibt«, hatte insofern seine Richtigkeit, als jede solche Agrostadt nach und nach von ihren Einwohnern bezahlt werden mußte. Erst dann war man eine gesetzlich anerkannte, autonome Gemeinde. Leute wie Greiner, Jean, Knudsen und Sutzki durften sich nicht vom Technischen irritieren lassen, sie fühlten und erkannten es nach und nach immer klarer, daß sie mit den Qualifikanten zu einer einheitlichen Interessengemeinschaft zusammenwachsen mußten. Greiner war nicht eitel und traute sich nicht mehr zu als das, was er konnte und kannte.

»Lernen muß man!« sagte er mit verborgener Unsicherheit. »Lernen...« Er hielt kurz inne und schaute auf die drei Freunde. Vielleicht verglich er sie mit den weltgewandten Qualifikanten, die jetzt mit ihnen zusammen lebten. Wahrscheinlich fielen ihm all die Aufgaben und Schwierigkeiten ein, die jetzt täglich auftauchten. Die drei Gesichter vor sich, die kannte er! Diesen dreien vertraute er ganz und gar. Viel hatten sie miteinander durchgefochten, und jetzt galt es, das Neue zu bezwingen. Sein Gesicht lichtete sich auf. Er bekam einen Ausdruck, als habe ihn innerlich plötzlich etwas Beglückendes überfallen.

»Wißt ihr, die Qualifikanten«, sagte er in ganz anderem Ton, »Herrgott, die in Peacetown, das sind doch ganz gescheite Köpfe! Die wissen, was sie wollen!« Seßhaft gemachte Qualifikanten nämlich wurden im Augenblick ihrer Eingemeindung auf die gleiche Lohnstufe wie die Siedler gestellt. Dadurch wurde eine zu rasche Abnahme des Qualifikantenheeres verhindert, denn viele Arbeiter zogen die höhere Bezahlung und das Herumkommen in der weiten Welt dem Ansässigmachen vor, weil sie wahrscheinlich glaubten, in Zukunft noch schönere »Heimaten« zu finden.

»Schlau hat der Rat das ausgefinkelt, großartig«, sagte Greiner belebter, stand auf und ging gewohnheitsmäßig auf und ab. »Ich glaube, wir sind ganz gut gemischt... Jetzt freilich, jetzt machen die Qualifikanten noch lange Gesichter, aber das gibt sich. Das gibt sich... Natürlich kommt's auch auf uns an... Wie man in den Wald hineinschreit, so kommt's raus.« Er sah geweckt und zufrieden aus. Aus den Gesichtern der Freunde las er eine stumme Übereinstimmung. Das tat wohl. Sie gingen.

Bald darauf kam Lucker. Der war gut anzuhören, und es schmeichelte ihm, wenn man das merken ließ. Er machte nicht nur gute Ein- und Verkaufsvorschläge, er zeigte sich auch ungemein bewandert in Fragen des wirtschaftlichen Ausgleichs. Das kam Greiner stets sehr gelegen.

»Jetzt sitzen wir fest und sind unsere eigenen Herren«, fing Lucker an, nachdem er sich in einen Stuhl niedergelassen hatte.

»Noch nicht ganz«, meinte Greiner.

»Ja, ja!« rief Lucker lebhafter. »Aber sich nur jetzt nicht von diesen Watkins und Jakulewskis verrückt machen lassen, verstehst du?... Gut, du sagst natürlich, die Herren haben als Leiter des Nebenamtes der Großen Plankommission unsere Amortisation zu bestimmen, aber du weißt genauso gut wie ich, daß wir da verschiedene Möglichkeiten haben,

wenn uns was nicht paßt. Unser Gouverneur Muetli ist durchaus ein Mensch, mit dem sich reden läßt. Wir können zu ihm gehen, wenn uns die Burschen zu arg aufsitzen, und wir können es bis zu einem Appell an den Hohen Rat kommen lassen.« Er verzog seinen Mund spöttisch: »Wozu denn Demokratie! Da gibt's allerhand nette Mittel!« Als er merkte, daß Greiner das überhörte, fuhr er wieder sachlicher fort: »Versteh' mich bitte recht, Karl! Watkin und Jakulewski haben uns einige Posten vom vorigen Erntedrittel gestundet. Das haben wir schön schriftlich, und außerdem war Muetli Zeuge... Diese Posten holen wir jetzt, nachdem wir maschinell auf der Höhe sind, im Handumdrehen ein. Ich als Kaufmann wär' absolut dafür, daß wir sie mit dem diesjährigen Erntedrittel begleichen. Das macht den besten Eindruck, und uns tut's nicht weiter weh. Was ganz anders aber ist's mit der Amortisation! Da lassen wir uns hübsch Zeit! Nur um Gottes willen keine Hast! Nur sich nicht gleich einschüchtern lassen! Das wär' nicht nur dumm, das wär' auch gefährlich für uns. Zuallererst würden uns die Flußtaler wegen der überspannten städtischen Abgaben auf den Kopf steigen und zweitens – glaub' mir, das ist eine alte kaufmännische Erfahrung –, zweitens, nur den feinen hohen Herren nicht zeigen, daß man so schnell zahlen kann! Was tun sie denn auch mit dem vielen Geld?... Ich denk', du verstehst mich! Für uns kommt's jetzt ganz darauf an, die Ämter gegeneinander auszuspielen. Nur so gewinnen wir! Zu sagen haben wir sowieso nichts, sie geben den Ton an.«
»Hm«, machte Greiner, besann sich kurz und fragte geradezu: »Sag' mal, warum bist du eigentlich so gegen die Ämter?«
»Ich?« tat Lucker erstaunt. »Gegen die Ämter hab' ich gar nichts. Nur wenn solche Watkins und Jakulewskis sich derart mausig machen, das geht mir auf die Nerven, und ich glaub', da steh' ich nicht allein.«
»Hm«, lächelte Greiner unverfänglich und lehnte sich in seinem Schreibtischstuhl zurück, »mit dem Erntedrittel, da hast du recht. Das hab' ich auch schon gedacht. Aber wenn du Tom und Jakulewski für dumm kaufst, dann irrst du! Die verstehn ihr Geschäft aus dem Effeff. Die lassen sich nichts

vormachen! Die kenn' ich!« Er reckte sich, verschränkte seine arbeitsderben Hände und legte seinen Hinterkopf in ihre Schalen.

»Ich kenn' sie auch! Vielleicht noch besser!« antwortete Lukker.

»Und«, nahm ihm Greiner das Wort, »was sollten wir eigentlich gegen die Ämter haben? Warum sie gegeneinander ausspielen?... Ich versteh' das nicht!... Bis jetzt sind wir doch ausgezeichnet mit ihnen gefahren!... Was haben wir gehabt? – Nichts! Und was wir bis jetzt gekriegt haben, wer hat's uns gegeben? – Sie!... Zuerst war's die Armee, und jetzt sind's Rat und Plankommission. Hab' ich recht oder nicht?« Arglos sah er Lucker an. Der schwieg. Dann sagte er verdutzt: »Ha, das ist ja nett! Also du auch schon!« So, als gebe er sich einen Anlauf, legte er seinen Oberkörper auf die Schreibtischplatte und wurde kühner: »Da sieht man's wieder einmal, wie's die hohen Herren verstehen, euch einzuwickeln! Warum geben sie denn? Weil sie uns brauchen!... Was heißt das überhaupt – Armee, Rat, Plankommission? Wie kommen die Herren überhaupt dazu, zu sagen, ihnen gehört die Welt? Wieso können sie diktieren, das und das kriegt ihr, aber ihr müßt's bezahlen! Wenn nicht, werden wir uns erst einmal überlegen, was wir mit euch machen wollen!... Du siehst ja, wie sie's treiben! Keine Gemeinde darf mehr wegziehen! Die Verfassung wird einfach dekretiert! Volksentscheid und Neuwahlen gibt's nicht, basta! Das soll Demokratie sein? Das heißen sie Freiheit?! Ein ganz ordinäres Schachergeschäft ist das, weiter nichts!... Die Welt, das sind doch wir, Mensch! Wir und nicht sie!« So aufgeregt war er noch nie. Greiner verbarg seine Verwunderung, indem er spöttisch lächelte: »Hm, Schachergeschäft, sagst du? Frag doch herum bei jedem! Ich wette, jeder wird dich auslachen! Jeder wird sagen: ›Uns tut dieses Geschäft ganz gut‹.« Er stand auf, machte eine wegwerfende Handbewegung und ging wieder hin und her. »Du regst dich da ganz umsonst auf!« Lucker bezwang sich. Er wandte sich um, sah schräg auf den ruhigen Mann und sagte, vorsichtig einlenkend: »Na, nichts für ungut, Karl! Du bist der einzige Mensch, zu dem ich so was sage. Bei dir weiß ich, daß du mich ver-

stehst.« Jedes Wort klang bieder und betont freundschaftlich. Der Sheriff versteckte sich geschickt hinter einer Miene, die deutlich bezeugen sollte, daß er das sehr zu schätzen wisse. Im stillen dachte er: »Er ärgert sich wahrscheinlich auch, weil er keine zwei Empis mehr kriegt für die Stunde. Weil er mit uns gleichgestellt ist! Er will noch Rangunterschiede und meint, er ist eine Ausnahme!« Er blieb vor Lukker stehen, sah ihm offen in die Augen und sagte mit der abgebrühten Jovialität, die schmeichelt und jedes Mißtrauen verscheucht: »Du bist ein anregender Mensch, Fred! Du bringst mich oft auf Sachen, die mir noch gar nicht aufgegangen sind.« Lucker sah ihn ungewiß an. Der Sheriff ging an den Schreibtisch, setzte sich und sagte ganz kulant-geschäftsmäßig: »Übrigens, ja, unsere Experten sagen, die Sturmdorfer Holzfaserplatten sind ausgezeichnet! Du kannst ins Gouvernement 535 hinauffliegen und einhandeln, was wir brauchen. Der Haken ist bloß, ob uns die Sturmdorfer Kredit bis nach der Ernte geben. Unsere Produktionskommission hat ausgerechnet, daß wir ziemlich viel Überschüsse an Mehl und Zucker haben werden.«
»Den Kredit krieg' ich! Das laß nur meine Sache sein!« antwortete Lucker fast beflissen und selbstsicher. Mit Genehmigung der Nebenämter der Plankommission konnten zunächst die Gemeinden noch Waren, die knapp waren, gegen ihre Überschüsse eintauschen. Auf diese Weise kamen Agenten wie Lucker weit herum in den Gouvernements. Je findiger sie waren, um so mehr stiegen ihre Aussichten, später als Beamte in die Plankommission aufgenommen zu werden.
Greiner verkniff ein winziges Lächeln, als Lucker gegangen war. Er schaute rundherum, als fürchte er einen ungesehenen Beobachter. Dann schüttelte er gelassen den Kopf und dachte: »Ansichten hat der noch! Lauter so überflüssige Meinungen!... Ansichten bringen doch keine Fabrik zum Laufen! Meinungen holen doch keine Ernte aus dem Boden!... Ein sonderbarer Kauz!... Ja, sicher ärgert ihn bloß der gleiche Lohn.« Sein nüchternes Gesicht hellte sich immer mehr auf. Die neue Umgebung bestrickte ihn. Täglich wurde sie vertrauter. Die Überraschung schwand. Das Neue reizte

und spornte an. Dem Sheriff ging es wie allen Landmenschen seinesgleichen: Eine kühne Unternehmungslust bemächtigte sich ihrer, ein draufgängerischer Optimismus, der fast verjüngend wirkte. Denn jetzt war nichts mehr unmöglich, alles schien erreichbar. Aber man mußte sich mit der Mechanik des Getriebes vertraut machen. Schnell verlor sich das Vergangene, das Zurückgebliebene, das Enge, das Bäuerliche.

Greiner zog die Schublade auf, nahm die Weltverfassung heraus und fing, wie er das jetzt in jeder freien Minute zu tun pflegte, langsam und genau darin zu lesen an. Mit der ihm eigentümlichen nüchternen Gründlichkeit lernte er jedesmal einen Paragraphen auswendig und versuchte dann, sich über ihn klarzuwerden. Was er aufnahm, waren für ihn Tatsachen, weiter nichts. Die Verfassung galt ihm als Gebrauchsanweisung für seinen nunmehr viel bedeutungsvoller gewordenen Beruf.

Nicht nur er, nein, alle ehemaligen Siedler – Männer, Frauen und Heranwachsende – wurden nach und nach von einem solchen Lerntrieb ergriffen. Keiner wollte hinter den Qualifikanten zurückstehen, und in der veränderten Ordnung wurde der Mensch nur durch den Erwerb praktischer Kenntnisse brauchbar. Nicht das Warum, das hinter allem stand, interessierte, sondern das ganz konkrete Wie. In Jankel brannte die hektische Unruhe, seine komplizierten landwirtschaftlichen Maschinen bis ins kleinste kennenzulernen und hinter die Geheimnisse der Getreidekreuzungen zu kommen. Und jeder in seiner Traktorengruppe versuchte, es ihm gleichzutun. Wie zufällig gewann der bedächtige Knudsen Interesse für die Zuckerraffinerie, ging in die Gewerbeschule und hockte ganze Nächte über seinen Fachbüchern. Jean stürzte sich mit Feuereifer auf die Verwaltungstechnik, und Sutzki studierte das Verkehrswesen. Das neue Leben bot so viel, daß man es kaum mehr erdenken konnte. Die Gier darnach war unstillbar, aber man mußte ihm gewachsen sein. Ansichten und Meinungen waren dabei völlig zwecklos, Kenntnisse alles.

*

»Zwölfhundertacht Infanteriegewehre, dreihundertundsechzig leichte und zweiundzwanzig schwere Maschinengewehre, vier Eisgeschütze, Modell RHM 23, vierzehnhundert Kisten Munition, achtundvierzig Vereisungsbomben und vierundfünfzig automatische Armeepistolen. Es steht einwandfrei fest, daß diese Bestände aus der ehemals sowjetischen Armee stammen. Die Art und Weise, wie die Waffen verpackt und gelagert sind, läßt darauf schließen, daß dabei Fachleute mitgewirkt haben. Die bisherigen Verhöre der elf Verhafteten verliefen ergebnislos. Alle schweigen sich hartnäckig aus und antworten auf jede Frage, auf Drohungen und Versprechungen stets mit der stereotypen Redewendung: ›Ich bin eingesetzt von der Föderation der Nationen.‹ Die Gegenüberstellungen der Häftlinge mit Einwohnern von Sturmdorf, Schneewinkel und Sörengarden scheinen die Vermutungen unserer Geheimagenten zu bestätigen, daß es sich bei den Verhafteten um sogenannte ›Lockvögel‹ handelt, die keine Ahnung vom eigentlichen Zweck ihrer Aktion hatten und absichtlich geopfert wurden, um unsere Nachforschungen auf eine falsche Spur zu bringen. Taka Tan, der zweifellos als der Führer der Gruppe gelten konnte, hat sich während der Überführung der Gruppe in das Armeegewahrsam durch Zerbeißen einer winzigen Giftphiole das Leben genommen. Wie er zu dem Gift gekommen ist, konnte bis jetzt nicht aufgeklärt werden.« – Dies las Climasch und hob jetzt sein kellerfarbenes Gesicht. Neben ihm saß Vera Schilliza. Sie schien gleichgültig und rauchte eine Zigarette nach der anderen. Unvermerkt heftete Mauvin seine begehrlichen Blicke auf sie. Keine ihrer Gesten, nichts entging ihm. »Schön ist sie gar nicht. Hm, jetzt sieht sie aus wie eine zufällige Sekretärin... Ihr Mund ist viel zu groß, etwas vulgär«, ging ihm durch den Kopf, aber die Spannung um den Tisch war so groß, daß er abgelenkt wurde. »T–ha!« stieß Canchulla heraus und sah Climasch an. »Warum hat man denn nicht einfach die ganzen Einwohner von Sturmdorf, Schneewinkel und Sörengarden festgenommen? Das ist doch unerhört! Das ist ganz unverständlicher Leichtsinn!« Seine Nasenflügel bebten.

»Wir hatten die strikte Weisung vom Hohen Rat, solche

Massenverhaftungen, wenn nur irgend möglich, zunächst zu vermeiden«, antwortete Climasch.
»Was!« fauchte Canchulla und blickte aufgebracht auf die drei Ratsmitglieder Mauvin, Dickson und Ussitzki. »Meine Herren, was soll denn das bedeuten? Sieben Waffenlager sind in der letzten Zeit in den mittel- und fernöstlichen Gouvernements ausgehoben worden! Das Sturmdorfer ist das achte... Das ist doch faktisch langsamer Selbstmord für uns! Wenn nicht eisern und schnell zugegriffen wird, sitzen wir doch über Nacht im schönsten Krieg!«
Mauvin, dem anzusehen war, daß er das gern hörte, kam Ussitzki zuvor und erwiderte mit verborgenem Spott: »Es dürfte bekannt sein, daß die überwiegende Mehrheit meiner Kollegen im Rat davon überzeugt ist, daß mit Verhaftungen und Abstrafungen nichts erreicht wird.«
»Ganz richtig«, nickte Ussitzki kühl. Massig saß er da. Sein Blick war fest. Erstaunt wandten sich alle an ihn. Vera Schilliza maß ihn interessiert. Mauvin ärgerte sich. »Ich bin kein Kriminalist«, fuhr Ussitzki ruhig fort, »aber das sagt mir doch mein Laienverstand, daß wir es mit einer weitverzweigten Verschwörung jener Leute zu tun haben, die durchaus die Nationen wieder aufrichten wollen. Die Meinung des Rates ist die, jedes Waffenlager auszuheben, den Leuten das Material wegzunehmen, ihnen überall das Wasser abzugraben und um Gottes willen keinen zum Märtyrer zu machen... Es handelt sich schließlich nur um einen Wettlauf zwischen uns und ihnen, und wir sind ihnen schon um viele Längen voraus. Aber das gehört nur halb hierher. Herr Climasch hat sicher noch allerhand zu berichten.«
»Massenverhaftungen wären natürlich nur eine Warnung für die anderen Zweige der Verschwörung«, erklärte der. »Daß der Winkel im Gouvernement 538 nur ein Punkt im ganzen Netz ist, liegt für uns auf der Hand. Im übrigen haben wir den Selbstmord Taka Tans bis jetzt streng geheimgehalten. Unsere sonstigen Zeitungsmeldungen wirken genau nach unserer Berechnung. Die Verschwörer und das Publikum glauben, daß wir die elf Lockvögel für erstklassige Mitwisser, möglicherweise sogar für führende Köpfe halten. Nur der Friedensrichter Hillgrist geht uns nicht auf den

Leim. Der Mann ist eine wichtige Figur. Er kennt alle Schliche. Wir beobachten ihn genau.«
»Sind die Verhafteten junge Leute?« fragte Angelo Bratti.
»Zum Teil... Die meisten sind bereits über dreißig«, gab Climasch Auskunft. Bratti schwieg und rieb seine ermüdeten Augen. Klein, bedrückt und von keinem beachtet, saß Paschuljew neben ihm. Mitgenommen sah er aus. Ab und zu drückte er die Augen hinter den scharfen Brillengläsern zu und schüttelte leicht den Kopf. Dann bekamen seine Züge etwas verhalten Schmerzliches.
»Und wenn die Verschwörer morgen irgendwo losgehen, was dann?« fragte General Withe. Der schweigsame Stankow sagte halblaut: »Das tun sie sicher nicht.«
»Warum sollten sie nicht?« rief Mauvin, der es gehört hatte. Stankow überging ihn fast beleidigend kühl, wandte sich an Climasch und bat: »Bitte, was weiter?« Mauvin zog zornig seine Oberlippe ein und warf einen wütenden Blick auf den General.
»Im Zusammenhang mit der Entdeckung der Waffenlager«, berichtete Climasch weiter, »sind bis jetzt alles in allem neunzig Personen verhaftet worden. Zum größten Teil sind es Fanatiker wie die Sturmdorfer Lockvögel. Aus den weiteren haben wir aber doch herausgebracht, daß die Kreise der Nationalisten bis jetzt ziemlich klein sind... Sicher sind ihre Führer kühle Rechner. Sie wissen, wenn sie jetzt losgehen, wird höchstenfalls eine Revolte daraus, die schnell zusammenbricht und Rückschläge für sie bringt. Sie arbeiten auf längere Sicht. Ganz offenbar haben sie auch noch kein richtiges Schlagwort, das die Massen mitreißt... Natürlich nützen sie alles aus. Zum Beispiel die kürzlich angenommene Präambel über die Gemeindeverfestigung. Das heißt für sie ›willkürliche Beschränkung der Freizügigkeit, Aufhebung der Freiheit überhaupt‹ – « Paschuljew blickte traurig über den Tisch, irgendwohin. Nach und nach senkte sich sein alter kleiner Kopf. Wahrscheinlich dachte er: »Sie haben doch recht! Ich war doch gegen beide Anträge damals! Wenn man die Wüsten kultiviert hätte, da gäb's Platz wie nie zuvor... Und Überfluß! So viel, daß jeder Mensch hingehen könnte, wo's ihm gefällt... Warum stehe ich nicht auf und gehe? Ich

kann doch nicht, nein, ich darf da nicht mitmachen! Überhaupt nicht dabeisein! Nein, nein, das geht nicht!« Während die Gedanken in ihm kämpften, schluckte er trocken. Er spürte einen schweren Druck auf seiner Brust, irgendeine einschnürende Enge. Aber er wagte nicht, fester zu atmen. Er hörte nur, wie der Berichtende weiterredete: »Seit der Zurückstellung des Volksentscheids und der Neuwahlen behaupten sie überall, der Rat stecke mit den Futuristen unter einer Decke und richte eine rücksichtslose Diktatur auf. Es steht fest, daß sie bei den Massen nur sehr geringen Widerhall finden. Seitdem machen sie die Massen verächtlich und schreiben und reden von verkommenem Mischmasch. Damals bei den indischen Sektenkämpfen fanden wir einige Instruktionen, da hieß es: »Der Mensch muß wieder ehrgeizig auf Herkunft und Tradition gemacht werdenl Bei den Hindus und Moslems gleicherweise vorgehen! Genau auf Ausscheidung der Mischmaschleute abzielen!« Bei den späteren Arbeiterstreiks hatten sie damit keinen Erfolg. Sie diskreditierten nur die Qualifikanten als zusammengewürfeltes Gesindel. Trotz alledem zeigt sich bis jetzt, daß sie noch ohne jede Massenbasis sind.« Climasch reichte einige Flugblätter herum.
»Aber so sagen Sie mir bloß, was wollen diese Leute denn nun wirklich? Bis jetzt stänkern sie doch bloß, und niemand nimmt sie ernst!« fragte Homann ungeduldig. Da bat Climasch Vera Schilliza, einiges aus dem letzten Artikel der Zeitung »Stern des Nordens« vorzulesen. Homann wurde wacher. Mauvin sah gespannt auf Vera, die mit einer seltsam dunklen, klaren Stimme, welche sich an jedem Satzende etwas ins Hellere hob, zu lesen begann: »Nation ist etwas in Jahrhunderten natürlich Gewachsenes. Sie ist die Quelle aller wirklichen Kultur und der Inhalt alles wesentlich Menschlichen. Wer behauptet, das Nationale sei durch Krieg und Katastrophe in den versprengten Völkergruppen erstorben, ist entweder ahnungslos, oder er lügt absichtlich. Eine friedliche Weltföderation von Dauer kann nur entstehen, wenn sie diese unzweifelhaft noch vorhandenen nationalen Besonderheiten berücksichtigt und mit der Demokratie in Einklang bringt. Im anderen Falle wird diese Demokra-

tie zur leblosen Konstruktion. Wenn sie sich bei ihrer Ausformung nur noch des rein Zivilisatorisch-Technischen bedient, gleitet sie ab ins außermenschlich Funktionelle. Sie macht den einzelnen Menschen zum brauchbaren, seelenlosen Rädchen. Ein derartiges Rädchen hat keine eigene innere Verpflichtung mehr, es funktioniert nur. Schlimmer noch: Ein mit höchster Präzision in Gang gebrachtes Werk all dieser Rädchen schafft keine Gesittung mehr, bringt keine Kultur mehr hervor. Wir sehen bereits, wie durch den mit allen Mitteln forcierten Aufbau die Welt das lebendige Gesicht, die Vielfalt verliert, wie grauenhaft vermaßt das Denken, der Formsinn, kurzum, alles urtümlich Geistige wird. Dieser Weg führt radikal zum Untergang alles schlechthin Menschlichen, zur öden Mechanisierung des Menschen, zu einem Wesen, das nur noch Maschine und Tier ist. Die Leiter in Peacetown haben alle Machtmittel, die Menschheit zu entnationalisieren und zu entmenschlichen. Ganz offenbar ist das auch ihre Absicht. Damit aber verkehrt sich ihre sogenannte, vielgepriesene Demokratie in eine Diktatur schlimmster Ordnung. Es ist deshalb kein Zufall, daß überall sehr eindringliche Stimmen laut werden, die eine gründliche Revision der Weltverfassung fordern. Die national erwachenden Menschengruppen stehen dabei an vorderster Stelle. Unsere Losung lautet: Gesunde Demokratie in einem friedlichen Bund der Nationen. Kampf gegen die gesichtslose Diktatur von Peacetown.«
»Ein bißchen lang, aber nicht ohne Schwung«, spöttelte Mauvin. »Gesichtslose Diktatur?... Gar kein schlechtes Schlagwort.« Mellnikow und Ussitzki sahen zu gleicher Zeit in sein unverfroren hämisches Gesicht. Er wich nicht aus. Es war ein kurzes, herausforderndes gegenseitiges Messen.
»Aber das ist doch lauter Gallimathias!« prustete Homann aus sich heraus, während Paschuljew unauffällig aufstand und hinausging. »In was für einer Zeit leben denn diese kindischen Artikelschreiber eigentlich?
»Oh, die leben ganz in unserer Zeit! Sie leben sogar sehr munter«, sagte Stankow sarkastisch. Homann wandte sein fleischiges Gesicht ihm zu und rief noch herabmindernder: »Was? In unserer Zeit, sagen Sie? Ha! Haha!... Nation, Na-

tion?... Die sind doch geisteskrank, die sind impotent! Die wollen doch aus der Zukunft nur so was wie eine verlängerte Vergangenheit machen. Das – «

»Damit muß Schluß gemacht werden! Sofort und radikal!« riß ihm Canchulla energisch das Wort ab und beantragte unter allgemeiner Zustimmung die Einberufung einer außerordentlichen Sitzung des Hohen Rates. Climaschs Miene blieb steif und ausdruckslos. Vera Schilliza zerdrückte eine Zigarette und sah wie zufällig auf Ussitzki, dann auf Mellnikow. Dabei wurden ihre schläfrig verhangenen Augen bohrend kalt, und irgend etwas Bösartiges flimmerte in ihnen auf. Gereizt legten sich ihre Lippen aufeinander und erschienen weniger voll. Nur Mauvin erhaschte das. Um sich nicht zu verraten, betrachtete er ihre lange, gutgegliederte Hand mit den spitz zulaufenden Fingern. »Was war das? Was ist das?« überlegte er erregt. Sein versteckter Blick lief ihren lässig gebogenen Arm entlang, über die gerade Schulter und landete erneut auf ihrem Gesicht, das längst wieder in eine verschlossene, fast abwesende Gleichgültigkeit gesunken war. »Toll!« dachte er. »Toll! Jetzt sieht sie wieder wie eine gelangweilte Sekretärin aus! Die sollte Schauspielerin sein! Wie kommt die bloß zu so einem unsinnigen Beruf?... Diese blödsinnige Zeit, diese idiotische Demokratie verschiebt alles!« Ganz vage und nebenher fiel ihm Ellen ein, die sich seit ihrem Mißerfolg im Parlament einen »stilleren Posten mit eigener Verantwortung« wünschte und dabei öfter sagte: »Meinetwegen auch so was wie diese Madame Schilliza!« Innerlich schmunzelnd stellte er fest: »Hm, die Ellen, dieses fleißige Schulkind, hm? Wie wegwerfend, wie gehässig sie das immer sagt: ›Diese Madame Schilliza!‹... Sie haßt die da und weiß gar nicht recht, warum! Sie spürt nur, die ist mehr! Die da, die will viel! Die will alles!« Er stockte bestürzt: »Ja, aber was will sie eigentlich? Was? Warum schaute sie so auf Mellnikow und Ussitzki?... Ich will sie doch! Ich ganz allein! Ich!« Er erschrak leicht, als sich Paschuljew, der eben wieder hereingekommen war, hinsetzte. Noch einmal verschlang er mit gierigem Blick Vera. Die aber schien ganz woanders zu sein. »Eiskalt!« gestand er sich, und ingrimmig wehrte er sich gegen eine nie gekannte Erregung, die jäh und heiß sein

Blut gegen das Herz trieb. Nun erst schien er zu hören, wie Climasch von den Vorsichtsmaßnahmen sprach und daß sieben der besten Geheimagenten in die Qualifikanten-Brigaden von Sturmdorf gemischt worden seien. Die meisten Sitzungsteilnehmer erhoben sich schon. »Wo gehn wir jetzt hin, Fräuleinchen?« fragte Homann und schob sich mit seiner ganzen Körperfülle auf Vera zu. »Ein ausgezeichneter Einfall! Kommen Sie, Madame, kommen Sie!« ermannte sich Mauvin und faßte Vera mit einem ölig bittenden Blick. Sie stand eigentümlich schlank und gerade da.

»Nein, leider, es geht nicht«, sagte sie unverbindlich höflich. »Ich hab' noch viel zu tun.« Ihre Stimme klang nun noch dunkler, gleichsam samten. Mauvin fieberte, als sie ihn flüchtig ansah. Er versuchte zu lächeln, aber schon ging sie weiter. Bei jedem ihrer kurzen, energischen Schritte wiegte sich ihr federnder Oberkörper leicht in den streng geformten Hüften.

»A-aaach, diese Welt kennt kein privates Vergnügen mehr!« brummte Homann mißvergnügt und tappte mit Paschuljew weiter. »Du hast recht, Wassilij, man soll nichts wollen...«

ZUFÄLLE

Lucker war wütend darüber, daß ihm das übliche schnelle Agentenflugzeug vom Nebenamt der Großen Plankommission immer noch nicht zugestellt worden war. Aufgebracht schimpfte er bei Greiner über Tom Watkin und Jakulewski, denen er die Schuld an diesem Versäumnis zuschob. Auf eine entsprechende Beschwerde beim Gouverneur Muetli war der Bescheid gekommen, daß für solche Angelegenheiten die Große Plankommission zuständig sei. Wohl oder übel mußte sich der erboste Lucker vom Piloten Tulquin in einem städtischen Flugzeug nach Sturmdorf bringen lassen. Das ärgerte ihn erst recht. Aus vielen Gründen wollte er in Sturmdorf allein sein.

Als einziger Passagier hockte er in einer der komfortablen Kabinen. Vor den Fenstern lag dichter Nebel, durch den sich die Sonne erst langsam kämpfte. Die Motoren surrten gleichmäßig. Lucker rauchte, streckte seine langen Beine aus und legte sie auf den gegenüberliegenden Polstersitz. Er war noch etwas verschlafen und verknurrt, zerdrückte die Zigarette und döste ein wenig ein. Als er aufwachte, war der Nebel ziemlich gewichen. Er räkelte sich in die Höhe, nahm einen Schluck Slibowitz, zündete sich eine neue Zigarette an und begann gelangweilt in der letzten Nummer des »Peacetown Record« zu lesen. Mechanisch faßten seine Augen die Buchstaben. Gleichgültig überflog er die Wortbilder. Langsam verlor sich seine Schläfrigkeit und Abwesenheit. Er sah die Fotografie eines alten, spitzbärtigen Mannes mit vielzerfaltetem Gesicht und einer Glatze auf dem Zeitungsblatt. Sehr klein waren die kindlich dreinschauenden Augen hinter der altmodischen Brille, und unter dem Bild standen die fettgedruckten Worte: »Leonid Wassilijew Paschuljew, Mitvorsitzender der Großen Plankommission, spurlos verschwunden.« Lucker wurde interessierter. »Hm«, machte er, irgend etwas rasch überdenkend, und las gespannt. Der lange Artikel erzählte eingangs das Leben und die Leistungen des großen Gelehrten und berichtete, daß sich Paschuljew, wie das öfter zu geschehen pflegte, vor einigen Tagen in das große Agrikultur-Institut am Rande der Sahara begeben wollte. Während des Fluges aber habe er plötzlich seinen Piloten und dessen Begleiter veranlaßt, Kurs auf das europäische Festland zu nehmen, und sei unter der Vorgabe, noch irgendein ähnliches Institut auf ehemals französischem Gebiet besichtigen zu wollen, mit den beiden auf dem Flugplatz eines großen Rats-Seehafens niedergegangen. Dort habe er den Piloten gesagt, es werde voraussichtlich allerhand Besprechungen mit den Professoren geben und sie sollten ihn erst nach zwei Tagen zur angegebenen Zeit erwarten. Er sei in die Stadt gefahren und seither nicht mehr gesichtet wurden. Die Anfragen bei dem betreffenden Institut ergaben, daß er überhaupt nicht dort gewesen war. Die sofort einsetzenden polizeilichen Nachforschungen waren bisher ergebnislos. Der Chauffeur, der Paschuljew vom Flugplatz in die Stadt gebracht hatte, konnte nur angeben, daß sein Fahrgast am Bahnhof ausgestiegen sei. Die sogleich durch Funktelegrafie verbreiteten Bilder und Signalements, die ständigen Radiodurchsagen und einige Verhaftungen Verdächtiger hatten noch kein Licht in die mysteriöse Angelegenheit gebracht. »Hm, sonderbar... sonderbar«, brümmelte Lucker und ließ die Zeitung sinken. Er sah wieder auf Tulquins Rücken und hatte große Lust, sich mit dem Piloten über die Nachricht zu unterhalten, aber der maulfaule Mensch war ihm zuwider. Er blickte kurz durchs Fenster. Die Nebel waren gestiegen, am weiten Himmel glänzte die Sonne wie frisch gewaschen. In der Tiefe tauchten langgestreckte, endlose Wälder mit blinkenden Seen auf. Er sah auf seine Armbanduhr und stellte fest, daß man höchstenfalls noch eine knappe halbe Stunde zu fliegen hatte, legte sich zurück und begann nachzudenken.

Als sie auf dem provisorischen Flugplatz zwischen Sturmdorf und Sörengarden niedergingen, fiel ihm auf, daß die Fahne auf halbmast niedergelassen war. Die zwei Männer, die ihn im Auto zum Sheriff Ostermann bringen sollten, erzählten, daß vorgestern Friedensrichter Hillgrist gestorben sei und eben die Beerdigung stattfinde.

»Was?... So schnell?... Bei meinem letzten Besuch war er doch noch ganz rüstig!« rief Lucker leicht bestürzt und sah

dem pustelgesichtigen Chauffeur in die graugrünen Augen. »Da komm' ich ja sehr ungelegen...«
Ohne darauf einzugehen, meinte der Mann: »Sheriff Ostermann hat Auftrag gegeben, Sie in seinem Haus unterzubringen. Er hält die Grabrede und läßt sich einstweilen entschuldigen... Ihr Begleiter hat Quartier bei Kamerad Petersen, bitte.« Er sagte es wie militärisch meldemäßig. Petersen, ein hochgeschossener Dreißiger, stellte sich Tulquin vor.
»Gut! Sehr schön! Danke!« sagte Lucker, mit seinem Piloten ins Auto steigend. Als sie saßen und anfuhren, sah er wieder auf seine Armbanduhr und fragte: »Sagen Sie – wenn Sie meine Sachen untergestellt haben, können Sie mich noch zur Beerdigung bringen, oder ist's schon zu spät?... Ich hab' doch den guten Hillgrist so gut gekannt.«
»Bitte, kann gemacht werden. Wir haben noch Zeit«, antwortete der Chauffeur. »Wir bleiben über Nacht?« fragte Tulquin muffig.
»Ja, warum?« tat Lucker erstaunt. »Wahrscheinlich dauern meine Verhandlungen zwei oder drei Tage... Ist denn das nicht gesagt worden?«
»Nein«, antwortete Tulquin und knurrte grämlich: »Was tu' ich denn so lang?« Einige Sekunden überlegte Lucker. Dann wurde er freundlich.
»Eigentlich richtig!« meinte er. »Schweinerei, daß man das nicht gesagt hat... Die lumpigen zwei Stunden Flug, hm... Meinetwegen, Tulquin, ich halt' dich nicht.«
»Ich flieg' zurück!... Wann soll ich wiederkommen?« sagte Tulquin resolut und rief dem Chauffeur zu: »Kehren Sie um! Bringen Sie mich zu meinem Apparat!«
»Ja, bitte!« bekräftigte Lucker. »Kommen wir dann noch zurecht –«
Der Chauffeur drehte schon und antwortete nur: »Läßt sich machen.«
Später, als Tulquin schon in der Luft schwebte und südwestwärts flog, sagte Lucker aufatmend: »Mensch, das dämliche Schwein hätten wir los! Die ganze Zeit hab' ich schon herumlaboriert wie wir den Kerl weghalten können.« Ohne sich umzudrehen überschrie der Pustelgesichtige vorn das Brummen des Motors: »Das hätte Kamerad Petersen schon

in Ordnung gebracht. Er ist ja unser Experte in Fremdenbehandlung.« Es ging aufwärts. Die mächtigen hohen Tannen rechts und links von der glitschigen, mit dicken Holzschwellen ausgeebneten Straße zeigten noch Spuren von krankem Schnee auf den Ästen. Das breite Band des frischblauen Frühjahrshimmels über den Bäumen war da und dort unterbrochen von kleinen, weißen Wolken, die der Wind weitertrieb. Man kam wieder auf Hillgrist zu sprechen. Schnell sei es gegangen mit dem Alten, meinte der Chauffeur, mit einer harmlosen Grippe habe es angefangen, Lungenentzündung und hohes Fieber seien dazugekommen und aus wäre es gewesen.

»Schade! Er war ein tüchtiger Mensch«, rühmte Lucker den Toten und fragte: »Na, jetzt wird wohl Kamerad Ostermann Friedensrichter?«

»Kein anderer«, erwiderten die zwei Männer vorn zu gleicher Zeit. Sie kamen auf einen baumfreien Kamm, der links eine weite, sauber ausgerodete, leicht ansteigende Fläche zeigte, die schön und fast feierlich vom Halbrund der dunklen Baumwände umschlossen war. Groß stand der Himmel darüber. Der Seitenweg, in den das Auto einbog, war mit einem Geländer von gewundenen Tannenzweigen verziert. Hohe Gerüste trugen umfängliche, schüsselähnliche Ampeln, in welchen Feuer brannte, das lustig ins Blaue flammte. Etliche Wurfweiten entfernt standen dichte Menschenhaufen. Kräftige, gut zusammenklingende Männerstimmen sangen irgendein Lied.

»Großartig!« sagte Lucker.

»Gut getarnt!... Jeder Verein ein Stoßtrupp!« meinte der pustelgesichtige Chauffeur, und sein Begleiter setzte dazu: »Was unser Sheriff macht, hat Zug!«

Sie hielten an. Rasch schwangen sich die zwei Männer aus dem Auto und flüsterten den Leuten etwas zu. Die ließen die Gasse frei, und Lucker durchschritt sie. Einige nickten ihm grüßend zu. Vorn am aufgeworfenen Grab mit den vielen Tannenkränzen stand Ostermann steil aufgereckt, ernst und soldatisch. Neben ihm stand Lawrow, und hinter ihnen hatte eine Abordnung Qualifikanten Aufstellung genom-

men. Die Männer, die Ostermann und Lawrow flankierten, mochten Beigeordnete und Sheriffs der Nachbarsiedlungen sein. Obgleich niemand uniformiert war, machte die Feier unverkennbar einen militärischen Eindruck. Als Lawrow Lucker auftauchen sah, wurde sein unbewegtes Gesicht einen Hauch lang dunkelrot. Verwundert, ärgerlich und irgendwie abweisend sah er auf ihn, so daß Lucker, der das offenbar nicht verstand, aber doch etwas Unangenehmes witterte, nicht einmal grüßend nickte und nur stehenblieb.
»Wir sollten gar nicht hergekommen sein!« flüsterte der Pustelgesichtige ihm kurz darauf zu. »Mann! Dummheit gemacht. Das gibt einen Rüffler, nicht zu knapp.« Die Männerstimmen rundherum stiegen zum letztenmal brausend in die Höhe, und Lucker flüsterte ebenso: »So?... Na, das laß mal meine Sache sein, Junge!« Seine Miene paßte aber gar nicht zu dieser selbstsicheren Bemerkung, und sie blieb die ganze Zeit so, während Ostermann seine Rede hielt, in der er mit viel Schwung den Verstorbenen als »anspornendes Beispiel für die Jugend«, als »rechten Mann am rechten Platz« und »unvergeßlichen Schöpfer der bewährten Gemeinschaft im ganzen Gebiet« rühmte. Lucker stand da, als höre er nur das Geräusch der Worte, sah meistens auf den feuchten Grabhügel und warf nur manchmal einen unbemerkten, giftigen Blick auf Lawrow. Als man später der Reihe nach am Grab vorüberging, jeder eine kleine Schaufel Erde in die Tiefe warf, trat er endlich beiseite, drückte Ostermann die Hand und sagte, ohne Lawrow zu beachten, so laut, daß es alle Umstehenden hören konnten: »Na, da hab' ich's ja schlecht erraten mit meinem Geschäftsbesuch!... Daß ich unseren guten Hillgrist nicht mehr sehe, hab' ich nicht geglaubt.«
»Jaja!« sagte Ostermann nur, als sei er in Gedanken immer noch mitten in seiner Rede. Sein ausweichender Blick berührte Lucker peinlich.
»Gehn wir!... Auch ich habe geschäftlich dringend mit Ihnen zu reden«, meinte in diesem Augenblick Lawrow sehr förmlich. »Sheriff Ostermann wird nachkommen.« Sie maßen sich kurz. Der Pustelgesichtige öffnete den Wagenschlag. Sie stiegen ein. Auf dem Platz formierten sich Züge

und marschierten hinterdrein. Rasch wurde der Abstand größer und größer. Ein leises Unbehagen beschlich Lucker. Das rasende Tempo des Autos kam ihm verdächtig vor. Gespannt folgte er der Fahrtrichtung. Nebenher fiel ihm ein, wie prahlerisch er zum Pustelgesichtigen gesagt hatte: »Na, das laß mal meine Sache sein!«
Seine Eitelkeit kitzelte ihn, doch Lawrows frostiges Benehmen machte ihn kleinlaut. Lawrow war einer der führenden nationalen Föderalisten, und jeder hatte sich seinen Befehlen blind zu fügen. Der Mann machte keine Flausen. Die Feme arbeitete lautlos. Nach und nach durchrieselte Lucker eine ungewisse Furcht. Mit Gewalt stellte er sich arglos und fragte: »Was sind denn das für dringende Sachen?«
»Später«, gab Lawrow herrisch zurück, und ohne den neben ihm Sitzenden zu beachten, sah er geradeaus. Eine jähe Gereiztheit stieg in Lucker auf. Die Wut packte ihn. »Mich brauchen sie genauso wie den. In meinem Gebiet haben sie keinen andern«, kalkulierte er und wurde noch grimmiger: »Was bildet sich der Kerl eigentlich ein? Das sieht ja aus wie – « Das sausende Auto nahm eine scharfe Kurve und glitt ein wenig. Das schmutzige Wasser der Straße spritzte hochauf und schlug gegen die Fenster. Lawrow und Lucker wurden federnd gegeneinandergeschüttelt.
»Na! Na!« rief Lawrow strafend dem pustelgesichtigen Chauffeur zu und beugte sich etwas nach vorn: »Stopp bei Ostermann! Dann bringst du den Sheriff! Er weiß schon... Stell genau fest, ob die Qualifikanten gleich wegfliegen, verstanden?«
»Geht in Ordnung«, antwortete der Mann am Steuer. Steif saß Petersen neben ihm.
»Ist denn was Besonderes los?« fragte Lucker wieder und würgte seine Unruhe hinunter.
»Später!« sagte Lawrow wiederum und sah ihn scharf an. Sehr ungeduldig klang das Wort. Lucker biß die Zähne fest aufeinander und überlegte, wie er diesem herabmindernden Benehmen begegnen sollte. Da hielt das Auto vor Ostermanns ansehnlichem Fachwerkhaus, und rasch stieg Lawrow aus. Er folgte. »Kerl!« dachte er giftig. »Mit mir springt man nicht so um. Ich hab' euch in der Hand, wenn's hart auf

hart geht... Ich kann auch anders.« Denn er war seit jeher ein wendiger Mensch gewesen mit einem waghalsigen Sinn fürs Opportune. Wie um sich Mut zu machen, überdachte er im Nu sein bewegtes ganzes bisheriges Leben. Kaum sechsundzwanzigjährig, hatte er kurz vor dem Zusammenbruch des Hitlerreiches im damaligen zweiten Weltkrieg die höchste Stufe seiner Karriere erreicht, war hoher Offizier des nationalsozialistischen Sicherheitsdienstes gewesen, hatte Tausende und aber Tausende mit einem Federstrich in die Gaskammern geschickt und ein hemmungsloses, süchtiges Parvenüdasein geführt mit Prunkvillen und Autos und zahlreicher Dienerschaft, mit Weibern und barbarischen Gelagen, um dann – als das Ende hereinbrach – spurlos unterzutauchen und später als beflissener Anhänger der von den Siegern geforderten Demokratie wieder langsam aufzusteigen. Ja, und dann war auf einmal wieder eine große Chance gewesen: die Armee der Westalliierten, zu der er sich sofort freiwillig meldete. Und dann kam endlich der neue Krieg und sein Durchkommen bis jetzt, sein Raubvogelinstinkt, der ihn wieder in Kontakt gebracht hatte mit seinesgleichen. Er sah, als er mit Lawrow den dunklen Hausgang durchschritt, unverwandt auf das Genick des Vorausgehenden, auf die kleine Warze, die er darauf erspähte und schloß: »Nun – was haben sie im Sinn mit mir? Da stimmt was nicht!... Ich kenn' das, ich riech' das!« In diesem Augenblick aber fiel ihm ein, daß ja Tulquin nach drei Tagen wiederkäme, und er wurde ruhiger.

Es war ein merkwürdiges Zusammensitzen der beiden, das alles im ungewissen ließ und Lucker nur noch mehr auf die Folter spannte. Ostermanns Frau, eine etwas matronenhaft aussehende Fünfzigerin, begrüßte die Gäste mit freundlicher Förmlichkeit, übergab Lawrow mit den Worten »Das ist eben für Sie eingetroffen« ein Telegramm, das dieser sofort erbrach und hastig überflog. Geschwind steckte er es ein. Der Tisch war gedeckt. Frau Ostermann wünschte einen guten Appetit und verschwand wieder. Lucker kannte sie und ihre zwei hübschen blonden Töchter halbwegs. Sie waren zwar auch bei seinen früheren Besuchen nie sonderlich in

Erscheinung getreten, hatten sich aber dabei viel natürlicher und herzlicher benommen. Das Mahl, das die Töchter auftrugen, war reichlich. Die Mädchen – das eine ungefähr zwanzig, das andere etliche Jahre jünger – verhielten sich eigentümlich steif, lächelten ab und zu dünn und gezwungen und sagten nur das Notwendigste.

»Wollen wir nicht auf Ostermann warten?« fragte Lucker und blickte auf Lawrow. Der schüttelte den Kopf, meinte, das könne etwas zu lang dauern und fing leger zu essen an. Lucker stutzte kurz, sagte nichts mehr und begann ebenfalls, die fette Fischsuppe auszulöffeln. Erst als die Mädchen draußen waren, fragte Lawrow nebenher: »Wer hat eigentlich deinen Grabbesuch angeregt?... Du natürlich, oder?«

»Ja, ich, aber die andern haben nichts dagegen gehabt«, antwortete Lucker, mit dem Essen innehaltend. Vom Gang her kam ein schmaler, kleiner Mann mit bösem Vogelgesicht, einer großen Pelzmütze, wegstehenden Ohren und einem dichten, dunklen Vollbart in die Stube, entschuldigte sich wegen der Störung, was Lawrow nicht weiter beachtete, und verschwand rasch hinter der Tür, von der Lucker wußte, daß sie in Ostermanns Amtsstube führte. Gleich darauf waren abgerissene Töne oder Wortfetzen zu vernehmen, die darauf schließen ließen, daß der Mann an einem Radio herummanipulierte. Währenddessen sagte Lawrow wie geschäftsmäßig: »Du hast uns durch deinen Grabbesuch mehr verpfuscht, als du glaubst. Man ist sicher auf dich aufmerksam geworden... Man beobachtet uns in der letzten Zeit viel strenger. Wahrscheinlich müssen wir einige Aktionen früher starten. Aber lassen wir das für später.« Das klang für Lucker nicht mehr so unrecht. Er wollte etwas erwidern, doch die beiden Töchter kamen mit dem Braten und den Kartoffeln herein, und Lawrow warf ihm einen vielsagenden Blick zu. Er schenkte rasch zwei Gläser voll Wodka, prostete und sagte nur noch: »Na, guten Appetit jetzt!« Außer Bemerkungen über das Essen, Hillgrist und den Flug Luckers wurden nur wenige Worte gewechselt. »So, so, du hast dein Flugzeug immer noch nicht?« sagte Lawrow einmal, ohne vom Essen aufzusehen.

»Ja, das gefällt mir nicht«, antwortete Lucker und gierte ge-

radezu darnach, das Gespräch fortzusetzen, doch Lawrow blieb völlig interesselos und fragte nicht weiter. Mechanisch aß Lucker, ihm schmeckte nichts. Er hatte Lawrow erst zwei- oder dreimal gesehen und wußte einiges über ihn. Er mochte ihn nicht. Hinter ihm stand – rätselhaft, aber stets fühlbar – der anonyme Schrecken einer Bewegung, die alle, welche ihr anhingen oder sich ihr auch nur aus irgendwelchen selbstsüchtigen Interessen anschlossen, beständig einschüchterte und zuletzt fast hörig machte. Von der ganzen Erscheinung Lawrows ging eine düstere Gewalt aus, etwas unberechenbar Gefährliches, auf das man nie gefaßt war. Lucker entsann sich solcher Menschen aus früheren Jahren.
»Einen Moment«, meinte Lawrow wieder, stand auf und drehte das Radio an. Mitten im Satz begannen die Worte: »– besagt die letzte polizeiliche Meldung, daß die Kleider Paschuljews ungefähr fünfzehn Kilometer von der Mündung der Seine an einem abgelegenen Uferplatz gefunden wurden. Die Seine ist an dieser Stelle sehr tief. Da der Vermißte kein Schwimmer war, liegt die Vermutung nahe, daß er ertrunken ist. Wahrscheinlich hat er den Freitod gewählt. Ein sofortiges genaues Absuchen der Wasserstrecke bis ans Meer förderte jedoch keine Leiche zutage.«
Luckers Nerven waren so überreizt, daß er kaum fähig war, den Sinn der Worte zu fassen. Er schielte auf den breiten Rücken des gespannt lauschenden Lawrow, und es ging ihm in einem fort durch den Kopf: »Tulquin kommt ja... Wegschaffen können sie mich nicht. Das fällt auf!... Aber was wird gespielt mit mir?« Bedrängt beschloß er schon, einfach und grob davon anzufangen, aber als Lawrow sich umdrehte, aß er wieder geschwind weiter, wie ertappt.
Anschließend an die Meldung über Paschuljew brachte das Radio die Nachrichten von der bevorstehenden Volkszählung, die der Hohe Rat angeordnet hatte. Stumm setzte sich Lawrow nieder und trank ein neues Glas Wodka aus. Dann sah er auf seine Armbanduhr. Im Blickfeld Luckers tauchte sein kahler, kurz geschorener Schädel auf. Als Lawrow das nackte, wettergebräunte Gesicht hob, hatte es zwar immer noch einen undurchsichtig lässigen Ausdruck, aber eine Winzigkeit in seinen Zügen verriet, daß er nervös wartete.

»Der Wodka hat's in sich! Prosit!« sagte er wieder. Lucker folgte. Nun endlich fuhr das Auto daher.
»Geht in Ordnung«, meinte Lawrow, durchs Fenster lugend. Gleich darauf kam Ostermann mit dem Pustelgesichtigen und Petersen zur Stubentür herein.
»Weg sind sie, Gott sei Dank!« rief der Sheriff aufgeräumt, sah auf Lucker und wurde ärgerlich: »Was bloß dich dahergeweht hat! Ausgerechnet –« Das machte Lucker mutiger, denn jetzt, da andere dazwischengekommen waren, verwischte sich Lawrows rätselhafte Gewalt.
»Ich hab' doch telegrafiert«, sagte er.
»Telegrafiert...?« stieß Ostermann verdutzt heraus, und im Nu wurden die Gesichter der anderen interessierter.
»Wollt ihr essen?« fragte Ostermanns Frau geschwind durch die Tür. »Keine Zeit!... Später!« antwortete der Sheriff, und die fünf gingen in die nebenan liegende Amtsstube. Da saßen rechts und links an der holzgetäfelten Wand bereits vier jüngere Männer, die gerade dadurch, daß sie kaum bemerkt wurden, Lucker jäh erschreckten. Er spürte, wie seine Knie schwach wurden und riß sich mit Gewalt zusammen. Hinter dem umfänglichen Schreibtisch stand der Mensch mit dem Vogelgesicht, sagte militärisch knapp: »Alles in Ordnung! Noch zehn Minuten Zeit!«, und setzte sich ans Radio, das in die Wand gebaut war. Die selbstgewebten Vorhänge ließen nur wenig Licht durch die zwei Fenster, die auf einen Hof zu lagen, der von einer hohen Bretterplanke umgeben war. Eine Tür führte in den Hausgang. Auffallenderweise machte keiner der Hereingekommenen Anstalten, sich zu setzen.
»Telegrafiert hast du?... Ganz bestimmt?« wandte sich Lawrow an Lucker und musterte ihn bohrend.
»Ja, ich hab' Zeugen!« erwiderte der etwas benommen. »Wir brauchen doch wirklich Holzfaserplatten –«
»Und bei dir ist nichts eingelaufen?« fragte Lawrow Petersen, ohne sich weiter um Lucker zu kümmern.
»Nein! Absolut nichts!« sagte der. Er stockte eine Sekunde lang.
»Hm, eigenartig! Höchst eigenartig!« wiederholte Lawrow gedehnt und nahm Lucker wieder aufs Korn. Ganz genau wollte er wissen, wann und wo dieser das Telegramm aufge-

geben und was für einen Wortlaut es gehabt habe. Lucker fühlte alle Augenpaare auf sich gerichtet, aber er antwortete beherrscht.
»Du kannst das beschwören?« fragte Lawrow, zog blitzschnell seinen Browning und drückte dessen Lauf brutal in Luckers Bauch: »Du weißt, was dir blüht, wenn du lügst!« Einen Huscher lang sah Lucker auf Ostermann, der eine maskenhaft starre Miene zeigte, dann sagte er eigentümlich gefaßt, wie ein Mensch, der sich nur noch fatalistisch auf sein Glück verläßt: »Ich glaube, man kennt mich nicht erst seit gestern.« Lawrow ließ seine Waffe sinken und fragte Petersen erneut: »Und du hast wirklich kein Telegramm bekommen? Ganz bestimmt nicht?« Da der Befragte, der jäh strammstand, nicht gleich antwortete, rief er wie peitschend: »Bestimmt nicht?« »Nein – «
»Ach!« machte Lawrow hämisch. »Da ist wohl die Verbindung gerissen, was?«
»Möglich«, meinte Petersen. Steif stand er da.
»So... Sieh mal einer an!« sagte Lawrow und hieb mit aller Gewalt seinen Browning ins Gesicht Petersens. Es krachte. Der Mann gab keinen Laut von sich und strauchelte seitwärts. Noch ehe er sich recht fassen konnte, waren die vier Männer an der Wand aufgesprungen und packten ihn an Händen und Füßen. Einer preßte ihm ein dickes Tuch ins Gesicht und versuchte, es in seinen Mund zu stopfen, ein anderer drehte ihm die knackenden Arme nach hinten. Mit einem Ruck hatte der Pustelgesichtige stramme Haltung angenommen und blickte stumpf und blöde geradeaus. »Also doch!« sagte Ostermann, und Lawrow hielt dem Wehrlosen ein Telegramm vor die aufgerissenen Augen. »Da, du schleimiger Auswurf, du! Die Verbindung klappt, verstanden du popliger Achtgroschenwurm!« Er gab Ostermann das Blatt und hieb unausgesetzt auf den blutüberströmten Kopf des zusammensackenden Petersen ein, während der Kleine unbeteiligt eine Musiksendung durch das Radio herbeiholte, die das Schimpfen und Klatschen übertönte. Lucker tat kaltblütig und sah auf das Telegramm. »All right, Cecilie!« stand darauf. Er wußte, es war von Trummstedt, und kam sich plötzlich geborgen vor.

»Sicher war das Schwein schuld, daß ich zum Friedhof bin«, sagte er, und der Pustelgesichtige stieß militärisch stur heraus: »Jawohl, der!«

»Na, also!... Ich hab' doch gewußt, bei dir stimmt alles«, meinte Ostermann und schaute gleichgültig auf den zuckenden Menschenstumpf, den die vier Männer geradehielten.

»Ab mit ihm!« kommandierte Lawrow verschnaufend und warf seinen Browning auf das Schreibtischpult: »Strangulieren bis zum Geständnis! Auf keinen Fall fertigmachen, verstanden?« Zwei der Männer schleiften den Halbtoten durch die Tür, die anderen zwei schritten hinterher. Sie tauchten im Hof auf. Einer öffnete das Plankentor, der andere lief zum Auto, fuhr herein, alle stiegen ein und verschwanden.

»Übrigens – in Zukunft etwas selbständiger denken, Lukker«, sagte Lawrow und wischte sich mit einem Taschentuch die blutigen Hände ab.

»Meine Herren, es ist Zeit!« rief der Kleine vom Schreibtisch her und sah auf die Uhr. Während Ostermann sich setzte und ein anderes Telegramm vor sich ausbreitete, nahm dieser neben ihm Platz, legte einen Bogen Papier hin, zückte den Bleistift und sagte lächelnd: »Ich bin soweit!« Alle hatten es sich bequem gemacht und lauschten gespannt. Irgendein Spezialist im Fernen Osten hielt einen Aufklärungsvortrag über die in vielen dortigen Gouvernements auftretende Schaf- und Rinderseuche »Brzelose«, die rasch zunahm. Durch Mist und Milch übertrug sich Brzelose auf die Menschen. Hohes Fieber und Lähmungen bekamen sie. Die Zahl der angesteckten Siedler stieg besorgniserregend. Hunderte waren bereits gestorben.

»Vier«, sagte Ostermann, und der Vogelgesichtige schrieb. Das vierte Wort im vierten Satz des Vortrages hieß »Bakterien«.

»Drei!« rief Ostermann erneut. Das dritte Wort nach weiteren drei Sätzen wurde notiert. So ging es weiter, genau nach der Anordnung der Zahlen auf dem Telegramm, das sich wie eine harmlose Bestellung von Holzfaserplatten las. Als der Vortragende geendet hatte, resümierte der Schreiber: »Bakterienwirkung durchschlagend. Hundertprozentige Ansteckung erzielt. Auch bei anderen Epidemien Erfolg.

Unruhe erzeugt neue Massenwanderung. Maßnahmen aus Peacetown noch mangelhaft, teilweise Widerstand.«
»Na, es kurbelt sich ja ganz gut an«, sagte Lawrow zufrieden. Einer der vier Männer kam zurück und meldete, daß Petersen nach drei Strangulierungen und allen anderen Versuchen bis jetzt nichts gestanden habe, aber momentan nicht mehr vernehmungsfähig sei.
»Gut! Abwarten... Meinetwegen über Nacht stärken! Wir haben Zeit!« gab Lawrow weitere Anordnungen. Als der Mann weg war, begann man mit der Beratung über die Unterbringung, Verteilung und Aktivierung der »Heimatsuchenden« in den Zentralgouvernements. Für jeden Auftrag, den er dabei erhielt, machte Lucker einen Knopf in ein winziges Stück Bindfaden. Ausgezeichnet unterrichtet war man über die Schiffahrts-Transporte der großen Plankommission, die – wie Lucker wußte – öfter durch plötzliche, bis jetzt unaufgeklärte Schiffsuntergänge empfindlich betroffen wurden.
»Respekt! Pedro funktioniert tadellos«, lobte Lawrow und sah auf den Vogelgesichtigen. Pedro Ramiro, einer von den damals zurückgetretenen Organisationsleitern der Großen Plankommission, war ein tief rachsüchtiger Mensch. Er hatte jene Niederlage nicht verwunden und sich – was von den Ratsmitgliedern rühmend vermerkt worden war – damals in das Schiffahrtsamt hinunterversetzen lassen. Shenley war empört in sein kanadisches Heimat-Gouvernement gegangen, um Elektrizitätswerke zu bauen. Er wollte, wie er sich ausdrückte, »von der hirnlosen, schoflen Ratsbagage« nichts mehr wissen. Und der Mann mit dem bösen Vogelgesicht – Jegor Ivens – hatte unter dem Vorwand, seinem finnischen Geburtsland als schlichter Ingenieur zu helfen, sich in Sturmdorf niedergelassen. Bald war ja auch die Agrostadt beziehbar.
Im Laufe der Verhandlungen erfuhr Lucker, der Ivens zum erstenmal sah, daß dieser Mann, den er zum Schein als Sachverständigen nach Flußtal mitnehmen mußte, von nun ab als sein oberster Leiter der Geheimarbeit in den Zentralgouvernements ausersehen war und damit sein unmittelbarer Vorgesetzter wurde.

»So, und nun mal 'ran an den Feind!... Wir schaffen's« sagte Ostermann, und man ging in die Wohnstube zurück.
Als Tulquin, wie verabredet, am dritten Tag auf dem Flugplatz Sturmdorf-Sörengarden landete, wunderte er sich nicht weiter über den fremden Mitpassagier.
Nachdem das Flugzeug schon eine Weile durch die hohe Sonnenluft surrte, fragte Ivens einmal zwischenhinein: »Kennst du den Piloten näher?«
»Nein... wie man sich eben so kennt, warum?« wandte sich Lucker an den wortkargen Menschen, der ihm zuwider war.
»Nur so«, gab Ivens zurück. Er blickte durch das kleine Coupéfenster nach vorn auf den dicken Nacken Tulquins.
»Überheblicher Tropf!« dachte Lucker. »Du – und mich kommandieren!« Lustige Radiomusik erfüllte die Kabine.
»Und Anzeichen dafür, daß die ›Stillen‹ bald in Agrostädte verpflanzt werden, bestehen deiner Ansicht nach nicht?« fragte Ivens nach einer Weile geschwind und gedämpft.
»Kein Gedanke!... Sie wollen auch gar nicht«, erwiderte Lucker. »Vorläufig läßt man sie einfach in Ruhe.«
»Ausgezeichnet«, sagte Ivens wie für sich. Die Musik brach ab, Ticken im Radio setzte ein, es tutete etliche Male, und dann begannen die Tagesmeldungen. Nach den ersten Sätzen hob Lucker das Gesicht und starrte fragend auf den unbeteiligt rauchenden Ivens.
»Hoppla! Was ist denn das?« konnte er sich nicht zurückhalten, denn er merkte genau, daß sein Begleiter nur den Ruhigen spielte.
»Nicht in unserm Programm!« meinte Ivens, seine Asche von der Zigarette streifend. »Entweder undisziplinierte Hitzköpfe von uns, dann wehe... Vielleicht sind's auch andere.« Ein Attentat auf den Gouverneur Kowaloff war verübt worden, aber mißlungen. Drei Verdächtige konnten festgenommen werden, besagte die Meldung, und man sei damit einer weitverzweigten Verschwörung auf die Spur gekommen.
»Mensch, dicke Luft!« stieß Lucker unterdrückt heraus und lugte auf Tulquin.
»Wieso?... Geht uns gar nichts an!« gab Ivens zurück und spöttelte: »Spuren einer weitverzweigten Verschwörung?

Diese Tricks kennen wir. Mit solchen Schreckschüssen blamiert sich die Eka bloß.« Lucker schwieg. Ingrimmig schwor er sich, dem Burschen bei nächster Gelegenheit ein Bein zu stellen. So war er nicht, der Fred Lucker, daß er nur für den Erfolg anderer arbeitete und riskierte. Nein, nein! Wenn schon mit beim Spiel, dann wollte er mit unter den obersten Nutznießern stehen, bei den ganz Mächtigen! Anders lohnte sich die Sache nicht und verlor jeden Reiz für ihn. Gallebitter stieg es ihm auf, wie niederträchtig demütigend ihn dieser Lawrow in Sturmdorf behandelt hatte. Wahrscheinlich malte er sich auch aus, wie blamabel das aussehe, ohne den gewünschten Erfolg nach Flußtal zurückzukommen, nachdem er bei Greiner so geprahlt hatte. Der Sachverständige wollte erst die Kreditfähigkeit der neuen Agrostadt feststellen! »Mein ganzes Renommee leidet darunter!« überlegte er, doch laut sagte er: »Du magst recht haben, Kamerad... Kombinieren war nie meine Stärke.« Es sollte geschickt schmeicheln, doch Ivens blieb fischkalt. Gleichmäßig surrten die Motoren. Da sein Begleiter anfing, den »Stern des Nordens« zu lesen, zog Lucker den Bindfaden aus seiner Westentasche und ließ die Knöpfe langsam durch seine Fingernägel gleiten. Bei jedem Knopf hielt er inne, als versuche er eindringlich, sich den damit verbundenen Auftrag einzuprägen. Es entging ihm nicht, daß ihn Ivens dabei manchmal flüchtig beobachtete. Er wünschte es. Es war früh am Nachmittag, als Tulquin das Flugzeug in Flußtal bodenwärts gleiten ließ. Rundum auf den Feldern wälzten sich die neuen Combinen dahin. Riesige Strohhaufen türmten sich. Überall waren die Menschen geschäftig.

Um das Unangenehme rasch hinter sich zu bringen, schlug Lucker vor, sofort zum Sheriff Greiner ins Stadthaus zu fahren. Ivens hatte nichts dagegen. Sie mußten eine ziemliche Weile warten, was Lucker nicht besser stimmte. Endlich tat sich die Tür auf, und Greiner tauchte mit Wirigin auf, von dem er sich herzlich verabschiedete. Das wunderte Lucker, denn Stille vermieden es, so gut sich das nur machen ließ, irgendwelche amtlichen Instanzen aufzusuchen.

»Nanu? Was führt denn dich hierher?« fragte er Wirigin, den er aus der »Alten Siedlung« gut kannte. Der hochgewachsene, bärtige Mann sah ihn leicht verlegen an, und statt seiner sagte Greiner: »Er hat den Lehrer Trummstedt ins Krankenhaus reingebracht... Wahrscheinlich ist's Blinddarm bei dem.« Rasch ging Wirigin weiter. Etwas befremdet maß Greiner Ivens, den Lucker vorstellte, indem er sein Mitkommen begründete. Während der Verhandlung kratzte sich der Sheriff öfter an der Schläfe und brummte besorgt: »Was machen wir bloß? Die Kinder müssen doch Unterricht haben, wenn Trummstedt länger liegen muß... Die Stillen wollen sie partout nicht in die Stadt geben.« Es war wirklich nicht mehr so leicht, Sheriff einer neuen Agrostadt zu sein. Draußen in der »Alten Siedlung« war alles viel einfacher gewesen. Natürlich, fast patriarchalisch hatte sich dort stets alles geregelt.

»Eine Blinddarmoperation ist doch keine Angelegenheit mehr. Die dauert doch nicht lang«, meinte Lucker. »Die Kinder werden über den Schulausfall nicht weiter traurig sein.«

»Tja, das sagst du so hin!« seufzte Greiner, dem heute gar nicht der Sinn danach stand, große geschäftliche Verhandlungen zu führen. »Jeden Augenblick kommt ein Beamter vom Gouvernement und setzt uns zu! Alle restlichen Altsiedlungen müssen liquidiert werden! So schnell wie möglich... Immer findet er ein neues Argument und drängt und drängt. Wenn er jetzt daherkommt und merkt, der Lehrer ist krank, die Kinder bekommen keinen Unterricht, ist's ganz aus!... Die Stillen arbeiten ausgezeichnet. Zu klagen gibt's nichts über sie, aber sie wollen unter sich bleiben. Lieber, sagen sie, gehn wir wieder auf Wanderung, nur nicht in unseren Städten aufgeteilt werden! Und da ist auch schwer was zu machen. Sie sind eine anerkannte Sekte. Das Toleranzgesetz schützt sie.«

Dieses Gesetz sicherte freie Ausübung jeder Religion, sofern sich diese nicht gegen die Verfassung richtete. Allerdings mußten die Gläubigen ihre Kirchen und Gemeinschaften selbst erhalten. Kurz nach der Periode der Nachkriegskatastrophe hatten sich viele Sekten gebildet. Die meisten von ihnen waren jedoch mit der zunehmenden Stabilisierung wieder verflacht und verschwunden. Im Drange des harten Aufbaues, noch mehr aber in der Behaglichkeit des endlich

Erreichten verloren die Menschen jeden Sinn für das ungreifbare Überirdische wie für das scheinbar zwecklose Geistige an sich. Wie ehrwürdige Denkmäler aus grauer Vorzeit standen in manchen unversehrten, alten Städten noch manchmal Kirchen und Dome, die von einer Gruppe reisender Gläubiger gelegentlich besucht wurden. Die Klänge der Orgel oder die Stimmen der Chorsänger lockten mitunter Neugierige herbei. Der Tempel oder Dom füllte sich, indessen außer den Gläubigen, die voll andächtiger Ergriffenheit in den Stühlen knieten und beteten, verfolgten die Leute all die wunderlichen Zeremonien wie ein seltsames Schauspiel, ein exotisch anmutendes Theaterstück.
Nur in den südamerikanischen Gouvernements, wo sich das Papsttum niedergelassen hatte, gab es noch größere, einheitliche katholische Gemeinden und neue Kirchen in den Agrostädten. Es war aber nicht anders als dort, wo sich Buddhisten, Mohammedaner, Juden, Lutheraner, Baptisten, Methodisten und Presbyterianer massiert hatten. Die buntgemischten sonstigen Einwohner beachteten diese religiösen Restgruppen kaum. Zwecklos erschienen ihnen die Kirchen, Tempel, Moscheen und Synagogen. Architektonisch kühn geformte Versammlungs-, Turn- und Schwimmhallen, großartig angelegte Parks, Sport- und Flugplätze, moderne Schulen und Krankenhäuser zierten die Agrostädte – aber keine Andachtsstätten. Die Stillen kannten keine Kirche und Andacht, sie lebten, wie sie manchmal dunkel erklärten, »in sich«, doch sie waren weit verbreitet und zahlreicher, als selbst die besten Schätzungen anzugeben vermochten.
»Außerdem überschneiden sich da Toleranzgesetz und Schulordnung«, klagte Greiner zum Mißbehagen seiner Besucher weiter. »Solang sie eine homogene Gemeinschaft sind, die Stillen, solang haben sie das Recht, jeden Lehrer, der ihnen nicht paßt, abzulehnen. Sie müssen nur garantieren, daß der Grundunterricht ordentlich durchgeführt wird. Ich verstehe gar nicht – sie mögen den Trummstedt nicht einmal, aber sie bleiben bei ihm! Wahrscheinlich stört er sie am wenigsten.«
»Sonderbar«, dachte Lucker, »er ist doch sonst nicht so red-

selig. Was hat er denn auf einmal? Wächst ihm die Verantwortung über den Kopf oder will er uns erst einmal beriechen?... Ich kenn' ihn doch, den Fuchs!... Auffallend, wie er uns immer wieder mustert! Ganz scheinheilig fragend macht er das!... Hm, der Trummstedt ist krank? Da hab' ich ja freien Lauf mit der Cecilie. Verflucht, aber da ist doch dieser Kerl, der Ivens! Den muß ich doch zu ihr mitnehmen. Der wird die Sache gleich riechen. Verflucht und zugenäht!« Er wollte fragen, seit wann der Trummstedt denn erkrankt sei, jetzt jedoch fing Greiner mit den Worten »Also, meine Herren, wie ist das nun?« zu unterhandeln an. Ivens betonte, daß der Plattenlieferung natürlich nichts entgegenstehe, er sehe ja, die junge Stadt sei in bestem Aufstieg und durchaus kreditfähig, aber Auftrag sei nun einmal Auftrag. Er müsse sich pflichtgemäß vergewissern, was für Tauschobjekte die Gemeinde zu bieten habe. Greiner schien das durchaus zu verstehen.
»Ich kann leider nicht mit«, sagte er nach einigem Hinundherreden und verwies die beiden an Knudsen, der sie in die Fabriken und auf die Felder führen könne. Er stand auf, und die Besucher erhoben sich ebenfalls. Nein, er konnte wirklich nicht mit! Als er allein war, beauftragte er den Sekretär im Vorzimmer, in der nächsten halben Stunde niemanden vorzulassen. Er ging wieder an seinen Schreibtisch, setzte sich, zog die Schublade auf und nahm ein Päckchen heraus. Behutsam faltete er die fettigen Papierblättchen auseinander. Sieben Patronen lagen darin, die ihm Wirigin gebracht hatte. Ziemlich durcheinander war Wirigin gewesen, denn Waffen und Munition waren für die Stillen ungefähr so etwas wie ansteckendes Gift. Eins der Kinder in der alten Siedlung hatte die Patronen in der Nähe einer zerfallenen Hütte gefunden und ihm gebracht.
Aufmerksam betrachtete Greiner die Patronen. Er kannte sich ein bißchen aus in diesen Dingen. Unnumeriert waren die Patronen. Zum neuesten Polizeigewehr paßten sie. Wie kamen sie in diese Gegend? Immer wieder las man von polizeilichen Aushebungen geheimer Waffenlager. Ganz heiß wurde dem Sheriff. Immer wieder kratzte er sich an der Schläfe und überlegte. Douraine war neulich bei ihm gewe-

sen. Douraine war in der letzten Zeit unter die politischen Diskutierer gegangen. Er war – wie er Greiner erklärt hatte – mit dem Gouverneur Bresci in Verbindung getreten, er war radikaler Futurist und wollte den Flußtaler Sheriff auch für diese Bewegung gewinnen. Jean, Jankel, Sutzki, Donald Key, Joe und eine Menge Qualifikanten seien schon dabei.
»Denn, versteh mich recht, Karl, das sind keine Hirngespinste«, hatte Douraine dabei gesagt. »Es geht was vor, was uns und die ganze Welt wieder weit zurückwerfen kann... Ich weiß ja, dich kümmert das nicht! Aber da rühren sich jetzt überall so niederträchtige Schufte, so ekelhafte Kellerasseln, die nationalen Föderalisten! Ein ganz gefährliches Pack, eine Bande von Taugenichtsen, die überall sabotieren und Verschwörungen anzetteln. Dagegen müssen wir uns wehren, Karl! Zertreten muß man dieses Gezücht!«
Und in diese Gedanken mengten sich Ahnungen und Sorgen, die Greiner arg zu schaffen machten. Wenn im Flußtaler Gebiet so ein Waffenlager gefunden würde, wenn man die Schuldigen fände – darauf standen schwere Strafen, unter Umständen sogar der Tod! Und – und er, Greiner, und – und – so tropfte es in sein Hirn... »Wir müssen zu Gericht darüber sitzen! Eine widerwärtige Sache! Möglicherweise eine Exekution, pfui Teufel!«
Er drehte mechanisch eine Patrone zwischen den Fingern. Verschweigen? Nein, das ging nicht! Das wollte er auch nicht!
Er schnaubte bedrängt. Endlich wickelte er die Patronen wieder ein. Jäh stockte er noch einmal. Wer war eigentlich sehr oft in der alten Siedlung beim Lehrer Trummstedt draußen?
»Lucker!« stieß er heraus. »Lucker!« Es gab ihm einen Stich. Viel über diesen Menschen fiel ihm ein, das verdächtig stimmte. Resolut steckte er das Päckchen zu sich, drückte auf einen Knopf, und als der Sekretär erschien, bat er ihn, das Amtsauto zu bestellen. Er fuhr in die Gouvernementsstadt Eilenburg – nein, nicht zum Gouverneur Muetli! – zum Polizeigeneral van Heuven.

Immer, wenn Agrostädter aus der Umgebung nach Eilenburg kamen, fühlten sie sich fremd, beengt und angewidert. Sogar das Atmen wurde ihnen mitunter schwerer, als seien auf einmal ihre Nasen verstopft, ihre Kehlen eingeschnürt. Das kam nicht nur davon, daß die alte, häßliche, durch allerhand glückliche Zufälle vom Krieg verschont gebliebene, einst unbedeutende Provinzstadt in einem tiefen Kessel des Vorgebirges lag, das das ganze ineinandergeschachtelte Häusergemenge gleichsam hermetisch abschloß. Die frischen Winde wehten hoch über die Berggipfel und griffen nie hinunter in die ungelüfteten Straßen und Gassen. Dagegen fiel die starre Kälte des Winters oder die brütende, ungesunde Sommerhitze stets mit aller Unbarmherzigkeit in den Kessel. Was aber die aufgeschlossenen, zukunftsfrohen Agrostädter bei solchen Besuchen wie ein fader, undefinierbarer Ruch anfiel, war die Art der Einwohner dieser auch jetzt noch weit übervölkerten Gouvernementsstadt. Bis zum Beginn der neuen Ordnung war Eilenburg der Hauptstandort einer Armee gewesen, die ihr Material und ihre Truppenteile tiefer im wilden Gezack der Berge untergebracht hatte. Alles aus dem näheren und weiteren Umkreis hatte sich einst vor dem Schrecken des Krieges und der Katastrophe in die enge Stadt geflüchtet und mit mehr oder weniger Glück in ihr eingenistet. Wo sollten diese allzu vielen Menschen nach dem Abzug der Armee hingehen? Nun, da es etwas mehr Platz gab und draußen in den verwüsteten Gegenden erst einmal die Heimstätten für die Wanderscharen gebaut wurden, ließ man sie bis auf weiteres in der Stadt. Und da hockten und hausten sie nun alle eng und unverträglich neben- und durcheinander und haßten alles Neue, das ihr muffiges Dasein und ihr Leben verändern wollte.

Kein noch so vernünftiges Gesetz war ihnen recht, jede Anordnung versuchten sie zu umgehen, die vielen Beamten, die ihren Einzug hielten, waren für sie die geschworenen Feinde; die Gebäude, in welchen die Ämter untergebracht waren, hielten sie für düstere Zwingburgen dieser mächtigen, unangreifbaren Feinde. Schauerlich verhäßlicht hatte sich die Stadt, seitdem an ihrem Südende zwei Bergspitzen niedergelegt und die dazwischenliegende Schlucht eingeebnet worden war, um einen Landungsplatz für die Flugzeuge abzugeben. Durch zwei schnell errichtete Tunnel liefen die neuerbauten breiten Autozufahrtsstraßen und verengten sich an ihrem Ausgang mitten im Häusergeviert derart, daß oft gefährliche Verkehrsstockungen eintraten. Unter der Erde liefen die Züge ein, aber der Bahnhof mit seinem Helikopterlandungsplatz auf dem Dach war viel zu klein. Dennoch drückte er die Geschäftshäuser und Hotels gleichsam brutal beiseite. Altmodisch waren die Gerichts-, Polizei- und sonstigen öffentlichen Gebäude, auf die man überall notwendige Zu- und Anbauten gepfropft hatte, was das Stadtbild noch mehr verunzierte. Es war hier wie einst in Peacetown, wie in jeder übriggebliebenen alten Stadt. Altmodisch und stehengeblieben waren auch die Menschen Eilenburgs, die man, um der drückenden Übervölkerung Herr zu werden, zum größten Teil nach und nach in die neuen Agrostädte umsiedeln wollte. Sie wehrten sich verbissen und verstockt gegen solche Evakuierungen. Gereizt und mißtrauisch witterten sie hinter jedem administrativen Erlaß einen schikanösen, willkürlichen Eingriff in ihr privates Dasein. Dieses feindselige Nebeneinanderleben wirkte auch auf die zahlreichen Beamten ein. Sie blieben unter sich und bildeten alsbald eine eigene Kaste. Die Bevölkerung war die Gegenkaste. Jeder Fremde, der nach Eilenburg kam, spürte das. Von seinen oftmaligen Besuchen der Gouvernementsstadt war dies der Sheriff Greiner schon gewohnt, aber das diesmalige Benehmen des Polizeigenerals van Heuven gab ihm doch sehr zu denken. Er wußte nicht, was er davon halten sollte.

»So, so... Ah, Greiner? Von Flußtal, nicht wahr?« hatte der feiste, sonst stets freundliche Mann etwas zerstreut gesagt. »Ja, das sind neue Polizeipatronen, ich seh's... In der alten Siedlung sind sie gefunden worden, so, so... Tja, das will ich sofort weiterleiten.«

»Weiterleiten?« hatte Greiner stutzig gefragt und, auf die Unruhe der Stillen hinweisend, dazugesetzt: »Geht das denn nicht, daß man sofort eine polizeiliche Durchsuchung macht und die Spuren der Verdächtigen aufnimmt? Weiß der Teufel, die können doch durch einen Zufall Wind bekommen!«

»Das liegt nicht mehr in unserer Hand«, hatte darauf der Polizeigeneral etwas verstimmt geantwortet und war aufgestanden, fast so, als wolle er den Besuch rasch loswerden. »Da sind jetzt neue Verfügungen aus Peacetown da.« Feist stand er da, die Nähte seiner Uniform schienen jeden Augenblick zu platzen. Herkulisch war seine Gestalt, und man hatte den Eindruck, als vermeide er deswegen jede Bewegung, weil es ihm an Platz mangele.

»Ja, das ist so, Sheriff«, hatte er wiederholt, »uns sind die Hände gebunden... Die Zuständigkeit hat sich verlagert.« Und da Greiner immer noch so einen fragenden Blick hatte, schloß der dicke Mann etwas freundlicher: »Natürlich werde ich mein möglichstes tun.«

Obschon Greiner eigentlich noch beim Nebenamt der Plankommission vorsprechen wollte, um Tom Watkins und Jakulewski zu fragen, was denn das zu bedeuten habe, warum der Lucker sein Agentenflugzeug noch immer nicht bekomme, hielt er sich nicht mehr auf in Eilenburg. Bedrückt und verärgert war er. Auf der Stelle fuhr er heim.

»Ein Mistnest, ein muffiges! Nur raus aus diesem schäbigen Ameisenhaufen!« sagte er zu seinem Chauffeur Bill Lessly, einem immer geweckten, heiteren Burschen, dessen dickbackiges Gesicht mit den verschmitzten Augen immerfort zum Lachen reizte, und warf sich in den Polstersitz. Wie von ungefähr überdachte er das sonderbare Benehmen van Heuvens. Er suchte eine einleuchtende Erklärung dafür, und dabei fiel ihm ganz nebenher Luckers Flugzeug wieder ein, und mittendrin dachte er an Lucker selber. »Jetzt, in Ferienzeiten, ist's ja auch ganz arg in Eilenburg«, unterbrach Bill dieses Grübeln. »Das kullert alles nur so durcheinander. Ein Gedräng' und Geschnatter überall, rein zum Grausen.«

»Ekelhaft!« gab Greiner mechanisch Antwort und wollte die fliehenden Gedanken halten, wollte das zerrinnende Gemenge ordnen, doch Bill sagte schon wieder: »Meine Tochter kommt ja auch dieser Tage. Bloß auf einen Sprung,

schreibt sie. Auf der Universität gefällt's ihr anscheinend besser als daheim... Diese jungen Leute heute!«
Greiner wollte nicht zuhören, aber es ging nicht. Eben kamen sie aus dem dunklen Tunnel. Weit, hell und strahlend dehnte sich das gesegnete Flachland mit den unzähligen Strohhaufen, den Combinen, den Menschen. Die webende Nachmittagssonne lag über den Feldern. Der Himmel schwamm in die Ferne. Der hohe Sommer brachte zum erstenmal nie geahnte Rekordernten. Die Produktionsziffern in den Fabriken zeigten eine bisher nicht erreichte Höhe. Statt Mangels herrschte jetzt überall ein fast berückender Überfluß. »Die Jungen sind schon recht! Die wissen, daß ihnen die Welt gehört!« sagte Greiner, seine Gedanken fallenlassend. Zufrieden schaute er über die bewegten Flächen.
»Das Schulgesetz kommt ihnen ja auch sehr zustatten. In Peacetown haben sie das ganz gut ausgetüftelt«, redete er weiter, und Bill gab ihm in allem recht.
»Ja, nichts einzuwenden gegen den Rat. Die verstehn was«, antwortete er ein ums andere Mal. Angelo Bratti, Ganvavitta, John Barry, Gertrud Rechlin und Ibn Lassi waren die Schöpfer dieses Gesetzes gewesen. Ausgehend davon, daß die Grundlage jeder wahrhaft menschlichen Erziehung kosmopolitisch sein müsse, erklärten sie sich entschieden für die Methode der größten Menschenvermischung auf den Universitäten. Wenn, so folgerten sie, der Sudanneger, der Tibetaner, der Lappländer, der Inder oder Chinese neben dem Europäer oder Amerikaner in einer Lehrgemeinde gleichberechtigt zusammen lebten, dann verschwinde auch der letzte Rest jedes Rassen- und Nationaldünkels, sofern sich derartiges überhaupt nach Krieg und Katastrophe jemals wieder zeige. Die Fremdheit zwischen den jungen Menschen weiche, der geistige Horizont erweitere sich, und das Resultat sei eine natürliche, brüderliche Weltaufgeschlossenheit. Nach der obligatorischen Volksschule stand dem Jungen oder Mädel das Gymnasium offen. Eine Prüfung entschied die Aufnahme in die Universität. Universitäten aber gab es zwei Typen: die sogenannte »Grund-Universität« und die »Spezial-Universität«. Ihrem Namen entsprechend, wurden auf der Grund-Universität, die eine zweiein-

halbjährige Unterrichtsdauer hatte, alle Fächer des allgemeinen Wissens gelehrt. Nie jedoch durfte der Student die Grund-Universität auf *dem* Kontinent besuchen, in welchem sich sein Gouvernement befand. Europäer und Asiaten mußten nach nord- und südamerikanischen Gebieten, nach Afrika oder Australien und umgekehrt. Reise und Unterrichtskosten wurden von den Gemeinden bestritten. Die Universität verpflegte und beherbergte die Studenten. Nach der Vorschulung auf der Grund-Universität konnte sich der Student für einen Beruf entscheiden und in die Spezial-Universität für Ärzte, Chemiker, Lehrer, Ingenieure und Wissenschaftler aller Art eintreten, die weitere vier Jahre beanspruchte. Spezial-Universitäten gab es in vielen Gouvernementsstädten, und einige davon waren berühmt.

Kein Wunder, daß sich die Jugend ganz anders auswuchs, als die älteren Leute es auch nur ahnen konnten.

Greiner kratzte sich und furchte die Stirn flüchtig, als ihm das durch das Hirn schoß. Seine Gretel, weiß der Teufel, die war bäuerlich geblieben und wollte nichts vom Studieren wissen. Ein wildes Ding war sie geworden, der die Männer begehrliche Blicke zuwarfen. Gesund und behend war sie und immer lustig, aber recht wetterwendisch. Ihren Joe führte sie jetzt schon fast drei Jahre an der Nase herum. Nicht verlor er die Geduld. Nur immer verliebter schien er zu werden. Und dabei flirtete die Gretel wie zum Spaß mit jedem, der ihr gerade in die Quere kam. War das noch eine Erbschaft aus den Zeiten des großen Wanderns oder was sonst?

»Ein ganz nichtsnutziges Augenblicksgeschöpf bist du!« schimpfte ihre Mutter manchmal gutmütig. »Gib acht, daß du nicht einmal richtig reinfällst.«

»Ah!« spöttelte die Gretel schnippisch. »Die Männer! Lauter Kindsköpfe sind sie! Verliebt werden sie ganz komisch! Ich könnt' mich totlachen, wenn so ein Kerl auf einmal kopfwirr und knieschwach wird!« Sie sagte es frech, überlegen, fast schamlos und genierte sich nicht, noch deutlicher zu werden. Sie zeigte ihre blanken weißen Zähne, warf ihr fülliges blondes Haar zurück, und alles an ihr lachte siegesgewiß: ihre blauen, lebhaften Augen, ihre jungen roten Lippen und ihre zitternden festen Brüste. Niemand konnte ihr böse sein, niemand kam gegen ihre lachende, animalische Sicherheit auf, und Männer, die glaubten, sie »gehe leicht her«, die täuschten sich. Dem Lucker hatte sie einfach einmal ein paar Ohrfeigen gegeben. Es sah spaßhaft aus, und er tat gut daran, es so aufzufassen. Für jeden anderen war das eine kleine Warnung. Nur den Joe duldete sie. Das aber sah mehr nach Gewöhnung aus. Sonst aber? Sie zog den Halm durch ihre Zähne, blickte, verschmitzt lächelnd, von unten her auf so einen Mann und landete in seinem Gesicht, und respektlos offen fragte sie: »Ich gefall' dir wohl... Du hast gar keinen so schlechten Geschmack, wie ich immer gemeint habe.« Lockung, ungewisse Betörung lagen darin, und es war doch wieder zuviel von jener draufgängerischen Lust, die sofort abkühlt, weil sie sich so unversteckt und geheimnislos zeigt. Über Gretels Arbeit konnte keiner klagen. Sie war Traktoristin in Jankels Brigade, und Jankel war begeistert von ihr. Sie war nie müde, immer lustig. Sie arbeitete leicht, als sei alles nur Spiel. Sie war derb wie ein Mann, aber diese Derbheit zierte sie. Sie verlor dabei nichts von ihrer wendigen, stolzen Schlankheit. Und sie roch beständig nach Sonne und frischer Luft, nach Erde und Stroh, als sei sie aus all dem gemacht!

In der letzten Zeit aber hatte sich die Gretel in den Sohn des Stillen Kaweljew vergafft, in den großen, ernsten, dunkelhaarigen Iwan, der offenbar gar nichts von ihr wollte. Merkwürdig, dem stellte sie nach. Ja, und der Lucker, der hatte sie ein paarmal zu dem hinaus, in die »alte Siedlung«, im Auto mitgenommen.

»So sind die Weiber! Immer wollen sie das, was sie nicht kriegen!« brummte der sinnende Greiner unhörbar. »Hm, der Lucker – « Da stand nun der wieder da. Der Greiner fiel zurück in das eben Geschehene.

»Kriegt sein Flugzeug nicht, der Lucker«, rann es durch sein Gehirn, und – sonderbar – er erinnerte sich an van Heuvens Worte: »Zuständigkeit verlagert... Neue Verfügungen aus Peacetown...« Ob da nicht Zusammenhänge waren? Spannung kam über ihn. Ein jäher Argwohn flammte auf. Er hob

unwillkürlich den Kopf, sah unbestimmt geradeaus. Sein Blick glitt über Bills Schulter, lief die Straße entlang. Autos und Omnibusse surrten dunkel vorüber, und ganz weit weg torkelte irgendein winziger Mensch in der brennenden Sonne dahin.
»Tom und Jakulewski machen immer Ausreden wegen des Flugzeugs«, fiel ihm ein. Er stockte. »Da stimmt doch was nicht«, schloß er für sich.
Sie hatten den torkelnden Menschen erreicht. Ein sehr abgemagertes, verschlamptes, klapperiges Männchen mit verwahrlostem grauem Bart und schütteren Haaren, ohne Hut, mit müden, bebrillten Augen ging da allem Anschein nach ziellos, wie ein Verirrter in der Gegend.
»Stopp, Bill!« rief der Sheriff, öffnete den Wagenschlag und schrie dem Alten zu: »He! Wo aus und wohin denn? He!«
Der Fremde schwieg.
»He! Mann! Was ist denn los? Verlaufen?« wiederholte Greiner noch lauter und stieg aus dem Wagen. Das Männchen drehte sich endlich hölzern um und sah groß und scheu auf ihn.
»Besoffen ist der nicht. Der ist am Ende«, sagte Bill, und Greiner ging rasch auf den seltsamen Wanderer zu, fragte und redete, doch der Alte antwortete auf nichts und stieß nur immer mit leiser, belegter Stimme heraus: »Bruder, ich finde, ich finde – da in der Gegend sind Brüder von mir, ich finde sie nicht.«
»Brüder?... O ja, die sind hier! Komm!« begriff Greiner plötzlich und nahm den Alten in den Wagen. »Ich kenn' sie... Ich bring dich hin!« Ohne sich um den zusammengesunkenen Menschen zu kümmern, beugte er sich vor zu Bill und sagte etwas leiser: »Das ist ein Stiller. Fahr zu Wirigin.«
Bill nickte und bog bald darauf in die Seitenstraße vor Flußtal ein, die viele Löcher und große Windungen hatte. Leute auf den Feldern schauten verwundert auf das Sheriff-Auto, das sie kannten.
»Was ist?... Sheriff geht zu den Stillen!« fragte Jankel den untersetzten Torsten, der immer Tabak kaute. Sie hockten im Schatten einer Combine und vesperten. Auch die Gretel war dabei. Torsten streifte sie mit einem spöttischen Blick

und sagte: »Hoppla, dem wird dein Schäkern mit dem Iwan zu dumm! Da gibt's was!«
»Verbrenn dir bloß das Maul nicht!« sagte Gretel und zerkaute das dicke, würzige Brot.

Weiter weg von dem Auto standen Lucker, Ivens und Knudsen, die eben mit der Feldbesichtigung fertig geworden waren. Knudsen unterhielt sich noch mit dem »Feldleiter« und Hilfsagronomen Sayson. In diesem unbemerkten Augenblick flüsterte Lucker Ivens, scharf nach Greiners Auto spähend, hastig zu: »Ich hab' eben erfahren, daß Wirigin den Lehrer schon vor drei Tagen ins Krankenhaus gebracht hat. Heut vormittag, da war er wegen was anderem im Stadthaus.« Die zwei schauten sich geschwind an, dann sagte Lucker laut zu Knudsen: »Hör mal, ich hätt' eine kleine Bitte. Kannst du mich nicht beim großen Krankenhaus abladen? Ich will einen Sprung zum Trummstedt hinauf machen. Bei der weiteren Besichtigung muß ich ja nicht unbedingt dabeisein, oder?«
»Gut«, erwiderte Knudsen mit einem Blick auf Ivens. »Wenn's Ihnen recht ist...« Ivens nickte. Sie stiegen ins Auto.
»Irgendwas kommt mir da verdächtig vor«, wisperte Lucker seinem Begleiter zu, als sie holpernd und rüttelnd aus dem Feld fuhren. Von seinem Lenkrad her rief Knudsen in seiner langsamen Art: »Scheint gar nicht so einfach zu sein, beim Lehrer. Er ist zu spät ins Krankenhaus.«
»Verflucht! Der arme Kerl!« antwortete Lucker. Es klang besorgt. Im Krankenhaus konnte er den Patienten nicht sprechen. Doch er erfuhr, daß die Operation eben erfolgreich verlaufen sei. Cecilie war da. Sie hatte ein sehr trauriges, mitgenommenes Gesicht und war froh, als sie Lucker sah. Vor den Leuten redete er mit ihr, wie und was man eben so redet in solchen Fällen. Erst als sie auf der Straße waren und zum Auto-Parkplatz gingen, spähte er rasch umher und flüsterte unauffällig: »Hör mal, hast du in den letzten Tagen irgendwas Verdächtiges bei euch draußen bemerkt? Ich meine – du verstehst schon.«
»Was Verdächtiges? Nein, nicht im mindesten. Warum?«

fragte sie leicht verwundert zurück. Hastig erzählte er von Wirigins vormittägigem Besuch bei Greiner.
»Ich kann mich ja auch irren, aber warum war der Alte so sonderbar? Hm, und jetzt eben ist Greiner zu euch in die alte Siedlung gefahren«, meinte Lucker wiederum. »So, also dir ist nichts aufgefallen, gar nichts?... Mach mal deine Augen mehr auf, paß genau auf! Auf jede Kleinigkeit, verstehst du?«
»Ach, Wirigin hat sich ja rührend benommen. Er hat Kurt vorgestern besucht. Sicher ist er nur deswegen nachher beim Sheriff gewesen. Er ist auch später zu mir gekommen, und gesagt hat er, hoffentlich wird alles wieder gut«, erzählte Cecilie. »Was soll denn bei uns los sein? Die Stillen haben sich doch noch nie um uns gekümmert.«
»Na gut!« schien Lucker endlich beruhigt, sah sie geschwind an und versprach, in den nächsten Tagen hinauszukommen.

Als Greiner ins Stadthaus zurückkam, meldete sich die Journalistin einer großen Zeitung der Westgouvernements bei ihm. Es sei ihre Absicht, gab sie an, in einer längeren Artikelserie ein ›möglichst wahrheitsgetreues Bild vom Leben und den Fortschritten in den verschiedenen Agrostädten zu geben‹.
»Ich habe allerdings eine kleine Bitte, Sheriff«, sagte sie mit ihrer dunklen Stimme und lächelte charmant. »Ich möchte, daß meine Anwesenheit nicht weiter vermerkt wird. Sie wissen ja, bei solchen Berichten kommt's sehr drauf an, daß man überall unauffällig beobachten kann.«
»Das ist bei uns gar nicht so leicht«, meinte Greiner. »In so kleinen Städten fällt jedes fremde Gesicht auf.«
Ja, gab sie ihm recht, deswegen habe sie auch nur für eine Nacht im Gemeindehotel Logis genommen, morgen wolle sie sich die Gegend ein wenig ansehen und wieder weiter, aber sie wäre sehr dankbar, wenn ihr der Sheriff einige Empfehlungsschreiben an die verschiedenen Leiter der Produktions-Departements und an den Friedensrichter geben würde. »Ich möchte mich mit den Herren von Fall zu Fall eingehender unterhalten«, schloß sie.

»Hm«, machte Greiner etwas zögernd, besah sich die Ausweise, die sie ihm vorgelegt hatte, und verglich die darauf klebende Fotografie mit dem Gesicht der ihm Gegenübersitzenden. Kurz und scharf prüfte er dieses Gesicht mit dem breiten Mund und den leicht schläfrigen Augen.
»Ja«, sagte er, »das läßt sich machen. Kommen Sie morgen wieder. Da können Sie die Briefe haben.«
»Eher geht's nicht, gar nicht?«
»Nein, unmöglich!« lehnte er bestimmt ab. »Kommen Sie morgen gegen zehn Uhr.« Als er ihre enttäuschte Miene bemerkte, kam ihm ein Einfall.
»Für Sie als Journalistin gibt's auch sonst noch allerhand Interessantes in unserer Gegend«, begann er und erwähnte die Stillen in der alten Siedlung. Da sie sichtlich aufmerksam wurde und offenbar von diesen Leuten noch nie etwas gehört hatte, erzählte er ausführlicher und vergaß auch den »Bruder« nicht, den er heute auf der Straße aufgelesen und dort hingebracht hatte.
»Freilich«, meinte er, »werden Sie es nicht leicht haben. Die Leute vertragen es nicht, wenn man sie bei der Arbeit stört. Sie sind sehr einsilbig. Fremde erreichen gar nichts bei ihnen.«
Recht zufrieden dankte sie, als er sie zur Tür brachte.
Später, daheim nach dem Abendessen und nachher, als er sich in seinen bequemen Lehnstuhl fläzte, um die üblichen Zeitungen zu lesen, verlor Greiner kein Wort über seinen Besuch bei den Stillen. Das vertrug die neugierige Gretel nicht. Ihre herumtastenden Fragen waren ihm zuwider. Er schien übel gelaunt und wehrte grob ab: »Ach, du wilde Hündin, du! Dir geht ja doch nur der Iwan im Kopf herum! Den hab' ich nicht gesehen! Er interessiert mich auch gar nicht... Ich hab' mit Wirigin zu tun gehabt... Jetzt laß mich in Ruh, basta!« Die Gretel nahm ihm das nicht weiter übel. Sie war den Ton gewöhnt.
»Na, dann nicht«, sagte sie und ging aus der Stube. In ihrem Zimmer warf sie sich aufs Bett. So, wie sie war, blieb sie liegen auf dem Bauch und stützte mit den Händen ihren Kopf. Abwesend sah sie geradeaus und zerkaute mechanisch ein paar Weizenkörner. Mit der Zeit durchzog sie eine wohlige

Wärme, die sich bald zur Hitze steigerte und ihr Blut schneller durch die Adern trieb. Ihr Herz schlug schneller. Die Augen in ihrem Gesicht bekamen einen lüsternen Glanz. Trotzig, wütend knirschte sie mit den Zähnen und spuckte die Schalen der zerkauten Körner an die Wand.
Einen Helikopter hatte sich der Joe gekauft und flog mit ihr an jedem freien Tag weit herum. Fortwährend erklärte er ihr dabei die Maschinerie, trat auf das Kupplungspedal, und der Apparat schoß kerzengerade in die Höhe, machte waghalsige Schwünge und glitt wieder tiefer. Aber das alles imponierte ihr nicht. Die Luft war ihr langweilig. Wenn sie geruhiger dahinflogen, schaute sie hinunter auf die endlosen Felder, die lichten Laubwälder und bewegten Agrostädte und sagte: »Laß uns doch landen. Da drunten ist's schöner.« Er folgte, und sie legten sich an einen Waldrand. Sie fing zu scherzen an, und auch er wurde lustig, preßte sie an sich und küßte sie. Sie sagte allerhand Schmeichelworte und meinte schließlich: »Jetzt wird's aber endlich Zeit, daß wir heiraten!« Und, weiß der Teufel, wieso, das verstimmte sie jedesmal. Überhaupt, er hatte so etwas nüchtern Offenes, das in der wildesten Zärtlichkeit ernüchterte. Schließlich stiegen sie wieder auf, und er redete wieder von nichts als von seinem Apparat...
Sie zerbiß erneut einige Körner, biß und biß, daß ihre Zähne krachten. Dann verschwamm ihr Blick.
»Iwan...«, flüsterte sie unterdrückt, wälzte sich ein paarmal hin und her und drückte ihren Leib fester auf das Bett. Das Herz schlug heftig. Sie sprang auf und lauschte mit verhaltenem Atem. Dann schlich sie leise über die Stiege hinunter, trat durch die Hintertür und überquerte das eingezäunte Gartengeviert. Dunkel standen die Blumen und dufteten schwer. Weich trat sich der kleine grasige Fleck, und Glühwürmchen tanzten. Behutsam öffnete sie das schmale Gartentor und drückte es wieder zu. Sie blieb stehen und überlegte. Vorn auf der hellen Straße stand ihr Auto. Aber nein – wenn sie anfuhr, das konnten Vater und Mutter hören. Vom Stadthaus her schwangen die Uhrenschläge durch die warme Luft. Zehn Uhr war es. Wenn sie zum alten Studing in den Stall kam, lieh er ihr vielleicht ein Pferd vom Reitklub.

Möglicherweise den rassigen, flinken Fuchs, den sie so gern hatte. Der alte Studing konnte ihr nie eine Bitte abschlagen. Schnellschrittig, katzenhaft schleichend ging sie an den dunklen Gärten der Häuser entlang.
»Gretel – Mädel, dich kann der Satan halten!« plapperte der alte Studing, während er ihr den Fuchs sattelte: »Gretel – Mädel, wer dich wohl einmal in den Zaum bringt!« Sie küßte ihn lachend auf die verfurchte Stirn und schwang sich hastig auf den unruhigen Gaul. In gestrecktem Galopp jagte sie in die schwarzen, abgemähten Felder. Ihre hingepreßten nackten Schenkel fieberten, der Rock flog ihr bis zur Brust. Sie ritt wie durch ein großes Brennen.

In der anheimelnden Wohnstube saß der Sheriff Greiner und las. Seine Frau war in den Keller an die Waschmaschine gegangen. Sonderbare Dinge standen in den Zeitungen. Oft kratzte sich Greiner nachdenklich an den Schläfen und zog mechanisch an seiner ausgegangenen Pfeife, die er nicht mehr anzündete.
Auf Grund der vielen unaufgeklärten Schiffsuntergänge hatten die Futuristen bei der letzten Session des Weltparlamentes den Rücktritt Pedro Ramiros und eine Untersuchung gegen ihn gefordert. Immer mehr hatte sich in der letzten Zeit gezeigt, daß die Futuristen bis jetzt die einzige politische Bewegung waren. Nur eine kleine, sehr verbissen obstruktive Minderheit von Gouverneuren, die sich mit mehr oder weniger erkennbarer Klarheit zum föderativen Nationalsystem bekannten, stand ihnen entgegen. Sie erreichte aber parlamentarisch nie etwas. Dennoch war nicht mehr zu bezweifeln, daß der große Kreis der sogenannten »Nationalen Föderalisten« außerhalb des Parlaments geheime Verschwörerzirkel bildete und überall Unruhen anzettelte. Die zahlreich aufgedeckten Waffenlager, das Attentat auf den Gouverneur Kowaloff waren Beweise genug. Die Futuristen forderten rücksichtsloses Eingreifen, ja sie gingen noch viel weiter: In einer stürmisch verlaufenen Sitzung erzwangen sie gegen den Hohen Rat und die obstruktive Minderheit der anderen Gouverneure die beschleunigte Ausarbeitung eines gesetzlichen Erlasses, der die Machtbe-

fugnisse der »Eka«, wie die Entwaffnungskommission jetzt allgemein genannt wurde, bedeutend erweitern sollte. Vergeblich schlugen Dickson, Mikkelson und seine Anhänger vor, die in der Verfassung festgelegte »Erste Alarmbereitschaft« zu erklären, nach welcher sämtliche Polizeistationen in den Gouvernements entsprechende Aktionen und Verhaftungen vornehmen konnten. Die Futuristen blieben unnachgiebig, obgleich gemäßigte Qualifikanten-Delegierte in ihren Reihen den Ratsvorschlag akzeptabel fanden. Bresci hielt eine leidenschaftliche Rede und stimmte auch diese Wankenden um. Climasch, der Leiter der »Eka«, wurde zur Berichterstattung zitiert. Dieser Oberst aus dem ehemaligen tschechoslowakischen Geheimdienst während des Zweiten Weltkrieges, der bisher nur den korrekten, pflichttreuen Beamten gespielt hatte, trat auf einmal voll in Erscheinung. Er hatte innerhalb des Rates nur wenige Sympathien. Er nahm auch nicht sonderlich ein für sich. Wenn auch seine untadelige Amtsführung und seine bisherigen Erfolge bekannt waren, hielten ihn viele für ehrgeizig und gefährlich intrigant. Diese Mißtrauischen stammten noch aus den vergangenen Diktaturstaaten. Sie hatten erlebt, was für eine schauerliche Rolle eine unkontrollierte Geheimpolizei dort gespielt hatte. Sie entsannen sich noch sehr deutlich, durch welche Intrigen und willkürlichen Praktiken so eine Institution schließlich zu einer alles beherrschenden Schreckensmacht innerhalb dieser Länder geworden war. Darum waffneten sie sich gegen die Forderung der Futuristen. Durch sein jetziges Auftreten bestärkte Climasch ihr Mißtrauen. Mit der Begründung, daß – so, wie die Dinge sich bis jetzt entwickelt hätten – die Alarmbereitschaft das denkbar ungeeignetste Mittel sei und die noch keineswegs überall aufgestöberten Verschwörergruppen nur vorschnell warnen würde, fand er bei den Futuristen wachsende Zustimmung. Er verwies abermals auf die weite Verzweigung der Verschwörer und nannte in diesem Zusammenhang die Verhafteten im Sturmdorf-Schneewinkel-Sörengarden-Gebiet, die sich im Laufe der Beobachtung alle als Leute aus den innerasiatischen Gouvernements entpuppt hatten. Ganz flüchtig streifte er die Art der Tätigkeit seiner Agenten, und obwohl

sich dabei herausstellte, daß die »Eka« bisher ohne jeden Kontakt mit irgendwelchen Polizeistationen und ziemlich selbstherrlich gearbeitet hatte, überhörten das die meisten. Es erregte Aufsehen, als Dickson den Redner plötzlich schroff unterbrach und scharf fragte: »Das ist äußerst befremdend, mein Herr! Hat Ihnen der Rat jemals solche Befugnisse erteilt?«
»Nein, eigentlich nicht oder vielmehr nicht ganz«, erwiderte Climasch ohne die geringste Verlegenheit. »Aber Sie wissen, wir haben weder den Rat noch das Armeeamt je im unklaren über unsere jeweiligen Aktionen gelassen, und bis jetzt ist von keiner Seite Einspruch erhoben worden.« Mikkelson stieg die Zornröte ins Gesicht. Er wechselte Blicke mit Dickson, der zum erstenmal ganz auf seiner Seite zu sein schien.
»Irgendeine illoyale Handlungsweise liegt mir und meinen Mitarbeitern vollkommen fern«, redete Climasch sicher und unerregt weiter, »aber Sie müssen bedenken, unsere Arbeit ist äußerst schwierig und kompliziert. Sie kann, wenn wir Erfolg haben wollen, nicht immer mit der bürokratischen Elle gemessen werden.« Die Futuristen schrien und klatschten. Mauvin dachte an Vera Schilliza und klatschte ebenfalls. Auch Nowak und Shepert nickten. Die Futuristen erreichten die sofortige Bildung einer geheimen Kommission, der Bresci und einige seiner Anhänger sowie die drei Generale des Armeeamts und verschiedene Ratsmitglieder angehörten.
»Geheimdekret gegen Verschwörungen angenommen!« las Greiner. Daneben standen besorgniserregende Nachrichten von der zunehmenden Ausbreitung der »Brzelose« in den asiatischen Gouvernements. Zahlreiche Fälle von Pocken und Fleckfieber meldeten die Berichte. Darum auf einmal die kürzlich angeordneten Schutzimpfungen überall. Im Verein mit dem medizinischen Zentralamt der Großen Plankommission rief der Rat zur Bildung freiwilliger Sanitätsgruppen auf, die nach Asien gehen sollten.
»Hm«, machte der lesende Greiner. Er zündete seine Pfeife wieder an. Es war still. An die feinmaschigen Fliegenfenster stießen leise schwirrende Nachtfalter. Die jungen Allee-

bäume auf der hellen Straße warfen Schatten auf den glatten Asphalt. Manchmal flitzte ein Auto vorüber. Ein zufriedenes Behagen überkam Greiner. In Flußtal ging alles so schön und reibungslos vorwärts. Die Erfolge begeisterten die Menschen. Heiter und verträglich lebten sie nebeneinander. Das reiche Leben glich aus. Die älteren Leute genossen es in langsamen, vollen Zügen. Die Jugend blühte auf und überkugelte sich zuweilen in freiem Übermut.
»Wie die Gretel, dieses Wiesel!« lächelte der Sheriff und sah erneut auf die Zeitung. »Geheimdekret gegen Verschwörungen« fiel wieder in seine Augen. Dick, drohend standen die Buchstaben da. Wirigin, die Patronen, der Polizeigeneral, Lucker – alles mengte sich wieder in seine Gedanken und verscheuchte jede Behaglichkeit. Und Douraine mischte sich auch darein, der mit seinen Futuristen und dem draufgängerischen Mißtrauen gegen dunkle Machenschaften verschwörerischer Gruppen.
Im Leitartikel der Zeitung hieß es: »Politisch besonders bedrohlich aber erscheint, daß der Hohe Rat ganz offensichtlich immer mehr in eine einseitige Abhängigkeit von den Futuristen gerät«, und mit scharfer Polemik wurde auf die auffällige Langsamkeit der eingeleiteten Volkszählung hingewiesen. Es sehe fast so aus, als verberge sich hinter dieser Langsamkeit eine Absicht, die längst erwarteten ordnungsmäßigen Wahlen zu verschleppen oder ganz zu verhindern, äußerte der Artikelschreiber.
Der Sheriff war müde. Er legte die Zeitung weg, reckte sich und gähnte.
»Verrückte Politik, verrückte!« stieß er heraus. Er ging in die Küche und schrie in die offene Kellertür hinunter, seine Frau sollte doch endlich zu rackern aufhören und ins Bett gehen.
»Du hast leicht reden! Bei der vielen Wäsche!« gab sie etwas mürrisch von unten her an. »Geh nur zu, ich bin gleich fertig!« Brummend tappte er über die Stiege hinauf. An Gretels Zimmertür vorbeikommend, kicherte er leise schadenfroh in sich hinein: »Aha – das Dreschen! Die Arbeit hat dich endlich einmal zahm gemacht!« Der Stille nach mußte Gretel schon lange schlafen. Als er sich im ehelichen Schlafzimmer auszog, kam ihm nebenher in den Sinn, wie sonderbar

flüchtig der Sturmdorfer Agent bei den Verhandlungen, die kurz nach dem Weggang der Journalistin stattgefunden hatten, gewesen war, wie eilig er es plötzlich gehabt hatte, um das Nachtflugzeug der Ostlinie in Eilenburg noch zu erreichen. Lucker hatte ihn im Auto dort hingebracht.
»Hauptsache – wir kriegen die Faserplatten bald«, brummelte Greiner gleichgültig und stieg ins Bett.

In jener Nacht ereigneten sich in der alten Siedlung aufregende Dinge. Unverhofft erschien eine fliegende Polizeiabteilung mit vielen Geheimagenten in Zivil und durchsuchte rücksichtslos alle Häuser und umliegenden Hütten. Unter dem Kellerboden des Schulhauses und im zerfallenen unterirdischen Gewölbe einer baufälligen unbewohnten Hütte fand sie ziemlich umfangreiche Vorräte an alten und neuen Schußwaffen und Munition.
Die Stillen blieben verschlossen und antworteten auf alle Fragen stets nur mit einem kargen Ja oder Nein. Sehr verdächtig war, daß sie über den heute neu hinzugekommenen Bruder keine Auskunft gaben. Dieser selbst blieb genauso schweigsam. Cecilie Trummstedt dagegen benahm sich sehr aufgeregt und beteuerte in einem fort, von all den Vorräten nichts zu wissen. Weinend berief sie sich auf ihren kranken Mann und beschwor die Stillen, doch Zeugnis für ihn abzulegen. Sie hielt den Polizisten und Agenten ihren heulenden Buben hin und gebärdete sich wie außer Rand und Band.
»Wirigin! Bei Gott, schwören Sie doch!... Ich bin unschuldig!« schrie sie tränenüberflossen. Doch keiner der Stillen sagte ein Wort für oder gegen sie. Stumm standen sie da und ließen alles geduldig über sich ergehen. Ihre Gesichter waren weder düster noch feindselig, eher stumpf und lethargisch. Das unliebsamste Aufsehen indessen erregte die plötzlich dahersprengende Gretel, die in ihrer Überraschung keine einleuchtende Erklärung über ihren nächtlichen Besuch geben konnte und wollte. Frech und anmaßend log sie zwar, sie sei nur zufällig spazierengeritten, das gehe keinen Menschen was an, und überhaupt, man wisse doch, wer sie sei, was man denn eigentlich von ihr wolle und so fort. Doch all das verfing nicht, im Gegenteil, ihr unreiterli-

ches Aussehen, ihr Schwitzen, die zerwirbelten Haare und das dampfende Pferd – das bestärkte nur die Mutmaßung, als wisse sie um die aufgedeckten Geheimnisse, als habe sie von der drohenden Gefahr erfahren und sei mitten in der Nacht losgeritten, um die Beteiligten zu warnen. Gegen ihren lauten Protest wurde sie mit der immer wilder schreienden Cecilie und allen Stillen verhaftet und ins Gefängnis nach Eilenburg gebracht. Nur einige ältere Frauen durften bei den Kindern zurückbleiben, und eine polizeiliche Wachabteilung hielt die Siedlung besetzt.

Erst am andern Tag wurde Sheriff Greiner verständigt und nach der Gouvernementsstadt gerufen. Ausdrücklich hieß es, er sollte zunächst strengstes Stillschweigen bewahren. Die Aufgebrachtheit über seine Tochter dagegen übersteigerte all seine sonstige Bestürzung, und so erfuhr seine Frau doch einiges.

»Windelweich sollt' man sie schlagen, das Biest, das widerwärtige!« zischte der Sheriff über seine Tochter. Ganz eng wurde seine Brust. Lucker fiel ihm jäh ein. Mit dem verstand sich die Gretel doch stets so gut. Tief bedrängt rang der wütende Greiner aus sich heraus: »Sie wird doch nicht etwa – nein, das ist doch unmöglich!... Das ist alles nur wegen ihrem verrückten Iwan.« Als das Auto so dahinraste, befiel ihn zeitweise ein Schwindel. Die Überraschungen im Büro des Polizeigenerals machten ihn fürs erste fast konfus. Neben van Heuven saß die Journalistin und lächelte wieder so leicht und freundlich, als ob gar nichts geschehen sei. Und an der Wand, flankiert von zwei Polizisten – war's ein wirrer Traum oder Wirklichkeit? –, da hockten Lucker und jener Herr Ivens. »Die Herren wollten Sie nur noch einmal sehen, Sheriff«, sagte die Journalistin mit winzigem Hohn. »Seien Sie ganz unbesorgt, die Lieferung aus Sturmdorf kommt auch ohne sie.« Sie deutete auf Lucker, der nicht aufzuschauen wagte, und setzte dazu: »Mit dem wird sich vielleicht Ihre Gemeinde befassen müssen... Übrigens die Teerkisten, die diesmal mitkommen, könnten Sie besser verwahren. Es werden sich ja kaum noch Liebhaber für die eine oder andere finden, aber man kann nie wissen.« Richtig, fiel Grei-

ner ein, Teerkisten der früheren Sturmdorfer Sendungen waren öfter weggekommen!
»Ich bitte ums Wort, ich –«, lebte Lucker plötzlich auf, und als van Heuven abwinkte, schaute er auf Greiner und rief bittend: »Sheriff?... Karl?« Sein Nebenmann sah ihn kalt von der Seite an. Die beiden Häftlinge wurden abgeführt. Greiner erfuhr vieles, das ihm schon manchmal zu denken gegeben hatte. Überzeugend setzte er sich für die Stillen ein, aber er mußte zugeben, das mit dem Unbekannten blieb ein dunkler Fleck.
»Man soll nicht mitleidig sein... Verflucht, verflucht!« knurrte er in sich hinein, als Polizeigeneral van Heuven sagte, dieser Mann benehme sich äußerst rätselhaft und müsse in Haft behalten werden, alle anderen Stillen würde man heute noch entlassen, unvermeidlich aber bleibe, daß man sie in ihrer Siedlung zunächst polizeilich überwache.
»Und Ihre Tochter, Sheriff«, meinte van Heuven mit süßsauerem Gesicht, indem er mit der Journalistin einen geschwinden Blick wechselte, »wir hoffen, sie hat mit der Sache nichts zu tun. Vorläufig ist sie uns jede Erklärung schuldig geblieben.« Greiner war wieder wütend geworden und erzählte von ihren Tollheiten, von Iwan. Er verschwieg auch nicht, daß sie mit Lucker gut stehe, und polternd gestand er, wenn er auch überzeugt sei von ihrer Unschuld -- es tue ihr ganz gut, ein paar Tage abzubrummen. Als er nach Flußtal zurückkam, schimpfte er den alten Studing furchtbar zusammen und verbot ihm auf das bestimmteste, je wieder ein Pferd »zwischenhinein« auszuleihen. Da während seiner Abwesenheit zwei Polizisten in das Krankenzimmer Trummstedts, der noch immer ziemlich arg darniederlag, gelegt worden waren, erfuhr die ganze Stadt von den Geschehnissen und wurde unruhig. Greiner rief auf der Stelle die Beigeordneten zusammen, berichtete ausführlich und bot grob und geradeheraus seinen Rücktritt an. Niemand wollte etwas davon wissen, denn alle kannten die tolle Gretel. Jean, Jankel und die anderen Futuristen jedoch planten eine öffentliche Versammlung und forderten sofortiges, unnachsichtiges Vorgehen gegen alle Verdächtigen. In einer neuerlichen Sitzung der Beigeordneten erklärte sich Greiner

zwar eines Sinnes mit diesen Leuten, indessen – meinte er – für Exekutionen, die sie ausführen müßten, sei er durchaus nicht eingenommen.
»Und«, sagte er, sich bedenklich an der Schläfe kratzend, »hol's der Teufel! Nach allem, was ich rieche, will man den Lucker absolut in unsere Gerichtsbarkeit geben...« Da wurden die Freunde um ihn herum schweigsamer. Unschwer war zu erkennen, daß auch sie nicht gesonnen waren, Henker zu spielen.

In seinem kahlen, nicht sehr großen Büro in Peacetown saß Waclaw Climasch und las den kodifizierten Funkbericht Vera Schillizas aus Eilenburg. Niemand außer ihm konnte den Kode entziffern. Der übliche amtliche Kode der »Eka« hatte einen anderen Schlüssel.

»Geglückt! Fall K. hat sich rentiert«, hießen die ersten Worte des Berichtes. Über das kellerfarbige Gesicht Climaschs lief eine jähe Frische. Er atmete voll auf, daß sich seine flache Brust dehnte. Ein verhaltener böser Glanz trat in seine nüchternen Augen. Im Weiterlesen zog er seine dünne Unterlippe über die obere und rieb mit den abgeflachten Enden der kurzen Zähne den sorgfältig gestutzten Bart. Nie wahrscheinlich hatte jemand den mächtigen Leiter der »Eka« so gesehen, und er war jetzt wirklich mächtig, vielleicht der mächtigste Mann in Peacetown, seitdem das in Kraft gesetzte »Geheimdekret gegen die Verschwörung« ihm volle Unabhängigkeit zugesichert hatte. Freilich, er wußte: Auch die größte Macht hat nur Bestand, wenn sie immer wieder sichtbare Erfolge zeitigt. Dickson und die Mikkelson-Leute hatten immerhin durchgesetzt, daß das Dekret nur für die Dauer eines Jahres Geltung haben sollte. Unmittelbar nach Annahme hatte Climasch den Befehl gegeben, Ostermann und Lawrow mit ihrem ganzen Sturmdorfer Verschwörerzirkel, über den ihm bis vor wenigen Tagen sein ausgezeichneter Agent Petersen noch laufend berichtet hatte, festzunehmen. Zu spät! Ostermann und Lawrow waren mit ihren wichtigsten Komplicen nach Innerasien geflohen. Petersen war zu Tode geschunden worden. Bei den sonst noch Verhafteten im Gebiet Sturmdorf, Schneewinkel und Sörengarden handelte es sich allem Anschein nach um Nebenfiguren des Komplotts. Waffen, Dokumente und dergleichen wurden nicht mehr gefunden. Das Gebiet wurde polizeilich abgesperrt und unter die Kontrolle provisorischer Kommissare gestellt, die in Wirklichkeit Agenten der »Eka« waren. Dieser Mißerfolg war bitter, aber die letzte Botschaft Petersens hatte die Spuren auf Lucker und Ivens gelenkt. So war es

Vera Schilliza gelungen, das Waffenlager in der alten Siedlung bei Flußtal auszuheben und in ein wichtiges Netz der Verschwörung einzubrechen. Wie es dazu gekommen war, in Lawrow und Ostermann zwei Leiter der Verschwörung zu erkennen, war nicht allzu rätselhaft. Es kam darauf an, die Fäden ihrer Verbindungen aufzuspüren, und die führten zweifellos nicht nur west-, sondern auch weit ostwärts. Diesen Geheimnissen ging Climasch hartnäckig nach, und um zum Ziel zu kommen, riskierte er Waghalsigkeiten ganz besonderer Art, von denen nur einige aus seiner Umgebung eine vage Ahnung hatten. Vielleicht hatte der Leiter der »Eka« Grund, manches im Dunkel zu halten, vielleicht lag es an seinem Metier. Nicht umsonst nannten ihn seine nächsten Mitarbeiter »die Kreuzspinne«. Er spann lautlos, und er spann unauffällig. Vera war seine einzige Vertraute. Einige munkelten sogar, sie sei seine Geliebte, aber da war nicht durchzusehen. Sie und Climasch verkehrten immer nur amtsmäßig miteinander, und beide vermieden mit großem Geschick nähere Bekanntschaften mit Menschen, von Freundschaften schon gar nicht zu reden. Nur einige Beamte, die von Anfang an bei der Organisierung und dem allmählichen Aufbau der Entwaffnungskommission beteiligt gewesen waren, erinnerten sich noch, daß einmal irgendein Kapitän Macleen eine verwilderte Polin zu Climasch gebracht hatte, die aus einem eingefangenen Nomadenhaufen herausgefischt worden war. Den Haufen hatte ein Regiment der Armee des Generals Canchulla eingefangen, und der General hatte dem Kapitän den persönlichen Bescheid an Climasch mitgegeben, daß er die wilde Person, die auf den Namen Vera höre, als äußerst brauchbar für den Geheimdienst ansehe. Mehr wußte niemand, denn Vera war dann lange von der Bildfläche verschwunden. Man sah sie auch jetzt höchst selten. Sie war meistens unterwegs.

Ein paarmal durchlas Climasch den wichtigen Bericht, steckte ihn endlich zu sich, stand auf, zog seinen grauen, sauber gebürsteten Rock zurecht, straffte sich ein wenig und trat ans Fenster. Er war gar keine imposante Figur. Mittelgroß, schmächtig, etwas flachbrüstig und beinahe bieder

bürgerlich. Nichts an ihm verriet seinen früheren militärischen Rang. Offenbar hatte er eine Abneigung gegen Uniformen und soldatisches Gehaben. Sein Anzug war bescheiden, aber sauber, seine leicht ausgetretenen Schuhe blank gewichst, sein gestutztes Bärtchen und seine kurz geschorenen Stichelhaare wirkten ungemein nüchtern, insonderheit, da dadurch die etwas wegstehenden Ohren betont wurden. Alles in allem machte er den Eindruck eines kleinen Beamten aus einer alten Provinzstadt.
Er verschränkte seine Arme auf dem Rücken und sah auf die breite, kahle Avenue hinunter. Kahl war merkwürdigerweise das ganze neue Peacetown. Eine Stadt aus Stein und Asphalt. Die temperierten Straßen und Plätze hatten sich nicht bewährt. Kühlende Kälte im Sommer und Wärme im Winter vertrugen die Bäume und Anlagen nicht. Alles starb ab. Die Natur ließ sich nicht vergewaltigen. Längst war man, durch diese Erfahrungen belehrt, dazu übergegangen, in den Agrostädten nur noch die Hauptverkehrsstraßen und Plätze zu temperieren. Auch im neuen Peacetown sollte es so geschehen, denn das düstere, kahle Gemächte der Häuser, Hotels und Amtsgebäude wirkte öd und bedrückend. Die alte Stadt war trotz ihrer winkligen Gassen und altmodischen Häuser weit reizvoller und anheimelnder. Schattende Bäume gab es dort und buntblumige Rondelle, Grünflächen und erfrischende Anlagen. Dafür ertrug man gern die dunstfeuchte Sommerhitze. Ohne Übergang fügten sich die beiden Städte ineinander; hier noch das provinzielle Häusergemenge der Altstadt, und gleich daneben, drohend fast und plötzlich aufragend, die mächtige, eisgekühlte, übermoderne »Regiererstadt«, wie die Altstädter sie nannten. Diesen schroffen Gegensatz konnten die eleganten Läden, der dichte Autoverkehr, die vielen Restaurants und Cafés im neuen Stadtgebiet nicht ausgleichen.
»Nicht begraben möcht' ich dort liegen!« sagten die Altstädter, die wohl in die neuen Warenhäuser zum Einkauf herüberkamen und die wohlfeilen Lokale frequentierten, aber sonst weder von den »Regierern« noch von ihrem öden Steinhaufen viel wissen wollten. Seit einiger Zeit lag zudem über den beiden Peacetown ein Druck, den jeder einzelne

spürte. Das Armeeamt hatte die Radar-Warnungsanlagen verstärkt und außerordentliche Sicherheitsmaßnahmen getroffen. Im Hohen Rat herrschte größte Unruhe. Von Tag zu Tag, von Woche zu Woche wurde es klarer, daß die Volkszählung nicht durchführbar war. An eine ordnungsgemäße Einberufung des Weltparlaments war auch nicht mehr zu denken. Die meisten Gouverneure in den ost- und mittelasiatischen Gebieten waren nicht mehr zu erreichen. Offenbar hatten Rat und Plankommission das Auftreten der »Brzelose« in jenen Ländern unterschätzt. Die Fehler konnten nicht mehr ausgeglichen werden. Neue Epidemien wurden plötzlich gemeldet – Pocken und Fleckfieber vor allem – und breiteten sich mit erschreckender Schnelligkeit aus. Ganz unvermutet traten sie in weitabgelegenen Gouvernements auf, erschwerten die Kontrolle und richteten unabsehbaren Schaden an. Die Menschen begannen vor dem schleichenden Schrecken zu fliehen. Nichts konnte sie mehr halten. Zu allem Unglück brachen um jene Zeit von den noch wenig kultivierten Wüsten her die großen Sandstürme los und rissen alles mit sich. Schwefelgelb zog es am Himmel auf. Pfeifend stürzte der Wind auf die Flächen herab, und wirbelnd trieb der Sand auf. Weithin verdunkelten die jagenden Sandwolken alles Land. Hausdächer, Möbel, Menschen, entwurzelte Bäume, Vögel und anderes Getier jagten im rasenden Strudel, der über die endlosen Steppen heulte, schließlich irgendwo niederging und alles bergehoch eindeckte. Die Ärzte und das zahlreiche Sanitätspersonal, die Qualifikanten-Brigaden, welche die Hilfsstationen, Baracken und Auffanglager bauten – alles zerbrach, zerflatterte und wurde hinweggefegt. Tagelang kamen die würgenden Naturgewalten nicht zum Stillstand. In den verpesteten, verlassenen Siedlungen und Agrostädten lagen Hunderte und Tausende hilflos hinsiechender Menschen. Die Ställe und Weideplätze waren voll von verendetem, stinkendem Vieh. Alles, was gehen und laufen konnte, hatte sich davongemacht. Von den Ufern der chinesischen Meere bis tief nach Sibirien hinein wälzten sich, lawinengleich anschwellend, die Massen der Flüchtenden und verseuchten immer neue Gegenden. Der alte Nomadeninstinkt kam wieder über diese jäh entwurzelten, allen Unbilden ausgelieferten Haufen. Sie raubten, mordeten und brandschatzten wie ehedem, und bald sah es wieder aus wie in den schlimmsten Zeiten der Katastrophe. Zerblasen war jede mühsam aufgerichtete Ordnung. Unaufhaltsam stieg die Schreckensflut und floß westwärts, bedrohte immer neue Gebiete. Truppen und immer mehr Truppen wurden eingesetzt. Kriegerisch rannten die blindwütigen Haufen gegen sie an. Im Feuer türmten sich Leichenhaufen. Berge wurden daraus. Alles lag wirr über- und nebeneinander: Tote und Verwundete, Männer, Frauen, Kinder, Greise. Riesige Benzinspritzen traten in Funktion, und hellauf loderte der Menschenberg. Aus dem dick qualmenden Gestank und Geknister der Flammen drang das grausige Elendsgeschrei noch Lebender und zerging im Geprassel. Wie sollte der herandringende Tod noch anders aufgehalten werden!

In den Gouvernements westlich des Urals, vom hohen Norden bis hinunter zum Persischen Golf, waren die seßhaften Massen aufgeschreckt. Wie ein unheilvolles, dumpfes Grollen pflanzte sich dieses Aufgeschrecktsein fort, griff aus nach allen Seiten, erfaßte Kleinasien und die Mittelmeergebiete bis zum einstigen Spanien, versetzte das gewesene Europa bis in die nordischen Länder in eine gewaffnete Spannung, schwamm über den Ozean und überzitterte die beiden amerikanischen Kontinente. Immer mehr und immer mehr Stimmen gegen die Unfähigkeit des Rates wurden laut. Giftige Kritiken gegen den seinerzeit vorgenommenen Abbau der Armee, drohende Forderungen nach straffer Zentralisation, wilde Verdächtigungen der Ratsmitglieder, Rufe nach einem »starken Mann« und rücksichtsloser Diktatur folgten einander. Immer offener, gereizter und feindseliger verlangten diese Stimmen eine ungesäumte, völlige Änderung der gegenwärtigen Ordnung, und viele Staatsformen, deren man sich von früher her noch erinnerte, wurden beschworen und herbeigewünscht. Der Rat schien nur noch ein Schatten seiner selbst, die Initiative hatte sich ins Armeeamt verlagert.
»Eins nur wundert mich«, sagte Mauvin zu Ellen Oester-

berg, »daß sie uns nicht einfach abservieren.« Ellen empörte dieser Zynismus, doch all ihr heftiges Dagegenreden, ihr zerfahrenes Schimpfen, rührte den unerschütterlichen Weltmann nicht.

»Ihre Erregung kleidet Sie gut«, lächelte er, »ganz verjüngt sehen Sie aus!« Ellen war bereits in jenem Alter, wo solch gutgezielte Schmeicheleien nicht ohne Wirkung bleiben. Sie war untröstlich. Sie zermarterte sich den Kopf und kam jeden Tag mit irgendeinem anderen Plan heraus. Sie ärgerte sich, daß niemand sie ernst nahm.

»Kind«, sagte Mikkelson einmal zu ihr, »nicht Pläne sind jetzt wichtig, Geduld!« Müde sagte er es, aber sie merkte, auch er war ganz leicht abwesend. Das tat ihr weh. Nur Mauvin hörte sie an, darum ertrug sie ihn.

Der General Canchulla hatte sich nach Asien begeben, um die dortigen Operationen selbst zu leiten. Unablässig verlangte er seither den Einsatz der ganzen Armee. Merkwürdigerweise aber stemmten sich Stankow und Withe dagegen. Der Rat staunte darüber. Mellnikow, der seit langem mit Stankow befreundet war, sagte einmal zu Mikkelson: »Sie wollen dasselbe wie wir. Sie fürchten, daß unser Lincoln uns über den Kopf wächst... Immerhin eine kleine Chance.«

Mikkelson sah ihn prüfend an und meinte: »Jaja, offenbar geht's ohne Winkelzüge nicht... Politik? Davon versteh' ich nichts.« Er war in der letzten Zeit sichtlich gealtert. Nur noch selten lud er seine Freunde zu sich. Einzig mit William Homann, den er von Jugend auf kannte, saß er manchmal nächtelang beisammen, und man mutmaßte, er sei nun auch unter die Säufer gegangen. Er verlor nie ein Wort über diese Besuche. Es fiel Mellnikow und Ussitzki auf, daß er manchmal unvermittelt auf den verschwundenen Paschuljew zu sprechen kam und sinnend brummte: »Hm, der hat sich ganz sang- und klanglos aus dem Staub gemacht.« Schnell redete er wieder von etwas anderem.

Unter dem Vorwand, von Rat und Armeeamt zuwenig unterstützt zu werden, hatte Canchulla aus eigener Machtvollkommenheit zur Selbsthilfe gegriffen. In einem Aufruf an alle Siedlungen und Agrostädte, die unmittelbar auf der Westseite des Urals lagen, forderte er zur sofortigen Bildung

von halbmilitärischen Schutzformationen auf, die mithelfen sollten, die aus dem Osten herandrängenden Unglücksscharen aufzuhalten, und er lieferte ihnen Waffen und sonstige Ausrüstung aus Armeebeständen. Die Wirkung war gewaltig. Seine Hoffnungen wurden nicht enttäuscht. Der Zustrom zu diesen Formationen überstieg all seine Erwartungen. Triumphierend erstattete er in Peacetown Bericht. Etwas kam noch hinzu, das seine eigenmächtige Unbedenklichkeit rechtfertigte: Die Futuristen als vorläufig einzige politische Bewegung hatten in der Hauptstadt des Gouvernements 411, das Arnold Bresci leitete, ihren ersten Parteitag einberufen und schickten dem General zahlreiche hochtrabende Beifallstelegramme.
In der sommerlich heiteren, ausgezeichnet angelegten neuen Agrostadt, die mitten in der fruchtbaren Po-Ebene lag, durchzogen begeisterte Massen die Straßen und bejubelten die Tat des kühnen Generals. In Peacetown dagegen war die Reaktion ganz anders. Eingedenk dessen, daß er doch nichts verhindern könne, gab der Hohe Rat lediglich eine Erklärung an die Presse, daß er Canchullas Vorgehen nicht billige und ihn für alle Folgen verantwortlich mache. Die Generale Stankow und Withe vom Armeeamt waren äußerst aufgebracht, und mit ihnen war es auch Waclaw Climasch. Im vollen Einverständnis mit dem Rat erging ein energischer Funkspruch an Canchulla, sich nach Peacetown zu begeben. Der betroffene General berief sich polternd auf seine gegenwärtige Unabkömmlichkeit und weigerte sich schließlich offen. Inzwischen ging es auf dem Parteitag der Futuristen immer aufgeregter zu. Der größere Flügel der Delegierten stand hinter Arnold Bresci und hielt fest an der Losung: »Alle Macht dem Rat!« Zugleich aber übermittelte er eine geharnischte Resolution nach Peacetown, die Canchullas Handlungsweise deckte und sich entschieden gegen die geringste Maßregelung des Generals verwahrte. Mehr noch: Abermals wurde auf Canchullas seinerzeitige Forderung, die ganze Armee in Asien einzusetzen, verwiesen und deren Durchführung verlangt.
Mit der allgemeinen Losung des Bresci-Flügels war eine Minderheit, die der bärbeißige Friedensrichter Maurice

Douraine führte, einverstanden, doch diese verbissenen Fanatiker hielten nicht allzuviel von den Schutzformationen und waren der Ansicht, daß der Rat infolge der allseits gespannten Lage sich nicht seiner ganzen Macht begeben könne. Mitten im Gebrüll seiner Widersacher schrie Douraine grob und unbeirrbar: »Mit dem asiatischen Saustall muß man auch anders fertig werden, zum Teufel! Mich bringt keiner davon ab, daß die Seuchen dort gemacht sind!... Was?... Beweise?... So was riecht man mitunter! So, wie es jetzt steht, kann nur noch eine Radikalkur helfen!« Und trotz der zischenden Zwischenrufe und giftigen Proteste schreckte er nicht davor zurück, dem Rat und dem Armeeamt die Anwendung von Vernichtungswaffen anzuempfehlen. Ein wütender Sturm deckte sein Weiterreden zu. Unbeweglich, wie eine steinerne Figur stand er da und schaute auf Jankel Rositsch. Der aber schüttelte in einem fort den Kopf. Später, nach der tumultuarischen Tagung, als sie durch die sternbesäte Nacht gingen, sagte Jankel zum schimpfenden Douraine: »Vielleicht Bresci, er hat recht. Nicht ganz aber und nicht ganz auch du, Maurice!... Warum schreist du?... Frag Jean. Er meint auch, das mit dem Riechen, o ja, das ist richtig – «

»Geh zur Hölle! Geh zu Bresci!« fuhr ihn Maurice an, aber Jankel kicherte ungeschreckt und meinte wiederum: »Was ist gut? Wenn wir streiten, andere sich freuen!« Sie stießen auf Jean, der eben ins Gemeindehotel wollte. Gleich begann die Diskussion wieder. Wunderbar klar wölbte sich die Nacht. Ein schwerer Duft von südlicher Fruchtbarkeit drang aus den blumigen Gärten. Die Straßen waren belebt, und überall standen heftig ineinanderredende Gruppen.

»Dieser Ultraradikalismus führt nie zu was!« sagte ein Mensch. Maurice sah hin und stieß einen dumpfen Fluch heraus. Sie redeten und redeten und standen auf einmal an der Stadtgrenze. Auf der weiten, glatten Fläche standen kleinere und größere Flugzeuge aller Art. Phantastische Schatten warfen ihre Flügel und Propeller. Wie ein Gemenge von vorsintflutlichen Riesentieren sah dieses vollgestellte Landungsfeld aus.

»Werden wir gar nicht mehr finden unser Täubchen«, sagte

Jankel. »Da, ich seh's doch!« deutete Maurice auf das Flugzeug. Jean kratzte sich gemächlich an der Schläfe und meinte, drei Tage rede man jetzt schon und komme zu keinem Schluß, allzuviel Zeit möchte er nicht mehr zugeben. »Was?!... Schluß wird nicht gemacht, bevor nicht Klarheit ist!« knurrte Maurice, und sie wandten sich der Stadt zu.

Schnell, zu schnell erlebte Canchulla in Asien etwas, das seine Armeen in größte Bedrängnis brachte. Die Schutzformationen gehorchten nur ihren selbstgewählten Vertrauensmännern, stellten sich gegen jeden Armeebefehl, und auf einmal wurde offenbar, daß der eitle, leichtgläubige General seinen eigenen Feind bewaffnet hatte: Die nationalföderalistischen Verschwörer führten die Formationen. Sie kämpften keineswegs an der Seuchenfront, sie fielen den Truppen überall in den Rücken! Als die ersten Nachrichten davon auf dem futuristischen Parteitag bekannt wurden, gewann Maurice beträchtlichen Anhang. Bresci gab seinen Irrtum zu und wollte ausgleichen, warnend appellierte er an die Einheit der »jungen, stolzen Partei«, aber die um Maurice schrien ihn viele Male nieder, und die Spaltung war da. Maurice verließ mit den Seinen die Po-Stadt und kündigte die demnächst stattfindende Gründungssitzung der »Ultristen« an.
Dies alles hatte man in Peacetown mit größter Aufmerksamkeit verfolgt, und am zufriedensten darüber war Climasch. Als er so am Fenster stand und auf die steinerne Kahlheit des Ratsviertels hinunterschaute, lächelte er dünn. Wieder zog er seine Unterlippe über die obere. Er sah auf die Uhr. Es war Zeit. Der Rat hatte eine außerordentliche Sitzung anberaumt, auf der die Armeeleitung, er und verschiedene Sachverständige der Großen Plankommission über die Lage in Asien und die nächsten Schritte befragt werden sollten.
An der Tür zögerte Climasch einen Augenblick. Nein, die Antwort an Vera hatte Zeit bis nach der Sitzung. Sicher lief inzwischen noch ein Bericht von ihr ein. Er kannte sie doch: Die kleinste Witterung peitschte ihre Energie auf. Sie verfolgte auch die undeutlichste Spur bis an ihr Ende. Er gab sich einen Ruck und durchschritt rasch die Tür.

Auf der Sitzung sprach General Stankow für das Armeeamt. Er schilderte die Lage in Asien als sehr verworren. Die Seuchenfront hatte sich ungefähr 100 Meilen vor den östlichen Ausläufern des Urals versteift. Sehr bedenklich fand er das weitere Anwachsen der Verschwörer-Formationen, die dadurch, daß sie sich im Gebirge festgenistet hatten, im Vorteil waren und insbesondere die Etappenlager der Heeresgruppen Canchullas gefährdeten. Es sei, meinte Stankow, rätselhaft, woher die Rebellen noch Zuzug und Waffen bekämen, nachdem Canchulla immerhin den Befehl, jede Unterstützung dieser Formationen einzustellen, sofort befolgt habe. Dabei sah er kurz auf Climasch, und der sagte nickend: »Darauf komme ich zurück.« Unmöglich, untragbar sowohl für den Rat wie für das Armeeamt hielt er das weitere Verbleiben Canchullas an seinem jetzigen Posten. Er kündigte an, daß das Armeeamt schon in den nächsten Tagen einen neuen strategischen Plan vorlegen werde. Von der Anwendung irgendwelcher Vernichtungswaffen sprach er nicht. Climasch, der ihm folgte, gab einen ausführlichen Bericht seiner bisherigen »Eka«-Erfolge. Große Spannung überkam alle, als er die Mitteilung machte, daß aus Kimuzas Gouvernement 1422, dem einstigen Japan, geheime Waffentransporte über nördliche Wege an die Rebellen geschmuggelt worden seien, wobei es sich um Waffen aus den dortigen Armeemagazinen handle.
»Und wie rechtfertigt sich der Gouverneur?« fragte Dickson.
»Er ist verschwunden... Spurlos. Genau wie Lawrow und Ostermann. Vier meiner tüchtigsten Agenten verfolgen eine Fährte, aber darüber möchte ich noch nicht sprechen«, erwiderte Climasch. Er beklagte die ansteigende Verlustliste seiner Mitarbeiter im Gouvernement 1422, konnte aber nach den letzten Meldungen, die von der Aufdeckung unterirdischer Laboratorien zur Bakterienherstellung sprachen, den einwandfreien Nachweis erbringen, daß von dort aus die systematische Verseuchung Asiens eingeleitet worden war. Selbstverständlich habe die Leitung der Verschwörung ihre Anhänger durch rechtzeitige Schutzimpfungen gesichert. Die militanten Kader, deren Anzahl beträchtlich sei, beherrschten nun alle verlassenen Gebiete, und ein »Direkto-

rium für die Sonderung der Nationen« übe eine rücksichtslose Diktatur aus. Zum Glück verfüge der Feind nicht über eine sehr starke Flugwaffe, wie bereits General Stankow erwähnt habe. Atombomben besitze er nicht, aber es sei nicht ausgeschlossen, daß er andere Vernichtungsmittel produziere, die dann allerdings dem Rat und dem Armeeamt eine schnelle, unbarmherzige Abwehr aufzwingen würden.
Nach diesen Ausführungen richtete sich der Leiter der »Eka« gerader auf, blickte auf Stankow und Withe und schloß mit den Worten: »Meine Auffassung deckt sich durchaus mit jener der Herren des Armeeamts. Eine Abberufung Canchullas ist notwendig, weigert er sich, so würde ich für eine Verhaftung plädieren. Mein Geschäft ist nicht die Politik, aber ich habe die Aufgabe, die Politik, die der Rat betreibt, zu schützen.« Wie fein abgewogen das war: Stankow und Withe galten als »Herren«, Canchulla schon nicht mehr. Allerdings, das merkten nur die Feinhörigen. Ellen Oesterberg dagegen beging in diesem Augenblick eine Ungeschicklichkeit, die peinlich berührte.
»Ihre Beziehungen zu General Canchulla, Herr Climasch«, sagte sie, »sind doch die allerbesten.« Was wollte sie nur damit? Über Mikkelsons Gesicht lief ein geschwinder Schatten. Dicksons Blick wurde starr. Doch Climasch antwortete sehr selbstsicher und lächelte sogar einnehmend dabei: »Gewiß, Miß Ellen, ich schätze General Canchulla. Demokratie, denke ich, gilt für jeden ohne Ansehen der Person. Die Eigenwilligkeit Canchullas gefährdet die Autorität des Rates, sie untergräbt die Achtung vor den Gesetzen.« Das letzte klang bestimmt und machte großen Eindruck. Ellen wurde jäh rot und schwieg wie beschämt. War die kokette Bescheidenheit Climaschs nun echt oder nur Schein? Niemand kannte sich aus.
Nun kam der hagere Professor Nerwine als Sprecher der Großen Plankommission zu Wort. Er machte, als er so seine Papiere ordnete, eher den Eindruck eines gewissenhaften Beamten als den eines Gelehrten. Auf Grund der Gutachten der obersten Leitung aller Qualifikanten-Brigaden sprach er von den ungeheuren Rückschlägen der Planungsarbeit durch die asiatische Rebellion. Die dort aufgenommene Kul-

tivierung der Wüsten mußte abgebrochen werden, ja der ganze Kontinent war, wie er sich ausdrückte, »in jeder Hinsicht aus den Aktiven der Bilanz abgestrichen«, während sonst überall gewaltige Fortschritte zu verzeichnen seien. Nerwines lange Nase rötete sich, und auch über die mit dünnen blauen Äderchen durchzogene Haut, die seine Backenknochen überspannte, lief eine erregte Röte, als er jetzt sagte: »Es ist Ihnen bekannt, daß die Versuche zur restlosen Erschließung und ständigen Schiffbarmachung der beiden arktischen Zonen, die meine wissenschaftlichen Mitarbeiter im Verein mit dem Armeeamt durchgeführt haben, schon sehr weitgehend gediehen sind. Nur unsere Unterwasser-Experimente sind noch nicht abgeschlossen. Es ist auch möglich, irgendein Gebiet – ganz gleichgültig, welchen Umfang es hat – vollkommen abzuriegeln. Das Element, das dabei zur Verwendung kommt, hat nicht mehr die schrecklichen Nachwirkungen auf den menschlichen Organismus wie die ursprüngliche Radioaktivität der früheren Atombomben. Allerdings, wenn eine solche Abriegelung auch nur einige Wochen dauert, bringt sie eine ziemliche Beeinflussung der Witterung wie überhaupt der klimatischen Verhältnisse mit sich, die sich nach und nach auf der ganzen Erdkugel bemerkbar macht. Ich muß also die Verantwortung für die Anwendung dieses Elements als Waffe, wie das geplant ist, ganz und gar dem Hohen Rat und dem Armeeamt überlassen.« Die Erfindung bestand darin, daß eigens dafür konstruierte sogenannte Planetensucher irgendein Land oder einen Kontinent einkreisend umfliegen konnten, um eine fast dreihundert Meilen hohe, unsichtbare, absolut undurchlässige Wand zu ziehen, deren Ausstrahlung alles verbrannte, was sich ihr ungewarnt auf Sichtweite näherte. Eine Einkreisung Asiens zum Beispiel beanspruchte nur sechs Stunden. Da niemand bis jetzt auf den Gedanken gekommen war, daß man die Erfindung auch kriegerisch auswerten könnte, hatte man die Versuche kaum beachtet. Minutenlanges Schweigen setzte nach Nerwines Rede ein. Der Rat schob die schicksalsschwere Entscheidung zunächst ängstlich beiseite. Nur über die Zurückberufung Canchullas einigte man sich. Auffälligerweise fügte sich diesmal der ei-

genwillige General sofort, nachdem der von Peacetown ernannte Oberstleutnant Macleen für seinen Posten bestimmt wurde. Canchullas Rechtfertigung und Bericht klangen ausweichend. Ins Armeeamt kam er nicht mehr. Nach seinem Urlaub sollte er eine Garnison übernehmen. Auch dagegen erhob er keinen Einspruch.
Tief nachts wurde die Sitzung unterbrochen, und es traf sich, daß Mikkelson und John Barry als letzte die mächtige Steintreppe des Ratsgebäudes hinuntergingen. Das grelle Licht über dem weiten, kahlen Platz tat fast weh. Es war häßlich durchfleckt vom bleichen Schimmer des Mondes.
»Das ist untragbar für uns! Es geht nicht!« sagte Barry leise, mit einem Zittern in der Stimme. »Das läßt sich mit unserem Gewissen nicht vereinbaren.« Er atmete, als würge ihn etwas, und blieb stehen. Auch Mikkelson hielt ein.
»Barry«, antwortete er, »es geschieht auch ohne uns!... Ja, unser Gewissen! Es hat zuviel auf sich genommen.« Ein Fatalismus ohnegleichen klang aus den Worten. Wie erschrokken nahm Barry seinen Blick auf und sagte wiederum: »Wir müssen einen letzten Versuch machen, mit den Rebellen ins Einvernehmen zu kommen.«
»Auch das geht nicht mehr«, meinte Mikkelson trocken. So, als wünsche er nicht mehr weiterzureden, tappte er die Stufen abwärts. Barry ging neben ihm her. Wieder sagte er so ratlos und eindringlich: »Nein, es geht nicht! Ich will morgen den andern begreiflich machen, daß es unmöglich ist.« Sie waren am Fuß der Treppe angekommen. Mikkelson winkte seinem Auto. Auch Barrys Wagen fuhr vor.
»Entschuldigen Sie, mein Lieber. Ich bin so müd«, sagte Mikkelson, sich verabschiedend. Sie sahen sich stumm und tief an. Nichts weiter.
Später, als er draußen vor seinem Häuschen im kleinen Vorgärtchen stand, blieb Mikkelson auf dem schmalen Kiesweg stehen und sann wehrlos in sich hinein. Die frische Kühle der Nacht umstrich sein mitgenommenes, bärtiges Gesicht. Er reckte sich ein paarmal und sog die Luft in sich hinein. Er schaute abwesend auf den dunklen, unförmigen Schatten, den seine Figur auf den Weg warf.
»Es geht nicht... Es ist untragbar!« murmelte er verloren. Er

griff in einen Strauch, riß ein Blatt ab und zerkaute es. Ganz leise bewegte sich der Strauch. Er schaute mechanisch zum Himmel auf. Die ewigen Sterne funkelten fern, und die Stadt warf einen gefleckten, hellen Schein ins Gewölbe.
»Barry?!« floß es kaum hörbar über seine Lippen. Wie eine Frage an seinesgleichen, wie ein schmerzlicher, hoffnungsloser Anruf durch die dunkle Luft klang es. Etwas Unsagbares rührte Mikkelson an, das mit dem würzigen Geruch des Bodens, dem linden Duft der paar Gartenblumen, der Kühle der Luft und dem Gefunkel der Sterne eins war und in sein Innerstes drang.
Ja, John Barry, der Quäker – der glaubte noch an Recht, an Güte und Einsicht der Menschen, an die Verfassung, den Rat und an ein Gewissen aller, dachte er. Und es fiel ihm ein, was der fast um zehn Jahre jüngere Mauvin, dieser Snob, seinerzeit zur noch jüngeren Ellen Oesterberg, zu diesem fahrigen Kind, gesagt hatte, als die Weltverfassung mit so großem Pomp angenommen worden war. Damit, hatte Mauvin gemeint, binde sich doch der Rat nur selber die Hände, und das ganz ohne jede Ursache, und diese blöde Verfassung, sie sei doch, strenggenommen, nichts anderes als ein »kindisches Dokument des schlechten Gewissens weltfremder Moralprofessoren von Anno dazumal, das völlig unerheblich für das Geschick der Menschen sein würde«.
»Hm... ja, Gewissen!« brummte der reglos Dastehende. »Gar nicht so dumm, das von Mauvin.« Und er ging die Menschen seines Alters im Rat durch – den sanften Barry, den behutsam überlegenden Ganvavitta, die redliche Gertrud Rechlin, den nüchternen Ussitzki und den eigensinnigen Dickson. »Jeder ein Kopf und ein Herz für sich, alle noch meine Generation«, bestätigte sich Mikkelson und überlegte weiter: »Es stimmt schon, jaja, irgendwo haben wir noch ein schlechtes Gewissen! Drum haben wir so hingearbeitet auf die Verfassung. Unsereins kann nicht leben ohne moralische Deckung! Die jüngeren, die haben es leichter, die plagt das alles nicht! Ihr Handeln wird vom sichtbaren Nutzen bestimmt, von der Automatik der Technik, die, ihrer Meinung nach, das Glück für alle fabriziert.«
Seine Generation aber war mit einer tiefen, unausrottbaren

inneren Erbschaft belastet. Die furchtbarste Katastrophe hatte diese Erbschaft überstanden. Ihre Substanz war geblieben.
»Gewissen?« Was war denn das anderes als eine natürlich gewachsene Bildung, als eine in Jahrhunderten herangereifte Achtung vor dem Menschen und der Glaube an eine immanente Gerechtigkeit in allem Geschehen?!
»Gerissen?... Hallo! Stimmt was nicht?« fragte eine Stimme aus dem schwach erhellten Dunkel vor dem Gartenzaun. Der sinnende Mikkelson hatte die Schritte des wachhabenden Geheimpolizisten nicht gehört. Er drehte sich um und sagte fast spöttisch: »Nein, nein, nichts gerissen! Es ist alles in Ordnung... Gute Nacht!« Der Mann grüßte ebenso und tappte weiter. Mikkelson verzog sein Gesicht im Dunkeln, wollte lächeln, aber das Lächeln gefror ihm. Er fingerte seinen Schlüssel aus der Westentasche und sperrte die Tür auf. Im Gewirr seiner verstörten Gedanken tauchte sein Freund Homann auf, der Säufer und Fleischberg. »Nur das Saufen verhilft uns zur Robustheit, Gunnar!« pflegte Homann zu sagen. Noch im dunklen Hausgang hielt Mikkelson inne und brummelte sarkastisch: »Gerissen!... Das stimmt schon! Eigentlich sind wir abgerissen, überflüssig, wir älteren... Wir gehören nicht mehr dazu, nein, nicht mehr im mindesten.« Und von Homann kam Mikkelson wieder auf Paschuljew.
»Der ist einfach aus der Welt gegangen. Weg von dieser Donquichotterie, die wir betreiben«, dachte er. Schwer schüttelte er seinen dicken, brummenden Kopf...

DER WETTLAUF

Es war kaum Mitte Juni, und die ersten Ernten Weizen, Korn, Hafer und Gerste waren längst ausgedroschen. Auf den meisten Flächen um die Agrostädte der nichtasiatischen Gouvernements war die zweite bereits angebaut, und die volle Reife stand gegen Ende August zu erwarten. Zum drittenmal ernteten die Agroleute Ende Oktober. »Der ewige Weizen«, den neben anderen Forschern der Papst am sichersten und weitesten entwickelt hatte, bewährte sich noch nicht recht. Er hatte zwar den Vorteil eines sehr ergiebigen Ertrages, er ersparte die jedesmalige Aussaat, da er nach dem Schnitt von selber wieder hochwuchs und reifte, doch er brachte nur zwei Ernten im Jahr.

Die Flußtaler waren diesmal etwas im Rückstand. Tagelange Regenschauer zogen seit Monatsanfang über die Breiten. Die Traktoren blieben öfter in der weichen, glitschigen Erde stecken, weite Ackerstriche waren versumpft oder von angestautem Regenwasser überschwemmt.

Jankel Rositsch saß auf dem Führersitz seines Traktors, pfiff vor sich hin und wischte sich ein ums andere Mal die dicken Regentropfen von der spitzen Nase. Die Trillerpfeife hing an einem Schnürchen um seinen hageren Hals. Er sah in den fernen Himmel, der sich langsam aufhellte, sah den sich verdünnenden, nachlassenden Regen und sah hin und wieder auf die anderen Traktoren, die in bestimmten Abständen über die Flächen surrten. Das war sein Stolz, seine Brigade. Gleichmäßig wälzten sich die mächtigen eisernen Raupen dahin, und die Menschen lenkten sie.

»Werden einholen, werden einholen«, murmelte Jankel. »Regen verfliegt.« Er griff durch den Schlitz seines Gummimantels, fuhr in die Hosentasche und holte einige Weizenkörner heraus. Krampfhaft hielt er mit der andern Hand das Lenkrad. Sein Gesicht belebte sich. Das Surren des Motors, das Quietschen der schneidenden Pflugscharen durchzog seinen Körper wie elektrische Ströme, und er blickte auf die schwielig zerarbeitete Schale seiner leicht zitternden Hand, die er eben aus der Tasche gezogen hatte. Kleine, harte, fast

runde goldbraune Körner jenes ungemein keimfähigen und schnell wachsenden, kurzhalmigen »mehrjährigen Weizens«, den – Jankel wußte das von Deruga – einst lang, lang vor dem Kriege der Forscher Vavilow durch viele geduldige Kreuzungen kanadischer und russischer Weizensorten gezüchtet hatte, lagen vor seinen glänzenden Augen. Mit diesem auch klimatisch sehr widerstandsfähigen Weizen hatten sie um Flußtal herum bis jetzt ihre Rekorde erzielt. Freilich tat der neue, hochgradig entwickelte Kunstdünger noch ein übriges dazu. Voriges Jahr hatten die Flußtaler die Märzstädter geschlagen, heuer mußte es wieder so kommen.
»Huj! Huj«, machte Jankel, als wollte er seinen Traktor antreiben, steckte die Körner wieder ein und griff mit beiden Händen zum Lenkrad. Zufällig fiel sein Blick dabei auf die Armbanduhr. Er erschrak. Er nahm die Trillerpfeife und pfiff mit Leibeskräften. Ärgerlich, jetzt eine Pause zu machen! Jetzt hatte ihn der richtige Arbeitsschwung erst ergriffen. Drüben an der regendunstigen Feldgrenze, in den Zelten, wo die Menage-Autos standen, waren die andern Traktoristen schon angekommen. Schnell sprang Jankel ab und lief über den klebrigen Acker. Ab und zu stolperte er und knurrte wütend. Die andern lachten ihm entgegen. Da stand schon wieder die schnippische Gretel vom Sheriff Greiner, die sie in Eilenburg erst vor zwei Tagen aus der Haft entlassen hatten, und rief spöttisch: »Jankel, mit dir geht's bergab! Dir geht zuviel im Kopf 'rum, seitdem du dich mit Douraine wegen der Politik überworfen hast. Wozu brauchst du das auch noch! Macht dich doch der Deruga schon so verrückt, der gackernde Weizenausbrüter!... Wo bleibt da die Exaktheit bei deiner Arbeit?... Vergißt er blankweg das Pfeifen!«
Der inzwischen angelangte Jankel schnaubte fliegend. Nichts erregte ihn so, als wenn jemand an seiner Arbeit etwas bemängelte. Zur allgemeinen Belustigung ereiferte er sich auch sogleich, fing zu schimpfen und zu hadern an und kam kaum zum Essen.
Der angefettete, strudelhaarige Jens Welko, der nach Gretels Auffassung ein Maul wie ein mittleres Scheunentor hatte, in das er ungeheure Mengen hineinstopfen konnte, lachte stichelnd: »Na, was hast du gestern da beim Klubabend wieder

gesagt?... Es gibt kein Dorf mehr und keine Stadt, hast du gesagt. Wir bauen die Felder, hast du gesagt, aber wir sind gar keine Bauern mehr. Wir sind, hast du gesagt, ganz feine Leute!« Er streckte seinen bestiefelten, schmutzklobigen Fuß hin und höhnte lachend weiter: »Ist das vielleicht fein? frag' ich dich... Das ist Dreck, weiter nichts!« Alle lachten.
»Was sagst du?... Du verstehst nicht!« stieß Jankel heraus und überlegte, wobei er sein Fleischbrot zerkaute. In diesem Augenblick blieb ihm der Bissen in den Zähnen stecken. Alle hoben die Gesichter. Von der Stadt her durch die verschleierte Regenluft drang das Geheul der Sirenen.
»Was ist denn los?« fragte der kleine Koch Davis. Aus allen Straßenmündungen jagten Lautsprecher-Autos daher, flitzten auf die verschiedenen Zeltplätze am Rande der weiten Felder und Äcker zu.
»Nicht gut!... Ich sage, schlecht!... Vielleicht Asien!« sagte Jankel, und schon rannten alle dem herankommenden Auto entgegen. Überall sah man solche Gruppen in den Flächen. Staunend und erregt hörten sie die Nachricht, daß ein gut ausgerüstetes Rebellenheer die an der uralischen Zentralfront kämpfende Armee – fast neunhunderttausend Mann und ihr ganzes Material – »eingeeist« und sich damit ein Tor nach dem Westen geschaffen habe.
»Das ist – die Schufte! Oh, diese Hunde!« stammelte Jankel. Wutbleich war er.
»Still! Hör doch weiter!« rief Jens. Eine Proklamation des Hohen Rates besagte, daß dieser »tückische Rechtsbruch« die ganze friedlich gesinnte Welt in helle Empörung versetzt habe. Trotzdem sei an die Rebellen nach einer eindringlichen Warnung ein nochmaliges Angebot zu Verhandlungen ergangen.
»Was?! Verhandeln!! Kurzen Prozeß mit dem Mistpack! Weg damit!« keifte der Koch empört. Er schielte auf den angestrengt lauschenden Jankel, der eine ungewiß besorgte Miene hatte und fortwährend brummte: »Ach, die Hunde! Die Schufte!«
»Alle aufhängen! Warum soviel Umstände machen!« schrie Jens erneut und erinnerte an Lucker, Ivens, die Trummstedts und den unbekannten ›Stillen‹, die noch immer im Ei-

lenburger Gefängnis saßen: »Die gehören auch zu dem Pack! Einfach wegknallen wie die räudigen Hunde!«
»Ich trau' keinem! Auch die Stillen stinken! Warum wollen sie denn auf einmal weg?« rief der Koch. »Warum wollen sie in keine Stadt?« Er lugte geschwind auf Gretel, die wahrscheinlich an ihren Iwan dachte. Die alte Siedlung stand noch immer unter Polizeiaufsicht, die Stillen schwiegen sich aus wie seit eh und je, aber man wußte, daß sie wegziehen wollten und mit anderen Gruppen der Ihrigen in Verbindung getreten waren. »Pech kann jeder haben! Halt die Fresse«, warf Gretel dem pfiffigen Koch an den Kopf. Einen Huscher lang war irgend etwas in ihrem Gesicht anders als sonst.
»Einfach Atombomben auf die ganzen asiatischen Schweine!« plärrte der Traktorist Keanley, ein wilder »Ultrist«. »Tabula rasa gemacht! Aufgeräumt mit dem verdächtigen Gesindel überall!«
»So seid doch endlich still! Hört zu!« bellte Gretel und stampfte ungeduldig auf den glitschigen Boden. Der Regen hatte aufgehört. Leichter Wind fegte über die Flächen und vertrieb den feuchten Dunst. Klares Blau schälte sich aus dem treibenden grauen Wolkengemenge. Von den aufgeregten fernen Gruppen um die Lautsprecher wehte ein drohender Lärm daher. Geballte Fäuste reckten sich.
»Nieder!... Nie–ieder!« hallte es langhin gezogen durch die Luft. Eine blinde Rachsucht hatte alle ergriffen.
War denn nicht jeder rundherum zufrieden und glücklich? Das neue Leben hatte sich eingelaufen. Die allgemeinen Arbeitserträge und der Verdienst des einzelnen waren in der letzten Zeit so gestiegen, daß sich's jeder leisten konnte, seinen besonderen Neigungen nachzugehen. An solchen Neigungen gab es eine ganze Menge. Es entstanden insbesondere unter den jungen Leuten zahlreiche Sportklubs und Zirkel aller Art. Es gab sehr populäre Fußball- und Baseballmannschaften, Tennismeisterschaften und Schwimmwettbewerbe. Der Helikopter-Klub führte an arbeitsfreien Tagen die waghalsigsten Flugkunststücke vor, die Reitliebhaber, die Radiobastler und die Farbfotografen fanden sich zusammen, Diskussions- und Lesezirkel und übermütige

Vergnügungsvereine hatte jede Agrostadt. Der Friede war schön und ergiebig. Kein Wunder, daß gegen jene, die ihn störten, ein besessener Ingrimm aufflammte. Auf der ganzen Welt wuchs die Empörung, wuchs und wuchs.
»Nach Eilenburg! Nieder! Nieder!« brüllte eine unruhige Gruppe am vorderen Ackerrand. Es sah schon aus, als wollten alle losgehen dort. »Das ist das einzig Richtige! Raus mit den Hunden dort und weg damit!« schrie Keanley. »Die Märzstädter sind sicher schon los. Ich kenn' doch meinen Douraine! Der fackelt nicht!« Aber Märzstadt war weit, und Flußtal war nicht Märzstadt. Bis jetzt gab es nur ganze vier »Ultristen« in der Gemeinde.
»Still, sag' ich! Hör doch zu, du Idiot!« zischte Gretel den räsonierenden Keanley an und warf einen Erdbatzen nach ihm. Endlich schwieg er. In ihrem Siegesbewußtsein hatten die Rebellen höhnisch jede Warnung und Verhandlung ausgeschlagen. Von der streng geheimgehaltenen Nerwineschen Abriegelungsmethode als Kriegsmittel hatten sie anscheinend keine Ahnung. Den sofortigen Rücktritt des Rates, die Auslieferung seiner Mitglieder und Übergabe der ganzen Macht hatten sie gefordert. Wieder brüllten die Gruppen rundherum gefährlich. »Da sieht man's doch, die Hunde legen alles nur als Schwäche aus!« polterte Keanley abermals.
»Bsss-sst!« stieß ihn Jankel. Er stieß zurück und rief streitsüchtig: »Ich red', was ich mag, verstehst du?!« Jetzt aber lauschte er doch. »– demgegenüber sieht sich der Hohe Rat im Einvernehmen mit dem Armeeamt gezwungen, zu den schärfsten Gegenmaßnahmen zu greifen. In ihrer begreiflichen Empörung haben die friedliebenden Massen bereits verschiedentlich zur Selbsthilfe gegriffen. Dieses Vorgehen gegen vermeintlich Verdächtige und wirkliche Anhänger der Verschwörung hat jedoch vielerorts zu willkürlichen Gewaltakten und Exzessen geführt, die keineswegs geduldet werden können. Die Friedensrichter und Sheriffs sind angewiesen, derartige Ausschreitungen im Notfall mit der Polizei zu unterbinden und für den ruhigen Fortgang der Arbeit zu sorgen. Genügend Polizeikräfte stehen jederzeit zur Verfügung. An alle einsichtigen Bürger und Bürgerinnen ergeht die Aufforderung, ruhiges Blut und klaren Kopf zu behal-

ten. Der Hohe Rat weiß sich im Recht und ist sich seiner schweren Verantwortung bewußt. Er hofft auf die Unterstützung aller Friedwilligen. Alle erreichbaren Delegierten sind zu einer sofortigen außerordentlichen Parlamentssitzung nach Peacetown berufen«, hieß es weiter in der Proklamation. Wenn auch um die Lautsprecherwagen schwer gegen eine so »saumselige Schlappschwänzigkeit« geschimpft wurde, als die Trillerpfeifen schrillten, gingen die Flußtaler wieder an ihre Arbeit. Auf sie machte allem Anschein nach die ruhige Sprache der Ratsproklamation den Eindruck unerschütterlicher Stärke. Nicht so war es anderwärts, ganz besonders da, wo die »Ultristen« überwogen. In Märzstadt hatten die Leute die Felder und Fabriken verlassen und waren in die Versammlungshallen geströmt. Zum Schluß fuhr Maurice Douraine mit einer starken Gruppe seiner Anhänger auf elf Lastwagen nach Eilenburg, um die Herausgabe der Verhafteten und ihre sofortige Exekution zu erzwingen. Da der Gouverneur Muetli bereits nach Peacetown abgeflogen war, verlangte Douraine von dessen Stellvertreter Kolwin, ungesäumt den gouvernementalen Landtag zusammenzurufen, und begab sich, während die Polizei seine zahlreichen Leute und die sonst noch zusammengeströmte unruhige Menge behutsam in Schach hielt, mit einer kleineren Gruppe zum Polizeigeneral van Heuven.
Dabei aber ereignete sich etwas höchst Seltsames, das sich niemand erklären konnte. Beim Eintritt ins Büro van Heuvens erblickte Douraine Vera Schilliza und blieb plötzlich wie angewurzelt stehen. Er stieß irgendeinen dumpfen, unverständlichen Laut hervor, und sein Gesicht verzerrte sich. Alle erstarrten. Sekundenlang sah es so aus, als wolle er sich mit einem wilden Satz auf Vera stürzen, doch er kam nicht von der Stelle. Er schien am Boden zu kleben und schnaubte abgehackt: »Du lebst noch, du Biest? Was suchst du hier, du Kanaille?!« Van Heuven war aufgesprungen und fragte verdutzt, aber energisch: »Was ist das, Douraine? Was ist los?« Der bärenhafte Friedensrichter beachtete ihn nicht, gab nicht an und glotzte funkelnd auf Vera. Die war blaß geworden, doch sie stand ruhig da, mit gezücktem Browning, und sagte kaltblütig: »Ja, wie du siehst, ich lebe – «

»Du hast mich also doch aufgespürt!« würgte Douraine zähnefletschend aus sich heraus und riß mit den beiden Händen seine Weste und sein Hemd auseinander, daß seine haarige Brust sichtbar wurde. »Da, schieß doch, du Biest! Jetzt hast du mich und kannst deinen Sruoga rächen! Schieß endlich!« Es klang furchtbar. Totenstumm verhuschte ein Augenblick.
»Nein!« sagte Vera, legte ihren Browning hin und ging aus dem Raum. Ganz deutlich hörte jeder ihre sich verflüchtigenden, klappernden Schritte.

»Was ist das?« ermannte sich van Heuven endlich wieder. Douraine war völlig verändert. Die übergroße Spannung hatte ihn erschlafft. Glasig waren seine Augen. Wie verlegen, ein wenig zitternd, knöpfte er Hemd und Weste zu, und als er sah, daß einige Knöpfe abgerissen waren, wurde er noch verlegener.
»Douraine, reden Sie doch!... Was führt Sie zu mir?« fragte van Heuven nun ganz gefaßt. Der verstörte Mensch da vor ihm beunruhigte ihn, vielleicht tat er ihm auch leid.
»Nichts! Gar nichts!« antwortete Douraine zum Erstaunen aller. Immer noch fuhr er mit seinen Händen sonderbar hilflos über das klaffende Hemd und die Weste und fragte: »Was ist die eigentlich? Was treibt sie?«
»Sie zieht am gleichen Strick wie Sie«, redete van Heuven aus einem unerfindlichen Grund ganz unverantwortlich offen daher. »Sie ist die beste Geheimagentin des Rates! Sie hat die meisten Verschwörer zur Strecke gebracht, und auch die Flußtaler Sache hat sie gemacht...«
»Gehn wir«, sagte Douraine zu seinen Begleitern mittenhinein. »Die Sache ist in guten Händen.« Er tappte ohne Gruß durch die Tür, und sie folgten ihm. Es gab ein großes Gewisper und Rätselraten unter den Märzstädtern während der Heimfahrt. Niemand wagte den düsteren Friedensrichter zu fragen. Dieser Zwischenfall hatte die willkürliche Exekution der Eilenburger Häftlinge verhindert.
In Märzstadt fing ein geschäftiges Gemunkel an, das bis nach Flußtal und weitherum lief. Jeder aber ging wieder ruhig seiner Arbeit nach. Schon deswegen, weil Douraine auf

einmal die Bedachtsamkeit selbst zu sein schien und überall die Meinung äußerte, der Rat stehe fest, seine ruhige Sprache beweise das.
Der Rat aber war alles andere als stark. Einige seiner Mitglieder, wie Ellen Oesterberg, Nowak und Ganvavitta, hatte eine wahre Panikstimmung ergriffen. Andere wieder, wie etwa John Barry, waren tief traurig und ließen sich resigniert treiben. Der Rückschlag war zu furchtbar. Es war schwer, den klaren Verstand zusammenzuhalten. Ganz offensichtlich hatten die Generale und Climasch die Führung übernommen, beinahe ohne ihr Zutun. Ihren Aktionen mußte man sich vorläufig fügen. Shepert war als dritter Mann ins Armeeamt aufgenommen worden, und Canchulla wurde plötzlich verhaftet, da der dringende Verdacht bestand, daß er von der »Vereisung« der Zentralarmee gewußt haben mußte, sich feig zurückgezogen und nicht gewarnt hatte. Ohne Wissen des Rates gingen die Nord- und Südarmee im Eiltempo über den Ural und den tief im Süden gelegenen Aralsee zurück. Es überraschte, daß die Rebellen diese Chance nicht ausnützten und keine Verfolgung aufnahmen. Vielleicht wollten sie ihre Herrschaft auf dem grauenhaft mitgenommenen Terrain, das sie erobert hatten, erst einmal festigen und halbwegs in Ordnung bringen, um dann zum entscheidenden Stoß überzugehen. Der von Climasch dirigierte Nachrichtendienst hatte einwandfrei erkundet, daß sie außer ihren umfangreichen bakteriologischen Waffen noch einen ziemlichen Vorrat an Vereisungsmaterial besaßen. Zugleich aber meldeten die Geheimagenten, die der umsichtige Leiter der »Eka« nun aus den Gefahrenzonen zurückzog, daß in Vorder- und Hinterindien und im südlichen China sich sehr starke, ratsergebene Selbstschutzformationen gegen die Rebellen zur Wehr setzten, die der dort sehr populäre Li Fu Tang, ein gemäßigter »Ultrist«, organisiert hatte. Dieser Umstand kam vielleicht dem reibungslosen Rückzug der beiden Ratsarmeen zugute, denn die erwähnten Kämpfe, die mit unbeschreiblicher Grausamkeit geführt wurden, waren bis jetzt unentschieden geblieben, und offenbar wollten die Verschwörer in diesem Sektor so rasch als möglich Klarheit schaffen.

Tage und Nächte beriet man in Peacetown. Alles lief kreuz und quer durcheinander. Die Generale hatten fortlaufend mit Nerwine Besprechungen, die Ratsmitglieder waren uneins, diskutierten schon in einzelnen Gruppen, und Bresci war bereits mit einer starken Delegation von Futuristen eingetroffen, um zu sondieren und Positionen zu erobern. Die »Ultristen« erfuhren davon, polemisierten heftig gegen einen derartigen »Kuhhandel« und kündigten ihrerseits an, eine Delegation zu entsenden.
Und währenddessen drangen die Rebellen im nordchinesischen Bergland vor und erreichten die Küsten des Gelben Meeres. Von den Ausläufern des Himalajagebirges floß ihre Herrschaft von Schrecken und Grauen ins nordindische Hochland. Ganz Asien drohte ins Bodenlose zu versinken. Ein Terror ohnegleichen, Leichen, Wüste, Zerstörung und Verlassenheit wurden langsam zum Gesicht riesiger Landstriche. Und alle Anzeichen deuteten darauf hin, daß die Rebellen, um sich Luft zu schaffen, nun zum Schlag gegen Westen rüsteten.
»Wer sich nun eigentlich alles gegen uns verschworen hat, ist nicht mehr zu übersehen«, sagte Mikkelson zu seinen Freunden. Wang Chung, Mellnikow, Nowak, Ibn Lassi und Ellen Oesterberg waren der Auffassung, die Ratsmitglieder sollten in dieser außerordentlichen Situation als einfache Kommissare an die Front gehen. Ellen entzündete sich an dem Plan und verbat sich Mauvins Besuche, da jener sarkastisch gespöttelt hatte: »Entzückend, so viel Masochismus!... Ich seh' Sie schon als schönstes Opfer!« All dieses Ausdenken und Planen zerflog rasch. Die Generale und Climasch wurden beim Rat vorstellig und erklärten rundheraus, daß es keinen anderen Ausweg aus der Furchtbarkeit mehr gebe als die Nerwinesche Abriegelung Asiens. Unbekümmert um die skeptischen Gesichter rundherum erhob sich Barry und sagte fast nach jedem Satz: »Nein! Es geht nicht! Es ist meine feste Überzeugung! Wir können uns nicht mitschuldig machen an diesem Massenmord!« Ganz verstört war er. Ganvavittas Blicke hingen an ihm. Er nickte und schloß die Augen. Mikkelson starrte vor sich hin. Zertrümmert sah sein faltiges, gealtertes Gesicht aus. Wie ein

Mensch, der sich seiner Überlegenheit bewußt ist, es aber als angenehm empfindet, Takt und Großmut zu zeigen, antwortete der hartgesichtige General Withe: »Wir achten solche Überzeugungen durchaus. Wir verschließen uns nicht den Argumenten ihrer Menschlichkeit, aber wir kommen nicht weiter damit! Wir haben alles versucht. Die Haltung des Rats ist einwandfrei!... Es ist zu spät! Wir müssen handeln.«
Der Rat beugte sich dem Druck des Armeeamtes. Ganvavitta und Barry hatten sich der Stimme enthalten.

Es war ein Sommertag wie jeder andere im Jahr. Ein wenig blaß, heiß und werktäglich gewöhnlich. Unsichtbar und unhörbar in ihrer Höhe begannen vier stählerne Todesvögel ihr Werk. Zwei davon stiegen an der Karibischen Bucht auf. Der eine stieß in großem Bogen an den Küsten des sibirischen Eismeeres entlang und beendigte seine Mauer am Kap Nawarin. Der andere flog an der Ostseite des Urals südwärts bis zum Aralsee, von wo bereits ein dritter in südöstlicher Richtung aufgestiegen war, der seine schauerliche Wand an die Grenze der ewigen Berge Himalajas wehte, den chinesischen Norden vom Süden abschnitt und im offenen Meer verschwand. Kurz nach seinem Aufstieg in Formosa hatte der vierte Kurs gegen Norden genommen, hatte das ehemalige Japan und die kamtschatkische Halbinsel links liegenlassen und war mit dem zweiten zusammengetroffen, um heim nach Peacetown zu fliegen. In knappen fünf Stunden schien der größte Teil Asiens buchstäblich aus der Weltkarte ausgelöscht. Keine Radiostimme drang mehr durch die Todesmauer. Manchmal grellten jähe Blitze in ihr auf. Ein Rebellenflugzeug verbrannte zerstäubend.
Wie ein armseliges Häuflein saß der Rat im großen Sitzungszimmer beisammen und hörte den radioübertragenen Geheimbericht des Armeeamtes. »Herrschaften«, sagte Mikkelson nach dem Ende tonlos, »ich kann mir nicht helfen – wir haben ja schon manchmal vor so einer Alternative gestanden, diesmal aber, diesmal glaube ich wirklich, es bleibt uns nichts mehr übrig, als zurückzutreten.« Er hatte alle Spannkraft verloren. Ohne Ausdruck blickten seine Augen

über den umqualmten Tisch. Kurzes Schweigen zerblätterte in der verbrauchten Luft. »Rücktritt?« fragte Mellnikow endlich gefaßt. »Doch nicht vor der Parlamentssitzung?«
»Warum nicht?... Gerade jetzt! Nur so machen wir klar, daß uns keine Verantwortung trifft«, widersprach Mikkelson müde. »Unser Freund Barry hat recht.«
»Unmöglich! Jetzt zurücktreten wäre Desertion!... Recht? Warum Recht? Was heißt das jetzt?! Wenn wir jetzt die Verantwortung ablehnen, setzen wir uns doch erst ins Unrecht!« ereiferte sich Mellnikow jäh. Zum erstenmal sah er feindlich auf Mikkelson.
»Richtig! Durchaus richtig!« pflichtete Dickson bei. Alle erstaunten kurz. Mikkelson streifte Barry mit einem Blick, überflog Dickson und dachte: »Was bewegt ihn bloß? Er ist doch kein Minister aus früherer Zeit, der auf seinem Sessel klebt?« Dann atmete er schwer, fast ächzend, beugte sich tiefer in den Tisch und sagte verdrießlich: »Wozu noch den Mannhaften spielen? Es ist uns doch schon sowieso alles aus der Hand geglitten. Der Rat ist nur noch eine lächerliche Fassade. Es geschieht alles ganz ohne uns.«
»Aber es geschieht in unserem Namen! Das ist wichtig!« gab ihm Dickson trocken zurück.
»Das versteh' ich nicht!« meinte Mikkelson leicht verdutzt. »In unserem Namen? Das ist doch grade das Schlimme!... Wieso soll denn das noch wichtig sein? Wir haben versagt und fertig! Wir können nichts mehr verhindern, ja nicht einmal abmildern!« Ibn Lassi nickte. Ellen saß verhalten da und schaute auf ihren alten, verehrten Freund. Schmerz und Mitleid rumorten in ihr. Ihre Augen wurden feucht.
»Wir müssen den Krieg übertrumpfen!« rief Dickson hartnäckig.
»Übertrumpfen?... Aber Dickson?!« stieß Mikkelson wehmütig heraus. Das schien den Engländer zu reizen.
»Wer A sagt, muß auch B sagen«, erwiderte der verbissen. »Asien ist nur ein Teil des Ganzen. Die Welt ist weit größer! Wir müssen bleiben, sonst zerfällt noch viel mehr, wenn nicht alles!... Weder die Futuristen noch die Ultristen können die Führung übernehmen. Sie bekämpfen sich und laufen sich, wenn sie wirklich den Rat bilden, zu Tode. Auch

die Armee ist nicht imstande, die Leitung zu übernehmen. Kein Zweifel, sie wird siegen – «

»Sie hat schon gesiegt, aber wie! Ein ganzer Erdteil geht dabei zugrunde!« fiel ihm Ganvavitta ins Wort und verwies auf die Gefahren, die Nerwine im Zusammenhang mit der Abriegelung erwähnt hatte. Viele nickten zustimmend.

»Ja«, gab Dickson aufreizend geschäftsmäßig zu, »dieses Resultat ist leider zu erwarten. Es ist unvermeidlich. Aber die Armee kann nur strategisch siegen, politisch nie!«

»Politisch?... Wollen Sie etwa sagen, daß dann wir politisch siegen? Wo sind unsere Machtpositionen? Ganz optimistisch beurteilt, können wir höchstenfalls noch eine schlecht funktionierende Administration bleiben. Auch wenn beispielsweise der Rat sich durch Hinzuziehung der Futuristen und einiger Ultristen umbildet – die Armee diktiert. Wir sind abhängig von ihr«, erklärte Mikkelson. Sonderbar, Dickson tat, was er noch nie getan hatte, er wehrte ein paarmal heftig mit der Hand ab. »Wir führen einen anderen Krieg! *Der* entscheidet!« stieß er heraus. »Den in Asien müssen wir einfach auslaufen lassen. Es bleibt uns nur übrig, den für uns günstigeren Zeitpunkt abzuwarten. Die Hälfte aller Politik ist Zuwarten. Unsere einzige Macht besteht darin, daß wir uns nicht von selbst ausschließen.«

»Macht?« ließ sich nun der geduldige Barry vernehmen.

»Wer will denn Macht?« Nun nickte Ibn Lassi einige Male kräftig hintereinander.

»Es kommt auf die Form an«, erwiderte Dickson und steigerte sich wieder in seine schroffe Hartnäckigkeit hinein. »Bleiben müssen wir, unbedingt bleiben! In unserer jetzigen Situation ist kein Kompromiß zu hoch! Nur wenn wir jetzt standhalten, siegen wir.«

»Sonderbarer Sieg!« warf Nowak höhnisch hin. »Ein Erdteil verwüstet, Leichenberge und wahrscheinlich noch schlimmere Folgen.«

Da maß ihn Dickson mit verhaltenem Grimm und sagte beleidigend zurechtweisend: »Das wissen wir ja nun bereits, mein Herr!... Leichtfertigerweise aber scheinen Sie die inzwischen vollbrachten Leistungen der Plankommission und der Qualifikanten-Brigaden sehr niedrig anzuschlagen!

Diese Resultate sind ausschlaggebende Chancen für uns.«
Es war eine uferlose Diskussion. Unverrichteterdinge ging man auseinander und beschäftigte sich mit der bevorstehenden Parlamentssitzung.
Und währenddessen ging das Leben dank den umsichtigen Vorsichtsmaßnahmen des Armeeamts außerhalb Asiens neuen Zielen zu.
In Europa, in den beiden Amerika, in Afrika und Australien und selbst auf den ozeanischen Inseln, die unversehrt geblieben waren, war ein fieberhafter, notorischer Kampf entbrannt. Viele Träume, die die Menschen geträumt, wurden Wirklichkeit. Weggescheucht war das schläfrige Dahinfließen jahrtausendalter, greisenhaft angeschwollener Ströme. An ihren Ufern und in der Mitte des Wasserlaufes wimmelte es dicht von vielbeschäftigten Menschen aller Rassen und Farben. Schiffe und fest verankerte provisorische Arbeitsinseln mit mächtigen Schaufelbaggern schwammen auf dem aufgewühlten trüben Wasser und reinigten die verschlammten Strombetten von den Ablagerungen, die im Laufe der Zeit die Schiffahrt schwierig oder ganz unmöglich gemacht hatten. Neu belebt, wie verjüngt rannen die Wassermassen schließlich dahin. Ihre freigelegte Kraft speiste Kanäle und betrieb gewaltige Elektrizitätswerke. Sümpfe wurden entwässert. Nach und nach wogten dichte Ährenfelder und reiche Obstgärten auf den einst trostlosen Flächen, und wo – wegen der Einsinkungsgefahr – niemals ein Haus gestanden hatte, fingen die ersten Reihen einer Agrostadt an.
In den felsigen Gebirgsschluchten donnerten die Detonationen der Sprengungen mitunter derart, daß man meinen konnte, die ewigen Berge fielen in sich zusammen. In die undurchdringlichen Urwälder fraßen sich seltsam konstruierte, tankartige Flammenwerfer, deren ätzende Stichflammen die mächtigen Bäume wie dünne Getreidestengel niedersäbelten, ohne die geringste Brandgefahr zu verursachen. Zwei hohe, schräg nach vorn aufragende Greifarme schoben die gefällten Hindernisse weiter. Traktoren und Elefanten schleppten die verhangenen Holzberge aus der eingeschnittenen Schlucht auf freie Plätze, wo sie auf der Stelle verarbeitet wurden. Die aufgescheuchten Tiere der

Wildnis flohen panisch erschreckt. Laut kreischend flatterten die bunten Vogelschwärme ins dichtere Schlingpflanzengehänge; die häßlich schreienden Affenrudel rasten weiter, die Wildkatzen und Tiger jagten fort in die verwachsene Undurchdringlichkeit; die Schlangen und Käfer verkrochen sich eilends, und alles zerstob vor diesem vehementen Angriff. Zuletzt liefen blanke Straßen dahin, Plätze sonnten sich und trugen schwere Frucht, neue, immer neue Städte erfüllten mit ihrer lärmenden Heiterkeit die einstige Einsamkeit.

Noch phantastischer ging es in den Baustrichen der nun endlich in die Planung aufgenommenen, schwer zu bewältigenden Wüsten her. Wasser verlangte der ausgetrocknete, kochendheiße, gefährlich aufgelockerte Boden, unendliche Mengen Wasser! Längst vergessene Pläne, Ergebnisse jahrzehntelanger Versuche wurden wiederaufgenommen und vervielfacht. Was früher eins hieß, hieß jetzt hundert.

Zunächst überquerten unzählige niedrig fliegende Flugzeuge die verlassenen Wüsten und säten tonnenweise den kleinen, runden, federleichten Samen des schnell wachsenden, blattlosen Kandymstrauches, der sich so widerstandsfähig im lockeren Boden verwurzelt und derart rasch in die Höhe schießt, daß ihn selbst der schrecklichste Sandsturm nicht mehr ausrotten kann. Er reißt ihn wohl mit sich, aber der Strauch stirbt nicht, er wächst weiter. Langsam versteifte sich die haltlose Fläche. Das feinmaschige Wurzelwerk des gesegneten Unkrauts bildete die erste Verfestigung. Während aus den Strömen Wasserarme herbeigezogen und aus den Tiefen Wasser hochgepumpt wurde, während die Ingenieure mit ihren Qualifikanten-Brigaden Staubecken bauten, deren kunstvoll verzweigtes Geäder die durstigen Umkreise versorgen sollten, während fern in den schneebedeckten Gebirgen breite, künstliche Flußbecken konstruiert wurden, die den Ertrag zahlreicher Quellen mit sich führten, um ihn durch viele Kanäle in die Wüste zu bringen, geschah das fast Unwahrscheinliche: Zu Tausenden und aber Tausenden überflogen Luftgiganten unausgesetzt die heißen, grenzenlosen Weiten und ergossen aus den an ihnen angebrachten, rotierenden Behältern dicken Regen

auf den glühenden Sand. Es zischte pfeifend, schnell verdunstete das Wasser, und Dampfwolken zogen auf. Nach und nach aber, als der künstliche Regen immer noch strömte und strömte, kühlte der überschwemmte Boden ab und trank gierig, trank und trank, bis er nach dem Durst auch Hunger bekam. Den Regenfliegern folgten nunmehr nach einer genau berechneten Zeit noch dichtere Esquadrillen kleinerer Aeroplane, die Grassamen herabsäten, der in der warmen, durchtränkten Erde im Umsehen zu sprießen anfing. Die Wüste verkroch sich mehr und mehr unter dem heiter grünen Haar der sich dehnenden grasigen Inseln. Büsche und Pflanzen strebten allmählich empor, und neben der Palme wuchsen Waldbäume satt und voll, als hätten sie seit eh und je hier ihre Heimat gehabt. Unabsehbare Getreidefelder, üppige Gemüseländereien, Erdnuß- und Orangenbaum-Striche dehnten sich schließlich aus. Lange Glashäuser mit Riesenspiegeln, welche die Sonnenstrahlen auffingen und die bisher ungenützte, gesammelte Hitze auswerteten, setzten Kraftanlagen aller Art in Gang. Und die gesegnete Landschaft belebte sich mit neuen Städten, die keinen Sandsturm und keine Dürre mehr zu fürchten brauchten. Der Mensch fesselte und leitete die Natur. Aus den früheren Versuchen, Wolken mit bestimmten chemischen und elektrischen Strömen zu laden, um Regen zu erzeugen, war man längst hinausgelangt. Wolken wurden erzeugt und das Wetter nach Bedarf reguliert. Alles hatte sich ins Gigantische geweitet, ja zuweilen schien es, als sei das, was er schuf, größer als der Mensch selber.
Knudsens Sohn Harold, der als blutjunger Tiefbauingenieur in der Libyschen Wüste mit vielen Freiwilligen seines Alters arbeitete, schrieb einen Brief, den der stolze Vater überall herumzeigte. »Ihr könnt Euch ja kaum vorstellen«, hieß es darin, »was wir in der kurzen Zeit aus dem sandigen Nichts herausgeholt haben. Ein wahres Paradies ist aus der Wüste geworden. Alle meine Kollegen sind rein besoffen von unseren Erfolgen. Und das Tempo erst! Unsere Brigade 1203 steht an der Spitze der Leistungen und ist schon zweimal prämiert worden. Tausend Empis liegen in unserer Gemeinschaftskasse. Über die Verwendung des Geldes sind wir uns

noch nicht schlüssig. Ach, ist das ein Leben! Eins weiß ich bestimmt, meine Lieben, auf ganz gehe ich nicht mehr nach Flußtal zurück. Da hat der zweite Chef der Qualifikanten-Leitung, Ingenieur Oswald Schlemmer, ein sehr lustiger, feiner Kerl, eine Rede gehalten. ›Früher‹, hat er gesagt, ›haben die Menschen sich so was wie Götter erfunden, weil sie ihre Kraft noch nicht kannten. Wir haben diese Götter längst überflügelt und ihre vermeintlichen Wunder realisiert. Mensch, forschende Wissenschaft und Technik sind zu einer Einheit geworden, beherrschen die Zeit und bauen die Zukunft. Diese Einheit kennt keine Hindernisse mehr.‹ Ist das nicht großartig? Trotzdem – die Abrieglung Asiens kann uns noch allerhand Abstriche in unserer Rechnung machen. Hoffentlich geht sie bald vorüber. Bei uns ist jeder voll Zuversicht...« Das war der Krieg, den Dickson meinte. Seiner Faszination waren Tausende von jungen Menschen erlegen, ihr mußte über kurz oder lang auch die ganze Menschheit erliegen. Die Jugend spürte die Heroik dieses gigantischen Kampfes und wußte um ein Ziel. Dort stand der Sieg, und dort begann der dauernde Friede!
Aber in Asien? Die ahnungslosen Rebellen und die verzweifelten Seuchenhaufen trieben in die unsichtbare Todesmauer. Zehntausende, Hunderttausende und vielleicht Millionen verbrannten bei lebendigem Leibe. Die Menschheit wurde neuerlich dezimiert. Und neben diesen Menschenverlusten war alles bedroht, was wuchs und reifte! Anderwärts lebten die Menschen dahin, als ob nichts geschehen sei. Harold Knudsens Brief – das war die unbedenkliche Sprache einer stürmischen Jugend, die vor nichts mehr erschrak.
Nein, das konnte, das durfte nicht so sein! Die Abrieglung mußte so schnell wie möglich aufgehoben werden. Die Schneeberge des Urals fingen schon an, ihre nackten Felsen zu zeigen; die dichten Tannenwälder in den Tiefen, die grünen Matten in den Tälern dorrten bereits. Und nicht anders war es mit den himalajaischen Bergriesen, nicht anders im nordchinesischen Gebirge. Jede Vegetation welkte dahin. Die Hitze war so konzentriert, daß nicht einmal mehr der Schnee auf den Gipfeln zu Wasser wurde und in die dursti-

gen, sterbenden Täler stürzte – er verdunstete vom Fleck weg und mischte sich in die trockene Luft. Diese Luft stand starr und zeigte einen schwefelgelb-grünlichen Schimmer. Auch der breite Streifen Himmel über der tödlichen Mauer war ausgebleicht. Schnee- und Regenfall, Wind und Kühle schienen für immer verscheucht. Aus der mörderischen Geisterwand wehte eine schleichende Dürre daher...

An einem Morgen in jenen Tagen fand die Haushälterin Mikkelson wie eingeschlafen an seinem Schreibtisch. Der schwere Kopf lag, etwas nach der Seite gebeugt, auf dem Pult. Die dicken Arme waren halb ausgestreckt. Leise trat sie näher und erstarrte vor Schreck. Da lag ein Browning. Aus der eingebuchteten Schläfe Mikkelsons rann dunkles, schon gestocktes Blut. In die Schußöffnung hingen etliche wirre Haare.

Die Haushälterin lief zur nächsten Polizeistation. Im Nu wußten es die Freunde, die sonstigen Ratsmitglieder, Climasch, die Generale und die meisten Parlamentarier, die bereits in Peacetown eingetroffen waren. Homann, der mit Mikkelson in der vorhergegangenen Nacht noch lange zusammen gewesen war, kam, als die Untersuchung schon vorüber war. Ganz zerfahren starrte er auf den toten Freund, verlor die Fassung und sackte auf einen Stuhl nieder. Der Stuhl ächzte und schien unter der schweren Last aus den Fugen zu gehen.

»Warum bin ich nicht bei ihm geblieben!« ächzte Homann aus sich heraus und fing auf einmal stoßweise, wie ein wundes Tier zu heulen an. Später erzählte er den zahlreich Erschienenen, daß Mikkelson bis zu seinem Weggang ungefähr um halb vier Uhr morgens ganz ruhig und sogar zeitweise ziemlich heiter gewesen sei. Es sei ihm vorgekommen, als wolle sein Freund nach all den nervenzerreibenden Sitzungen und politischen Ereignissen ausrasten und sich ganz gehenlassen. Sie hatten viel getrunken, was die herumstehenden leeren Flaschen bewiesen, und sie hatten über alles mögliche geredet, über die Jugend, gemeinsame Erlebnisse, über Bücher und Bekannte, nur gar nichts über Politik und Asien. Öfter, so berichtete Homann mit rührender Genauigkeit, wenn er ihm lächelnd zugeprostet, habe Mikkelson gesagt: »Unsere vielgeprüfte Generation, Bill, sie soll leben! Sie hat echte Substanz gehabt, sehr viel Substanz, vielleicht zuviel!« Und auch auf Paschuljew sei er merkwürdigerweise in diesem Zusammenhang wieder zu sprechen gekommen. »Ha, der hat sich aus dem Staub gemacht!« hatte er gesagt. »Prost auf den Alten! Vielleicht hat er das einzig Richtige getan...«

Da, wo Mikkelsons starrer Kopf gelegen hatte, lag ein blutüberronnenes Blatt. Darauf stand mit kräftiger Schrift hingeschrieben: »Vielleicht – « Offenbar hatte Mikkelson noch etwas schreiben wollen, war aber plötzlich von irgendeinem grenzenlosen Überdruß befallen worden und hatte die Feder hingeworfen. In seinen Taschen fand man nur kleine Zettel, wie etwa »Uhr besorgen« oder »Schuhe abholen, Hosenträger kaufen« und dergleichen. Alte Zeitungen, amtliche Drucksachen, Rechnungen und kleine, nichtssagende Notizen lagen hochgetürmt auf dem Schreibtisch...

VERSUCHUNGEN

Trotz der äußerst gespannten Lage, obwohl Climasch ernstlich zu bedenken gab, daß selbst die sorgfältigsten Sicherheitsmaßnahmen einen eventuellen Anschlag versteckter Terroristen kaum verhindern könnten, und obgleich Dickson erklärte, daß dies gewiß nicht im Sinne des Toten sei, wurde die Einäscherung Mikkelsons auf Ratsbeschluß mit großem Pomp abgehalten. Es war, wenn man die furchtbaren weltpolitischen Geschehnisse in Betracht zog, als ob sich die Ratsmitglieder dadurch, daß sie diesen Sterbefall eines einzelnen mit allem Gepränge in Szene setzten, unbewußt verwichtigen und betäuben wollten. Es sah aus, als ob sie mit einem geradezu kindlichen Trotz beweisen wollten, daß sie als höchste Instanz noch da seien. Da, und sonst nichts! Den Einsichtigen unter ihnen mußte das vorkommen, als gäben sie sich selber das Totengeleite. Offenbar aber schoben Trauer und Bestürzung über den jähen Verlust Mikkelsons, die auch im Armeeamt und in der Großen Plankommission vorherrschten, all diese Bedenken beiseite.
In der mächtigen Kuppelhalle des Parlaments war die Leiche aufgebahrt. Neben der militärischen Ehrenwache standen Mellnikow, Ussitzki, Wang Chung und Ibn Lassi die ganze Nacht. Salutschüsse krachten am Morgen, alle Glocken der alten und der neuen Stadt begannen verwirrend zu läuten, und nach einem stummen Zeremoniell trugen die vier Freunde den Sarg zum Totenwagen, der links und rechts von Offizieren flankiert war. Die Avenuen und Straßen, durch welche sich der Trauerzug bewegte, waren mit schwarzdurchflochtenen Tannengirlanden geziert, hohe Ampeln unterbrachen sie, und alle Amtsgebäude hatten auf halbmast geflaggt. Dichte Flugzeug-Esquadrillen verdunkelten den wolkenlosen Himmel. Pietätvollerweise oder vielleicht auch, um die Verbundenheit von Rat und Volk sichtbar zu symbolisieren, hatte man angeordnet, daß unmittelbar hinter dem Totenwagen die vergrämte, in sich hineinweinende Haushälterin Mikkelsons ging, auf welche die dichten Scharen der Neugierigen staunend und mitunter

nicht ohne Rührung blickten. In gemessenem Abstand folgten die Ratsmitglieder. Homann hatte sich in die erste Reihe der Freunde gemischt und versuchte keuchend Schritt zu halten. Grotesk sah er aus. Unordentlich, vielzerfaltet und verstaubt war sein schwarzer Anzug, und bei jeder Bewegung wabbelte alles an ihm. Manche Zuschauer lachten unterdrückt. Die von der Plankommission, Climasch mit einigen Beamten der »Eka«, die Generale und sonstigen Offiziere schlossen sich an, und viele Parlamentsmitglieder gingen mit. Dann kamen starke Abteilungen aller militärischen Formationen, aber auffallend wenig Volk bildete den Beschluß. Die meisten davon schienen nur neugierhalber mitzugehen. Viele Geheimagenten waren dabei. Gemächlich unterhielt sich das Volk im Dahingehen. »Mikkelson?« erinnerten sich einige: »Das war doch der dicke Große, der damals bei der Parlamentseröffnung so eine lange Rede gehalten hat.«
»Ja, der mit dem Seehundsbart, dem wüsten Haar und der Brille«, bestätigte einer, und während welche meinten, die Rede sei recht schwungvoll gewesen, nörgelte ein anderer hämisch: »Ja, damit hat die ganze Verrücktheit angefangen.«
Presse und Filmfotografen flitzten geschäftig hin und her. Scharf und unauffällig verfolgten die Agenten ihre Manipulationen. Climasch spähte zeitweise ebenso herum. Er hatte ein mißlaunisches Gesicht. Die letzten Nachrichten waren verdrießlich. Eine radikalisierte Menge hatte sich in der Hauptstadt des Gouvernements von Kowaloff des Gefängnisses bemächtigt und, ehe es die Polizei verhindern konnte, die vier Verhafteten, die am Attentat auf den Gouverneur beteiligt gewesen waren, kurzerhand niedergeknallt. Dabei aber hatte einer von ihnen kurz vor der tödlichen Salve in würgender Todesangst gebrüllt: »Aber ich bin doch Geheimagent! Unschul– « Das Krachen riß das Wort ab. Im wütenden Lärm hatten nur einige verstanden und es schnell herumgeflüstert. Darum wahrscheinlich der rasche, widerspruchslose Abzug der Menge, als die Polizei kam. Doch Kowaloff hatte von alldem erfahren und sofort eine energisch-peinliche Untersuchung angestellt, deren Ergeb-

nis für Climasch höchst kompromittierend und gefährlich werden konnte.
Und dann erst die gestrige Botschaft von Vera Schilliza! Climasch zog seinen schmalen Kopf ein, als der Zug jetzt zum Stillstand kam. Er knirschte unhörbar, und seine blassen Wangen strafften sich. Seiner Miene nach war ihm die ganze Trauerfeierlichkeit widerwärtig. Er brannte vor Ungeduld wegzukommen und ärgerte sich, daß das nicht ging. Tausend andere Überlegungen beunruhigten ihn.
Während der Stockung wurde der Trommelwirbel noch dumpfer. Die Leute am Zugende unterhielten sich lebhafter.
»Hm, sonderbar«, sagte ein Mann, »die Haushälterin lassen sie als erste hinter dem Sarg gehen!... Dieser Mikkelson war doch schon an die Siebzig! Ein Verhältnis kann das doch nicht gewesen sein! Sie ist doch auch nicht mehr jung, und schön ist anders!«
»Ah!« bestritt ein beleibter Krämer. »Ich habe doch gehört, der Alte soll so was wie ein Sonderling gewesen sein! Junggeselle seit eh und je... In einem ganz billigen, verwahrlosten Vorstadthaus hat er gewohnt, und er hätt's doch anders haben können!«
»Erben kann sie doch auch kaum was!« meinte ein anderer in bezug auf die Haushälterin, und da stichelte der hämische Nörgler wieder: »Dafür haben wir doch jetzt so nette, saubere Gesetze!« Nach einem in der Verfassung verankerten Ausführungsgesetz waren nur Bibliotheken, Musikinstrumente, Kleider und dergleichen vererbbar, Geld nur insoweit, als es für die Ausbildung vorhandener Kinder benötigt wurde. Das Haus fiel der Gemeinde zu. Nur die unmittelbaren Angehörigen behielten das Wohnrecht.
»Von der Obrigkeit sanktionierter Diebstahl!« warf der Nörgler giftig hin. »Kein Wunder, daß niemand mehr spart.«
Der Zug setzte sich wieder in Marsch. Die Trommeln wirbelten lebhafter. Ihr Rhythmus ging manchen in die Beine.
»Gut arrangiert, das muß man ihnen lassen!« lobte der dicke Krämer und schob seinen gewölbten Bauch strammer dahin. »Schwung hat die Sache!« »Was hat der Tote davon, tot bleibt tot!« brummte der Nörgler erneut. Er spuckte aus.

Erst bei der Ankunft im Krematorium verstummten die Trommeln. Dort hielt das älteste Ratsmitglied, John Barry, nach Chopins Trauermarsch die Hauptrede, während – vielbewundert vom gaffenden Publikum – kreisende Flugzeuge aus übergrellen Scheinwerfern mit Blitzschrift den Satz »Einer für alle – alle für einen!« ins klarblaue Gewölbe des Himmels projizierten. Das war die Losung, die seit der Gründung des Rates am Anfang und Ende in allen Kinos auf der Leinwand erschien; es war die Beschriftung der Transparente für Demonstrationen und Versammlungen in den Agrostädten; die Sätze standen auf der Stirnseite jedes amtlichen Gebäudes und wurden den Schülern beim ersten Unterricht als die Grundlehren des neuen Lebens erklärt. Jetzt, im hohen Himmel auftauchend, wirkten sie wie das Vermächtnis des Toten.

Stürmisch hatte Ellen Oesterberg darum gebeten, auch einige Worte am Grabe sagen zu dürfen. Sie wollte den Toten um Vergebung für vieles bitten, das ihn in der letzten Zeit verstimmt hatte. Alle Gefühle hatte sie in ihr Manuskript gelegt, doch sie war so ergriffen und verstört, daß Gertrud Rechlin für sie sprechen mußte. Sie kennzeichnete den Toten als »jenen höchst selten gewordenen Typ eines wahrhaft mütterlichen Mannes, dessen tiefstes Wesen darin bestanden habe, stets und in allem nur zu geben und nie zu nehmen«.

Wie das bei solchen Gelegenheiten üblich ist, fand auch jeder der folgenden Redner etwas Rühmenswertes über den Toten zu melden. Radio und Television übertrugen die Feierlichkeit in den letzten Weltwinkel, doch nirgends schien das Ereignis sonderlich vermerkt zu werden. Es blieb sozusagen amtsbegrenzt, denn die vielbeschäftigten Massen kannten den Rat nur als Kollektiv, nicht aber seine einzelnen Mitglieder, was übrigens Mikkelson immer als einen unschätzbaren Vorteil bezeichnet hatte.

Sehr früh am Tage nach der Trauerfeier saß Dickson, der zu diesem Zweck nie den großen Speisesaal aufsuchte, mit seiner Frau beim Frühstück in seiner Hotelwohnung. Sie redeten nur das Allernotwendigste, und das war jeden Tag so

ziemlich dasselbe. Allem Anschein nach brauchte Dickson diese kurze Zeit zur Rast und Entspannung. Gewohnheitsmäßig las er nach dem Kaffee die Zeitungen, und er war ein besessener Zeitungsleser. Seine Frau unterbrach ihn nur ganz selten. Sie rauchte eine Zigarette, was er zwar nie guthieß, aber in seiner Vertieftheit kaum einmal merkte. Unausgesetzt zerzwirbelte er während des Lesens seine Schläfenhaare und stieß ab und zu einen Brummlaut heraus. Seine Frau, die jede Nuance dieser Laute unterscheiden konnte, wagte dann manchmal schnellhin zu sagen: »Reg dich nicht auf, Cecil! Denk mehr an dich!... Eh' du weggehst, mußt du dich unbedingt frisch kämmen, hörst du? Deine ganzen Haare sind wieder durcheinander.« Eigentümlicherweise hörte Dickson das. Geschwind hob er den Kopf, sah sie betroffen an und strich geniert sein Haar glatt, indem er nebenher sagte: »Du rauchst ja schon wieder!« Im nächsten Augenblick jedoch war er wieder bei seinen Zeitungen, und alles fing von vorn an. Pedantisch, wie er war, kämmte er sich vor dem Weggehen wirklich noch einmal.
An diesem Morgen knurrte er öfter: »Widerwärtig sentimental! Genant provinziell!« Unschwer war zu erraten, daß er damit die Leichenfeier meinte. Seine Frau sagte nichts und überflog ihrerseits die lokalen Nachrichten. »Einer kommt aus dem Urwald!« stand als fette Schlagzeile da. Vor einiger Zeit hatte der Papst von seinem stillen südamerikanischen Gebirgskloster aus eine Eingabe an den Hohen Rat geschickt und um eine Aussprache wegen der beunruhigenden Vorgänge in Asien gebeten. Das war ungewöhnlich, denn der Papst bekleidete kein weltliches Amt, hatte sich bis jetzt noch nie um politische Vorgänge gekümmert, und er und seine Anhänger waren ohne jeden Einfluß. Trotzdem aber stimmte der Rat aus nicht erfindlichen Gründen zu, und jetzt war der Papst nach Peacetown gekommen. Das interessierte die schlichte Frau Dickson lebhaft; denn sie war, ohne je ein besonderes Aufheben davon zu machen, in all den harten Jahren streng ihrem katholischen Glauben treu geblieben. Zu Dickson sagte sie manchmal: »Wer glaubt, der kann nicht untergehen.« Er sagte nichts. Er sah sie nie beten, wußte nicht, ob sie je in eine Kirche ging, und unterhielt sich

nie über diese Dinge mit ihr. Von der Eingabe des Papstes erfuhr Frau Dickson erst jetzt etwas aus der Zeitung. Ganz gegen ihre Gewohnheit drängte es sie diesmal, ihren Mann verschiedenes zu fragen. Sie hatte auch schon das Wort auf der Zunge, als unerwartet das Telefon klingelte. Die beiden schauten sich bestürzt in die Augen. Sie waren sprachlos. Nirgends als im Hauptbüro des Hohen Rates war Dicksons geheime Privatnummer bekannt. Es kam ganz selten einmal vor, daß er seine Frau anrief, um ihr zu sagen, daß er nicht zum Essen kommen könne, da die Sitzung noch andauere. Und jetzt war es knapp vor sieben Uhr früh!

»Geh du hin!« sagte Dickson gespannt und verärgert. »Frag erst, wer spricht.« Sie folgte. Gleich darauf wurde Dicksons Gesicht düster. Mauvin meldete sich.

»Mauvin?... Mister Mauvin?« stotterte Frau Dickson entgeistert und konnte nicht mehr weiter. Mauvin redete schnell, sich überstürzend. Er bat dringend um eine Rücksprache mit Dickson unter vier Augen. Zögernd hielt Frau Dickson die Muschel des Hörers zu und fragte hilflos erschrocken: »Was soll ich antworten? Er redet und redet – «

»Sag ihm, ich bin nur in meinem Ratsbüro zu sprechen«, antwortete Dickson, aber Mauvin schien sehr aufgeregt und ließ nicht locker. Frau Dickson kam gar nicht zu Wort.

»Es ist – entschuldigen Sie – es handelt sich um etwas Unaufschiebbares! Mister Dickson wird mir dankbar sein... Bitte, bitte, kann ich Mister Dickson – «, sprudelte der aufdringliche Mensch. Dickson war aufgesprungen, nahm seiner Frau den Hörer ab und verstand: » – ich kann nicht mehr sagen! Es ist, wie gesagt, unumgänglich notwendig – « Er besann sich kurz und sprach rauh in die Muschel: »Hallo! Dickson spricht!... Ich erwarte Sie in zwanzig Minuten! Meine Zeit ist sehr knapp!«

»Gut! Danke!... Ich fliege!« antwortete Mauvin. Dickson hängte den Hörer ein und drehte sich um.

»Das hast du doch noch nie getan!... Wie kommt er zu unserer Nummer?!« rief seine Frau konsterniert.

»Ich weiß auch nicht«, erwiderte er, rief resolut die Portiersloge an und gab Anordnung, Mauvin sofort heraufzulassen.

»Soll ich dabeisein?« fragte sie.

»Bleib, ja! Das wird ihn stören«, gab er zurück und ging ein paarmal auf und ab. Kurz darauf klingelte es. Frau Dickson öffnete. Mauvin grüßte sehr höflich, entschuldigte sich abermals wegen der Störung zu so früher Zeit und blieb, als er ins Wohnzimmer trat, etwas betreten stehen.
»Guten Morgen«, sagte Dickson kühl und sah ihn unverwandt an. Er blickte etwas geniert auf den unabgeräumten Frühstückstisch und die vielen herumliegenden Zeitungen, erwiderte den Gruß, entschuldigte sich schon wieder und wußte im Augenblick keinen Anfang.
»Nehmen Sie Platz... Ich habe keine Geheimnisse vor meiner Frau«, sagte Dickson erneut, und es klang so unfreundlich wie vorhin. Mechanisch folgte Mauvin der Einladung. All seine weltmännische Sicherheit schien wie weggeweht. Mit verborgener Unsicherheit streifte er Dicksons Frau, die – so, als ginge sie das alles nichts an – ihre Zeitung wieder aufgenommen hatte. Er blickte stumm fragend auf Dickson und platzte endlich heraus: »Die Sache ist die – «
»Welche Sache?« irritierte ihn Dickson absichtlich. ›Was für ein unverschämt schikanöser Mensch!‹ dachte Mauvin stokkend. Er nahm gleichsam einen resoluten Anlauf und fuhr fester fort: »Die asiatische Abriegelung ist ein Unding. Sie ist unser eigener Selbstmord! Sie ist noch mehr – ein Massenverbrechen, das kein vernünftiger Mensch vertreten kann! Sie darf und kann keinen Tag länger aufrechterhalten werden!« »Das weiß ich alles!« erwiderte Dickson und fragte: »Sind Sie deshalb zu mir gekommen?«
»Ja, hauptsächlich«, gab Mauvin zu, rückte seinen Stuhl näher an den Tisch und redete sicherer weiter: »Wir beide haben in der letzten Zeit vielfach übereingestimmt – – «
»Zufall«, wies ihn Dickson beleidigend schroff ab. Getroffen sah Mauvin auf. Wut keimte in ihm auf, aber er unterdrückte sie mit aller Gewalt, überlegte und sagte in anderem Ton: »Als wir noch beide Mitglieder zweier großer, befreundeter Nationen waren, Mister Dickson – «
»Ich hoffe, daß Sie nicht gekommen sind, um mit mir über die Vergangenheit zu plaudern«, unterbrach ihn Dickson korrigierend und fragte gereizter: »Sie wollten wegen Asien etwas sagen – «

»Ja!... Mikkelson ist tot – – «
»Leider«, fiel Dickson schon wieder dazwischen. Mauvin erinnerte sich nicht, von dem kratzbürstigen Engländer jemals eine derartige Sympathiekundgebung gehört zu haben, und vermerkte es entsprechend. Es schien auch, als habe er sich nunmehr gefangen, als treffe ihn so schnell nichts mehr. Darum wurde er gelassener.
»Mikkelsons Autorität war groß aber die Ihre ist unbestritten, Mister Dickson«, sagte er und sah dem Angesprochenen in die Augen.
»Ich versteh' Sie nicht! Was wollen Sie damit sagen?« forschte der ein wenig verdutzt, und Mauvin bekam noch mehr Mut. ›Hab' ich dich endlich, du sturer Pedant!‹ bestätigte er sich und antwortete abgebrüht: »Damit will ich sagen, daß unsere Tage als Rat gezählt sind. An sich kein Unglück für unsereinen. Aber das ist keine Lösung, im Gegenteil! Voraussichtlich werden die Futuristen mit einigen gemäßigten Ultristen uns folgen, doch damit dürfte das Armeeamt kaum einverstanden sein, und was Herr Climasch tut, weiß keiner.« Er wunderte sich, daß ihn Dickson nicht mehr unterbrach, und verlor jede Scheu. »Zunächst wird der neue Rat die Abriegelung beibehalten und sich dabei auf uns berufen. Die Katastrophe wird unreparabel, und wir bleiben die Schuldigen!« redete er weiter und glaubte zu erkennen, daß das nicht ohne Wirkung blieb. Frau Dickson hatte die Zeitung hingelegt, sah unruhig auf ihn und hörte zu.
»Offen gestanden, ich habe keine Lust, für etwas, gegen das ich immer war, gehängt zu werden, aber das ist nebensächlich«, verfiel er jetzt in einen überlegenen Plauderton, wurde aber gleich wieder ernster: »Das schlimmste ist, daß die ganze Ordnung, die wir unter so vielen Opfern endlich halbwegs ins Lot gebracht haben, in kürzester Zeit auseinanderfallen wird. Sie erinnern sich, Mister Dickson, damals bei der allerersten Parlamentssitzung, als sich überhaupt noch kein politischer Wille in den Reihen der Delegierten zeigte, waren wir alle enttäuscht. Als dann Kowaloff auftrat und dieser Bresci mit seinen Futuristen auftauchte, haben viele der Unsrigen geradezu aufgeatmet und dies als Zei-

chen von Demokratie angesehen. Aber was ist daraus geworden? Die Futuristen sind zur einzigen, alles beherrschenden Partei geworden und haben jede Opposition an die Wand gedrückt. Und wir, was haben wir getan? Wir haben keineswegs demokratisch gehandelt! Wir haben selber dafür gesorgt, daß keine andere Partei aufstand, und sind stets mit den Futuristen gegangen. Jetzt zwingen sie uns ihren Willen auf!... Sonderbar, diese Demokratie! Meiner Ansicht nach besteht der größte Teil der Futuristen aus ehrgeizigen Phrasendreschern und Wirrköpfen, von den Ultristen gar nicht zu reden! Es wird, wenn die ans Ruder kommen, ein sinnloser Kampf aller gegen alle werden, den schließlich auch die Bevölkerung nicht mehr mitmacht. Alles hat seine Grenze, und kein Mensch will wieder ins Nichts zurück. Optimistisch angesehen, wird schließlich das Armeeamt dem ganzen Spuk ein Ende machen. Aus ist's mit jeder sogenannten Demokratie! Aber was bis dahin geschehen wird, läßt sich nicht wiedergutmachen.« Dickson hatte ihn die ganze Zeit unerregt angesehen, und da er jetzt ein kurzes »Hm« herausstieß, hielt es Mauvin für ratsam, einzuhalten.

»Das waren bis jetzt Prophezeiungen«, nahm Dickson das Wort. »Möglicherweise treffen sie ein.« Er nahm den Franzosen schärfer aufs Korn. Es entging ihm nicht, daß sich dieser geschmeichelt fühlte. Langsam und jedes Wort bedeutsam betonend, fragte er: »Und – was – wären – Ihre – Vorschläge?«

»Ich will ganz offen sein«, rief Mauvin lebhafter. »Strenggenommen ist der Rat überhaupt nicht die geeignete Regierungsform. Es fehlt vor allem die Verantwortlichkeit des einzelnen. Auch kann kein vernünftiger Mensch sagen, daß die Delegierten des Parlaments die wirkliche Volksmeinung vertreten. Ich gebe ohne weiteres zu, es ging damals nicht anders – ihre Wahl haben wir von oben herab angeordnet. Wir haben die Leute sogar ausgesucht. Mikkelson hat das ja oft und oft zugegeben. Darum setzte er die Volkszählung durch, aber diese Volkszählung ist mißlungen, sie mußte einfach abgebrochen werden, wie Sie wissen. Dadurch ist eine ordentliche Neuwahl bis jetzt nicht möglich gewesen, und ich bin mir nicht ganz im klaren darüber, ob die Futuristen nicht selber ein gerüttelt Maß an Schuld daran haben.« Dickson hüstelte wie zufällig. Mauvin witterte seine Ungeduld und redete geschwinder weiter: »Aber das wissen wir ja beide! Ihre Zeit ist zu knapp, Mister Dickson!... Meine Vorschläge sind die: Zunächst Vertagung des Parlaments. Unter Armeeschutz Bildung eines Direktoriums. Sofortige Aufhebung der Abriegelung Asiens und Ausgleich mit den Rebellen. Wenn ihre besten Elemente im Parlament zugelassen werden, haben wir ein Gegengewicht gegen die Futuristen und Ultristen. Dann ein Ministerium mit selbständigen Ressorts und einem Präsidenten an der Spitze!« Merkwürdig, auf einmal war er in eine Art Befehlston verfallen. »Oh!« sagte Dickson nur. »Und vergessen Sie nicht«, war Mauvin kaum mehr zu halten, »die Chance ist riesengroß. Wer die Abriegelung aufhebt, hat Freund und Feind hinter sich.«

Dickson besann sich kurz und wollte wissen, ob er denn für die Pläne schon Anhänger gewonnen habe. Er sagte es arglos, fast nebenher, und zum Zeichen, daß ihm die Vorschläge nicht unvernünftig, ja vielleicht sogar akzeptabel vorkämen, zerzwirbelte er wie gewöhnlich seine Schläfenhaare, wobei er meinte: »Ich darf ja wohl annehmen, daß das nicht nur akademische Überlegungen Ihrerseits sind.« Er vermied es, Mauvin dabei anzusehen. Etwas nämlich spürte er nun deutlich: Der Mann vor ihm war mißtrauisch geworden. Er bereute vielleicht schon seine allzu große Offenheit. Statt einer klaren Antwort äußerte Mauvin gewichtig: »An der Spitze des Direktoriums, Mister Dickson – darüber sind sich alle einig –, müßten Sie stehen.« Seinen erwartungsvollen Blicken bot Dickson das ganze Gesicht und dachte: ›Es hapert also noch irgendwo.‹

»So – ich?« sagte er verwundert, mit einem Beinlang von Selbstverständlichkeit, daß jeder annehmen mußte, er sei für den Plan gewonnen. »Ja, kein anderer! Ich kann mir auch keinen anderen Präsidenten später denken!« bekräftigte Mauvin eindringlich schmeichelnd, und da er Dicksons Schweigen als ernsthaftes Überlegen auffaßte, stand er auf und fügte mit warmer Entschlossenheit hinzu: »Vertrauen gegen Vertrauen, Mister Dickson! Ich verstehe Ihr Zögern

durchaus! Wann dürfte ich Ihre endgültige Entscheidung erwarten?« Auch Dickson war aufgestanden. Seine Frau sah fragend an den beiden Männern hoch. Sie standen sich eine Sekunde lang stumm gegenüber. Mauvin hatte eine angeregte, siegessichere Miene.
»Mister Mauvin«, begann jetzt Dickson wieder so bedächtig, »ich lasse durchaus gelten, daß nie etwas dergleichen zwischen uns gesprochen worden ist.« Es sah aus, als weide er sich boshaft an der jähen Benommenheit des anderen, der sprachlos dastand und leicht erbleichte. Er wollte etwas sagen, aber Dicksons Haltung war so, daß seine Lippen aufeinanderklappten. Ohne ein Wort verbeugte er sich und ging. Es war sehr still. Das Zufallen der Tür hörte sich überlaut an. »Cecil?... Cecil, du bist in Gefahr, hörst du? Cecil, sei vorsichtig, hörst du!« sagte Frau Dickson nach einer kurzen Weile angstvoll. Er gab keine Antwort und ging, um sich zu kämmen. Während des Gehens sagte er: »Um Mikkelson ist es schade.« Sie blieb regungslos stehen und atmete kaum. Endlich seufzte sie leicht und bekreuzigte sich geschwind.
Es war kurz nach acht Uhr. Die Hotelbewohner und Gäste schienen noch zu schlafen. Es lag etwas wie Ruch von Sonntag in der sommerlichen Luft. Anläßlich der Trauer um Mikkelson war die Eröffnung der Parlamentssitzung um einen Tag verschoben worden. Nur die notwendigsten Ämter arbeiteten. Im Laufe des Vormittags waren einige interne Ratsbesprechungen angesetzt, am frühen Nachmittag sollte der Papst angehört werden, und für später war eine Aussprache mit Bresci und seiner Delegation vorgesehen. Darunter befand sich auch Li Fu Tang. Um seinen ultristischen Gegnern den Wind aus den Segeln zu nehmen, hatte der gewiegte Italiener das futuristische Aktionsprogramm etwas radikalisiert und dadurch nicht wenige Leute vom Schlage des tapferen chinesischen Gouverneurs gewonnen. Zugleich aber betonte er bei jeder Gelegenheit seine unbedingte Ratsergebenheit, so daß auch Männer wie Kowaloff und der behäbigbedachtsame Muetli seine Politik unterstützten. Von beiden konnte man beim besten Willen nicht sagen, daß sie Futuristen seien. Der eine war streng, der andere mehr gewohnheitsmäßig ratstreu. Wahrscheinlich fühlte jeder von ihnen,

daß einer allein nicht imstande sei, politisch etwas durchzusetzen, daß dazu eine aktive Massenstimmung notwendig war.

Vor zehn Uhr war niemand im Ratsgebäude zu erwarten. Warum machte sich Dickson jetzt schon auf den Weg? Ganz gegen seine Gewohnheit sagte er diesmal beim Weggehen zu seiner Frau: »Heute hören wir deinen Papst im Rat«, und meinte, vor dem Dinner sei er nicht zu erwarten. Als er in seinem Amtsauto saß und so durch die kaum erwachte, steinern kahle Stadt fuhr, ging er scharf nachdenkend alle jene Menschen und Mächte durch, von denen er vermutete, daß sie mehr oder weniger mit Mauvins Plan übereinstimmten. Von den Ratsmitgliedern schieden seiner Meinung nach von vornherein John Barry, Ganvavitta, Ibn Lassi und Gertrud Rechlin aus diesem Kalkül. Ellen Oesterberg war ein Blatt im Wind. Bei ihr kam es also auf den Wind an. Immerhin hatte sie sich mit Mauvin verfeindet, und Persönliches beeinflußte ihre jeweilige Haltung im Rat.
»Mellnikow, Ussitzki, Wang Chung, Nowak?« zählte Dickson stumm weiter, und indem er jeden rasch charakterisierte, kam er zu dem Ergebnis, daß Mellnikow entschieden der führende Kopf unter ihnen sei. Er hatte damals mit Shepert die Armee-Einigung zustande gebracht, und trotz vieler Meinungsverschiedenheiten mochten die beiden einander gern. Mellnikow war aber auch mit General Stankow befreundet, sehr sogar! Stankow war – wie sich schon öfters gezeigt hatte – kein gewalttätiger Soldat. »Und die Mächte? Die Massen?« überschlug sich Dickson rechnend: »Oberstleutnant Macleen am Ural ist bei der Armee sehr beliebt und unter den Offizieren hochgeachtet. Er befehligt zur Zeit den größten Teil der Armee, und er neigt in vielem auf die Seite der Futuristen. Bresci hat seine Sache gut gemacht. Er versteht den Radikalismus massengerecht zu dosieren. Ussitzki und dieser merkwürdige Schlemmer, dem insbesondere die Jugend so zujubelt, die zwei haben die Leitung der Qualifikanten-Brigaden fest in der Hand. Die Siedler hängen am Rat. Er gab ihnen viel, sehr viel...«
Dickson verzog seinen Mund ein wenig und schloß: »Hm!...

Preisrätsel – wo sitzt der neue Napoleon? Der neue Führer? Der kommende Stalin?... Und wo ist sein Anhang?« Um seine gerade Nase wehte ein hämischer Zug, als sei die Antwort darauf sehr lächerlich ausgefallen.
Der Wagen hielt vor dem breiten Aufgang des Ratsgebäudes. Der Geheimpolizist neben dem Chauffeur wollte aussteigen, merkte, daß Dickson zögerte, und sah fragend nach rückwärts.
»Fahren Sie weiter!... Constitution-Avenue vierzehn!« sagte Dickson. Der Polizist staunte. Dort war die »Eka«. Dickson tat wieder etwas, was man nie von ihm erwartet hätte. Er suchte einen anderen Menschen auf. Er fuhr zu Climasch. Er wußte: Der allein war so früh in seinem Büro.

»Ich bin wirklich sehr neugierig«, sagte Ellen Oesterberg zu Ganvavitta, als sie über den breiten, teppichbelegten Gang auf das Sitzungszimmer zugingen, in welchem der Papst angehört werden sollte. »Die Zeitungen sind voll von Geschichten über ihn.«
»In meiner Heimat gab es früher viele solche Menschen«, meinte der Inder. »Gandhi war der letzte... Einzig ihr Beispiel und ihre Weisheit verschafften ihnen eine Macht, gegen die alles andere verblich. Merkwürdig ist nur, daß dieser alte Mann so modern sein soll. Sein ›ewiger Weizen‹ ist jetzt von der Großen Plankommission allgemein zum Anbau empfohlen worden. Er erspart die Arbeit der Aussaat. Die abgemähten Äcker müssen nur jedesmal fachgerecht gedüngt werden, weiter nichts. Der Ertrag soll reicher sein, viel reicher...«
»Jaja, ich hab' im ›Record‹ gelesen, daß die Mönche in Parahyba und Pernambuco sich fast ausnahmslos mit Getreidekreuzungen und Obstveredlung befassen. Wahre Wundergärten sollen sie haben«, stimmte Ellen zu. »Aber glauben Sie wirklich, daß das der einzige Grund ist, der diesen Katholiken in der letzten Zeit einen solchen Zulauf verschafft hat?«
»Das allein sicher nicht«, erwiderte der Inder, »aber ich glaube, in diesem alten Mann ist etwas von der Ruhe, die alle Menschen suchen. Reichtum, konkrete Sorglosigkeit, Bequemlichkeit, kurzum alles, was der Mensch erstrebenswert findet, kann man schaffen, aber keine Ruhe. Glück kommt nur aus der Ruhe.«
Sie waren bereits an der offenen Tür angelangt. Die meisten Ratsmitglieder saßen um den langen, ovalen Tisch und plauderten miteinander. Dickson sah die Eintretenden geschwind an. Auffallend belebt war sein Gesicht. Wang Chung stand mit Mellnikow an der Wand und sagte eben: »Ihre Bibliotheken sind die großartigsten, die es gibt. Lauter gerettete, mühsam zusammengetragene Bücher von früher. Unschätzbare Raritäten aus allen Weltgegenden!... Die

Leute befassen sich mit den einstigen Literaturen, mit Sprachen, die kaum mehr gesprochen werden, mit Philosophie und dergleichen. Der Papst selber soll ein großer Kenner und Spezialist auf dem Gebiet sein. Nebenher befaßt er sich sehr eingehend mit der Vereinheitlichung der Schrift. Er möchte überall die gleichen Buchstaben und Drucktypen –« Das stammte alles aus den Zeitungsberichten. Weniger aktuell, aber allgemein bekannt war, daß der Papst und die Seinen nicht mehr nach irgendeinem weltlichen Einfluß trachteten und sich überall streng an die jetzige Gesetzlichkeit hielten. Im Zerfall und Verlorensein hatte sich auch der Katholizismus tiefgreifend gewandelt und das eng Kirchliche, das betont Dogmatische verloren. Im grundsätzlichen Gegensatz zur Vergangenheit wählten jetzt die Gläubigen den Papst, die Bischöfe und Priester unmittelbar aus ihrer Mitte. Die natürliche Demokratie hatte gewissermaßen den Geist der Konzilien verdrängt. Es gab viele wahrhaft Gottversunkene, aber im großen ganzen waren die Anhänger dieser Religion sehr aufgeschlossene, tief tolerante, tätig wirkende Christen geworden. Gott wohnte nach ihrer Auffassung in allem Lebendigen und am meisten im Menschen. Aus dem ewigen Vergehen wuchs das ewige Werden, und der Mensch war in diesem unablässigen Wandel nur ein schwankendes Rohr im kalten Wind der Zeiten. Darum kam das, was man gemeinhin Sünde nannte, nicht aus seinem Trieb zum Bösen, sondern nur aus einer Blindheit und aus unglücklicher Verstrickung. Der jetzige Katholik hatte eine ausgesprochene Lebens- und Menschenehrfurcht, und deswegen war er hilfswilliger und opferbereiter als andere Leute, wenn es um Dinge ging, die das Leben und die Menschen bedrohten.

»Ich kann nur eins nicht verstehen«, unterbrach Mellnikow Wang Chung. »Sie tun doch gar nichts dazu! Bis jetzt hat man vom Papst kaum was gehört, woher kriegen sie auf einmal diese Popularität?«

»Die existiert augenblicklich nur in Peacetown«, warf Mauvin hin. Sie gingen an den Tisch. Nach und nach setzten sich alle und rückten ihre Stühle zurecht. Es wurde ruhiger. Draußen im Gang schrillte die Glocke. John Barry, der heute

den Vorsitz führte, ordnete die Papiere und sagte nebenher: »Der Zweck der heutigen Sitzung ist ja bekannt. Ich schlage vor, erst nach dem Bericht des Papstes Fragen zu stellen.«
Alle stimmten zu. Der Diener wollte eben die Schiebetür schließen, als der alte Papst auftauchte. Als er jetzt mit breiten, behäbigen Schritten hereinkam, sah er allem andern ähnlicher als einem Oberhaupt einer zweitausendjährigen, einst weltumspannenden, geheiligten Kirche. Alles Ehrwürdige fehlte ihm. Mittelgroß und gedrungen war er. Selbst die schärfsten Beobachter schätzten ihn auf sechzig, in Wirklichkeit stand er schon nahe an den Achtzig. Greisenhaft wirkte er gar nicht. Seine Bewegungen hatten etwas Derbkräftiges, Bäuerliches, und Förmlichkeiten schienen ihm unbekannt.
»Grüß' Gott, die Herren!« sagte er, als trete er in einen Kreis alter Bekannter, und nickte ein wenig.
Mauvin preßte die Lippen aufeinander, beugte sich unauffällig Gertrud Rechlin zu und flüsterte: »Hinterwald, totaler Hinterwald!« Er zog die Nase ein bißchen hoch. Der alte Mann roch nach Mottenpulver, nach moderndem Getreide und Pflanzen. Er steckte in einer ziemlich abgetragenen schwarzen Priesterkleidung, die sehr schlecht saß. Unter die vielfaltigen Hosen waren die Schäfte seiner steifledernen, nicht ganz bis zu den Knien reichenden Stiefel geschoben. Ihrem dicken Glanz sah man an, daß sie nach langer Zeit endlich wieder gewichst worden waren. Der Papst blieb kurz zögernd stehen, stützte sich auf seinen dicken, von vielen Astknorpeln besetzten Knotenstock und schaute alle der Reihe nach ungeniert an. Das wirkte fast herausfordernd peinlich. Man bat ihn, sich zu setzen, und er tat es. Die Sonne, die durch das Fenster fiel, beglänzte seinen runden, völlig kahl rasierten Kopf, der einer glatt polierten, braun blinkenden Kugel glich. Noch dunkelgebräunter war sein faltiges, bartloses, bebrilltes Gesicht, in welchem eine breite, gesattelte Nase und sehr kleine, tiefliegende graue Augen hinter den kantigen Backenknochen saßen. Alles an diesem Gesicht verriet scharfe Witterung und unergründliche Schläue. Ruhig und leger legte er seine zerarbeiteten Hände, die von vielen hauchdünnen, weißgebrannten Härchen be-

setzt waren, auf den Tisch und fragte, nachdem Barry einige Begrüßungsworte gesagt hatte, ob gewünscht werde, daß er bei seiner Rede stehe. Das allgemeine Nein schien ihm sehr zu behagen. Er quittierte es mit einem leichten Kopfnicken, schaute noch einmal so dreist im Kreise herum und dankte zunächst, daß ihm der Rat die Gelegenheit zu einer direkten Aussprache gegeben habe.

»Wir Katholiken«, fing er nunmehr freimütig zu reden an, »sind, wie Sie ja wissen, als Masse sehr zusammengeschrumpft. Schätzungsweise werden wir noch an die elf oder zwölf Millionen sein. Die Völker sind durch Krieg und Katastrophe zerstreut worden, sie leben seither alle in einer Art Diaspora. Uns konnte eine solche Zerstreuung nichts anhaben, weil unsere Glaubensgenossen ja seit jeher in allen Völkern lebten. Uns hielt ja nichts Nationales zusammen, sondern eine Religion, ein gleicher Glaube.«

Mellnikow und Ussitzki sahen sich über den Tisch hinweg an, als wollten sie sagen: »Nanu, wo will denn der hinaus? Von einer Völkerdiaspora redet er? Will er vielleicht wieder nationale Sonderung wie die asiatischen Rebellen?«

Ohne den geringsten Predigerton, fast geschäftsmäßig, sagte der Papst: »Unsere Vorschläge in der Eingabe sind nicht präzisiert genug. Es ist notwendig, daß ich sie etwas erläutere. Sie werden mir das erlauben.« Dickson erhaschte seine forschenden Augen. Der Papst wich nicht aus. »Ich«, rief er jetzt und fuhr mit beziehungsreichem Nachdruck fort: »Und ich möchte betonen, daß ich augenblicklich nur deshalb in meiner Person spreche, weil mich niemand speziell dazu beauftragt hat und weil ich keinem zumuten will, daß er meine Meinung teilt – ich verabscheue die Gewalt! Die ganze übriggebliebene katholische Welt heißt die Gewalt, mit der Sie gegen die asiatische Rebellion vorgegangen sind, nicht gut, weil sie keine Lösung bringen kann, weil sie zu nichts Gutem führt.« Er wartete furchtlos eine Sekunde lang und setzte sich den teils erzürnten, teils beleidigten oder abweisenden Blicken aus. Zweifellos spürte auch er die Ungeduld, welche seine Weitschweifigkeit da und dort erzeugt hatte, doch er redete unbeirrt weiter: »Sie wissen, daß die Geschichte unserer katholischen Kirche sehr reich an Ge-

walt ist; Willkür, blinder Fanatismus, Mord und List verdunkeln den Weg ihrer langen, langen Entwicklung. Schließlich aber haben wir immer und immer wieder die göttliche Rechnung nach solchen Rückfällen ins Unmenschliche präsentiert bekommen. Wir haben gelernt, daß man die Menschen wohl mit Gewalt zwingen kann, irgendeine Religion anzunehmen, sich vor einer Idee zu beugen und ein Staatssystem anzuerkennen, kurzum, einer überlegenen äußeren Macht zu gehorchen, aber sie bleiben offene Feinde, versteckte Widersacher oder sie werden mit der Zeit stumpfe, unwillige Sklaven, die alle nur wieder auf Gewalt sinnen. Es ist ihnen unmöglich, jemals glücklich zu sein, selbst wenn ihre Lebensbedingungen noch so günstig sind. Sie verlieren den Sinn für Gerechtigkeit und haben zeitlebens das Gefühl, als ob man sie benachteiligt, überlistet oder betrügt. Dieses Bewußtsein der ungerechten Verknechtung versteift sich zum ewigen Vergeltungsbedürfnis, zur dunklen Rachsucht, die im Kleinsten und im Großen bei jeder Gelegenheit aus ihnen herausbricht.«
Er sah auf Dicksons Hände, die den kleinen Bleistift und den Notizblock zurechtrückten, und sagte unvermittelt: »Aber kommen wir zur Sache!« So abrupt kam das, daß alle aufmerksamer wurden. Er wies auf die verheerende Dürre hin, die sich von der Abriegelungsmauer überall ins Land hinein ausdehne. Eindringlich wiederholte er, was schon bekannt war. In einer Tiefe von hundert und mehr Meilen war bereits fruchtbarstes Land westlich der letzten Ausläufer des Urals, in Indien und in Südchina wüstenhaft verödet. Die dortigen Agroleute wurden überall evakuiert. Bangnis und Unruhe herrschten in den nächstgelegenen Gouvernements. Die Armeen Macleens waren gezwungen, sich immer weiter aus diesen Gebieten zurückzuziehen. Der Papst wußte freilich nicht, daß der Oberkommandierende erst vor einer Stunde einen dringenden Appell an das Armeeamt und an den Rat gefunkt hatte, die mörderische Abriegelung ungesäumt und unter allen Umständen aufzuheben, und appellierte nun in gleicher Weise. Mauvin bekam ein befriedigt hoffnungsvolles Gesicht, schielte öfter verstohlen auf Dickson und wich dessen Blicken aus. Der Engländer schien abwesend und

noch verschlossener als sonst. Die Aussprache mit Climasch mußte nicht so verlaufen sein, wie er es gewünscht hatte. Immerhin hatte ihm der Leiter der »Eka« versichert, daß er dem Rat durchaus loyal gegenüberstehe und sich an die geltende Gesetzlichkeit halte, aber im ungewissen gelassen, ob für die Generale des Armeeamtes dasselbe gelte. Sicher war nur, daß Climasch Mauvin rein persönlich haßte, wenngleich er das auch diesmal geschickt zu verdecken wußte. Den Grund dieses Hasses kannten nur einige Menschen.

Es war sehr still um den alten Papst geworden, der sich jetzt etwas mehr über den Tisch beugte und mit tiefem Ernst sagte: »Die brennende Sorge und die Hoffnung auf die Öffnung Asiens sind gleich groß. Aber was wird inzwischen geschehen sein? Selbst wenn alle technischen Hilfsmittel und Energien eingesetzt werden, ist nicht damit zu rechnen, daß die überlebenden, krank gemachten, irregeleiteten und verwilderten Massen sich so schnell befrieden lassen. Aller Voraussicht nach werden sie kaum mehr in ihre demolierten, verlassenen Siedlungen und Agrostädte zurückgehen und die Arbeit aufnehmen – es sei denn, daß man sie mit Gewalt dazu zwingt.« Er richtete sich mit dem Oberkörper etwas gerader auf und rief ein wenig lauter: »Sie als Hoher Rat können die Rebellen richten. Damit gewinnen Sie die heimgesuchten, verwirrten Massen nicht. Diese Massen, ganz gleichgültig, ob sie Anhänger der Rebellen sind oder nicht, werden Sie und die Rebellen hassen und verfluchen!... Dem allem kann man nur Opferbereitschaft und geduldige Liebe entgegensetzen, und meine Glaubensbrüder und ich beten jeden Tag, daß uns dazu bald Gelegenheit gegeben wird.« John Barry sah mit dankbarer Ergriffenheit auf ihn, Ganvavitta hatte einen zärtlichen Glanz in seinem Blick, und Ibn Lassi nickte in einem fort. Endlich kam der alte Mann auf die konkreten Punkte der zwei Eingaben zu sprechen, die er nun vorlegte und umgehend zu prüfen bat. Die erste stammte von den Katholiken, die zweite von den Stillen. »Die uns nahestehen und sich mit uns geeinigt haben«, erläuterte der Papst. Die Vorschläge waren erstaunlich: Unter der Voraussetzung, daß der Hohe Rat und das Parlament

damit einverstanden waren, erklärten die beiden großen Gemeinschaften sich bereit, »geschlossen und für immer« nach Asien überzusiedeln und das verwüstete Land dort aufzubauen. Sie verlangten lediglich eine Entgiftung der Bäche und Flüsse, eine Entseuchung der Siedlungen und Städte und endlich eine ausreichende Materialbelieferung durch die Große Plankommission für die erste Zeit. Dafür aber boten sie in den südamerikanischen Gouvernements, von den Küsten der einstigen Staaten Venezuela, Kolumbien, Ekuador, Peru und Chile bis ins östliche Argentinien und Brasilien, wo die meisten Katholiken lebten, alle Klöster, Institute, Agrostädte und Gemeinden für die aus Asien herzubringenden Massen. Und die meist in Europa ansässigen Stillen boten gleicherweise all ihren bis jetzt erarbeiteten Besitz.
»Wenn«, so hieß es, »in den europäischen Gouvernements und Gemeinden durch den Wegzug empfindliche Lücken entstehen sollten, so könnten diese dadurch ausgeglichen werden, daß man dort ebenfalls Leute aus bereits entseuchten asiatischen Ländern aufnähme.«
Ellen Oesterberg war berückt, Gertrud Rechlin still bewegt, und selbst Leute wie Mellnikow, Ussitzki und Nowak, die seit jeher allem Religiösen nur ironische Ablehnung und wachsames Mißtrauen entgegenbrachten, waren irritiert von der zwingenden Kraft der Vorschläge. In das leichtverdutzte Schweigen hinein sprach der Papst: »Wenn Rat und Parlament demokratisch prüfen und erwägen, können sie sich dieser Willenskundgebung loyaler Bürger nicht verschließen.« Er dankte, daß man ihm so lange zugehört habe, und lehnte sich ein bißchen in seinen Sessel zurück.
»Zweifellos wird durch so eine Umsiedlung Asien christianisiert... Es wächst ein katholisches Machtzentrum heran«, sagte Mellnikow als erster.
»Und wie es sich in späteren Zeiten zur Demokratie verhält, ist beim besten Willen noch nicht abzusehen«, sekundierte ihm Ussitzki und wies darauf hin, was für geschickte Umwege die katholische Kirche seit jeher benützt habe, um immer wieder zu ihrer alten Machtstellung zu kommen. Zwangsläufig, meinte Nowak beflissen und selbstgerecht,

müsse es zu einer solchen Machtbildung kommen, da ja die Stillen in der Minderheit und bekanntermaßen gegen jeden Widerstand seien. Offenbar ärgerlich über diese Wiederholung der beiden ersten Meinungen, rückte Dickson erneut Bleistift und Notizblock zurecht.
»Sie reden von Macht?« sagte der Papst einfach. »Durch die Prüfung des Allmächtigen ist, wie ich schon sagte, unsere katholische Gemeinschaft so zusammengeschmolzen. Nichts geschieht von ungefähr und umsonst. Jeder meiner Brüder ist gesiebt und geprüft, und unser neuer Opfergang soll ja eben unter Beweis stellen, was nur Spreu und was wirklicher Weizen ist...«
»Auch die Demokratie, von der man so viel spricht«, sagte jetzt Dickson mit verborgener Anzüglichkeit, »kann in diesem Fall ihre Fähigkeiten und ihre Stärke unter Beweis stellen!« Stechend sah er auf die drei Opponenten. Unter dem Beifall Ellens, Gertruds, Ibn Lassis, Ganvavittas und John Barrys äußerte er, er fände es sogar ausgezeichnet, wenn dem Papst Gelegenheit gegeben würde, seinen Plan vor dem Parlament zu erläutern. Vielleicht versprach er sich gerade jetzt davon eine günstige Wendung. Unzweifelhaft verstand es der Papst, durch seine absichtslose Altersschlichtheit und seinen unvoreingenommenen Sinn Eindruck zu machen. Doch der alte Mann lehnte Dicksons Vorschlag ab. Er wollte Peacetown so schnell wie möglich verlassen. Er beklagte sich darüber, daß die Zeitungen soviel Aufhebens von ihm gemacht hätten und erzählte mit sichtlichem Unbehagen, daß ihm sogar schon neugierige Schulkinder nachliefen. Auf Schritt und Tritt belästigten ihn schnüffelnde Journalisten, Fotografen, überspannte Damen und Autogrammsammler.
Nachdem man sich darüber geeinigt hatte, daß seine Eingaben unter Befürwortung des Rates sehr rasch im Parlament behandelt würden, entfernte er sich und verließ noch am selben Tag die Ratshauptstadt.
Während seiner Aussprache mit dem Rat hatten sich unerwartete Dinge zugetragen, von denen er nichts erfuhr. Die Ratsmitglieder wurden davon kurz vor der Zusammenkunft mit der Futuristen-Delegation in Kenntnis gesetzt, und mit

einem Schlag veränderte sich die ausweglose Lage derart, daß Dickson nun wußte, wo Freund und Feind zu suchen waren. Wie so oft bei großen, weltgeschichtlichen Entscheidungen – einige private Zufallsangelegenheiten spielten dabei eine beträchtliche Rolle.

Ungefähr eine Stunde nachdem ihn Dickson verlassen hatte, bekam Climasch zwei wichtige Meldungen. Die eine stammte aus Eilenburg. Dort hatte man einen Kassiber des verhafteten Jegor Ivens abgefangen, den der Gefängnisbarbier dem Privatsekretär des Gouverneurs Muetli, Victor Kolwin, überbringen sollte.

»Pedro sofort weg und abwarten, Duff muß zu José und ihn gewinnen. Aussichten gut, da José oben Anhang hat. Ultristen für José begeistern, bis alles fest ist«, besagte der Kassiber. Kolwin wurde beauftragt, alles auf dem schnellsten Weg weiterzuleiten. Der Gefängnisbarbier und Kolwin waren verhaftet worden. Da ihn der Kassiber nicht erreicht hatte, verlegte sich Muetlis Sekretär darauf, den Ahnungslosen zu spielen. Wirklich ahnungslos schien nur der zufällige Helfer, der Barbier.

Die zweite Meldung betraf den in Peacetown verhafteten General Canchulla. Der hatte sich seit dem ersten Tag im Gefängnis hartnäckig geweigert, vor dem Untersuchungsrichter auszusagen, und stets gefordert, dem Chef der »Eka«, seinem »alten Freund Climasch«, vorgeführt zu werden. Da ihm das bisher abgeschlagen worden war, hatte er diesmal versichert, bei Gewährung seiner Bitte »gründlich auszupacken«. Er war nicht wenig überrascht, als man ihn auf der Stelle zu Climasch brachte. Bewegt beteuerte er seine Unschuld, verbittert schimpfte er auf seine Kollegen Stankow und Withe, ganz sentimental wurde er mit einem Male.

»Waclaw, was hat man gegen mich? Wie kann man mir unterschieben, ich sei je gegen den Rat und die Verfassung gewesen? Ich bin ganz niederträchtig hinters Licht geführt worden. Alle haben mich im Stich gelassen!« rief er und wunderte sich, daß Climasch Verständnis zeigte.

»Waclaw, alter Freund! Ich hab' dir die beste Geheimagentin gebracht, die Vera! Was macht sie jetzt?« verfiel er ins bieder Vertrauliche. »Ja, Vera«, meinte Climasch ebenso, »sie ist

tüchtig! Aber bleiben wir bei der Sache – was hast du auszupacken?«
Da straffte Canchulla seinen Oberkörper und sagte imposanter: »Als Offizier habe ich mein Ehrenwort gegeben, nie einen Namen zu nennen. Ich lasse mir eher die Zunge herausreißen! Man kann mich vierteilen! Ich kann das nicht! Du wirst das verstehen, Waclaw! Aber schließlich geht's um meine Ehre und um mehr!... Ich kann nur andeuten! Ich schwöre, daß alles, was ich zu sagen habe, wahr ist! Ich habe mich nicht feig von der Front weggemacht! Es ist mir von Peacetown nahegelegt worden, meinen Widerstand gegen das Armeeamt aufzugeben. Diese Stelle hat angedeutet, ich würde nur zum Schein abberufen, ich sollte sofort Folge leisten. Meine Anwesenheit in Peacetown sei unbedingt notwendig, große Teile der Armee hätten einen Anschlag auf den Rat im Sinne... Es wurde mir versichert, ich sei der einzige Mann, dem auch die Rebellen Respekt entgegenbrächten. Nur meiner sofortigen Intervention in Peacetown könnte es gelingen, die Lage zu klären und einen annehmbaren Ausgleich mit den Rebellen herbeizuführen, nur mein Eingreifen halte sie davon ab, den weiteren Gebrauch der Vereisungswaffe einzustellen.«
Sein mageres Gesicht war hektisch rot. Stolz und kindlich zugleich war sein Ausdruck.
»Nennst du das Schuld?« fragte er.
»Schuld ist ein relativer Begriff in der Politik«, sagte Climasch und fixierte ihn. Er stand auf und sah dem Sitzenden noch forschender in die Augen.
»Es ist dir damals nicht weiter aufgefallen, wieso die Stelle darauf hingewiesen hat, daß die Rebellen noch weitere Vereisungsangriffe vorhätten?« fragte er, und verwundert schüttelte Canchulla den Kopf. »Nein, bei Gott!« rief der General. »Ich dachte, die Informationen darüber kämen von dir und deinen Agenten!«
»Das ehrt mich und mein Amt«, tat Climasch geschmeichelt. »Wir sind aber lange nicht so tüchtig, wie du glaubst. Solang du zum Beispiel die Selbstschutzformationen bewaffnet hast, haben die Transporte des Schiffahrtsamtes ausgezeichnet funktioniert, nachher nicht mehr. Ramiro berief sich dar-

auf, daß er so wirre, zum Teil ganz widersprechende Weisungen deines Armeekommandos bekommen hat und manchmal überhaupt nicht mehr wußte, wohin eigentlich die Transporte gehen sollten – «

»Ach ja, dieser Kerl, dieser Lurch!« entfuhr es dem General, den die Einzelhaft gesprächsgierig gemacht hatte. »Bei meiner Rückkehr hab' ich ihn aufgesucht und getobt. Es war ihm nicht beizukommen. Er hat alles auf den letzten Federstrich nachgewiesen, und dann hat's wirklich so ausgesehen, als sei mein Armeekommando an allem schuld gewesen... In meiner Wut hab' ich dem Oberstleutnant Macleen telegrafiert, meinen bisherigen Adjutanten, den jungen Shenley, gehörig abzukanzeln und zu versetzenl Durch den sind ja alle Weisungen ergangen!... Ein prächtiger Mensch und Offizier übrigens! Der arme Kerl hat sich das so zu Herzen genommen, daß er sofort seinen Dienst quittiert hat und zu seinem Vater gereist ist.«

»Der junge Shenley? Das ist doch der, der die Tochter von Frau Rechlin geheiratet hat, oder?« unterbrach ihn Climasch nebenher.

»Ja, ja, der!« wurde Canchulla lebhafter. »Er ist schrecklich verliebt in seine junge Frau und furchtbar eifersüchtig. Hinter der soll ja einmal der Mauvin her gewesen sein, der komische Roué, der Weiberhengst! Wem machte er nicht den Hof! Bei der Ellen Oesterberg soll er jetzt endgültig abgeblitzt sein... Im Grund spielt er ja bloß mit jeder. Am meisten reizt ihn die Vera, aber die ist ihm weit überlegen... Ein komischer Kauz, der Mauvin! Persönlich sehr eitel, aber politisch ein heller Kopf. Ich hab' ihn nicht ungern. Er weiß stets, was er will.«

»Du bist öfter mit ihm zusammen gewesen? Ihr seid Freunde?« fragte Climasch flüchtig, während er sich wieder setzte und mechanisch irgendwelche Papiere ordnete.

»O ja, ich mag ihn gern!« gab Canchulla arglos zu und wurde bedeutungsvoller: »Natürlich hat er allerhand gegen den Rat und die jetzige Ordnung, aber er ist ein Ehrenmann. Er und Shepert sind die einzigen, die sich für meine Befreiung und Rehabilitation einsetzen. Das ist allgemein bekannt, wie du weißt.« Plötzlich schien ihn ein Mißtrauen anzufallen, und

fest setzte er hinzu: »Nein, nein, Waclaw, versteh mich nicht falsch. Mauvin und Shepert sind absolut integer.«
»José«, unterbrach ihn Climasch abermals, »ein Mensch wie du braucht keine Rehabilitation.«
»Wieso?... Ich versteh' nicht«, fragte Canchulla freudig.
»Du mußt dich noch ein bißchen gedulden«, schloß Climasch und erklärte sich außerstande, jetzt schon die Freilassung für ihn zu erwirken. Er drückte auf den Knopf. Die Tür öffnete sich. Der Geheimpolizist trat ein. Ganz leger verabschiedete sich der Häftling vom Chef der »Eka«. Nach diesem merkwürdigen Verhör war Climasch eine Weile nachdenklich an seinem Schreibtisch sitzen geblieben, hatte an Vera Schilliza gefunkt und sie nach Peacetown zurückbeordert. Die Antwort Veras mußte nicht ganz so ausgefallen sein, wie er erwartet hatte.
»Verflucht! Verflucht!« knurrte er. Sein blasses Gesicht wurde eine Sekunde lang zornrot, dann plötzlich aschfahl. Er gab sich einen Ruck, rief das Armeeamt an, und seither konferierte er mit den Generalen. Knapp eine halbe Stunde vor dem Empfang der Futuristen-Delegation sandte das Armeeamt eine kurze schriftliche Botschaft an den Rat, die besagte, daß die Abriegelung Asiens »strategisch nicht mehr nötig sei«. Die Generale schlugen eine Ratsvollsitzung mit allen in Betracht kommenden Fachleuten vor, und es war auffallend, mit welcher Dringlichkeit sie darauf verwiesen, daß die Angelegenheit keinen Aufschub mehr rechtfertige. Über die Antwort wurde sich der Rat sofort schlüssig.
»Es ist wohltuend, eine solche Einhelligkeit zu erleben«, sagte Dickson verborgen spöttisch, als man die Sitzung unmittelbar nach der Aussprache mit den Futuristen festlegte. Er sah nicht auf Mauvin. Er wußte, wie dessen Miene ungefähr aussah. Er nickte nur, als Barry aufatmend gestand, dies sei der glücklichste Tag seines Lebens. Im Rat war man um diese Zeit überhaupt sehr zuversichtlich, und viele schienen äußerst angeregt. Sie sprachen von etwas ungemein Überraschendem. Nachdem nämlich der Papst den Sitzungssaal schon eine Weile verlassen hatte und Barry die beiden Eingaben zu den anderen Papieren legte, war sein Blick auf die Unterschriften gefallen. Er stutzte.

»Nein!... A–aber das kann doch nicht – nein, das ist doch nicht möglich!« rief er plötzlich stockend, und auf seine blassen, mit winzigen blauen Äderchen durchzogenen Altmännerwangen trat ein jähes Rot. So, als versuche er, sein von einem Schock getroffenes Hirn aus der Erstarrung zu bringen, klopfte er fester als jemals mit der flachen Hand auf seinen silbergrauen Scheitel und stammelte: »Da steht doch – ja, ich kenne seine Schrift – da steht doch Leonid Wassiljew Paschuljew!... Das ist – «

Er kam nicht weiter. Alle neben ihm Sitzenden beugten sich über das Blatt. Jeder drängte sich herbei. Wirklich und wahrhaftig, neben dem Namen »Nikolai Petrowitsch Wirigin« stand klar und deutlich der Paschuljews. Viele erinnerten sich der feingliedrigen, unverzierten Schriftzüge des Gelehrten. Ein lebhaftes Rätselraten begann. Minutenlang schien alles andere vergessen. Einige wollten sogleich die »Eka« verständigen, damit die Suche aufgenommen werde, aber dazu war jetzt keine Zeit, Gertrud Rechlin indessen ließ es sich nicht nehmen und rief William Homann an, der in seiner Betroffenheit fürs erste kaum begriff, dann etliche Dankworte stotterte und plötzlich den Hörer einhing. Wo sich Paschuljew befinde, war aus der Eingabe nicht zu ersehen. Ein Ort war nicht angegeben.

Der Fleischberg Homann hockte nach der Nachricht lange, lange völlig entgeistert an seinem Schreibtisch und schnaubte nur ab und zu schwer aus sich heraus: »Er lebt noch! Er lebt?... Und Gunnar?... Gunnar – «

Sein Gesicht zerfiel. Eine erdrückende Traurigkeit benahm ihm den Atem. »Er lebt noch – er lebt! Wassillji lebt!« fiel schmerzhaft ratlos von seinen Lippen.

Es war seit Mikkelsons Tod einsam um ihn geworden. In stumpfer Verzweiflung soff er oft weit über sein Maß. Bratti mied er, den neuen Mann, diesen beamtenhaft tüchtigen Nerwine, haßte er. Manchmal, wenn er mit den früheren Freunden Mikkelsons zusammentraf, wurde ihm leer und elend zumute. Er sah in jedem einen Teil, ein Stück des Toten, aber das Ganze, Gunnar, der war weg, und die Teile blieben Teile.

Scheu trieb Homann durch die Tage, ohne irgendwelches

Interesse an der Arbeit. Die Zeit und die Welt starb ihm langsam weg, und auch er starb nach und nach ab. Er spürte es. Er stützte seinen mächtigen Kopf mit der Hand.

»Wassillji!« murmelte er zärtlich.

»Wassillji!« kam aus ihm, als rede er mit dem Freund durch die eisige Einsamkeit. »Unsere Wüstenkultivierung haben sie schließlich angefangen, aber Asien zerstören sie... Da willst du hin! Du opferst dich! Gunnar hat dich verstanden und... Er und... ich – ach!« Es klang im hohen, weiten Büro wie das Stöhnen eines Sterbenden. »Du opferst dich! Du glaubst!... Ich kann nicht...« Wie unterdrückt schluchzend schnaubte er es heraus. Sein Kopf glitt aus der stützenden Hand, als sinke er ganz in eine letzte Verlorenheit. Er hob ihn gewaltsam wieder, und mit einem Male wurde er zornrot und kläffte bissig: »Was machen sie denn in einem fort aus dem, was wir für sie erdenken? Gemeinheit und Krieg!... Dieser Nerwine! Die Arktis will er wegschaffen mit seinen Hitzewänden, und sie verbrennen Millionen damit, diese Verbrecher! Dieses ehrgeizige Gesindel!... Ja, das machen sie, diese phantasielosen Tröpfe!« Er schrie so, daß sein ganzer Körper schlotterte. Er flammte vor Wut. Eine Assistentin öffnete schüchtern die Tür. Furchtsam und starr hingen ihre fragenden Augen im Gesicht.

»Was wollen Sie? Gehn Sie! Es ist nichts, gar nichts!« bellte er sie berserkerhaft an und erhob sich mühsam. Erschrocken schloß sie die Tür.

»Du glaubst, Wassillji! Ich kann nicht – ich *will* nicht«, stieß er gepreßt heraus. Er wälzte sich wie ein fleischernes Ungetüm durch den Raum, riß die Tür auf und schlug sie krachend zu. Er ging an allen vorbei und sah niemanden. Keiner sprach ihn an. Alle wußten – er ging trinken, trinken, bis er ertrank im fremden Rausch...

Und währenddessen verhandelte der Rat mit den Futuristen wegen seines Rücktritts. Eigentümlicherweise aber waren jetzt, nachdem sie erfahren hatten, daß die Abriegelung Asiens höchstwahrscheinlich noch heute nacht aufgehoben werden sollte, weder Bresci noch Li Fu Tang, noch Kowaloff und Muetli für einen Rücktritt aller Ratsmitglieder. Das ver-

setzte einige von diesen in Erstaunen. Ganz besonders unruhig wurde Mauvin dabei.
»Formal natürlich ist eine Rücktrittserklärung nicht zu umgehen, da ja durch den Tod Mikkelsons und die Versetzung Sheperts ins Armeeamt Ersatzmitglieder gewählt werden müssen«, erklärte Bresci und wies darauf hin, daß wohl auch von den Ultristen ein Mißtrauensantrag eingebracht werden würde, der allerdings kaum die Unterstützung der Parlamentsmehrheit bekommen dürfte.
»Meine Freunde und ich jedenfalls werden den Rat durchaus stützen«, fuhr er fort und blickte auf Ussitzki. »Sie wissen auch, daß Ihr Kollege Schlemmer die Qualifikanten-Brigaden, die für eine rasche Aufhebung der Abriegelung Asiens sind und entschieden verlangen, daß die Druckpolitik des Armeeamtes eingedämmt wird, veranlaßt hat, ihre bekannte Resolution zu veröffentlichen. Diese Resolution warnt alle, die das Ansehen des Rates schädigen und seine Tätigkeit offen oder geheim unterminieren wollen. Die Qualifikanten drohen, geschlossen in den Generalstreik zu treten, falls irgendeine Machtgruppe den Rat stürzen will.«
Dickson sah unvermerkt rundherum. Ussitzki saß ruhig und selbstsicher da, Mellnikow war ebenso ruhig. Nowak schien mißmutig. Ganz enttäuscht sah Mauvin aus, obgleich er sich mühte, eine unberührte Miene zu machen. Wang Chung hatte strahlende Augen und lispelte ihm ins Ohr: »Die Massen stehen hinter uns! Wir werden siegen!« Der Angesprochene nickte schlaff. Ellen Oesterberg blickte entflammt auf Bresci, der so klangvoll und bestimmt zu reden verstand. Dickson schmunzelte innerlich. Wahrscheinlich dachte er: »Wie lächerlich das Preisrätsel zerfällt...« Ganvavitta verriet eine freudige Spannung. Er und Ibn Lassi hingen an den Lippen Brescis, der jetzt sagte: »Meine Freunde und ich sind der Auffassung, daß es im jetzigen Augenblick inopportun ist, den Rat und die gesetzliche Ordnung, die er geschaffen hat, in Mißkredit zu bringen. Darum werden wir für die Wiederwahl der meisten jetzigen Ratsmitglieder stimmen und für die ausscheidenden Ersatzmänner vorschlagen, die unser Vertrauen haben. Wir stehen vollkommen auf dem Boden der Resolution der Qualifikanten.« Er zögerte einen Au-

genblick, streifte Kowaloff und Li Fu Tang und fügte etwas selbstgefällig hinzu: »Ergänzend möchte ich nur noch bemerken, daß wir Futuristen im Gegensatz zu den Ultristen und zu unserem eigenen bisherigen Standpunkt auf eine scharfe Kontrolle der ›Eka‹ dringen werden.« Dickson notierte innerlich jedes Wort. Er war zufrieden wie nie. Zufällig fielen seine unentzifferbaren Blicke auf Kowaloff, dessen Augenlider ein paarmal auf- und zuklappten. Kowaloff war es, der die scharfe Kontrolle der »Eka« als Zugeständnis von Bresci eingehandelt hatte. Die Dinge, die in das Attentat auf ihn hineingespielt hatten, hielten ihn in Harnisch. Er hoffte, diesem Climasch einen gehörigen Dämpfer aufzusetzen, und er war seit jeher für die unbedingte Autorität des Rates.
All das, was Bresci bis jetzt vorgebracht hatte, löste in den Ratsmitgliedern eine sehr natürliche Reaktion aus. Gewiß nämlich wünschten viele von ihnen, ihr schweres Amt endlich loszuwerden, aber kein Mensch ist ohne Eitelkeit. Jeder will wissen, was für eine Resonanz seine Persönlichkeit und sein Wirken in der Öffentlichkeit gefunden haben. Darum waren alle neugierig, was für Namen Bresci nun nennen würde. Der aber sagte: »Meine Partei und die Parlamentsmitglieder, die unsere Auffassung billigen, sind weit davon entfernt, in dieser Angelegenheit auf den Rat einen Druck auszuüben. Unsere Erwägungen sind von der Notwendigkeit diktiert. Wir wünschen keinesfalls, daß die Umbildung des Rates mit großem Tamtam in der Presse und in der Öffentlichkeit behandelt wird.« Damit übergab er John Barry mit dem Bemerken, daß die Zeit schon zu weit vorgeschritten sei, die in einem Kuvert verschlossene Vorschlagsliste und bat um eine Antwort bis morgen vor der Eröffnung der Parlamentssitzung. »Etwas ultimativ«, dachte Dickson, musterte den selbstbewußten Italiener und reimte sich allerhand hinzu. Zum Schluß aber begnügte er sich mit der Feststellung: »Er ist energisch und ehrgeizig. Das schadet nie, am wenigsten in solchen Situationen.«
Gleich nach dem Weggang der Delegation öffnete Barry das Kuvert. Die auszuscheidenden Ratsmitglieder nannte die Liste nicht, sie schlug nur die vier Namen zur Aufnahme vor: Schlemmer, Li Fu Tang, Kowaloff und Bresci. »Ausge-

zeichnet!« sagte Dickson vieldeutig in die fragende Sprachlosigkeit aller hinein. »Beharrlichkeit macht sich bezahlt!« Niemand verstand, worauf es gemünzt war, aber niemand fragte etwas. Eine Weile blieb es still. Alle waren müde. Es war nur noch wenig Zeit, das Dinner vor der Sitzung mit den Generalen einzunehmen. Ellen sagte als erste: »Ich muß schon sagen, so wandelbar hab' ich mir diesen schönen Herrn Bresci nicht vorgestellt.« All ihre Begeisterung war verflogen. Auch Mauvin hatte seinen alten Ton wiedergefunden und meinte wegwerfend: »Den Herrn Muetli hat man sozusagen als Lückenbüßer bestellt, als unverdächtigen Strohmann für die saubere Einheitsfront.« Nichts war weniger zutreffend. Muetli war längst in dem Alter, in welchem man sich nicht mehr gern verändert, insonderheit, wenn man wie er so an Frau und Familie hängt. Er war mit seinem geruhigen Gouvernement sehr zufrieden. Die großen, oft gerühmten Fortschritte und der schöne Friede dort machten ihn stolz. Das Erreichte war gleichsam ein Stück seiner selbst geworden, und er fürchtete, daß sein Nachfolger Maurice Douraine werden würde, den er an sich nicht ungerne mochte, der aber mit seinem draufgängerischen Radikalismus viel schaden konnte. Nein, Nepomuk Muetli war kein Strohmann, er wußte genau, was er tat – er war nur nicht eitel.

Die Ratsmitglieder erhoben sich. Mellnikow saß noch. Er reckte sich ungeniert. Im Gähnen lächelte er, streckte seine muskulösen Arme aus und sagte mit heiterer Kampflust: »Jetzt liegt's also an uns, richtig auszusortieren. Keine schöne Aufgabe!«

»Ich bitte mich dabei zu berücksichtigen!« warf Mauvin im Vorbeigehen hin. Verächtlich klang es.

Abwesend packte John Barry seine Papiere zusammen. Eine Sekunde lang schaute er blicklos geradeaus und murmelte gedankenversunken: »Hm, und wo wird nun unser Paschuljew wirklich sein?« Das brachte alle wieder auf dieses Rätsel. In lebhafter Unterhaltung verließen sie den Raum.

Eigentlich war der »Fall Paschuljew«, der alsbald in aller Munde kam und von der sensationsgierigen Presse weidlich ausgeschlachtet wurde, sehr einfach. Ein Mensch, in tiefem Glauben an das Gute und an die natürliche Brüderlichkeit in uns allen, ein großer Gelehrter, dem die Unantastbarkeit und Freiheit des einzelnen noch heilig galten, wollte nicht mitverantwortlich werden an der Einengung des Menschen durch die neue Weltordnung. Als er von den Stillen gehört hatte, war für ihn die Entscheidung gefallen. Er war aus der Verstrickung seines unerträglichen Amtes und seiner gesellschaftlichen Stellung ausgebrochen, hatte alles hinter sich gelassen und sich aufgemacht, um jene zu erreichen, die er als seine Brüder ansah.

Bekanntlich hatte sich Paschuljew auf einem Dienstflug nach den afrikanischen Wüstenkultivierungs-Instituten in einer Stadt auf ehemals französischem Boden absetzen lassen und war verschwunden. Um jede Spur zu verwischen, hatte er an einer Uferstelle der Seine, wo der Fluß eine ziemliche Tiefe erreicht, seine Kleider liegenlassen und andere angezogen, um einen Selbstmord vorzutäuschen. Bis zu dem Zeitpunkt, da ihn der Sheriff Greiner in die »alte Siedlung« brachte, war seine List geglückt. Dort aber war er noch in derselben Nacht bei Aushebung des geheimen Waffenlagers mit allen anderen verhaftet worden, und da niemand über ihn Auskunft geben konnte und er das auch nicht tat, machte er sich besonders verdächtig. Nach der Entlassung aller Stillen steckte man ihn in die Zelle, in welcher Ivens, Lucker und Trummstedt saßen, und hier geschah sogleich etwas sehr Auffälliges. Seiner ansichtig werdend, packte ihn der mißtrauische Ivens an der Brust und zischte drohend: »Mensch, dich kenn' ich! Wie kommst du hierher, du dreckiger Spitzel?! Gib acht, Kerl, du bist schnell weg!«
»Brüder!... Brüder!« stammelte der wehrlose Alte ein wenig unruhig, aber schon aus diesem einen Wort hörte Ivens den ihm wohlbekannten russischen Akzent heraus und ver-

setzte dem Fremden einen gefährlichen Hieb in die Nierengegend. Der Alte taumelte und sank lautlos um.
»Schnell! Haut zu! Weg mit ihm!« keuchte Ivens, und alle wollten sich auf den Liegenden stürzen. Nur die gut funktionierende Lauschanlage rettete ihm das Leben. Auf der Stelle wurde er in eine Einzelzelle verlegt, und der Gefängnisarzt untersuchte ihn. Obgleich er große Schmerzen hatte, klagte er nicht.
»Es sind nur Prüfungen«, murmelte er und lehnte die Überführung ins Gefängnisspital ab. Der Arzt, der ihn öfter besuchte, traf ihn meist in die Zeitungen vertieft, die den Häftlingen täglich geliefert wurden. Einmal hob der einsilbige Mensch das Gesicht und stöhnte aus tiefster Brust: »Asien, Bruder! Asien!... Dort ist Mord und Krieg! Und wir leben! Wir leben weiter!«
Der Arzt fragte und wollte eine Unterhaltung anknüpfen, doch der Alte wiederholte nur noch einmal: »Wir leben weiter...!«
Weder dem Arzt noch dem Untersuchungsrichter gelang es, das Geheimnis der Person des Fremden zu lüften. Man merkte nur, daß er von Tag zu Tag nervöser und unglücklicher wurde. Schließlich nahm er kein Essen mehr zu sich, und auf Vorhaltungen des Arztes antwortete er mit schwermütiger Gelassenheit: »Es ist nicht richtig, ich weiß, ich weiß! Aber ich kann nicht mehr nützen... Ich will sterben, es ist genug!« Diese dunkle Rede erweckte im Arzt ein vages Mißtrauen. Er ging zum Untersuchungsrichter, und der kam auf den Einfall, Vera Schilliza in die Zelle des sonderbaren Häftlings zu schicken. Bei ihrem Eintritt stutzte der Alte, und auch sie staunte kurz. Augen und Gesichtsschnitt des Häftlings kamen ihr bekannt vor. Sie sah auf die schmalen, abgemagerten Hände, auf die spezifisch behutsame, leicht gebückte Körperhaltung, und ein verblüfftes »Ach!« entkam ihr. Da sagte der Fremde bittend und verhalten: »Madame...«, und sie wußte alles. Ohne ihre Bewegung zu zeigen, lächelte sie dünn und sagte ebenso: »Aber Professor? Wie kommen Sie denn hierher?« Er antwortete nicht und blickte sie schweigend an. Sie rührte sich nicht vom Fleck. Reglos und ohne inneren Widerstand ließ sie den kindlich-

traurigen Blick auf sich ruhen, als wollte sie dem Alten Zeit zur Fassung geben. Endlich fand dieser das Wort wieder.
»Madame Vera«, würgte er leise und gepreßt heraus, »ich bitte Sie, schweigen Sie! Ich bin nichts, gar nichts! Ich sterbe sowieso! Ich will weg von allem, weg!... Nur Wirigin möchte ich noch sprechen, geht das?« »Wirigin?« antwortete sie nach kurzem Besinnen, und so, als sei das ganz selbstverständlich, fügte sie dazu: »Das läßt sich machen. Ich werde dafür sorgen.«
Das richtete den Alten sichtlich auf.
»Ich kann auf Sie rechnen?« fragte er bewegt und dankbar.
»Ja«, antwortete sie bestimmt. Sie fragte nicht mehr weiter. »Wenn ich weiter was für Sie tun kann, Professor... bitte!« sagte sie nur noch und verließ ihn. Er blieb, am ganzen Körper zitternd, auf seinem Schemel sitzen, und seine Gedanken bohrten ins Ungewisse. Nach einer Weile war er wieder wie immer. Er nahm die Zeitungen wieder auf und las vom Selbstmord Mikkelsons.

Vera hatte – wie man in den Eilenburger Polizei- und Gerichtskreisen flüsterte – wieder einen »großen Tag«. Merkwürdigerweise aber schien sie seit der Begegnung mit Douraine unruhig zu sein. Sie hatte kein Wort darüber fallenlassen und den Polizeigeneral van Heuven gebeten, über dieses Vorkommnis zu schweigen. Es sei lediglich »eine dumme Privatangelegenheit«, hatte sie gesagt. Auffallend war nur, daß seither ein heftiger Telegrammwechsel zwischen ihr und der »Eka« eingesetzt hatte, der sie offenbar verstimmte und ärgerte. Nach den Erfolgen seit der Aufdekkung des Waffenlagers und der Entlarvung Ivens, Luckers und Trummstedts, die einzig und allein ihrer scharfsinnigen Kombinationsgabe und ihrem Spürsinn zu verdanken waren, zeigte sie jetzt eine ziemliche Gleichgültigkeit. Nicht einmal die unerwartete Entdeckung Viktor Kolwins, die fast alle Fäden des außereuropäischen Verschwörungsnetzes bloßlegte und zur Verhaftung Duff Shenleys, seines Sohnes und Pedro Ramiros führte, interessierte sie noch besonders. Niemand wußte, daß sie inzwischen ein Spiel begonnen hatte, das sie Amt, Kopf und Kragen kosten konnte. Aber

Vera Schilliza spielte nur noch, sie konnte nicht anders. Sie wußte zu tief, daß dieses neue Leben, die Ordnung, die da aufwuchs und die Menschen veränderte, nicht mehr zu ihr gehörte. Nach einem Streit mit Climasch hatte sie einmal gesagt: »Was kann man tun! Ich bin und bleib' doch nur eine dressierte Wilde von gestern.« Ihr Chef hatte sie damals bohrend angesehen, schließlich aber nur gemeint: »Stimmt, Madame, aber bleiben wir bei der Sache.« Dieser betonte Sarkasmus gefiel ihr.

Jetzt aber zum erstenmal hatte sie einem Befehl ihres allmächtigen Chefs, ungesäumt nach Peacetown zurückzukehren, um eine neue Aufgabe entgegenzunehmen, die dürftige, leicht überprüfbare Ausrede entgegengesetzt, sie habe eine neue Spur gefunden und halte deren Verfolgung für so wichtig, daß sie nicht anstehe, die Zurücknahme des Befehls zu erbitten. Und das Unwahrscheinliche wurde wahr: Climasch ging darauf ein, wenngleich die ihr zugedachte Aufgabe sehr dringend war.

»General«, sagte Vera zu van Heuven, nachdem sie von Paschuljew zurückkam, »es ist uns ein großer Irrtum unterlaufen. Verlegen Sie den Häftling auf Numero drei sofort in eine Krankenzelle mit Fernsehanlage. Er will Wirigin sprechen. Der Doktor soll ihn noch einmal gründlich untersuchen. Es besteht Gefahr, daß er Hand an sich legt. Das muß unbedingt vereitelt werden... Ich fahre sofort zu Wirigin, werde aber wohl vor morgen früh nicht zurück sein. Sie wissen ja, die Stillen sind völlig harmlos. Keine Beunruhigung meinetwegen, wenn es etwas später wird. Ich will versuchen, Wirigin gesprächig zu machen... Übrigens, bitte, geben Sie mir einen Befehl, daß die politische Bewachung der Stillen sofort aufzuheben ist. Die Wachabteilung muß heute noch abziehen... Ja, ja, auf meine Verantwortung! Bitte, General, bitte!«

Sie sagte es so dringlich, so überrumpelnd, daß van Heuven ganz vergaß, nach dem Namen des Häftlings zu fragen. Der feiste General, der ein Faible für sie hatte und sich geschmeichelt fühlte, weil sie ihm bei jeder Gelegenheit geschickte Avancen machte, diktierte den Befehl für die Wachabteilung und sah sie dabei mit verborgen lüsternen Blicken an. Ihre

halbgeschlossenen Augen hatten so etwas Anziehendes, ihr breiter Mund leuchtete eigentümlich erfrischt, und mitunter lächelte sie zart, als sei sie verlegen.
»So... so, bitte!« sagte van Heuven, als die Sekretärin den Befehl brachte, unterschrieb ihn und übergab ihn Vera. Sie tätschelte seine Hand und sagte: »Oh, ich bin Ihnen wirklich sehr dankbar!« Rasch stand sie auf.
»Ich wette, Sie bringen uns ausgezeichnete Nachrichten«, meinte er und geleitete sie galant bis zur Tür. Beim Abschied fuhr er wie zufällig über ihren schönen nackten Arm. Seine Hand zitterte ein wenig dabei. Als die Tür zugefallen war, blieb er einen Augenblick lang mit glücklich verwirrtem Gesicht stehen, holte ein paarmal Atem, dann aber schüttelte er resolut den massigen Kopf und ging auf seinen Schreibtisch zu. Gleich gab er die Anweisung in bezug auf den Häftling, und da fiel ihm ein, daß er vergessen hatte, nach dessen Namen zu fragen. »Teufelsweib!« stieß er halblaut heraus und schüttelte wieder den Kopf. Dem Arzt gegenüber tat er sehr geheimnisvoll, als hätte ihm Vera weiß Gott was für schwerwiegende Dinge erzählt.

Vera fuhr allein im offenen Wagen auf der breiten Eilenburg-Flußtaler Hauptstraße dahin. Die Sonne hing schon westlich. Ein schwerer Geruch nach Ernte lag in der warmen, webenden Luft. Endlos griffen die Flächen aus und verschwammen im fernen, zartblauen Himmel. Mächtige Strohhaufen türmten sich. Ungeschlacht standen die reglosen Combinen da. Mit prallen Säcken beladene Lastautos wälzten sich auf der Straße. Ganz winzig sahen die Menschen aus, die in den Feldern auf ihre Autos zugingen, um heimzufahren. Es war schon Arbeitsschluß. In Flußtal hupten noch einige Sirenen, und es hörte sich an, als stieße die Erde etliche Atemzüge aus. Weiß und sauber, wie gemalt, lugten die Fabriken, Gebäude und Häuser aus dem satten Grün der Bäume.
Vera sah auf ihre Armbanduhr und gab Tempo. Die klobigen Omnibusse und vielen Autos flogen zischend vorüber. Ssst – sst – sst rauschte es fortwährend in ihrem Ohr. Frei saß sie am Lenkrad. Die pfeifende Luft prickelte auf ihrem Ge-

sicht, und eine große, gelöste Heiterkeit durchströmte ihren schlanken Körper. Es konnte auch Mutwille sein oder eine bestrickende, wilde Neugierde, der sie sich hingab.
Sie bog nicht ein auf den Weg zur alten Siedlung, sie raste durch Flußtal, weiter auf dem breiten, glatten Zementband, ostwärts, Märzstadt zu. Als der umfängliche, stille See mit seinen leicht gewellten Laubwaldufern auftauchte, schlug ihr Herz mit einem Male heftig. »Und wenn auch!« zischte sie mit trotziger Lust durch die Zähne und lächelte.
In lieblicher Stufung, zweckvoll und doch anheimelnd zog sich die weitläufige Stadt eine sanfte Höhe hinan. Auf dem weiten Flugplatz blinkten die Aeroplane. Von allen Seiten sausten die Autos und Omnibusse in die Stadt. Ein langer Eisenbahnzug, fast geräuschlos und ohne rauchende Lokomotive, floß in die Erde und war verschluckt. Viele Motor- und Segelboote schwammen auf dem See. Fern badeten dichte Rudel sich lustig tummelnder Menschen.

Vera erreichte die ersten Häuser, verlangsamte ihr Tempo und fragte einen Polizisten nach Douraines Haus. Er zögerte und musterte sie geschwind. Sie zeigte ihm das kleine Metallschild ihrer Agentennummer und tat dringend. Beflissen gab er ihr Auskunft. Sie fuhr weiter, hielt vor einem vorgartenumsäumten Häuschen, schwang sich aus dem Sitz, rannte an die Tür und läutete. Niemand öffnete. Sie drückte erregter auf den Klingelknopf.
»Frau hat er sicher immer noch keine, der Büffel!« ging ihr durch den Kopf. Nach der Spannung hatte sie eine Art von Scherzhaftigkeit befallen, irgendeine selbstvergessene Abenteuerlust, eine Lust um der Lust willen. Sie drückte jetzt frech auf den Knopf, ohne auszusetzen. Sie merkte, daß eine fade Enttäuschung in ihr aufkeimte, aber als plötzlich die Tür ruckhaft aufgerissen wurde, verwehte alles im Nu. Finster und mächtig stand Douraine vor ihr, erstarrt wie sie.
»Du?« schnaubte er endlich.
»Ja... ich«, nickte sie. Ihre Augen verbissen sich ineinander.
»Ich will mit dir reden... Es muß sein!« sagte sie gefaßter, und als er sich noch immer nicht rührte, fragte sie ge-

schwind: »Oder willst du nicht?« Er spähte über die Straße und gab mit den Worten »Komm 'rein, zum Teufel!« die Tür frei. Er ließ sie vorausgehen und riegelte die Tür fest ab. Als er sich umdrehte, stand sie ruhig da und reichte ihm mit lässiger Gebärde ihren Browning.
»Du siehst«, sagte sie dabei, »ich überlasse dir die Wahl.« Er staunte sie an, musterte fragend die Waffe und musterte sie.
»Was hat dich hergetrieben? Was willst du eigentlich?« fragte er feindselig, aber verborgen ratlos.
»Nichts oder vielleicht – alles!« gab sie zurück, lächelte ganz seltsam und wartete unschlüssig. Er nahm den Browning nicht und schob ihren Arm beiseite.
»Geh zu! Da hinein!« sagte er und stieß die Tür seines nach hinten gelegenen Arbeitsraumes auf. Aus dem angedrehten Radio dröhnten die Worte: » – sicherem Vernehmen nach wollen die Katholiken einen Vorstoß in dieser Richtung versuchen und ihren Papst nach Peacetown schicken.« Douraine drehte ab. »Gewonnen!« dachte Vera, und eine schnelle Welle der Verzückung rauschte durch ihr Blut.
»Nimm Platz!« sagte er, ohne sie anzusehen. Sie aber sah auf dieses mächtige Stück Mann. Alle verborgenen Erinnerungen brachen jäh in ihr auf, die ganze Wildheit der Lust und das überlegene Bewußtsein des Triumphes gaben ihr eine bezwingende Sicherheit...

Was war das nur? Der Friedensrichter, der gewöhnlich nach Feierabend im Klubhaus am Friedensplatz sein Abendessen einzunehmen pflegte und dann noch manchmal mit dem Sheriff Gebauer, dem Sekretär des Ultristenklubs Pimeschko und anderen Freunden eine Zeitlang beisammensaß, kam heute nicht. Die Lichter auf dem Platz und in den Straßen flammten auf. Gebauer sagte: »Er hat doch heute nachmittag gesagt, man muß sich über die Lage aussprechen.«
Pimeschko zupfte an seinem sorgfältig gebürsteten Bärtchen und meinte kopfschüttelnd: »Ich versteh' das nicht! In der letzten Zeit ist er so fahrig. Zu faktischen Beschlüssen kriegt man ihn überhaupt nicht mehr. Die Futuristen laufen uns überall den Rang ab, diese widerlichen Opportunisten!«

Tubus, der dicke Vorarbeiter der Textilfabrik Numero vier, lag faul im Tisch, blies den Rauch seiner kurzen Pfeife in die Höhe, gähnte und sagte: »Laßt ihn doch! Ich kenn' doch meinen Maurice! Wenn er so lang herumdrückt, kommt immer was Gutes heraus!« Scherzend stieß er Pimeschko und spöttelte derb: »Du freilich! Bei dir soll alles am Schnürchen laufen, du beinerner Bürohengst!«
So ging das hin und her. Immer wieder, wenn die Tür aufging, sahen alle hin. Es wurde spät und später. Enttäuscht und gelangweilt brach die Tischrunde schließlich auf. Als Pimeschko am Häuschen Douraines vorüberfuhr, war es still und dunkel. Sekundenlang überlegte er, ob er nicht doch klingeln sollte, ließ es aber schließlich und fuhr kopfschüttelnd weiter. »Ein Kapital von einem Kerl – bloß schauerlich unberechenbar«, resümierte er.

Im Laufe des anderen Vormittags brachte Vera Wirigin nach Eilenburg. Van Heuven empfing sie etwas kühl.
»Soso, das ist Herr Wirigin«, sagte er ein wenig von oben herab, obgleich er den Führer der Stillen genau kannte. Er beachtete den Mann nicht weiter und ließ ihn von einem Polizisten zu Paschuljew bringen. Als er mit Vera allein war, setzte er gewaltsam eine Beamtenmiene auf und meinte: »Es steht mir zwar nicht zu, Sie zu kontrollieren, Fräulein Vera, aber in amtlichen Dingen muß ich auf Korrektheit bestehen... Sie haben den Befehl der Zurückziehung unserer Wachabteilung erst heute morgen übermittelt.«
»Ach ja, Verzeihung!« fiel ihm Vera unschuldig ins Wort, doch er sprach im gleichen Tone weiter: »Vor einer Stunde ist ein Kurier aus Peacetown für Sie eingetroffen. Es handelt sich offenbar um eine sehr dringende Angelegenheit. Ich mußte ihn vertrösten. Das liegt mir nicht!«
»General!« lächelte Vera allereinnehmendst. »Wie nett von Ihnen! Wo ist der Mann?« Und als van Heuven auf einen Knopf drückte, hastete sie heraus: »Hoffentlich holt er mich nicht weg... Es muß übrigens sofort jemand in den Fernsehraum.«
»Alles besorgt«, antwortete van Heuven knapp, als die Tür aufging. Ein hagerer Mensch mit langem Hals und großem

Adamsapfel trat ein. Etwas soldatisch stramm blieb er stehen, musterte Vera forschend mit seinen leicht herausgedrückten Augen und übergab ihr ein verschlossenes Kuvert. »Befehl vom Chef«, sagte er ohne zu grüßen. Sie riß das Kuvert auf, überflog die Zeilen, und ein Schatten huschte über ihre blanke Stirne. »Schade!« seufzte sie, gleichgültig lächelnd, und wandte sich an van Heuven: »Ich muß also leider doch weg! Und gleich auch noch! Sorgen Sie, bitte, dafür, daß die Unterhaltung Wirigins mit dem Sträfling weder abgekürzt noch gestört wird. Leiten Sie die Aufnahme sofort nach Peacetown.« Sie richtete sich gerader auf und setzte mit Nachdruck hinzu: »Übrigens, entschuldigen Sie, daß ich das jetzt erst nachhole – der Sträfling ist der verschwundene Professor Paschuljew von der Großen Plankommission.«
»Was?!« stieß van Heuven heraus und bekam ein empörtes Gesicht, doch das irritierte sie nicht im geringsten. »Ja«, unterbrach sie ihn, »er muß entlassen werden, aber erst nach der Unterhaltung mit Wirigin.« Sie drehte sich dem Kurier zu und sagte sachlich: »Wir können sofort aufsteigen, bitte!« Sie streckte dem verdutzten van Heuven die Hand hin, und er drückte sie mechanisch. »Leben Sie wohl, General! Vielleicht ein andermal!« Leichthin war es gesagt. Der Angesprochene zog kühl seine Hand zurück und starrte auf die beiden Davongehenden. Noch eine ganze Weile lief er erregt in seinem Büro herum.
»Das ist denn doch –!« prustete er in einem fort und stampfte manchmal wütend auf den Boden. Wie zufällig sah er durchs Fenster, das von hier aus den Blick auf den Flugplatz freigab. Silbrig glänzend schwamm im frischen Morgenblau eines jener geräuschlosen Flugzeuge, die jetzt allgemein verkehrten.
»Da fliegt sie, das Biest!« knurrte van Heuven und knirschte. Er begab sich in den Fernsehraum des Untersuchungsrichters.
» – demütig, sagst du, bist du gewesen? Hochmütig warst du, denn du hast geglaubt, Demut ist etwas Besonderes. Geht denn nicht eins aus dem anderen hervor und bekommt von ihm erst den Sinn?« hörte er Wirigins kräftige Predigerstimme bei seinem Eintritt und sah auf der Milchglasplatte

an der Wand Paschuljews Krankenzelle. Der Älteste der Stillen stand vor dem auf seinem Bett hockenden Alten und sah strafend auf ihn.
»Ich habe alles versucht... Ich wollte mich auslöschen und so sein wie ihr alle«, sagte Paschuljew leise und gehemmt. »Da ist das Mißgeschick mit der Verhaftung gekommen... Versteh mich, Bruder, versteh mich! Da haben sie Asien abgeriegelt. Ich hab' auf einmal einsehen müssen, es ist alles Unsinn gewesen, was ich getan habe. Meine Flucht zu euch, alles... Kann ich denn noch im geringsten etwas dagegen tun?« Er sah schmerzlich auf Wirigin. »Ich will sterben. Nein, es geht nicht anders! Gott allein wird wissen, daß es so recht ist...«
»Gott?« fragte Wirigin.
»Ja, Gott! Wer denn sonst noch!« kam es schwer aus Paschuljew.
»Woher nimmst du den Leichtsinn?« grollte Wirigin weiter und reckte sich fast drohend. »Gott ist überall, im Himmel und auf Erden, in uns und außer uns und überall, wo wir nicht mehr hindenken können!... Und du willst ihn als Ausflucht nehmen?« Einen Augenblick hielt er inne und redete seltsam gesteigert weiter: »Gott ist das Schlechte, durch das das Gute gerechtfertigt und erklärt wird, und umgekehrt! Gott ist das, was wir Menschen uns in unserer Ausweglosigkeit erfunden haben, um überhaupt das Leben und die Schrecklichkeit alles Seins ertragen zu können! Wäre es anders, niemals würde ein Mensch einen Stein auf den andern setzen und einen Acker bebauen! Niemals würde er versuchen, mit seinen Mitmenschen auf eine brauchbare, erträgliche Weise zusammen zu leben – Gott bist du, und Gott ist dein Atemhauch und das Grollen der Elemente! Wie könntest du jemals dir selber entfliehen? Es gibt kein Aufhören, Bruder! Begreif es doch! Es gibt nur einen unendlichen Gott!« Es klang wie ein dröhnendes Gebet. Gebannt sahen der Untersuchungsrichter und van Heuven auf die Milchglasplatte. Gespenstisch hager, mit halberhobenen Armen, stand Wirigin darin. »Das ist nicht mehr normal. Er spricht irr«, flüsterte van Heuven, aber der Untersuchungsrichter gab ihm ein Zeichen. Sie sahen, wie der zusammengeduckte

Paschuljew sein ausgemergeltes, krankes Gesicht hob, sie sahen seinen hilflosen Blick.
»Es gibt kein Aufhören, sagst du?... Ich soll also nicht sterben?« fragte der Alte kümmerlich kindlich.
»Niemand kann eine Wandlung erzwingen«, antwortete Wirigin besänftigender.
»Wandlung?« rätselte Paschuljew murmelnd. »Ich soll also leben?«
»Warum sprichst du von Leben und Tod, die nicht in unserer Hand liegen?« fragte Wirigin mit leichtem Vorwurf und hockte sich an seine Seite. Eine Weile blieb es stumm.
»Ist dir gut?« forschte Wirigin, sich zum Alten hinwendend. Paschuljew sah ihn zärtlich an und nickte. Über sein greisenhaftes, zerfallenes Gesicht wehte ein Schimmer.
»Was die Menschen machen, hört immer auf«, sagte Wirigin. »Der Mensch selber hört nie auf...«
Wieder entstand eine Pause.
»Merkwürdige Leute! Nicht zu verstehen, was sie meinen«, wisperte der Polizeigeneral im Fernsehraum.
»Ich will bei euch sein, Bruder. Hier sterbe ich«, erklang jetzt die Stimme Paschuljews wieder. Wirigin stand auf und schloß: »Es wird gut. Du wirst kommen.« Er machte einige Schritte im schmalen, hellen Raum. »Ihr bleibt, wo ihr jetzt seid?« fragte Paschuljew wieder so tastend. »Wenn sie Asien aufschließen, gehn wir hin«, erwiderte Wirigin während des Aufundabgehens. »Da brauchen wir dich.«
»Ich gehe mit, Bruder«, sagte Paschuljew ergriffen.
Nach einer Unterredung mit dem Untersuchungsrichter, van Heuven und dem Arzt verließ Wirigin Eilenburg. Von da an begann Paschuljew wieder zu essen. Geradezu beflissen befolgte er jede Anordnung des Arztes. Er, der nie viel auf seine Gesundheit gegeben hatte, fragte auf einmal fast einfältig eifrig: »Duschen am Morgen – Kniebeugen... Sie sagen, das ist gut?« Es mutete komisch an, wie er dem lächelnden Arzt einige ungeschickte Kniebeugen vormachte. Er fing auch wieder an, seinen Anzug und seine Schuhe sauber zu bürsten. Schnell kam er zu Kräften. Von Neugierde getrieben, besuchten ihn van Heuven und der Untersuchungsrichter. Er wich ihren plumpen Fragen taktvoll aus

und ließ es zu keiner längeren Unterhaltung kommen. Durch den Arzt erfuhr er, daß es in Eilenburg plötzlich von Journalisten und Pressefotografen wimmele, die alle möglichen Anstrengungen machten, um ihn zu sehen und zu sprechen. Ein gelinder Schrecken befiel ihn.
»Kriegen wir, kriegen wir, Professor!« verscheuchte der Arzt jovial seine diesbezüglichen Sorgen. »Sehr einfach – der Patient kann niemand empfangen, basta!« Nach langer, langer Zeit lächelte Paschuljew wieder einmal. An einem Abend brachte ihn der Polizeigeneral höchst persönlich und ganz unauffällig in die alte Siedlung. Am andern Tag war in den Eilenburger Zeitungen zu lesen, daß Professor Paschuljew mit unbekanntem Ziel abgereist sei. Enttäuscht verließen die Journalisten die Gouvernementsstadt. Sehr schnell trafen sie sich wieder in Peacetown zur Eröffnung der Parlamentsdebatten. Dort gab es – um in ihrer Sprache zu reden –»Sensationen in rauhen Mengen«. Schon am Tag ihrer Ankunft staunten sie über die geladene Unruhe, die über der Welthauptstadt fieberte. Alle öffentlichen Gebäude und besonders das Parlament waren streng militärisch abgesperrt. Dichte Flugzeug-Esquadrillen kreisten unablässig über den Häusern, und es war bald deutlich zu erkennen, daß sie kriegerische Absichten hatten. Woher kamen sie, und wer hatte sie hierher beordert? Noch dazu jetzt, da man im Parlament an die Umbildung des Rates ging?
Die Aussprache Dicksons mit Climasch hatte sich doch gelohnt. Noch nie war dem listig-berechnenden Engländer ein solcher Irrtum unterlaufen. Er hatte nämlich geglaubt, der mächtige, ehrgeizige Leiter der »Eka«, der ihm stets unsympathisch gewesen war, sei ein versteckter Feind der neuen Weltordnung. Das ungewohnt weitschweifige Gerede, das Climasch bei der Aussprache geführt hatte, war ihm höchst zuwider gewesen, doch er hatte es widerspruchslos über sich ergehen lassen – vielleicht, wer konnte es wissen, gab ihm Climasch dabei irgendeinen Fingerzeig seiner eigentlichen Haltung.
»Glauben Sie mir«, hatte Climasch eitel geschwätzig gesagt, »wir sind innerlich alle tief staatsfeindlich, anarchisch. Der Weg der Demokratie führt über die Diktatur, wenigstens für

unsere Zeit, die alles sittliche Erbe, jeden Halt verloren hat. Zum Glauben kommen wir nicht mehr, das ist das Arge. Könnten wir glauben wie die ersten Christen oder in den letztvergangenen Jahrzehnten die Anhänger Stalins, es wäre viel einfacher. Aber – ich weiß nicht, soll ich sagen leider oder zum Glück – die Technik ist über diesen Glauben gekommen und hat ihn ausgelöscht, das ist's, sehen Sie! Die Technik hat alles vereinfacht und erleichtert, sie hat sozusagen unser ganzes Sein entwundert. Das hat uns allen mehr geschadet, als wir begreifen können. Nach der totalen Verwilderung müssen wir wieder in eine Ordnung gezwungen werden, die für jedermann nur dann annehmbar ist, wenn sie möglichst viele greifbare Vorteile bringt. In eine Ordnung, nicht in eine Freiheit, verstehen Sie? Freiheit ist Illusion! Es gibt sie höchstenfalls als einen inneren Zustand einiger Menschen. Wir aber müssen, weil es eben keine Freiheit gibt, einen Zustand der gegenseitigen Freiwilligkeit schaffen, das ist alles. Für das kämpfe ich, denn es lohnt sich, dafür zu kämpfen.«
Dickson suchte und suchte aus dieser Suada das Zwei- und Vieldeutige, die Fußangeln sozusagen, in die sich Climasch zu anderer Zeit, wenn man ihn daran erinnerte, verhängen konnte.
»Ordnung, ja, Ordnung... Das ist richtig!« sagte er nur nikkend, und nachdem er Climasch verlassen hatte, dachte er in einem fort: »Für was kämpft er nun eigentlich? Für sich? Für die jetzige Ordnung oder für das in Aussicht genommene Direktorium?« Alles hatte dieses Geschwätz im unklaren gelassen. Bis zu dem Zeitpunkt, da die Generale die Botschaft schickten, daß die Abriegelung Asiens nunmehr strategisch nicht mehr notwendig sei, war für Dickson noch alles unklar. »Jetzt hat sich der ehrgeizige Intrigant mit den Generalen geeinigt. Kein Zweifel, jetzt eben entscheiden sie über uns. Sie nützen die große Chance aus, sie öffnen Asien und bekommen die ganze Welt hinter sich«, dachte er und überrechnete die Kräfte und Gegenkräfte. »Bei allem Widerstand – sie haben die faktische Macht. Sie werden uns ein klares Ultimatum stellen und natürlich auf die ungeheure Verantwortung, auf den Schaden und den blutigen Bürger-

krieg, den wir heraufbeschwören, hinweisen, wenn wir nicht nachgeben. Männer wie Barry, Ibn Lassi, Ganvavitta und die Frauen, die werden dabei weich werden. Dann werden sie alles, was ihnen nicht mehr brauchbar erscheint, liquidieren. Mauvin hat richtig kalkuliert. Das Direktorium wird kommen, und ich bin noch gar nicht sicher, wer da mitmacht... Mellnikow, Ussitzki, Wang Chung? Wer weiß!... Solange Mikkelson lebte, waren sie mit ihm. Er verstand es, ihren Hang nach straffer Diktatur zu bändigen, aber jetzt...? Sie sind entschieden die klügsten Realisten.« Und es fiel ihm wieder die Wendung Climaschs ein: »Der Weg zur Demokratie führt über die Diktatur.«

Bei allem nüchternen Sinn für die politischen Notwendigkeiten, Dickson war dennoch kein Realist. Realpolitik bezeichnete er als Ausflucht, als eine dreiste Gewissensdekkung für alle Fehler und Schandtaten denkfauler Politiker, wenngleich er zugestand, daß man manchmal nicht ohne sie auskam. Dickson glaubte an das, worauf die jetzige Weltordnung abzielte: an die Gewährleistung des Rechtes durch Verfassung und Gesetz, an die Befriedung der Welt durch eine ausgleichende Planwirtschaft, die jede Benachteiligung einzelner oder ganzer Körperschaften ausschloß, und endlich an die Beglückung der Menschen durch die Segnungen der Technik. Er war ein eingefleischter Zivilist, dem polizeiliche Bevormundung der Bürger, unverantwortliche staatliche Diktatur und militärische Gewaltlösungen tief zuwider waren. Schließlich mußte immer wieder das Leben selber das Miteinander der Menschen regulieren, aber das Gefüge des Ganzen war wichtig, und nur im Glück aller konnte so etwas aufwachsen wie Freiheit. Keine gesellschaftliche Ordnung war vollkommen, doch diejenige, an deren Auf- und Ausbau er mitgeholfen hatte, erschien ihm als die bisher brauchbarste. Sie wollte er verteidigen bis zum äußersten, denn sie war gleichsam seine eigene Sache, der Inhalt und die Krönung seines Lebens. Die Aussichten auf Erfolg freilich – die waren jetzt fraglich geworden. Kein Wunder, daß er in jener Zwischenzeit von der Zusammenkunft mit den Futuristen und der Ratsvollsitzung tief bedrückt und unglücklich war. Im Verlauf der langen, bangen Nachtstunden aber, in welchen die letztere stattfand, ereigneten sich Dinge, die er nie für möglich gehalten hätte.

Nachdem man sich sehr schnell darüber geeinigt hatte, daß die Aufhebung der Abriegelung Asiens morgen verkündigt und verfügt werden sollte, erklärte Professor Nerwine die einfache Manipulation. Die für die höchst erreichbaren Höhen präparierten Planetensucher würden dreißig Meilen über den Hitzewänden das Element X-57 herabschütten. Es entständen mächtige Nebelwände, die sich erst nach einigen Tagen verflüchtigen würden. Himmelansteigend würden sie sich zu Wolken ballen und als Regen herabfallen, der über eine Woche anhalten könnte.

»Die Zonen werden überschwemmt davon und bleiben unpassierbar, aber der ausgedörrte Boden erhält dadurch seine ursprüngliche Kraft und Fruchtbarkeit wieder«, erklärte Nerwine. Deutlich sah man, wie sich viele Gesichter der Ratsmitglieder aufhellten.

Nun sollte über die militärischen und administrativen Maßnahmen bei der Aufhebung der Abriegelung gesprochen werden, und da geschah das Außergewöhnliche und Bestürzende.

»Meine Damen und Herren, darf ich einen Augenblick ums Wort bitten«, meldete sich Climasch und stand auch schon auf. Straff, sehr blaß und so, wie man sich ihn überhaupt nicht vorstellen konnte, stand er da und redete militärisch knapp weiter: »Kraft meines Eides auf die Verfassung und auf Grund der Selbständigkeit, die der Hohe Rat mir und meinem Amt vor einigen Monaten zugebilligt hat, habe ich mich im Interesse der Sicherheit des Rates und der Aufrechterhaltung unserer gesetzlichen Ordnung gezwungen gesehen, folgende Polizeimaßnahmen zu ergreifen: Im Zusammenhang mit der Verschwörung wurden heute Pedro Ramiro, Duff Shenley und sein Sohn verhaftet, da einwandfrei erwiesen ist, daß sie dauernde Sabotagearbeit geleistet, beziehungsweise Stütz- und Sammelpunkte auf außerasiatischem Boden errichtet haben. Gleichzeitig habe ich auf eigene Verantwortung den General José Canchulla freigelas-

sen und ihm zur Übernahme der sechsten Armee im Rayon der Westgouvernements alle Vollmachten erteilt. Der Herr General ist bereits an Ort und Stelle, hat die unsicheren Offiziere entfernt und in Haft setzen lassen und die Truppen fest in der Hand.«
»Unerhört! Was unterstehen Sie sich!« sprang Shepert auf, doch Climasch maß ihn ungetroffen und sagte kaltblütig: »Ich weiß, General, es war Ihr Befehlsbereich, aber meine Pflicht bindet mich an den Rat und nicht an das Armeeamt, das auch nur dem Rat untersteht!«
Shepert war kreidebleich und wollte den Sitzungssaal verlassen. Alle waren aufgesprungen, sekundenlang redeten sie durcheinander, doch als Shepert die Tür aufriß und ihm zwei Geheimpolizisten den Weg versperrten, blieb er nur steif und sprachlos stehen.
»General, Sie können wählen«, sagte Climasch. Spannung und Verblüffung hatten auch allen anderen die Sprache geraubt. Gebannt starrten sie auf Shepert. Der wußte nichts mehr mit sich anzufangen, bedeckte plötzlich mit dem einen Arm sein Gesicht und trat zwischen die zwei Polizisten, die sich mit ihm entfernten. Rätselnd sah Dickson auf Stankow und Withe. Sie rührten sich nicht. Stumm überließen sie ihren Kollegen dem Schicksal.
»Desgleichen«, wandte sich Climasch an die beiden Generale, »meine Herren, habe ich auch in Ihre Befehlsbereiche eingegriffen, da Sie die Unvorsichtigkeit begangen haben, die Truppen der hiesigen Gouvernements auf Anraten Sheperts ausgerechnet zu Manövern in die nördlichen Gebiete zu dirigieren, damit Shenley und sein Sohn dort mit den unsicheren Offizieren verhandeln können.« Es sah sehr theatralisch aus,als er jetzt auf die Armbanduhr sah. Er hob sein nunmehr aufgelebtes, siegesgewisses Gesicht und fuhr fort: »Wenn die Herren und Damen sich an die Fenster bemühen wollen.« Unwillkürlich sahen alle durch die blanken Scheiben, während er ergänzte: »Macleens Flugzeug-Kommandos haben eben die Stadt erreicht.« Dicht und lautlos schwammen im mondbleichen Himmelsgewölbe die neu eingeführten Aeroplane wie amphibiöse Tiefseefische und gaben ab und zu winzige, geschwinde Blinkzeichen.

»Sie werden jeden Versuch, den Rat und das Parlament bei ihrer Arbeit zu stören, zunichte machen. Alle sonstigen Maßnahmen sind auf meine Anweisung von der städtischen Polizei durchgeführt«, erklärte Climasch und deutete dunkel an, daß ihn verfassungsrechtliche Schwierigkeiten gehindert hätten, auch noch einige kleinere, unwesentliche Gefahren zu beseitigen. Wie zufällig streifte er Mauvin mit einem Blick. Nervös paffte der Franzose an seiner Zigarette, als wolle er sein Gesicht hinter den Rauchschwaden verbergen. Sich noch einmal fest aufrichtend, schloß der Chef der »Eka«: »Ich bin mir darüber im klaren, daß ich meine Befugnisse überschritten habe. Ich ziehe gern die Konsequenzen, denn ich habe getan, was ich für meine Pflicht hielt. Ich stelle dem Hohen Rat anheim, über mich und mein Amt zu verfügen.«

»Es war«, schreibt Professor Tim Volander in seiner berühmten »Globalhistorie«, »selbst wenn man ähnliche Überraschungstaktiken früherer Diktatoren zum Vergleich heranzieht, der größte politische Theatercoup in der neueren Geschichte. Allerdings festigte er die Macht des Rates endgültig.« Historiker indessen halten sich stets an das Allgemeine, an die unwiderleglichen Fakten des öffentlichen Lebens. Sie versuchen, das Weltgeschehen zu umfassen, nicht, es zu durchdringen. Auch ihre Motivierungen fallen dementsprechend aus. Private, rein persönliche Hintergründe lassen sie nicht gelten.

Zur gleichen Zeit, da dies alles in Peacetown geschah, saß Vera Schilliza mit dem erst fünfundvierzigjährigen Oberstleutnant Macleen allein zusammen, zu welchem sie von Eilenburg aus von Climasch beordert worden war. Erinnerlich ist, daß Macleen sie einst im Auftrag von Canchulla zu ihrem jetzigen Chef gebracht hatte. Die beiden waren sich herzlich zugetan. Nur selten trafen sie sich. In alter Freundschaft speisten sie zusammen in einem kleinen Nebenraum des Offizierskasinos, tranken, losgelöst von allen Pflichten und Sorgen, schweren Rotwein und unterhielten sich über vieles in ihrem Leben.

»Vera, du wirst immer schöner. Du bist ein Naturwunder«,

sagte Macleen lächelnd und sah sie zärtlich an. »Mein Gott – eigentlich, von dir kommt keiner mehr ganz los, wenn man sich auch trennt. Was ist das?«
»Du denkst, es ist wirklich so? Ich weiß nicht«, antwortete sie und drehte ihre brennende Zigarette in ihren langen, schönen Fingern.
»Sag ehrlich, vergißt du eigentlich die Männer, die du einmal gehabt hast?« fragte er und trank sein Glas aus.
»Vergessen ist nicht das Richtige«, meinte sie ebenso offen, »es ist nur so: Jeder von ihnen hatte immer etwas von Sruoga. Dieses Etwas hat mich angezogen. Das vergesse ich nicht.«
»Gehabt! Oh, du Teufel!« rief Macleen scherzhaft. »Stoß an, es lebe Sruoga, der Unvergeßliche!« Eine gute Heiterkeit stand auf seinen Zügen. Er hob das Glas, und sie hob das ihre.
»Sruoga ist tot – es lebe sein Mörder!« sagte Vera und stieß an. »Was?!!« stockte Macleen und stellte sein Glas hin. »Was?!!! Du hast ihn gefunden – den Maurice? Und du hast ihn nicht – «
»Nein, ich liebe ihn – und vielleicht werde ich ihn sogar heiraten«, fiel sie ihm ins Wort, und ihre halbgeschlossenen Augen wurden weit und groß. Eine unsagbare Berückung glomm in ihnen. Alles Gefaßte, Überlegene verlor sich aus ihren Zügen. Weich, verlangend und selig versunken wurde ihr Gesicht. Wie aus einer Ferne, irgendwo herausgeholt, in einer fast unwirklichen Ergriffenheit, sagte sie: »Ich wollte ihn sogar erschießen. Sicher wollte er dasselbe! Aber, siehst du, der ist kein Mensch, der ist kein Mann, er ist ein Büffel, ein Ungeheuer... Er ist ganz, ganz anders als ihr alle!«
»Auch als Sruoga?« forschte Macleen gespannt.
»Ja«, gab sie tief erregt zu. »Er hat ihn verdrängt, weggelöscht... Eigentlich hat er ihn jetzt erst getötet. Vielleicht haben wir zwei es getan, ich weiß nicht.« Sie hielt inne und schluckte.
»Und den liebst du wirklich, den?«
»Ja, bei dem weiß ich's genau«, nickte sie. »Der ist stärker als ich! Der ist alles, was ich immer gesucht habe.«

»Gott, Vera, wie jung du noch bist! Du hast wirklich noch Illusionen«, lächelte er kopfschüttelnd.
»Oder wie alt!« sagte sie. »Satt, verstehst du, satt! Ich will wieder hungern und verlangen! Ich will einen, der mich ganz einnimmt. Ich will Ausschließlichkeit, Besinnungslosigkeit, Hingabe, Liebe, schreckliche Liebe!« Sie atmete und setzte mit ganz zarter Melancholie hinzu: »Und ich will endlich wissen, wohin ich ganz gehöre!«
»Und Climasch? Er weiß davon?« fragte Macleen nach einer Weile.
»Ja«, sagte sie, »darum wird er jetzt alles versuchen, um mir seine Macht zu zeigen. Er wird den Rat retten, er wird mir beweisen, wie anständig er politisch sein kann. Sein Machthunger, sein Ehrgeiz haben mich mitunter ebenso gereizt wie seine wunderbar tastfeinen Finger... Du meinst das mit Mauvin? Ach, der ist mir doch bloß immer vorgekommen wie eine verzärtelte Katze, die es gern hat, wenn man mit ihr spielt. Er ist übrigens nicht ohne Witz wie alle eitlen Männer. Trotzdem ist er dumm und kindisch. Er betrachtet jede Frau als Aktie auf seine Eitelkeit. Bei mir hat sich das nicht bezahlt gemacht.« Während sie so plauderten, sah sie auf Macleen und sagte mit jähem Ruck: »Und du?... Ach – Douglas!« Sie umarmte ihn und drückte einen Kuß auf seine straffe, heiße Wange. »Verzeih mir! Dich hat man gern, wirklich gern, aber das ist nicht alles!«
»Das ist wenig schmeichelhaft für mich«, meinte er schmollend und wischte sich wie ein Schulbub mit der Hand die Wange ab. »Wenn meine Frau auch so denkt?« Liebenswert und treuherzig sah er dabei aus.
»Du Teufel!« sagte er nachdenklich. »Du Teufel!« Dann schaute er sie offen und kameradschaftlich an und fragte ernster: »Und du fürchtest dich nicht vor Climasch?«
»Nein!« schloß sie ganz gelöst und frei. »Mit Maurice fürchte ich die ganze Welt nicht!« Es klang wie trunkener Jubel...

ENTWIRRUNGEN

Der Papst saß im kühlen Gelaß eines Gartengebäudes des Klosters »Heilige Dreifaltigkeit« an einem großen, roh gezimmerten Tisch, der mit einer wirren Menge von Gefäßen vollgestellt war. Allerhand Knollenfrüchte, Zwiebeln, Maiskolben, Kürbisse und Tomaten lagen in diesen Gefäßen. Daneben wieder standen viereckige hölzerne, gläserne und blecherne Behälter mit fett glänzender oder trockener Humuserde, mit Schlamm und Tang gefüllt, und die verschiedensten Pflänzchen wuchsen darauf: hauchdünne Oliven- und Zitronenstämmchen, Kartoffelkraut, Weizen, Roggen, Hafer, Quecken und allerhand undefinierbares Gras. Auf dem Tisch krochen winzige Käfer gemächlich durch kleine Inseln von Körnern. Nachdenklich hielten sie vor den glänzenden Mikroskopen ein, staunten kurz und begannen diese seltsamen Türme zu besteigen. An den Wänden hingen verrostete Sensen, Sicheln, zerdrückte riesige Strohhüte und Schmetterlingsnetze an langen Stielen. Der unebene Steinboden strömte einen starken Kellergeruch aus. Auf dem breiten Gesims eines kleinen, tiefliegenden Fensters in den dicken Steinmauern, die von der Feuchtigkeit da und dort abgebröckelt waren, schlief eine langhaarige hellgraue Angorakatze, im andern Fenstergewölbe zirpte ein bunter, munterer Urwaldvogel unablässig im luftigen Bauer. Draußen über dem Klostergarten brütete eine bleischwere, feuchtheiße Schwüle, und aus dem dichten Gehänge exotischer Bäume und strotzender Büsche schrien ab und zu heftig herumhüpfende Paradiesvögel ihre heiseren, kurzen häßlichen Schreie.

Der Papst las die Abhandlung des weitbekannten Weizenselektionisten Valentin Deruga aus Flußtal, mit dem er seit längerer Zeit ins Korrespondieren gekommen war wegen des »ewigen Weizens« und seiner Anbaufähigkeit. Daraus war mit der Zeit eine herzliche briefliche Annäherung geworden und schon deswegen, weil Deruga sich als Schüler des längst verstorbenen, einst viel umstrittenen sowjetischen

Forschers Trofim Denissowitsch Lysenko entpuppte. Zwar sei, hatte Deruga in seinem diesmaligen Begleitbrief geschrieben, die Abhandlung schon älteren Datums, und manches darin wäre revisionsbedürftig, doch habe sie durch einen Zufall der inzwischen auf so wunderbare Weise wieder aufgefundene Professor Paschuljew in die Hand bekommen und sich sehr wohlwollend darüber ausgelassen. Der Papst schätzte Paschuljew wissenschaftlich und menschlich gleich hoch. Darum sein jetziges Interesse für die Arbeit des jungen Flußtalers. Mit geruhiger Freude las er die Sätze: »Je mehr die Ähnlichkeit zwischen den Entwicklungsbedingungen von Kindern und Eltern besteht, desto ähnlicher werden sie einander sein. Wenn sich aber das Milieu, wenn sich die Nahrung so verändert, daß sie nicht mehr aufgenommen werden kann, so daß der Untergang droht, dann wird die Pflanze auch die unverdauliche Nahrung zu verdauen versuchen. Sie wird sich ergeben, wie auch wir etwas Schlechtes essen, und wenn uns tausendmal übel davon wird; was läßt sich machen, jeder will leben.«
Der Papst lächelte altersmild und kritzelte mit dem Bleistift an den Rand: »Bestechend, aber fast wortwörtlich von Lysenko!« Er hielt inne und überlegte gemächlich: »Was liegt schon dran! Das Richtige kann nicht oft genug wiederholt werden. Nur billige Literaten sind eitel auf ihre Originalität.« Von ungefähr rührte ihn eine leichte Beseligung an. Er fand es schön und verheißend, daß nur noch dieser Lehrer aus dem hingerissenen jungen Schüler sprach. »Das ist Unschuld und Liebe, zu der wir finden müssen«, dachte er. »Das ist das, was uns zusammenführen wird.« Dann las er weiter: »Aber aus solchem Material wird kein den Eltern ähnlicher Organismus aufgebaut. Die Vererbung verwirklicht sich nur teilweise. So entsteht die Varietät. Vergleicht eine Pflanze, die auf der Straße aus einem zufällig dorthin geratenen Samenkorn entstanden ist, mit der auf einem bearbeiteten und gedüngten Feld gewachsenen: Es läßt sich schwer zugestehen, daß irgendeine ihrer Zellen gleichartig ist. Ein verwahrloster Nachwuchs, der das Licht auf dem harten und armseligen Boden der Straße erblickt hat, stellt ans Leben bescheidenere Ansprüche. Die nächste Genera-

tion, im selben Milieu geboren, wird diese Bedingungen bereits erstreben, die für sie die natürlichen geworden sind. Die äußere Umgebung führt also zu einer tiefgreifenden Veränderung: Zusammen mit den anderen Pflanzenzellen verändern sich auch die Geschlechtszellen, die Träger der Erbanlagen. Die Entbehrungen der Eltern werden zu einem Bedürfnis für die Kinder.«

Mit einem leichten Zittern schrieb der Papst abermals an den Rand: »Zuviel Lamarck! Hat nicht ein Mädchen schon bei seiner Geburt alle Eier, die später bei der Befruchtung zu ihren Nachkommen werden, im Eierstock? Wie sollen da nachträglich noch erbliche Veränderungen hineinkommen? Mendel bis Vavilow richtiger...«

Er war jetzt im besten Aufnehmen, in der fruchtbarsten Auseinandersetzung mit dem Autor. Angeregt wollte er weiterlesen, als die dicke, schwere Holztür aufging, sich aber ebenso schnell wieder schloß. Der blatternarbige, stämmige Mönch Enrico, ein ehemaliger peruanischer Indio mit fast violettgrauem Gesicht, das ein unwahrscheinlich breitkrempiger, spitz zulaufender, bunt geflochtener Strohhut beschattete, hastete ohne besondere Einleitung aus sich heraus, daß das Weltparlament den Plan des Papstes angenommen habe.

»So schnell?« sagte der alte Mann hinter dem Tisch beinahe betroffen und richtete sich auf.

»Das Radio meldet – nach harten Kämpfen«, erzählte Enrico und grinste verschlagen.

»Warum freust du dich, Enrico?« fragte der Papst noch gleicherweise.

»Weil wir gesiegt haben«, erwiderte der Mönch.

»Gesiegt?« rief der Papst ein wenig wehmütig. »Haben wir denn Krieg geführt? Mein Gott, Enrico, wohin hast du dich verloren? Denkst du denn nicht an die Millionen Menschen, die zugrunde gegangen sind? Und da redest du leichtsinnig von Sieg?!« Enrico tat, was er immer zu tun pflegte, wenn er glaubte, gefehlt zu haben: Er faltete die Hände und machte eine einfältig-demütige Miene.

»Das ist kein Sieg! Nichts dergleichen lag in unserer Absicht«, versuchte ihm der alte Papst zu erklären. »Das ist ein

Auftrag, den uns der Allmächtige gegeben hat, eine letzte Prüfung und Gnade, verstehst du?... Hoffentlich geht die Arbeit nicht über unsere Kräfte.« Auf seinem lederbraunen, vielfaltigen Gesicht stand Ergriffenheit.

»Komm«, sagte er und setzte seinen Strohhut auf. Stumm gingen sie durch den strotzend verhangenen Garten auf das Hauptgebäude zu. In der großen Gemeinschaftshalle saßen schon die meisten Mönche beisammen und hörten die Radiomeldungen ab. Jeder schien aufgemuntert. Sie nickten dem Papst zu und wunderten sich über dessen ernstes Gesicht. Er blieb einen Augenblick lang stehen, bekam Stirnfurchen und sah sie fragend an. Sie wußten nicht, was das bedeuten sollte.

»Ach, meine Brüder«, sagte der alte Mann schmerzlich, »wie schwer ist's, demütig zu sein! Ihr freut euch und seid voll lächerlicher Zuversicht. Ist denn auch nur der geringste Anlaß dazu? Steht uns denn nicht das Schwerste bevor? Geht doch in euch! Dieses Mal wird der Ewige, der immer bei den Friedlichen ist, die Spreu endgültig vom Weizen sondern.« Einige bekreuzigten sich betreten. In Peacetown war es so gewesen: Wenn auch die Ultristen, die durch Brescis geschicktes Manövrieren zu einer ziemlich schwachen Gruppe zusammengeschmolzen waren, gegen den »ganzen erbärmlichen Kuhhandel« – wie sie die Ratsumbildung nannten – heftig opponierten, sie drangen nicht durch. Sie schädigten sogar den Ruf ihrer Partei empfindlich, denn ungefähr dreißig parteilose Delegierte, die man, teils, weil einige von ihnen ganz offen mit den Verschwörern sympathisierten, kurzweg »Restauranten« nannte, stimmten mit ihnen. Der geradlinige, aber sehr ungewandte Fraktionsführer der Ultristen, der hochgewachsene Norweger Frederick Torsten, kam in große Verlegenheit, als die Futuristen ihn mit bissigen Vorwürfen wegen dieser seltsamen »Freunde« bombardierten. Aus seiner ungeschickten Verteidigungsrede ging klar hervor, daß die zwei Leiter der Ultristen, Maurice Douraine und Pimeschko, ihrer Parlamentsgruppe keine brauchbaren Direktiven mitgegeben hatten. Es war auch durchgesickert, daß Douraine sehr selbstherrlich und grobschlächtig mit seinen Anhängern umging und in der allerletzten Zeit ziemlich »inaktiv« geworden war. Offenbar hatten ihn die Streitigkeiten störrisch gemacht. Einige wollten auch wissen, daß er sich mit dem Plan trage, die ganze politische Linie der Partei zu ändern und viele Funktionäre kaltzustellen. Der stets gutunterrichtete Bresci benützte dies, um seinem Gegner eine schwere Niederlage zuzufügen. Oswald Schlemmer nämlich, der auf einer Inspektionsreise durch die Zentralgouvernements einen gefährlichen Autounfall erlitten hatte, lag im Gemeindehospital in Flußtal und lehnte wegen seines Zustandes eine Wahl in den Rat ab. Man trat an Muetli heran, aber der zeigte nicht die geringste Neigung, an Schlemmers Stelle zu treten. Nach einer kurzen, vertraulichen Aussprache mit den alten Ratsmitgliedern machte Bresci den Kompromißvorschlag, Frederick Torsten, Douraines besten Mann, auf die Wahlliste zu setzen. Das befriedigte die Ultristen sonderbarerweise im höchsten Maße, und nach einer telegrafischen Rückfrage bei der Parteileitung nahm Torsten an. »Großartig!... Entweder ist Douraine plötzlich verrückt geworden, oder er hat nie etwas von Politik verstanden«, flüsterte Bresci Kowaloff zu. Dachte er eigentlich daran, daß jedes Ratsmitglied bei seinem Amtsantritt beschwören mußte, keinen Parteiinteressen, sondern nur noch dem Weltganzen zu dienen? Oder bezog er das lediglich auf Torsten allein? Ein verstecktes Schmunzeln lief über sein kampflustiges, goldbraunes Gesicht. Wie ein triumphierender Zirkusdirektor sah er über die amphitheatralisch ansteigenden Sitzreihen der Delegierten und dann in Mellnikows Gesicht am Ratstisch. Mellnikow blinzelte. Er verstand wohl. Er war ja auch einer, der früher erfahren hatte, was das bedeutet: Massen zu leiten und sie zu beherrschen. Das gibt immer das Gefühl der Ausschließlichkeit. Der Leiter denkt: »Für mich gelten Schwüre nicht, sie sind nur Formalitäten, die nach außen hin Eindruck machen. Wesentlich ist der Erfolg, und wie ich ihn erringe, ist meine Sache!« Bresci schien sehr zufrieden. Muetli, der rechts von Kowaloff saß, atmete erleichtert auf und murmelte: »Gott sei Dank, ich bin aus dem Spiel!« Der Italiener musterte ihn unvermerkt, als sei der behäbige Mann ein unbegreifliches Wesen.

Von den alten Ratsmitgliedern traten Ganvavitta, John Barry und Gertrud Rechlin freiwillig zurück. Auch Mauvin benützte die Gelegenheit, um sich – wie einige Eingeweihte meinten – »einen guten Abgang zu verschaffen«. Auf den Inder hatte der Papst einen tiefen Eindruck gemacht. Er wollte in seine zerstörte Heimat zurückkehren und am Wiederaufbau mithelfen. John Barry war schon lange amtsmüde, und Gertrud Rechlin, die ihr Amt stets sehr ernst genommen hatte, war seit der Verhaftung ihres Schwiegersohnes Harry Shenley wie aus allen Fugen. Ihre Tochter, die von den Machenschaften ihres Mannes keine Ahnung gehabt hatte, war mit ihren zwei Kindern zu ihr nach Peacetown gezogen und weinte ihr Tag für Tag die Ohren voll. Gertrud fühlte sich durch eine solche Verwandtschaft kompromittiert, mehr noch, die Ermittlungen der »Eka« hatten ergeben, daß ihr vielgeliebter Mann einst von den gleichen Verschwörern, zu denen Harry Shenley sich zählte, ermordet worden war. Das war zuviel für Gertrud. Sie verlangte von ihrer Tochter, daß sie sich auf der Stelle scheiden lasse, doch diese liebte ihren schmucken, jungen Mann über alles und beteuerte in einem fort seine Unschuld. Es gab die häßlichsten Szenen. Ellen Oesterberg wollte vermitteln und stieß auf den härtesten Widerstand Gertruds. Aus einer anfänglichen Verstimmung wurde eine Feindschaft der beiden Freundinnen. Jochen, Gertruds Sohn, kam einmal zu Besuch. Er war zum Leiter aller Verwahrlostenlager aufgestiegen. Die Zahl der Verwahrlosten hatte sich im Laufe der Jahre beträchtlich vermindert, und aus den Werkschulen, die Jochen eingerichtet hatte, gingen die tüchtigsten neuen Bürger hervor. Jochen war ein unkomplizierter Mensch von fünfunddreißig Jahren, gut verheiratet, mit drei Kindern. Er wurde irritiert durch das Gezänk von Mutter und Tochter. In seiner Geradheit wollte er den Streit rasch schlichten und trug seiner Mutter an, zu ihm zu ziehen, zu seiner Schwester aber sagte er kurzerhand: »Elli, du bist kein Kind mehr! Du mußt selber wissen, wie du dich zu entscheiden hast. Du wirst einsehen, daß wir nichts mehr miteinander zu tun haben. Gut, häng dich weiter an deinen Mann, aber mach das allein mit dir ab.«

»Ach, ihr versteht ihn nicht!... Harry ist der beste Mensch, nie – nie!« fing Elli wieder zu jammern und zu weinen an. Das ging tagelang.
Jochen flog ab, und Gertrud wollte nach Erledigung aller Formalitäten zu ihm ziehen. Sie ging daran, ihre Peacetowner Wohnung aufzulösen, und ließ sich in ihrem Entschluß von ihrer klagenden Tochter nicht mehr beirren. Innerlich litt sie schrecklich, und wenn sie die Kinder Ellis ansah, würgte der Schmerz in ihr. Dann aber erinnerte sie sich wieder ihres Mannes, der in seiner Hingabe und nüchternen Pflichttreue ganz ihresgleichen gewesen war, und es schien, als käme eine für andere Menschen ganz unbegreifliche Standhaftigkeit über sie. Sie bekam in jenen Tagen graue Haare und war erst achtundfünfzig Jahre alt.

Als endlich der umgebildete Rat mit den neuen Mitgliedern Bresci, Kowaloff, Li Fu Tang und Torsten die Aufhebung der Abriegelung Asiens bekanntgab, brauste einhelliger Jubel durch das ganze Haus. Ohne Zögern wurde der Plan des Papstes auf die Tagesordnung gesetzt. In seiner ersten großen Rede als nunmehriges Ratsmitglied rühmte Bresci die Loyalität der Katholiken und Stillen und betonte, daß selbstverständlich auch Futuristen und Ultristen oder andere Körperschaften das Recht hätten, nach dem zerstörten Asien zu übersiedeln. Er verkündete, daß zu diesem Zweck eine große Weltanleihe aufgelegt werde. Die Ultristen beschimpften ihn als einen »doppelzüngigen Opportunisten«, weil er ihren Einwand, die asiatische Einwanderung dürfe nicht einseitig gehandhabt werden, so geschickt erledigt hatte. Torsten sah betreten vom Ratstisch auf seine ultristischen Genossen und schien jetzt erst zu begreifen, in welche Falle er gegangen war. Es gab noch vieles, was in Peacetowner eingeweihten Kreisen Erregung, hartnäckige Auseinandersetzungen und Aufsehen erregte, aber kaum oder nur in Form von harmlos gehaltenen amtlichen Zeitungsnotizen in die Öffentlichkeit drang. »Das entsprach zwar durchaus nicht unserer verfassungsmäßig garantierten Demokratie«, gestand Bresci viel später, »aber es war eben notwendig, um sie zu retten und endgültig zu sichern. Wichtig war, das Ziel

nicht aus den Augen zu lassen. Eine Politik, die etwas erreichen will, darf keinen Umweg scheuen.«
Die Umbesetzung des Armeeamts verlief ohne Schwierigkeiten. An die Stelle des verhafteten Shepert trat wieder Canchulla, an jene des Generals Withe, der – da ihm nur Nachlässigkeit im Dienst vorzuwerfen war – ein Kommando in den Zentralgouvernements bekam, trat Macleen, welcher inzwischen zum General befördert worden war. Und der schweigsame, korrekte Stankow, den hauptsächlich Mellnikow und Ussitzki stützten, blieb.
Mauvin, der noch an dem Tage nach seinem Ausscheiden aus dem Rat Peacetown verlassen wollte, wurde festgenommen. Das blieb nicht unbekannt und wirbelte zunächst viel Staub in der Presse auf. Nachdem aber der Rat ein kurzes Kommuniqué herausgegeben hatte, das besagte, daß der Verhaftete im Zusammenhang mit den Verschwörern gestanden habe und sehr bald öffentlich prozessiert würde, konnten auch die findigsten Journalisten nichts Näheres mehr erfahren. Bald wurde es still in dieser Sache.

Cecil Dickson war mit der Entwicklung der Dinge bis jetzt sehr zufrieden. Er trat für eine Weile aus seiner Reserve heraus und näherte sich Mellnikow, Ussitzki, Wang Chung und Bresci, denn er witterte mit gutem Instinkt in ihnen – wie er sagte – »den Kern der kommenden Führung«. Das zeigte sich sogleich, als nun »der Fall Climasch« akut wurde. Nur mit der Unterstützung dieses »Kerns« gelang es den aufgebrachten Kowaloff zu besänftigen, und nebenher erreichte Dickson etwas, was ihm einen vermeintlichen Feind zum anhänglichsten Freund machte, nämlich – Climasch. Vor der geheimen Untersuchungskommission der Ratsmitglieder gab dieser offen zu, daß er, als sich seinerzeit im Verfolg der Verschwörertätigkeit im Gebiet Sturmdorf–Schneewinkel–Sörengarden keine weiteren Erfolge zeigen wollten, durch den ermordeten Agenten Petersen zwei Lawrow-Leute für ein Attentat auf Kowaloff gewinnen konnte. Die Ratsmitglieder waren sprachlos.
»Nur durch diese gewagte Provokation sind wir auf ein ganzes Netz von wichtigen Spuren gekommen«, erklärte Cli-

masch. »Ohne sie wären wir überhaupt nicht mehr weitergekommen. Wir waren an einem toten Punkt angelangt.« Er vermied offenbar mit Absicht jede Rechtfertigung. Er sagte es plump, frostig amtsmäßig hin, aber er war blasser als sonst, und man sah ihm an, daß er sich zur größten Selbstbeherrschung zwang, als er mit einem schrägen Blick auf Kowaloff in gleichem Tone fortfuhr: »Sie hatten sich durch Ihren Antrag auf Zurückstellung des Volksentscheids und Vertagung der Neuwahlen den besonderen Haß der Verschwörer zugezogen. Diese Gelegenheit war für uns äußerst günstig.«

»Nette Gelegenheit! Saubere Methoden!« rief Ellen Oesterberg entrüstet. Es klang wie ein häßliches Geräusch, das aber in der allgemeinen Spannung überhört wurde. Auch Climasch ließ sich nicht davon irritieren.

»Außerdem«, sagte er, Kowaloff jetzt ganz ins Blickfeld nehmend, »hatte ich die absolute Gewähr, daß Ihnen bei einem Attentat nichts geschehen konnte.«

»Inwiefern?« fragte Kowaloff erregt.

»Weil meine zwei besten Agenten die Vorbereitung und Ausführung leiteten«, antwortete Climasch. Was glomm dabei in seinen Augen? Unsagbarer Haß oder die Gleichgültigkeit der Verzweiflung?

»Wer waren die zwei?« fragte jetzt Ussitzki. Alle Augen richteten sich auf den scheinbar völlig ruhigen Mann, an den die Frage gerichtet war. Der schluckte ein ganz klein wenig, als klebe ihm die trockene Zunge am Gaumen. Um abzulenken, nahm er einen Schluck Wasser, hob sein Gesicht und zog seine dünne Unterlippe zögernd über die obere, indem er mit den abgeflachten Enden seiner kurzen Zähne den gestutzten Bart rieb.

»Die Verantwortung trage natürlich ich«, sagte er statt einer klaren Antwort. Er stockte eine Sekunde lang, als überlege er jedes Wort genau, und fügte hinzu: »Der eine, Murlow, der mit den zwei Lawrow-Leuten das Attentat ausgeführt hat, ist, wie Sie wissen, irrtümlich von der Menge erschossen worden – damals, beim Sturm auf das Gefängnis... Das war ein sehr schwerer Verlust für uns.« Ganz zweifellos wollte er etwas hinausschieben. Er schaute während des Re-

dens etliche Male blicklos ins Leere, vielleicht, um sich alle Erinnerungen aufs genaueste zurückzurufen. Ein schöner, großer, starker, ebenso erfindungsreicher wie draufgängerischer Mensch war dieser Murlow gewesen. Es gab viele Frauen, die hatten ihn auf den ersten Blick lieb. Sie waren ihm verfallen. Gegen ihn war der magere, mittelgroße, schmalbrüstige Leiter der »Eka« eine sehr langweilige Erscheinung gewesen, ein nüchterner Zwerg fast. Doch Climasch hatte die Macht, und er hatte den schönen Mann nicht gemocht. Seine Nähe allein schon war ihm unangenehm gewesen, was er freilich nie gezeigt hatte. Deswegen hatte er Murlow stets mit den waghalsigsten Aufträgen weit fort geschickt.
»Und wer hat die Aktion vorbereitet?« fragte nun Mellnikow trocken und ließ Climasch nicht aus den Augen. Nur einen winzigen Hauch lang zögerte dieser und sagte auf einmal merkwürdig fremd und laut: »Madame Vera Schilliza!« Die Deutlichkeit, mit welcher er den vertrauten Namen nannte, hörte sich für feinere Ohren an wie eine schwer verhaltene Rachsucht. Warum gab er den einzigen Menschen, mit dem er zutiefst zusammenhing, dem er bis jetzt all seine Geheimnisse anvertraut hatte, plötzlich preis? Er hatte eine nette, rundliche Tschechin zur Frau, der Waclaw Climasch. Sie war ungefähr von seiner Statur und hieß Vlasta. Obgleich er ihr nie etwas von seiner Arbeit und von den Dingen der Politik erzählte, fühlte sie stets, wenn ihn etwas bedrängte und verdroß, daß er ein schweres Amt habe und viel im neuen Weltstaat bedeute. Ihre Väter und Großväter hatten ihr noch von dem großen, fast schon zur Legende gewordenen philosophischen Tschechenpräsidenten Masaryk erzählt. Stolz und weltaufgeschlossen tröstete sie ihren bedrückten Waclaw zuweilen mit den Worten: »Denk an Masaryk, Waclaw!... Und er hat damals nur unser kleines Land gehabt!« Sie hatten zwei hübsche Kinder. Seit sie in Peacetown waren, verlief ihr Leben wie eine farblose Harmonie, und Climasch war als korrekter, liebenswürdiger Ehemann bekannt. Nicht minder korrekt war seine Amtsführung bis jetzt gewesen, aber ganz unkorrekt schien es seit Veras Auftauchen in seinem Inneren auszusehen. Nachdem seinerzeit

Macleen dieses verschlampte, wilde, halb zum Tier gewordene Wesen zu ihm gebracht hatte, war er darangegangen, es zu einer brauchbaren Agentin auszubilden. Im kleinen Mann mit der großen Macht aber erwachten während dieses Bildens die Instinkte eines Tierbändigers. Dieses Geschöpf sollte in seiner Hand etwas Außerordentliches werden. Monate verwandte er darauf und sah sie wachsen. Etwas drang in seinen Instinkt, ein Gemisch von Lust und Stolz, und – merkwürdig – immer, wenn er mit Vera nahe zusammen war, fieberte eine Unruhe durch ihn, etwas, das er in seiner Nüchternheit kaum fassen konnte. Und da kam es, als er Vera zum ersten Male als große Dame gekleidet sah, als sie ihn schillernd anlachte und ihre nackten, duftenden Arme bewegte und einen um seine Schultern legte, mutwillig und burschikos – als er aufsah in dieses Gesicht, das fähig war zu tausend Masken und doch alles als Spiel hinnahm, da wurde ihm jäh schwindlig. Das Geschöpf war stärker als der Schöpfer. Es war zu dem geworden, was Climasch am Manne Murlow so tief haßte, weil es ihm zeitlebens versagt geblieben war. Groß, schön, klug und tollkühn, unendlich vielgestaltig und zugleich überströmend animalisch in ihrer Hingabe, in ihrer gierigen Versessenheit – das war Vera! Und in diesen ewig geträumten Wunsch versank er und blieb dennoch stets im ungewissen, ob das Bild sich nicht eines Tages verflüchtigen werde, ob sein ureigenstes Geschöpf ihm nicht entgleiten könne. Denn – oh, wie schauerlich spürte er es zuweilen! – die Männer verfielen Vera genauso wie die Frauen dem Murlow.

Und nun stand er da, der Waclaw Climasch, und sagte, seine ganze Kraft zusammennehmend, indem er so ungewohnt laut und beamtendeutlich ihren Namen aussprach, gleichsam dieses alles. Seine dünnen Lippen waren aufeinandergeklappt, als fürchte er das hemmungslose Entschlüpfen unbedachter Schreie. Keine Wimper in seinem Gesicht zuckte, nichts verriet den Aufruhr in seinem Innern. Er spürte nur, wie kalte Schweißtropfen von seinen Achselhöhlen abwärts rannen, und ohne hinzusehen, fühlte er fast körperlich jeden Blick und jeden Gedanken derer, die in gespannter Lauer um ihn saßen. Aber was bedeutete denn das jetzt noch, jetzt?! Entflammt von der Gier nach Veras Leib, beständig in Unruhe um seinen vermeintlich einzigen Besitz, verzaubert von der unfaßbaren Berückung des Fluidums, das dieses Wesen aus Urtrieb, Verderbtheit und höchster Intelligenz ausströmte, hatte er die Macht über die ganze Welt an sich zu reißen versucht. Diese Macht, so glaubte er, sollte gleichsam die Macht Veras über ihn vernichten und sie endlich ganz an ihn fesseln. Er erinnerte sich noch, als sie das letztemal aus Peacetown abgeflogen war. »Na«, hatte er mit seiner gewöhnlichen Nonchalance zu ihr gesagt, »vielleicht findest du diesmal dein Opfer! Meinen Glückwunsch hast du!« Längst wußte er, wo dieses »Opfer« zu finden war, aber er hielt es für zu unwichtig. Doch als Vera nun fort war, hatte ihn wieder die quälende Unruhe befallen, denn es war rätselhaft mit ihr: Immer, wenn man glaubte, sie habe ihr Letztes gegeben, sagte sie: »Das Letzte? Nein, nein! Das Letzte ist und bleibt Sruoga. Ich verstehe das zwar selber nicht, aber es ist einfach so.« So unwahrscheinlich beherrschte dieser Ermordete ihr ganzes Sein noch immer. Und seit Climasch sie kannte, fraß eine ungeheure, alles verzehrende Rachsucht in ihr. Wie ein blutdurstiger Spürhund jagte sie fortwährend durch die Welt und wagte die wildesten Abenteuer, nur um endlich Sruogas Mörder – wie sie sagte – »vor den Lauf zu bekommen«. Erst dann, äußerte sie manchmal, könne sie sich entscheiden. Je länger die Jagd dauerte, desto hoffnungsgewisser wurde Climasch – und da war plötzlich das Telegramm gekommen: »Ich habe Maurice gefunden und nicht getötet. Ich liebe ihn!« Mit einem Male waren für Waclaw Climasch Macht und Welt zerplatzt wie eine Seifenblase. Unheimlich und gewaltig stieg dieser nie gesehene Maurice vor ihm auf, stärker als alles, das er aussinnen konnte.

Es war ganz still am Ratstisch. Nur Ellen Oesterberg schielte geschwind auf Mellnikow und Ussitzki, als wolle sie sagen: »Also doch! Also doch!«

»Und wo befindet sich Madame Schilliza augenblicklich?« wollte Dickson wie nebenher wissen. Eine Sturzflut von Wirrnissen befiel Climasch, Reue oder auch Enttäuschung oder vielleicht auch das vernichtende Innewerden, das Teuerste für immer verloren zu haben, übermannte ihn. Er wollte den Fehler der vorschnellen Preisgabe Veras abschwächen, wollte gutmachen, was nicht mehr gutzumachen war. Mittendrin dachte er komischerweise an seine Frau und ihre beständigen Trostworte: »Denk an Masaryk, Waclaw!« Das festigte ihn halbwegs. Es hörte sich fast stolz und selbstbewußt an, als er Dickson antwortete: »Im Hauptquartier Macleens. Ich habe sie von Eilenburg dorthin beordert. Ihrem Einfluß und ihrer Initiative ist es zu verdanken, daß Macleens Flugzeuge sofort gekommen sind.« Es wurde ihm ein wenig wohler zumute, ja er faßte sogar einige Hoffnungen, als Bresci beifällig sagte: »Bravo! Tüchtig, sehr tüchtig!«

Das lockerte auch die Spannung der übrigen um den Tisch, und nunmehr erzählte Climasch freiweg: »Petersen führte die zwei Lawrow-Leute unserem Agenten Murlow zu. Murlow verbrachte einige Monate in größter Gefahr, jeden Augenblick entdeckt zu werden. Er erfuhr endlich, daß Lawrow der lang gesuchte eigentliche Leiter des Westsektors der Verschwörung war, und konnte ermitteln, daß seinerzeit Kommissar Rechlin mit seinen Begleitern von der Lawrow-Bande beseitigt worden war. Dann stockte es wieder. Die zwei Lawrow-Leute wurden mißtrauisch. Man mußte ihnen einen Beweis geben, daß Murlow sicher war. Er war äußerst gefährdet. Madame Schilliza und ich berieten lange. Wir kamen schließlich zu dem Ergebnis, daß Murlow nur dann das Vertrauen in ihn stärken könne, wenn er etwas unternahm, das den beiden Burschen jeden Zweifel nahm. Unsere Rechnung war richtig. Wir erfuhren, daß eine Verbindung zwischen Fred Lucker, Lawrow und Ostermann bestand. Es stellte sich heraus, daß Lucker als Einkaufsagent der Qualifikantenbrigade, die damals Flußtal aufbaute, öfter nach Sturmdorf flog, um im abgesperrten Armeegebiet Sprengstoff zu holen. Er kannte viele Offiziere und Soldaten, war sehr beliebt bei der dortigen Qualifikantenbrigade, die die Eisenbahnlinie zog. Man nahm's damals noch nicht so genau. Er konnte eine Menge Sprengstoff und auch Waffen herausschmuggeln und lieferte sie an Lawrow und Ostermann. Er wurde immer frecher, und einige Soldaten vom Waffendepot unterstützten ihn in allem. Das Waffen- und Munitionsmaterial, das wir damals dort oben erwischten, stammte alles davon. Lucker stieß einmal auf die heimkehrenden einzigen zwei Stillen Schmujloff und Nogens, die im Sturmdorfer Gebiet geblieben waren, und sah sich entdeckt. Im Auftrag von Lawrow erschoß er die zwei in derselben Nacht. Die Kugeln, die man in den Leichen der Ermordeten fand, waren unnumeriert... Erst jetzt, nach vielen Kreuzverhören und nach der unwiderleglichen Feststellung, daß er kurz vor dem Mord von der Flußtaler Qualifikantenpolizei einen Browning bekommen hatte, zu dem die Kugeln paßten, hat Lucker in Eilenburg gestanden. Zivilangestellte bekamen ja, wie Sie wissen, stets nur sechs unnumerierte Patronen. Nach der Entdeckung des Sturmdorfer Waffenlagers, kurz vor der Fertigstellung Flußtals, als wir die zwölf Lockvögel festnahmen, verlegten Lawrow und Ostermann auf Luckers Rat einen großen Teil der Waffen in die alte Siedlung der Stillen nach Flußtal. Lucker baute die regelrechte Verbindung aus und leitete die Unterbringung und Überwachung. Der Lehrer Trummstedt wurde nur deswegen in der alten Siedlung belassen. Kein Mensch in Flußtal ahnte, was er für eine Rolle spielte, und Victor Kolwin organisierte von dort aus mit Ivens eine ständige Geheimverbindung mit Pedro Ramiro und Shenley, die wiederum mit Mauvin in engstem Kontakt standen, von dem sie über alle Ratsbeschlüsse unterrichtet wurden.«

Climasch reckte sich ein wenig und stützte sich mit der einen Hand auf den Stuhl, hinter dem er stand. Dann fuhr er fort: »Die letzte Nachricht von Murlow aus dem Gefängnis war die, daß man ihn und seine Mittäter befreien und ins Gouvernement 1422 bringen wolle. Das leitete Kimuza. Dazu kam's nicht mehr durch den Gefängnissturm der Menge. Aber wir hatten einen neuen Fingerzeig. Wir wußten den eigentlichen ›Boß‹ der Verschwörung. Noch kurz vor Beginn der asiatischen Bakterienwirren konnte Madame Schilliza ermitteln, daß Kimuza, Lawrow und Ostermann ihr Hauptquartier in die Gebirge des ehemaligen Nepal verlegt hatten und dauernd von Ramiro über die Peacetowner Vorgänge

unterrichtet wurden. Dann mußte sie sich aus der Gefahrenzone zurückziehen.«
Er merkte, daß seine Eröffnungen starken Eindruck machten. Ruhig und sachlich, wie man es von ihm gewohnt war, betonte er noch einmal, daß er für all das die alleinige Verantwortung übernehme, regte an, eine Kommission zur Überprüfung der betreffenden Akten einzusetzen und stellte dem Rat anheim, ihn festnehmen zu lassen und zu prozessieren. Das einzige, was er zu seiner Rechtfertigung sagte, war: »Ich habe Verschwörung gegen Verschwörung gesetzt. Das erschien mir richtig.«
Kowaloff suchte augenfällig nach einer Formulierung, doch Dickson kam ihm zuvor. Sich an Climasch wendend, sagte dieser: »Ihre Aktiven sind erheblich größer als Ihre Passiven, und bevor mir nicht das Gegenteil bewiesen wird, nehme ich Ihre Angaben als zutreffend.«
Die Augen der beiden verfingen sich ineinander.
»Nur die Geschäftsführung hat große Schönheitsfehler gehabt«, mischte sich Bresci dazwischen, und da schwieg Climasch. Dickson verstand den Italiener. Auch der wollte also ausgleichen. Auch der war sich vielleicht bewußt, daß es geratener war, Climasch als Freund zu halten und ihn nicht zum Gegner zu machen.
»Aber diese Madame Schilliza!?« rief Ellen wiederum so unangebracht. Sie haßte diese Frau bis auf den Grund ihrer Seele und wußte kaum, warum, denn sie war ihr nur einige Male flüchtig begegnet. Was war das nur für eine sonderbare Sache? Offenbar quälte es sie nur, daß Vera alle Frauen weit überragte. Das ertragen nur ganz wenige. Dickson wandte Ellen sein unbewegtes Gesicht zu und sagte leicht höhnisch: »Es scheint, Miß Ellen, als wollten Sie weltpolitische Angelegenheiten zu einer Privatsache machen.« Das traf. Ellen schlug tief gekränkt die Augen nieder. Sie war beschämt und gereizt, wollte beleidigt antworten und tat es schließlich doch nicht. Da aber die Wut in ihr nicht zu züngeln aufhörte, versuchte sie es mit einer Art burschikoser Sicherheit und sagte zum »strohigen« Engländer: »Derartige Komplimente von Ihnen bin ich gewohnt, mein Herr!« Schon während die Worte über ihre Lippen kamen, fühlte

sie eine fade Reue. Sie war unglücklich, und jetzt merkte sie, wie ihr Gertrud fehlte.

Nachdem Climasch entlassen worden war, beschloß der Rat, Mellnikow, Wang Chung und Bresci mit der Überprüfung der Akten der »Eka« zu beauftragen. Kowaloff, dessen Zorn über das Attentat halbwegs verraucht war, sagte nur noch spöttisch: »Na, bekanntlich pflegen solche Leute das Belastungsmaterial vorher beiseite zu schaffen.«
»Stimmt«, nickte Ellen. Sie fühlte sich übergangen, zur Seite gedrängt, und sie witterte, daß viele so dachten. Sie schienen sich nur damit abgefunden zu haben, daß so, wie die Dinge nun einmal lagen, nichts anderes mehr zu tun war. Auffallend war aber, daß niemand an eine Verhaftung und Prozessierung Climaschs dachte. Es wurde lediglich mit sofortiger Wirkung das damalige »Dekret gegen die Verschwörung«, das der »Eka« eine so gefährliche Unabhängigkeit und Handlungsfreiheit zugesichert hatte, aufgehoben. Auf eigenen Wunsch wurde Climasch zunächst beurlaubt, durfte aber Peacetown nicht verlassen. Vera Schilliza kündigte mit Funkspruch an, daß sie ihren Dienst für immer zu quittieren gedenke. Das erweckte Mißtrauen. Sie wurde nach Peacetown zurückbeordert. Da sie ungesäumt Folge leistete und sich ihre Aussagen mit jenen ihres einstigen Chefs deckten, wich aller Argwohn gegen sie. Noch einmal standen Climasch und sie sich bei jenem Verhör gegenüber. Nichts an ihren Mienen verriet, was sie bewegte, was zwischen ihnen in all der Zeit vorgegangen war. Zwei große Spieler standen da, jeder gleich geübt, jeder gleich stark. Nur einmal, als Bresci Vera fragte, ob sie stets der Überzeugung gewesen sei, daß ihr Chef beständig zu Rat und Verfassung gestanden habe, merkte man an der Wärme ihrer Stimme etwas von verborgener Zärtlichkeit.
»Ganz gewiß«, sagte sie. »Nur deswegen haben wir ja so viel gewagt.« Sie sagte »wir« und meinte »ich«.
Von seinem Sitz sah Climasch nach ihr. Noch einmal umfingen seine Augen ihre schlanke, hohe, wendige Gestalt mit den geraden Schultern, ihre zart gewölbte Brust und dieses rätselhaft kalte Gesicht mit den enganliegenden Haaren.

Straff und überlegen stand sie da. Ihre sonst halbgeschlossenen Augen hatten nicht mehr den unbeschreiblich sinnbetörenden Glanz, sie sahen offen und kühn in die Runde. Ein Schimmer von Triumph war in ihnen. Ellen fixierte sie böse mit verborgenem Neid.
»Chef«, sagte Vera nach der Vernehmung mit leichtem, unverbindlichem Lächeln und drückte Climaschs tastfeine Hand, die sie so gut kannte, »es war gut, unter Ihnen zu arbeiten. Vielen Dank für alles. Alles Gute!« Sie maß ihn prüfend. Er schien ihr kleiner als sonst. Etwas Verloschenes war in seinem Blick und in seinem ganzen Gehaben. Die am Verhandlungstisch verfolgten jede Geste der beiden. Ganz laut und so, als spreche sie zu allen, mit verhaltenem Übermut, sagte sie: »Ich fliege heute noch ab. Ich heirate übermorgen!« Es klang wie ein sieghaftes Lachen.
»Viel Glück – «, brachte Climasch nur heraus und wollte mit ihr den Saal verlassen, aber sie ging, ohne sich um ihn zu kümmern, schnell, mit freudig wippenden Schritten davon.
»Kann denn das sein? Unmöglich, sie ist doch kein verliebter Backfisch! Was spielt sie denn nun wieder?... Das kann nicht gut gehen«, ging es Climasch durch den Kopf. Wie immer wiegte sich ihr gelenker Oberkörper sanft in den Hüften. Climasch ging ganz langsam, ganz bedacht, Schritt für Schritt. Er schrie nicht. Er drückte nur, als er auf die Tür zuging, die Augen ein paarmal zu, aber das sah niemand. Das umhegte und umbangte Bild seines langen Traumrausches war davongeweht. Das Leben stand wieder nüchtern um ihn. Und er war schließlich ein Mann von neunundvierzig Jahren mit viel Erfahrung, mit wenig Illusionen und einer Haltung, welche eine jahrelange Übung ihm aufgeprägt hatte. Er hatte eine gute Frau und hübsche Kinder. Unbestimmt vorausgreifend, dachte er vielleicht: »Kommt Zeit, kommt Rat«, oder auch dieses rührende »Denk an Masaryk, Waclaw...«.

Die Zustimmung, welche der umgebildete Rat nach der Aufhebung der Abriegelung Asiens aus allen Weltgegenden erhielt, bezeugte, daß sich trotz aller gefährlichen Rückschläge das Vertrauen der Massen in diese leitende Institution erhalten hatte. Wahrscheinlich war der Grund hierfür ein sehr einfacher. Hielt man das, was die Verschwörer propagierten und was sie mit ihrem sinnlosen, grausamen Aufruhr erreicht hatten, gegen die bisherigen Leistungen des Rates, so wurde der Unterschied zu augenfällig. Dort althergebrachte nationale Ideen, Gewalt, Krieg und Terror – was unter den Nachwirkungen des Krieges und der Katastrophe noch beklemmender wirkte –, hier der kühne Versuch, mit Hilfe aller Errungenschaften der Forschung und Technik auf behutsame Weise eine völlig neue Gesellschaftsform herbeizuführen. Diese Idee, deren Schöpfer und Träger sich jeden Augenblick abmühten, ihr Gedachtes und Geplantes zu konkretisieren, hatte schließlich angefangen, die Menschen zu ergreifen. Sie spürten die Tat und hatten den Nutzen davon. Hoffnung und Optimismus lebten in ihnen auf. Nach aller Ausweglosigkeit sahen sie hier einen gangbaren Weg, und nicht nur das! Wenn sie alles bisher Erreichte überschauten, wenn sie unvoreingenommen nachdachten, sahen sie auch ein neues, gewaltiges und durchaus mögliches Ziel vor sich. Gewiß, in diesem Kreislauf gab es mitunter störende Stokkungen, aber innerhalb seines Getriebes fühlte sich jeder gesichert und geborgen. Keiner hatte mehr Angst vor dem Morgen und vor der Zukunft, und jeder wußte, daß er auf eine neue und natürliche Art frei war. Denn gesichert und geborgen, unbeängstigt und frei ist man nur, wenn man weiß, daß es alle sind. Hier beginnt die persönliche Neidlosigkeit und das äußere, allgemeine Glück. Dieses einfache Geheimnis hatte sich endlich enträtselt. Das gab dem Rat nach seiner Rettung und endgültigen Festigung Zuversicht und neuen Auftrieb.

»Warum hat Mikkelson das nicht mehr erlebt! Ach!« seufzte Ellen Oesterberg einmal während einer Sitzungspause Ibn

Lassi und Mellnikow zu. Wehmütige Trauer huschte über ihr schärfer gewordenes Gesicht. Unberatener und verlassener denn je kam sie sich vor. Nur der Nubier mit seiner zärtlichen Stimme vermochte sie noch manchmal zu trösten. Und Wang Chung, den sie gern mochte. Der sagte zuweilen mit einem feinen Lächeln: »Es ist gut, daß Mikkelson und Gertrud von dir weg sind. Jetzt mußt du dich selbst zurechtfinden.« Das tat ihr zwar weh, es ärgerte sie sogar, aber trotzdem, es gefiel ihr. Jetzt nämlich, nach so vielen schweren, ungewissen Jahren, merkte man im Parlament so etwas wie sicheres Selbstvertrauen und zugreifende Lebendigkeit. Die Futuristen unterstützten zwar den neuen Rat in allen großen Fragen, doch sie blieben nicht unkritisch und erzwangen trotz aller Überredungskünste Brescis und Li Fu Tangs ihren Willen. In manchen Fällen waren die Ultristen gezwungen, sich ihnen anzuschließen. Torsten war kein Verlust für sie, und er blieb auch im Rat so etwas wie eine Schattenfigur. Die ganze Atmosphäre schien ihm nicht zu behagen. An seine Stelle als Fraktionsvorsitzender der Ultristen war der wendige Franzose Cludeau getreten, und man wollte wissen, daß Vera dazu geraten habe. Jedenfalls wußte Cludeau sehr geschickt zu lavieren, als Redner war er jedem gewachsen, und aus den Mißerfolgen hatte er gelernt. Langsam gewann diese anfänglich oft blindlings drauflosstürmende Oppositionspartei an Ansehen, und auch ihre Anhänger wuchsen, was man von der sowieso sehr kleinen Minderheit der stets hitzig aufbegehrenden »Restauranten« nicht behaupten konnte. Man ließ sie ruhig toben und reden, engte sie auch in ihrer außerparlamentarischen Werbetätigkeit nicht weiter ein und konnte, da sie nicht die geringsten Erfolge damit erzielten, bald feststellen, daß die Massen sie ebenfalls nicht ernst nahmen. Da sie Vergangenes und Überlebtes propagierten, nannte sie ein Witzbold in der Presse »Retouranten«. Das wurde rasch aufgenommen und viel belacht. Die Massen hatten überhaupt ganz andere Interessen. Es war eigentümlich, daß sie nicht einmal die angekündigten Prozesse gegen die verhafteten Verschwörer mit besonderer Spannung erwarteten. Mit einer Art behäbiger Beruhigung lasen sie im »Peacetowner Record« oder in ihren

Lokalzeitungen von der gründlichen und entscheidenden Arbeit, welche der Rat mit Zustimmung des Parlaments in Angriff genommen hatte. Es geschah etwas, das gefiel ihnen. Vieles, was in der Verfassung bislang gewissermaßen nur auf dem Papier gestanden hatte, wurde jetzt verwirklicht. Es war beinahe komisch für aufgeweckte Zuschauer, die das verfolgten: Ganz offenbar hatten inzwischen die Parlamentarier die Verfassung genauer studiert und auf Grund dessen allerhand ersonnen, was ihnen parteipolitisch nützlich und verwertbar erschien. Damit zwangen sie den Rat, sich gerade in jenen Zeiten, da er vor seiner schwersten und größten Aufgabe stand, mit lauter Versäumnissen aus früheren Jahren zu beschäftigen. Die Ultristen, abermals sekundiert von den »Restauranten«, beantragten die unverzügliche Wiederaufnahme der Volkszählung und eine darauf folgende Neuwahl. Mit großer Heftigkeit entbrannte die Debatte und endigte mit dem Kompromiß, der Rat möge in Anbetracht der Dringlichkeit des asiatischen Problems erst nach Vertagung des Parlaments alle Voraussetzungen prüfen und einen geeigneten Zeitpunkt für die Volkszählung und Neuwahl festlegen. Aus sehr durchsichtigen Gründen traten die Restauranten mit der schon öfter wiederholten Forderung auf Abschaffung der Todesstrafe hervor. Sie drangen jedoch nicht durch und holten sich nur eine hohnstrotzende Niederlage.

Innerhalb des Rates war die politische Klärung auch in vollem Zuge. Es ging um etwas sehr Grundsätzliches, das merkwürdigerweise bisher stets zurückgestellt worden war. »Ist eine Körperschaft der Überzeugung, daß der Hohe Rat in seinen Entschlüssen nicht nach verfassungsmäßigem Recht und Gesetz gehandelt hat, so kann sie sich beschwerdeführend an den Obersten Weltgerichtshof wenden und ein entsprechendes Urteil verlangen. Dieses Urteil ist unwiderruflich, und seine Entscheidung ist bindend. Die Richter zum Obersten Weltgerichtshof werden vom Rat ernannt und behalten ihr Amt auf Lebenszeit«, lautete ein Paragraph in der Verfassung, auf den zum Mißvergnügen der Futuristen und Ultristen wiederum die »Restauranten« hingewiesen hatten. Diesem Verlangen konnte man nicht ausweichen. In den Ratssitzungen war es Dickson, der nun mit großer Entschiedenheit darauf drang, dieser Verpflichtung endlich nachzukommen, obgleich – wie es schon Futuristen und Ultristen im Parlament versucht hatten – Bresci und Mellnikow mit ihren Freunden die Sache ebenfalls bis nach der endgültigen Befriedung Asiens verschoben wissen wollten.

Sie befürchteten, die Restauranten und die geschlagenen Verschwörergruppen könnten dieses verfassungsmäßige Mittel sich zunutze machen und den Rat damit in unvorhergesehene Ungelegenheiten bringen. Mellnikow, Ussitzki, Wang Chung und Nowak waren beherrscht von ihrem traditionell revolutionären Denken. Sie erinnerten sich noch der Meinungsverschiedenheiten, die es im damaligen Rat wegen dieses Paragraphen zwischen ihnen und Mikkelson gegeben hatte. Sie waren durchaus der Auffassung gewesen, daß der Rat als höchste Instanz zu gelten habe und daß es mit der Kontrolle durch das frei gewählte Parlament genug sei. Sie nannten Mikkelsons beharrliches Hinzielen auf eine so überparteiliche Einrichtung wie den Weltgerichtshof nur eine weitere Bürokratisierung. Mit dem Argument der übertriebenen Bürokratisierung hofften sie die anderen Ratsmitglieder zu gewinnen, doch Mikkelson ließ sich nicht schrekken.

»Überbürokratisierung?!« rief er. »Ihr wißt genau, daß das in diesem Fall nicht stimmt!... Und mit der Kontrolle des Rats durch das Parlament sei's genug? Nein, nein, derartige Vereinfachungen haben was Anrüchiges, meine Lieben! Das erinnert ein bißchen an getarnte Diktaturen von Anno dazumal. Für sie war so ein Parlament stets eine bequeme Dekkung! Bleiben wir lieber altmodisch und unoriginell, indem wir das, was sich in manchen früheren demokratischen Verfassungen bewährt hat, übernehmen! Was entscheidet denn? Die Originalität oder die Gerechtigkeit? Auch die Demokratie verändert ihr Gesicht im Getriebe der Politik beständig. In solchen Situationen versucht man sie dann anders auszulegen, man verschafft sich ein plausibles Alibi, um alles ins Gegenteil zu verkehren. Wir sind keineswegs

gefeit gegen Subjektivismus. Den besten Beweis bringen wir jetzt grade! Aber irgendwo muß so etwas sein, was unabhängig und im höchsten Grad objektiv ist. Ich kann mir zum Beispiel sehr leicht vorstellen, daß ein späterer Hoher Rat auf einmal darauf verfällt, sich für unfehlbar und allmächtig zu halten. Wer will ihn in die Grenzen weisen?... Nein, nein, das geht nicht. Wir stehn am Anfang, und wir müssen dem Weltbürger zum Bewußtsein bringen, daß unsere Ordnung auf der Grundlage des unwandelbaren Rechts auf der größtmöglichen Gerechtigkeit aufgebaut ist.«
Möglicherweise kamen diese Worte Dickson jetzt in den Sinn, als er so starr und unnachgiebig seine Forderung vorbrachte. Nur Ellen Oesterberg, die ihm in der letzten Zeit innerlich viel vergeben hatte, und Ibn Lassi standen zunächst auf seiner Seite. Nowak und Kowaloff wurden schließlich unschlüssig, und als Dickson dazu überging, die ganze Angelegenheit neuerlich vor das Parlament zu bringen, einigte man sich endlich. Dickson jedoch ging noch weiter. Als die Ernennung der sieben obersten Richter zur Sprache kam, schlug er unter anderen John Barry, Gertrud Rechlin, Ganvavitta und – Waclaw Climasch vor. Bei Nennung dieses Namens gab es ein großes, zum Teil sehr mißgünstiges Staunen. »Climasch? Aber das geht doch nicht! Das Verfahren gegen ihn ist ja noch gar nicht abgeschlossen!« rief Bresci.
»Ich weiß, ich weiß!« nickte Dickson, unberührt von den verwunderten Blicken. »Die ›Eka‹ kommt wieder unter unsere Kontrolle, sie wird öffentlich. Das liegt diesem Menschen nicht mehr.« »Und zum obersten Richter soll er taugen?« warf Mellnikow hin.
»Ja«, erwiderte Dickson. »Niemand weiß, warum er sich auf einmal selber in den Anklagezustand versetzt hat, aber eins ist sicher, er stand dabei zu Verfassung und Rat. Keiner bezweifelt, daß er große Qualitäten hat. Und jetzt ist er sozusagen ein gebranntes Kind. Das kommt ihm und uns zugute.«
Kowaloff begriff. Er nickte. Eine kleine Pause setzte ein. Dachte Dickson an die »Objektivität«, die der verstorbene Mikkelson gemeint hatte? Ganz gewiß nicht. Er blieb in allem der scharfsinnige Rechner, der das System nicht ohne feste Basis den Nachfolgern überlassen wollte.

»Hm«, machte Bresci. »Climasch? Eigentlich kein schlechter Gedanke. Er wird im Weltgerichtshof entschieden die größte geistige Potenz sein, und uns kann's nicht gleichgültig sein, einen, der auf unserer Seite ist, da hineinzubringen…«
Das gab den Ausschlag.
Als Climasch von seiner Ernennung und der gleichzeitigen Niederschlagung des Verfahrens gegen ihn erfuhr, ging er lange stumm in seinem Wohnzimmer auf und ab. Natürlich ahnte er, daß die ganze Sache von Dickson ausgegangen war. »Dieser Fuchs«, dachte er. »Er will mich hinaufwählen. Er schanzt mir einen unschädlichen Ehrenposten zu!« Die »Eka«, sein Büro und Vera kamen ihm in den Sinn. Nein, dahin zurück – das ging nicht mehr! Es hätte zu sehr nach geschlagenem Helden ausgesehen. Und noch quälten ihn die Erinnerungen, die ihn verwirrt und unsicher machten. Er trat an die Kommode und nahm mechanisch eine Nippessache, die einen liegenden Tiger darstellte, in die Hand. »Hm«, machte er. Seine Frau war hereingekommen und las das aufgeschlagene Schriftstück auf dem Tisch. Er ließ es widerspruchslos zu. Sie drehte sich freudig um und sah den mißvergnügt Sinnenden an. »Waclaw?« rief sie und erwischte seinen Blick. »Waclaw? Was läßt du den Kopf hängen? Was besinnst du dich da noch? Schau deine Kinder an!« Er stellte den porzellanenen Tiger hin und wandte sich ihr ganz zu. »Ich hab' immer gewußt, daß du nichts Unrechtes tust, Waclaw!« fuhr Vlasta bewegter fort, und treuherzig redete sie weiter: »Jetzt siehst du's doch selbst! Sie haben nichts gegen dich! Sie achten dich! Du bist was wert und hast Ansehen!… Masaryk hat gesagt, die Wahrheit siegt!« Erweckte Zuversicht überwehte ihr glattes, bäuerlich breites Gesicht. Ein leichtes Rot flammte über ihre vollen, gesunden Backen. Die etwas kugeligen braunen Augen sahen ihn zärtlich an, zärtlich und stolz. Dann lächelte sie dünn, und auch er lächelte und nickte: »Ja, dein Masaryk! Er hat vielleicht wirklich recht.«
»Es ist auch der deine!« sagte sie fast ein wenig beleidigt, aber sonderbar gläubig, als rede sie von einem höheren, göttlichen Wesen. – –

Das Parlament vertagte sich. Die Gouverneure und Qualifikanten-Delegierten flogen in ihre Gebiete zurück. Der Rat, die Plankommission und das Armeeamt setzten ihren ganzen riesigen Hilfsapparat in Bewegung, um das freigelegte Asien wieder lebensfähig zu machen und ins Weltganze einzugliedern. Tag und Nacht überquerten menschen- und materialbeladene Schiffe die Ozeane. Lange Luftfrachtzüge und Gigantenflugzeuge durchkreuzten das Blau des Himmels, und überfüllte, endlose Eisenbahnzüge knatterten über die Schienen aller Länder. Durch die Gebirge und über die Flächen keuchten übervoll bepackte Lastwagenkolonnen. Alles strebte ostwärts, ostwärts!

Von der Plankommission hatte sich Professor Nerwine mit einem umfänglichen Stab wissenschaftlicher Mitarbeiter, die von starken Militärabteilungen begleitet wurden, nach Asien begeben, um die Wirkung der Abrieglung zu studieren. Gleichzeitig ging die Nordarmee des Rates über den Ural. Tausende von Flugzeugen trugen die Truppen der bedeutend verstärkten Südarmee über den Himalaja und die nordchinesischen Gebirgsstriche. Eine starke See- und Luftflotte brachte eine neugebildete Heeresgruppe an die nördlichen und östlichen Küsten des Erdteiles. Alle drei Armeen begannen den konzentrischen Vormarsch ins Innere. Und währenddessen hörten die Leute in den Agrostädten der ganzen übrigen Welt mit größter Spannung die Radiomeldungen oder lasen die ausführlichen Zeitungsberichte über die Löschung der Abrieglungsmauer und das langsame Nachlassen des Regens. Erleichterung trat ein, als die Nachrichten vom ersten Schneefall auf Ural und Himalaja kamen. Die gefährliche klimatische Veränderung hatte sich wieder ausgeglichen. Die drohende Dürre war gewichen. Den älteren Menschen um jene Zeit erging es seltsam. Mit Staunen, in das sich etwas wie ein unheimliches Schauern mischte, fragten sie sich manchmal: »Was sind das für Leute, die alles können? Da sperren sie, ohne daß man's sieht, einfach ein Land ab, dann machen sie die Wand wieder weg. Sie lassen regnen und schneien, lassen Dürre kommen und wer weiß was noch..« Sie konnten nicht mehr weiterdenken. Ein leichtes Frösteln befiel sie, eine instinktive Angst.

Die Jugend dagegen nahm alles als selbstverständlich hin. Mit der ihr eigenen Überheblichkeit lachte sie über die rätselnden Alten.
In Asien sah es schrecklich aus. Die vom Regen grundtief verschlammte Erde hatte die zahllosen größeren und kleineren Leichenhaufen am Rande der einstigen Todeswand gleichsam verschluckt. Endlich wehten wieder frische Winde über all diese Traurigkeit, und schnell fing allerhand Gras und Gepflanz üppig zu wuchern an. Halbverfaulte Menschenbeine, gerade stehende Leichen mit noch nicht ganz fleischlosen Schädeln und ausgehöhlten Rippen, verkohlte Reste abgestürzter Flugzeuge, Tanks und verrostete Geschütze ragten daraus. Schreiende Raubvögel kreisten wieder in der öden Luft, und Miasmen von Brummfliegen und giftigen Insekten überwölbten da und dort die frei liegenden Haufen der Tierkadaver und verwesten Menschenleichen. Zerstörte verfallene Siedlungen und Agrostädte tauchten auf. Weite Strecken waren vereist und machten einen gespenstisch toten Eindruck. Stumm und verlassen gähnten die kahlen Flächen um die abgebröckelten, bläulich schimmernden Häusergevierte. Endlich stießen die ersten Erkundungstruppen auf treibende, verwilderte Haufen, die bei ihrem Anblick oder beim Überfliegen der Aeroplane kopflos auseinanderjagten und erst nach vielen Stunden eingefangen werden konnten. Viele dieser Gefangenen waren verseucht und schon todessiech. In ihren verfressenen Gesichtern lebten nur noch die Augen. Eitrige Schwären bedeckten ihre halbnackten, bis zum Skelett abgemagerten, verlausten Körper. Das Auffällige war, daß es viele Verstümmelte unter ihnen gab. Dem einen fehlte der Arm oder eine Hand, ein Ohr oder beide, die Nase war ihm abgeschnitten oder die Zunge gewaltsam herausgerissen. Die eingeschüchterten Nomaden plapperten unverständliche Worte heraus, an denen zitternde Furcht und ohnmächtige Erschrecktheit klebten. Sie deuteten in irgendeine Richtung. Die mächtigen, geräuschlosen Armeebomber stiegen auf und flogen in diese Richtung. Es stellte sich sehr bald heraus, daß es noch ziemlich weite verschonte Gebiete gab. Die Städte darin waren zum Teil pompös ausgebaut. Sehr an-

sehnliche Fabrikanlagen umgaben sie, um die sich wiederum weit ausgedehnte Konzentrationslager mit hohen Wachttürmen und Stacheldrahtgittern zäunten. Nachdem nämlich die Rebellen die undurchdringliche Abriegelung erkundet hatten, waren sie mit aller Rücksichtslosigkeit darangegangen, eine sogenannte »autarke Diktatur« aufzurichten. Sie stellten den Bakterienkrieg ein und vernichteten, soweit ihnen dies in der kurzen Zeit gelang, alle verseuchten Schwärme. Jeden Widerstand schlugen sie erbarmungslos nieder, fingen ihre Gegner ein und bildeten Sklavenheere, die in Konzentrationslagern gehalten wurden und in Fabriken und Heeresbetrieben arbeiten mußten. An ihre unbeschreiblich grausamen Strafmethoden, die sie bei Widerspenstigen anwendeten, erinnerten die vielen Verstümmelten in den fliehenden Haufen.
Neunhundert Armeebomber erreichten das wild verschluchtete Gebiet des Gouvernements 1080 an der Südseite der Himalajaberge, das einstige Nepal. Die letzten Nachrichten der »Eka« hatten besagt daß sich dort das Hauptquartier der Verschwörer befinde, und Gefangene aus den ersten Gefechten hatten es bestätigt. Drei sehr nahe aneinandergelegene Städte mit großen Prunkbauten und breiten Straßen kamen in Sicht. Nach den Konzentrationslagern, die sie gleich einem Gürtel umgaben, ließ sich darauf schließen, daß sich in ihrer Nähe unterirdische Betriebe befanden. Armselige, lange Barackenreihen und dunkle Menschenrudel gab es in den Lagern.
Sonderbar – besaß der Feind keine Radarstationen? Hatte er die herannahenden, geräuschlosen Flugzeuge nicht gesehen und gehört? Nichts rührte sich in den Städten. Nicht einmal die Konzentrationslagerhäftlinge gaben irgendwelche Zeichen, als die Spitze des Bombergeschwaders Alarmschüsse abgab. Kein Abwehrfeuer von unten kam. In den umgitterten Lagern dagegen waren die Menschenknäuel stehengeblieben und gestikulierten lahm. Eine zweite Salve der Spitzenbomber fand wieder keine Erwiderung. Die Flieger stießen in die Tiefe und merkten – alle Straßen und Plätze der Städte waren leer. Kein Rauch stieg aus Kaminen, keine Straßenbahn, kein Auto fuhr. Die erste Esquadrille bekam

Befehl, auf dem leeren Flugplatz zu landen. Niemand hinderte sie. Es gab keine Störung. Die Mannschaft stieg aus und marschierte vorsichtig auf die Häuser zu. Noch immer rührte sich nichts. Andere Bomberstaffeln waren vor den Nachbarstädten niedergegangen und erlebten dasselbe. Eine Abteilung Soldaten näherte sich dem ersten Konzentrationslager. Minen gingen los, und die ganze Mannschaft flog in die Luft. Die Herren hatten die Sklaven zurückgelassen und, um ihr Entkommen zu verhindern, rund um die elektrisch geladenen Stacheldrahtzäune Minen gelegt. Als es endlich gelang, die Minenfelder halbwegs zu säubern und ungefährdet zu passieren, um in die Lager zu gelangen, stellte sich heraus, daß sämtliche Häftlinge geblendet worden waren. Es handelte sich bei ihnen meist um Gefangene aus den seinerzeitigen ratstreuen Schutzformationen Li Fu Tangs, die den Rebellen den hartnäckigsten Widerstand entgegengesetzt hatten. Vierzehntausend dieser Unglücklichen waren unter Androhung des sofortigen Erschießens in langen, geraden, eng geschlossenen Reihen vor die brüllenden Henkersknechte getrieben worden, die an Schläuchen angeschlossene Spritzen in der Hand hatten, aus denen sie Salpetersäure in die Augen der Häftlinge spritzten.
»Wir konnten nicht weggebracht werden. Das Umbringen hätte auch zuviel Zeit gekostet, da fanden diese Teufel dieses Mittel. Keinesfalls sollten wir sehen, was gespielt wurde«, sagten die Blinden aus. Nur so viel wußten sie, daß einige Nächte vor dem Abzug der Rebellen in den Städten Feuergefechte getobt hatten. Wahrscheinlich habe eine Gruppe die Führung an sich gerissen und die bisherige beiseite geschafft. Jedenfalls warnten die Befreiten dringend davor, die Städte zu betreten.

Unter größten Vorsichtsmaßnahmen wurden die befreiten Blinden in rasch herbeigerufenen Luftfrachtzügen weggebracht. Nach ihrem Aufstieg warfen die abfliegenden Armeeflieger von der höchst erreichbaren Höhe etliche Bomben auf jede Stadt. Die Konzentrationslager-Häftlinge hatten nicht umsonst gewarnt. Unter ungeheurem Knall flogen alle Häuser in die Luft. Offenbar war jede Stadt mit Spreng-

stoff unterminiert gewesen. Es war, als brächen zehn Krater auf einmal aus.
Nach diesem Vorfall verbreiteten die Armeeleitungen eine Aufforderung in ganz Asien, welche die noch verstreuten kleineren und größeren Rebellenformationen anhielt, sich zu ergeben. Aber nichts dergleichen geschah. Es gab noch viele erbitterte, ungeheuer opferreiche Kämpfe, die den schwer mitgenommenen Erdteil noch mehr verwüsteten. Da war vorläufig an eine Verwirklichung des Papstplanes nicht zu denken. Zuerst mußten die Rebellen vernichtet oder gefangen, zuerst mußten die treibenden Haufen zum Stehen gebracht und in Quarantänestationen zusammengefaßt werden. Der Boden, die Wasserleitungen und Flüsse mußten geprüft und entgiftet, die Seuchen gebannt und die befreiten Gebiete sanitär und halbwegs administrativ gesichert werden. Zum größten Glück hatten die Rebellen ihr Vereisungsmaterial verbraucht. Die in jeder Hinsicht weit überlegenen Ratstruppen machten rasche Fortschritte, aber der Papst, die Katholiken und die Stillen mußten warten. Inzwischen forderten die Futuristen ihre Anhänger ebenfalls auf, sich zum bevorstehenden Zug nach Asien zu melden. Doch die Gerufenen blieben taub. Es verfing nicht im mindesten, daß sie die Parteileitung »die Avantgarde der neuen Weltordnung« nannte, die »in den verkommenen Erdteil den wahren Geist der Freiheit und des Fortschritts tragen sollte«. Die Leute zeigten keine Lust mehr, ihre jetzigen behaglichen Agrostädte zu verlassen und in die ungewisse Fremde zu ziehen, in welcher sie nichts als Verwüstung, härteste Pionierarbeit, vielleicht Ansteckung und Tod erwarteten. Die Ultristen triumphierten. Sie hatten sich stets gegen eine neuerliche Abwanderung seßhaft gewordener Gemeinden ausgesprochen und ihren Mitgliedern ausdrücklich verboten, nach Asien zu gehen. Maurice Douraine hielt zahlreiche bellende Radio- und Versammlungsreden gegen das »von listigen Pfaffen und verrückten Sektierern angeregte Experiment«. Die Heirat mit Vera hatte ihn noch mehr aktiviert. Wie neu belebt trat er bei jeder sich bietenden Gelegenheit auf den Plan. Die Leute waren sogar der Ansicht, daß er sich bedeutend verjüngt habe und viel umgäng-

licher geworden sei. Seine schöne Frau dagegen, von der allerhand gemunkelt wurde, sah man nie in der Öffentlichkeit. Das wurde überall sehr günstig vermerkt. Peinlich für die Ultristen war nur, daß auch in den wenigen Zeitungen der Restauranten genau dieselben giftigen Angriffe gegen den Papstplan standen. In diesem Falle stimmten die beiden sich sonst heftig befehdenden Parteien vollkommen überein. Im übrigen hatten ihre Argumentationen auch einige Logik für sich, denn es war doch nicht zu bestreiten, daß die Menschheit durch die Seuchen, die Schreckensherrschaft der Rebellen, die Abriegelung und den jetzigen Krieg wieder um ein sehr beträchtliches Maß verringert worden war. Zog man selbst in Betracht, daß Millionenmassen Verstreuter jetzt noch Asien bevölkerten, sie waren so geschwächt und krank, daß man sie zunächst für die Bewältigung des Neuaufbaus nicht verwenden konnte! Und warum sollte man sie, wie es der Papstplan vorschlug, ausgerechnet noch in andere Weltgebiete verpflanzen? Und wiederum: War es nicht geradezu kindlich, anzunehmen, die zwölf Millionen Katholiken und die zirka sechzehn Millionen Stillen würden imstande sein, die unendlich weiten, verwüsteten asiatischen Flächen wieder ertragreich zu machen? Die Lösung der Aufgabe war weit schwieriger und komplizierter, als man anfangs gedacht hatte. Während die tief besorgten Ratsmitglieder in Peacetown alle Möglichkeiten auswogen und diskutierten und während der Zeitungs- und Versammlungslärm gegen den Papstplan immer lauter wurde, zeigte sich in den Massen etwas Überraschendes.

»In dieser Periode der beginnenden Verfestigung«, heißt es in der schon erwähnten »Globalhistorie« Volanders, »wurde immer eindeutiger erkennbar, welche tiefe Wandlung unsere jetzige Weltordnung in der Menschheit hervorgerufen hatte. Die große Asienanleihe war schon nach kaum einer Woche dreifach überzeichnet, und mit den zwei darauffolgenden geschah dasselbe. Der Rat bekam im Umsehen die Möglichkeit zur weitgehendsten Finanzierung des Planes. Doch das war nur die eine Seite des weltgeschichtlich einzigartigen Falles. Die andere war die: Der Papst, seine Katholiken und die Stillen waren mit einem Male in aller Munde.

Beim Aufwachen am Morgen und beim Einschlafen am Abend dachte der Mensch in den Agrostädten daran, ob der baldige Ausgang des asiatischen Krieges diesen Gläubigenmassen die entscheidende Chance geben könne. Vor allem war die Jugend vom Papstplan hingerissen. Etwas ganz Neues trat zutage: Den Sieg der Ratstruppen bezweifelte niemand, doch nur die älteren Leute verfolgten die kriegerischen Ereignisse einigermaßen. Für die Jugend schien dieser Krieg etwas ganz Nebensächliches, er interessierte sie überhaupt nicht. Auch die beständig wiederholten Hinweise der Zeitungen auf die Untaten der Rebellen ließen sie gleichgültig. Jeder junge Mensch war unsagbar ergriffen vom heroischen Beispiel, das der Papst und die Stillen gaben. Eine kaum faßbare, inbrünstige Brüderlichkeit erwachte in aller Jugend, und sie nahm mitunter die Form chiliastischer Schwärmerei an. Es blieb aber keinesfalls bei dieser Schwärmerei. Die jungen Menschen beiderlei Geschlechts höhnten alle Bedenken ihrer Eltern, der Sheriffs und der Versammlungsredner über den Haufen. Nichts konnte sie mehr umstimmen, nichts mehr halten. Tausende verließen ihre Arbeitsplätze, die Universitäten leerten sich trotz aller Maßnahmen des Rates, der Gouverneure und Agrostädte. Tausende und aber Tausende Jugendlicher meldeten sich zur technischen Ausbildung und zum freiwilligen Eintritt in die Qualifikantenbrigaden, die nach Asien gehen sollten. Infolge des fast vollendeten Neuaufbaus der außerasiatischen Kontinente nämlich waren bereits Millionen und aber Millionen von Qualifikanten angesiedelt und zu behäbigen Bürgern der Agrostädte geworden. Es galt, die verringerten Brigaden wieder zu vermehren, die entstandenen Lücken auszufüllen. Mit nie geahntem Eifer und Enthusiasmus unterzogen sich die jungen Neulinge den schweren Prüfungen. Sie drangen in die Sheriffs, in die Friedensrichter, in die Gouverneure, um durch sie dem Hohen Rat eine raschere Entscheidung abzuzwingen. Eingaben und Resolutionen aller Jugendverbände liefen in Peacetown ein. Delegationen aus allen Weltwinkeln erschienen dort. Der Elan dieser Jugend drang schließlich in alle Massen und entzündete sie fast ebenso.« Soweit Volander.

Die verblüfften Politiker und viele Ratsmitglieder fanden eine solche Entwicklung bei allem Nutzen, der daraus sprang, nicht mehr ganz geheuer. Sah das denn nicht aus, als hätten sich die Massen vom Rat, von den Parteien und überhaupt von allem, was diese unter »Politik« verstanden, völlig abgewendet? Bestärkt wurde diese Vermutung noch dadurch, daß die Zeitungsmeldungen über die inzwischen begonnenen Prozesse gegen die Hauptverschwörer in Peacetown von der breiten Öffentlichkeit kaum beachtet wurden.

»Ihr habt mit euren Befürchtungen leider recht gehabt«, sagte Ellen Oesterberg zu Mellnikow und Ussitzki. »Ich fürchte noch viel mehr! Ich glaube, nicht nur Asien, die ganze Welt wird christianisiert! Es ist eine offene Verschwörung gegen uns, und wir können gar nichts dagegen tun... Wie hat das nur vor unseren Augen so aufwachsen können? Waren wir denn blind?« »Blind? Nein, nein«, sagte Ibn Lassi leise lächelnd. »Wir kannten nur die Stärke des Glaubens nicht. Wir waren seit jeher glaubenslos.«

»Jaja, zweitausend Jahre Lehrzeit sind nicht wegzuleugnen«, meinte Bresci in bezug auf die Katholiken: »Sie werden auch die Stillen aufsaugen.«

»Gefährlich«, murmelte Kowaloff. Mellnikow, Ussitzki und Nowak nickten. Li Fu Tang saß da und schaute mit seinen kleinen Schlitzaugen schweigend in die verbrauchte Luft des Sitzungszimmers.

»Die Gouverneure in meiner Heimat und in Indien sind meistens Ultristen«, sagte er nach einer Weile. »Die außerordentlichen Kommissare, die wir sonst noch nach Asien geschickt haben, sind auch unsere Leute... Der ganze fromme Kreuzzug wird damit enden, daß all dieses verstaubte Sektierertum untergeht. Trotz aller Veränderung ist Asien doch noch immer Asien. Es wird auch den Katholizismus verschlucken.«

»Sehr richtig! Ganz meine Meinung!« pflichtete ihm Torsten bei. Er gab sich gleichsam einen Anlauf und fügte im Brustton der Unüberlegtheit hinzu: »Der Inder bleibt Inder, der Chinese Chinese, der Tibetaner Tibetaner und der Kirgise Kirgise... Das ist auch gut so.«

»Ach«, machte Wang Chung spöttisch, »ich kann mich ja irren, aber ich habe das bisher immer anders verstanden. Ich habe immer geglaubt, der Mensch sei wichtiger als all das!«
Torsten bekam ein etwas einfältiges, blamiertes Gesicht, wehrte gutmütig ab und sagte geschwind: »Damit kommen wir nur ins Philosophieren.«
Wang Chung lächelte wieder dünn und sah flüchtig auf Ellen. –
Stöße von neuen Eingaben brachte der Diener herein.
»Wenn das so weitergeht, das kann sich ja zu einem ganz netten Losbruch auswachsen«, sagte Kowaloff. Dickson schwieg und zerzwirbelte etliche Schläfenhaare. Vielleicht dachte er an den Ausspruch seiner Frau: »Wer glaubt, kann nie untergehen.«
Nichts indessen sah nach Losbruch aus. Der Papst, der in jenen Tagen unzählige Telegramme, Privatbriefe und offene Appelle bekam, blieb stumm. Die Stillen schwiegen sich ebenso aus.
Die ersten neu aufgefüllten Qualifikanten-Brigaden gingen nach den gesäuberten asiatischen Gebieten ab.

Einen zweifachen Bruch des rechten Armes, eine eingedrückte Rippe auf der rechten Seite und viele Schnittwunden im Gesicht und auf dem Kopf hatte der zweite Leiter der Qualifikanten-Armee, Oswald Schlemmer, bei einem Autounfall davongetragen. Endlich war er wiederhergestellt und konnte das erste Flußtaler Gemeindehospital verlassen. Es warteten eine Menge sehr dringender Verpflichtungen in Peacetown auf ihn. So schnell dagegen – heraus aus dem Spital und einfach wegfliegen – ließ sich sein Aufbruch doch nicht machen. Nachdem nämlich seinerzeit bekanntgeworden war, was für einen weltbekannten Mann das Spital barg, hatte sich der Sheriff Greiner mit einer kleinen Delegation dorthin begeben, um sich nach dem Befinden des Patienten zu erkundigen und ihm herzliche Grüße und gute Wünsche der Stadtbevölkerung zu überbringen. Als der Patient nach verschiedenen Operationen besuchsfähig geworden war, waren vor allen anderen Greiner und Knudsen – letzterer stolz und neugierig gemacht durch den damaligen Brief seines Sohnes Harold aus der Libyschen Wüste – erneut gekommen, um ihm ihre Aufwartung zu machen, und aus ihren wiederholten Besuchen war eine immer nähere Bekanntschaft und schließlich eine nette Freundschaft geworden. Greiner und Schlemmer hatten, wie sich allmählich herausstellte, einst auf der gleichen Schulbank gesessen, und an Knudsens Sohn erinnerte sich der Qualifikantenleiter sehr gut; er konnte nur Rühmenswertes von ihm berichten und sagte dem jungen Ingenieur eine große Zukunft voraus. Kurzum, die Flußtaler wollten Schlemmer nicht ohne eine festliche, ehrenvolle Abschiedsveranstaltung fortgehen lassen. Dabei spielten natürlich, wie das so zu gehen pflegt, einige verborgene Absichten dieser Leute eine gewisse Rolle.

Jankel und sein Freund Deruga witterten dunkel, daß von dem Einfluß, den so eine gewichtige Persönlichkeit hatte, allerhand Nützliches für die Stadt und vor allem für die landwirtschaftlichen Institute zu erhoffen war. Sie kamen zu

Greiner, und Jankel redete wieder einmal wie eine sprudelnde Quelle.
»Er ist gut, Schlemmer«, sagte Jankel. »Er ist bekanntschaftlich mit Hohem Rat! Wenn wir sind sehrrr freindlich zu ihm, er wird nicht vergessen. Er wird helfen uns bei Kalamität, oh, ich kennen!... Er ist sehrrr gut für uns.« Und darauf kamen sie mit dem Gedanken heraus, Schlemmer das Patronat über Flußtal ehrenhalber anzutragen. Eine solche Ehrung schloß mit ein, daß sich der damit Bedachte stets für das Wohlergehen und weitere Wachsen der Stadt tätig interessiere. Freilich, wie Deruga meinte: »Für nichts ist nichts.« Im geruhigen Alter konnte so ein Patron in die betreffende Agrostadt ziehen, bekam eine nette Wohnung, war befreit von allen Steuern und verbrachte als Ehrenbürger den Rest seines Lebens.
Greiner und seine Beigeordneten nahmen den Vorschlag Jankels und Derugas begeistert auf. Auch sie hatten ja an etwas Ähnliches gedacht, aber: »Da schaut her, der Jankel! Der hat wieder den richtigen Dreh gefunden!« sagte Greiner amüsiert.
Jankel lachte kindlich erfreut und schnalzte mit der Zunge.

Den Stadtleitern gingen zudem Sorgen durch den Kopf, von denen Greiner – zuerst nur vorsichtig andeutend und dann, nach der Anfreundung mit Schlemmer, offener – mit dem Patienten des Gemeindehospitals schon oft gesprochen hatte. Vielleicht konnte Schlemmers Wahl zum Patron Flußtals in dieser Hinsicht sehr nützlich sein. Es war eine verflucht verwickelte Sache. Seit der Festnahme Luckers und der Trummstedts ging es zwischen dem Appellationsgericht Eilenburg und der Gemeinde Flußtal hartnäckig hin und her, wer von den beiden Ämtern denn nun nach Fällung des Urteils – wie es in den vielen amtlichen Schreiben stets hieß – »exekutionszuständig« sei. Gewiß, schon ein dutzendmal hatte Greiner mit Maurice Douraine, der als Friedensrichter der Gemeinde an dem großen Eilenburger Prozeß mitwirkte, verhandelt. Doch wie man's auch drehen und wenden mochte und was sich auch Douraine für ehrliche Mühe gegeben hatte – der Fall war zu klar. Ach, und Douraine hätte doch den Greiner zu gern mit dieser »Gefälligkeit« für die Ultristen gewonnen. Douraine war ein praktischer Mensch. Nach dem geltenden Gesetz indessen und nach der einwandfrei belegten Sachlage hatten Lucker und die Trummstedts ihre Verbrechen auf dem Gebiet Flußtals begangen. Das Urteil mußte hier vollzogen werden.

Douraines tiefe, instinktive Abneigung gegen Amtsmenschen und Paragraphen war bekannt. Er verließ sich auf seinen persönlichen Einfluß, auf die Wirkung, die er mitunter auf andere ausübte. Er war davon überzeugt, daß man diese heikle Sache zur Befriedigung beider Seiten schieben könne, doch er irrte. Zuerst versuchte er es über Muetli, doch der verwies ihn darauf, daß er dem Appellationsrichter nichts zu sagen habe, daß er ihn überhaupt kaum kenne. Und der Appellationsrichter Troifik, mit dem kam Douraine überhaupt nicht zurecht, der schien buchstäblich nur aus Paragraphen zu bestehen.
»Friedensrichter«, sagte Troifik beim letzten Versuch Douraines, »bei aller Hochachtung Ihrer Person – bitte bedenken Sie, daß wir vor dem Gesetz alle gleich sind, daß es keine Privatauslegungen geben darf!«
Das verstimmte Douraine tief, und nun wurde er, schon weil er sich in seiner Eitelkeit getroffen fühlte und Greiner zum erstenmal gestehen mußte, daß er nichts, aber auch rein gar nichts tun könne – nun wurde der massige Belgier auch auf den Flußtaler Sheriff wütend. Ungeduldig und ausfällig fuhr er diesen an: »Zum Teufel, Karl, unsereins hat doch schon Schlimmeres durchgemacht! Seid ihr denn alle Waschlappen geworden, die Angst haben vor Flinten und ein bißchen Blut... Ich kann das Gesetz, das wir alle gemacht haben, nicht umbiegen, weil's euch grade nicht in den Kram paßt!« Und um Greiner von vornherein das Wort abzuschneiden, begann er mörderisch gegen die »Ratten der Reaktion«, gegen dieses eklige Gezücht der Lucker und Konsorten zu fluchen und polterte: »Weg wollt ihr sie haben, die Gauner, aber tun wollt ihr nichts dafür! Von Frieden und Freiheit, von Säuberung eures Gebiets und weiß der Teufel was quasselt ihr in einem fort, aber wenn ihr so was verteidi-

gen sollt, dann seid ihr zu feig!... Nimm mir's nicht übel, Karl! Ihr stellt euch wirklich an wie die törichte Jungfrau in der Brautnacht! Weg müssen sie, diese Biester! Ihr habt sie doch groß werden lassen! Na also!«
Darauf hatte Greiner auch nichts mehr zu sagen gewußt. Douraine hatte ja leicht reden. Er war, wenn ihn auch die vergangenen ruhigen Jahre und seine kürzliche Verheiratung etwas zurechtgeschliffen hatten, der strotzend gesunde, allzu vitale Gewaltmensch geblieben. Seine Gedanken waren gradlinig und grobschlächtig, und sein Naturell wurde stets nur vom Augenblick bestimmt. »Büffel!« nannte ihn Vera. Das stimmte. Im übrigen schien er jetzt, so kurz nach seiner Verheiratung, noch rein liebestoll zu sein. »Diese Vera hat ihn angezündet«, sagten die Leute. Er vermengte stets Persönliches mit seinem öffentlichen Wirken, und das geschah ganz unbewußt und blieb echt. Nicht mit Unrecht nannten ihn die Zeitungen, die über seine Versammlungen berichteten, »bombastisch«. Er verstand, sich laut und effektvoll in Szene zu setzen, und das zog seine Anhänger mit, das begeisterte sie. Jeder, der ihn näher kannte, wußte ja, daß er sich mit dem ganzen Ungestüm, mit all seiner Manneskraft in die Arme seines Weibes warf. Er war stolz auf diesen vielbewunderten Gewinn. Es war, als wüchse ihm daraus Kraft zu. Er glaubte an seine Unwiderstehlichkeit ganz naiv – und da sah er auf einmal, dieser Troifik blieb gänzlich unempfänglich dafür. So war es gekommen, daß er die ganze leidige Eilenburger Prozeßangelegenheit grollend beiseite schob. Wenn Lucker auch in der Hoffnung, sich damit aus dem Schlimmsten herauszuwinden, alles verraten hatte und seine Mitangeklagten unbedenklich belastete, auch das Urteil für ihn lautete auf Tod. Nur seine Geliebte, Cecilie Trummstedt, kam mit dem Leben davon. Ihr wurde auf zehn Jahre das Weltbürgerrecht aberkannt, das hieß, daß sie während dieser Zeit immer nur vier Wochen in irgendeiner Agrostadt oder Siedlung bleiben durfte. Im Lauf der Prozesse hatte sich gezeigt, daß Trummstedt vom Verhältnis seiner Frau gewußt und in einer Art Hörigkeit zu Lucker gestanden hatte. Doch auch dies trug nichts zur Milderung des Urteils gegen ihn bei. –

Es läßt sich nun leicht denken, wie bedrückt der Sheriff Greiner und seine Beigeordneten waren und wie sie insgeheim auf Schlemmers Hilfe hofften. Obgleich sie sich bei einiger Überlegung sagen mußten, daß dies ein sehr trügerisches Unterfangen sei, der Mann aus Peacetown schien ihnen wie vom Schicksal gesandt. Den Greiner jedoch verdroß außerdem noch etwas, was ihm jeden Tag mehr zuwider wurde, weil es bereits Stadtgespräch geworden war. Seine Gretel hatte sich – Greiner nannte das »wirklich hündisch« – in den Iwan Kaweljew ernsthaft verliebt. All ihre Tollheit war wie zerblasen, und zum Gespött der Bekannten zeigte sie jetzt stets eine ernste Miene. Sie war fest entschlossen, mit den Stillen nach Asien zu ziehen.
Und da war Joe mit dem Ohrstumpf und mit der ewigen Hoffnung, daß er seine Gretel doch noch dazu bekomme, zu heiraten. Der Sheriff und seine Frau hatten ihn gern. Er gehörte schon beinahe zum Haus, zur Familie – aber nein und noch mal nein!
»Nein«, hatte die Gretel bei der letzten Aussprache zu ihm gesagt, und er wurde dabei ganz verstört.
»Nein, Joe, das geht doch nicht, das mußt du doch einsehen«, war es dringlicher und ernster, als man ihr zutrauen konnte, aus ihr gekommen. »Ich hab' nichts gegen dich, im Gegenteil, es ist wie immer. Ich hab' dich gern, aber nichts weiter, verstehst du?«
Er verstand nicht, er fand kein Wort der Erwiderung. Das irritierte sie. »So aber kann man doch nicht heiraten, Joe, begreif mich doch!« redete sie weiter. »Ich weiß ja, das ist arg für dich, schrecklich! Aber was kann ich denn tun? Ich kann dich doch nicht anlügen, dich schon gar nicht! Ich will doch dein Unglück nicht, und du willst doch sicher auch nicht, daß ich mein Leben lang unglücklich bin... Versteh mich doch, Joe!«
Da war der Joe sekundenlang stehengeblieben, hatte sie angeschaut und war wortlos davongegangen. Gleich darauf meldete er sich für eine Qualifikanten-Brigade nach Asien. Außer einigem Bargeld, das er sich erspart hatte, verschenkte er alle seine Sachen. Dem Jankel gab er seinen verbesserten Helikopter, und Jankel sagte zu ihm: »Es ist, du

bist bloß krank, Joe! Liebe ist dumme Sache, ist Krankheit!... Ich will halten dein Maschinchen, bis du wiederkommst. Du wirst kommen, wenn Liebe liquidiert...«

Greiner und seine Frau wollten das Unbegreifliche verhindern. Flehentlich geradezu luden sie ihn nochmals ein, aber er blieb weg. Seit Tagen hatte es mit der Gretel heftige Auseinandersetzungen gegeben. Jetzt versuchten es Greiner und seine Frau noch einmal mit der störrischen Tochter.

»Ich will mich noch mal mit dir aussprechen, Gretel«, fing der Sheriff, dem jede Vaterwürde schlecht zu Gesicht stand, fast gewaltsam bedeutungsvoll an, und er ärgerte sich dabei, er merkte wahrscheinlich, daß dies alles gar nicht zu ihm paßte, und geriet in eine Gereiztheit: »Es ist zwar zwecklos nach allem, was bereits geschehen ist, aber schießlich sind wir doch keine Fremden.«

»Doch... In dem Falle schon!« fiel Gretel dazwischen. Der Greiner wurde dunkelrot vor Wut. Die Mutter gab der Gretel einen Wink.

»Doch, sagst du?!« fuhr der Sheriff auf und sah seine Tochter fest an. Er bezwang sich. Im Grund genommen wußte er nur nicht mehr weiter.

»Also fremd, meinetwegen auch das noch!« knurrte er verbittert. »Aber mach mir doch nichts vor! Ich glaub' einfach nicht, daß du auf einmal so eine lammfromme Sektiererin geworden bist.« Er wurde vollends wütend und schlug mit der Faust auf den Tisch: »Zum Teufel, warum hast du denn dann den Joe so lang an der Nase herumgeführt?! Niederträchtig ist das! Hundsgemein ist das!«

Gretel sagte kein Wort mehr. Ganz und gar verschloß sich ihr eigensinniges Gesicht.

»Joe ist doch der beste Mensch!« fing jetzt die Greinerin einfältig zu jammern an. »Er ist doch was und kann doch was, aber dieser Iwan, geh!«

»Aber ich mag ihn doch nicht! Ich kann ihm doch nichts vormachen! Versteht ihr denn nicht?« rief Gretel aufgestachelt und mühte sich gleich wieder, geduldig zu sein: »Warum macht ihr mir denn alles so schwer!«

»Wir wollen doch dein Bestes!« sagte die Mutter traurig. Der

sich nur noch mühsam beherrschende Sheriff stand auf, ging ein paarmal in der Stube hin und her, blieb plötzlich groß, fast drohend vor Gretel stehen und sagte mit klarer Betonung: »Also du magst den Joe nicht?«
»Nein«, antwortete Gretel etwas verwundert.
»Und das war die ganze Zeit so?« fragte er abermals.
»Ja!« gab sie nach einem winzigen Besinnen zu. Er sah sie stechend an. Seine Nasenflügel bebten, seine Bartspitzen zitterten mit.
»Weißt du, was du bist?... Ein ganz ordinäres, verlogenes Luder!« stieß er dumpf heraus und brüllte: »Der Teufel soll dich mit deinem Iwan in Asien holen!« Er stampfte zur Türe, riß sie auf und schlug sie zu, daß die Fenster klirrten. Schwer tappte er über die Stiege hinauf. Mutter und Tochter sahen einander kurz und betroffen an. Ein ganz klein wenig zitterte Gretels Kinn.
»An uns hast du auch nie gedacht«, sagte die Mutter, seufzte und ging ebenfalls aus der Stube. Sie weinte still in sich hinein. Die Gretel blieb eine Weile reglos stehen, und ihre Brust hob und senkte sich bedrängt. –

Einen ganzen Tag und eine ganze Nacht arbeiteten die Flußtaler fieberhaft an den Vorbereitungen zur Abschiedsfeier für Schlemmer. Alles war begeistert dabei, jeder hatte eine Menge Einfälle. Der praktische Jankel redete den sparsamen Knudsen an und sagte geweckt: »Werden wegziehen die Stillen. Ist Abschiedsfestival auch gleich für sie! Haben wir Arbeit nur einmal.« Sutzki, der dabeistand, zog an seiner Pfeife, spuckte und nickte: »Ausgezeichnet.«
»Aber ob sie kommen?« zweifelte Jean.
»Huj! Huj, sie werden kommen!« rief Jankel. »Will ich fahren mit Deruga zu Professor Paschuljew. Er wird sagen ja!« Weg lief er wie ein Wiesel. Sogar Sutzki mußte lächeln, als sie ihm nachschauten.
In der alten Siedlung trafen Jankel und Deruga bereits den Sheriff Greiner, dessen Auto vor dem Haus Wirigins stand. Er benutzte den Vorwand, die Stillen zum Fest einzuladen, um mit dem Führer der Stillen, mit Paschuljew und vor allem mit dem alten Kaweljew und dessen Sohn Iwan die An-

gelegenheit seiner Gretel noch einmal durchzusprechen. Vielleicht erhoffte er sich im letzten Augenblick doch noch eine Änderung. Das plötzliche Auftauchen Jankels und Derugas war ihm gar nicht recht. Bei ihrem Eintritt in die kleinfenstrige, schon leicht angedunkelte Stube sagte der alte Kaweljew eben: »Wer soll uns das Recht geben, da dreinzureden, Sheriff! Iwan ist ein Mensch wie ich. Jeder muß den Weg gehen, der ihm vorgezeichnet ist.« Der breitschultrige, hochgewachsene Iwan kraulte ein wenig an seinem rötlichen Bart, drückte Greiner die Hand und sagte: »Sei nicht mein Feind, Sheriff!« Greiner nickte nur noch, und alle wandten sich Jankel und Deruga zu, die Paschuljew herzlich grüßte. Ja, sagten die Stillen, sie würden es in der Siedlung herumsagen, und wer Lust habe, der komme zum Fest. Als Greiner mißmutig in sein Auto stieg, sagte Jankel geschwind zu ihm: »Es ist so, Sheriff, Gretel ist verriiickt, aber es ist so – wenn man ist jung, ist alles anders. Nikolai Petrowitsch hat recht!« Der Angesprochene machte nur eine stumme, ärgerlich abwehrende Geste. –

Schon in der ersten dämmerigen Frühe des anderen Tages ging es in Flußtal zu wie in einem aufgestöberten Ameisenhaufen. Jedes Haus war girlanden- und fahnengeziert. Vor den Klublokalen sammelten sich festliche Züge mit Transparenten. Gleich darauf erscholl vom Turm des Stadthauses ein schmetterndes Trompetensignal. Nach den ersten wohlbekannten Tönen fing es in allen Straßen, auf den Plätzen, in der ganzen Stadt hell und mächtig zu singen an:

»Unsere Heimat ist groß!
Unsere Heimat ist rundum die Welt!
Sie hat keine Grenzen.
Aber daheim sind wir bloß,
Wo unsere Ähren glänzen.«

Es war das Lied, das Bill Torsten, einer von Jankels Traktorengruppe, einmal zufällig gedichtet und in Musik gesetzt hatte. Im Gegensatz zu seinem nüchternen, etwas schwerfälligen Bruder Frederick, dem früheren Ultristen, der jetzt als Mitglied des Rates in Peacetown saß, war Bill ein spiele-

risch kecker Mensch mit viel Witz, dem das leichtbeschwingte, träumerische Dahinleben weit mehr zusagte als alle Politik. Er hatte gar keinen Ehrgeiz, ließ sich stets vom Augenblick überraschen und beschäftigte sich mit vielerlei Dingen, die sein Talent reizten. Sein hochgestellter Bruder beneidete ihn im stillen. Es war vielleicht auch einige Bewunderung dabei. Einmal nämlich war es geschehen, daß Frederick Bill dazu angehalten hatte, ein gut singbares Lied für die Ultristen zu dichten. Indessen Bills Verse und seine selbstkomponierte Melodie, dieses heitere, aber keineswegs »kämpferische« Liedchen fand bei den Ultristen nur Ablehnung. Bill machte sich nichts daraus, er lachte nur. Wider Erwarten jedoch hatte sich dieses Liedchen bald in allen Agrostädten verbreitet und war ganz besonders bei den Qualifikanten-Brigaden beliebt, und jetzt – jetzt sang es die ganze Welt! Es war vom Rat zur offiziellen Welthymne erhoben worden. Bill erhielt eine Prämie von zweitausend Empis auf Ratsbeschluß und stiftete das Geld zur Erweiterung der Flußtaler Stadtbibliothek, denn was er brauchte, hatte er reichlich. Zudem war er ein fleißiger Mensch mit bescheidenen Bedürfnissen. Sein Bruder Frederick ärgerte sich jetzt, daß hauptsächlich Douraine und Pimeschko das Lied abgelehnt hatten. Er wurde stolz auf seinen Bruder, indessen darein mischte sich auch eine leichte Bitterkeit, denn seither sagten alle Menschen, die ihn kennenlernten: »Ach, Sie sind der Bruder von Bill Torsten!«
Außer den lebenswichtigen Betrieben lag alle Arbeit in Flußtal still. Zug um Zug – Alter, Jugend und Kinder – bewegte sich durch die Straßen. Alles strömte dem festlich geschmückten, hufeisenförmigen ersten städtischen Sportstadion zu, das sich am östlichen Stadtende befand und unmittelbar an die weiten, flachen Felder grenzte. Zehntausend Menschen faßte das Stadion, aber der Strom der Leute fand bei weitem nicht Platz genug. Darum hatte man an den Zufahrtsstraßen riesige Zelte aufgestellt, in denen Lautsprecher und Fernsehbildschirme angebracht waren. Bunte, munter kreisende Karusselle, Schiffsschaukeln und allerhand jahrmarktähnliche Lustigkeiten gab es daneben. Und der mildsonnige Nachsommertag glänzte über allem. Als

der Sheriff mit den Beigeordneten Schlemmer vom Hospital abholte und mit ihm durch die Stadt fuhr, kannte der Jubel kaum noch Grenzen, insonderheit, da der allbeliebte, temperamentvolle Mann in seiner Freude selber viel dazu beitrug. Er sprang immer wieder im offenen Auto des Sheriffs auf, warf beide Arme, winkte und grüßte lachend und laut und zeigte so gar nichts Amtsmäßiges.

»Der ist wie wir!« sagte der hinter ihm dreinfahrende Friedensrichter Douraine zu Vera. »Und ausgerechnet der hat seinen Ratssitz ausgeschlagen. Jammerschade!«

»Bist du ihm neidig?« scherzte Vera und lächelte verfänglich.

»Oh, du Schlange!« raunte er ihr heiß ins Ohr und umspannte mit dem einen Arm kräftig ihre schlanke Taille. »Neidig? Auf was denn? Aber als Rat wär' dieser Prachtkerl doch mehr wert als zehn so trockene Regierer!«

»Ja, ja, ich kenne ihn etwas! Nimm dich in acht, Büffel!« meinte Vera wie vorhin und sah ihn an. Zwischen ihren vollen Lippen glänzten ihre blanken Zähne.

»Ich glaub', ich muß dich doch noch ermorden!« warf er ebenso scherzend hin. Sie lächelte erneut sehr angeregt in sich hinein. Ganz kurz und unvermerkt musterte sie ihren »Büffel«, und irgend etwas wie eine unsagbare Unersättlichkeit überrieselte ihren Körper. Sie spürte ein Prickeln auf ihrer Haut. »Wer weiß, vielleicht sagte er was Richtiges! Unser Rausch ist zu groß«, dachte sie. Sie sah den Mann und sah die lauten Menschen, die Sonne spiegelte sich im Schutzfenster des offenen Autos – alles klang zusammen, aber es gehörte nicht zu ihr. Das löste für eine Sekunde eine ganz leichte Fadheit aus. Wie um davon loszukommen, umschlang sie jäh Douraines haarigen Nacken, und während die Leute vergnügt staunten, küßte sie ihren »Büffel« schallend auf den wulstigen Mund.

»So«, sagte sie übermütig zu ihm, »jetzt schäm dich einmal!« Er lachte die Leute stolz und mit breiter Zufriedenheit an, fast so wie ein triumphierender Zecher, der alle seine Kumpane unter den Tisch getrunken hat und jetzt erst auf den vollbehaglichen Geschmack des Weines kommt. –

Das ausgelassene Fest dauerte bis tief in die Nacht hinein.

Sportliche und musikalische Darbietungen, Reden und brausende Hochrufe wechselten unablässig. Der Lärm in- und außerhalb des Stadions stieg und stieg. Viele waren schnell betrunken und trieben im wühlenden Gemenge allerhand Allotria. Am Himmel flogen die silbrig funkelnden Helikopter und städtischen Flugzeuge, machten waghalsige Schwünge und schrieben ins Blau: »O. S. – Vivat!« Kurz vor Hereinbruch der Dämmerung setzte die Musik aus. Es wurde ein wenig stiller. Ein ungeheures Massenessen begann. Durch den verstreuten Lärm, das Lachen und Tellergeklapper vermeinte man ein gigantisches Schmatzen zu hören. Es war gleichsam, als schmatze die Erde mit.
Inzwischen machten die Feuerwerker ihre Vorbereitungen. Die lärmenden Kinder liefen ihnen auf Schritt und Tritt nach.

Vera saß am blumengeschmückten, vollgestellten Ehrentisch zwischen Maurice und Greiner. Sie war meist abwesend und kam sich fremd vor. Während sie ab und zu etliche gleichgültige Worte wechselte, ging ihr immer wieder durch den Sinn, daß sie sich seit der Verheiratung mit Maurice selbst aus allem ausgeschaltet hatte. »Nichts als dieses Stück Mann«, tropfte durch ihr Inneres. »Und – das ist alles! Alles?« Sie richtete sich ein klein wenig gerader auf und sah, wie Schlemmer sie fixierte. Sie lächelte ihm zu. »Blöd, sinnlos!… Warum spiel' ich nicht weiter?« dachte sie, da merkte sie, daß Schlemmer sie gar nicht beachtete. Pimeschko war eben angekommen. Er grüßte Schlemmer kurz und sprach dringlich und hastig mit Douraine. Das kam dem Sheriff offenbar sehr gelegen. Er und Jean fingen ernst und gewichtig zu flüstern an. Dann wandten sich beide an Schlemmer, der interessiert zuhörte und nickend antwortete: »Ja, ja, ich weiß.« Vera hörte nach beiden Seiten. Pimeschko erzählte in seiner geschwinden, geheimnisvoll-bedeutsamen Art, daß die Hauptstreitkräfte der Rebellen im mandschurischen Gouvernement 1119 eine entscheidende Niederlage erlitten und bedingungslos kapituliert hätten. Lawrow, Ostermann und Kimuza seien kurz vor dem Zusammenbruch in ihrem Hauptquartier von Verschwörern in ihren eigenen Reihen

ermordet worden. Ihre Leichen habe man zerstückelt und auf die Straße geworfen. Da nunmehr die Rebellen endlich an alle ihre Verbände die Aufforderung gerichtet hätten, sich zu ergeben, habe das Zentralkommando der Ratsarmee in Peacetown angeregt, Generalpardon zu geben und keine Rachejustiz zu dulden, weil dadurch nichts gewonnen und nur neue Verwirrung und Erbitterung hervorgerufen werden würde. Vera hörte erst ganz mechanisch hin, aber langsam wurden alte Erinnerungen in ihr lebendig.
»Sicher von den Pfaffen inspiriert«, hörte sie Pimeschko sagen. »Wir müssen unbedingt darauf dringen, daß durchgreifend gesäubert wird, und dafür sorgen, daß möglichst viel Kommissare von uns damit betraut werden.«
Ganz mechanisch, als bitte er sie um Geduld, streichelte Douraine dabei über Veras Hand, und – merkwürdig – das versetzte sie in eine kurze, ganz eigentümliche Erregung. Gleichzeitig sagte Greiner zu Schlemmer etwas, und der rief nun laut: »Aber, Kinder, ich hab's euch doch schon gesagt, daß ich da ganz und gar unkompetent bin! Ich bin doch bloß ein windiger Ingenieur! Jetzt ist auch nicht mehr zu raten und zu helfen!« Vera sah gleichgültig, wie Greiners und Jeans Gesichter hoffnungslos wurden. Die Hand Maurices lag noch immer auf der ihren, er drückte sie langsam. Seine Hand wurde nach und nach immer wärmer. Eine wilde Selbstvergessenheit überkam sie, und alles um sie verschwamm. »Wozu da hocken!« dachte sie. »Was will ich denn noch mehr!?... Weg! Heim, ins Bett, Büffel!« Ihr Herz trommelte etliche Male laut. Da fiel Greiners Blick in ihre Augen, und ganz sachlich fragte sie: »Hat denn der Weltgerichtshof Ihre Eingabe schon abgelehnt?«
»Ja«, nickte der Sheriff und wurde leicht erstaunt.
»Seit wann?« fragte sie weiter. »Seit einer Stunde wissen wir's«, erwiderte Greiner bedrückt.
»Dann ist nichts mehr zu machen«, schloß Vera und zog ihre Hand von Maurice zurück. Jetzt sah sie, wie Schlemmer sie anlächelte. Er streckte ihr die Hand hin und drückte sie, indem er sagte: »Wir kennen uns noch, Madame! Sie wissen doch Bescheid in solchen Sachen! Sagen Sie doch selber, was hätt' denn ich dabei machen können.«

»Es ist auch schon zu spät«, meinte Vera, und da er sie noch immer so freundlich anlächelte, hob sie ihr Glas und trank ihm zu: »Grüßen Sie Peacetown von mir! Vielleicht sehn wir uns einmal wieder!«
»Alles sofort ausarbeiten! Das wollen wir doch sehn!« drang Douraines dumpfes Räsonieren dazwischen. Pimeschko ging eilig davon. Maurice wandte sich ihr zu. Um seine Enttäuschung loszuwerden, stand Greiner auf und wollte zu den Stillen gehen. Die aber hatten sich, ohne sich zu verabschieden, auf den Heimweg gemacht. Greiner wollte eigentlich noch eine herzliche Ansprache an sie halten, aber als er jetzt vor den leeren Tischen stand, war er fast froh. In dieser Stimmung wäre ihm sicher nichts Gescheites eingefallen. – Draußen auf den dämmerigen, im fernen Himmel verschwimmenden Stoppelfeldern mit den hohen Strohhaufen gingen eng umschlungene junge Liebespaare umher. Abseits, am Rand der Autoreihen, sah man die Gretel mit ihrem Iwan. Sie gingen nicht Arm in Aım. Nachdenklich, wie schüchtern schritten sie nebeneinander.
»Was ist das – warum gefällst du mir so, Iwan?« sagte Gretel zärtlich und schaute ihn von der Seite an. Er blieb stumm.
»Warum sagt du denn nichts, Iwan?« fragte sie verhalten.
»Was ist da zu sagen«, gab er endlich an und zuckte die Achseln, doch er griff nach ihrer Hand und verschränkte seine Finger in den ihren.
»Wie meinst du das? Red doch, Iwan!« sagte sie drängender und drückte sich näher an seine Seite. »Du bist schrecklich!«
»Schrecklich?« lächelte er, auf sie herabsehend. »Was ist denn daran so schrecklich?«
»Ich weiß nicht«, versuchte sie zu schäkern.
»Du bist eben so oft gekommen. Du hast mir gefallen, das ist alles«, sagte er einfach.
»Es hat mich eben immer zu dir gezogen«, meinte sie und schmiegte sich jetzt zärtlich an ihn. Sie sah an ihm empor. Sie fühlte eine unbegreifliche Verstrickung. Ihr heißer Atem strich über sein Gesicht. Ihre straffe Brust ging auf und nieder. Mit einem Male streckte sie ihre Arme und fiel ihm um den Hals. »Du, Iwan!« hauchte sie und saugte sich mit ihren Lippen an seinen bärtigen Wangen fest. Er ließ es wider-

standslos geschehen und spürte deutlich, wie ihre Arme dabei zitterten.
»So auf freiem Feld, das ist nicht gut!« sagte er endlich ruhig und wollte sich losmachen. Doch sie klammerte sich nur um so fester an ihn und rief aus tiefstem Herzen: »Warum nicht gut! Alles zwischen uns ist gut! Quäl mich doch nicht so, Iwan! Ohne dich hab' ich keine Ruhe mehr!«
»Wir sind alle zur Unruhe geboren«, sagte er etwas pastoral und hölzern.
»Das verstehe ich nicht! Was meinst du damit?« rief sie ein wenig ernüchtert.
»Wirigin hat ein Buch, aus dem er manchmal vorliest. Da steht drinnen: ›Was suchst du Ruhe, der du zur Unruhe geboren bist.‹... Das sagt für uns alles«, erklärte er im Weitergehen, und jetzt schob er seinen Arm unter den ihrigen.
»Was wird sein? Wir werden heiraten und nach Asien gehen. Du wirst Kinder haben und viel Arbeit«, redete er wie für sich weiter.
»Kinder?!... Kinder von dir, Iwan?« rief sie, zärtlich zu ihm aufschauend. Das Geräusch der vielen Gespräche und Laute klang weit entfernt, es kam wie durch Wattewände. Die Mücken summten scharenweise um sie, und dieses Summen sang in ihren Ohren. Hoch und feierlich wölbte sich der erdunkelnde Himmel, und nur wenige Sterne tauchten auf. Da schossen die ersten Raketen krachend, und grellbunte Lichtergarben überstrahlten die Flächen. Die schlafenden Vögel zwitscherten leicht erschrocken, und von den nahen Heuhaufen kam manchmal ein unterdrücktes Kichern.
»Iwan! Iwan, schau doch! Wie schön, ach, wie schön das ist!« schrie Gretel laut losbrechend. Zitternde Lust und wirre Verzückung klangen aus den Worten. Schwarz und scharf konturiert standen sie im Licht...

In der ersten Morgendämmerung brach Schlemmer vom Fest auf und flog, ohne sich noch einmal auszuruhen, nach Peacetown ab. Als der Tag aufbleichte, sah es im Stadion, in den umliegenden Feldern und in der Stadt wüst und unaufgeräumt aus. Die Hauswände mit den schon teilweise abgenommenen Girlanden und Fahnen machten den Eindruck

einer demolierten Theaterkulisse. Langsam wachte die Arbeit wieder auf. Die Menschen hatten verbrauchte Gesichter.
Der Sheriff Greiner war schwer verbrummt, nahm nicht einmal das Frühstück und ging gleich weg. Er und seine Beigeordneten mußten, um der Form Genüge zu tun, noch einmal nach Eilenburg auf das Appellationsgericht. Dort wurde unter ihrem Beisein dem Lucker und den Trummstedts noch einmal das Urteil vorgelesen, und nachdem die Flußtaler das Dokument unterzeichnet hatten, unterstanden die Delinquenten nur noch ihnen. Ein Gefängniswagen brachte Lukker und den Lehrer nach dem Flußtaler Stadtgefängnis. Innerhalb von vierundzwanzig Stunden mußte das Urteil vollstreckt sein, da das Gnadengesuch abgelehnt worden war. Für die ordnungsgemäße Ausführung all dessen war der Friedensrichter Douraine verantwortlich.
Cecilie Trummstedt schrie markerschütternd in ihrer Eilenburger Zelle. Der harten Üblichkeit entsprechend, wurde sie erst nach der Exekution ihres Mannes, von dem sie einen kurzen Abschied nehmen durfte, auf freien Fuß gesetzt und konnte noch vier Wochen in der alten Siedlung bleiben.
Nach der Erledigung dieser unangenehmen Dinge fanden sich der Sheriff Greiner und die zwölf männlichen Beigeordneten zu einer Sitzung im Flußtaler Stadthaus zusammen. Die sechs weiblichen Mitglieder des Stadtkollegiums fehlten diesmal. Auch in der neuen Gesetzlichkeit hatten sich bereits bestimmte Traditionen eingeführt. Nach einem Prinzip, das wahrscheinlich noch aus der Nomadenzeit stammte und bisher nirgends abgeschafft worden war, durften Frauen bei Exekutionen nicht mitwirken. Streng verboten war, die Stunde der Hinrichtung bekanntzugeben oder gar Zuschauer zuzulassen.
Die zwölf Männer und der Sheriff setzten sich um den umfänglichen Beratungstisch und losten, außer Greiner, der sich von vornherein nicht davon ausnehmen konnte, weitere fünf Exekutanten aus. Es war beklemmend still im Raum. Einige Sekunden fand überhaupt keiner das Wort. Endlich meldeten sich Jankel, der bärbeißige Vorarbeiter Donald Johnson von der Zuckerfabrik, Sutzki, Jean und Knud-

sen als Ausgeloste. Einsilbig ging man nach einigen schnell verabredeten Verhaltungsmaßregeln auseinander. Die also Bestimmten hatten Schweigepflicht. Es läßt sich denken, wie abwesend und unlustig sie diesmal bei ihrer täglichen Arbeit waren. Greiner zeigte keinen Appetit beim Abendessen und wälzte sich die halbe Nacht in seinem Bett herum, so daß seine Frau einmal aufwachte und fragte, ob ihm nicht gut sei.
»Ah, nichts! Schlaf nur!« brummte er. Als der erste Dämmer grau und unschlüssig heraufstieg, erhob er sich und ging leise davon. Drunten in der Küche legte er einen Zettel hin: »Dringende Sitzung. Ich komme gegen neun Uhr zurück.«
Er traf die anderen Exekutanten fröstelnd und wie übernächtig im muffig riechenden Polizeiraum des Gefängnisses. Sie grüßten einander kurz, sahen betreten auf den langsam vorrückenden Zeiger der großen Wanduhr und plagten sich, mannhaft ruhige Gesichter zu machen, wobei sie hin und wieder sagten, der Friedensrichter habe es wohl auch nicht mit allzu großer Pünktlichkeit. Endlich kam Douraine, der den Doktor Winanski mitbrachte.
»Gut! Sind wir vollzählig? Also los!« sagte Douraine, drückte auf einen Klingelknopf an der Wand, und man hörte Schritte im Obergeschoß, Türenriegel gehen und verschwommenes Gerede. Als die sechs die Gewehre aus dem Stahlschrank des Gefängnisses nahmen und Johnson sich etwas ungeschickt beim Laden anstellte, lud Jankel für ihn. Johnson war nie Soldat oder Nomade gewesen.
»Ist gut«, sagte Jankel. Er war sehr blaß. Er hielt sein Gewehr vor sich hin, schaute Greiner, Sutzki, Jean und Knudsen an und meinte: »Lang her, hab' nicht gehabt so was in der Hand!« An den Mienen seiner Freunde war zu erraten, daß sie dasselbe dachten. Schweigend führte sie der Polizeioffizier durch den langen Gang, öffnete die Türe und entließ sie auf den kahlen, gepflasterten, nur auf einer Seite von zwei Kastanienbäumen bestandenen Hof des Gefängnisses, das außer Lucker und Trummstedt zur Zeit niemand beherbergte. Eigentlich kamen ja nur zufällig Obdachlose oder randalierende Betrunkene hier auf kurze Zeit in Haft.
Festschrittig ging Douraine auf die Seite und sah hüstelnd

zum sich langsam aufklarenden Himmel, über den die östlich aufsteigende Sonne die zarte Röte ihrer ersten Strahlen höher schob. Flankiert von je zwei Polizisten, wurden die Verurteilten herausgeführt. Ihre Schritte klapperten hart auf dem Pflaster.

»Nein... Jetzt ist's schon gleich!« lehnte Lucker, der im Angesichte des Todes eine Art verzweifelten Mannesmut bekommen hatte, das Verbinden der Augen ab. Er hielt sich stramm und gerade, aber alles Blut war aus seinem verschlagenen Gesicht gewichen. Seine Augen starrten gläsern auf die sechs Männer, als sähe er sie nur verschwommen. Während man den jammernden, zuletzt grauenhaft wimmernden Trummstedt buchstäblich an die Wand zerren mußte, wo er mit schlotternden Knien stehenblieb, sah Luckers Figur wie steif gefroren aus. Sein Kopf reckte sich empor, und er drückte ihn an die Mauer. Sogar seine Hände hatte er flach auf die Hosennaht gepreßt, und plötzlich schrie er aus geschwollener Kehle: »Jetzt schießt schon, ihr Arschlöcher!« Die sechs Männer hatten ihre Gewehrkolben schon an die Wange gedrückt, als der entsetzlich schreiende Trummstedt zusammenfiel. »Feuer!« schrie Douraine hastig, und es krachte peitschend. Aber in ihrer Unsicherheit und inneren Bedrängnis hatten alle nur Lucker getroffen, der steif, ohne Laut vornüber aufs Pflaster klatschte.

»Weg mit dem andern! Feuer!« kommandierte Douraine noch einmal, und zitternd ihre Gewehre niederhaltend, schossen die sechs abermals. Wie ein verendendes Tier streckte sich der durchlöcherte Leib noch einmal und blieb blutüberströmt liegen. Der dicke Doktor Winanski kam kurzschrittig und hastig aus der Gefängnistüre, trippelte auf die Leichen zu, beugte sich nieder und sagte nach einigen Sekunden: »Tot!« Zwei Totengräber mit einer Tragbahre kamen aus einer Seitentür. Schweigend, mit kaltem Schweiß auf den Stirnen, tappten die Exekutanten hintereinander auf die Gangtüre zu. Als ob es sie gar nichts anginge, ließen sie Douraine, der mit dem Doktor folgte, schimpfen und poltern. Erst im Polizeiraum knurrte Greiner ihn giftig an: »Jetzt hör aber auf, ja! Laß dich anstellen als Berufshenker, meinetwegen!«

»Vorsicht ist besser als Nachsicht!« warf ihm Douraine in Ermangelung einer passenden Antwort an den Kopf. »Was habt ihr denn so ein Gesindel bei euch groß werden lassen.«
Das machte merkwürdigerweise die Brust ein wenig frei. Sutzki spuckte in weitem Bogen. Da Douraine merkte, daß alle äußerst mißgelaunt und wortkarg waren, ging er rasch davon. Als die sechs das Hauptportal des Gefängnisses verließen, surrte sein Auto weg. Der Doktor lüftete noch einmal den Hut.
Der Tag war da. Frisch glänzte die Sonne auf den tauigen, schon leicht verfärbten Alleebäumen. Die Stadt fing eben an, ihr gewohntes morgendliches Gesicht anzunehmen.
»Dieser Lucker!... Seinen Mann hat er gestellt«, sagte Johnson aufatmend. Wortlos nickten einige. Mit mitgenommenen Gesichtern gingen sie eine Weile dahin und trennten sich.

Der Papst war mit einigen Tausend Katholiken, die in seiner Nähe lebten nach Asien abgereist. Er hatte dringend darum gebeten, zuerst dorthin gebracht zu werden, um mit gutem Beispiel voranzugehen. Trotz seines hohen Alters wollte er alle Unbill auf sich nehmen und dieselbe Arbeit leisten wie jeder der Seinen. Das war in mehrfacher Weise auffällig, denn erst vor kurzem hatte das »Medizinische Zentralamt« auf Ratsbeschluß die vielerprobte Methode des Professors Gerald Rickson freigegeben, die darauf hinauslief, jeden alternden Menschen auf Grund einer sehr einfachen Drüsenumstellung und Blutbelebung wirkungsvoll und nachhaltig zu verjüngen. Im Umsehen entstanden in den Hospitälern der Agrostädte solche Verjüngungsstationen und wurden sehr stark frequentiert. Ob nun aus greisenhaftem Eigensinn oder weil er darin etwas Naturwidriges, ja fast etwas wie eine Herausforderung Gottes erblickte, bleibe dahingestellt – jedenfalls, der sonst so modern denkende Papst hatte eine solche Operation abgelehnt. Er wollte an das schwere Werk, zu dem er geraten hatte, herangehen wie jedermann, wie der Geringste von allen. Vielleicht verfolgte er mit seinem Beispiel auch noch andere Absichten, da er so zur Eile trieb. Nach dem entscheidenden Sieg der Ratsarmeen über die Verschwörer nämlich hatte sich die Lage in Asien keineswegs entwirrt. Es gab eine Unmenge politischer und technischer Schwierigkeiten, die der Rat, der zu diesem Zweck von neuem das Weltparlament zusammengerufen hatte, nicht von einem Tag auf den andern lösen konnte. Gewiß waren schon beträchtliche Qualifikantenmassen in die heimgesuchten Gebiete entsandt und leisteten dort die allergröbsten ersten Aufräumungsarbeiten. Sie reparierten die zerstörten Eisenbahnlinien und Straßen und zogen neue, errichteten Flugzeug-Landungsplätze und gewaltige Versorgungszentren, bauten Seuchenlazarette, Auffangstationen und Sanitätsdepots, aber – wenn ihren größeren Einheiten auch von Anfang an provisorische Zivilkommissare beigegeben worden waren – zunächst herrschte noch das Militär

wie eine Okkupationsarmee in einem eroberten feindlichen Land. Das erschwerte vieles und zeitigte manche Reibungen. Außerdem hatte sich nach der ersten Beruhigung und Klärung herausgestellt, daß viele Hunderttausende halbwegs verschont gebliebener Agrostädter in Innerasien, die sich in ihrer Wehrlosigkeit dem Terror der Rebellen gebeugt und angepaßt hatten, keineswegs gesonnen waren, ihre gewohnte Heimat aufzugeben und sich in andere Kontinente verpflanzen zu lassen. Diesen Willen respektierte der Rat schon deswegen, weil dadurch große Kosten und viel Arbeit erspart wurden. Doch wenn für die Zukunft Schlimmes vermieden werden sollte, mußten diese Leute auf ihre politische Zuverlässigkeit untersucht werden. Der allzu selbstsichere Bresci irrte, wenn er glaubte, daß die Futuristen im Vertrauen auf ihn und seine Freunde stets mit dem Rat konform gehen würden. Der wendige Ultrist Cludeau hatte sich nach einer eingehenden Aussprache mit Douraine und Pimeschko mit Brescis Nachfolger, dem jetzigen futuristischen Parteiführer Tim Lankwitz, einem ehemaligen Deutschen, geeinigt. Mit dem Hinweis, daß viele Verschwörer in eine sichere Tarnung hinübergewechselt seien, erzwangen die Futuristen und Ultristen vom Rat die Entsendung sogenannter »Politischer Säuberungskommissare« aus ihren Reihen. Vorderhand also war es so, daß nur die schrecklich mitgenommenen Konzentrationslagerhäftlinge und die verstreuten, verelendeten Nomadenhaufen aus Asien wegwollten. Dadurch aber blieb für die Neueinwandernden meistens nur Wüste und zerstörtes Land.
Gleichzeitig mit dem Papst und den Seinen brachen auch die Stillen im Flußtaler Gebiet auf. Einiges Unangenehme und Aufregende war dem vorangegangen. Paschuljew hatte einmal einen sehr abstrusen, kaum mehr entzifferbaren Brief William Homanns aus Peacetown erhalten, aus welchem er nur so viel herauslesen konnte, daß Homann allen Ernstes vorhatte, mit ihm und den Stillen nach Asien zu gehen. »Du weißt, Glauben ist nicht meine Sache, mein Lieber«, stand darinnen. »Aber ich will mich ganz und gar Deiner Sektenvorschrift fügen.« Es kam aber zu all dem nicht. Eines Morgens fand man Homann, gleich einer riesigen, ekligen

Qualle, mit starr ausgestreckten Armen und Beinen in einer Nebengasse der Peacetowner Altstadt tot auf. Nach tagelangem wüstem Saufen war er einem Herzschlag erlegen.
Weit aufregender war die andere Sache, weil sie die grundsätzliche Haltung aller Stillen auf eine harte Probe stellte. Durch die Verheiratung Gretel Greiners mit Iwan auf diesen rettenden Gedanken gebracht, versuchte Cecilie Trummstedt, mit ihrem bereits herangewachsenen Sohn in die Gemeinschaft der alten Siedlung aufgenommen zu werden, und setzte alle Hebel in Bewegung, um gleichfalls mitziehen zu dürfen. Die Stillen stellten sich nicht gegen sie. Sie äußerten sich weder ablehnend noch zustimmend. Für sie war jeder Mensch ein Bruder oder eine Schwester, der freilich erst die Fremdheit verlor, wenn er sich eingelebt und bewährt hatte. Die Bewährung war ebenso einfach als schwer. Sie wurde keineswegs erzwungen, sondern nur erhofft, denn ihrem ganzen Wesen nach waren die Stillen weder Lehrer einer Moral noch enge, fanatische Glaubensstifter. Nicht durch ein klares Statut oder ein kompliziertes Dogma wurde ihre seltsame Bruderschaft zusammengehalten, nein, nur dieser eine, erkenntnisgeladene Grundsatz führte die Gleichgesinnten zusammen: »Es gibt im Leben der Menschen nichts Gutes und nichts Schlechtes. Stelle dich gegen nichts und widerstehe niemandem, denn sonst wirfst du dich zum Richter auf und machst dich schuldig. Ertrage, was an dich herankommt, denn es ist dir zweifellos auferlegt.«
Das hatte Cecilie Trummstedt nicht bedacht und wohl auch nie begriffen. All ihr Jammern, Bitten und Einreden auf Wirigin, Paschuljew und alle sonstigen Stillen war sinnlos. Was sollten sie ihr auch sagen? »Das Wort verfälscht den Sinn«, sagte Iwan, dem sie einmal in die Quere lief, zu ihr. »Mit Worten macht man Lehren, das führt zu nichts.« Es klang fast hochmütig. Er sah sie ruhig an. Ihr Daherreden glitt an ihm ab. »Mein Sohn ist jung. Wir wollen doch alles tun, wie ihr's verlangt«, drang Cecilie einfältig in ihn.
»Verlangen?... Wer kann von euch was verlangen?« gab er ihr zurück, und schließlich ging er weiter.
Cecilie suchte eines Tages den Sheriff Greiner auf und beredete ihn, von der Gemeinde aus ein entsprechendes Gesuch

für sie an den Weltgerichtshof zu richten. Dieses Gesuch jedoch mußte vom Friedensrichter befürwortet und unterzeichnet werden, und Douraine verweigerte es. Rastlos trieb es Cecilie umher, und es gelang ihr, Vera einmal insgeheim zu treffen. Die schien Verständnis für sie zu haben.
»Gut, ich will es versuchen«, sagte Vera. Irgend etwas an der Sache reizte sie. Weder Douraine noch sonst jemand erfuhr von dieser Zusammenkunft. Vera wollte direkt an Climasch appellieren und überlegte lange. Eine eigentümliche Erregung überkam sie dabei. Sie dachte weit zurück, und zuletzt stand ihr ehemaliger Chef hämisch lächelnd mitten in ihren Gedanken. »Nein!« sagte sie entschlossen und schrieb je einen Brief an Gertrud Rechlin und an John Barry. Ehe jedoch die bedauernden Antworten dieser beiden einliefen, erhielt der Märzstädter Friedensrichter ein hochamtliches Schreiben aus Peacetown, in welchem erklärt wurde, daß dem »Ansuchen von Frau Vera Douraine betreffend Cecilie Trummstedt nicht stattgegeben werden könne, da das Gesuch nicht den normalen Instanzenweg durchlaufen habe«. Das war die eisige Antwort Climaschs. Vera wußte und fühlte es aus jedem der nüchternen Worte. Unanfechtbar korrekt verharrte der Verschmähte in seinem Haß, und nun hatte er einen ersten Triumph durch sie selber errungen. Veras Stolz bäumte sich. Wut überkam sie, und endlich flammte eine Kampflust in ihr auf, die sich dadurch noch verstärkte, daß Douraine sie sehr aufgebracht zur Rede stellte. Sicher hatte Climasch das beabsichtigt.
»Geheimnisse hast du vor mir?!« knurrte Douraine und fixierte sie stechend. »Was mischst du dich in meine Sachen? Noch dazu für eine windige Verschwörerin!«
Vera spielte ihm arglose Keckheit vor und meinte leichthin: »Na, warum, ich hab' es auch mal versucht... In diesem Fall ist doch das ganze Recht reine Unvernunft!« Er musterte sie noch immer, und langsam zerglitten die düsteren Falten auf seiner Stirne.
»Kind!« sagte er. »Laß doch den Unsinn!... Überlaß uns Männern das!« Er lächelte. Ihre Miene veränderte sich nicht, aber eine vage Fadheit befiel sie nach und nach. Der Ton, mit dem er das Wort »Kind« ausgesprochen hatte, ärgerte sie.

Sie öffnete ihre halbgeschlossenen Augen und sah ihn prüfend an, stumm und messend, als wollte sie sagen: »Nimm dich in acht, mein Lieber...!« Und so, als ob gar nichts gewesen sei, riß sie ihn an sich und küßte ihn lachend.
Im übrigen kamen die ganzen Hilfeversuche für Cecilie Trummstedt auch schon zu spät. Die vier Wochen ihrer Aufenthaltsgenehmigung in der alten Siedlung waren vorüber. Die Gemeinde Flußtal, welche die Vormundschaft für ihren Sohn übernommen hatte, bewirkte, daß er in eine kommunale Lehrwerkstätte aufgenommen wurde. Cecilie mußte weg. Sie reiste zunächst zu ihrer Schwester in das an der Nordsee gelegene Gouvernement 387, und nach und nach wurden ihre Briefe an den Sohn immer seltener; sie kamen aus immer anderen Gegenden. Johann Trummstedt lebte sich mit den Jahren völlig in Flußtal ein. –

Es war ein tauglitzernder Frühherbstmorgen, und die dichten Nebelschwaden hatten sich bereits himmelwärts verflüchtigt, als die Stillen die langen kombinierten Luft-Personen- und -Frachtzüge bestiegen, die wie phantastische metallen steife Schlangen auf den abgeernteten Feldern zwischen Flußtal und der alten Siedlung bereitstanden. Eine unübersehbare Menge Neugieriger hatte sich eingefunden. Hunderte von Autos verstopften die Zugangsstraßen oder standen regellos in den Flächen. Außer den Flußtalern und vielen Märzstädtern waren von Eilenburg der Polizeigeneral van Heuven in Vertretung des abwesenden Gouverneurs Muetli und Tom Watkin mit Jakulewski vom Nebenamt der Plan-Kommission gekommen, um insbesondere von dem berühmten Professor Paschuljew Abschied zu nehmen. Zahlreiche Presseleute tummelten sich, Blumen gab es in Hülle und Fülle, Blechmusik schmetterte, Paschuljew und den Stillen war dieser laute Aufwand höchst zuwider, doch es war unmöglich, sich dagegen zu wehren. Deruga und Jankel hielten den alten Gelehrten am längsten auf. Sie hatten, sorgfältig verpackt, Halme und Körner des von ihnen verbesserten »ewigen« Büschelweizens und einen langen Brief für den Papst mitgebracht und redeten sich überstürzend daher.

»Ja, ja, ich verstehe! Ja, danke, danke!« nickte Paschuljew in einem fort mechanisch und versuchte hin und wieder zu lächeln.
»Ja, ja, danke, danke!« sagte er ebenso zu van Heuven, zum Sheriff Greiner, zu Tom und Jakulewski, zu Vera und zu jedem, der an ihn herankam und ihm mit ein paar freundlichen Worten die Hand drückte. Hilflos und verwirrt wurde er durch diesen Ansturm, und da er zwischen Wirigin und Kaweljew schritt, genierte es ihn, daß diese durch all diese Freundlichkeiten immer wieder aufgehalten wurden. »Verzeiht, Brüder, verzeiht!« hauchte er ihnen mitunter zu. Jeder dieser Männer hatte ein unförmiges dickes Bündel auf dem Rücken. Wirigin verhielt sich ganz verschlossen. Man hatte überhaupt bei allen Stillen den Eindruck, als käme ihnen dieses Dahinschreiten zwischen den dichten, freundlich lächelnden und winkenden Gafferscharen wie ein Spießrutenlaufen vor. Ganz mit sich beschäftigt wie ewige Wanderer, behangen mit allen möglichen Gerätschaften, Feldflaschen und Brotbeuteln, trotteten sie daher. Keiner drehte sich um, als im letzten Augenblick Greiners Frau auf ihre neben Iwan gehende Tochter Gretel zusprang und sie überwältigt umarmte.
»Gretel! Gretel, viel Glück!« weinte sie auf, und da küßte auch die Gretel das tränennasse Gesicht ihrer Mutter viele Male. Der Sheriff selber stand trotzig steif daneben. Gretel streckte ihm die Hand hin, und das schien ihn zu erstaunen. Er zögerte eine Sekunde, drückte ihre Hand und sagte gefaßt: »Adjes!«
»Leb wohl, Vater! Bleib gesund!« antwortete Gretel. »Verlaßt euch drauf, ich mach' euch keine Schande.«
»Wir wollen's hoffen«, brummte der Greiner etwas aufgeschlossener.
Vera, die daneben stand, fixierte Vater und Tochter aufmerksam. Vielleicht beneidete sie die weitergehende blühende Gretel.
»Die gefällt mir«, flüsterte sie Douraine zu.
Douraine gab keine Antwort. Er hatte für die Stillen wie für alles Sanfte und für alles Religiöse nichts übrig und mißtraute all dem. Er schien die Gretel gar nicht zu beachten. Er

dachte nur eins: »Diesen unsicheren Brüdern muß auf die Finger geschaut werden«, und freute sich über den ultristisch-futuristischen Erfolg im Weltparlament, der dies erwirkt hatte. Endlich, endlich fingen die Schlangen holperig zu rollen an und hoben sich vom Boden weg. Ruhig stiegen sie höher, glitten sicher und lautlos dahin und verschwanden in der sonnigen Unendlichkeit.
»Großartig! Magnifikant!... Er wird treffen Papst!« sagte Jankel zu Deruga und zog ihn weiter. »Papst, hast du gesagt, er wird sofort kennen, Kombination von uns ist besser als sein Weizen! Besser als alles!... Er wird lesen das Brief von dich, uj! Er wird schreiben und sagen überall, haben wir gefunden das Beste für ganze Welt!« Er schnalzte mit den Fingern und mit der Zunge gleichzeitig und zitterte vor freudiger Erregung.
»Und Leonid Wassiljew, er ist guter Mann! Kluger Mann! Er kann reden mit Papst! Er wird!« meinte er wiederum. Sie machten sich eilig auf den Heimweg. Jankel sah gelb und zerfallen aus, war sehr verschlampt und schrecklich abgemagert. Schon seit drei Wochen lag seine Ingrid im Hospital und durfte sich nicht rühren. »Embolie«, hatten die Ärzte gesagt. Wenn der Blutpfropfen ins Gehirn drang, war es aus mit ihr. Jankel steckte unterdessen mit Deruga in aufregenden Kreuzungsversuchen, die all seine Kraft und Energie aufsogen. Die jagende Unruhe verbrannte ihn fast. Er aß nicht mehr richtig und schlief kaum noch. Er hüstelte in einem fort trocken und warf zuweilen dicken, dunklen Schleim aus. Ab und zu fühlte er einen scharfen Stich in der Lungengegend und atmete schwer und pfeifend. Es überflirrte ihn eine lähmende Schwäche. Von alldem sagte er nichts. Er merkte nur, wie ihm die Ingrid abging, ihre geruhige Sorge und ihr gesunder, energischer Hausverstand. – Einige Tage nach dem Wegzug der Stillen wälzten mächtige Tanks die Häuser der alten Siedlung platt. Die schwanken Mauern barsten, dicker Staub stieg auf, das Gebälk krachte, die Fenster klirrten, und die Ziegeldächer schepperten zerbrechend. Zuletzt war alles traurig eingeebnet. Ein neuer Flußtaler Sportplatz und ein Freibad sollten hierherkommen. –

An ihrem ersten Standort, einem großen Umschlagslager im südwestlichen Sibirien, wurden die Stillen und die Päpstlichen abgezählt, untersucht, nochmals geimpft und für die erste Zeit untergebracht. Von hier aus gingen aber auch die eingefangenen, seuchengeheilten Nomaden in andere Weltteile ab. Im Lager wimmelte es von Menschen aller Rassen und jeder Hautfarbe. Es herrschte jene unvermeidliche strenge militärische Disziplin, die in solchen provisorischen Massenquartieren üblich ist. Trotzdem war dauernd Unruhe, beständig gab es Gezänk und Geschrei, gefährliche Händel und Diebereien. In den primitiven Baracken roch es penetrant nach Desinfektionsmitteln; dennoch waren die vielen Wanzen und Läuse nicht verscheucht. Auf den harten Holzpritschen befand sich nur weniges, zerlegenes, leicht fauliges Stroh. Es gab viel zuwenig Wasch- und Duschräume. Das zwar einfache, aber kräftige Essen blieb Tag für Tag das gleiche, und oft trat Knappheit ein. Die Luft in den Schlaf- und Tagesräumen war verbraucht, und im Freien konnte man sich nicht allzulange aufhalten. Die erste, schneidende Kälte hatte schon eingesetzt, alles rundum war öd, weit und niederdrückend fremd. Die Stillen und der Papst ertrugen alles geduldig, aber viele Katholiken überkam jetzt eine schmerzliche Enttäuschung und ein quälendes Heimweh nach den reichen, schönen Gegenden, aus denen sie gekommen waren. Sie vergaßen vielfach Gebet und Frömmigkeit und murrten insgeheim gegen den Papst. Sie beneideten die Nomaden und Konzentrationslagerhäftlinge, die nun fortkamen, und sie fürchteten diese hemmungslos zudringlichen, halbverwilderten Menschen, die ihnen bei jeder Gelegenheit etwas wegstahlen und sofort, wenn man es ihnen verwehren wollte, eine drohende Haltung einnahmen. Sie mochten auch die wortkargen Stillen nicht, die dabei so unangefochten blieben. In dieser unbestimmt gereizten, feindseligen Umgebung aber bewährte sich die Gretel Greiner aufs beste. Sie war freilich alles andere denn eine demütige Stille. Und dumm war sie auch nicht; sie zeigte einen sehr wachen, praktischen Verstand. Sie liebte ihren Iwan, der oft verblüffend klug zu reden verstand, mit aller Hingabe, doch jetzt stieg zuweilen der er-

schauernde Gedanke in ihr auf, was für ein schwerer Weg ihr bevorstand. Sie erschrak innerlich manchmal vor der Unbedingtheit der Idee der Stillen und fürchtete, daß diese Idee stärker sein könne als Iwans Liebe zu ihr. Und sie trug ein Kind von ihm im Leib. Es war ihr wahrhaftig nicht leicht ums Herz. Auch sie litt unter der harten Fremde, doch sie sagte sich: Jetzt ist's schon, wie es ist, und man muß das Beste daraus machen. Dabei kam ihr ihr Vater in den Sinn. Das stärkte sie merkwürdigerweise, denn dem wollte sie zeigen, daß sie kein Kind und keine blind verliebte Gans mehr sei, sondern ein handfestes Wesen, das nicht unterzukriegen war.
»Gott, sagst du, ist das Vernünftige in uns und überall«, setzte sie sich mit Iwan manchmal auseinander. »Wenn dem so ist, dann steht das Göttliche allem Unvernünftigen entgegen. Ist's anders, dann versteh ich das nicht.« Und wie sie dachte, so handelte sie auch gegen das »Unvernünftige«. Mochte Iwan, mochten Wirigin, Kaweljew, Paschuljew oder die schweigsamen Frauen der Stillen sie auch noch so oft abhalten oder besänftigen – sie duldete keine Frechheit und Dieberei der Nomaden, sie hatte auch keine Angst vor den Wildesten unter ihnen. Ihre Augen wurden dann klein und stechend. Alles, was ungebrochen von Kind auf in ihr wirkte, erwachte wieder. Sie fing kräftig und laut zu schimpfen an und packte so einen Kerl mitunter männerhaft derb an der Brust, indem sie scharf, grob und kommandierend schrie: »Was unterstehst du dich, du Kerl! Was glaubst du eigentlich! Her mit den Sachen oder ich melde dich beim Wachmann!... Was, losreißen willst du dich, du Strolch! Beißen willst du, du Feigling!?« Und sie versetzte ihm eine wuchtige Ohrfeige oder einen Stoß, daß er taumelte. Darüber erstaunten sogar die herbeigeeilten Wachleute. Sie lachten und stimmten der mutigen Gretel lebhaft zu, sie wurden aufmerksam auf sie und gaben etwas auf sie. Das wirkte. Sehr rasch bekamen die Nomaden vor ihr Respekt, und die Stillen wie die Päpstlichen hatten einen gewissen Schutz, denn sie hörte und sah alles, und wo sie auftauchte, entwirrten sich Unordnung und Streit.
»Was soll ich mich verstellen, Nikolai Petrowitsch!« sagte sie einmal, als Wirigin sie wegen ihres allzu groben Eingreifens

wieder zur Rede stellte. »Ist denn das, was ich da mache, etwas Unrechtes? Wenn man ein Übel vermeiden kann, warum soll man es denn nicht tun?« Sie sah den Alten mit ihren großen Augen leicht vorwurfsvoll an und setzte hinzu: »Aber wenn ihr meint, daß ich nicht zu euch passe, dann bleib ich auch hier in der Lagerküche zurück.« Wirigin schwieg. Er saß neben Paschuljew auf der Pritsche. Ihre dünnen Altmännerbeine hingen lahm herab von der Kante und pendelten ein wenig gegeneinander. Iwan stand unschlüssig da und sagte endlich verhalten: »Dann muß ich natürlich auch dableiben. Es geht nicht anders.« Das trieb der Gretel eine jähe Röte ins gesunde Gesicht. Sie wandte sich um und sah ihn froh an. Paschuljew wandte sich an Wirigin und brummelte mit seiner leisen Stimme: »Laß sie, Nikolai! Sie ist jung, sie wird lernen. Auch wir haben den rechten Weg nicht gleich gefunden.«
»Es ist gut«, brummte Wirigin, und Iwan nahm Gretels Hand und ging weiter mit ihr. –

Endlich ging es nach Süden und schließlich noch eine Weile ostwärts. Da waren zwei zerstörte Agrostädte in einem hügeligen Land, die von einer schwachen Qualifikanten-Brigade aufgebaut wurden. Beim Erscheinen der Helfergruppen lachten die Qualifikanten hämisch und meinten: »Na, nun zeigt mal, was ihr könnt, ihr frommen Betbrüder!«
Am andern Tag begann die Arbeit. Die Gretel schien in ihrem Element. Sie griff zu wie ein Mann. Es war heiß und feucht hier. Im aufsteigenden Rieselstaub zischten die Erdbohrer, ohrenbetäubend klang das Geschepper der Krane, das Buddeln und Schleppen der Bagger, das Quietschen der Mörtelmaschinen und das Schreien der Menschen. Die Sonne brannte, schwer keuchten die Lungen, vor Schweiß dampften die Körper, und in vielen Gesichtern lag eine verborgene Wut.
»Wir haben genug Prüfungen durchgemacht«, murrte hin und wieder ein Katholik seinen Nebenmann an. »Was verlangt man immer noch neue Opfer von uns? Warum haben wir hierhergehen müssen in dieses Elend! Jetzt sollen wir auch noch ausbaden, was die anderen angerichtet haben.«

Der Angesprochene nickte stumm. Seine Miene bekam einen verdrossenen Ausdruck.
»Unser Heiliger Vater ist zu alt. Er hat das nicht mehr richtig übersehen können«, versuchte ein anderer abzumildern. »Auch sich selber mutet er viel zuviel zu.« Sie schielten wie ertappt in die Richtung der Mörtelmaschinen. Dort standen der Papst und Enrico und schütteten Zement aus Papiersäkken in den umfänglichen Bottich. Sie sahen auf die Stillen, die unverdrossen werkelten. Die sagten kaum jemals ein Wort, und wenn, dann betraf es nur ganz sachliche Dinge. Mit stoischer Ausdauer arbeiteten sie, immer im gleichen Tempo, als seien sie mit Pickel und Schaufel schon zur Welt gekommen und hätten nie etwas anderes gekannt.
»Mann, die reinsten Lasttiere!« warf der erste Katholik hin und schüttelte verächtlich den Kopf.
»Reden läßt sich überhaupt nicht mit ihnen«, meinte sein Nebenmann. »Ich versteh' nicht, wieso unser Heiliger Vater soviel Interesse für die hat... Früher, ja, früher war das anders! Da haben wir den reinen Glauben gehabt, und wir sind unter uns geblieben. Die da, die haben doch überhaupt keine Religion.« Die letzten Worte sagte er so laut, daß die Stillen, die ungefähr einen Sprung weit entfernt von ihnen schwere Dielenbretter auf ein laufendes Band legten, sie hören mußten. Die aber schienen taub. Sie arbeiteten.

Obwohl die Auswanderung nach Asien, der damaligen Eingabe des Papstes und der Stillen entsprechend, freiwillig war und also jeder Katholik das Recht hatte, wieder in seine einstige Agrostadt zurückzukehren, geschah nichts dergleichen. Vielleicht war es Scham, vielleicht auch eine geheimnisvoll verpflichtende Verbundenheit mit der Glaubensgemeinschaft, die jeden davon abhielt. Zudem trafen auch unausgesetzt neue Transporte der Katholiken und der Stillen ein, während Asiaten nach Europa, Afrika und Südamerika gingen. Dadurch flog die Zeit hin wie in einem beständigen Warten, und die Monate vergingen wie die Tage. Man vergaß das harte Heute und dachte nur noch an das Morgen und Übermorgen. Außerdem war man ja nicht allein der Betroffene, der Mitleidende – Tausende ertrugen das gleiche,

und das milderte das Mißgeschick des einzelnen, das half ihm, Bitternisse zu ertragen. Langsam fügten sich die vielen enttäuschten Katholiken in ihre selbstgewählte Lage und gewöhnten sich wie die Stillen an die verstreuten Gruppen der Inder, Chinesen, Tibetaner, Mongolen, Kalmücken und Japaner, die sich ihnen nach und nach zugesellten, um im Verein mit den Qualifikanten die Agrostädte aufzubauen und Flächen wieder fruchtbar zu machen. Es war eine Menschenumsiedlung größten Stils, eine Völkervermischung ohnegleichen. Es vermengten sich aber auch die verschiedenen da und dort noch lebendig gebliebenen Kulturen, und der ewige Spieltrieb der Menschen fand in der Formung der neuen Städte sichtbaren Ausdruck. Auf diese Weise veränderte sich das Gesicht Asiens völlig. Noch mehr veränderten sich die Menschen. Die Katholiken und Stillen aus den beiden Amerika oder aus Europa, die dort die sibirische Taiga und die einst unzugänglichen mongolischen und tibetanischen Wüsten kultivierten und im trotzig-felsigen Pamirgebiet oder durch das bisher fast unberührte, himmelan ragende Himalajagebirge Bergstraßen, Tunnel und Eisenbahnstränge zogen, wurden zum guten Teil asiatisch, und ihre Art, ihr Lebensrhythmus hinwiederum beeinflußten die Eingeborenen. Es war ein unmerkliches, beständiges Annehmen und Ablegen. Ewig alte Gewordenheiten verwischten sich immer mehr und starben allmählich ganz ab, und jeder behielt nur noch das, was ihm aus Veranlagung und früherer Gewohnheit nützlich zu sein schien. –
Und es ereigneten sich noch einige Dinge, die ein Zusammenwachsen der Menschen förderten. Sehr schnell und ganz gegen seinen Willen wurde der gute alte Mann Paschuljew, nach dessen Plan die Peacetowner Sachverständigen die Siedler in der Wüstenkultivierung unterwiesen, überall bekannt. In den Agrogemeinden und Städten Chinas und Indiens, der einstigen Mandschurei und Tibets waren alle, ehemalige Hindus und Mohammedaner, Lamas, Katholiken und Stille, mit Ehrfurcht dem Papst zugewandt, der den Anbau des von Deruga und Jankel Rositsch verbesserten büschelförmigen ewigen Weizens empfohlen hatte, womit wahre Wunderernten erzielt wurden. Von weit her,

aus den entlegensten Winkeln des Riesenlandes kamen Leute aller Art nach der inzwischen fast fertiggestellten Agrostadt »Stillkirch«, um sich von den beiden weisen Männern Ratschläge in dieser Hinsicht zu holen. »Stillkirch« war eine sogenannte »gemischte Agrostadt«. Stille und Katholiken und Eingeborene lebten gleicherweise in ihr. Das entsprach der einzigen Forderung, die damals bei der Genehmigung des Papstplans der Hohe Rat und das Parlament gestellt hatten. Da nämlich Futuristen und Ultristen und viele Ratsmitglieder einer eventuellen Machtbildung des katholischen Elementes oder überhaupt einer Sekte jede Möglichkeit nehmen wollten, durften weder rein katholische noch Agrostädte der Stillen entstehen. Es erweckte Verwunderung und hob auch das Vertrauen, daß die beiden Gemeinschaften sich ohne weiteres darein fügten und sich strikt daran hielten. –

Der Hohe Rat und die Plan-Kommission, die nunmehr über schier unerschöpfliche finanzielle und technische Mittel verfügten, taten alles nur Erdenkliche, um den Wiederaufbau Asiens zu fördern und zu beschleunigen. Es gab auch schwerwiegende Gründe dafür. Die Welt, für welche die Verfassung gelten sollte, war durch die Rebellion in zwei Teile gespalten worden, und diese Zweiteilung war jetzt, nach dem Sieg des Rates, immer noch evident. In der einen Hälfte gab es jene Agrostädte, die durch die Abzahlung ihrer Schulden autonom geworden waren. Sie hatten ihre eigene Polizei, die dem Sheriff unterstand, ihre eigene Gerichtsbarkeit, die sich freilich an die Grundlinien der geltenden Weltgesetze halten mußte, und konnten ihre Selbstverwaltung einrichten, wie sie wollten. Die Vorschrift der pflichtmäßig abzuliefernden Erntedrittel, eine Notmaßnahme aus der allgemeinen Aufbauzeit war längst annulliert. Nur ein geringer Teil des Gemeindebudgets ging als Steuer an das Gouvernement und an den Rat.

In Asien aber war es zunächst grundanders. Dort gab es eine Besatzungsarmee und die mit ihr zusammenwirkenden sogenannten »Säuberungskommissare«. Freie Gemeinden oder gar Gouverneure gab es vorläufig nicht. Auf dieses Riesengebiet konnte die Verfassung überhaupt noch nicht an-

gewandt werden. In Anbetracht der noch kaum gebannten Gefahren war noch nicht daran zu denken. Mit großer Sorge berieten die Ratsmitglieder gerade jetzt den letzten Bericht des zentralen fernöstlichen Armee-Kommandos. Dringend riet dieser Bericht davon ab, die bestehende »Alarmbereitschaft« in Asien aufzuheben, denn die meisten verschont gebliebenen Agrostädte dort seien noch höchst gefährliche Sammelbecken unsicherer Verschwörer-Elemente, die sich lediglich in eine geschickte Tarnung geflüchtet hätten. Obgleich bereits ein und ein halbes Jahr verflossen sei, hieß es weiter, habe die Renitenz dieser Bevölkerung kaum nachgelassen. Um eine Renitenz handle es sich dabei, wurde weiter ausgeführt, der nur schwer beizukommen sei, weil die Rebellen während ihrer Herrschaft den früheren japanischen Schintoismus als Staatsreligion wiedereingeführt hätten und offenbar mit ziemlichem Erfolg. Diese Religion, welche als blinde Vergottung von Kaiser und Vaterland ausgelegt wurde, beherrsche die verschonte Bevölkerung der Eingesessenen noch zum großen Teil. Jeder ihrer Anhänger sei bedingungslos bereit, dafür in den Tod zu gehen. Sein Mut wie auch seine Grausamkeit erhielten dadurch eine gefährliche Weihe. Erwiesenermaßen versuche man in den betreffenden Gegenden, den Schintoismus mit allen Mitteln zu erhalten, und besonders bedauernswert fand der Bericht, daß sowohl die neu eingewanderten Stillen wie auch die Katholiken dem Schintoismus nirgends entgegenträten, ja sich nicht einmal deutlich von ihm abgrenzten. »Immer und immer wieder die Religion! Schauderhaft, wie leicht sich die Menschen vernebeln lassen!« sagte Ellen Oesterberg.
»Alles dasselbe. Da hackt eine Krähe der andern kein Auge aus!« warf Nowak hin.
»Die Stillen«, meinte Mellnikow nachdenklich, »die kenne ich einigermaßen. Die treten gegen nichts und niemand auf. »Aber die Katholiken? Für die ist doch, soviel ich weiß, jeder Andersgläubige ein Heide, den sie bekehren wollen!... Ihr Papst ist doch kein Dummkopf, er weiß genau, was er will. Er versteht sein Geschäft. Er spricht vom Opfergang seiner Anhänger und versteht darunter Ausbreitung und Wiedergewinnung der alten Macht.«

»Und nach den bisherigen Berichten steigt ihr Einfluß zweifellos«, meinte Bresci.
»Und da beschweren sie sich, daß man ihnen auf die Finger schaut«, fügte Ussitzki hinzu.
»Unsere Verfassung gewährleistet Religionsfreiheit«, sagte Dickson unvermittelt. Torsten, der merkte, daß alle etwas erstaunt auf den Engländer sahen, sagte gewaltsam-bedeutungsvoll: »In der heutigen Zeit haben Religionen überhaupt keinen Zweck mehr.«
»Zweck, na ja... Irgendeinen Zweck müssen sie doch verfolgen. Ich versteh' das nicht«, sagte Mellnikow wiederum und schüttelte den Kopf. »Anders ist ihre Haltung doch nicht zu begreifen«, pflichtete ihm Kowaloff bei.
Wang Chung saß stumm da. Er machte einen abwesendmüden Eindruck. Flüchtig blickte er auf Li Fu Tang und schien wieder zu sich zu kommen. Er war alt geworden. Eine sonderbare Milde lag über seinem gelbgetönten, kleinen Gesicht, das früher stets so gespannt und kampflustig strahlte.
»Asien«, sagte er beinahe behutsam, »Asien hat viele Religionen, die noch nicht ausgestorben sind.« Er hielt kurz inne, als überlege er, und fuhr fort: »Zweck?... Ich habe darüber oft nachgedacht. Bei Gläubigen kann man von Zweck nicht reden. Sie glauben. Das ist alles.«
»Das sind die Unteren. Die Oberen wissen genau, was sie wollen«, unterbrach ihn Ussitzki plump, doch Wang Chung schien sich in seine Gedanken verloren zu haben. »Mag sein«, lächelte er freundlich und redete weiter: »Aber das betrifft nur das Äußere, die sichtbare Organisation.« Und wie entschuldigend, zögernd, als verriete er etwas von seinem Innersten, sprach er weiter: »Die Ideen werden davon nicht betroffen. Sie nehmen nur hin und wieder eine andere Richtung... Was kann man wissen, vielleicht verschmelzen sich die Grundgehalte all dieser Glaubensreste, die jetzt in Asien zusammenkommen, zu einem einzigen Amalgam. Auch der Katholizismus wird dann eingeschmolzen werden.«
Mellnikow schaute ihn spöttisch an. Sie liebten einander. Mellnikow verstand den alten Freund nicht mehr. »Mann«, sagte er gutmütig, »Wang, wo bleibt der alte revolutionäre Kämpfer?« Er lächelte.

»Ja, Verzeihung, ich habe gestört«, warf Wang Chung schnell hin. Seit längerer Zeit war er so verändert. Ellen Oesterberg gegenüber äußerte er öfter: »Ich muß wieder nach China, nach Asien. Da wächst etwas Neues.«
»Gehn wir weiter«, schnitt Kowaloff jetzt diese Diskussion ab und begann aus dem Bericht zu lesen: »Unbestritten mag bleiben, daß manche Klagen wegen zu großer Strenge der Kommissare zu Recht bestehen. Wer aber selbst erlebt hat, welche schauerlichen Kriegsmittel die Rebellen angewendet haben, und Augenzeuge ihrer beispiellosen Grausamkeit war, der empfindet ein verständliches Bedürfnis nach gerechter Vergeltung. Nur solche Zeugenschaft kann ermessen, was die Kommissare in so kurzer Zeit Positives geleistet haben. Der schwere Vorwurf, sie hätten anfangs oft zu oberflächlich und schnell verurteilt und den Tod von mehreren Tausend Menschen auf dem Gewissen, ist nach unserem Dafürhalten absolut unberechtigt. Im übrigen hat das Armeekommando sich stets bemüht, solche Mißstände rasch abzustellen. Es mag da und dort vorgekommen sein, daß die Kommissare bei der Einziehung der vom Hohen Rat zur Abgleichung der Anleihen angeordneten Getreide- und Sachabgaben zu rigoros vorgegangen sind. Die dabei mitwirkenden Truppen bestätigten jedoch, daß immer strengste Disziplin gewahrt wurde. Die strenge, vom Hohen Rat ausdrücklich gutgeheißene provisorische Gesetzlichkeit, nach der die Kommissare handeln, entspricht nur den Notwendigkeiten.«
Diese »Gesetzlichkeit« bedeutete außer der Wiedereinführung des abzuliefernden Erntedrittels nichts anderes als eine ständige Kontrolle und polizeiliche Überwachung nicht nur der renitenten Agrostädte, sondern auch der Katholiken und Stillen. Einzig und allein die Qualifikanten-Brigaden blieben davon unberührt.
Die ultristischen und futuristischen Säuberungskommissare waren an und für sich religionsfeindlich. Sicher aber hatte sie auch die fanatische Stärke der Schintoisten noch mißtrauischer gemacht. Auch wenn kein Anlaß bestand, durchstreiften die verstärkten Polizeipatrouillen fortwährend die provisorischen Lagerplätze, die halbfertigen und bereits be-

zogenen Agrostädte der Katholiken und Stillen, Tag und Nacht. Die Polizisten, die sich meist aus Soldaten rekrutierten, waren ärgerlich über den erhöhten Dienst und langweilten sich. In ihrem Mißmut verhielten sie sich entsprechend. Die Qualifikanten sahen am deutlichsten, wie man die ruhigen Neusiedler schikanierte, wie unnötig ihre Überwachung war. Sie machten sich lustig oder schimpften laut, wenn eine Patrouille auftauchte, und ihr Spottspruch erscholl überall:

»Büttel, Knüppel, Rüpel immerdar,
scher dich bloß zu deinem Kommissar!«

Das stimmte die Verspotteten nicht freundlicher, und da sie ihren Ärger an den Qualifikanten nicht auslassen konnten, hielten sie sich an diejenigen, die sie überwachen mußten.
Der Papst, Wirigin, der Dalai-Lama, der Taschi-Lama und verschiedene Priester noch erhaltener Religionsgemeinschaften wurden geheim überwacht, bespitzelt und eingeengt, wo es nur ging. Dabei waren Herrlichkeit und Macht der beiden Lamas nur noch eine klägliche Farce. Kein stolzer Palast in Lhasa und kein tibetanisches Prachtkloster existierte mehr. Die nach der großen Katastrophe noch verbliebenen Reste hatten die Rebellen zerstört und vernichtet. Dennoch mißtrauten die Kommissare dem Einfluß dieser Priester. Moslems und Hindus, die den Papst oder Paschuljew besuchen wollten, wurden oft grundlos festgehalten und stundenlang verhört. Über all diese unerquicklichen Zustände berichteten aber lediglich die Qualifikanten-Leiter ihren Peacetowner Chefs Schlemmer und Ussitzki, und in einem längeren Brief wandte sich Ganvavitta an Cecil Dickson mit denselben Klagen, Von den Stillen und Katholiken hörte man nichts von alldem.
Dickson stand wieder einmal allein im Rat. Schon seit damals, als man nach vorangegangenen, breit angelegten Prozessen gegen Shepert, Ramiro, Ivens, die beiden Shenleys, Mauvin und Victor Kolwin deren Verurteilung zum Tode vor dem versammelten Parlament so wortreich als »gerechte Abwehrakte der ganzen gesitteten Menschheit« gerühmt und den billigen Jubel der Futuristen und Ultristen dafür ge-

erntet hatte, war ihm nicht mehr ganz geheuer. »Die Gewalt bleibt nicht stehen, sie greift weiter und wirft zurück. Sie klärt nicht«, hatte er damals gesagt. Gewiß hatten die Verschwörer nach seiner Auffassung den Tod verdient. Sentimental war Dickson nicht. Er war auch nicht religiös. Wenn eine Gefahr die Weltordnung bedrohte, schreckte er in der Abwehr vor keiner Härte zurück. Aber solche Härten schienen nur in äußerster Not gerechtfertigt. Man mußte sie mit aller gebotenen Behutsamkeit anwenden. Rühmenswert fand sie Dickson nie, er fand sie stets beschämend und stümperhaft. Was war denn geschehen nach der Ruhmredigkeit Brescis vor dem Parlament und nach dem bombastischen Beifall der Presse in aller Welt? Die Mordlust der triumphierenden Sieger wurde aufgestachelt, und überall fällten die Gerichte leichtfertig Todesurteile!
Und nun wüteten wieder die auf den Druck der futuristisch-ultristischen Parlamentsmehrheit entsandten Säuberungskommissare in Asien. Dickson schauderte es. Wenn das so weiterging, schwand der Kredit des Rates sehr schnell dahin. Die Radikalisierung der beiden maßgebenden Parteien hatte gefährlich zugenommen, und der Rat schien ganz ihr Werkzeug zu werden.
Wie sollte er unter diesen Umständen Asien wieder ins Weltganze zurückführen?
»Ganvavitta neigt zu sehr zu den Stillen... So war's immer bei ihm« hielt der Flügel Bresci, Ussitzki und Mellnikow ihm entgegen, als er den Brief des Inders verlas. Li Fu Tang, gestützt auf Torsten, Ellen Oesterberg, Ibn Lassi und Wang Chung, verlangte, man müsse dafür sorgen, daß diese Mißstände abgeschafft würden. Er empfahl energische Einwirkung auf das Armeekommando. Wang Chung stieß beim Weggehen auf Dickson und sah ihn wie schuldbewußt an.
»Das Amalgam wird dennoch werden«, sagte er nur.
»Ach was, Amalgam... Ich versteh mich nicht auf Philosophie!« warf ihm Dickson frostig an den Kopf. Noch nie hatte er sich so ungeduldig gezeigt. Er schien wütend auf alle. Rasch ging er weiter.
Er holte bei der Leitung der Qualifikanten Informationen ein über den derzeitigen Stand des Aufbaues in Asien. Das stati-

stische Amt der Großen Plan-Kommission gab ihm bereitwillig Auskunft über den Umfang der Einwanderung dorthin, über die erfaßten Nomadenhaufen und über die Zahl der Bevölkerung in den verschonten Gebieten. Er rechnete nächtelang und überschlug neben diesen Zahlen noch manches andere.

»Du willst nicht schlafen, Cecil?... Du ruinierst dich!« sagte seine Frau oft, wenn er sie zu Bett schickte. Einmal erwachte sie jäh beim Morgendämmern und merkte, daß er immer noch arbeitete. Sie kam in sein Arbeitszimmer und sah ihn vorwurfsvoll besorgt an: »Cecil, sei doch vernünftig... Du ruinierst dich!«

»Leg dich hin... Es ist viel mehr ruiniert!« fertigte er sie ab. Sie ging wieder ins Schlafzimmer.

Endlich war Dickson soweit.

»Von heut an schlaf' ich wieder«, sagte er aufgeräumt zu seiner Frau, als er sich zur Ratssitzung aufmachte. Dort bat er sofort um das Wort, während er eine Menge Papiere vor sich hinbreitete.

»Nach all den Berichten und nach den sorgfältigen Recherchen, die ich angestellt habe«, begann er, »zeigt sich, daß sich Asien schneller konsolidiert, als wir zu hoffen wagten.« Er verlas die wichtigsten Auszüge aus seinem Material. Genau hatte er es sich zurechtgelegt, geschickt steigerte er die Zahlen und Ergebnisse. Lückenlos und unanfechtbar waren die Tatsachen. Die Ratsmitglieder waren betroffen. »Dieser Fuchs!« dachte Mellnikow, und Bresci, mit dem er einen Blick wechselte, dachte dasselbe. »Ich darf wohl annehmen, daß auch Sie meiner Meinung sind«, redete Dickson scharf und klanglos weiter und schaute rundum. »Ich hoffe es wenigstens, wir sind darin einig, daß nach diesen erfreulichen Ergebnissen in Asien wieder verfassungsmäßige Zustände eingeführt werden müssen.«

Wang Chung horchte auf. Dickson nahm Mellnikows, Brescis und Ussitzkis Blicke gleichsam auf einmal auf und fuhr vorsichtig nuancierend fort: »Die Parteien haben uns damals, wie erinnerlich, beauftragt, die abgebrochene und vertagte Volkszählung zu gegebener Zeit durchzuführen. Ich glaube, die Zeit ist jetzt da. In der übrigen Welt wird das ja

keine weiteren Schwierigkeiten machen, und in Asien verfügen wir über einen ausgezeichneten Polizei- und Armeeapparat, mit dem sich diese Aufgabe ebenfalls leicht bewältigen läßt.« Er hielt inne, ordnete, wie um abzulenken, seine Papiere und wartete einige Sekunden. Die meisten Ratsmitglieder waren immer noch verdutzt. Schließlich kam etwas für Dickson Unerwartetes. »Ja, der Meinung bin ich auch«, sagte Bresci. Da Ellen Oesterberg, Wang Chung, Ibn Lassi, Nowak und Kowaloff nickten, dachte Dickson: »Die gehn also mit mir, gut.« Er zerzwirbelte seine Schläfenhaare.
Da sagte Li Fu Tang: »Das bedeutet natürlich, daß Neuwahlen folgen müssen.«
»Ja«, nickte Dickson, als sei gar nichts dabei. Plötzlich wurde es still. Der überfallene Flügel Mellnikow-Bresci merkte die List. Aber Bresci faßte sich schnell und sagte: »Wir haben nichts zu fürchten davon.« »Fürchten? Er fürchtet sich?« notierte Dickson innerlich. »Wie er sich verrät, der Tölpel!« Das amüsierte ihn im stillen. Bresci war also nicht nur eitel, er war sogar dumm. Er bestätigte es geradezu, als er jetzt selbstgefällig sagte: »Momentan eine etwas komische Sache. Es könnte der groteske Gedanke aufkommen, daß der Rat damit dem jetzigen Parlament sein Mißtrauen bekunden will... Das ist neuartig und amüsant.«
»Sicher provozieren wir damit das Parlament«, versuchte Mellnikow den Eklat einzurenken. »Wir handeln zwar durchaus korrekt, aber ob das im jetzigen Zeitpunkt ohne weitere Konflikte mit den Futuristen und Ultristen abgeht, weiß ich nicht. Konflikte scheinen mir jetzt nicht zuträglich für den Rat.«
»Hm«, machte Dickson, »das bleibt abzuwarten.« Und so freundlich, wie er es fertigbrachte, ergänzte er: »Wenn wir auch zugeben müssen, daß uns unvorhergesehene Umstände dazu gezwungen haben, es ist nicht zu bestreiten, daß wir bisher nur sehr wenig Rücksicht auf die Verfassung genommen haben. Es könnte der Eindruck entstehen, als hätten wir die Absicht, es bei jeder auftauchenden Schwierigkeit so zu halten. Das ist dem Ansehen des Rates noch weniger zuträglich. Wir entwerten dadurch die Verfassung und unsere Demokratie. Mit der Volkszählung und der fälli-

gen Neuwahl beweisen wir aber, daß es uns ernst damit ist.«
»Richtig. Ganz meine Auffassung«, tappte Torsten plötzlich dazwischen. Und das wirkte diesmal sehr vorteilhaft für Dickson.
»Die Parteien können im Grunde nichts dagegen haben«, pflichtete auch Kowaloff jetzt bei.
»Na, na!« meinte Bresci spöttisch zweifelnd. »Ich bin anderer Meinung. Ich bin sogar überzeugt, daß es einen harten Strauß gibt...«
»Aber wir sind doch im Recht. Wir lösen eine eingegangene Verpflichtung ein«, warf Ellen hin. Sie freute sich, daß ihr Dickson zunickte, während alle anderen sie zu überhören schienen.
»Na gut, der Kampf kann also beginnen«, sagte Ussitzki. Bresci versuchte zu witzeln: »Wir sind Kummer gewöhnt.« Aber niemand lächelte.
Sichtlich aufgefrischt kam Dickson diesmal heim. Er entwikkelte einen Appetit, den seine Frau schon lange nicht mehr bemerkt hatte. Sie war froh darüber. Als er sich behaglich über seine Zeitungen machte, sagte er fast lustig: »Dein Papst ist jetzt das Zünglein an der Waage. Ich setze allerhand Hoffnungen auf ihn.« Doch als sie mit freudiger Verständnislosigkeit fragte, ob der Heilige Vater etwa wieder nach Peacetown komme, erwiderte er nur noch: »Nein, das nicht... Er hat nur weit mehr fertiggebracht als unsere Herren Kommissare...«

Mellnikow hatte recht gehabt. Die meisten hatten es vorausgesehen. Die Futuristen und Ultristen, die schon seit längerer Zeit mit dem Plan umgingen, ihre beiden Parteien zu vereinigen, fühlten sich provoziert. Gegen die erneut aufgenommene Volkszählung und die darauffolgende Wahl, deren Festsetzung sie seinerzeit in unbegreiflicher Vertrauensseligkeit dem Rat überlassen hatten, konnten sie an und für sich nichts einwenden. Sie führten nur ins Treffen, daß die Menschenmassen in Asien noch nicht vollständig erfaßt seien, doch Dicksons Aufstellung, die in allen Zeitungen erschien, parierte ihren schwachen Schlag. Was die beiden Parteien aber so in Harnisch brachte, war vor allem der jetzige Zeitpunkt. Nicht ohne Grund fürchteten sie sich vor dieser Wahl. In ihren Parteien hatte sich eine starke Stagnation bemerkbar gemacht. Die Mitgliedschaft war unaktiv geworden und hatte zum Teil erheblich abgenommen. Die Jugend blieb fern. Jetzt eben wandte sie sich mit erregter Anteilnahme den erstmalig geglückten Unterwasserversuchen Nerwines zu, durch welche große Gebiete der Arktis schiffbar gemacht worden waren. Die Jugend sah nur im Rat so etwas wie Politik, was die Parteien daneben machten, erschien ihr überflüssig. Es kam ihr vor wie eine klubähnliche Angelegenheit der Älteren.

Die Parteien mußten sich sagen, daß nur von Asien, insbesondere von China, wo vor der Rebellion ein sehr reges politisches Leben geherrscht hatte, neue Anhängermassen für sie zu erwarten waren. Doch dieses gewaltige Terrain mußte erst wieder sondiert und empfangsbereit gemacht werden. Vorläufig war dort noch alles undurchsichtig. Zweifellos aber hatte sich auch dort das Vertrauen zum Rat seit der Bezwingung seiner letzten, gefährlichsten Krise und seiner erfolgreichen Umbildung so gefestigt, daß die Opposition gegen ihn und seine Maßnahmen nur noch einen schwachen Widerhall fand. Durch die Aufteilung der Welt in Gouvernements, durch die Dezentralisierung des ganzen gesellschaftlichen Gefüges in autonome Gemeinden war diese Opposition zersplittert. Sie hatte sich gleichsam provinzialisiert und ganz anderswohin verlagert. Sie tobte sich in den gouvernementalen Landtagen aus und richtete sich meist gegen lokale Mißstände.

Der Rat blieb dabei aus dem Spiel.

Das alles erkannten die Parteiführer nun schärfer denn je. Darum ihre Nervosität.

In einem aufsehenerregenden »offenen Brief« an Maurice Douraine, der im Gegensatz zu Pimeschko und Cludeau einer Vereinigung der beiden Parteien noch immer mit zögerndem Mißtrauen gegenüberstand, verstieg sich der Vorsitzende der Futuristen, der äußerst betriebsame Lankwitz, zu der grotesken Behauptung, daß die Weltverfassung eigentlich eine »ganz uralte, stockreaktionäre monarchistische Wurzel habe«.

»Wir erleben eine Entwicklung«, schrieb Lankwitz, »die jeden aufrechten Demokraten aufs höchste beunruhigen muß. Der Hohe Rat, dieses vielköpfige, beinahe anonyme Herrschaftsgebilde, rückt immer mehr in eine Sphäre der Unverantwortlichkeit, die in längst vergangenen Zeiten nur Monarchen für sich beanspruchten. Es ist heute genauso wie ehemals: Der Rat herrscht, aber das Parlament wird zum Sündenbock für alle vorkommenden Fehler gemacht.«

Es gab geheimnisvolle Aussprachen zwischen Lankwitz, Maurice Douraine, Pimeschko und Cludeau. Die Parteiführer rätselten herum.

»Zum Teufel auch, warum machen wir denn soviel Umstände?!« knurrte Douraine. »Warum zwingen wir den Rat nicht einfach zur Vertrauensfrage? Ein Mißtrauensvotum unserer beiden Parteien, und weg ist er! Dann muß er gehen!«

Aber so einfach lag die Sache nicht. Pimeschko, der gewiegteste Parteijurist und Verfassungsrechtler, erinnerte daran, daß seit dem Wegfall Asiens eigentlich nur noch ein Rumpfparlament bestehe, dessen Kompetenz höchst anfechtbar sei. Es habe, meinte er, bis jetzt überhaupt noch keine verfassungsmäßig einwandfreie Wahl stattgefunden. »Hoho! Hoho! Kompetenz!« fuhr Douraine verächtlich auf. »Dann ist doch der jetzige Rat erst recht inkompetent! Er hat sich

doch von unserm Rumpfparlament bei der Umbildung bestätigen lassen!« »Ja, ja«, suchte Pimeschko ihn zu besänftigen, »ich spreche ja nur von Eventualitäten. Jedenfalls ist's besser, wir rühren nicht an diese kitzligen Sachen.« Er rief Lankwitz zu Hilfe.
»Wenn wir uns vorstellen, wie das Weltparlament zustande gekommen ist, da hapert's überall«, meinte der wieder. »Die Delegierten hat man doch seinerzeit nur einfach ausgesucht. Sie sind zu ihrem Mandat gekommen wie die törichte Jungfrau zum Kind. Unsere Parteien haben sich erst herauskristallisiert, nachdem sie im Parlament saßen. Wir haben ihnen schließlich eine Gesinnung beigebracht, aber vergessen wir nicht, wir selber haben ja nie gegen die Zusammensetzung des Parlaments Einspruch erhoben! Die war uns ja ganz recht... Bresci und die Partei haben damals bei der Abwürgung des Volksentscheids über Annahme oder Ablehnung der Verfassung mit Kowaloff gestimmt, und damit war die Verfassung angenommen. Kowaloff hat daraufhin die Volkszählung beantragt, um ordentliche Wahlen zu erzielen, und wieder sind wir mitgegangen. Die Volkszählung ist beim Ausbruch der asiatischen Rebellion zusammengebrochen, na, und das war uns ja auch gar nicht unangenehm.« Er verzog seinen breiten, schnurrbartumrahmten Mund höhnisch: »Na ja, und später? Da habt ihr Ultristen, allerdings mit unserer Unterstützung, die Formel durchgedrückt ›Verschiebung von Volkszählung und Wahl bis zu dem Zeitpunkt, den der Rat für richtig hält...‹ Unser gemeinsamer Fehler war – «
»Was gewesen ist, ist doch gewesen! Was rekapitulierst du da die ganze Parlamentsgeschichte!« fiel ihm Douraine ins Wort. »Was kümmert uns denn jetzt der ganze alte Mist!« Er griff zu seinem Weinglas und leerte es in einem Zug. Sein Gesicht war schon etwas gedunsen. Die dicke Hiebnarbe von der Stirn zur Unterlippe glänzte gequollen. Schweißperlen standen auf seiner viereckigen Stirne. »Der Mist hat uns aber leider sehr viel zu kümmern!« meinte jetzt Pimeschko, während Cludeau zwischenhinein witzelte: »Na, ein parlamentarischer Ton herrscht bei uns grade nicht... rauh, aber herzlich, was?«

Er verzog seinen kleinen Mund zu einem leichten Grinsen und sah dabei auf Douraine.
»Der Rat nämlich kann sich jederzeit auf diesen Mist berufen!« blieb Pimeschko beim Thema. »Verfassungsmäßig ist er sogar verpflichtet, endlich ordentliche Wahlen abzuhalten. Ein Mißtrauensvotum stellen, ihn stürzen –?« »Bloß das nicht! Jetzt auf keinen Fall!« mengte sich Cludeau schon wieder dazwischen, während Pimeschko, den diese unnützen Unterbrechungen ärgerten, so, als habe er nichts gehört, fortfuhr: »Wir können doch nicht vor aller Welt zugeben, daß wir keine Wahlen wollen! Und außerdem könnte in diesem Fall der Rat sich an den Weltgerichtshof wenden. Ich will nicht unken, aber mir schwant so was. Meiner Ansicht nach würde sogar der Weltgerichtshof dann gegen uns entscheiden!«
»Ach, laß mich doch schon endlich mit deinen Wenn und Aber zufrieden, Mensch! Das ist ja rein zum Auswachsen!« fuhr ihn Douraine polternd an. Er trank abermals sein Glas aus, stellte es hin und schien jäh einen richtigen Gedanken erhascht zu haben.
»Oder wie wär's denn?« wandte er sich zwinkernd an Lankwitz: »Der Bresci und der Li Fu Tang stehn doch noch bei euch, und Torsten, der Gimpel, der macht sich doch eine Ehre draus, wenn ich ihn dazu einlade – wie wär's, wenn wir mit diesen dreien die Sache bereden würden? Persönliche Aussprachen führen fast immer schnell zu einem Ergebnis... Natürlich müßte das geheim und ganz vertraulich sein. Wir könnten ja« – er grinste verschlagen dabei – »die Burschen dabei ein bißchen bei ihrer Ehre packen und sie an die alten Ideale erinnern.«
Dieser Gedanke gefiel ihm ungemein. Er konnte gar nicht begreifen, wieso Pimeschko und Lankwitz davor warnten. Er sah auf Cludeau, und der zuckte nur mit den Achseln. Das alles ärgerte ihn.
»Na was denn, was denn?« fuhr er auf. »Was habt ihr denn nun gegen diese einfache Sache?« Sie hatten sehr viel dagegen. Nach der Verfassung und ihrem Amtseid nämlich waren die Ratsmitglieder gehalten, niemals einzeln mit Parteiführern oder Körperschaften zu verhandeln, sondern nur als Gesamtheit. Ein Ratsmitglied sollte stets völlig frei von je-

der derartigen Beeinflussung bleiben. Eine Verletzung dieser beschworenen Pflicht war gleichbedeutend mit Eidbruch und hatte öffentliche Ausstoßung aus dem Rat und dauernden Verlust der Weltbürgerrechte zur Folge. Darum legte Dickson korrekterweise jeden Brief Ganvavittas, in welchem sich dieser über die Zustände in Asien beschwerte, dem Rat vor, und gleicherart verfuhr Ussitzki mit den Berichten, die von den fernöstlichen Qualifikanten-Brigaden an die Peacetowner Leitung kamen. Diese Korrektheit wirkte anfangs auf Bresci, Li Fu Tang und Torsten, die noch parteipolitisch dachten, fremd, fast altmodisch und lächerlich. Langsam aber lernten sie begreifen, daß der Rat eine ernsthafte Vertrauensgemeinschaft war und gerade daraus seine Stärke bezog.

Dies erwägend, versuchten Lankwitz und Pimeschko, den eigensinnigen Douraine von seinem Vorschlag abzubringen, und schließlich konnte auch der vorsichtige Cludeau nicht mehr anders – er mußte ihnen beipflichten. Douraine aber schüttelte, nachdem er eine Zeitlang wütend getobt hatte, in einem fort störrisch den Kopf. Er ließ andere Meinungen nur höchst selten gelten. In seinem eingewurzelten Mißtrauen legte er jeden Einwand, selbst wenn er noch so stichhaltig und einleuchtend war, ganz anders aus. Das machte jedes Verhandeln, jede politische Zusammenarbeit mit ihm so schwierig. Gerade aber wegen dieser draufgängerischen Einseitigkeit, wegen seiner Kampflust und unversteckten, vitalen Herrschsucht hatte er in seiner Partei den größten Anhang. Man hielt ihn für den »starken Mann« schlechthin, und sogar außerhalb seiner Partei bewunderte man seine gradlinige Kühnheit und hielt ihn für unbestechlich. Pimeschko und Cludeau wurden allgemein nur als seine brauchbaren Handlanger betrachtet. Im Gegensatz zu Douraine wußte der futuristische Parteivorsitzende Lankwitz die Massen gar nicht anzuziehen. Er war nur ein außerordentlich gewiegter Routinier und unermüdlicher Arbeiter. Er wußte genau, was er mit Douraine gewinnen konnte: eine mitreißende populäre Figur, einen echten Volksmann. Das wog viel. Dagegen sprach aber, daß Douraine bei einer Einigung unbedingt einen ausschlaggebenden Platz in der neuen Parteiführung beanspruchte, wenn nicht gar die Führung selbst. Politisch konnte so ein unbedenklicher Autokrat ungemein schaden, wenn man ihn selbständig schalten und walten ließ, wenn man seine Sprunghaftigkeit nicht immer wieder ausglich und eindämmte.

»Das wird eine glatte Niederlage! Ich sehe schwarz, ganz schwarz!« rief Pimeschko fortgesetzt. »Wenn wir uns an die Burschen wenden, das sieht doch aus wie eine Anbiederung, wie eine hilflose Bettelei!«

»Offen gestanden – das meine ich auch«, sagte Cludeau.

Das wirkte auf Douraine. Es griff an seine instinktive Eitelkeit. Lankwitz war zufrieden, daß Douraines eigene Leute ihrem Chef so entgegentraten, und äußerte nur: »Jedenfalls geben wir uns eine schwere Blöße damit.« Trotzdem obsiegte Douraine. Er gab nicht nach. Nach langem Ratschlagen einigten sie sich dahingehend, daß Douraine an Torsten und Lankwitz an Bresci und Li Fu Tang einen gemeinsamen, sehr vorsichtig gehaltenen Privatbrief ohne jede Bezugnahme auf die Partei schreiben sollten. Das geschah schon in den nächsten Tagen.

Bresci, an den der Brief gegangen war, reagierte sehr zwiespältig darauf. Es schmeichelte ihm, daß die alten Freunde noch das gleiche Vertrauen in ihn setzten. Er war ein unverheirateter, schöner, muskulös gebauter, sportlich trainierter Mann in der Vollkraft seiner Jahre. Unvergessen war, wie er die Partei der Futuristen gegründet, organisatorisch aufgebaut und mächtig gemacht hatte. Er war ein hochgeschätzter Politiker und vielbewunderter Redner. Die Frauen umschwärmten ihn. Er brauchte das offenbar. Er suchte gern Gesellschaften auf und bestrickte durch seine geistreiche Unterhaltung. Wie er einst die Massen entflammt hatte, so jubelte ihm jetzt das Parlament bei jeder Rede zu. Er dachte, als er so dalag auf dem Diwan seines elegant eingerichteten Hotelzimmers, mit knisterndem Stolz zurück an seine vielen früheren politischen und rednerischen Triumphe. Die hingerissenen Massen wurden ihm gegenwärtig, die tausend und aber tausend strahlenden, entzückten Gesichter. Es prickelte in seinem Blut, als er sich all ihres frenetischen Beifalls erinnerte. Wie zufällig sah er durch die offene Tür seines Schlafzimmers auf das breite, mit einer flammend roten Steppdecke bereicherte Bett, auf den hohen Spiegel, und erinnerte sich an etwas sehr Nettes. Er lächelte überlegen und selig und brummelte: »Hmhm, reizend war sie... Hm –« Und er wechselte hinüber ins Heutige, ins Augenblickliche. Der Rat und seine Arbeit fielen ihm ein. Eine Fadheit keimte in ihm auf. Selten gab es da eine Abwechslung, schon lange keine Höhepunkte mehr im Parlament, nur Tag für Tag die gleichen Gesichter, das langweilige Herumdebattieren – ach, wie hatte es ihn berauscht, als er endlich Ratsmitglied geworden war! Was für ein Gefühl von Macht hatte ihn dabei berückt, als er seine erste große Rede vom Ratstisch aus an die gespannt lauschenden Parlamentarier, an die überfüllten Tribünen hielt. Augenblicklang war ihm gewesen, als läge die ganze Welt zu seinen Füßen, als spüre er sie ganz wirklich, überwältigend groß und unsagbar süß in seinem Innersten. »Wie die schönste Frau. Masse und Frau, ein und dasselbe«, kam unwillkürlich über seine Lippen.

Ein Windhauch kam durchs offene Fenster und fegte den Brief Lankwitz' vom kleinen Tischchen. Rasch sprang er auf und griff fast erschrocken danach. Eine jähe, eiskalte Enttäuschung, eine schauderhafte Ernüchterung packte ihn. Er hielt den Brief fest in der Hand. Eine Beklemmung beengte seine Brust, dann – auf einmal – fing sein Herz stärker zu klopfen an.

Macht, Ausschließlichkeit, Triumph – weggeflattert war mit einem Male alles! Nichts war er weiter als irgendein anderer im Rat, kleiner, unfreier war er, als er je gedacht hatte. Dieser lächerliche Brief stürzte ihn in tausend Zweifel, in Verwirrung und Angst, als wäre er ein Schulbub, der etwas angestellt hatte und der Strafe entgegenbangte. –

Die ganze Nacht rang er mit sich. Er döste ein und erwachte immer wieder. »Aber – Unsinn! Wieso denn? Geht doch keinen was an!« stieß er nach einem unbehaglichen Nachdenken öfter heraus, warf sich abermals in die Kissen zurück und versuchte von neuem einzuschlafen. Doch die Uhr tickte so störend, und draußen im Mond standen die steinern schweigenden Häuser, dort das Parlament, das drohende Ratsgebäude. Und jede Minute, jede Stunde, die zerrann, drückte immer mehr auf seine Brust. Merkwürdig – Mauvin fiel ihm plötzlich ein. Wieso gerade er? Mit aller Gewalt schüttelte er den heißen Kopf und knurrte wieder etwas wie: »Aber der war doch... ah, Quatsch! Wieso denn?« Zuletzt stöhnte er ganz jämmerlich. Als es milchig dämmerte, erhob er sich unausgeschlafen, duschte sehr lange, bestellte das Frühstück und konnte nur ein paar Schluck Kaffee hinunterbringen. ›Hm Dickson, Ussitzki, ja, ja, die haben den Rat sofort informiert. Sie haben die Berichte und Briefe aus Asien vorgelegt‹, ging es ihm durch den Kopf, ›gleich, sofort, ungesäumt...‹ Seitdem er den Brief von Lankwitz erhalten hatte, waren bereits ein halber Tag und eine ganze Nacht vergangen.

»Ah, das ist doch läppisch!« zischte er wütend durch die Zähne. »›Lieber alter Freund‹ steht da... Sind wir als Ratsmitglieder denn Sträflinge oder Klosterbrüder? Idiotisch so was!« Er überflog die Zeilen mechanisch, und da sie auch an Li Fu Tang gerichtet waren, telefonierte er schließlich mit ihm. Das erleichterte ihn sonderbarerweise etwas. Ein anderer mußte die Unannehmlichkeit mit ihm teilen, gut so.

Li Fu Tang kam sehr bald.

»Was ist deine Meinung?« fragte Bresci den hageren, derbknochigen Nordchinesen, als dieser den Brief gelesen hatte. Li Fu Tang machte ein sehr ernstes Gesicht und schaute ihn forschend an. Bresci mußte noch einmal fragen, und das machte ihn unsicher.

»Dickson wird sich freuen«, sagte Li Fu Tang endlich statt jeder Antwort.

»Dickson?« rief Bresci verblüfft und wurde dringlicher: »Der? Wieso denn der?... Du meinst etwa, der wird –« Das Wort brach ihm ab, da Li Fu Tang stumm auf dem Teppich auf und ab ging und wieder nicht antwortete. Bresci verfolgte jede seiner Bewegungen. Immer nervöser wurde er.

»Ich sehe ja ein«, fing er betreten von neuem zu reden an, »eine Zusammenkunft zwischen uns und Lankwitz ist unmöglich, aber« – mit bittendem Blick suchte er Li Fu Tangs Augen – »ist's denn wirklich notwendig, diesen Privatbrief – du siehst doch, er ist völlig privat –, ist das notwendig, den

vorzulegen?« Er schwankte und suchte schwer bedrängt nach einem Ausweg. Lankwitz, die alten Parteifreunde, die Massen? Er wollte sie doch nicht enttäuschen, er wollte ihnen doch keine Niederlage zufügen, und er wollte ihnen auch zeigen, daß er noch allerhand erreichen konnte. Im Reden mit Li Fu Tang kam er vom Hundertsten ins Tausendste. Er verfluchte seine Ratsmitgliedschaft. »Ich wollt', ich wär' wieder ein unabhängiger Mann! Das alles kotzt mich an!« sagte er einmal. »Wahrhaftig, glaub' mir, es kotzt mich an!« Er suchte, er gierte nach einer Zustimmung, doch Li Fu Tang ging hin und her, ohne ihn anzusehen. Endlich blieb er vor ihm stehen, gerade und ruhig. Dann sagte er entschieden: »Das ist kein Privatbrief! Bitte, bedenke das!... Ich will nicht dein Feind werden.«
»Mein Feind? Wieso denn? Warum denn?« brach es aus dem ratlosen Bresci. Es schien ihm plötzlich etwas Rettendes einzufallen. Geschwind und in ganz anderem Ton meinte er: »Torsten wird sicher von Douraine auch einen Brief haben.« Was war denn dieser Li Fu Tang, mit dem er sich sonst so gut verstand, den er von den Ultristen ins futuristische Lager und in den Rat gebracht hatte, auf einmal für ein unzugänglicher, fremder Mensch?! Warum schwieg er sich denn so feindselig aus?
»Was meinst du?« fragte Bresci abermals und kam nicht los von dem harten Blick des Chinesen.
»Was Torsten tut, ist nicht unsere Sache« sagte er endlich wieder und wurde um einen Grad schärfer: »Ich habe als Ultrist für den Rat gekämpft, weil er es wert war. Meine Meinung hat sich seither nicht geändert.«
»Aber – aber!« beteuerte Bresci getroffen und geriet in Wut. »Wofür hältst du mich denn, Li? Li?!« Da musterte ihn Li Fu Tang mit verhaltener Verachtung von unten bis oben und sagte: »Halten?... Ich habe bis jetzt gedacht, du bist mit der Politik aufgewachsen! Hast du denn nicht überlegt, daß deine guten Freunde das Briefchen gegen dich benützen können?«
Bresci erbleichte und sagte nichts mehr. –
Torsten, dem Douraine ziemlich plump geschrieben hatte, ob er sich eigentlich noch erinnere, daß er – der Friedensrich-

ter von Märzstadt – ihm zu seinem hohen Amt verholfen habe, Frederick Torsten war verärgert und besann sich nicht lange, wie er handeln sollte. –
Schon nach wenigen Tagen lief bei der Parteileitung der Futuristen und bei jener der Ultristen ein offizielles, übrigens ziemlich kühles Schreiben aus Peacetown ein, in welchem sich der Rat zu einer Aussprache mit den Parteiführern bereit erklärte. Wieder kamen Douraine, Pimeschko, Cludeau und Lankwitz zusammen. Sie waren schwer getroffen. Um seinen Fehler nicht zugeben zu müssen, bellte der wutgeladene Douraine von vornherein drauflos: »Was, dieser Torsten, der windige Schuft! Der Gimpel! Der Idiot!... So hintergeht er uns, der Denunziant, der dreckige!... Mensch, erwürgen könnt' ich ihn! Er kommt mir noch einmal zwischen die Finger, der Kerl, dafür garantiere ich!... Ha, dieser beschissene Rat! Was bilden sich die Kerle überhaupt ein? Sind wir für *sie* da oder sie für *uns?*... Fallen muß er, fallen, sag' ich! Weg muß er, weg, so schnell wie möglich!« Er tappte ungeschlacht umher und schnaubte wie ein gereiztes Tier. Jetzt war er für die Parteivereinigung auf raschestem Weg, jetzt war er für alles, um den verhaßten Rat zu vernichten.
»Gnädig tun die Burschen! Von oben herab sagen sie: Na, bitte, ihr könnt ja kommen, bitte schön! Hm, hat der Mensch Worte!« polterte er weiter. »Nein! Ein für allemal, diese saubere Einladung muß rundweg abgelehnt werden... Auf keinen Fall bringt mich jemand dazu, mit diesen Burschen zusammenzusitzen!« Erst nach langem, hartnäckigem Hin und Her gab er sein Einverständnis, daß Pimeschko und Lankwitz eine sehr vorsichtig formulierte Absage verfassen und abschicken sollten. Noch einmal packte ihn die Wut dabei. Er warf sein Weinglas an die Wand, daß es klirrend zersplitterte. Cludeau und Pimeschko kannten das, sie sahen beredt auf Lankwitz, und der verstand, daß es am besten war, dies gar nicht zu beachten. Douraine war aufgesprungen, tappte abermals etliche Schritte weit, blieb stehen und umkrampfte mit seiner breiten, kräftigen Hand die Lehne des Polsterstuhles, als sei sie der Hals Torstens. »Gut«, sagte er, »ich habe ja gesagt zu eurem Wisch an den Rat! Aber wißt ihr, was ihr seid? Ganz feige Bremser seid ihr! Das muß an-

ders werden nach der Einigung, das sag' ich euch! Ich will Kampf und kein Lavieren!«
»Kampf?« meinte Lankwitz, dem dieser rüde Kommandoton langsam auf die Nerven zu gehen schien. »Den wollen wir genauso! Aber angreifen kann man erst, wenn man den Feind ermittelt hat, oder sagen wir besser, seine Hauptmacht.« »Was meinst du damit?« forschte Douraine.
»Wir sind keine Verschwörer, Maurice, wir sind Politiker!« erwiderte Lankwitz bestimmter. »Das verwechselst du manchmal. Ganz unnötigerweise haben wir jetzt eine Niederlage einstecken müssen. Na, das ist nun schon so... Du hältst uns Futuristen für etwas zu naiv, Maurice, na, das liegt in deinem Naturell, meinetwegen. Aber vergiß nicht, ganz zu unserm Feind darf der Rat nicht gemacht werden. Er muß auf jeden Fall unser Instrument bleiben. Unser wirklicher Feind sitzt in Asien.« Er winkte Douraine, der ihn unterbrechen wollte, energisch ab und sprach noch zielsicherer weiter: »Mit den paar getarnten Verschwörergruppen und ihren Nachläufern dort ist's halb so schlimm. Die erledigen unsere Kommissare schon nach und nach. Wir wissen doch Bescheid, wie's dort steht! Taktisch natürlich müssen wir immer wieder darauf hinweisen, daß die strengste Säuberung notwendig ist. Wir müssen drauf bestehen, daß sie rücksichtslos durchgeführt wird – wenigstens bis zur Wahl. Verstehst du?... Übrigens hat sich schon eine ganze Menge so wilder Verschwörer zu unseren Einsichten bekehrt. Unsere Aufklärungsarbeit wirkt sich ausgezeichnet aus. Gefährlich, wirklich gefährlich, mein Lieber, sind nur die Papisten und diese duckmäuserischen Stillen in Asien! Die nämlich machen die Massen dort politisch völlig indifferent, das ist das schlimmste!«
»Was? Diese staubigen Betbrüder!... Ich hab' ihnen nie getraut, aber man hat mir ja nie geglaubt!« rief Douraine. »Aber wie willst du denn diesem Pack beikommen? Das ist doch die Frage!«
»Du mußt schon entschuldigen, Maurice«, tastete jetzt Pimeschko vorsichtig weiter, »du bist in der letzten Zeit viel abgehalten worden. Und selbstverständlich, jetzt, wo deine Frau –«

»Laß das!« wies ihn Douraine grob zurecht, denn damit hatte er einen wunden Punkt berührt. Mit Vera war seit ihrer Verheiratung allerhand geschehen, das nur die Eingeweihten halbwegs merkten. Anfangs hatte Douraine sie manchmal zu solchen politischen Zusammenkünften mitgenommen. Einesteils lenkte ihn dabei seine naive Eitelkeit, sein männlicher Besitzerstolz. Er wollte seine schöne Frau überall zeigen und sich am Neid der anderen Männer weiden. Andernteils bewog ihn eine recht nüchterne List. Er versprach sich vom Auftauchen Veras bei solchen Sitzungen eine äußerst vorteilhafte Wirkung auf seine Verhandlungspartner. Doch er wurde rasch eines anderen belehrt. Veras Anwesenheit störte ungewollt. Sie saß stets schweigend und uninteressiert da, gleichsam, als warte sie ungeduldig auf das Ende. Das war keinesfalls eine unechte Schüchternheit. Es war vielmehr ein steifes, verschwiegen höhnisches Verhalten, ja etwas von einer äußersten Menschenverachtung, die dabei von ihr ausging. Ihre Augen gingen fortwährend von einem Mann zum andern, ganz freundlich, neugierig und interessiert scheinbar, aber es irritierte. Die debattierenden Männer verloren dadurch manchmal den Faden, wurden abgelenkt und wußten nicht, wie. Sie verfielen auf Nebensächlichkeiten, verbissen sich darein und wurden gereizt, wenn man sie darauf hinwies. Dann konnte es vorkommen, daß sich ihr Blick in diesen rätselhaft unergründlichen Augen Veras verfing. Auf einmal brach der Mann ab, zuckte wie verlegen die Achseln und sagte etwas wie: »Na ja, wie gesagt, das ist nur meine Meinung«, und schaute betroffen irgendwo anders hin. Douraine entging das nicht. Er ärgerte sich und polterte schließlich: »Ich seh' schon, wir kommen wieder zu nichts mit eurem Herumquatschen. Es wird gut sein, jeder überlegt sich die Sache noch einmal bis zum nächsten Mal.« Resultatlos ging man auseinander. Während der Heimfahrt sagte Douraine zu Vera: »Du bist wohl schlechter Laune heute, was? Hmhmhm, kann vorkommen... Mir geht's auch oft so bei diesen Stieseln!« Doch sie bestritt ihre Mißlaunigkeit und küßte ihn dabei scherzend.

»Oder interessiert dich das alles nicht?« forschte er weiter.

»Offen gestanden, nicht im mindesten«, erwiderte sie. »Politik! Ach, weißt du, Maurice, davon hab' ich bisher viel zuviel verdauen müssen. Es war auch immer dasselbe. Einer will den anderen nur übertölpeln... Nimm mir's nicht übel, Büffel, ich langweile mich entsetzlich dabei.«
Von da an nahm Douraine sie nicht mehr mit, und merkwürdigerweise fanden beide das ganz in der Ordnung. In Vera jedoch rumorten ganz andere Dinge. Mitunter schien es, als sei sie von dem langjährigen angespannten, gefährlichen Leben, das sie vor ihrer Verheiratung geführt hatte, unsagbar müde geworden. Es war, als suche sie nach soviel jähem Wechsel die beschauliche Ruhe eines ausgeglichenen, kleinen Ehefrauendaseins. Augenscheinlich hatte sich ihr Lebenskreis verengt. Zweifellos zog sie Douraine ungeheuer an, und bei ihm war es nicht anders. Langsam aber fing Vera zu spüren an, daß die damalige Wiederbegegnung mit Douraine in Eilenburg, ihr darauffolgender Besuch und die innere Überwältigung, die sie beide erlebt hatten, bis jetzt etwas Einzigartiges für sie gewesen war, nicht mehr zu überbieten an körperlicher Lust, etwas Unwiederbringliches an namenlosem Ausschöpfen ihres ganzen Selbst. Ein Gesicht, eine Geste, die Figur, die Stimme oder das Fluidum, das er verbreitete, zog sie bei einem anderen Menschen an oder stieß sie ab. Diese übersteigerte nervöse Reizbarkeit vermochte sie nur durch ihren starken Willen zu bändigen, aber Ruhe kam dadurch nicht über sie, im Gegenteil, sie glich einem lebendigen Seismographen, der die geringste, winzigste Schwingung verzeichnet und entsprechend darauf reagiert. Daher ihre, allerdings nur ihr bewußte, dauernde, fast krankhaft zunehmende innere Erregung, ihr Gespanntsein, obgleich sie äußerlich die Ruhe und Beherrschtheit selbst zu sein schien. Daher ihre Unersättlichkeit, daher ihre Gier nach gänzlichem Versinken und daher am Ende immer und immer wieder dieses unbegreifliche, schauerlich unbehagliche Empfinden. Jetzt aber erwartete Vera ein Kind und dachte an nichts anderes mehr. Sie war gänzlich verwandelt. Darüber war Douraine höchst unzufrieden und verbarg es nur mühsam. Er fühlte dumpf, wie ihn dieses Kind beiseite drängte, wie es Vera schon in der Erwartung zur

Hauptsache wurde. Das ertrug er nicht. Und reden wollte er überhaupt nicht darüber. Warum mußte auch Pimeschko davon anfangen. Um die Wirkung seiner Bemerkung abzuschwächen, sagte Cludeau rasch: »Lassen wir Familiäres aus dem Spiel. Ich denke – «

Er kam nicht weiter.

»Los, los! Packt aus!« fuhr ihm Douraine über den Mund und sah auf Lankwitz: »Was habt ihr?« Dem Futuristenführer war das nur recht.

»Die Sache ist gar nicht so einfach«, nahm er also das Wort wieder. »Der Papst überlegt jeden Schritt sehr genau. Er übertrifft uns alle. Es ist klar, daß er Asien unter seinen Einfluß bringen will. Dann wird man ja sehen, was er anstellt. Seine Taktik ist unangreifbar. Dabei wirken Papisten und Stille glänzend zusammen, was die Sache noch schwieriger und gefährlicher macht. Ihr Haupttrick ist vor allem, daß sie sich ganz und gar loyal verhalten, beinah schon überloyal.«

»Aber irgendwas müssen sie doch machen, um die Leute zu bearbeiten! Aus nichts wird doch nichts!« warf Douraine dazwischen. »Wenn sie so lammfromm und passiv sind wie diese Stillen, erreichen sie doch nichts!«

»Natürlich sind sie nicht passiv, sie tun nur so!« wurde Lankwitz lebhafter. »Zum Papst und zu diesem Paschuljew, dem verdächtigen Zittergreis, kommen immerzu Leute. Da heißt's dann stets, es gehe um die Wüsten oder um ihren ewigen Weizen.«

Douraine erinnerte sich: In Flußtal, der Deruga und der Jankel Rositsch, dieser halbverrückte Analphabet, die hatten diesen Wunderweizen verbessert, und jeder Mensch wußte, daß sie mit dem Papst in lebhaftem Briefverkehr standen. Trotz aller Anstrengung blieben Märzstadt und die meisten Agrostädte weit hinter den Flußtaler Ernteergebnissen zurück. Und nicht nur das! Wegen seiner Sonderbarkeiten, die sich jetzt, nach dem Tod seiner Ingrid, noch gesteigert hatten, war Jankel nach und nach eine höchst populäre Figur geworden. Auch nach Flußtal kamen oft und oft Delegationen interessierter Leute. Die führte dann Jankel auf die Felder. Ganz unverständlich, daß sie dessen Geplapper ernst nahmen. Eines Morgens hatten Deruga und einige Freunde den Jankel stöhnend und blutbesudelt vor einem Haufen schnell herangetriebener, angekeimter Körner gefunden. Vergeblich versuchte er, sich aufzurichten. Unablässig rann das dicke Blut aus seinem Mund. Sein zitternder, ausgedörrter, knochenmagerer Körper schien wie ausgeronnen. Hilflos und fiebrig starrten seine von den vielen durchwachten Nächten entzündeten Augen.

»Nein – nein, nicht sterben! Nicht jetzt!« So etwas Ähnliches stammelte der Todkranke. Sie brachten ihn ins kommunale Hospital. Ein Pneumothorax rettete ihm das Leben. Seither befand sich der Jankel in einem Lungensanatorium im nächsten Mittelgebirge, und alles war um seine Genesung besorgt. Fremde und einheimische Besucher kamen fortwährend zu ihm. »Nur leben, leben!« sagte Jankel, und dann schüttete er etliche Weizenkörner wie kostbare Edelsteine auf seine hohle Hand und redete weiter: »Papst hat recht. Deruga hat recht... Nichts stirbt... Das da, Weizen, siehst du, lebt ewig!! Stirbt nicht – auch Jankel nicht, nein, nein!«

Dieser schwachsinnige Kerl und der Deruga, der Papst und ihr Weizen – gab es denn für die Flußtaler, ja für alle Leute nichts anderes mehr als das? »Der Halbidiot krepiert nicht. Immer mehr Leute macht er uns abspenstig!« dachte Douraine, während Lankwitz von den »päpstlichen Umtrieben« in Asien berichtete und dabei meinte: »Sobald dann unsere Kommissare gegen diese schlau getarnten Geheimversammlungen vorgehen, schickt das Gesindel insgeheim heulende Beschwerden nach Peacetown! Offenbar wollen sie's so weit treiben, daß der Rat gegen die Kommissare vorgeht und womöglich die Säuberung annulliert.« Er nahm Douraine scharf aufs Korn und schloß betonter: »Das ist unser Hauptkampf! Das muß verhindert werden, mit allen Mitteln. Und, verlaß dich drauf, Maurice, wir verstehn zu kämpfen!«

»Hm«, machte diesmal Douraine nachdenklich. Er nahm einen Schluck Wein und nickte: »Ich versteh', ja, ich verstehe!« Er kratzte sich an der Stirne, als suche er in Gedanken nach einem geeigneten Mittel.

»Trotzdem sind unsere Chancen in Asien durchaus nicht so schlecht«, meinte Pimeschko. »Die Volkszählung wird ja,

wie du weißt, von unseren Kommissaren durchgeführt. Damit haben wir überall genauesten Einblick und kontrollieren faktisch das ganze Land.«
»Kurz und gut«, fragte Douraine geradezu, »ihr meint also, wir müssen diese staubigen Betbrüder noch mehr als bisher als Verfassungsfeinde diffamieren? Eventuell müßten wir sie auch geschickt provozieren, oder?« Das entsprach ihm. Verschmitzt blinzelte er dem amüsiert nickenden Cludeau zu.
»Nicht ganz so, aber einigermaßen«, lächelte Lankwitz verständnisinnig und milderte ein wenig ab: »Jedenfalls müssen wir das ganze Pack aus der Reserve herauslocken.« Sie verstanden einander endlich.
»Also«, begann Douraine, nun ganz bei der Sache, »übermorgen müßt ihr zwei wieder ins Parlament zurück! Cludeau und Lankwitz nickten.
»Gut, ihr müßt den Fraktionen einheizen, sie müssen unbedingt für verschärfte Überwachung in Asien sein, jedenfalls für die Fortführung«, kommandierte Douraine jetzt schon: »Denkt euch eine zugkräftige Begründung aus! Das kann ja weiter nicht schwer sein! Lieber woanders kleine Zugeständnisse machen, aber die Hauptsache nicht einschränken, nie und nimmer!« Lankwitz sah ihn mit verborgenem Vergnügen an und meinte ein wenig spöttisch: »Na, Mann, Maurice! Wem sagst du das?... Du hältst uns doch für sehr dumm, was?«
Diesmal nahm's Douraine nicht weiter übel. Er drängte zur größten Eile mit der Parteienvereinigung. Eifrig besprachen sie die Formalitäten. Die Sekretäre kamen kaum mit beim Diktat. Douraine hatte bei manchen Satzwendungen etwas auszusetzen, Änderungen mußten vorgenommen werden. Zum Glück verstand Lankwitz sein Metier und fand stets einen raschen Ausgleich. Die Sekretäre gingen und kamen mit den Reinschriften zurück. Eine Unmenge Telegramme wurden abgeschickt. Pimeschko fuhr sich ein ums andere Mal durch das krause, dichte Haar und brummelte: »Na, grade kein guter Zeitpunkt jetzt!« Es war mitten in der letzten Ernte. Pimeschko machte eine wegwerfende Handbewegung und sagte wiederum: »Es wird einen Haufen Arbeit

und Überredung kosten... Na, es muß eben gehn! Es wird auch gehn! Schläft man sich eben nachher aus!«
»Was lamentierst du denn?« trank ihm Douraine aufgeweckt zu: »Prost!... Prost allerseits! Stärkt euch! Jetzt haben wir uns den Trunk verdient.«
Die vereinigte Partei wollte nach der Volkszählung als »geschlossene Front der Verfassungstreuen« in den Wahlkampf gehen. Noch eine Weile saßen sie beisammen und tranken einander zu. Herzlich und siegessicher schieden sie voneinander. –
Nach dieser entscheidenden Aussprache flogen zunächst einige geheime ultristische und futuristische Emissäre nach Asien. Dort hatten sich unter den Katholiken inzwischen erstaunliche Dinge zugetragen. Schon seit dem Beginn der Einwanderung stand ein Teil von ihnen, der noch fest am kirchlichen Dogma und seinen Riten hing, gegen den eigenwilligen Papst. Diese Leute verübelten ihm vor allem, daß er sie so bedenkenlos aus ihren ehemaligen reichen Heimstätten weggerufen und ihnen einen so schweren Opfergang zugemutet hatte. Freilich murrten sie nur insgeheim und beruhigten sich auch nach und nach wieder einigermaßen, als es so schnell zusehends besser wurde. Die Autorität des alten Mannes blieb unerschüttert. Dem aber kam es diesmal ganz offensichtlich darauf an, die »Spreu vom Weizen zu sondern«, und es war wohl auch der unerwartete Enthusiasmus, mit welchem große Teile der Jugend zum Katholizismus gestoßen waren, was ihn in seinen verschwiegenen Hoffnungen bestärkte. Diese Jugend war undogmatisch, sie reagierte nur aus dem Gefühl heraus auf das allgemein Menschliche, das diese Religion umschloß. Kirchliche Dinge blieben ihr unverständlich. Das meiste davon kam ihnen überlebt vor. All das war dem Papst nicht entgangen. Er wagte noch mehr, und das brachte – wenn auch nach außen hin kaum sichtbar – die älteren Generationen der Priester gegen ihn auf. Der Papst ließ sich nicht beirren davon. Unerschrocken verfolgte er sein Ziel. Er übernahm viel von den Stillen, die er tief bewunderte. Deren Verhalten in der fremden Umgebung, noch dazu bei diesen schikanösen polizeilichen Überwachungsmaßnahmen, hielt er für zweckmäßig

und einzig richtig. Schnell hatte er erwittert, wie leicht und natürlich sich die Stillen mit den Anhängern aller noch existierenden asiatischen Religionen verstanden. Was taten sie eigentlich? – Nichts! Sie blieben nur das, was sie immer gewesen waren: demütige, brüderliche Menschen.

Sie lehrten nichts, sie lebten nur danach. Das gewann ihnen rasch die Zuneigung der verschiedensten Leute. Jedermann achtete sie, ja viele hatten sogar eine ehrfürchtige Scheu vor ihnen.

Mit Paschuljew kam der Papst schon deswegen oft zusammen, weil sie wissenschaftliche Erfahrungen austauschten. Ihre Unterhaltungen blieben aber nicht darauf beschränkt. Es gab angeregte Diskussionen zwischen den beiden, und Paschuljew war der einzige Stille, der sich darauf einließ. Dennoch konnte der Papst, der stets noch an eine ganz bestimmte, fest umrissene Lehre der Stillen glaubte, nichts Näheres herausbringen. Wirigin, der manchmal dabeisaß, blieb stets freundlich, antwortete auch ab und zu, doch er hörte am liebsten zu. Ein Gespräch mit diesem wortkargen Mann blieb äußerst dürftig. Nach und nach fing der Papst an, seine religiösen Übungen zu vernachlässigen. Er zeigte offen, daß er auf den Bau von Kirchen und auf deren Besuch nur noch wenig Wert legte. Zu Enrico, jenem peruanischen Indiomönch, der ihm seit Südamerika als ständiger Begleiter, Hausgehilfe, Koch und Assistent diente, sagte er einmal mit gutgespielter, versteckt boshafter Anzüglichkeit: »Wieso verargt man mir nur meinen Eifer? Ich verstehe es nicht!... Es steht doch geschrieben, mein Lieber, daß der Herr die Beter in den stillen Kammern weit mehr liebt und schätzt als die sichtbaren in den Kirchen!« Enrico sagte nichts. Sie waren auf dem Heimweg von Paschuljew. Die Nacht war weit ausgespannt. Enrico sah nur stumm zum tiefblauen, sternübersäten Himmel auf und murmelte: »Vater, wie du meinst.«

Das alles aber war zuviel für diejenigen Katholiken, die sich als die einzigen »Rechtgläubigen« bezeichneten. Indessen das große Ansehen, das der alte Papst nicht nur als Religionsoberhaupt, sondern hauptsächlich als Wissenschaftler in der ganzen Welt genoß, und die instinktive Einsicht, daß

in der jetzigen Umdrohung Einigkeit alles bedeute, hielten sie davon zurück, gegen ihn aufzutreten oder gar die Glaubensgemeinschaft zu spalten. Über zweitausend Jahre hatte sie gelebt und hatte schon vor dem Untergang gestanden. Aus dieser letzten, furchtbarsten Katastrophe hatte der seltsame Mann sie heraus- und wieder zusammengeführt. Sie alle kannten seine Beharrlichkeit. Sie alle wußten, wie lauter und furchtlos, wie klug er war. Vielleicht war er sogar weise. Sicher nahm er nur einen Umweg, um zum Ziele zu kommen. Viele von ihnen würden dieses Ziel aller Wahrscheinlichkeit nach noch erleben – er aber erlebte es bestimmt nicht mehr. Dann konnte man immer noch das Erreichte in die überlieferte Form bringen. Diese Gedanken las der wache Greis aus den Blicken der Jüngeren und lächelte. Und wiederum mit der ihm eigentümlichen Altersbosheit, ganz so, als fasse er ihr eben Gedachtes in Worte, sagte er: »Ja, ja, ihr erreicht noch alles, meine Lieben. Aber bedenkt immer: Unerforschlich sind die Wege des Ewigen... Uns ist schon viel im Leben verdorben worden...«
Die Zuhörenden schwiegen betroffen bei diesen ketzerischen Worten. Voll Gram und Sorge, in die sich wohl auch eine verborgene Ärgerlichkeit mischte, dachten sie: »So spricht er vom Ewigen?... Ist ihm denn Gott verwichen? Herr, führe ihn zurück auf den rechten Weg...«

Mit Ausnahme nur ganz weniger Rayons in Asien hatte die ganze Welt die Volkszählung durchgeführt. Wenn man die in den letzten Jahren beständig gestiegene Zahl der Geburten in Betracht zog, ergab sich immerhin der trostreiche Überblick, daß die Bevölkerungszahl trotz der neuerlichen gewaltigen Menschenverluste während der Rebellion zugenommen hatte. Alles in allem genommen, betrug sie bereits wieder fast vierhundertfünfzig Millionen. Im Vergleich zu den über zwei Milliarden Menschen, die vor dem Atomkrieg und der darauffolgenden Katastrophe gelebt hatten, war das freilich nur ein Bruchteil auf der inzwischen unendlich reich gewordenen, völlig erschlossenen Erde. So mußte es dem Rat vor allem darum gehen, die furchtbaren Verluste wieder aufzuholen und neue zu vermeiden.

Augenblicklich aber standen die Parteien und der Rat ganz im Banne des bevorstehenden entscheidenden Wahlkampfes. In überstürzter Eile hatten Futuristen und Ultristen ihren Vereinigungsparteitag einberufen, und es ging dort oft sehr turbulent zu. Eine grundlegende Reform der neuen Partei »an Haupt und Gliedern« forderten Douraine und seine Anhänger. Das Sinken der Mitgliederzahl focht sie nicht an, im Gegenteil, sie wollten so etwas wie eine sehr gesiebte Organisation erprobter Kämpfer, eine nicht gerade kriegerische, aber doch wesentlich militante »Avantgarde«, welche die außenstehenden Massen führen sollte. Lankwitz und die Futuristen dagegen waren der Meinung, daß die Partei von der Sympathie und dem Willen des ganzen Volkes getragen werden müsse, um im Parlament stets das Übergewicht zu haben. Dort nämlich war ein wilder Kampf entbrannt. Wang Chung und Kowaloff waren diesmal die Hauptredner des Rates. Es entsprach einer Regel, die sich in der Praxis durchgesetzt hatte, daß jedesmal wieder andere Ratsmitglieder diese Verpflichtung übernehmen mußten.

Die Wahl war diesmal sehr glücklich ausgefallen. Wang Chung hatte einen guten Ruf bei den Radikalen. Er galt als aufrechter Revolutionär, und er war ihnen noch nie entge-

gengetreten. Kowaloff konnte zu den Gemäßigten gezählt werden, die sich streng an die Verfassung hielten. Zwar war er damals mit Bresci und dessen Anhang in den Rat gekommen, aber er behielt seine Selbständigkeit. Der kleine, o-beinige Mann war hochgeachtet. Sein klares Urteil, seine logische Schärfe und sein Witz machten ihn als Redner ungemein anziehend. Bresci saß diesmal etwas beengt da und schaute manchmal fast traurig in die tobenden Reihen seiner einstigen Parteifreunde. Der Rat hatte damals seine verspätete Bekanntgabe des Lankwitz-Briefs nachsichtig übergangen, nur der Blick Dicksons belehrte ihn darüber, daß es auch anders hätte kommen können. Seine Eitelkeit war tief verletzt, und seither fühlte er sich mattgesetzt. Sogar Li Fu Tang verhielt sich ihm gegenüber weit kühler als sonst. –
Wang Chung stellte sich, als er zu reden begann, breitbeinig hin, so, als stemme er sich mit beiden Füßen fest auf den Boden. Sein kleiner, kahler Kopf auf dem dünnen Hals saß ganz gerade. Das Nachdenkliche und Melancholische, das man in der letzten Zeit öfter in seiner Miene wahrgenommen hatte, war verweht. Während er bei privaten Unterhaltungen meist ausgeglichen leise zu sprechen pflegte, sprach er jetzt ungewohnt laut, und sein Akzent gab den Worten etwas Unbedingtes und Entschiedenes. »Ich nehme an«, rief er sehr bedacht, »daß mir kein Irrtum unterlaufen ist, wenn ich im Namen aller Verantwortlichen, die sich in diesem Saale befinden, den Schwur erneuere: Einig in dem Willen, stets nach dem Sinn der Verfassung zu handeln, wollen wir einzig und allein der Menschheit dienen.« Er hielt einen Atemzug lang an. Seine schräg sitzenden Augen wurden geschlitzter. Er sah zuerst auf die Futuristen und dann auf die Ultristen und schoß gleichsam aus sich heraus: »Das aber, was Sie wollen, entspricht nicht unserer Verfassung. Es richtet sich gegen die Grundlage, gleiches Recht für alle stets gelten zu lassen. Es –«
Ein peitschender Entrüstungssturm überschrie ihn. Kowaloff sah geschwind in die Reihen der Qualifikanten-Delegierten. Was war das? Die zollten Wang Chung lauten Beifall und schimpften schreiend auf die Futuristen und Ultristen ein. Er raunte Mellnikow und Ussitzki zu: »Holla, das Blatt

hat sich gewendet! Großartig!« Es war, als notiere er innerlich. Er erhaschte Dicksons Blick. Der Engländer dachte allem Anschein nach dasselbe.
Um was ging es? Wang Chung, der immer wieder von giftigen Zwischenrufen und Beifallsgebrüll unterbrochen wurde, sagte alles. Kowaloff brauchte sich ihm nur anzuschließen und einiges noch deutlicher zu unterstreichen. Er tat es mit entwaffnender Offenheit, und niemand kam auf gegen ihn. Die verschont gebliebenen, bislang von futuristischen und ultristischen Kommissaren stets als »Sammelbekken verschwörerischer Elemente« gekennzeichneten asiatischen Agrostädte hatten in einer gemeinsamen Eingabe die Forderung aufgestellt, daß man sie – ihre Administration war intakt und Schulden hatten sie nicht – als autonome Gemeinden anerkennen müsse. Die Futuristen und Ultristen zeigten sich überraschenderweise dazu bereit. Sie gingen nur nicht davon ab, daß die kommenden Wahlversammlungen in diesen Städten noch überwacht werden sollten, wenn auch nicht mehr so streng.
Im Falle der Katholiken und Stillen aber blieben die beiden Parteien unnachgiebig. Dem Buchstaben nach war das auch nicht ganz unberechtigt. Die Neueingewanderten waren noch keinesfalls schuldenfrei, aber sie kamen ihren auferlegten Verpflichtungen pünktlich nach. Deswegen konnte ihnen aber doch die Autonomie noch nicht zugestanden werden, und die bisherige Überwachung und Kontrolle sollte für sie unverändert fortdauern.
»Sie wissen auch ganz genau, daß das berechtigt ist!« schrie Cludeau. »Wo ist ihre gegenteilige Eingabe? Heraus damit!«
»Wahrscheinlich setzen sie mit gutem Recht voraus, daß sie nicht Weltbürger zweiter Klasse sind!« parierte Kowaloff kalt und hob seine Stimme: »Wer hat Asien wieder hochgebracht? Eure renitenten Agrostädte oder sie?!« Das war undiplomatisch. Es konnte als einseitige Stellungnahme für Katholiken und Stille ausgelegt werden. Doch die plärrende Entrüstung wurde diesmal von der weit stärkeren Zustimmung der Qualifikanten-Delegierten überboten. Alle Ratsmitglieder sahen gespannt auf diese kompakte Masse, die sich so unerwartet den Parteien entgegenstellte. Insbeson-

dere ein junger Ingenieur unter den Qualifikanten-Delegierten machte sich deutlich bemerkbar. Es war Harold Knudsen, der inzwischen Leiter einer der besten Brigaden in Asien geworden war.

Durch die anhaltende, überaus heftige Obstruktion der Futuristen und Ultristen mußte aber schließlich doch die Sitzung unterbrochen werden. Es war schon tief nachts geworden. Von ihren Parteileitungen erhielten die nach Asien entsandten geheimen ultristischen und futuristischen Emissäre neue Anweisungen. Mehr Aktivität wurde von ihnen verlangt. Der Abfall des größten Teiles der Qualifikanten-Delegierten hatte die beiden Parteien nervös gemacht. Es war damit eine Lage eingetreten, die das Ergebnis der bevorstehenden Abstimmung sehr ungewiß machte. Cludeau und Lankwitz verhandelten die ganze Nacht mit den wenigen treu gebliebenen Qualifikanten. Es gab heftige Ferngespräche und sich jagende Telegramme mit Douraine.
Harold Knudsen, unbestreitbar der führende Kopf der Qualifikantenmehrheit, suchte mit seinen Freunden Oswald Schlemmer auf. Alle Beschwerden über Asien brachten sie wieder vor. Sie wollten, daß Schlemmer mit Ussitzki eine öffentliche Erklärung gegen die ultristisch-futuristischen Kommissare abgeben sollte. Für Ussitzki als Ratsmitglied war das unmöglich, und Schlemmer hatte sich seit jeher von aller Politik ferngehalten. Harold Knudsen kannte den verehrten, einst so kraftstrotzenden Mann kaum mehr. Die bei seinem damaligen Autounfall eingedrückte Rippe machte Schlemmer seither immer wieder Beschwerden. Die Ärzte kurierten an ihm herum, doch es half nichts. Auch die kürzlich vorgenommene Verjüngung hatte nichts gebessert. Der Kränkelnde war grämlich, seine schlaffen Wangen schimmerten gelblich, der Besuch schien ihm lästig.
»Aber ihr seid doch nicht betroffen! Euch tangieren doch diese idiotischen Kommissare nicht!« wehrte er ratlos-müde ab. »Das ist doch alles politischer Kuhhandel. Davon versteh' ich nichts, und davon will ich auch nichts wissen!« Eine kurze Weile schwiegen die Besucher. Mitleidig und enttäuscht musterte Harold Knudsen sein Vorbild. Er fühlte,

daß Schlemmer das zuwider war, und sagte entschuldigend: »Wir wollten nicht weiter stören, aber – « »Stören?... Tja, mir geht's nicht gut«, unterbrach ihn Schlemmer. »Aber ich weiß auch gar nicht, was man machen soll.« Er blickte wie einer, der deutlich weiß, daß es mit ihm abwärtsgeht, fast neidisch in die gesunden jungen Gesichter um sich und wußte nicht mehr weiter. »Der Handel geht uns aber sehr viel an«, sagte Harold und wurde langsam ergrimmt: »Wir sehen doch, was für ein Spiel diese futuristisch-ultristischen Roßtäuscher treiben! Die sollen sich nur ja nicht zu mausig machen, sonst erleben sie noch was ganz anderes von uns! Wir sind das stärkste Qualifikanten-Kontingent, und außerhalb Asiens machen unsere Kameraden überall mit, wenn wir sie aufrufen.« Schlemmer verstand die Drohung, er nickte auch lahm, aber ihm stand nur noch der Sinn danach, daß die Arbeit in Asien bald bewältigt und die Qualifikanten seßhaft gemacht würden. Dann war er nicht mehr nötig und konnte sich ins Privatleben zurückziehen. Mit müdem Blick auf Harold, auf alle, die ihn umstanden, meinte er wiederum: »Ja, ja, euch braucht man, ihr wißt selber, was ihr tun müßt, wenn's drauf ankommt.« Es war nur so hingesagt. Er ärgerte sich über sein vages Herumreden, richtete sich ein wenig auf und schloß entschiedener, aber leicht abweisend: »Ich will euch was sagen. Ich bin nicht Ratsmitglied und bin kein Parlamentarier... Geht zu Ussitzki!« Verstimmt zogen die jungen Leute ab. –
Unmittelbar nach der Unterbrechung der Sitzung hatte sich der Rat telegrafisch an den Papst und die Stillen gewandt und sie um eine Meinungsäußerung gebeten. Die einlaufende Antwort war höchst sonderbar, ja geradezu aufreizend verächtlich und knapp. »Was über uns beschlossen wird, ist gut«, lautete sie. Nichts sonst. Kein Eingehen auf die von Ganvavitta und den Qualifikanten vorgebrachten Beschwerden, kein Ansuchen um größere Freiheit oder gar um Autonomie. War das nun eisiger Hochmut oder was sonst? Schließlich kam die Frage doch vom Rat, schließlich waren die Kommissare doch seine Beauftragten, schließlich ging es doch darum, ein drohendes Unrecht von ihnen abzuwenden! Die Betroffenen blieben gleichgültig. Sah das

nicht fast aus, als seien ihnen der Rat, das Parlament, die Kommissare und alles Drum und Dran Luft, als seien diese Einrichtungen für sie gar nicht vorhanden! Das begriff selbst Dickson nicht mehr.
Schnell hatten Lankwitz und Cludeau von diesen Antworten und ihrer Reaktion auf die Ratsmitglieder erfahren. Sie wurden zuversichtlicher. Erneute Weisungen der beiden Parteien ergingen an die Geheimemissäre in Asien, die dahin lauteten, die Kommissare noch mehr unter Druck zu setzen, sie zur »Aktivität« anzuspornen und ihnen den Rücken zu steifen.
»Drauf! Drauf auf das unverschämte Betbruder-Pack!« war der ungefähre Sinn dieser Geheimanweisungen. Auf dem Vereinigungsparteitag triumphierte Douraine. Diese Kampfart behagte ihm. Er vergaß darüber die besorgniserregenden Nachrichten über die Komplikationen, die sich in Veras schwangerem Zustand ergeben hatten. Die Vierzigjährige schien vor einer schweren, lebensgefährlichen Niederkunft zu stehen. Douraine überflog die Telegramme mißmutig und ziemlich flüchtig. Asien, nur Asien rumorte in seinem erhitzten Hirn und Blut. Ein blinder Antrieb, recht zu behalten, spornte ihn aufs äußerste an. Zwischenhinein nur tauchte manchmal Vera in seinen Gedanken auf. Von ungefähr fiel ihm ein, daß sie kurz vor der Einlieferung ins Spital gesagt hatte: »Das Kind drängt sich zwischen uns, das behagt dir nicht, Büffel. Ich merk's immer mehr... Sei vorsichtig mit mir!« Er wußte nichts damit anzufangen, er verstand es so, als wolle sie ihm sagen, er solle dafür Sorge tragen, daß sie zuverlässige Ärzte und eine entsprechende Unterbringung im Hospital bekomme. Für diese Dinge war gesorgt. Also was denn sonst noch? Eben liefen die ersten neuen Meldungen aus Asien ein.
»Haha, großartig! Unsere Jungs funktionieren!« lachte Douraine heraus und hieb Pimeschko kräftig auf die Schulter: »Bald wird die Bombe platzen!«
Im geräumigen, ziegelgepflasterten Raum seines einfachen, kalkweiß gestrichenen Häuschens in Stillkirch, das in tibetanisch-chinesischem Stil gehalten war und ein an den Rändern und Ecken hochgestülptes Dach von blauen, angedun-

kelten Schieferplatten hatte, saß der Papst inmitten heimlich zu ihm gekommener rot- und gelbseidig gekleideter Lamas und Mohammedaner. Ernüchternd profan wirkte er zwischen dieser Buntheit in seinem abgeschabten, ausgebleichten, grobleinenen Overall, dem offenen Hemd und den derben Röhrenstiefeln. Als einziger saß er auf der breiten, bastgeflochteten Bank, die ihm nachts als Bett diente, während alle anderen nach gewohnter Orientalenart mit übereinandergeschlagenen Beinen auf den herumliegenden Bastmatten hockten. Enrico reichte gekühlte Yakmilch in hölzernen Schalen herum. Vor den siebfeinen Moskitogittern der tiefliegenden Fenster und hohen Türen tanzten Myriaden winziger Insekten, vermischt mit flimmernden Schwärmen leise schwirrender Glühwürmchen. Das ununterbrochene Schrillen der Nachtgrillen durchzog die dunkle Luft. Der schwere Duft der Blumen und exotischen Pflanzen wehte mit der Kühle in den erhellten Raum. –

»Ich sehe, ihr seid verstimmt und verwundert, weil keiner von den Stillen gekommen ist«, sagte der Papst. »Mancher von euch könnte das mißverstehen und falsch auslegen... Warum sollten sie aber gekommen sein? Sie legen keinen Wert auf Worte und Unterhaltungen. Vielleicht ist das weise von ihnen, ich weiß es nicht... Ihr wißt ja, sie leben nach dem Grundsatz, der den Sinn aller Religionen ausmacht: Widerstrebe nicht dem Übel... Offen gestanden, erst jetzt begreif' ich das immer mehr. Ewig ist nur der Anfang – «

Durch den Garten kamen Schritte. Einige wandten ihre Gesichter zur Türe. Taschenlaternen blitzten draußen. Dann tauchten Männer in europäischer Kleidung und uniformierte Polizisten auf und drängten sich rasch in den Raum. Einer der Zivilisten blieb stehen und sagte scharf: »Es ist uns bekannt, daß hier eine geheime Versammlung stattfindet. Wir haben das jetzt schon öfter beobachtet. Warum werden diese Zusammenkünfte nicht angemeldet? Worüber wird hier verhandelt?«

Die Augenpaare der gereizten Orientalen glommen funkelnd auf.

»Ich bin der Inhaber des Hauses«, antwortete der Papst und richtete sich altersschwer auf: »Wir haben gesprochen vom

ewigen Anfang.« Er stand im stummen Licht, ein bißchen gekrümmt, mit verrunzeltem Ledergesicht und unbewegten Augen.
»Sie sind also der Einberufer! Warum halten Sie sich nicht an die Vorschriften?« fragte der hochgewachsene Zivilist abermals und bemerkte, daß er sich unter »ewigem Anfang« nichts vorstellen könne. Der Papst ging ohne Antwort auf ihn zu.
»Es ist besser, Sie nehmen mich mit! Kommen Sie, mein Herr!« sagte er kurzerhand. Das machte den Geheimpolizisten stutzig und ließ ihn zögern. Auch die hinter ihm stehenden Begleiter waren verblüfft. Ungelenk, wie Menschen, die schwer manuell arbeiten, hob der Papst seine Arme hin: »Bitte, vielleicht wollen Sie mich fesseln.«
»Was ist das für ein Unfug!« rief in diesem Augenblick ein würdiger, grauhaariger Hindu und drängte sich resolut dazwischen: »Ich bin Ganvavitta, Mitglied des vorigen Rates. Niemand hat – «
»Doch – aber davon später!« fiel ihm der Papst unerwartet ins Wort. Ganvavittas schöner Mund klappte zu. Er trat zur Seite. »Sie sind uns bekannt«, sagte der Geheimpolizist zu ihm. »Bitte, wenn Sie gehen wollen, es steht Ihnen frei. Ihr Besuch ist in Ordnung. Den anderen Herren kann ich leider ein Verhör nicht ersparen.«
»Sie irren, mein Herr! Ich gehöre durchaus zu ihnen. Ich bestehe darauf, ebenso verhört zu werden!« beharrte Ganvavitta empört. Er schloß sich dem Zuge an. Um kein Aufsehen zu erregen, hatte das kleine Kommando keine Autos benutzt. Als der Trupp der Verhafteten auf der erhellten rechts und links von hohen Palmen gesäumten Allee dahinschritt, blieben da und dort staunende Spaziergänger stehen, Leute kamen vor die Türen ihrer Häuser, und murrende Gruppen bildeten sich. Mit wutfunkelnden Blicken maßen viele die Polizisten, scheu und ehrfürchtig sahen sie auf den müde dahingehenden Papst, der manchmal einem Murrenden zurief: »Es ist nichts weiter, gar nichts! Friede sei mit euch!« Es klang gar nicht priesterhaft, viel eher wie ein begütigendes Zureden. Wortlos beugte mitunter ein Angesprochener den Kopf und bekreuzigte sich stumm.

»Wir tun nur unsere Pflicht«, murmelte der Geheimpolizist nach einer Weile dem Papst zu.
»Sie tun recht daran«, antwortete dieser. Ganvavitta sah verständnislos auf den gefaßten Greis und schüttelte stumm den Kopf.
Als der Trupp auf den weiten, belebten Platz vor dem Stadthaus kam, sammelten sich mehr Leute. Polizisten, die offenbar in Verstecken bereitgestanden hatten, liefen herbei und versuchten sie abzudrängen. Unter den Zusammengeströmten befanden sich eine ganze Menge Qualifikanten.
»Pfui!« schrien sie herausfordernd auf die Polizisten ein. »Schämt ihr euch nicht, den Papst zu verhaften? Pfui!« Dieses verächtliche »Pfui!« überlief zuletzt den ganzen Platz.
»Auseinandergehen! Weitergehen!« riefen die Polizisten. »Weiter!« Nach und nach klang auch diese Aufforderung immer gereizter.
»Zum Kotzen!« plärrte ein Qualifikant. »Hört denn diese Büttelei überhaupt nicht mehr auf? Gibt's denn auf einmal zweierlei Menschen?!« Schon sammelte sich eine dichte, streitbare Gruppe um ihn und brachte dem Papst und seinen Mitverhafteten Ovationen dar.
»Gehn wir schneller, es wird gut sein«, wandte sich der alte Mann unberührt von alledem an den Geheimpolizisten und schritt kräftiger aus. Seine Mitgefangenen folgten ebenso. Gleich darauf verschwand der Trupp in einem Torbogen. Noch eine Zeitlang standen heftig diskutierende Qualifikanten-Gruppen da und schimpften laut gegen das Polizeiregiment. Öfter hörte man etwas von Parlament und Rat, und der Name Knudsen fiel da und dort. Da die Polizei aber die Randalierenden unter sich ließ und die Einwohner sich ihnen nicht anschlossen, sondern rasch weitergingen, zerstreute sich auch dieser Haufen bald wieder. –
Mit Windeseile verbreitete sich die Kunde von der Verhaftung des Papstes in Stillkirch. Sie griff von einer Agrostadt zur anderen, lief über alle Gebiete Asiens und der Welt, und Rat und Opposition platzten ungemein heftig aufeinander. Während aber die Entrüstung überall in helle Empörung umschlug, während die Presse großen Lärm machte, während der Rat zunächst einen sofortigen Bericht vom Zentra-

len Armee-Kommando und von der Leitung des Säuberungskommissariats in Asien verlangte, gingen dort die Katholiken gleich allen anderen Menschen wie jeden Tag an ihre Arbeit und schienen dem Ereignis überhaupt keine Beachtung zu schenken. Das sah wirklich aus, als hätten sie schon längst einen solchen Zwischenfall vorausgesehen und sich insgeheim genau verabredet, wie sie sich dabei verhalten sollten. Dieser Verdacht wurde auch dadurch bestärkt, daß sich nicht einmal die »Rechtgläubigen« in den Kirchen versammelten, um – wie das oft in früheren Zeiten schwerer Prüfung geschehen war – den Allmächtigen um seinen Beistand anzuflehen. Rat und Parlament standen vor einem Rätsel. Verblüffend wirkte insbesondere auf die aufgebrachten Qualifikanten-Delegierten, daß nunmehr der Rat die entscheidende Abstimmung auf einmal hinauszuschieben versuchte. Kein Mensch kannte sich mehr aus. In Asien wurden die mißtrauischen Säuberungskommissare unruhig und unsicher. Mit allen Listen wollten sie den Nachweis erbringen, daß es sich um eine großangelegte katholische Resistenz handle. Doch was sie auch taten, wie sie sich auch anstrengten – alles blieb ein Griff ins Leere. Die Katholiken und ebenso die Stillen waren nicht zu provozieren. Keine noch so fein ausgeklügelte Falle, keine aufreizende Schikane berührte sie. Das hatte eine unerwartete, weltweite Wirkung. In den ultristischen und futuristischen Parteileitungen und Gouvernementsbüros liefen Tausende, Zehntausende und Hunderttausende von Austrittserklärungen der Mitglieder ein. Es regnete Proteste. Die Delegierten der Qualifikanten in Peacetown wurden immer ungeduldiger. Außer den »Restauranten« schlug sich auch eine beträchtliche Anzahl verstimmter ultristisch-futuristischer Parlamentarier auf ihre Seite. Harold Knudsen, der diese jähe Wendung mit wachen Sinnen verfolgte, erwies sich nun als der entschlossenste Politiker. Nach einer Aussprache mit seinen Anhängern kam eine Resolution zustande, in welcher unzweideutig mit der Arbeitsniederlegung sämtlicher Qualifikantenbrigaden gedroht wurde, wenn der Rat nicht sofort zur Abstimmung schreite. In einem Zusatz dieser Resolution wurde das förmliche Ultimatum gestellt: Zurückziehung der größten Gruppenkontingente aus Asien, Auflösung der Säuberungskommissariate, sofortige Freilassung des Papstes und seiner Mitverhafteten und endlich Gleichstellung der Katholiken und Stillen bei den kommenden Wahlen.

Sie ahnten nicht, wie sie damit dem Rat entgegenkamen, was für eine große Chance sie ihm damit gaben. Nie noch lagen die Dinge günstiger für ihn. Bresci, der Vieldurchschaute, sagte zu Li Fu Tang und Kowaloff: »Unter meiner Leitung hätte sich die Partei nie in eine solche Blamage hineinmanövrieren lassen.« Dickson schwieg sich aus, aber er machte in jenen bewegten Tagen allem und jedem ein gutes Gesicht.

In den beiden Abstimmungen erlitten die Futuristen und Ultristen eine noch nie erlebte Niederlage. Die Zeitungen schrieben von »Bergrutsch«. Der Rat hatte endlich freie Hand und handelte. Die Freilassung des Papstes war Weltgespräch. Junge Qualifikanten und »Rechtgläubige«, so berichtete die Presse ausführlich, trugen in Stillkirch den sich heftig sträubenden alten Mann auf ihren Schultern durch die Straßen der Agrostadt. Sie sangen, jubelten und gebärdeten sich außer Rand und Band. Die Glocken aller Kirchen läuteten. Blumen wurden gestreut, und mitunter stimmte eine fromme Gruppe ein feierliches Gebet an. Hindus und Mohammedaner blieben ergriffen stehen und kreuzten, sich bis auf den Boden verbeugend, die Arme über ihrer Brust. Nur von den Stillen sah man niemanden. Der Papst versuchte einige Male vergeblich, abzuspringen, und rief todunglücklich, schließlich sogar wütend: »So laßt mich doch los! Das ist doch Lästerung! Laßt mich doch gehn!« Doch sein Schimpfen ging im heiteren Lärm unter, und die Hände der Tragenden hielten seine zerrenden, mageren Beine. –

Auf dem Parteitag beschuldigten Futuristen und Ultristen sich gegenseitig in der unflätigsten Weise. Die Einigung war gefährdet. Im Parlament und in ihrer Presse wiesen sie immer wieder auf die »Verschwörernester« hin und warnten vor erneuten baldigen Revolten in Asien. Indessen, alles hat seine Grenzen. Die führenden Elemente der Verschwörung

waren vernichtet, die Mitläufer eingeschüchtert. Die Schlagworte der nationalen Föderalisten hatten sich genauso wie jene der Radikalen von links abgenutzt. Sonderung der Menschheit in Nationen – wie überholt war das! Längst hatten sich die Völker so vermischt und ineinandergelebt, daß »Nation« nur noch ein inhaltloses Wort ohne geringste Vorstellungskraft war. Und dann: Anfangs hatte die erfolgreiche Rebellion noch einen gewissen heroischen Anstrich gehabt, dann aber war der blinde Terror gekommen, vor dem nicht nur ihre Gegner, sondern auch die treuesten Anhänger zitterten, weil bei Mißerfolgen einfach Schuldige gefunden werden mußten. Jeden konnte der Terror treffen. Schließlich stellte sich Mangel in allem ein, die Überlegenheit der Ratstruppen wurde immer sichtbarer, und nach der Todesmauer kam der Zusammenbruch, kamen die Kommissare und das Gericht. Nein, die Rebellion hatte keine Hoffnungen erfüllt und nichts Ordentliches zuwege gebracht. Nur ein winziger Teil ehemaliger Nutznießer trauerte um sie, sonst – die Massen sahen sich betrogen. Ja, jetzt, nach dem Sieg der Ratstruppen, mußten sie sich auch ducken; gewiß, die Kommissare waren eine Landplage, aber wenn man genauer umherschaute und kein Dummkopf war, erfuhr man, daß es in der übrigen Welt draußen unter der Herrschaft des Rates ausgezeichnet, ja sogar recht üppig zuging. Kluge Geduld und Anpassung waren in solchen Zwischenzeiten das beste, und wo konnte man sie am besten lernen? Bei den Katholiken und bei den Stillen. Kurzum, die Leute in den verschriensten »Verschwörernestern« waren nicht mehr gefährlich, alles hoffte, recht bald ins reiche Leben zu kommen.
So war die wirkliche Situation. Darum fand alles tobende Warnen der ultristisch-futuristischen Zeitungen keinen Widerhall mehr. Nirgends in der Welt, und schon gar nicht in Asien! Dort blieb es ruhig und geordnet wie überall. Weit munterer und zuversichtlicher arbeiteten die Qualifikanten. Ein Selbstbewußtsein kam über sie, und der einfältig lustige Knüttelvers: »Unser Harold Knudsen, der läßt sich nicht lang uzen!«, den irgendeiner der Ihrigen erfunden hatte, erzählte deutlich von ihrem Stolz und Sieg.

Vor dem Häuschen des Papstes wehrten einige Polizisten die Zudringlichen ab. Drinnen im gewohnten Raum auf der bastgeflochtenen Bank lag der mitgenommene Greis halb aufgerichtet und verzehrte ein wenig Reis auf chinesische Art. Leise klapperten die Holzstäbchen in seinen Fingern. Neben ihm saß Ganvavitta und wartete schweigend. Als der Papst die leere Schale wegstellte, fragte der Hindu endlich, warum er – der Papst – ihm damals bei der Verhaftung vor dem Geheimpolizisten widersprochen habe.
»Ja, es war eine recht komplizierte Situation«, meinte der Befragte, leicht lächelnd. »Meine Gäste waren doch wirklich heimlich gekommen. Was hätte ich tun sollen? Sie wollten von mir wissen, was man gemeinsam gegen die fortwährenden Polizeischikanen tun könne. Ich lenkte ab. Offen gestanden, ich war genauso ratlos wie sie. Na, und da bin ich auf die Stillen gekommen. Ich sagte, alles sei ewiger Anfang... Sie wissen ja!... Da sind die Polizisten hereingekommen. Sie haben natürlich Ausreden von uns erwartet, und Sie, mein Lieber, Sie hätten ihnen beinahe den Gefallen getan. Die Wahrheit ist bei weitem einfacher und viel bequemer. Aber die Polizisten glaubten selbstverständlich nichts. Sie konnten auch gar nicht anders, es war unmöglich für sie. Sie taten mir ein wenig leid. An die Wahrheit, auch an die winzigste, können sich doch die Menschen so schwer gewöhnen!«
Er ließ seine Beine über den Bankrand hinabgleiten und setzte sich auf. Ganvavitta rühmte das Verhalten der Qualifikanten. »Sie sind bezaubert von Ihnen«, sagte er zum nachdenklich vor sich hin sehenden Papst. »Sie schwärmen – « Der alte Mann aber wehrte mittendrin mit einer leichten Handbewegung ab und murmelte: »Besser nicht! Aber was kann man machen, sie sind jung!« Noch lobender sprach sich Ganvavitta über das entschlossene Eingreifen des Rates aus und kam auf die allgemeine politische Lage zu sprechen. Er wiederholte die nun überall laut werdende Hoffnung auf eine starke Beteiligung der Katholiken bei den kommenden Gemeinde- und Friedensrichterwahlen, aus denen ja die Gouverneure und ein entsprechender Rat hervorgingen. Der Papst schüttelte den Kopf.

»Ja«, sagte er skeptisch, »seiner gesetzlichen Pflicht muß man eben nachkommen, aber das ist nicht der wahre Weg... Den äußeren Weg ist die Menschheit fast bis zu Ende gegangen, bis ans Ziel. Aber die Menschen? Haben sie sich dadurch verändert?... Nein! Etwas stimmt da nicht. Der Weg muß nicht der rechte gewesen sein. Vielleicht ist auch das Ziel nur ein Trugschluß, mein Lieber. Der wahre Weg geht nach innen, in uns hinein... Ich hoffe nur, daß wir Katholiken nicht die Mehrheit bekommen. Überhaupt – aber was rede ich da, lassen wir das! Nein, das, was sie von uns erwarten, darf nicht kommen, das wäre schlimm, sehr schlimm...« Er hatte die letzten Worte schnell, in einer Art ängstlicher Hast herausgesagt und holte jetzt Atem.
»Aber«, stutzte Ganvavitta und erhob sich, da er merkte, daß der alte Mann müde war, »aber die Vernunft muß doch endlich siegen!«
»Siegen?« meinte der Papst mit einem schrägen Blick auf ihn. »Siegen darf niemand mehr! Da gibt's immer wieder Sieger und Besiegte! Das ist das Schreckliche!... Friede sei mit euch, heißt Christi Wort. Ist's denn so unmöglich, so schwer, das zu begreifen?«
»Das ist die Idee der Stillen«, gab Ganvavitta zurück.
»Ja«, nickte der Greis, »sie sind stärker als wir alle. Sie oder vielmehr ihr Ziel wird alles überdauern.« Ganvavitta fand kein Wort mehr darauf. Enrico brachte den Gast zur Türe. An die Fenstergitter schmiegte sich die warme Nacht. Als der Mönch zurückkam, saß der Papst immer noch so reglos da und schaute sinnend in die schwache, schattendurchzogene Helligkeit, welche die abgeschirmte Tischlampe im Raum verbreitete. Es roch betäubend nach den Blumen, die Freunde und Verehrer in Überfülle gebracht hatten. Nichts von alledem hatte der Greis beachtet. Auch die Telegramme und Briefe, die in hohen Stößen herumlagen, interessierten ihn nicht. Er saß da, die Ellenbogen auf die Knie gestützt, mit verschränkten Händen.
»Enrico?« fragte er.
»Vater?« rief der Mönch, und seine Stimme wurde verhalten-freudig. »Durch Christi Macht haben wir von neuem die Menschen gewonnen.« So, als fürchte er, seinem Jubel

freien Lauf zu lassen, erzählte er mit erregter Geschwindigkeit von den Meldungen der Priester aus allen Gegenden. Während der Haft des Papstes waren ungezählte Tausende der katholischen Kirche beigetreten. Enrico wurde von einer jähen Begeisterung mitgerissen. »In neuem Glanz erhebt sich die Kirche Petri!« sagte er überschwenglich, doch der alte Mann auf der Bank wehrte ernüchternd ab, richtete seinen etwas steifen Oberkörper gerade auf und sagte kopfschüttelnd: »Nein, Enrico!... Glanz und Macht? Nein, das ist vorbei, und es ist gut so! Als ich euch nach Asien rief, glaubte ich auch noch halbwegs daran. Ich hatte sogar einige ganz konkrete Absichten. Das haben viele richtig erkannt –« Er sah in die unglücklich-verstörte Miene Enricos, und Mitleid und Ironie mischten sich in seinen Ton: »Ich sehe, du verstehst mich nicht? Das, was ich geglaubt und erhofft habe, kam alles aus dem Ehrgeiz. Ich wollte die anderen täuschen und täuschte nur mich selber. Es war im Widerspruch zum Guten, verstehst du?... Es war Sünde... Mein Gott, ist's denn so schwer, dir begreiflich zu machen, was ich meine, Enrico? Aber du stehst ja nicht allein. Ich will dir doch nicht weh tun, mein Lieber! Die Menschen verstehen allmählich, Enrico! Nur ihr, meine Nächsten, versteht mich nicht mehr! Ihr sagt, das sei Altersschwäche... Ich weiß, ich weiß!« Mit einer leichten Geste hinderte er den enttäuschten Mönch daran, einen gegenteiligen Einwurf zu machen. Eine längere Weile saßen sie stumm nebeneinander. Enrico hatte die Hände gefaltet, aber er wagte diesmal nicht, wie es sonst seine Gewohnheit war, flüsternd zu beten. Der Papst blieb, wie er war.
»Trag die Blumen hinaus«, sagte er schließlich und setzte grämlich dazu: »Was für ein Unfug! Wer bin ich denn?« Der Mönch tat, was ihm aufgetragen. Während er hin und her ging, sagte der Papst wiederum: »Verbrenne morgen die Telegramme und Briefe.« Er legte sich gähnend zurück und bat leiser: »Ich bin müd, laß mich schlafen, Enrico, und leg dich auch bald hin.« Mit dem letzten Armvoll strotzender Blumen verließ der Mönch auf den Zehenspitzen den Raum. Draußen im Garten bekreuzigte er sich fort und fort und betete für das Seelenheil seines verirrten Papstes. Er schaute in

die Richtung, in welcher sich Wirigins Haus befand, bei dem auch Paschuljew wohnte. Die beiden wollte der Papst morgen besuchen. Enricos Blick wurde funkelnd und böse. Er murmelte etwas von Satan und Hölle, wandte sich endlich um und ging ins dunkle Haus zurück.

Am andern Tag kam der Dalai-Lama zu Besuch. Er war schon auf dem Wege zu der Zusammenkunft gewesen, hatte aber eine Warnung bekommen und war so der Verhaftung entgangen. Paschuljew und Wirigin saßen da. Sie waren schon in aller Frühe gekommen. Seit einer Woche herrschte Trockenheit. Die Reisfelder litten empfindlich an Wassermangel. Dem mußte rasch abgeholfen werden, um die Ernte nicht zu gefährden. Durch den plötzlichen Abzug der Truppen und Kommissare war eine starke Verwirrung in der Administration eingetreten. Wie viele Agrostädte, so war auch Stillkirch sich zunächst selbst überlassen. Die technische Umorganisation durch die Plan-Kommission war erst in der kommenden Woche zu erwarten. Regenaeroplane waren zur Zeit nicht erreichbar. Es blieb nichts anderes übrig, als den oberen Stadtkanal aufzubrechen und das Wasser in die Gräben der Reisfelder zu leiten. Fast automatisch war die Verantwortung für die Gemeinde auf Paschuljew, Wirigin und den Papst übergegangen. Die drei wollten sich über die Arbeit für die Reisfelder schlüssig werden. Nicht ein Wort über Verhaftung und Freilassung des Papstes ließen die Stillen fallen, gleich fingen sie von der Sache an. Man war eben mit der Besprechung fertig, als der Dalai-Lama auftauchte. Der aufgeschwemmte, prunkvoll gekleidete Mann war sichtlich geniert und sehr unangenehm berührt davon, daß er den Papst nicht allein antraf. Der indessen bedeutete Paschuljew und Wirigin zu bleiben und wandte sich respektlos an den Besucher, indem er meinte, er habe vor keinem Menschen Geheimnisse. Den hängebackigen Dalai-Lama musternd, redete er im gleichen Ton weiter: »Du meinst, es ist jetzt gut, mit mir zu paktieren? Wahrscheinlich hast du erwartet, daß ich die Arme ausbreiten werde, um dich an mich zu ziehen und die Mitstreiter, die du bringst, zu begrüßen? Du irrst! Wenn man so alt wie ich ist, lügt man nur noch ungern, es ist lächerlich. Kungfutse hat einmal gesagt: ›Das Edle ist kein Gerät‹... Unsere Religionen sind zu lange Gerät geblieben. Jetzt ist das Gerät zerbrochen, und das Edle ist ganz ohne unser Zutun sichtbar geworden, vielleicht sogar gegen unseren Willen! Es wird, so wenigstens will ich hoffen, für immer sichtbar bleiben.« Enrico war unbemerkt eingetreten und hatte das letzte noch gehört. Er ließ sich schweigend am Fenstergesims nieder und warf einen entsetzten Blick auf den Greis, der endlich innehielt. Eine peinliche Pause entstand. Man hörte nur das kräftige Schnauben des beleidigten Dalai-Lamas. Der reckte sich mit einem Male und bekam etwas Drohendes.

»Ein Dämon hat dich mit den Deinen zu uns hergetrieben!« rief er. »Euer Dämon hat die unsrigen vergiftet. Niemand will mehr dem Weg der Weisheit folgen!« Der Papst lächelte unberührt. Fast grob erwiderte er dem Dalai-Lama: »Du bist ein Stück Fleisch und ich bin eins. Zuletzt werden uns die Würmer fressen. Warum sollen alle Menschen an uns hängen wie an einem Fetisch? Wer gibt uns das Recht dazu? Nur Glauben und Gutsein hat Sinn! Es ist ein und dasselbe! Was soll man viel reden. Mehr, mein Lieber, weiß ich nicht...« Der Dalai-Lama preßte seine wulstigen Lippen aufeinander, warf einen finsteren Blick auf den alten Mann und ging grußlos und feindselig davon. Der Papst nahm kaum noch Notiz davon. Er gab Enrico Anweisungen, um die Leute zur Arbeit am Dammdurchbruch zusammenzurufen. Als er sich umwandte, wollten Wirigin und Paschuljew eben gehen.

»Ich habe nur gesagt, was ihr lebt«, sagte er zu den beiden und sah sie brüderlich an.

»Das war nicht gut... Alles ist eitel«, brummte Wirigin nur.

»Ich weiß«, antwortete der Greis ebenso. Dann gingen die beiden.

Später, als Enrico zurückkam, stand der Papst schon arbeitsfertig da mit seinem riesigen Strohhut und einer Schaufel.

»Komm, gehn wir!« sagte er, doch er machte einige unsichere Schritte und schwankte wie von einem Schwindel befallen.

»Ach!« sagte er leicht verwirrt. »Was ist denn das?« Enrico nahm ihm rasch Hut und Schaufel ab und nötigte ihn auf die

Bank. Er schnaufte einige Zeit beengt. Enrico betupfte seine Schläfe mit scharfem Eukalyptusgeist und gab ihm Yakmilch zu trinken. Der alte Mann erholte sich bald und verbot entschieden, einen Arzt zu rufen. Er blieb, nachdem der Mönch einige Kissen hinter seinen Rücken gestopft hatte, ruhig sitzen und lächelte unentzifferbar.

»Du hast vielleicht doch recht, Enrico, es ist Altersschwäche«, sagte er schließlich.

»Vater, du bist krank«, raunte der bekümmerte Mönch.

»Ich weiß... Es ist auch Zeit für mich«, meinte der Greis boshaft. »Früher hat man solche Päpste unauffällig mit Gift sterben lassen.« Wie feine Spinnwebfäden hingen die wenigen langen grauen Haare an seinen eingebuchteten Schläfen. Sonst war sein Kopf ganz kahl. Früher hatte er diese wenigen Haare immer wegrasiert. Er lächelte immer noch, als er nach diesen Haaren griff. »Was wächst, soll man wachsen lassen«, murmelte er wie für sich. Dann erkundigte er sich nach den Feldern, wo Derugas und Jankels verbesserter ewiger Büschelweizen überreich gedieh.

»Alles steht gut«, erzählte Enrico. »Auch der Reis wird sich erholen. Datteln und Erdnüsse haben wir noch nie so viel gehabt.« Er war froh, daß man nicht mehr von so lästerlichen Dingen sprach.

»Ja, reich ist die Welt geworden«, redete der Greis abwesend vor sich hin, »alles haben die Menschen bezwungen. Die Elemente und beinahe sogar den Tod. Nichts fehlt ihnen mehr zu ihrem Glück. Sie werden auch zu ihrem Frieden finden. Sie sind schon auf dem Weg zu ihm...« Er schaute geradeaus in eine unbekannte Ferne.

»Enrico?« wandte er sich an den Mönch. »Wenn ich sterbe – möchtest du Papst werden?«

»Vater?... Wie es Gott dem Allmächtigen gefällt«, sagte der Befragte ratlos.

»Es gefällt ihm nicht mehr. Er braucht das nicht mehr«, sagte der Papst gutmütig lächelnd und legte sich müde auf die Bank.

Er starb eine Woche vor den Wahlen. Enrico lud eine schwere Schuld auf sich. Heimlich und in aller Eile benachrichtigte er einige der angesehensten »Rechtgläubigen«, und die nahmen das Testament und alle sonstigen Aufzeichungen des Verstorbenen an sich. Sie begruben ihn mit allen kirchlichen Ehren in seinem Garten. Außer Katholiken standen viele Hindus und Mohammedaner an seinem Grab. Auch Wirigin, Paschuljew und einige Stille waren da. Sie gingen aber bald wieder, da sie das Gepränge störte. »Sie machen nichts Gutes mit ihm«, murmelte Paschuljew Wirigin zu, als sie den Garten verließen. Das Begräbnis war auch ganz gegen den Sinn des Verstorbenen. Irgendwo hatte der merkwürdige Greis einmal von einem Mann namens Friedrich Engels gelesen, der vor ungefähr zweihundert Jahren eine politische Richtung gegründet hatte, die »Sozialismus« hieß. Dieser Engels hatte sich nach seinem Ableben verbrennen und seine Asche von einem Ozeandampfer aus weit ins Meer hinausstreuen lassen. Das hatte dem Papst sehr eingeleuchtet. Auch er wollte, daß man sein Irdisches verbrenne und von einem Aeroplan aus in alle Winde zerstreue, damit kein Mensch je einen Kult mit seinem Grab treiben könne. Diesen Wunsch erfüllte man ihm nicht. Seither suchen ungezählte Tausende seine letzte Ruhestätte auf...

NOCH EINIGE KLEINIGKEITEN

Trotz allem heftigen und lauten Propagandaaufwand der inzwischen doch noch vereinigten, aber zahlenmäßig jämmerlich zusammengeschmolzenen »Ultrafuturisten« – wie sich die neue Partei nunmehr nannte – verliefen die Wahlen in der ganzen Welt sehr ruhig. Die auf rein gewerkschaftlichen Zusammenschluß abzielenden Qualifikanten und die verfassungstreuen Gemäßigten blieben allenthalben führend. In Asien wählten überhaupt nur die bis vor kurzem renitent gewesenen Agrostädte und die wenigen »Rechtgläubigen« ordnungsgemäß. Die letzten versuchten mit vielem Eifer und wenig Erfolg, die strenge Form der Kirche wiederaufleben zu lassen, indessen es folgten ihnen überall nur sehr schwache Häuflein älterer Menschen, denen derartige Religionsübungen zur Gewohnheit geworden waren. Die »Rechtgläubigen« bereuten jetzt, daß sie den Papst so unüberlegt an einer leicht auffindbaren Stelle in die Erde gesenkt hatten. Besser wäre es, ihrer Meinung nach, wirklich gewesen, sie hätten die Leiche verbrannt und die Asche in alle Winde verstreut. Das Grab und derjenige, dessen sterbliche Reste darin lagen, wirkten auf die zahllosen Besucher der verschiedenen Rassen und Sekten weit nachhaltiger, als sie je hatten erdenken können. Jeder, der davorstand, verfiel in ein fruchtbares Nachdenken. Er vergegenwärtigte sich das einfache, beharrlich-geduldige Leben des Verblichenen, von dem jetzt schon eine Menge Legenden umgingen, er dachte an seine furchtlosen Taten und an seine bezwingende, beispielgebende Weisheit und wurde überwältigt davon. Viele begannen wieder wie von selbst danach zu leben. Diese natürliche Nachfolgeschaft wußte mit dem Gewesenen und dem mechanisch Leblosen nichts mehr anzufangen. Sie empfingen ihre Antriebe aus dem eigenen Menscheninnern. Das allein bestimmte ihre Stellung zu allem, was um sie herum geschah. So aber lebten nur die Stillen. Ihrem zwingenden Einfluß war schließlich auch der Papst erlegen.

Einmal, kurz nach der Vollendung Stillkirchs, war er mit Pa-

schuljew zusammen gesessen, hatte auf die zwei schönen Kirchen hingewiesen, die er in den nächsten Tagen einweihen sollte, und, mit einem Blick auf den schweigend dabeisitzenden Wirigin, gefragt: »Und ihr? Ihr kommt nie allgemein zusammen und sprecht euch gegenseitig aus? Ihr braucht das alles nicht? Kein Gebet, keinen Zuspruch, keine Kirche, nichts?«
»Kirchen bauen? Beten und Gott um eine Führung anflehen?« hatte der alte Gelehrte mit entwaffnender Sicherheit darauf geantwortet. »Warum sollten wir denn das, wenn alles, was ihr Gott nennt, in uns selber ist? Sollten wir *uns* denn selber Kirchen bauen, *uns* selber anbeten? Wie schrecklich!« Und da dem nachdenkenden Papst nicht gleich eine Antwort eingefallen war, hatte Paschuljew weitergesprochen: »Wozu sich lang aussprechen, Bruder! Es ist doch alles schon gesagt und geschrieben, man braucht sich nur daran zu halten. Was ist denn einfacher und leichter, als nach dem simplen Grundsatz zu leben: ›Was du nicht willst, das man dir tu', das füg auch keinem andern zu!‹ ... Das ist alles, was wir versuchen.«
Wirigin hatte dazu genickt, und ein freudiger Schimmer war dabei in seinen Augen. Sie waren sich noch eine Weile gegenübergesessen. Aug in Auge. Und dann war der Papst gegangen. Von da an hatte er zum Entsetzen der Seinigen angefangen, alles Dogmatische seines Kirchenglaubens, alles Äußerliche und Rituelle, alles Unwesentliche abzulehnen, und einzig und allein dies zog Hunderttausende und Millionen neuer Menschen an. Es brachte sie ins katholische Lager, in Wirklichkeit aber wurden sie Stille. Sie veränderten diese Religion und hoben ihre Grenzen auf. Das »Amalgam«, von dem Wang Chung einmal gesprochen hatte, begann zu leben durch die unbeirrbare Haltung der Stillen. Ohne daß sie es wußten oder wollten, pflanzten sie durch ihre eigentümliche Passivität in die Menschen, für die der Fetisch der alles entwundernden Technik an die Stelle des Göttlichen getreten war, das Unzerstörbare, das tief in jedem einzelnen schlummert und nur geweckt zu werden braucht, um als natürliche Religiosität die verpflichtende Allgemeingültigkeit zu erlangen.

Die Wirkungen dieser entscheidenden Wandlung zeigten sich in Asien sehr bald. Sie setzten das, was man bis jetzt gemeinhin unter Politik verstanden hatte, gleichsam außer Gebrauch. Die Politiker in Peacetown und in den Parteizentralen gerieten in größte Verlegenheit. Außer den erwähnten Agrostädten und den kaum ins Gewicht fallenden »Rechtgläubigen« gaben in Asien Millionen und Millionen leere Wahlzettel ab. So hatten es die Stillen seit jeher gehalten, doch sie hatten keine derartige Losung ausgegeben. Niemand konnte sich erklären, wie es dazu gekommen war. Dadurch jedoch sah sich in den meisten Gebieten des Riesenlandes niemand gewählt. Die neuen Parlamentsparteien und der Rat, der erst nach einer restlos durchgeführten Wahl zurücktreten konnte, standen vor einer unmöglichen Situation. Es war beinahe wieder so wie damals, als der erste Hohe Rat die neue Weltordnung in Gang zu bringen versuchte, und es blieb auch kein anderer Ausweg: Mit Zustimmung der stärksten Parlamentsgruppen, der Qualifikanten und der sehr zahlreichen Gemäßigten, denen sich in diesem Falle auch die winzige Gruppe der »Restauranten« anschloß, machte der Rat nunmehr den Vorschlag, wieder wie in längst verflossenen Zeiten in den betreffenden wahlunbeteiligten asiatischen Gebieten tüchtige und beliebte Leute auszusuchen und sie den Agrostädtern auf sogenannten offenen »Referenden« als Sheriffs und Friedensrichter zu empfehlen. Dagegen aber protestierten die überstimmten »Ultrafuturisten« mit erbitterter Hartnäckigkeit. Sie bezeichneten ein solches Vorgehen als verfassungswidrig, und strenggenommen war es das ja auch. Nachdem sie aber gegen die überwältigende Parlamentsmehrheit nicht aufkamen, wandten sie sich mit einer entsprechenden Klage an den Weltgerichtshof. Auf diesen findigen Gedanken war der gerissene Pimeschko gekommen, und Douraine, Cludeau und Lankwitz waren begeistert davon. Die ungewisse Lage erheischte eine rasche Entscheidung. In zwei Wochen, so erfuhr die Welt, standen sich also die ultrafuturistischen Parteiführer und der Rat vor den höchsten Richtern gegenüber. In den politischen Kreisen wurde viel herumgeraten, wie das Urteil wohl ausfallen werde, und die Spannung wuchs von Tag zu Tag. Am meisten waren die sensationsgierigen Leute darauf neugierig, den vielgenannten, unnachgiebig wilden zweiten Vorsitzenden der »Ultrafuturisten« Maurice Douraine zu sehen, der noch nie in Peacetown gewesen war, und der schien nicht minder darauf erpicht zu sein, endlich – wie er sich ausdrückte – »das ganze unverschämte, verräterische Ratsgezücht vor die Klinge zu bekommen«. Seit der Wahl war Douraine besonders giftgeladen. Er hatte sein Friedensrichteramt verloren und saß jetzt nur noch im Parteivorstand. Sogar in seinem Heimatgouvernement hatten überall die Gemäßigten gesiegt und den Flußtaler Sheriff Greiner zum neuen Friedensrichter gewählt. Obwohl er die höchste Stimmenzahl auf sich vereinigte, hatte aber Greiner die Übernahme des Amtes abgelehnt, und zwar aus einem besonderen Grund. Damals nämlich, als die Aufforderung an die westlichen Agrostädte ergangen war, Einwanderer aus Asien aufzunehmen, hatte er sich mit Douraine verfeindet. Zugetragen hatte sich die Sache so:

»Du wirst doch nicht etwa, Karl?« hatte Douraine gesagt. »Auf keinen Fall, ausgeschlossen, den Schwindel machen wir nicht mit! Wir lassen uns vom Rat nicht ins Geschirr dieser wurmstichigen Betbrüder spannen. Wenn er so großzügig für die Papisten und Stillen sorgen kann, dann soll er gefälligst auch für die geschädigten Asiaten an Ort und Stelle aufkommen... Was haben wir damit zu schaffen? Nach Märzstadt kommt mir keiner!«

Doch Greiner war anderer Meinung gewesen und fest geblieben. Das entzweite die beiden. Flußtal hatte fünf asiatische Einwandererfamilien aufgenommen, und viele Agrostädte waren dem Beispiel gefolgt. Die Märzstädter schlossen sich aus davon. Damit schadeten sie nur ihrem Ruf, und der Friedensrichter Douraine verscherzte sich damals viele Sympathien.

Nun, nach seiner Wahl, wollte Greiner keineswegs den Eindruck eines rachsüchtig triumphierenden, ehrgeizigen Strebers erwecken. Er war außerdem auch heilfroh, nach all den anstrengenden Jahren sein Sheriffamt endlich loszubringen. Friedensrichter wurde daraufhin der bedächtige Knudsen,

und die Flußtaler bekamen Jean, den Jean Revel, wie er hieß, als Sheriff. Nepomuk Muetli war Gouverneur geblieben.
In allen Zeitungen der Welthauptstadt waren die Parteiführer und Ratsmitglieder abgebildet, aber jeder interessierte sich nur für Douraine. Der, mit seiner gequollenen Hiebwunde vom Stirnrand bis zum Unterkiefer, sah abenteuerlich genug aus. Dieses finster drohende, hemmungslos gewalttätige Hinterwaldlergesicht ließ allerhand Zwischenfälle erwarten.
Für *einen* Menschen aber wurde dieser Mann Maurice Douraine plötzlich zum alleinigen, brennenden Mittelpunkt allen Denkens und Fühlens: für Waclaw Climasch. Die Jahre hatten den Schmerz des Verschmähtseins in ihm verkrustet. Die qualvolle Leidenschaft war nur sehr langsam verebbt im besessenen Kampf zwischen wägendem Hirn und zuckendem Herzen. Mordlust und blinde Rachsucht gaben ihm verruchte Entschlüsse ein. Abgründe taten sich auf in ihm. Ganz krank wurde er, und es war unsagbar schwer, dies alles mit dem nüchtern männlichen Willen zu bezwingen. Oft schien es, als ertrage er den Zustand, der willenlose Spielball eines unfaßbar schrecklichen Gefühlssturmes zu sein, nicht mehr. Er stürzte sich angstvoll und beklommen mit nie geahntem Eifer in seine neuen Aufgaben. Er ertrank förmlich in der Arbeit. Er ließ sich nicht verjüngen, nein, er wollte alt werden, wollte das Verzehrende absterben lassen, und endlich kam etwas wie Erschöpfung über ihn, die aussah, als sei er ausgeglichen und ruhig wie seit eh und je. Endlich hatte das Durchlittene die ätzende Schärfe verloren. Die Vorstellung von der Geliebten, die ihm dieser fremd-unheimliche Mann geraubt hatte, rückte langsam in eine verschwimmende Ferne und verwischte sich allmählich.
Jetzt aber zerplatzte dies alles auf einmal. Die Kruste um sein Herz brach auf, und alle gewaltsam verdrängten Erinnerungen standen wieder wie umgewandelte, gewitternde Gegenwart um ihn. Jetzt kam der Räuber seines Glückes, der Dieb seiner vermeintlich überwundenen Süchte zu ihm. Nur *ein* Gedanke fieberte durch Climasch: »Rache! Ich werde dich klein machen, du scheußliches Raubtier! Rache, erbarmungslose Rache!« Er mußte an sich halten, als er den

Anklageakt der Parteiführer und die Unterschrift Douraines las. Eine jähe Blässe befiel ihn. Sein aufgepeitschtes Herz setzte sekundenlang aus und trommelte dann derart, daß er glaubte, die Brust müsse ihm zerspringen. Er beugte sich tiefer in die Akten, um sich nicht zu verraten. Unauffällig und fest biß er seine kurzen Mauszähne aufeinander, schluckte die würgende Kugel auf seiner beengten Gurgel hinunter und hatte sich endlich wieder in der Gewalt.

»Die sind schon verloren!« sagte er zu John Barry und reichte ihm das Schriftstück: »Nach Paragraph 38 der Verfassung kann der Rat bei Eintritt eines unvorhergesehenen Weltnotstandes vom Parlament die Ermächtigung erwirken, nach eigenem Ermessen zu handeln.«

»Mir ist die Sache überhaupt völlig unverständlich«, mischte sich die dabeisitzende Gertrud Rechlin ins Gespräch. »Der Rat hat doch die überwältigende Parlamentsmehrheit hinter sich. Gilt das denn für diese Herren Oppositionellen gar nichts? Im übrigen, was sind das für infame Verdächtigungen. Der Rat denkt doch gar nicht dran, Gewalt anzuwenden... Von betrügerisch angewendeten Mitteln kann doch nicht die Rede sein! Der Rat hat doch den besten Willen, die Wahlen vollständig zu machen.« Die anderen Richter traten herzu.

»Reden Sie mit der Kuh französisch, gnädige Frau!« sagte der beleibte Richter Alwin Tomberg, der unausgesetzt an einer ausgegangenen dunklen Virginia sog und kaute und sie erst nach Büroschluß wieder anzündete. »Ewig dieses gegenseitige Mißtrauen, mein Gott, so kommt doch die Welt nicht weiter!« meinte Barry und klopfte mit seiner flachen Hand bedächtig auf seinen silbergrauen Scheitel.

»Das Mißtrauen ist in diesem Fall durchaus einseitig. Nur die Ultrafuturisten sind mißtrauisch... Es scheint, sie schließen von sich auf den Rat«, meinte der gedrungene Ire Macverson und fing an, seine Brille zu putzen. »Meiner Überzeugung nach haben nur diese Herren mit ihren unsinnigen Säuberungskommissaren die Wählermassen in Asien störrisch gemacht.«

»Wissen Sie das Neueste schon? Hier!« rief der lebhafte Franzose Xavier Cochull und zeigte das Zentralorgan der Ul-

trafuturisten, den »Pionier der Demokratie«: »Dieser Douraine versteigt sich sogar so weit, daß er verlangt, man müßte im Falle eines wiederholten Wahlstreiks den Katholiken und Stillen das Weltbürgerrecht in corpore aberkennen!«
Climasch hörte nur das Wort »Douraine«, während die anderen durcheinanderredeten. Übermorgen begann der Prozeß. Sein Ausgang war nicht mehr zweifelhaft, aber das interessierte ihn nicht. Übermorgen stand sein Todfeind Aug in Auge vor ihm. Jetzt erst – merkwürdig –, jetzt erst fiel ihm ein, daß vielleicht auch Vera mitkommen würde. Er fühlte einen Stich in der Herzgrube, und sein Hirn fing erneut zu brodeln an. »Nein – nein, ich will sie nicht sehn. Ich will überhaupt nichts mehr von ihr, nie mehr!« wehrte er sich fortwährend gegen diese drängenden Gedanken. »Nein, nie, nie mehr!«
Es kam nicht mehr dazu.

Vera hatte eine sehr schwere Geburt hinter sich. Das Kind, das man ihr buchstäblich aus dem Leib herausschneiden mußte, kam tot zur Welt. Im Mutterleib entdeckten die Ärzte ein gefährliches Geschwür. Sie mußten sofort operieren. Über eine Woche schwebte Vera zwischen Tod und Leben. Als sie langsam wieder zu Kräften kam, besuchte sie Douraine öfter. Nicht täglich, aber doch wöchentlich ein paarmal. Die politische Arbeit nahm ihn so in Anspruch, daß er sich manchmal nicht einmal telefonisch nach ihrem Befinden erkundigen konnte. Alles, wovon er glaubte, daß es sie freuen könne, schickte und brachte er ihr in Hülle und Fülle: Blumen, Bücher, Wein, leichte Kuchen, Schokolade und Pralinen. Jedesmal bei seinen Besuchen küßte er ihre leicht eingefallenen, blassen, krankfeuchten Wangen. Sie schlang ihre schönen, langen Arme um seinen harten, behaarten Nacken und zog seinen umbarteten Mund auf den ihren. Sie sog an seinen sinnlich-wulstigen Lippen. Er machte sich behutsam los und sagte begütigend: »Nicht so stürmisch, mein Liebling! Du sollst dich doch nicht bewegen und aufregen schon gar nicht! Denk nur an dich, mein Täubchen.« Sie legte sich zurück und sagte: »Ja, ja, du hast recht.« Dann saß er eine lange Weile da, ihre schmale Hand in seiner breiten, sah in ihre schwermütig-fragenden Augen, lächelte ab und zu wie verlegen, erzählte von allem möglichen und fragte zwischenhinein immer wieder: »Wie fühlst du dich, Täubchen? Besser, ja?« Sie nickte, und er setzte rasch hinzu: »Das ist gut! Es wird, es wird werden!« Ein klein wenig linkisch tätschelte er ihre heiße Hand. Der scharfe Geruch der Medikamente stieg ihm in die Nase. Unauffällig langte er ans Nachtkästchen und stellte die paar Fläschchen etwas weiter weg.

»Stört dich das?« fragte sie.

»Bloß ein bißchen, entschuldige... entschuldige«, hastete er heraus.

»Liebst du mich noch?... Auch wenn ich krank bin?« forschte sie, aber es klang scherzhaft.

»Und wie! Ich kann's kaum mehr erwarten, bis du heimkommst!« gab er ebenso zurück und lächelte wieder. Dabei drückte er ihre Hand fest.

»Au! Au!« machte sie und zog ihre Hand zurück.

»Entschuldige, entschuldige, Täubchen«, beteuerte er. Irgendwie schien er abwesend. Wie alle strotzend gesunden Menschen wußte er mit Kranksein und Kranken nichts Rechtes anzufangen.

»Winanski will mich verjüngen, wenn alles vorbei ist«, meinte sie nach einer kurzen Weile wiederum und lächelte ihn fragend an: »Glaubst du wirklich, daß das bei mir schon nötig ist?«

»Winanski versteht sein Geschäft!... Auf jeden Fall! Das ist ausgezeichnet, sehr gut!« erwiderte er geschwind. Seine dunklen, feucht schimmernden Augen sahen auf ihr Gesicht, aber dieser Blick war leer oder vielleicht ganz woanders.

»Schrecklich, diese Politik!« sagte er. »Wenn du wieder ganz wohlauf bist, verreisen wir.« Sie spürte seine Nervosität. Es war ihr, als ob er nur höflichkeitshalber dasaß, wenngleich er auf ihre Frage immer wieder antwortete: »Aber, aber, was denkst du!... Laß sie warten, laß sie warten!«

Nachdem er weggegangen war, legte sie sich gerade ins Kissen und sah stumm zur weißen Zimmerdecke empor. Ein dünner, fader Bodensatz von Verstimmtheit war in ihr geblieben. Sie erinnerte sich, daß Douraine nur anfangs etliche Male flüchtig nach dem toten Kind gefragt hatte. Ganz unbeteiligt hatte er einige bedauernde, nichtssagende Bemerkungen daran gehängt. Das tat ihr weh und ärgerte sie schließlich. Das verlorene, unwiederbringliche Menschenwesen, dem sie mit ihrem ganzen Selbst entgegengelebt hatte, wurde jäh wieder zu einem einzigen, erdrückenden Schmerz, zu einer fast unerträglichen, furchtbaren Leere in ihrem Körper und in ihrem Gefühl.

»Maurice will nur mich«, floß durch ihre Gedanken. »Nur mich als das, was ich für ihn bin... nur mich.« Sie spürte keine Berauschung mehr dabei, nicht mehr das süße Triumphieren, das sie bis vor kurzem durchzogen hatte, wenn ihr dies bewußt wurde. »Wie rasch das geht... Was ist das?« fragte sie beunruhigt in sich hinein. Sie nahm den Handspiegel aus der Schublade und betrachtete unbarmherzig forschend ihr Gesicht. Es glänzte ungesund. Stumpf und verbraucht waren die Züge. Um die Augen, die tief eingesunken waren, hatten sich winzige Fältchen gebildet. In den Winkeln griffen sie strahlenförmig aus. Die leicht gesattelte Nase trat schärfer hervor, der breite Mund schien schlaffer, das Rot der Lippen spielte in ein violettgetöntes Blau hinüber, und auf dem zarten, schlanken Hals zeigten sich die ersten Furchen. Sie strich ihr aufgelöstes, fülliges Haar aus der hohen Stirn und fühlte den stechenden Schmerz der unverheilten Schnitte auf dem Bauch. Wund, wie mit Steinen gefüllt und ungeheuer gebläht kam ihr dieser Bauch vor, und eine noch größere, lahme, bleierne, ziehende Schwere war in ihren Beinen. Sie bekam den Eindruck, als sei ihr ganzer Körper so unförmig aufgequollen und würde nie wieder anders werden. Ihr Arm sank auf die Decke zurück. Ganz verloren seufzte sie. –

Nur sehr langsam besserte sich ihr Zustand. Die Schnittnarben auf ihrem Bauch bildeten harte, strickähnliche Wülste. Douraine schien immer besorgter um ihre völlige Genesung. Sie wollte heim und in aller Stille aufholen, was sie verloren hatte, doch er drängte sie geradezu, in ein Sanatorium zu gehen. Es war ihr, als schöbe er sie weg. Das Sanatorium lag

fast eine Flugstunde entfernt in einem lieblichen, südlich warmen Vorgebirge. »Da bist du glänzend aufgehoben«, sagte er. Wer hatte sie einmal so weggeschoben? Das allereinzigstemal in ihrem Leben? Murlow. Sonderbar, daß ihr dieser Mann jetzt einfiel. Es war so lang – lang her! Hm wie war das damals gewesen? Sie mußte sich lange besinnen. Ja, ja, es war in der Eisenbahn gewesen. Sie reisten als Ehepaar getarnt zur Vorbereitung des Attentates auf Kowaloff. Murlow glich ihr sehr. Er war groß, stark, schön und tollkühn. Jede Frau flog ihm zu. Wahrscheinlich, weil sie all diese Ähnlichkeit in ihm witterte, mochte sie ihn nicht besonders, aber diesmal reizte er sie plötzlich und maßlos. Als sie im gemeinsamen Schlafwagen-Coupé zu Bett gingen, zündete er sich eine Zigarette an und sagte: »Leg dich nur hin. Ich geh' noch schnell in den Speisewagen einen Schnaps trinken.« Sie legte sich hin, wartete. Er kam lange nicht, knipste kein Licht an und tat sehr leise. Und in der Frühe, als sie die Augen aufschlug, war er sich schon waschen und rasieren gegangen. Er zog sich an und beachtete sie nicht, als sie sich zurechtmachte.
Noch heute stieg in ihr eine Bitterkeit auf, wenn sie daran dachte. Von da an hatte sie Murlow gehaßt, und, ja, dann war er mit den Attentätern verhaftet und später von der Menge erschossen worden – ja, als sie das damals erfuhr, durchrann es sie wohlig...
Endlich nach fünf Wochen war Vera wieder vollkommen hergestellt, und Douraine holte sie heim. Er war sehr aufgeräumt und redete während des ganzen Fluges unausgesetzt. Dabei machte er einige Andeutungen von einer lustigen Überraschung. Lautheit und einen gewissen vulgären Prunk liebte er. Über seiner Haustüre prunkte ein dichtes, großes Herz aus frischen Rosen. »Herzlich willkommen!« stand in der Mitte. Bis auf die Straße standen Rosenstöcke als Spalier, und alle Zimmer waren voll von Blumen und girlandenverziert. Wie ein neugebackener Ehemann führte Maurice Vera ins Haus. Die Frau des Vorarbeiters Tubus hatte köstlich gekocht, gebacken und gebraten, und Tubus, der zechfreudige Märzstädter Sheriff Gebauer mit seiner Frau, Pimeschko und sogar die beiden Parlamentarier Lank-

witz und Cludeau waren da. Alle empfingen Vera mit großer Freude. Die Männer musterten sie mit verborgenen, prüfenden Blicken. Nichts an ihr machte sie mehr befangen. Man ging ans Essen und Trinken, es wurde immer lustiger, und zuletzt unterhielten sich die Männer, die schon etwas angeheitert waren, lebhaft über die politischen Ereignisse, während die rundliche schwitzende, beflissene Frau Tubus, Frau Gebauer und Pimeschkos wuschelhaarige Gattin Vera umlagerten und die meiste Zeit von ihrer Geburt und der schweren Operation redeten. Hin und wieder umschlang Douraine Vera derb und küßte sie lachend. Das sah aus, als wolle er sagen: »Seht, was ich für ein Prachtweib habe! Nicht umzubringen ist sie. Es ist noch allerhand los mit meinem Täubchen!«
Schließlich schied man herzlich und angeregt voneinander.
»War's nicht nett? Hab' ich das nicht schön gemacht?« fragte Douraine und schaute sie an.
»Ja, es war recht schön«, sagte sie nebenhin.
»Jetzt aber schnell ins Bett!« sagte er heiter-hastig und zog sie über die Stiege hinauf. Er roch nach Alkohol und hatte leicht verschwommene, feucht glänzende Augen.
»Endlich!« hauchte er heiser heraus, als sie im Bett lagen.
Er fuhr mit der derben, flachen Hand über ihren Leib.
»Täubchen!« raunte er, und seine Hand hielt auf einmal auf den erhabenen, verhärteten Schnittnarben inne. Es war, als würden sich seine Finger besinnen, als störe sie dieser Makel auf der zarten, weichen Glätte des schönen Körpers. Er zog langsam die Hand zurück. Schnellhin küßte er Vera und schien ernüchtert.
Der Raum lag im ungewissen Dunkel zwischen Nacht und Morgen. Sie konnten nur die undeutlichen Konturen ihrer Gesichter unterscheiden. Vera griff nach dem dunklen Nachtkästchen.
»Ach, ich bin ja so froh, daß du wieder da bist«, sagte Douraine nach einer kurzen Pause. Sie lag da, als warte sie. Er tastete nach ihrem Gesicht. Sie fühlte seinen Atem. »Du liebst mich, sagst du?« fragte sie nach einer Weile sonderbar kalt. »Glaubst du nicht, daß du dich irrst? Ich reize dich nur...«
»Ach, dummes Täubchen! Es ist doch alles dasselbe!« ant-

wortete er und hob seinen Oberkörper massig. Da rannte sie ihm den kleinen, scharfen Dolch in die Herzgrube. Es war ein zierlicher armenischer Dolch, den sie seit der Nomadenzeit stets bei sich trug. Als Geheimagentin hatte sie ihn oft gebraucht. Douraine hatte stets über dieses Spielzeug spöttisch gelacht. Sie stach sicher und mit aller Wucht und drückte die Klinge bis zum Griff in sein Fleisch. Douraine stieß einen kurzen, röchelnden Laut heraus und sackte auf die Seite. Nach einigen Sekunden blieb er starr auf dem Rükken liegen, mit ausgestreckten Armen. Steil stak das Messer in seiner Brust, dick quellendes Blut rann aus der Wunde, rann über das Bett und tropfte leise auf den Zimmerboden. Jetzt kroch schon der erste milchweise Dämmer durch die offenen Fenster.

Nachdem Vera einige Minuten unbeweglich dagelegen hatte, holte sie tief, wie erleichtert Atem und wandte sich dem Ermordeten zu. Ihre Augen waren naß. Mit einem Male schmiegte sie sich zärtlich an diesen blutbesudelten Körper und begann ihn zitternd und unablässig zu streicheln. Sie küßte ihn mit großer Innigkeit und weinte unterdrückt aus sich heraus: »Du mußt mich verstehen, Maurice! Ich war dir verfallen, Büffel, verstehst du?... Das Kind machte mir angst. Es war ein größeres Glück, verstehst du?... Maurice! Maurice, ich konnte nicht anders!« Sie schluchzte jetzt, und ihre Hände streichelten immer erregter: »Für uns ist's gut so, Maurice! Nur so, hörst du?... Ach, mein Büffel! Mein einziger Maurice! Maurice, du warst der letzte! Das Letzte... Maurice!!« Immer heißer küßte sie ihn, wie von Sinnen. Sie achtete nicht auf das Blut und das Erkalten des Körpers. Sie liebte zum ersten und einzigen Male mit der ganzen Hingabe des Herzens.

Sie zog endlich den Dolch aus der Brust des Leblosen und warf ihn in eine Ecke. Es klapperte überlaut in der Stille.

»Leb wohl, leb wohl, Maurice! Leb wohl!... Für uns gab's keinen anderen Weg!« weinte sie noch einmal und verschluckte alles andere. Dann legte sie sich flach hin, ganz gefaßt. Sie ordnete ihr aufgelöstes Haar nicht. Sie ließ die Tränen und Blutflecke auf ihrem Gesicht und Körper trocknen. Ausgeweint lag sie da, nahm die Schlaftabletten und das

Glas Wasser von ihrem Nachttisch und verschluckte eine Tablette nach der anderen. Ruhig und bedacht trank sie jedesmal Wasser nach. Pedantisch tat sie das alles. Zum Schluß schloß sie den Mund ganz fest und drückte die brennenden Augen zu. Nach und nach befiel sie Übelkeit, ihr Körper wölbte sich wie ein Bogen und fiel auf die Matratze zurück. Sie fühlte, wie ihre Glieder matt und empfindungslos wurden und sank ins Nichts. Draußen wachte der bleiche Tag auf. Die tauige Luft roch wie frisch gewaschen. Im Garten zwitscherten die ersten Vögel. Auf den Straßen wurde es schüchtern lebendig. Die erste Fabriksirene schrie heiser ins Hohe...

Vor dem Weltgerichtshof siegte der Rat gegen die ultrafuturistischen Parteiführer. Die hatten sich offenbar von Douraines Auftreten eine suggestive Wirkung versprochen und waren nun ziemlich verstört. Rasch und leicht betreten verließen sie nach der Entscheidung den Saal. Die Ratsmitglieder standen noch eine Weile beieinander. Siegesfroh waren ihre Gesichter nicht, nur erleichtert schienen alle. John Barry war vom Gerichtstisch her zu ihnen getreten und sagte kopfschüttelnd: »Wie konnten die Parteiführer bloß...! Unverständlich, ganz unverständlich!« Er sah kurz auf Dickson und redete in seiner behutsamen Art weiter:
»Was haben sie bloß an den Referenden auszusetzen!... Ich habe mir gestern noch einmal die Aufzeichnungen Mikkelsons im Archiv angesehen, die er sich für seine damalige erste Ratsrede gemacht hat... Sie sind in der Rede nicht enthalten. Es ist das einzige, was unser Freund schriftlich hinterlassen hat... Wertvoll zu lesen, sehr wertvoll, immer wieder!« Er fingerte einige winzige Zettelchen aus seiner Westentasche und fuhr lesend fort: »›Offene Referenden sehr zweckmäßig‹, schreibt er, ›sollten in jeder Agrostadt usuell werden, da wirklich demokratisch. Gibt keinen Leerlauf dabei. Geheime Abstimmungen machen Menschen feig. Offenes Referendum dagegen heilsam. Die Abstimmenden schämen sich, dabei offenen Unsinn, Parteiinteressen und Zwecklosigkeit zu stützen. Nur die Frage der Nützlichkeit für die Gemeinschaft gibt beim Referendum den Aus-

schlag... Eventuell durch Amendement in Verfassung verankern, bei Gemeinderecht...‹« Er hob das Gesicht und meinte wehmütig: »Wär' das doch damals geschehen!« Seine wässerigen blauen Augen verfingen sich in jenen Dicksons. Alle schauten auf den bewegten Greis.

»Ja, Gunnar sollte noch leben! Schade!« fiel Ellen Oesterberg unvermittelt ein, und Traurigkeit war in ihren Worten. »Ich schäme mich heute noch, daß wir ihm beim Vorschlag der Gouvernements so zugesetzt haben, und dabei hat er so recht gehabt, so recht... Erinnern Sie sich noch, John, wie richtig er argumentiert hat?... Gerade dezentralisierte Ordnung ist richtig, hat er gesagt... Je kleiner die Gebiete, um so besser. Sie blasen dem Nationalismus das Lebenslicht aus, vor allem aber vermindern sie Unrecht und Unmenschlichkeit... So was sieht man in so einer kleinen Provinz zu schnell und wehrt sich dagegen. In großen Räumen bleibt der Mensch viel gleichgültiger gegen all das, er nimmt jede Schweinerei zu leicht hin!... Wie gescheit, wie großartig war das, als er immer wieder sagte: ›Provinziell muß die Welt werden, dann wird sie menschlich!‹« Ibn Lassi nickte lächelnd, und Wang Chung sah die Schwärmende zärtlich an. Mellnikow und Ussitzki verzogen die Mundwinkel ein wenig. Einige hatten sich schon zum Gehen gewendet. Dickson ging auf den hinter dem Gerichtstisch stehenden Climasch zu und drückte ihm die Hand. Das berührte merkwürdig.

»Jetzt«, sagte der hagere Engländer, daß alle es hören konnten, »jetzt braucht uns die Welt nicht mehr. Unsere Nachfolger werden es leichter haben.« Niemand begriff, wieso er das sagte. Er spürte, wie herzlich Climasch die dargebotene Hand drückte und sah ihm, während der hohe Richter einige förmliche Glückwünsche heraussagte, offen in die Augen. Zu Ellen, Wang Chung, Mellnikow und den anderen gewendet, flüsterte Ibn Lassi: »Er hat recht. Wir haben die Straßen und Brücken gebaut. Jetzt kann jeder drauf gehen und fahren.« Langsam gingen alle aus dem Saal. – – –

Obgleich viele der zurücktretenden Ratsmitglieder für eine Wiederwahl vorgeschlagen wurden, lehnten die meisten ab.

Nur Li Fu Tang und Kowaloff, die immer wieder stürmisch dazu gedrängt wurden, nahmen die Wahl schließlich an. An Bresci dachte niemand. Er galt wahrscheinlich als zu betonter Politiker, und nun schien es, als seien solche Leute nicht mehr nötig. Er wurde ebenso übergangen wie Torsten. Den aber störte und schmerzte das nicht im mindesten. Er hatte sich sowieso nie wohl gefühlt im Rat. Was war es schon für eine große Sache, dessen Mitglied zu sein. In der Öffentlichkeit galt man kaum mehr als etwa ein Angestellter irgendeiner Firma, von der die Kunden eine sicher funktionierende Bedienung verlangen. Andere Menschen waren viel freier und hatten keine so schwere Verantwortung. Torsten war ein sehr bekannter Straßen- und Brückenbau-Ingenieur, und der kranke Schlemmer schlug ihn als seinen Nachfolger vor. Schlemmer selber ging nach Flußtal.
Ganz gleichgültig nahm die Welt von der Bildung des neuen Rates Kenntnis. Man war diese Regierungsart gewohnt und vertraute ihr. Der neue Rat trat noch weit mehr in den Schatten und blieb dennoch die allverbindende Autorität.
Die offenen Referenden in Asien verliefen ohne Störung. Da die wenigen »Rechtgläubigen« sahen, daß weder die Katholiken noch die Stillen Kandidaten stellten, verhielten sie sich ebenso. Die von den Ratsbeauftragten vorgeschlagenen Leute wurden widerspruchslos angenommen. Auf diese Weise wurde Gretel Kaweljew, geborene Greiner, Sheriff von Stillkirch. Sie hatte schon drei kräftige Kinder. Trotzdem bewältigte sie ihr Amt zur Zufriedenheit aller und wußte sich auch stets Autorität zu verschaffen, was allerdings bei der fast automatischen Einordnung der Menschen, die sie umgaben, nicht schwer war. Sie war noch immer keine rechte Stille geworden, aber sie hatte von ihrem Iwan und seinesgleichen gelernt, wie sich ein Mensch dem andern gegenüber verhalten muß, um selbst bei schwierigen Entscheidungen einer freien, friedlichen Gerechtigkeit am nächsten zu kommen. Mit ihren Eltern hatte sie sich längst ausgesöhnt. Die Greiners besuchten ihre Tochter auch einmal auf etliche Wochen und wurden sehr gut aufgenommen.
Einmal beim Anbruch des Abends gingen der Greiner und

die Gretel noch ein bißchen vor der anheimelnden, keineswegs sehr asiatisch anmutenden Agrostadt spazieren. Sie zeigte ihm voll Stolz die kunstvoll angelegten, weit ausgedehnten Reisfelder, die sich wie umfängliche Terrassen in die Ebenen stuften. Die Erdnuß- und Dattelernte war überreichlich. In der Ferne verschwammen durchsichtige Wälder von Zitronen- und Orangenbäumen.
Bis an den Rand des unendlichen Himmels rann die füllige Fruchtbarkeit.
»Ja, großartig! Ausgezeichnet habt ihr alles beisammen!« sagte der Greiner und freute sich über den verborgenen Eifer der Tochter. »Und wo man hinschaut und hinkommt, überall kommen die Leute gut miteinander aus. Da hast du's nicht schwer als Sheriff. Bei uns war das lang nicht so leicht.« Sie gingen eine Weile schweigend weiter und kamen auf den Iwan zu sprechen. Im Anschluß an die Bemerkung, daß er die ganzen Wochen, die er jetzt hier sei, noch nirgends streitende Leute angetroffen oder ein böses Wort gehört habe, fragte Greiner: »Und du? Wie ist's bei dir? Hast du mit Iwan noch nie gestritten?... Ich mein' bloß.« Diese auffällige Friedlichkeit hatte ihn nachdenklich gemacht.
»Gestritten?« meinte die Gretel. »Nein, das kann man gar nicht. Der Iwan und die ganzen Leute widersprechen ja nie. Sie reden, wie du bemerkt haben wirst, ja sowieso noch immer so wenig, und wenn, dann reden sie von was ganz anderem. Sie haben ganz seltsame Gedanken im Kopf. Es dauert lang, bis man das wirklich versteht. Eins ist wahr, ja, muffig oder verbrummt sind sie; meistens lachen sie bloß ein wenig, wenn sich jemand ereifert. Sie bleiben immer gleich. Man kann sich an sie halten. Nichts wächst ihnen über den Kopf... Ich mag sie recht gern.«
Der Greiner sagte nichts mehr. Es fiel schon webendes Dunkel über die Breiten. Die aufflammenden Lichter der nahen Stadt griffen ins Hohe und Weite. Ihr Schein ließ den feuchten Flußweg erglänzen, daß er aussah wie ein schlängelndes goldenes Band. Der Iwan und die Kinder kamen ihnen entgegen. Der siebenjährige Iwan und die jüngere Gretel liefen freudig lärmend der Mutter entgegen, die sie lustig auffing. Sie hob sie nacheinander in die Luft, drückte sie fest an sich

und küßte sie. Ein großes Glück stand auf ihren derben, offenen Zügen. Die dreijährige Eva oder »Iwaschka«, wie man sie nannte, saß rittlings auf den Schultern des herankommenden Vaters und lachte in einem fort über dessen possierliche Sprünge.

»Sie hat gefragt, ob der Großvater auch so einer ist wie wir«, sagte Iwan lächelnd.

»Und – was hast du drauf gesagt?« fragte der Greiner. »Natürlich ist er genauso einer wie wir... Ist's so, Iwaschka?« gab Iwan zurück. Das freute den Greiner tief innen. Einige Tage später, beim Abschied, umschlang der sonst so nüchterne Mann seine Tochter mit sichtlicher Bewegung. Zärtlich küßte er die Kinder. Er wandte sich an den Iwan, den alten Kawaljew und dessen breitgesichtige Frau, schüttelte ihre Hände und sagte brüderlich warm: »Ihr habt schon das Richtige, Schwagersleute! Ihr Stillen habt euch ja seit je mit jedem vertragen und braucht für nichts ein Gesetz. Jetzt begreif' ich's erst, warum jeder so wird wie ihr...«

Lachend stieg er mit seiner Frau in den mächtigen Luftexpreß. Die beiden hatten sich verjüngen lassen, und seither warb Greiner überall dafür, daß dies für jeden Menschen obligatorisch gemacht werden sollte. Sie sahen gesund, kräftig und zufrieden aus. Auf der letzten Stufe der schrägen Eingangstreppe des Flugzeugs stehend, drehte sich Greiner noch einmal um und rief der Gretel aufgeräumt zu: »Mach's gut, und besucht uns öfter, ja? Du triffst noch fast alle alten Bekannten. Jeder hat das Sterben verschoben, genau wie wir! Jetzt ist's doch erst schön zu leben!« Er winkte und verschwand im Flugzeugrumpf.

Wahrhaftig: Jetzt erst war es schön zu leben! Asien konsolidierte sich schon in wenigen Jahren. Die letzten Qualifikanten-Brigaden wurden seßhafte Agrostädter, die in eine »Weltpolizei« verwandelte Armee wurde auf die Gemeinden verteilt, und viele Gesetze, die früher von der harten Notwendigkeit diktiert worden waren, konnten außer Kraft gesetzt werden. Der wirkliche, der dauernde große Friede begann, denn für was sollte man eigentlich noch Krieg führen, und wer sollte noch gegeneinander kämpfen? Etwa

Agrostadt gegen Agrostadt? Die Welt war, wie es Mikkelson vorausgewünscht hatte, »provinzialisiert« und dennoch ein natürlich gegliedertes Ganzes geworden. Und die Menschen waren immer noch viel zu wenig! Das, was man auf Grund der agronomischen, chemischen und technischen Neuerungen aus ihr gewann, hätte hundertmal so große Massen überreichlich ernähren können. Unbeschreiblich reich, frei von Furcht und Angst und ungewisser Zukunft, göttermächtig war der Mensch geworden. Alle Kraftquellen im Erdinnern, in der Luft und im Wasser waren erschlossen und für die Allgemeinheit nutzbar gemacht. Kein unfruchtbares Stück Wüste gab es mehr. Frucht und Pflanze wuchsen und formten sich nach Menschenwunsch. Die arktischen Meere waren durch die Nerwinesche Erfindung schiffbar gemacht, ohne daß sich gefährliche klimatische Veränderungen eingestellt hätten. Das Licht der Sonne, die Elemente gehorchten dem Menschen, dem Regen gebot er und schneien konnte er lassen. Ins unbekannte Universum stießen die wissenschaftlichen Raketen und rückten dem Mond und den Sternen näher. Jede Meerestiefe war enträtselt. Nach dem Stickstoff gewann man Zellstoff aus der Luft, und jetzt holte man Material für feinste Wäschestoffe daraus. Licht und Wärme gab die Atomenergie; Lokomotiven, Flugzeuge und Schiffe trieb sie, und Kohle und Öl verloren zusehends ihre Bedeutung und Wichtigkeit. Die Krankheiten hatten sich unwahrscheinlich vermindert, und weggescheucht waren alle Seuchen. Das Altern hatte der Mensch verjagt, und selbst der Tod des einzelnen war um Jahrzehnte hinausgeschoben. Drei oder vier Stunden Arbeit erbrachten Höchstleistungen. Alle andere Zeit gehörte dem einen wie dem anderen. Lust und Sinnen, das versunkene Träumen und der Hang zum Spiel brauchten nicht mehr nach der Stunde bemessen zu werden. Im Kleinsten und Größten fühlte der Mensch das friedliche Gleichgewicht in seinem Dasein.

Damit war die Mission, welche ungefähr vor dreißig Jahren jene ersten Ratsmitglieder mit allen Zweifeln und Konsequenzen, mit allen Mühen und bitteren Enttäuschungen übernommen hatten, vollendet. Beladen mit der ganzen fragwürdig gewordenen Erbschaft einer vergehenden Generation, waren sie dennoch die Schöpfer dieser glücklichen Zukunft geworden. Jetzt erst hatte der stolze, erste Satz in ihrer Weltverfassung ihren lebendigen, fortzeugenden Sinn:

»Der Mensch ist frei, und sein Feld ist die Welt!«

NACHWORT
von Erhard Eppler

I.

Wenn wir ein Buch aus der Hand legen, tun wir gut daran, unsere Eindrücke zu sichten und zu ordnen. Dies ist bei Oskar Maria Grafs Buch ›Die Erben des Untergangs‹ nicht eben einfach.

Da zittert noch Abscheu und Erschütterung nach von den kaum überbietbaren Grausamkeiten, mit denen Graf unsere Nerven auf die Probe stellt, zu Beginn, als im Chaos der Katastrophe die entfesselten Menschentiere sich gegenseitig umbringen, weil jedes auf Kosten des andern überleben will, aber auch – und dies ist noch schwerer zu ertragen – noch in jener neuen Welt danach, bis hin zu jener schauerlichen Exekution, bei der »Friedensrichter« Douraine und seine Kumpane den wimmernden Lehrer Trummstedt und den intriganten Opportunisten Lucker zusammenschießen, weil das Gesetz es so will, daß der verurteilende Richter auch als Henker zu fungieren habe.

Wir versuchen uns noch einmal in die Überlebenden hineinzuversetzen, die, wenn sie lustig werden, mit »grölenden Männerbässen« und den »kräftigen, hellen Stimmen der Weiber« jenes ebenso banale wie unmenschliche »Nomadenlied« aus der schlimmen Zeit singen, ohne daran zu denken, »daß dies einmal ihre grauenhafte Wirklichkeit gewesen war«:

> Die letzte Maus ist aufgefressen,
> wir schnür'n den Riemen eng,
> Es wär so wunderschön gewesen,
> jetzt ist es aus – peng – peng!
>
> Ihr meine liebsten Kameraden,
> könnt ihr es wohl erraten?
> Schaut, wie es geht,
> der ist so fett – peng – peng!

Ach, meine liebsten Kameraden,
jetzt winkt ein feiner Braten!
Das Biest ist weg,
geht nicht vom Fleck – peng – peng!

II.

Wenn dies die Wirklichkeit des Untergangs war, wie sieht die neue Wirklichkeit aus? Sie läßt sich schon deshalb nicht auf einen simplen Nenner bringen, weil Graf sie – wohl eher bewußt als aus Unvermögen – in verschiedenen Stilen vor uns entstehen läßt: einmal im Stil des nüchternen Berichts, dann in dem der beflügelnden Vision, immer wieder auch in dem des Heimatromans. Zur Erinnerung ein Zusammenprallen der Stile:

»Nie jedoch durfte der Student die Grunduniversität auf dem Kontinent besuchen, in welchem sich sein Gouvernement befand. Europäer und Asiaten mußten nach nord- und südamerikanischen Gebieten, nach Afrika und Australien – und umgekehrt. Reise- und Unterrichtskosten wurden von den Gemeinden getragen. Die Universität verpflegte und beherbergte die Studenten ...«

Und wenige Zeilen weiter:

»Kein Wunder, daß sich die Jugend ganz anders auswuchs, als die älteren Leute es auch nur ahnen konnten ...

Greiner kratzte sich und furchte die Stirn flüchtig, als ihm das durch das Hirn schoß. Seine Gretel, weiß der Teufel, die war bäuerlich geblieben und wollte nichts vom Studieren wissen ...«

Wollte Graf uns deutlich machen, daß menschliche Verhaltensweisen – hier ging es um Vater und Tochter – auch in einer grundlegend veränderten Welt sich gleich bleiben – vorerst zumindest? Dabei kann Graf Provinzialismen durchaus selbst aufs Korn nehmen. Da schildert er mit einer fast schon ärgerlichen Breite den Pomp einer Bestattungsfeier für ein Mitglied jenes »Rates«, der nun die Welt regiert: Aufbahrung, Totenwache, Trauerzug. Hinter dem Totenwagen geht – vor aller Prominenz – »die vergrämte, in sich hineinweinende Haushälterin«. Am nächsten Morgen hören wir

ein anderes Ratsmitglied bei der Zeitungslektüre knurren: »Widerwärtig sentimental! Genant provinziell!« Und er trifft damit die Gefühle manches Lesers, dem spätestens jetzt klar wird: Der Autor selbst hält durchaus Distanz zu dem, was uns provinziell erscheint.
Vielleicht lassen wir auch die Gestalten des Romans noch einmal an uns vorbeiziehen. Sie haben Profil, eben jener Bürgermeister Greiner und seine natürlich-kernige Tochter, der milde Quäker Barry oder die katzenhaft-schöne (polnische) Agentin Vera Schilliza, der jüdische Techniker aus Odessa – warum muß übrigens nur er an seiner Sprache erkennbar sein? –, die rechtlich-biedere Schweizerin Gertrud Rechlin oder auch der gütig-tolerante Greis, den wir als Haupt der übriggebliebenen Katholiken kennenlernen. Sie alle gewinnen Kontur. Aber sie ändern sich kaum, sie entwickeln sich wenig in den 30 Jahren, die der Roman umspannt, sehen wir einmal ab von jenem jungen Iwan von den »Stillen«, der an der Seite der fröhlich-kecken Gretel neue Dimensionen von Leben kennenlernt.
Gehen wir fehl in der Annahme, daß es Graf auf Grundformen menschlichen Lebens, auf Grundtypen ankam, in denen sich das Menschliche immer entfaltet hat und auch künftig entfalten wird?

III.

Das Entscheidende bleibt: Da gibt es trotz allem eine neue Welt nach dem Untergang der alten, nachdem New York, San Francisco, Buenos Aires, Leningrad, London im Meer versunken, weite Teile der Erde wüst und leer geworden sind. Es gibt Erben, ja es gibt ein Erbe, es gibt Menschen, die den Mut haben, einfach da neu anzufangen, wo das Chaos sie hinverschlagen hat, Hütten zu bauen, Getreide anzubauen, Bäume zu pflanzen. Da gibt es einen Rat, zusammengesetzt aus Durchschnittsmenschen, die zufällig als handlungsfähige Gruppe übriggeblieben waren und nun hinter den gemeinsamen Beschlüssen so zurücktreten, daß sie fast anonym bleiben. Da wird die Erde in 1500 etwa gleich große Ratsgebiete aufgeteilt, Verwaltungsbezirke, in denen sich allenfalls harmloser Lokalpatriotismus entfalten kann. Die alten Nationen sind durcheinandergewirbelt und untergegangen, sie bringen ihr Erbe in eine Gesellschaft ein, die sich nicht mehr nach Nationen gliedert. Die Menschen siedeln in »Agrostädten« von überschaubarer Größe, wählen ihre Behörden und Richter, zahlen ihre Steuern und verhandeln mit »denen da oben« fast von gleich zu gleich. Aber das Alte lehnt sich auf gegen das Neue. Nationalisten proben den Aufstand. Millionen sterben an künstlich erzeugten Seuchen. Die Rebellen setzen sich nicht durch. Denn, so tritt der Autor mit seiner Meinung auf die Bühne des Geschehens: »Dort althergebrachte nationale Ideen, Gewalt, Krieg und Terror – was unter den Nachwirkungen des Krieges und der Katastrophe noch beklemmender wirkte – hier der kühne Versuch, mit Hilfe aller Errungenschaften der Forschung und Technik auf behutsame Weise eine völlig neue Gesellschaftsform herbeizuführen.«

Natürlich ist die neue Gesellschaftsform sozialistisch. Schon während jenes – dritten – Weltkrieges hatten die Staaten »gezwungenermaßen die gesamte Wirtschaft übernommen«. Es bedarf also keiner Revolution mehr.

Und so können sich die Produktivkräfte ungehindert entfalten. Kaum sind die Menschen wieder an die Arbeit gegangen, da schaffen sie technische Wunderwerke:

»Hochfrequenzstraßen, auf denen motorlose Autobusse mit nie gekannter Schnelligkeit liefen, verbanden sie (die Agrostädte) miteinander.

Straßen und Eisenbahnlinien erschlossen die abgelegensten Winkel. Serienweise aus schwimmendem Glas hergestellte Schiffe durchquerten die Ozeane... Mit Atomenergie betriebene Flugzeuge..., die imstande waren, in knapp sieben Stunden den Erdball zu umkreisen, durchzogen die Lüfte...«

Kein Zweifel, Oskar Maria Graf hatte noch einen Glauben an die Technik, der vielen heute abhanden gekommen ist. Da schreibt ein junger Tiefbauingenieur, der in Libyen die Wüste kultiviert, einen Brief, den der »stolze Vater überall herumzeigt«: »Ein wahres Paradies ist aus der Wüste geworden. Alle meine Kollegen sind rein besoffen von unseren Er-

folgen … Da hat der zweite Chef der Qualifikanten-Leitung, Ingenieur Schlemmer, ein sehr lustiger, feiner Kerl, eine Rede gehalten. ›Früher‹, hat er gesagt, ›haben die Menschen sich sowas wie Götter erfunden, weil sie ihre Kraft noch nicht kannten. Wir haben diese Götter längst überflügelt und ihre vermeintlichen Wunder realisiert. Mensch, forschende Wissenschaft und Technik sind zu einer Einheit geworden, beherrschen die Zeit und bauen die Zukunft. Diese Einheit kennt keine Hindernisse mehr‹…«
Graf setzt relativierend hinzu, daß gleichzeitig Hunderttausende von Rebellen in Asien in eine unsichtbare Todesmauer liefen. Das ist die andere Seite der glänzenden Medaille. Und trotzdem, einiges von Grafs Hoffnungen schwingt mit in dem Brief des Jungen.
Natürlich war Graf kein Ökologe. Das gab es in den Vierziger- und Fünfzigerjahren nur in wenigen skurrilen Exemplaren. Die Natur ist für ihn unerschöpflich, unzerstörbar, sie siegt, wo immer der Mensch sie freisetzt und nutzt. Alles läßt sie jedoch nicht mit sich machen.
In Peacetown, der neuen Hauptstadt, war alles kahl: »Eine Stadt aus Stein und Asphalt. Die temperierten Straßen und Plätze hatten sich nicht bewährt.
Kühlende Kälte im Sommer und Wärme im Winter vertrugen die Bäume und Anlagen nicht. Alles starb ab. Die Natur ließ sich nicht vergewaltigen«.

IV.

Und der Mensch? Hatte die Katastrophe des Atomkrieges ihn geläutert? Die Antwort ist zwiespältig, wie so vieles in diesem Buch. Aber vielleicht liegt gerade in dieser Zwiespältigkeit Grafs Realismus. Gertrud Rechlin, die mütterliche, nüchterne Schweizerin im Rat der Erdregierung, sagt ihren Kollegen: »Sie glauben, die Menschen hätten sich jetzt endlich gründlich geändert oder, wie man so schön sagt, die Katastrophe hat sie geläutert. Leider stimmt das nach meinem Dafürhalten ganz und gar nicht. Man erkennt sie jetzt nur leichter. Die einen sind offene Tiere, die andern versteckte.«
Diese Einschätzung trifft fast alles, was sich in der neuen

Welt abspielt, zwischen Rat und Generälen, zwischen Geheimdienst und Rebellen, auch zwischen den neu aufkommenden Parteien. Nein, die Menschen nach der Katastrophe sind nicht anders als vorher. Beinahe alle. Auf dieses Beinahe kommt es an. Denn es gibt Ausnahmen, und zwar solche, die schließlich wirken, anstecken, neue Hoffnung schaffen.

Da ist einmal der neue Katholizismus, der sich so ganz anders darstellt, als ihn der bayerische Autor Graf in Erinnerung hat. Er hatte sich »tiefgreifend gewandelt und das eng Kirchliche, das betont Dogmatische verloren. Im Gegensatz zur Vergangenheit wählten jetzt die Gläubigen den Papst, die Bischöfe und Priester unmittelbar aus ihrer Mitte«. Die meisten von den paar Millionen Katholiken, die sich vor allem in Südamerika wieder gesammelt hatten, waren »sehr aufgeschlossene, tief tolerante, tätig wirkende Christen geworden. Gott wohnte nach ihrer Auffassung in allem Lebendigen und vor allem im Menschen«.

Man geht wohl nicht fehl, wenn man in diesem Wunsch-Katholizismus Grafs eigene religiöse Vorstellungen zu erkennen meint. Aber nicht darauf kommt es an. Der alte weise Papst, der sich auf die Zucht von Getreidesorten nicht weniger gut versteht als auf behutsame Seelsorge, wird so etwas wie ein Wegweiser in die Zukunft. Auf des Papstes Bitte hin verschwindet die Mauer tödlicher Strahlen um das rebellische Asien. »Den äußeren Weg«, sagt der weise Alte gegen Schluß, »ist die Menschheit fast bis zu Ende gegangen, bis ans Ziel. Aber die Menschen? Haben sie sich dadurch verändert? Nein! Etwas stimmt da nicht. Der Weg muß nicht der rechte gewesen sein. Vielleicht ist auch das Ziel nur ein Trugschluß. Der wahre Weg geht nach innen, in uns hinein.«

Als der Inder Ganvavitta einwirft, die Vernunft müsse doch siegen, entgegnet der Papst: »Siegen? Siegen darf niemand mehr. Da gibt's immer wieder Sieger und Besiegte ... Friede sei mit Euch, heißt Christi Wort. Ist's denn so unmöglich, so schwer, das zu begreifen?« Ganvavitta bemerkt zu Recht: »Das ist die Idee der Stillen.«

Diese Stillen sind in der Tat die andere Gruppe, die Hoffnung verkörpert. Menschen, die sich in keine Auseinandersetzung einlassen, die schweigen, wann immer man sie in einen Streit ziehen will. Sie haben keine Lehre, weil Worte den Sinn verfälschen. Sie reden nicht, sie lehren nicht, sie tun das Gute. »Nicht durch ein klares Statut oder ein kompliziertes Dogma wurde ihre seltsame Bruderschaft zusammengehalten, nein, nur dieser eine, erkenntnisgeladene Grundsatz führte die Gleichgesinnten zusammen: ›Es gibt im Leben der Menschen nichts Gutes und nichts Schlechtes. Stelle dich gegen nichts und widerstehe niemandem, denn sonst wirfst du dich zum Richter auf und machst dich schuldig. Ertrage, was an dich herankommt, denn es ist dir zweifellos auferlegt‹.«

Wollte man nach den Ahnen dieses christlichen Pazifismus suchen, so lägen sie vielleicht im alten Rußland.

Der Obmann der Stillen trägt einen russischen Namen, und auch der Mann, der die tüchtige Gretel in die Gemeinschaft der Stillen einführt, heißt Iwan. Der Leidende, der sich dem Kampf um Macht und Geld entzieht, der still seine Arbeit tut, der niemanden richtet, aber eben auch nicht Partei ergreift, als neues Leitbild, als Retter?

Jedenfalls sind es die Stillen und die Katholiken, die sich anbieten, das neuerdings zerstörte Asien wieder aufzubauen. Sie sind die Hoffnungsträger in einer technisch perfekten, politisch einigermaßen geordneten und menschlich unterentwickelten Welt.

V.

Vieles von dem, was Graf in die Zeit nach der atomaren Katastrophe verlegt, haben wir ohne diese Katastrophe erfahren. Graf träumt von der Raumfahrt. Wir haben – ganze zehn Jahre, nachdem Graf 1959 das Vorwort zur überarbeiteten Ausgabe seines Buches schrieb – den ersten Menschen auf dem Mond beobachten können. Wir haben zwar keine atomgetriebenen Flugzeuge, aber atomgetriebene Unterseeboote, gespickt mit Atomraketen. Unsere Flugzeuge fliegen so schnell wie die in Grafs neuer Welt. Aber geht davon Hoffnung aus? Technisch sind wir in manchem weiter, als Grafs Phantasie reichen konnte. Und doch: Wüsten werden nicht kultiviert, sie dehnen sich rapide aus, weil bettelarme, hungernde Menschen die letzten Bäume und Büsche abhakken, damit sie ihren Hirsebrei kochen können. Es gibt neue politische Zusammenschlüsse, aber sie richten sich gegeneinander, und sie rüsten auch gegeneinander. Andere brechen auseinander. Nationalismus in seiner krudesten, ganz und gar barbarischen Form wird wieder modern. Arme Länder wissen nicht mehr, wie sie ihre gewaltigen Schulden verzinsen sollen. So fordert der Hunger Opfer, als gäbe es die moderne Technik nicht. Vielleicht erkennen wir im Spiegel der Grafschen Vision deutlicher als sonst: Unsere Zeit trägt Merkmale einer Vorkriegszeit, wir leben mit vielen grausamen Kriegen und gewöhnen uns daran.

Grafs Roman ist, wie er selbst beteuert, keine »effektvoll-geistreiche Utopie«, weder eine positive noch eine negative. Daher sollte man Grafs ›Erben des Untergangs‹ auch nicht mit Orwells ›1984‹ vergleichen. Man täte beiden Autoren Unrecht. Aber eine nüchterne, kalkulierbare Voraussage ist Grafs Roman auch nicht. Nicht nur seine Erfahrungen und Überlegungen, auch sein Lebenswille, seine Hoffnungen und Sehnsüchte sind in diesen Roman eingegangen.

Vielleicht ist Graf im Laufe seines realistischen Vorausdenkens an einen Punkt gekommen, wo die Frage unausweichlich wurde: Und was dann, wenn es immer so weitergeht, wie es eben ging, wo immer Menschen zusammenleben sollten? Wenn die Entfremdung des Menschen das letzte Wort sein soll? Wenn immer nur die Schauspieler wechseln, aber kaum die Rollen und schon gar nicht das Spiel? Wenn Sieger und Besiegte wechseln, aber die Kräfte bleiben, die zum Kriege drängen? Da reicht offenbar nicht der Hinweis auf die Abschaffung der Nationen, des Kapitalismus, der Grenzen. So läßt Graf noch ein anderes Zeichen für das Utopia des Friedens aufleuchten, eben jene Stillen und ihre Geistesverwandten, die – nun eben doch geläuterten – Katholiken. Was Graf am Ende des Zweiten Weltkriegs schrieb, ist kein utopischer Roman, aber er muß gespürt haben: Sobald nicht mehr die Erben des Untergangs, sondern die Erben der Erben das Thema sind, die Kinder des Iwan und der Gretel, könnte und müßte der utopische Roman beginnen. Die Welt jener Stillen, die allein durch ihr Sein und ihr Tun andere in ihren Bann ziehen, das wäre das Utopia der Friedfertigen. In dieser Welt würde die Frage, die bei Graf ein kleiner Junge seinem Vater stellt: »Was ist das, ein Feind, Vater?« wohl wirklich beantwortet: »Das ist ein Mensch!« Und das Kind dieses Jungen würde die Frage nicht mehr stellen.